Hugo

Notre-Dame von Paris

Victor Hugo

Notre-Dame von Paris

Roman

1990
Gustav Kiepenheuer Verlag
Leipzig und Weimar

Originaltitel: Notre-Dame de Paris (1831)

Aus dem Französischen von Else von Schorn
Neu durchgesehen und ergänzt
von Alberte Schöne und Mireille Vildebrand
Mit einem Nachwort von Herbert Kühn

ISBN 3-378-00363-4

Vorrede

Als der Verfasser dieses Buches vor einigen Jahren Notre-Dame besuchte oder, besser gesagt, darin herumspürte, fand er in einem dunklen Winkel des einen Turmes das von Hand in die Mauer eingegrabene Wort:

ἈΝΑΓΚΗ.

Die großen griechischen Buchstaben, die ziemlich tief aus dem Stein herausgeholt und vom Alter geschwärzt waren, irgend etwas in ihrer Form und Stellung, das, wer weiß warum, an gotische Schreibart gemahnte, gleich, als wollten die Schriftzeichen künden, daß eine Hand des Mittelalters sie dorthin geschrieben, vor allem aber ihr düstrer, geheimnisvoller Sinn machten tiefen Eindruck auf den Verfasser.

Wer mochte wohl die gepeinigte Seele gewesen sein, die nicht von der Welt hatte scheiden wollen, ohne dieses Mal des Verbrechens oder des Unglücks an der Stirn der alten Kirche zurückzulassen? So fragte er sich und versuchte es zu erraten.

Seitdem hat man die Mauer abgekratzt oder angestrichen — ich weiß nicht mehr, was von beidem —, und die Inschrift ist verschwunden. So treibt man es seit bald zwei Jahrhunderten mit den wunderbaren Kirchen des Mittelalters. Von allen Seiten drohen ihnen Verstümmelungen, von außen und von innen her. Der Priester streicht sie an, der Architekt kratzt sie ab, und schließlich kommt das Volk und reißt sie nieder.

So ist außer dem vergänglichen Denkmal, das ihm hier der Verfasser weiht, heute keine Spur von dem geheimnisvollen, in den dunklen Turm von Notre-Dame eingegrabenen Wort geblieben, keine Spur von dem unbekannten Schicksal, das es so wehmütig bezeichnet. Der Mann, der das Wort in die Mauer schrieb, ist vor Jahrhunderten mit dieser Generation dahingegangen; nun ist auch das Wort an der Mauer der Kirche ausgelöscht, und die Kirche selbst wird vielleicht bald vom Erdboden verschwunden sein.

Aus diesem Wort aber ist dieses Buch entstanden.

Februar 1831

Erstes Buch

I
Der große Saal

Heute vor dreihundertachtundvierzig Jahren, sechs Monaten und neunzehn Tagen geschah es, daß die Pariser beim Getöse aller Glocken erwachten, die in den drei Bereichen der Cité,[1] der Neustadt und der Universitätsstadt mit vollem Schwung läuteten.

Ein Tag aber, dessen die Geschichte gedenkt, ist der 6. Januar 1482 nicht. Das Ereignis, das die Glocken und die Bürger von Paris schon früh am Morgen in Bewegung setzte, hatte nichts Bemerkenswertes an sich. Es war weder ein Angriff von Pikarden oder Burgundern noch eine Prozession mit einem Reliquienschrein, noch eine Bierrevolution der Scholaren, noch ein Einzug ›unsres hochgefürchteten Herrn Königs‹, nicht einmal ein hübsches Baumeln von Spitzbuben und Spitzbübinnen auf einer Pariser Richtstatt. Es war auch nicht der im fünfzehnten Jahrhundert so übliche Galaeinzug irgendeiner Gesandtschaft. Vor kaum zwei Tagen erst war die letzte Kavalkade dieser Art in Paris eingezogen, die flämischen Gesandten, die beauftragt waren, die Heirat zwischen dem Dauphin und Margarete von Flandern abzuschließen. Dem Herrn Kardinal von Bourbon bereiteten sie großen Verdruß; denn um sich dem König gefällig zu zeigen, hatte er dieses bäuerische Gewühl flämischer Bürgermeister mit guter Miene emp-

[1] frz., Pariser Altstadt.

fangen und in seinem Palast mit einer ›gar schönen Moralität, Sottise und Posse‹ unterhalten müssen, während strömender Regen vor der Tür seine prächtigen Teppiche überflutete.

Die Doppelfeier des Dreikönigstages und des Narrenfestes, die seit undenklichen Zeiten an ein und demselben Tag begangen wurden, war es, die am 6. Januar ›alles Volk von Paris bewegte‹, wie Jean de Troyes sagt.

An jenem Tag sollte auf der Place de Grève ein Freudenfeuer brennen, an der Kapelle von Braque ein Maibaum gepflanzt werden und im Justizpalast ein Mysterium zu sehen sein. Das hatten am Tag vorher die Leute des Vogtes in schönen Röcken aus veilchenblauem Kamelott mit großen weißen Kreuzen auf der Brust unter Trompetenklang an den Straßenecken verkündet.

So waren die Häuser und Läden geschlossen, und die Menge der Bürger und Bürgerinnen strömte seit der Frühe von überall her zu einem der drei bezeichneten Schauplätze. Jeder hatte seine Wahl getroffen; den einen zog es zum Freudenfeuer, den anderen zum Maibaum, den dritten zum Mysterium. Zum Lobe des altüberlieferten gesunden Menschenverstandes der Pariser Maulaffen sei gesagt, daß weitaus der größte Teil dieser Volksmenge entweder dem Freudenfeuer zustrebte, das völlig der Jahreszeit entsprach, oder dem Mysterium, das gut überdeckt und verschlossen im großen Saal des Justizpalastes dargestellt werden sollte, während sich die Schaulustigen darin einig waren, den armen, karg erblühten Maibaum auf dem Friedhof der Kapelle von Braque allein unter dem Januarhimmel zittern zu lassen.

Das Volk staute sich besonders in den Zufahrtsstraßen des Justizpalastes; denn man wußte, daß die vor zwei Tagen eingetroffenen flämischen Gesandten die Absicht hatten, der Aufführung des Mysteriums und der Wahl des Narrenpapstes, die auch im großen Saal vor sich gehen sollte, beizuwohnen.

Es war an jenem Tag nicht leicht, in diesen großen Saal einzudringen, obwohl er damals in dem Rufe stand, der größte gedeckte Raum der Erde zu sein. (Allerdings hatte Sauval noch nicht den großen Saal des Schlosses von Montargis ausgemessen.) Der Platz vor dem Palast mit dem sich drängenden Volk bot den Neugierigen an den Fenstern den Anblick eines Meeres, in das fünf oder sechs Straßen gleich ebenso vielen Flußmündungen jeden Augenblick neue Fluten von Köpfen ergossen. Die Wogen der Menge, die sich beständig vergrößerten, brachen sich an den Häuserecken, die sich hier und dort wie Vorgebirge in das unregelmäßige Becken des Platzes vorschoben. Die große Treppe in der Mitte der hohen gotischen Fassade des Palastes, auf der ein doppelter Strom unermüdlich hinauf und hinunter zog und, nachdem er am Treppenabsatz gebrandet, sich in großen Wogen über ihre beiden seitlichen Abhänge ergoß, diese große Treppe also rieselte unaufhörlich in den Platz hinunter, gleich einem Wasserfall in einen See. Das Trampeln der tausend Füße, das Rufen, das Lachen erzeugten ein großes Getöse und ein großes Geschrei. Von Zeit zu Zeit steigerte sich dieses Geschrei und Getöse; die Strömung, die die ganze Menge gegen die große Treppe trieb, flutete zurück, wurde unruhig und bildete Wirbel. Daran war der Rippenstoß eines Schützen schuld, oder das Pferd eines Wachtmeisters von der Vogtei hatte ausgeschlagen, um die Ordnung herzustellen – eine bewundernswerte Überlieferung, die sich von der Vogtei auf die Oberstallmeisterei, von der Oberstallmeisterei auf die berittenen Gendarmen und von den berittenen Gendarmen auf die heutigen Schutzleute vererbt hat.

An den Türen, an den Fenstern, an den Dachluken, auf den Dächern wimmelte es von Tausenden braver Gestalten, stille ehrliche Bürger, die sich damit begnügten, den Palast und die Volksmenge zu betrachten; denn es gibt der Leute viele in Paris, die schon das Schauspiel der Schaulustigen befriedigt, und eine Mauer, hinter der etwas vorgeht, ist für uns schon eine große Merkwürdigkeit.

Wenn es uns, den Menschen von 1830, gegeben wäre, uns

in Gedanken unter diese Pariser des fünfzehnten Jahrhunderts zu mischen, wenn wir, gestoßen, gezerrt, gequetscht, mit ihnen in den riesigen, am 6. Januar 1482 aber so engen Saal des Palastes eindringen könnten, so würden wir ein ebenso interessantes wie reizvolles Schauspiel vor Augen haben und ausschließlich von so alten Dingen umgeben sein, daß uns alles neu erschiene.

Ist der Leser damit einverstanden, so wollen wir versuchen, den Eindruck wiederzugeben, den wir gemeinsam empfunden haben würden, wenn wir miteinander im Gewühl dieser mit Wams, langem Männerrock oder enganliegendem Frauengewand bekleideten Menschheit die Schwelle des großen Saales überschritten hätten.

Nun denn! Im ersten Augenblick nur Blendung und Ohrenbrausen; über unsern Köpfen ein doppeltes Kreuzgewölbe, mit geschnitztem Holzgetäfel verkleidet, mit goldnen Lilien auf himmelblauem Grund bemalt; unter unsern Füßen ein Estrich aus schwarzem und weißem Marmor; wenige Schritte von uns ein ungeheurer Pfeiler, weiter hin noch einer und wieder einer; im ganzen sieben Pfeiler in der Länge des Saales, die in der Mitte seiner Breite die Rippen des doppelten Gewölbes stützen; um die ersten vier Pfeiler herum die Buden der Kaufleute, in denen es von Glas und andrer Jahrmarktsware glitzert; um die letzten drei herum eichene Bänke, die von den Hosen der Kläger und den Talaren der Anwälte blankgescheuert sind; rings an den hohen Wänden des Saales, zwischen den Türen, den auslaufenden Kreuzrippen, den Pfeilern, die unendliche Reihe der Standbilder aller Könige von Frankreich von Faramund an; die trägen Könige mit hängenden Armen und niedergeschlagenen Augen; die tapferen und kriegerischen Könige mit kühn zum Himmel erhobenen Häuptern und Händen; hohe tausendfarbige Spitzbogenfenster; an den großen Ausgängen reichgeschnitzte Türen, und das Ganze — Wölbungen, Pfeiler, Mauern, Fensterrahmen, Getäfel, Türen und Bildsäulen — von oben bis unten mit strahlender blau und goldener Bemalung bedeckt, die zur Zeit, da wir sie sehen, schon etwas verblichen war und im Jahre des Herrn 1549, als du Breul noch die herkömmliche Bewunderung über sie äußerte, fast ganz unter Staub und Spinngeweben verschwunden war.

Wenn man sich nun diesen ungeheuren länglichen Saal im fahlen Lichte eines Januartages vorstellt, erfüllt von einer bunten, lärmenden Menge, die sich an den Wänden entlangschiebt und die sieben Pfeiler umwogt, so hat man schon eine verworrene Vorstellung von der Gesamtheit des Gemäldes, dessen merkwürdige Einzelheiten wir versuchen wollen, noch genauer zu schildern.

Soviel ist gewiß: Wenn Ravaillac nicht Heinrich den Vierten ermordet hätte, dann wären keine Akten vom Prozeß des Ravaillac in der Kanzlei des Justizpalastes niedergelegt; dann hätten keine Komplizen den Wunsch gehabt, die besagten Akten verschwinden zu lassen; folglich wären auch keine Brandstifter in Ermangelung besserer Mittel genötigt gewesen, um der Akten willen die Kanzlei und um der Kanzlei willen den Justizpalast in Brand zu stecken; kurz, der Brand von 1618 hätte nicht stattgefunden. Der alte Palast mit seinem alten großen Saal stände noch, und ich könnte zum Leser sagen: Gehe hin und sieh ihn dir an. Mir wäre dann erspart geblieben, die übliche Beschreibung zu geben, und ihm, sie zu lesen — ein Beweis für die neue Wahrheit, daß große Ereignisse unberechenbare Folgen haben.

Freilich ist es nicht ausgeschlossen, einmal, daß Ravaillac gar keine Komplizen hatte, zum andern, daß, wenn er welche hatte, sie an dem Brand von 1618 unschuldig waren. Es gibt zwei andere sehr annehmbare Erklärungen: erstens der große flammende Stern, der, einen Fuß lang und eine Elle breit, am 7. März nach Mitternacht vom Himmel herab auf den Palast fiel, zweitens der Vierzeiler des Théophile:

Fürwahr, das war ein schlechter Spaß,
als Justitia so gepfefferte Sporteln fraß,

daß das Feuer ihr ist aus dem Rachen gebrochen
und hat ihr den ganzen Palast angestochen.

Wie man nun auch über diese dreifache – politische, physikalische und poetische – Erklärung des Brandes von 1618 denken mag, die traurige Tatsache des Brandes bleibt bestehen.

Dank dieser Katastrophe, vor allem aber dank den vielen aufeinanderfolgenden Wiederherstellungen, die zugrunde richteten, was der Brand verschont hatte, ist heute von dieser ersten Behausung der Könige von Frankreich nur noch wenig übriggeblieben, wenig erhalten von diesem Palast, der älter ist als der Louvre, der schon zur Zeit Philipps des Schönen so alt war, daß man an ihm nach den Spuren der prächtigen Gebäude suchte, die von König Robert errichtet und von Helgaldus beschrieben wurden. Fast alles ist verschwunden. Was ist aus dem Zimmer der Kanzlei geworden, wo Ludwig der Heilige ›seine Heirat vollzog‹? Was aus dem Garten, wo er Recht sprach, ›gekleidet in einen Rock aus Kamelott, einen ärmellosen Überrock aus Tirtey und darüber einen Mantel aus schwarzem Zindel, auf Teppichen ruhend, neben ihm sein Freund Joinville‹? Wo ist das Zimmer von Kaiser Sigismund? Wo das von Karl dem Vierten? Wo das von Johann ohne Land? Wo ist die Treppe, von der aus Karl der Sechste sein Gnadenedikt verkündete? Wo die Steinplatte, auf der Marcel vor den Augen des Dauphin Robert de Clermont und den Marschall der Champagne ermordete? Wo das Pförtchen, das die Bullen des Gegenpapstes Benedikt zerreißen und ihre Überbringer, zum Spott mit Mitra und Stola bekleidet, wieder hinausgehen sah, um durch ganz Paris einen Bußgang zu tun? Und wo der große Saal mit seinem Blau und Gold, seinen Spitzbogen, seinen Standbildern, seinen Pfeilern, seiner riesigen, ganz mit Schnitzereien überzogenen Wölbung? Und wo das Goldene Zimmer? Und der steinerne Löwe, der an der Tür stand, gesenkten Hauptes, den Schweif zwischen den Beinen, wie die Löwen vom Throne Salomos, in der demütigen Stellung, die der Kraft im Beisein der Gerechtigkeit zukommt?

Und die schönen Türen? Und die schönen Bleifenster? Und die getriebenen Beschläge, die Biscornette entmutigten? Und die zierlichen Tischlerarbeiten des du Hancy? Was hat die Zeit, was haben die Menschen mit diesen Wundern gemacht? Was hat man uns zum Ersatz für diese ganze gallische Geschichte, für diese ganze gotische Kunst gegeben? Zum Ersatz für die Kunst die schweren, drückenden Wölbungen des Monsieur de Brosse, dieses ungeschickten Architekten des Portals von Saint-Gervais; zum Ersatz für die Geschichte die geschwätzigen Erinnerungen des ›Gros Pilier‹, in denen mönchischer Altweiberklatsch widerklingt.

Das ist wenig genug. – Laßt uns in den echten alten Saal des echten alten Palastes zurückkehren.

An dem einen Ende dieses riesigen Parallelogramms stand der berühmte Marmortisch, der so lang, so breit und so stark war, daß man noch nie auf Erden ›dergleichen Happen Marmor sah‹; so sagen die alten Akten in einem Stil, bei dem Gargantua der Mund wässerig geworden wäre. Am andern Ende war die Kapelle, in der sich Ludwig der Elfte, vor der Madonna kniend, in Stein hatte hauen lassen und in die er, unbesorgt um zwei leere Nischen in der Reihe der Königsstatuen, die Bildsäulen von Karl dem Großen und Ludwig dem Heiligen versetzen ließ, zwei Heiligen, denen er als Königen von Frankreich großen Einfluß im Himmel zutraute. Diese noch neue Kapelle, die man vor kaum sechs Jahren gebaut hatte, war ganz im Geschmack der reizenden zierlichen Architektur und wunderbaren tief und fein gemeißelten Ornamentik errichtet, die bei uns das Ende der Gotik kennzeichnet und bis in die Mitte des sechzehnten Jahrhunderts in den märchenhaften Phantasien der Renaissance fortlebt. Die kleine durchbrochene Rosette über der Tür war im besonderen ein Meisterwerk von Anmut und Zartheit; man hätte sie einem Stern aus Spitzen vergleichen können.

In der Mitte des Saales, gegenüber der großen Tür hatte man für die flämischen Gesandten und die andern wichtigen

Persönlichkeiten, die zur Vorstellung des Mysteriums geladen waren, eine mit Goldbrokat verkleidete Estrade aufgeschlagen, die sich an die Mauer lehnte und der man durch ein Fenster, das auf den Gang des Goldenen Zimmers führte, einen eigenen Eingang geschaffen hatte.

Auf dem Marmortisch sollte, wie üblich, das Mysterium dargestellt werden. Er war schon früh am Morgen dazu hergerichtet worden. Seine kostspielige Marmorplatte, die von den Absätzen der Basoche[1] zerkratzt war, trug ein ziemlich hohes Brettergehäuse, dessen obere Fläche den Blicken des ganzen Saales offen lag und zur Bühne bestimmt war, während sein Inneres, das man mit Teppichen verhängt hatte, den Schauspielern als Garderobe dienen sollte. Eine Leiter, die unbefangen außen an der Bühne lehnte, sollte die Verbindung zwischen der Szene und der Garderobe herstellen, und ihre steilen Sprossen sollten die Auftretenden und Abgehenden hinauf- und hinuntertragen. Keine noch so unerwartete Figur, keine Peripetie, keine Überraschung, die nicht diese Leiter hätte emporklimmen müssen. O du unschuldsvolle, ehrwürdige Kindheit der Kunst und der Technik!

Auf den vier Ecken des Marmortisches standen vier Wachleute des Palasthauptmanns, die pflichtgemäßen Hüter aller Volksbelustigungen sowohl an Fest- wie an Hinrichtungstagen.

Erst wenn an der großen Uhr des Palastes der zwölfte Schlag der Mittagsstunde ertönte, sollte die Aufführung ihren Anfang nehmen. Das war freilich etwas spät für eine Theatervorstellung; aber man hatte sich mit der Zeit nach den Gesandten richten müssen.

So wartete die ganze große Volksmenge seit dem frühen Morgen. Viele der ehrlichen Schaulustigen hatten seit Sonnenaufgang an der großen Treppe des Palastes gefroren, einige behaupteten sogar, die Nacht quer vor der großen Tür verbracht zu haben, um ganz gewiß die ersten zu sein. Das Gewühl wurde von Augenblick zu Augenblick dichter, und wie ein

[1] frz., die Schreiber des Pariser Gerichtshofs.

Wasser, das über die Ufer steigt, begann es sich an den Mauern entlang zu heben, um die Pfeiler herum anzuschwellen, die Gesimse, die Fenstersitze, alle Vorsprünge der Architektur, alle Wülste der Skulptur zu überfluten. Also geschah es, daß schon lange vor der Zeit, da die Gesandten erscheinen sollten, das Geschrei des eingeschlossenen, gedrängten, gepreßten, erstickenden Volkes durch die Enge, die Ungeduld, die Langeweile, durch die Ungebundenheit eines Tages, der dem Zynismus und der Narrheit geweiht war, durch die Zänkereien, die bei jeder Gelegenheit – über einen spitzen Ellenbogen, über einen beschlagenen Schuh – entbrannten, durch die Ermüdung des langen Wartens, einen gellenden, bitteren Klang annahm. Man hörte nichts als Klagen und Flüche über diese geschlossene Tür, über jenes offene Fenster, über die flämischen Gesandten, den Vogt der Kaufleute, den Kardinal von Bourbon, den Palasthauptmann, über Madame Margarete von Österreich, die mit Geißeln bewaffneten Häscher, die Kälte, die Hitze, das schlechte Wetter, den Bischof von Paris, den Narrenpapst, die Pfeiler, die Statuen; und das alles diente zur großen Belustigung der Banden von Scholaren und Dienstleuten, die, in der Menge verstreut, ihre Neckereien und Bosheiten in diese Unzufriedenheit mischten und die allgemeine schlechte Laune gewissermaßen mit Nadelstichen spornten.

Eine Gruppe dieser fröhlichen Teufel hatte die Scheiben eines Fensters eingedrückt und sich kühn auf dem Sims festgesetzt; von dort aus schweiften ihre Blicke und Witzeleien abwechselnd nach drinnen und draußen und trafen einmal das Volk im Saal und einmal das Volk auf dem Platz. Die nachahmenden Gebärden, das schallende Gelächter dieser jungen Gerichtsschreiber, die Scherze, die sie mit ihren Kameraden vom einen Ende des Saales zum andern austauschten, zeigten deutlich, daß sie von der Langenweile und der Müdigkeit der übrigen nicht ergriffen waren und es sehr wohl verstanden, sich aus dem, was sie vor Augen hatten, zur eigenen

Freude ein Schauspiel zu schaffen, das es ihnen leicht machte, das andere Schauspiel geduldig zu erwarten.

»Donnerschlag, das seid Ihr ja, Johannes Frollo de Molendino!« rief einer von ihnen einem kleinen blonden Teufel mit hübschem, boshaftem Gesicht zu, der sich in den Akanthusblättern eines Kapitells festgeklammert hatte. »Ihr tragt zu Recht den Namen Jehan du Moulin,[1] denn Eure Arme und Beine sehen aus wie vier Mühlenflügel, die sich mit dem Winde drehen. Seit wann seid Ihr hier?«

»Seit mehr als vier Stunden, durch die Barmherzigkeit des Satans«, erwiderte Johannes Frollo, »und ich hoffe, sie werden mir von meiner Zeit im Fegefeuer abgezogen. Ich habe die acht Sänger des Königs von Sizilien die erste Strophe der Sieben-Uhr-Messe in der Sainte-Chapelle anstimmen hören.«

»Schöne Sänger«, gab der andere zurück, »ihre Stimmen sind spitzer als die Spitzen ihrer Mützen. Ehe der König dem Sankt Johannes eine Messe stiftete, hätte er sich erkundigen sollen, ob der Herr Sankt Johannes es liebt, das Lateinische in provenzalischem Tonfall psalmodiert zu hören.«

»Er hat es nur getan, um diesen verfluchten Sängern des Königs von Sizilien Arbeit zu geben!« rief mit kreischender Stimme ein altes Weib aus der Menge unter dem Fenster. »Ich bitte euch, tausend Pariser Pfund für eine Messe, die noch dazu von den Mieten für die Fischstände in der Markthalle bezahlt werden muß!«

»Ruhe, Alte!« rief ein dicker, gewichtiger Mann dagegen, der sich neben der Fischverkäuferin die Nase zuhielt. »Die Messe war sehr nötig. Möchtet Ihr, daß der König wieder krank wird?«

»Gut gesagt, Monsieur Gilles Lecornu, königlicher Hofkürschnermeister!« schrie der kleine Scholar, der sich an das Kapitell geklammert hielt.

Der unheilvolle Name des armen Kürschnermeisters erweckte stürmische Heiterkeit bei allen Scholaren.

[1] frz., Johan von der Mühle.

»Lecornu! Gilles Lecornu!« riefen die einen.

»Cornutus et hirsutus«,[1] rief ein anderer.

»Na, was gibt's denn da zu lachen?« fuhr der kleine Teufel am Kapitell fort. »Der ehrenwerte Gilles Lecornu, Bruder von Meister Jean Lecornu, Vogt des königlichen Hauses, Sohn von Meister Mahiet Lecornu, erstem Pförtner am Schloß zu Vincennes, allesamt Bürger von Paris, alle verehelicht, Väter und Söhne!«

Die Heiterkeit wuchs. Der dicke Kürschnermeister verhielt sich schweigend und versuchte sich den Blicken zu entziehen, die sich von allen Seiten auf ihn richteten; aber er schwitzte und keuchte umsonst. Seine Anstrengungen führten nur dazu, sein fettes apoplektisches Gesicht, das Ärger und Zorn purpurrot färbten, gleich einem Keil, der ins Holz eindringt, immer fester zwischen den Schultern seiner Nachbarn einzuklemmen.

Endlich kam ihm Hilfe von einem dieser Nachbarn, der ebenso kurz, dick und ehrbar war wie er selbst.

»Elende Gesellschaft! Scholaren, die sich erlauben, so zu einem Bürger zu sprechen! Zu meiner Zeit hätte man sie mit Reisig ausgepeitscht und dann auf demselben Reisig verbrannt.«

Die ganze Bande platzte los.

»Nanu, was für ein Vogel pfeift denn da? Wer ist der Unglücksrabe?«

»Halt, ich erkenne ihn«, sagte einer, »es ist Meister Andry Musnier.«

»Darum auch«, meinte ein anderer, »er ist einer von den vier vereidigten Buchhändlern der Universität.«

»In diesem Laden gibt es alles viermal«, rief ein dritter, »vier Nationen, vier Fakultäten, vier Feste, vier Prokuratoren, vier Elektoren, vier Buchhändler.«

»Nun«, nahm Jehan Frollo wieder das Wort, »wir wollen ihnen schon die Hölle heiß machen.«

[1] lat., der Gehörnte und Struppige.

»Musnier, wir verbrennen dir deine Bücher!«

»Musnier, wir prügeln deinen Ladendiener!«

»Musnier, wir nehmen deine Frau in die Mache!«

»Die brave dicke Mademoiselle Oudarde!«

»Sie ist so frisch und munter wie eine Witwe.«

»Hol euch der Teufel!« krächzte Meister Andry Musnier.

»Meister Andry«, rief Jehan, der noch immer an seinem Kapitell hing, »schweig, oder ich falle dir auf den Kopf!«

Meister Andry blickte nach oben, schien mit den Augen die Höhe des Pfeilers und das Gewicht des Burschen zu messen, multiplizierte im Geiste das Gewicht mit der Geschwindigkeit des Falles und schwieg.

Jehan war Herr des Schlachtfeldes und fuhr triumphierend fort: »Ihr könnt mir glauben, das würde ich tun, wenn ich auch der Bruder eines Erzdechanten bin!«

»Schöne Herren, unsre Leute von der Universität! Konnten sie nicht einmal an einem Tag wie diesem unsre Privilegien geltend machen? In der Neustadt haben sie einen Maibaum und ein Freudenfeuer, in der Cité ein Mysterium, einen Narrenpapst und flämische Gesandte, in der Universitätsstadt aber nichts!«

»Die Place Maubert ist doch wahrlich groß genug!« erklärte einer von den Gerichtsschreibern, die auf dem Fenstersims thronten.

»Nieder mit dem Rektor, den Elektoren und den Prokuratoren!« schrie Johannes.

»Man müßte heute abend mit den Büchern des Meisters Andry auf dem Champ-Gaillard ein Freudenfeuer machen«, fuhr der andere fort.

»Und mit den Pulten der Schreiber«, sagte sein Nebenmann.

»Und mit den Ruten der Küster!«

»Und mit den Spucknäpfen der Dekane!«

»Und mit den Schränken der Prokuratoren!«

»Und mit den Brottrögen der Elektoren!«

»Und mit den Hockern des Rektors!«

»Nieder!« wiederholte der kleine Jehan im Brummbaß. »Nieder mit Meister Andry, den Küstern, den Schreibern; nieder mit den Theologen, den Medizinern und den Dekretisten, den Prokuratoren, den Elektoren und dem Rektor!«

»Das ist ja wie am Jüngsten Tag!« knurrte Meister Andry und hielt sich die Ohren zu.

»Apropos Rektor! Dort kommt er über den Platz«, schrie einer von denen auf dem Fenstersims.

Alles versuchte sich dem Platz zuzuwenden.

»Ist es wirklich unser ehrwürdiger Rektor, Magister Thibaut?« fragte Jehan Frollo du Moulin, der nicht sehen konnte, was draußen vorging, weil er sich an einem innern Pfeiler festgeklammert hatte.

»Ja, ja«, antworteten die andern alle, »er ist es, er ist es wirklich, Magister Thibaut, der Rektor.«

Es war in der Tat der Rektor und mit ihm alle Würdenträger der Universität, die in ehrwürdigem Zuge der Gesandtschaft entgegengingen und in diesem Augenblick den Platz vor dem Palast überquerten. Die Scholaren, die sich im Fenster drängten, begrüßten die Vorüberziehenden mit beißenden Spottreden und höhnischem Beifall. Der erste Schwall traf den Rektor, der an der Spitze seiner Gesellschaft ritt, und es traf ihn hart. »Guten Tag, Herr Rektor! Hallo! Guten Tag!«

»Wie kommt er hierher, der alte Spieler? Hat er seine Würfel im Stich gelassen?«

»Wie er auf seiner Mauleselin hockt! Sie hat kürzere Ohren als er.«

»Hallo! Guten Tag, Rektor Thibaut! Tybalde aleator![1] Alter Dummkopf! Alter Spieler!«

»Gott behüte euch! Habt Ihr heute nacht ordentlich gedoppelt?«

[1] lat., Spieler.

»Seht nur die verwelkte Fratze! Wie eine ausgespiene Seele! Die Furchen hat ihm der Spielteufel ins Gesicht gekratzt!«

»Wo zieht Ihr hin, Tybalde, ad dados?[1] Ihr kehrt der Universität den Rücken und trabt der Stadt zu.«

»Er wird sich in der Rue Thibautodé eine Wohnung suchen wollen«, schrie Jehan du Moulin.

Die ganze Bande wiederholte den Witz mit donnernden Stimmen und heftigem Händeklatschen.

»Ihr wollt Euch in der Rue Thibautodé eine Wohnung suchen, nicht wahr, Herr Rektor? Ihr könnt den Teufel über den Löffel barbieren.«

Dann kamen die anderen Würdenträger an die Reihe.

»Nieder mit den Küstern! Nieder mit den Stabträgern!«

»Sag mal, Robin Poussepain, wer ist denn der dort?«

»Das ist Gilbert von Suilly, Gilbertus de Soliaco, der Kanzler des Kollegs von Autun.«

»Komm, hier ist mein Schuh, du hast einen bessern Platz als ich; wirf ihn dem Kanzler ins Gesicht!«

»Saturnalitias mittimus ecce nuces.«[2]

»Nieder mit den sechs Theologen in ihren weißen Chorhemden!«

»Das sind die Theologen? Ich dachte, es seien die sechs weißen Gänse, die Sainte-Geneviève der Stadt für das Lehen von Roogny geschenkt hat.«

»Nieder mit den Medizinern!«

»Fort mit den kardinalen und quodlibetalen Disputationen!«

»Ich werfe dir meine Mütze vor die Füße, Kanzler von Sainte-Geneviève! Du hast mich zurückgesetzt! – Wahrhaftiger Gott! Er hat meinen Platz in der Nation der Normannen dem kleinen Ascanio Falzaspada aus der Provinz Bourges gegeben, weil er Italiener ist.«

[1] lat., zu den Würfeln.

[2] lat., Saturnalische Nüsse senden wir hier.

»Das stinkt zum Himmel!« riefen die Scholaren einmütig. »Nieder mit ihm!«

»Hallo! Magister Joachim de Ladehors! Hallo! Louis Dahuille! Hallo! Lambert Hoctement!«

»Der Teufel hole den Prokurator der deutschen Nation!«

»Und die Kapläne der Sainte-Chapelle in ihren grauen Pelzröcken; cum tunicis grisis.«

»Seu de pellibus grisis fourratis!«[1]

»Hallo! Die Magister der Künste! Was für schöne schwarze Chorröcke! Was für schöne rote Chorröcke!«

»Der Rektor hat ein schönes Gefolge!«

»Wie ein Doge von Venedig, der zur Vermählung des Meeres schreitet.«

»Höre, Jehan! Da kommen die Domherren von Sainte-Geneviève!«

»Zum Teufel die Domherrlichkeit!«

»Abt Claude Choart! Doktor Claude Choart! Ihr sucht wohl Marie la Giffarde?«

»Sie wohnt in der Rue de Glatigny.«

»Sie schläft mit dem Gaunerkönig!«

»Sie zahlt ihre vier Taler; quatuor denarios.«

»Aut unum bombum.«[2]

»Wollt Ihr, daß sie Euch die Augen auskratzt?«

»Kameraden! Magister Simon Sanguin, der Elektor der Pikardie; er hat seine Frau im Sattel!«

»Post equitem, sedet atra cura.«[3]

»Weiter, Magister Simon!«

»Guten Tag, Herr Elektor!«

»Guten Tag, Frau Elektorin!«

»Die Glücklichen, die das alles sehen«, sagte seufzend Jo-

[1] lat., mit grauen Tuniken. Vielmehr mit von grauen Fellen verbrämten (Tuniken).

[2] lat., Oder einen Furz.

[3] lat., Hinter dem Reiter sitzt die schwarze Sorge. (Horaz)

hannes de Molendino, der noch immer im Blattwerk seines Kapitells hockte.

Der vereidigte Buchhändler der Universität aber, Meister Andry Musnier, neigte sich zum Ohr des königlichen Hofkürschnermeisters, Gilles Lecornu.

»Ihr könnt mir glauben, Meister, das ist das Ende der Welt; dergleichen Sittenverderbnis hat man bei der Schülerschaft noch nicht erlebt. Die verfluchten Erfindungen unsres Jahrhunderts sind es, die alles zugrunde richten, die Kanonen, die Feldschlangen, die Mörser und vor allem die Buchdruckerkunst, diese andere Pest aus Deutschland. Keine Handschriften, keine Bücher mehr! Die Druckerei tötet den Buchhandel. Der Weltuntergang steht uns bevor.«

»Das merke ich sehr wohl am Überhandnehmen der Samtstoffe«, sagte der Kürschnermeister.

In diesem Augenblick schlug es zwölf Uhr.

»Aaah!« sagte die ganze Menge wie aus einem Munde. Die Scholaren schwiegen. Dann entstand ein großes Rücken und Scharren, ein Drehen und Wenden der Köpfe, eine allgemeine Entladung von Husten und Schnauben. Jeder richtete sich, stellte sich, hob sich, schob sich; dann wurde alles still; alle Hälse waren gereckt, alle Münder standen offen, alle Blicke waren nach dem Marmortisch gerichtet. Dort regte sich nichts. Die vier Häscher des Palasthauptmanns standen noch immer stramm und unbeweglich wie vier bemalte Statuen. Alle Augen wandten sich der Estrade zu, die für die flämischen Gesandten bestimmt war. Die Tür blieb geschlossen, die Estrade blieb leer. Die Volksmenge wartete seit dem frühen Morgen auf dreierlei: auf die Mittagsstunde, auf die Gesandtschaft aus Flandern und auf das Mysterium. Die Mittagsstunde allein war pünktlich eingetroffen.

Das war zu stark.

Man wartete eine, zwei, drei, fünf Minuten, eine Viertelstunde; es kam nichts. Die Estrade blieb öde, das Theater blieb stumm. Auf die Ungeduld war mittlerweile der Zorn gefolgt. Gereizte Worte flogen hin und her, aber noch klangen sie gedämpft. »Das Mysterium!« murrte es dumpf. In den Köpfen gärte es. Ein leise grollendes Gewitter brütete über der Menge. Jehan du Moulin war es, der der Schwüle den ersten Funken entlockte.

»Los mit dem Mysterium, zum Teufel mit den flämischen Gesandten!« schrie er aus vollem Halse und wand sich wie eine Schlange um sein Kapitell.

Die Menge klatschte Beifall.

»Los mit dem Mysterium«, wiederholte sie, »zum Teufel mit Flandern.«

»Wir wollen das Mysterium, wir wollen es gleich«, fuhr der Scholar fort, »sonst rate ich, daß wir den Palasthauptmann hängen, zur Entschädigung für Komödie und Moralität.«

»Bravo«, schrie das Volk, »und wir wollen mit dem Hängen bei seinen Häschern anfangen.«

Stürmischer Beifallsjubel folgte. Die vier armen Teufel wurden bleich und tauschten Blicke aus. Die Menge bewegte sich auf sie zu, und sie sahen schon die gebrechliche Holzschranke, die sie vom Volke trennte, unter dem Druck der Anrückenden schwanken und nachgeben.

Der Augenblick war kritisch.

»Hängt sie! Hängt sie!« schrie es von allen Seiten.

Da hob sich plötzlich der Vorhang der oben beschriebenen Garderobe, und heraus trat eine Gestalt, deren Anblick das Volk zum Stehen brachte und wie durch Zauber den Zorn in Neugierde verwandelte.

»Ruhe, Ruhe!«

Die Gestalt trat, durch diesen Ruf nur unvollkommen ermutigt und am ganzen Leibe zitternd, unter beständigen Verbeugungen, die Kniefällen immer ähnlicher wurden, bis an den Rand des Marmortisches vor.

Unterdes war nach und nach Ruhe eingetreten. Man hörte nur noch das leichte Geräusch, das eine schweigende Menge immer erzeugt.

»Meine Herren Bürger«, sagte der Schauspieler, »und werte Bürgerinnen, wir werden die Ehre haben, vor Seiner Eminenz dem Herrn Kardinal eine sehr schöne Moralität vorzutragen und darzustellen. Sie heißt: ›Das weise Urteil der Jungfrau Maria.‹ Ich spiele den Jupiter. Seine Eminenz der Herr Kardinal ist gerade im Begriff, die sehr ehrenvolle Gesandtschaft des Herrn Herzogs von Österreich, die zur Zeit durch die Ansprache des Herrn Rektors der Universität an der Porte Baudets aufgehalten wird, hierher zu geleiten. Sobald der eminenteste Kardinal eingetroffen ist, werden wir anfangen.«

Soviel ist gewiß, Geringeres als das Einschreiten Jupiters hätte die vier unglückseligen Häscher des Palasthauptmanns nicht retten können. Wenn wir so glücklich wären, diese ganze wahre Geschichte erfunden zu haben, und wenn wir infolgedessen vor der Dame Kritik dafür verantwortlich wären, so hätte man sich gegen uns in diesem Falle nicht auf die klassische Vorschrift: Nec deus intersit[1] berufen können. Zudem war das Kostüm des Jupiter sehr schön und hatte nicht wenig dazu beigetragen, die Menge zu beruhigen und ihre Aufmerksamkeit zu fesseln. Jupiter trug eine von schwarzem Samt überzogene Panzerjacke mit vergoldeten Nagelkuppen und auf dem Haupt eine Waffenkappe, die mit Knöpfen aus vergoldetem Silber besetzt war. Ohne die Schminke und den großen Bart, die je eine Hälfte seines Gesichtes bedeckten, ohne die Rolle aus vergoldeter Pappe in seiner Hand, die von aufgeklebten Rauschgoldfetzen igelartig starrte und in der ein geübtes Auge leicht den Blitz erkannte, ohne seine fleischfarbenen Füße mit den auf griechische Art kreuzweise gebundenen Bändern hätte er in seiner strengen Tracht den Vergleich mit einem bretonischen Schützen aus der Truppe des Monsieur de Berry aushalten können.

[1] lat., Und nicht soll ein Gott einschreiten.

II
Pierre Gringoire

Während seiner Ansprache aber verflüchtigte sich die einmütige Befriedigung und Bewunderung, die sein Kostüm erregt hatte, und als er zu den unheilvollen Schlußworten kam: »Sobald der eminenteste Kardinal eingetroffen ist, werden wir anfangen«, da verlor sich seine Stimme in donnerndem Hohngeschrei.

»Fangt gleich an! Los mit dem Mysterium! Wir wollen das Mysterium gleich!« brüllte das Volk, und alle Stimmen übertönte die des Johannes de Molendino, die den Lärm durchdrang wie die Querpfeife eine Katzenmusik. »Fangt gleich an!« keifte der Scholar.

»Nieder mit Jupiter und dem Kardinal von Bourbon!« zeterten Robin Poussepain und die andern Gerichtsschreiber, die auf dem Fenstersims hockten.

»Wir wollen sofort die Moralität!« wiederholte die Menge. »Jetzt gleich. Sofort! Näht sie in den Sack, hängt sie auf, die Komödianten und den Kardinal!«

Der arme verstörte, verängstigte Jupiter wurde bleich unter seiner roten Schminke, ließ seinen Blitz fallen und nahm seine Kappe in die Hand. Dann grüßte er und stotterte zitternd: »Seine Eminenz … die Gesandten … Prinzessin Margarete von Flandern …« Er wußte nicht, was er sagen sollte. Im Grunde seines Herzens fürchtete er, man werde ihn hängen; das Volk würde ihn hängen, weil er es hatte warten lassen; der Kardinal würde ihn hängen, weil er nicht gewartet hatte. Er sah auf beiden Seiten einen Abgrund, das heißt einen Galgen.

Glücklicherweise zog ihn jemand aus der Verlegenheit und nahm ihm die Verantwortung von den Schultern.

Innerhalb der Schranke, in dem freien Raum, der den Marmortisch umgab, hielt sich ein Mensch auf, den noch niemand bemerkt hatte, weil der Pfeiler, an dem er lehnte, seine lange dünne Gestalt allen Blicken vollständig entzog. Er war groß, mager, blaß, blond und noch jung, obwohl seine Stirn und seine Wangen schon mit Runzeln bedeckt waren; er hatte glänzende Augen und einen lächelnden Mund und trug einen Rock aus schwarzer Serge, die vor Alter abgeschabt und spekkig war. Dieser Mensch nun näherte sich dem Marmortisch und machte dem armen Dulder ein Zeichen. Der aber merkte in seiner Bestürzung nichts davon.

Der andere trat noch einen Schritt näher. »Jupiter«, sagte er, »mein lieber Jupiter!«

Der Schauspieler hörte ihn nicht.

Da rückte ihm endlich der große Blonde bis beinahe unter die Nase und schrie ungeduldig: »Michel Giborne!«

»Wer ruft mich?« sagte Jupiter wie aus dem Schlafe auffahrend.

»Ich«, erwiderte der schwarz Gekleidete.

»Ach!« sagte Jupiter.

»Fangt sofort an«, erwiderte der andere, »tut dem Volk seinen Willen! Ich nehme es auf mich, den Herrn Hauptmann zu besänftigen, und der wieder wird den Herrn Kardinal besänftigen.«

Jupiter atmete auf.

»Meine Herren Bürger!« rief er mit der ganzen Kraft seiner Lungen in die Menge hinunter, die fortfuhr, ihn zu verhöhnen. »Wir werden jetzt gleich anfangen.«

»Evoe, Jupiter, Plaudite, cives!«[1] schrien die Scholaren.

»Heil! Heil!« schrie das Volk.

Ein ohrenbetäubendes Händeklatschen begleitete die Rufe, und Jupiter war schon wieder hinter dem Vorhang verschwunden, als der Saal noch immer vom Beifall erzitterte.

Der Unbekannte aber, der mit solcher Zaubergewalt den ›Sturm in Windstille‹ gewandelt hatte, wie unser lieber alter Corneille sagt, war bescheiden in den Schatten seines Pfeilers zurückgetreten und wäre dort wahrscheinlich auch weiterhin

[1] lat., Heißa, Jupiter! Klatscht, ihr Bürger!

unsichtbar, stumm und unbeweglich geblieben, wenn er nicht von zwei jungen Frauen in der vordersten Reihe der Zuschauer, die sein Gespräch mit Michel Giborne-Jupiter bemerkt hatten, ans Licht gezogen worden wäre.

»Magister«, sagte die eine von ihnen und forderte ihn durch ein Zeichen auf, sich zu nähern.

»So schweig doch, liebe Liénarde«, sagte ihre hübsche frische Nachbarin, die in schönen Sonntagskleidern prangte. »Das ist kein Gelehrter, das ist ein Laie. Da muß man nicht ›Magister‹ sagen, sondern ›mein Herr‹.«

»Mein Herr«, sagte Liénarde.

Der Unbekannte näherte sich der Brüstung.

»Was wünschen die Jungfern von mir?« fragte er diensteifrig.

»Oh, nichts!« antwortete Liénarde verlegen. »Meine Nachbarin Gisquette ist es, die mit Euch sprechen möchte.«

»Nicht doch«, wehrte Gisquette errötend ab, »Liénarde hat zu Euch gesagt ›Magister‹; da habe ich ihr gesagt, man müsse sagen ›mein Herr‹.«

Die beiden jungen Mädchen schlugen die Augen nieder.

Der Unbekannte, dem nichts willkommener war, als eine Unterhaltung anzuknüpfen, sah sie lächelnd an: »So haben mir die Jungfern nichts zu sagen?«

»Oh, gar nichts!« erwiderte Gisquette.

»Nichts«, sagte Liénarde.

Der große blonde junge Mann zog sich einen Schritt zurück. Aber die beiden Neugierigen waren nicht gesonnen, ihre Beute fahrenzulassen.

»Mein Herr«, sagte Gisquette lebhaft und mit dem Ungestüm einer Schleuse, die sich öffnet, oder einer Frau, die zu einem Entschluß kommt, »Ihr kennt also den Soldaten, der im Mysterium die Heilige Jungfrau spielen wird?«

»Ihr wollt sagen, den Jupiter«, erwiderte der Unbekannte.

»Natürlich«, sagte Liénarde, »wie dumm sie ist! Ihr kennt also Jupiter?«

»Michel Giborne?« antwortete der Unbekannte. »Ja, den kenne ich.«

»Er hat einen gewaltigen Bart!« sagte Liénarde.

»Ist es schön, was sie dort oben spielen werden?« fragte Gisquette schüchtern.

»Sehr schön«, antwortete der Unbekannte ohne jedes Zögern.

»Was werden sie denn spielen?« fragte Liénarde.

»›Das weise Urteil der Heiligen Jungfrau‹, eine Moralität, so es Euch gefällig ist, Mademoiselle.«

»Ach, das ist etwas anderes«, meinte Liénarde.

Ein kurzes Schweigen trat ein. Der Unbekannte machte ihm ein Ende: »Es ist eine ganz neue Moralität; sie ist noch niemals aufgeführt worden.«

»Es ist also nicht die, die man vor zwei Jahren gegeben hat«, sagte Gisquette, »an dem Tag, als der Herr Legat einzog? Es traten drei schöne Mädchen darin auf; die spielten ...«

»Die Sirenen«, fiel Liénarde ein.

»Sie waren ganz nackt«, fügte der junge Mann hinzu.

Liénarde schlug sittsam die Augen nieder. Gisquette sah sie an und tat dasselbe. Er fuhr lächelnd fort: »Das war sehr hübsch anzusehen. Heute wird eine Moralität gespielt, die eigens für die Prinzessin von Flandern gedichtet ist.«

»Wird man Schäferlieder singen?« fragte Gisquette.

»Pfui«, sagte der Unbekannte, »in einer Moralität! Man darf die Formen nicht miteinander verwechseln. Wenn es eine Posse wäre, bestenfalls.«

»Wie schade«, meinte Gisquette. »Damals haben am roten Brunnen wilde Männer und Frauen miteinander gekämpft und haben in allerlei Haltungen kleine Weisen und Schäferlieder gesungen.«

»Was für einen Legaten paßt«, sagte der Unbekannte sehr trocken, »das paßt nicht für eine Prinzessin.«

»Und es waren auch Bläser dabei«, berichtete Liénarde, »die spielten großartige Weisen.«

»Und zur Erfrischung für die Vorübergehenden«, fuhr Gisquette fort, »spie der Brunnen aus drei Röhren Milch, Wein und Hippokras; davon konnte trinken, wer wollte.«

»Und etwas weiter unten, in der Dreifaltigkeitskirche«, fuhr Liénarde fort, »wurde eine Passion gespielt von lebenden Personen und ohne Worte.«

»Wie mir das noch vor Augen steht«, rief Gisquette, »Gott am Kreuz und die beiden Schächer zur Rechten und zur Linken!«

Die jungen Gevatterinnen waren bei der Erinnerung an den Einzug des Herrn Legaten warm geworden und fingen jetzt an, beide zugleich zu sprechen.

»Und noch weiter, an der Porte aux Peintres, standen welche, die waren so prunkvoll angezogen.«

»Und der Jäger am Brunnen Saint-Innocent, der mit bellenden Hunden und lautem Hörnerklang eine Hirschkuh verfolgte!«

»Und die Gerüste am Pariser Schlachthaus, die die Bastille von Dieppe vorstellten!«

»Und weißt du noch, Gisquette, als der Legat vorüberkam, wurde zum Angriff geblasen, und allen Engländern wurde die Kehle durchgeschnitten?«

»Und gegenüber der Porte du Châtelet, da waren Komödienspieler, die waren so schön!«

»Und der Pont au Change, der ganz mit Zelttüchern überspannt war!«

»Und als der Legat vorüberkam, ließ man von der Brücke aus mehr als zweihundert Dutzend aller Arten Vögel fliegen, das war sehr schön, Liénarde.«

»Heute wird es noch schöner werden«, unterbrach sie endlich der Unbekannte, der ihnen mit Ungeduld zuzuhören schien.

»Ihr versprecht uns, daß dieses Mysterium schön wird?« sagte Gisquette.

»Gewiß«, antwortete er und fügte pathetisch hinzu: »Mesdemoiselles, ich bin der Autor.«

»Wirklich?« sagten die beiden jungen Mädchen ganz verwundert.

»Wirklich!« entgegnete der Dichter und warf sich leicht in die Brust. »Das heißt, wir sind unsrer zwei; Jean Marchand hat die Bretter gesägt und das Gerüst und Getäfel des Theaters hergerichtet, und ich habe das Stück gemacht. Ich heiße Pierre Gringoire.«

Der Dichter des ›Cid‹ hätte nicht stolzer sagen können: Pierre Corneille.

Unsere Leser werden bemerkt haben, daß zwischen dem Verschwinden Jupiters hinter dem Vorhang und dem Augenblick, da sich der Dichter der neuen Moralitäten so plötzlich der kindlichen Bewunderung von Gisquette und Liénarde hingab, einige Zeit verstrichen war. Aber merkwürdig! Diese noch vor wenigen Minuten tumultartig erregte Volksmasse wartete jetzt im Vertrauen auf das Wort des Komödianten mit geduldiger Nachsicht – ein Beweis für die ewige Wahrheit, die in unseren Theatern noch täglich erprobt wird, daß man dem Publikum versichern muß, man werde gleich anfangen, wenn man wünscht, daß es geduldig warten soll.

Der Scholar Johannes aber ließ sich nicht einschläfern. »Hallo!« schrie er plötzlich in die friedliche Erwartung hinein, die dem Tumult gefolgt war. »Jupiter, Heilige Jungfrau, verfluchte Gaukler! Wollt ihr uns foppen? Das Stück! Das Stück! Fangt an, oder wir fangen wieder an.«

Eines stärkeren Druckes bedurfte es nicht.

Eine Musik von Blas- und Streichinstrumenten ertönte aus dem Innern des Brettergehäuses; der Vorhang wurde gelüftet; vier bunte, geschminkte Gestalten erschienen, kletterten die steile Leiter in die Höhe, stellten sich auf der oberen Plattform in gerader Linie auf und verneigten sich tief vor dem

Publikum; dann verstummte die Musik, das Mysterium begann.

Nachdem die vier Personen den Lohn für ihre Verbeugungen in Form von Beifallsklatschen ausgiebig in Empfang genommen hatten, huben sie inmitten eines ehrfürchtigen Schweigens an, einen Prolog aufzusagen, den wir dem Leser gern ersparen wollen. Übrigens beschäftigte sich das Publikum, wie es das auch heutzutage noch manchmal tut, mehr mit den Kostümen der Schauspieler als mit den Rollen, die sie darstellten, und wahrlich, das war sehr gerechtfertigt. Sie waren alle vier in Gelb und Weiß gekleidet, und ihre Gewänder unterschieden sich nur durch die Natur der Stoffe. Die erste Gestalt trug Gold- und Silberbrokat, die zweite Seide, die dritte Wolle, die vierte Leinwand. Die erste hielt in der rechten Hand ein Schwert, die zweite zwei goldene Schlüssel, die dritte eine Waage, die vierte einen Spaten, und um trägen Geistern, die die Durchsichtigkeit dieser Attribute nicht durchschauen konnten, auf den Weg zu helfen, stand auf dem Saum des Brokatgewandes mit großen, schwarzgestickten Buchstaben geschrieben: Ich heiße ADEL; auf dem Saum des seidenen Kleides: Ich heiße GEISTLICHKEIT; auf dem Saum des wollenen Kleides: Ich heiße HANDEL; auf dem Saum des leinenen Kleides: Ich heiße LANDWIRTSCHAFT. Das Geschlecht der beiden männlichen allegorischen Figuren war jedem einsichtsvollen Zuschauer durch die kürzere Gewandung und die Barette auf ihren Köpfen klar ersichtlich. Die Gewänder der beiden weiblichen Figuren waren länger, und auf dem Kopf trugen sie Hauben.

Es hätte auch sehr viel schlechter Wille dazu gehört, durch die Poesie des Prologs nicht zu verstehen, daß Handel und Landwirtschaft, Adel und Geistlichkeit miteinander vermählt waren und daß die beiden glücklichen Paare gemeinsam einen prächtigen goldenen Fisch besaßen, den sie nur der Allerschönsten zuzusprechen gedachten. Und so zogen die vier durch die Welt, um diese Schönheit zu suchen. Sie hatten nacheinander die Königin von Golkonda, die Prinzessin von Trapezunt, die Tochter des Groß-Khans des Tatarenreiches usw. usw. verworfen und waren nun gekommen, um sich auf dem Marmortisch des Justizpalastes auszuruhen, indem sie dem artigen Publikum so viel Sentenzen, Maximen, Spitzfindigkeiten, Definitionen und Redewendungen vorsetzten, wie die Fakultät der Künste zur damaligen Zeit nur irgend verwendete, wenn die jungen Magister geprüft wurden und ihren Doktorhut bekamen. Wahrlich, das war alles sehr schön.

In der Menschenmenge aber, über die die vier allegorischen Figuren um die Wette Fluten von Metaphern ergossen, lauschte kein Ohr so aufmerksam, blickte kein Auge so gespannt, war kein Hals so gereckt, klopfte kein Herz so laut wie das Ohr und das Auge, der Hals und das Herz des Dichters, dieses braven Pierre Gringoire, der sich noch vor kurzem die Freude nicht hatte versagen können, zwei hübschen jungen Mädchen seinen Namen zu verraten. Er hatte sich ein paar Schritte von ihnen entfernt und sich wieder hinter seinen Pfeiler zurückgezogen; dort lauschte er, schaute er und genoß er. Der wohlwollende Beifall, der den Anfang seines Prologs begrüßt hatte, hallte noch in seinem Innern wider, und er war ganz in die verzückte Andacht versenkt, mit der ein Dichter seine Gedanken Wort für Wort aus dem Munde des Darstellers in das stille Lauschen eines großen Hörerkreises fallen hört. Würdiger Pierre Gringoire!

Es fällt uns schwer, es zuzugeben, aber diese erste Verzückung wurde sehr bald gestört. Gringoire hatte kaum mit seinen Lippen den Kelch der Freude und des Triumphes berührt, da mischte sich schon ein bitterer Tropfen in den berauschenden Trank.

Ein zerlumpter Bettler, der, in der Menge eingeklemmt, keine Beute machen konnte und wahrscheinlich in den Taschen seiner Nachbarn keine ausreichende Entschädigung gefunden hatte, war auf den Gedanken verfallen, irgendeinen herausragenden Punkt zu ersteigen, um die Blicke und die Almosen auf sich zu ziehen. Er hatte sich darum während der ersten Verse des Prologs an einem Balken der für die Gesandten bestimmten Estrade hochgezogen und sich auf den Sims geschwungen, das unterhalb des Geländers entlanglief. Dort hatte er sich niedergelassen und warb mit seinen Lumpen und mit einer scheußlichen Wunde an seinem rechten Arm um die Aufmerksamkeit und das Mitleid der Menge. Im übrigen hüllte er sich in völliges Schweigen.

Dank dieser Wortlosigkeit konnte der Prolog ungehindert seinen Fortgang nehmen, und jede fühlbare Störung wäre vermieden worden, wenn das Unglück es nicht gewollt hätte, daß der Scholar Johannes von der Höhe seines Pfeilers aus den Bettler und seine Mätzchen erspähte. Ein Lachkrampf bemächtigte sich des jungen Burschen, und ohne die geringste Scheu störte er das Schauspiel und die allgemeine Andacht mit dem übermütigen Ruf: »Seht den Schwächling dort, der um Almosen bettelt!«

Wer einmal einen Stein in einen Froschteich geworfen oder einen Schuß in einen Vogelschwarm abgefeuert hat, kann sich eine Vorstellung davon machen, was für eine Wirkung diese unpassenden Worte inmitten der allgemeinen Aufmerksamkeit und Stille hervorriefen. Gringoire erzitterte unter ihnen wie unter einem elektrischen Schlag. Der Prolog verstummte, und alle Köpfe wandten sich erregt dem Bettler zu, der weit davon entfernt war, sich verblüffen zu lassen, und in diesem Zwischenfall eine gute Gelegenheit zu reicher Ernte sah. Er hub an mit kläglicher Stimme und halbgeschlossenen Augen zu rufen: »Bitte, eine milde Gabe!«

»Ja, aber … bei meiner Seele«, fuhr Johannes fort, »das ist ja Clopin Trouillefou! Hallo, mein Freund! Dich hat wohl deine Wunde am Bein belästigt? Du hast sie ja vom Bein auf den Arm versetzt!«

Bei diesen Worten warf er mit der Geschicklichkeit eines Affen eine kleine Münze in den fettigen Filzhut, den der Bettler mit seinem kranken Arm dem Volke hinhielt. Der Bettler nahm Spott und Almosen hin, ohne mit den Wimpern zu zukken, und fuhr fort, in kläglichem Ton zu rufen: »Bitte, eine milde Gabe!«

Diese Zwischenhandlung hatte die Zuhörer sehr zerstreut, und viele von ihnen, Robin Poussepain und alle Scholaren an der Spitze, beklatschten fröhlich dieses wunderliche Duett, das der Schüler mit seiner schreienden Stimme und der Bettler mit seiner einförmigen Litanei mitten im Prolog improvisiert hatten.

Gringoire war sehr entrüstet. Nachdem er sich von seiner ersten Betäubung erholt hatte, mühte er sich ab, den vier Personen auf der Bühne zuzuschreien: »Weiter, zum Teufel, weiter!« Den beiden Störenfrieden aber geruhte er nicht einmal einen Blick der Verachtung zuzuwerfen.

In diesem Augenblick fühlte er, daß jemand am Saum seines Überrockes zupfte. Er wandte sich unmutig um und konnte nur schwer ein Lächeln aufbringen. Aber ein Lächeln mußte sein; denn Gisquettes hübscher Arm war es, der sich auf diese Art durch die Balustrade hindurch bemühte, seine Aufmerksamkeit zu erregen.

»Monsieur«, sagte das junge Mädchen, »werden sie weiterspielen?«

»Natürlich«, antwortete Gringoire, den diese Frage sehr verletzte.

»Würdet Ihr dann wohl die Freundlichkeit haben«, fuhr sie fort, »mir zu erklären ...«

»... was sie sagen werden?« unterbrach sie Gringoire. »Nun, das werdet Ihr ja hören.«

»Nein«, sagte Gisquette, »was sie bis jetzt gesagt haben.«

Gringoire fuhr zusammen wie ein Mensch, dem man in eine offene Wunde greift.

»Zum Kuckuck, die dumme, vernagelte kleine Person!« murmelte er zwischen den Zähnen.

Von diesem Augenblick an war Gisquette für ihn abgetan.

Die Schauspieler hatten indes seiner Weisung Folge geleistet; und als das Publikum bemerkte, daß sie wieder zu sprechen anhuben, bequemte es sich, wieder zuzuhören. Freilich waren ihm große Schönheiten verlorengegangen, denn es war gewissermaßen eine gelötete Stelle zwischen den beiden so jäh auseinandergerissenen Teilen der Dichtung entstanden. Gringoire stellte diese bittere Tatsache im stillen fest. Die Ruhe aber hatte sich wirklich nach und nach wieder eingestellt. Der Scholar schwieg; der Bettler zählte die paar Münzen in seinem Hut, und das Stück gewann wieder die Oberhand.

Es war wirklich eine sehr schöne Dichtung, und mir scheint, als könnte sie mit einigen Verbesserungen heute noch sehr gut ankommen. Die Exposition war etwas lang, und etwas leer, das heißt, sie war so, wie die Regel es verlangte: einfach. Gringoire bewunderte in der Stille seines Herzens ihre Klarheit. Man wird sich wohl schon gedacht haben, daß die vier allegorischen Gestalten von ihrer Wallfahrt durch drei Erdteile, auf der es ihnen nicht gelungen war, ihren goldenen Delphin passend loszuwerden, etwas erschöpft waren. Darüber hinaus noch Lobreden auf den wunderbaren Fisch, in denen es von zarten Anspielungen auf den jungen Verlobten der Margarete von Flandern wimmelte, der damals in Amboise sein Leben vertrauerte und nicht ahnte, daß Landwirtschaft und Geistlichkeit, Adel und Handel um seinetwillen eine Reise um die Welt gemacht hatten. Der besagte Fisch also war jung, schön, stark, und vor allem (herrlicher Ursprung aller königlichen Tugenden), er war der Sohn des Löwen von Frankreich. Ich erkläre, daß dieses kühne Bild bewunderungswürdig ist und daß die Naturgeschichte des Theaters an einem Tag, wo ein königliches Brautpaar allegorisch verherrlicht wird, durchaus nicht vor einem Delphin zurückzuschrecken braucht, der der Sohn eines Löwen ist. Gerade diese seltsamen, pindarischen Mischungen sind ein Beweis für die echte Begeisterung. Um aber auch die Kritik zu Worte kommen zu lassen, sei gesagt, daß der Dichter diesen schönen Gedanken in weniger als zweihundert Versen hätte entwickeln können. Freilich sollte das Mysterium dem Befehl des Vogtes gemäß von zwölf Uhr mittags bis vier Uhr nachmittags dauern, und irgend etwas muß man eben sagen; auch hörte das Publikum geduldig zu.

Herr Handel und Herr Adel waren eben im besten Zuge, sich zu streiten, und Frau Landwirtschaft trug gerade den herrlichen Vers vor:

»Nie sah in den Wäldern man stolzeres Tier!«,

als sich plötzlich die Tür der Estrade, die bis dahin so unerwünscht geschlossen geblieben war, noch unerwünschter öffnete. Die schallende Stimme des Türhüters verkündete jäh: »Seine Eminenz der Kardinal von Bourbon!«

III
Der Kardinal

Armer Gringoire! Der Donner aller großen Geschütze von Paris, die Entladung von zwanzig Hakenbüchsen, der Knall der berühmten Schlange, die bei der Belagerung der Stadt am Sonntag, dem 29. September 1465, sieben Burgunder auf einen Schuß tötete, die Explosion alles Schießpulvers, das am nordöstlichen Stadttor aufgespeichert lag, würde ihm in diesem feierlichen und dramatischen Augenblick die Ohren nicht so grausam zerrissen haben wie die wenigen Worte aus dem Mund des Türhüters: »Seine Eminenz der Kardinal von Bourbon!«

Pierre Gringoire war weit davon entfernt, den Kardinal zu fürchten oder zu verachten. Er war weder einer solchen Schwäche noch einer solchen Vermessenheit fähig. Er war ein echter Eklektiker, wie man heutzutage sagen würde, einer jener starken, edlen, ruhigen und gemäßigten Geister, die es verstehen, sich immer in der Mitte zu halten, die der Vernunft und einer freisinnigen Philosophie huldigen und es dabei nicht versäumen, aus Kardinälen ihren Nutzen zu ziehen; eine unschätzbare und nie aussterbende Gattung von Denkern, denen die Weisheit wie eine zweite Ariadne ein Knäuel gegeben zu haben scheint, mit dem sie sich durch das ganze Labyrinth der menschlichen Erscheinungen vom Anbeginn der Welt an hindurchwickeln. Man begegnet ihnen zu allen Zeiten; sie sind immer dieselben, das heißt, sie entsprechen immer ihrer Zeit. Ganz abgesehen von unserem Pierre Gringoire, der, wenn es uns gelingt, ihn verdientermaßen zu schildern, die Gattung im fünfzehnten Jahrhundert vertreten würde, ist es gewiß ihr Geist, der du Breul erfüllte, als er im sechzehnten Jahrhundert die unbefangenen, erhabenen, aller Jahrhunderte würdigen Worte schrieb: ›Ich bin Pariser von Geburt und Parrhisier von Sprache, denn parrhisia meinet auf griechisch Freiheit der Sprache, deren ich mich allzeit bedienet habe, auch wider die Herren Kardinäle, Oheim und Brüder des Prinzen von Conti, dennoch in allem schuldigen Respekt vor dero Erhabenheit und ohne eine Person aus dero Gefolge zu beleidigen, welches gar viel besagen will.‹

Darum hatten weder Haß noch Verachtung einen Anteil an der unangenehmen Empfindung, die die Gegenwart des Kardinals in Pierre Gringoire erweckte. Ganz im Gegenteil; unser Dichter hatte einen viel zu gesunden Menschenverstand und einen viel zu abgeschabten Rock, um nicht ganz besonderen Wert darauf zu legen, daß manche Anspielung in seinem Prolog, vor allem die Verherrlichung des goldenen Delphins, Sohn des Löwen von Frankreich, von einem eminentesten Ohr aufgefangen werde. Aber der Vorteil pflegt die edle Natur der Dichter nicht zu beherrschen. Wenn ich annehme, daß das Wesen des Dichters durch die Zahl Zehn dargestellt wird, so fände ein Chemiker, wenn er es analysierte und pharmakopolisierte, wie Rabelais es ausdrückt, sicher nur einen Teil Eigennutz und neun Teile Eigenliebe darin. Im Augenblick nun, da sich die Tür vor dem Kardinal öffnete, waren diese neun Teile Eigenliebe bei Gringoire durch den Hauch der öffentlichen Bewunderung zu einem erstaunlichen Umfang aufgebläht und erstickten ganz das kleine Teilchen Eigennutz, das wir eben im Wesen der Dichter feststellten und das im übrigen ein sehr schätzenswerter Bestandteil ihres Wesens ist, ein irdischer und menschlicher Ballast, ohne den ihre Füße die Erde nie berühren würden. Gringoire schwelgte darin, zu hören, zu sehen, zu fühlen, wie der unendliche Wortschwall, der unaufhörlich aus allen Teilen seiner hochzeitlichen Dichtung hervorsprudelte, eine ganz große Versammlung — von Gesindel freilich, aber was kümmerte das ihn — betäubte, lähmte und versteinerte. Ich muß feststellen, daß er selbst die allgemeine Verzückung teilte und im Gegensatz zu La Fontaine, der bei der Aufführung seines ›Florentin‹ fragte: »Wer ist der Lümmel, der diese Rhapsodie gemacht hat?«, gern seinen Nachbar gefragt hätte: »Von wem ist dieses Meisterwerk?« Man wird die Wirkung ermessen können, die das jähe und unzeitige Eintreffen des Kardinals auf ihn ausübte.

Seine Befürchtungen waren nur allzu begründet. Das Auftreten Seiner Eminenz verwirrte das ganze Publikum. Alle Köpfe wandten sich der Estrade zu. Man hörte sein eignes Wort nicht mehr. »Der Kardinal! Der Kardinal!« klang es aus allen Kehlen. Der unglückliche Prolog verstummte zum zweitenmal.

Der Kardinal blieb einen Augenblick auf der Schwelle der Estrade stehen. Während er einen recht gleichgültigen Blick über das Publikum streifen ließ, steigerte sich der Aufruhr. Jeder wollte am besten sehen. Jeder versuchte den Kopf über die Schultern seines Nachbarn zu erheben.

Wahrlich, es war eine hohe Persönlichkeit, deren Anblick gut und gern jedes andere Schauspiel aufwog. Karl, Kardinal von Bourbon, Erzbischof und Graf von Lyon, Primas von Frankreich, war sowohl mit Ludwig dem Elften wie mit Karl dem Kühnen verwandt. Sein Bruder Peter, der Herr von Beaujeu, war mit der ältesten Tochter des Königs verheiratet, und seine Mutter war Agnes von Burgund. So war der vorherrschende, der hervorstechendste Zug im Charakter des Primas der Gallier sein höfischer Geist und seine Ergebenheit gegen die Mächtigen. Man kann sich vorstellen, was für unendliche Verlegenheiten ihm diese doppelte Verwandtschaft bereitet hatte und zwischen wie vielen weltlichen Klippen sich seine geistliche Barke hatte hindurchwinden müssen, um weder an Ludwig noch an Karl zu zerschellen, dieser Skylla und dieser Charybdis, die den Herzog von Nemours und den Konnetable von Saint-Pol verschlungen hatten. Dem Himmel sei Dank, er hatte die gefährliche Fahrt recht gut überstanden und war ohne Unfall in Rom gelandet. Aber obwohl er im Hafen war, oder vielleicht gerade weil er im Hafen war, dachte er niemals ohne Unruhe an die Wechselfälle seiner politischen Laufbahn zurück, die so lange mühselig und aufregend gewesen war. So pflegte er zu sagen, das Jahr 1476 sei für ihn schwarz und weiß gewesen, womit er ausdrücken wollte, daß er in diesem einen Jahr seine Mutter, die Herzogin von Bourbonnais, und seinen Vetter, den Herzog von Burgund, verlor und daß ihn die eine Trauer über die andere getröstet hatte.

Im übrigen war er ein braver Mann, führte das lustige Leben eines Kardinals, war gern fröhlich über einem Glas Chaillot, verteilte Almosen lieber an hübsche junge Mädchen als an alte Weiber, haßte weder Richarde la Garmoise noch Thomasse la Saillarde und war infolgedessen bei der Bevölkerung von Paris sehr beliebt. Er zeigte sich nie ohne einen kleinen Hofstaat von munteren, weltmännischen Bischöfen und Abbés vornehmer Herkunft, die einen guten Schmaus nicht verschmähten; und mehr als einmal waren die frommen Kirchgängerinnen von Saint-Germain-l'Auxerrois entsetzt, daß sie abends, wenn sie an den erleuchteten Fenstern seines Palastes vorübergingen, dieselben Stimmen, die ihnen bei Tageslicht die Messe gesungen hatten, beim Klang der Gläser ›Bibamus papaliter‹[1] psalmodieren hörten, den bacchischen Wahlspruch von Papst Benedikt dem Zwölften, dem Papst, der der Tiara eine dritte Krone hinzufügte.

[1] lat., Trinken wir päpstlich!

Seine allgemeine Beliebtheit, die er so verdientermaßen genoß, mochte ihn wohl vor einem unfreundlichen Empfang von seiten dieser Volksmenge bewahren, die sich noch kurz vorher so unzufrieden geäußert hatte und an einem Tag, wo sie selbst einen Papst wählen wollte, wenig geneigt war, einem Kardinal Hochachtung zu erweisen. Die Pariser aber lassen ihren Groll rasch wieder fallen; zudem war es ihnen gelungen, den Anfang der Vorstellung zu erzwingen, und dieser Sieg über den Kardinal genügte den guten Bürgern. Auch war der Kardinal von Bourbon ein schöner Mann und trug ein sehr schönes, rotes Kleid, das ihm sehr gut stand. So war er des Beifalls aller Frauen und darum der größeren Hälfte des Publikums sicher. Es wäre ausgesprochene Ungerechtigkeit und sehr schlechter Geschmack gewesen, wenn man einen Kardinal, der ein schöner Mann war und sein rotes Kleid zu tragen verstand, wegen seines Zuspätkommens verhöhnt hätte.

Kurz, er trat ein, grüßte die Versammelten mit dem erblichen Lächeln, dessen sich die Großen vor dem Volk befleißigen, schritt langsam auf seinen scharlachnen Samtsessel zu und sah aus, als ob er an etwas ganz anderes denke. Sein Gefolge, oder wie wir heute sagen würden, sein Stab von Bischöfen und Äbten strömte hinter ihm auf die Estrade und steigerte den Aufruhr und die Neugierde im Volke. Man zeigte sie sich, man nannte sie sich; jeder wollte wenigstens einen kennen, der den Bischof von Marseille, Alaudet mit Namen, wenn ich mich recht erinnere, jener den Abt von Saint-Denis, ein anderer Robert de Lespinasse, Abt von Saint-Germain des Prés, den liederlichen Bruder einer Mätresse Ludwigs des Elften. Das alles ging unter viel Spott und Geschrei vor sich. Die Scholaren aber lästerten und kreischten. Sie hatten heute ihren Tag, ihr Narrenfest, die jährlich wiederkehrende nächtliche Orgie der Universität und der Gerichtsbarkeit. Keine lose Rede, die an diesem Tag nicht berechtigt und geheiligt war. Es waren auch Frauenzimmer unter der Menge, Simone Quatrelivres, Agnès la Gadine, Robine Piédebou. War es nicht an einem so schönen Tage und in der guten Gesellschaft von Geistlichen und Freudenmädchen das mindeste, daß man nach Belieben fluchte und den Namen Gottes ein wenig mißbrauchte? Daran ließen sie es nicht fehlen, und all diese losgelassenen Mäuler, die Zungen all dieser Scholaren und Gerichtsschreiber, die das ganze übrige Jahr durch die Angst vor dem glühenden Eisen des heiligen Ludwig in Zaum gehalten wurden, erzeugten inmitten des wirren Lärms eine entsetzliche Katzenmusik von Lästerungen und Abscheulichkeiten. Armer heiliger Ludwig! Wie verhöhnten sie ihn in seinem eigenen Justizpalast. Jeder von ihnen hatte sich unter den Eintretenden einen Priesterrock aufs Korn genommen, der einen schwarzen, jener einen grauen, ein anderer einen weißen oder einen violetten. Johannes Frollo de Molendino aber hatte sich in seiner Eigenschaft als Bruder eines Erzdechanten kühn an das Rote geheftet; er richtete seine frechen Augen auf den Kardinal und sang aus vollem Halse: »Cappa repleta mero!«[1]

Alle diese Einzelheiten, die wir dem Leser zur Information ungeschminkt wiedergeben, wurden so von dem allgemeinen Lärm übertönt, daß sie sich verwischten, ehe sie bis zu den reservierten Plätzen vordrangen. Die Freiheiten dieses Tages waren im übrigen so althergebrachte Sitte, daß sie den Kardinal wenig erregt hätten. Er war zudem von einer andern Sorge eingenommen, die ihn viel mehr beschäftigte und die seinem Gesicht abzulesen war; sie folgte ihm auf dem Fuße und betrat fast zugleich mit ihm die Estrade. Es war die Gesandtschaft aus Flandern.

Er war durchaus kein tiefblickender Staatsmann, machte sich auch nicht viel Gedanken über die möglichen Folgen der Heirat seiner Frau Cousine Margarete von Burgund mit seinem Herrn Cousin Karl, dem österreichischen Dauphin. Er zerbrach sich nicht den Kopf darüber, wie lange das geleimte gute Einverständnis zwischen dem Herzog von Österreich und dem König von Frankreich halten werde und wie der König

[1] lat., Die Kappe (Kardinalsrock), duftend vom Weine!

von England es hinnehmen werde, daß man seine Tochter verschmäht hatte. Er freute sich jeden Abend des Weins aus der königlichen Kelterei von Chaillot und ahnte nicht, daß einige Flaschen dieses selben Weins, als herzliches Geschenk von Ludwig dem Elften an Eduard den Vierten gesandt (allerdings von dem Arzt Coictier vorher etwas verändert und verbessert), Ludwig den Elften eines schönen Tages von Eduard dem Vierten befreien würden. Derlei Sorgen bereitete die ›sehr ehrenvolle Gesandtschaft des Herrn Herzogs von Österreich‹ dem Kardinal nicht; sie war ihm aus anderen Gründen zur Last. Es war wahrlich etwas hart, wie wir schon auf der zweiten Seite dieses Buches mit einem Wort berührten, daß er, Karl von Bourbon, den ersten besten Bürgern großen Empfang und Feste bereiten mußte; er, der Kardinal, diesen Schöffen; er, der Franzose und heitere Zechgenosse, diesen flämischen Biersäufern, und das in aller Öffentlichkeit. Und es war ganz bestimmt eine der widerlichsten Grimassen, die er je im Dienste des Königs vollführen mußte.

Dennoch mühte er sich so eifrig, daß er sich mit der huldreichsten Miene von der Welt der Tür zuwandte, als die schallende Stimme des Türhüters verkündete: »Die Herren Gesandten des Herzogs von Österreich!« Wir brauchen wohl kaum zu erwähnen, daß der ganze Saal seinem Beispiel folgte und sich auch der Tür zuwandte.

Mit einem Ernst, der gegen das mutwillige Gebaren des geistlichen Gefolges Karl von Bourbons abstach, betraten die achtundvierzig Gesandten Maximilians von Österreich paarweise die Estrade. An ihrer Spitze schritt der ehrwürdige Pater Johann, Abt von Saint-Bertin, Kanzler des Goldnen Vlieses, und Jakob von Goy, Herr von Dauby, Oberamtmann von Gent. In der Menge trat eine große Stille ein; sie wurde nur von unterdrücktem Gelächter gestört; man lauschte all den ungereimten Namen und bürgerlichen Titeln, die jeder Eintretende mit unerschütterlicher Gelassenheit dem Türhüter hinwarf, der sie ganz verstümmelt, Namen und Titel bunt durcheinander, ins Volk schleuderte. Da war Meister Loys Roelof, Schöffe der Stadt Löwen; Herr Clays d'Etuelde, Schöffe von Brüssel; Herr Paul de Baeust, Herr von Voirmizelle, Vogt von Flandern; Meister Jan Coleghens, Bürgermeister der Stadt Antwerpen; Meister Georg van der Moere, erster Schöffe der Stadt Gent; Meister Gheldolf van der Hage, der Herr von Bierbecque, Jan Pinnock, Jan Dymaerzelle usw. usw. usw.; Amtmann, Schöffe, Bürgermeister; Bürgermeister, Schöffe, Amtmann; alle aufrecht, steif, schwerfällig, von Samt und Damast strotzend, auf dem Kopf schwarze Samtbarette, mit großen goldenen Quasten aus Zypern daran. Es waren alles gute flämische Köpfe, würdige, strenge Gestalten, vom selben Geschlecht wie die starken, gewichtigen Erscheinungen, die Rembrandt aus dem dunklen Grund seiner Nachtwache hervortreten läßt. Es waren alles Männer, denen auf der Stirn geschrieben stand, daß sich Maximilian von Österreich mit vollem Recht ›ihrer Vernunft, Tapferkeit, Erfahrung, Redlichkeit und Treue anvertraute‹, wie in seinem Manifest stand.

Nur einer unter ihnen war anderer Art; er hatte ein feingeschnittenes, kluges, listiges Gesicht, eine Art Affen- und Diplomatenschnauze. Der Kardinal ging dem Mann drei Schritte entgegen und verbeugte sich tief vor ihm; und doch hieß er nur Willem Rym, Rat und Pensionär der Stadt Gent.

Wenige Menschen nur wußten, wer Willem Rym war; ein seltener Geist, der in Zeiten des Aufruhrs an der Oberfläche der Ereignisse geglänzt hatte, der sich aber im fünfzehnten Jahrhundert darauf beschränken mußte, Ränke zu schmieden und in den ›Minen zu leben‹, wie der Herzog von Saint-Simon sagt. Der größte Ränkeschmied Europas aber schätzte ihn hoch. Er war ein vertrauter Mitarbeiter an den Plänen Ludwigs des Elften und legte oft Hand an die geheimen Geschäfte des Königs. Das waren Dinge, von denen die Menge nichts ahnte, die sich über die Höflichkeit des Kardinals gegen diese kümmerliche Person eines flämischen Amtmanns in großer Verwunderung erging.

IV
Meister Jakob Coppenole

Während der Pensionär von Gent und die Eminenz Höflichkeiten und ein paar leise geflüsterte Worte tauschten, erschien auf der Schwelle ein Mann von hoher Gestalt, breitem Gesicht und mächtigen Schultern, der sich anschickte, an Willem Ryms Seite die Estrade zu betreten; er wirkte neben ihm wie eine Dogge neben einem Fuchs. Seine Filzkappe und sein ledernes Wams stachen merkwürdig gegen all den Samt und Seidenglanz ab, der ihn umgab. Der Türhüter meinte einen verirrten Reitknecht vor sich zu haben und hielt ihn an.

»Halt, Freundchen, hier kommt man nicht herein.«

Der Mann im ledernen Wams stieß ihn mit der Schulter zurück.

»Was will der Kerl von mir?« sagte er mit einer Stimme, deren lauter Klang den ganzen Saal auf das seltsame Zwiegespräch aufmerksam machte. »Siehst du nicht, daß ich dazu gehöre?«

»Euer Name?« fragte der Türhüter.

»Jakob Coppenole.«

»Euer Stand?«

»Strumpfwirker zu Gent. Ich führe drei Ketten im Warenschild.«

Der Türhüter wich zurück. Es war noch allenfalls erträglich, Schöffen und Bürgermeister anzumelden, aber einen Strumpfwirker, das war hart. Der Kardinal saß auf Kohlen. Alles Volk lauschte und riß die Augen auf. Seit zwei Tagen bemühte sich Seine Eminenz, diese flämischen Bären zu belecken, um sie der Öffentlichkeit etwas salonfähiger zu machen; der Rückfall war schmerzlich. Willem Rym aber trat mit schlauem Lächeln an den Türhüter heran.

»Meldet Meister Jakob Coppenole, Stadtschreiber von Gent«, flüsterte er ihm sehr leise zu.

»Türhüter«, sagte der Kardinal mit lauter Stimme, »meldet

Meister Jakob Coppenole, Stadtschreiber der berühmten Stadt Gent.«

Das war ein Fehler. Willem Rym allein hätte die Schwierigkeit beseitigt; aber die Worte des Kardinals hatte Coppenole gehört.

»Nein, potztausend!« schrie er mit seiner Donnerstimme. »Jakob Coppenole, Strumpfwirker. Hörst du, Türhüter? Nicht mehr und nicht weniger. Potztausend! Strumpfwirker ist schön genug. Der Erzherzog hat mehr als einmal seinen Handschuh in meinen Strümpfen gesucht.«

Gelächter und Beifall brach los. Ein Witz wird in Paris sofort verstanden und darum immer beklatscht.

Dazu kam noch, daß Coppenole zum Volk gehörte und daß das Publikum aus Volk bestand. Der Kontakt zwischen ihnen stellte sich schlagartig, wie elektrischer Strom und stehenden Fußes her. Der hochmütige Ausfall des flämischen Strumpfwirkers, der die Hofleute demütigte, hatte in den Seelen all dieser Plebejer des fünfzehnten Jahrhunderts ein noch unbestimmtes Gefühl der Würde erweckt. Dieser Strumpfwirker, der dem Herrn Kardinal getrotzt hatte, war einer der ihren, und das war ein süßer Gedanke für arme Teufel, die gewohnt waren, den Dienern der Wachleute des Amtmanns des Abtes von Sainte-Geneviève, der ein Gefolgsmann des Kardinals war, Ehrerbietung und Gehorsam zu zollen.

Coppenole grüßte Seine Eminenz mit stolzer Miene, und der Kardinal gab dem allmächtigen Bürger, den Ludwig der Elfte fürchtete, seinen Gruß zurück. Dann suchten beide ihre Plätze auf, der Kardinal mit bestürztem, sorgenvollem Angesicht, Coppenole in ruhiger, hochmütiger Haltung. Willem Rym, der ›weise boshafte Mann‹, wie Philippe de Comines sagt, folgte ihnen mit überlegenem, spöttischem Lächeln. Coppenole mochte wohl denken, der Titel eines Strumpfwirkers sei schließlich jeden andern Titel wert; hätte ihn doch Maria von Burgund, die Mutter jener Margarete, die er heute verheiratete, weniger gefürchtet, wenn er Kardinal gewesen wäre;

denn ein Kardinal hätte die Genter nicht zur Empörung gegen die Günstlinge der Tochter Karls des Kühnen getrieben; ein Kardinal hätte die Menge nicht mit einem Worte gegen ihre Tränen und Bitten festgemacht, als sie, das Fräulein von Flandern, kam, um am Fuß des Schafotts ihr Volk für diese Günstlinge um Gnade anzuflehen; der Strumpfwirker aber hatte nur seinen Arm im ledernen Ärmel zu heben brauchen, da fielen eure beiden Köpfe, ihr erlauchten Herren Guy d'Hymbercourt und Kanzler Willem Hugonet!

Noch aber waren die Leiden des armen Kardinals nicht erschöpft, und den Kelch, sich in so schlechter Gesellschaft zu befinden, mußte er bis zur Neige leeren.

Der Leser wird sich vielleicht noch des unverschämten Bettlers erinnern, der sich seit dem Anfang des Prologs an den Fransen der Kardinalsestrade festgeklammert hielt. Die Ankunft der erlauchten Gäste hatte ihn keineswegs bewogen, seinen Posten aufzugeben, während sich Prälaten und Gesandte auf den Bänken der Estrade drängten wie echte flämische Pökelheringe in der Tonne, hatte er es sich auf dem Gesims bequem gemacht und behaglich seine Beine gekreuzt. Das war eine unerhörte Frechheit; sie wurde im ersten Augenblick von niemand beachtet, weil die Aufmerksamkeit anderweitig in Anspruch genommen war. Er seinerseits aber schenkte den Vorgängen im Saal keinerlei Beachtung; mit einer ganz neapolitanischen Sorglosigkeit wiegte er den Kopf hin und her und rief von Zeit zu Zeit sein gewohntes, eintöniges »Bitte, eine milde Gabe!« mechanisch in den Lärm hinein. Er war wohl der einzige in der ganzen Versammlung, der es verschmähte, bei der Auseinandersetzung zwischen Coppenole und dem Türhüter den Kopf zu wenden. Nun wollte es der Zufall, daß der Meister Strumpfwirker aus Gent, mit dem das Volk sich schon so einig fühlte und auf den aller Augen gerichtet waren, sich auf der vordersten Bank der Estrade gerade oberhalb des Bettlers niederließ. Man war nicht wenig erstaunt, als der flämische Gesandte dem Kerl, der ihm unter der Nase saß, freundschaftlich auf die lumpenbedeckte Schulter klopfte, nachdem er ihn näher in Augenschein genommen hatte. Der Bettler wandte sich um; das war eine Überraschung, ein Wiedererkennen, ein Aufleuchten auf beiden Gesichtern. Ohne sich im geringsten um die Zuschauer zu kümmern, huben der Strumpfwirker und der Schwächling an, Hand in Hand sich leise zu unterhalten. Die Lumpen von Clopin Trouillefou wirkten auf dem Goldbrokat der Estrade wie eine Raupe auf einer Orange.

Die Neuheit dieses seltsamen Vorgangs erweckte im Saal einen solchen Sturm der Heiterkeit und des Übermuts, daß der Kardinal schon bald darauf aufmerksam wurde. Er beugte sich etwas vor, und da er von seinem Platz aus nur einen unvollkommenen Anblick der widerlichen Lumpen des Trouillefou erhaschen konnte, so meinte er natürlich, daß der Bettler um Almosen bitte. Empört über solche Frechheit, rief er: »Herr Palasthauptmann, werft mir den Kerl in den Fluß!«

»Potztausend! Herr Kardinal«, sagte Coppenole, ohne die Hand von Clopin loszulassen, »er ist ein Freund von mir.«

»Heil! Heil!« schrie die Menge. Von diesem Augenblick an genoß Meister Coppenole in Paris wie in Gent ›gar großer Beliebtheit beim Volke; denn Leuten von seinem Schlag‹, sagt Philippe de Comines, ›gebührt es, wüst zu tun‹.

Der Kardinal biß sich auf die Lippen. Er neigte sich zu seinem Nachbarn, dem Abt von Sainte-Geneviève, und sagte halblaut zu ihm: »Drollige Gesandte, die uns da der Erzherzog schickt, um Prinzessin Margarete bei uns anzukündigen!«

»Euer Eminenz verschwendet zuviel Höflichkeit an diese flämischen Schweineschnauzen«, antwortete der Abt, »margaritas ante porcos.«[1]

»Sagt lieber: Porcos ante Margaritam«, entgegnete lächelnd der Kardinal.

Der ganze kleine Hofstaat im Priesterrock geriet in Entzük-

[1] lat., Perlen vor die Säue (geworfen); das folgende Wortspiel ›Säue vor die Perle‹ bezieht sich natürlich auf Margarete.

ken über dieses Wortspiel. Der Kardinal fühlte sich etwas erleichtert; er war quitt mit Coppenole; er hatte auch einen Witz gemacht, und sein Witz war auch bejubelt worden.

Jetzt möchte ich die unter meinen Lesern, die fähig sind, ein Bild und einen Gedanken zu verallgemeinern – um sich der Ausdrucksweise unserer Tage zu bedienen –, fragen, ob ihnen das Schauspiel, das das gewaltige Parallelogramm des großen Saales im Palast in diesem Augenblick bot, recht lebhaft vor der Seele steht: in der Mitte des Saales, an seine westliche Mauer gelehnt, die große, prächtige, mit Goldbrokat bespannte Estrade; die kleine Spitzbogentür, durch die gewichtige, ernste Männer wie in einer Prozession hereinschritten, während die schreiende Stimme des Türhüters einen Namen nach dem anderen verkündete; die vordersten Bänke schon mit ehrwürdigen Gestalten besetzt, die in Hermelin, Samt und Scharlach gehüllt sind; um die Estrade herum, die in würdigem Stillschweigen verharrt, eine große Volksmenge und großer Lärm unten, gegenüber, überall; tausend Blicke, die sich an jedes Gesicht auf der Estrade heften, Geflüster und Gezischel über jeden Namen. Sicher, das Schauspiel ist sehenswert und verdient wohl die Aufmerksamkeit der Zuschauer. Was aber hat jenes bühnenartige Gestell ganz unten am Ende des Saales zu besagen, mit den vier bunten Hampelmännern oben darauf und vier anderen unten? Wer ist am Fuß dieser Bühne der Mann im schwarzen Rock mit dem bleichen Gesicht? Ach, lieber Leser, das ist Pierre Gringoire und sein Prolog.

Wir hatten ihn alle vollständig vergessen.

Das war es gerade, was er fürchtete.

Seit der Kardinal den Saal betreten hatte, war Gringoire unaufhörlich bemüht, seinen Prolog zu retten. Zuerst hatte er die Schauspieler, denen das Wort im Munde steckengeblieben war, veranlaßt, mit erhobener Stimme fortzufahren; als er aber sah, daß niemand zuhörte, hatte er sie wieder aufhören lassen. Nun dauerte die Unterbrechung schon eine Viertelstunde; er ließ nicht ab, mit dem Fuß zu stampfen und sich abzuzappeln; er ermunterte Gisquette und Liénarde, in ihren Nachbarn das Verlangen nach Fortsetzung des Prologs zu erwecken – alles vergebens. Der Kardinal, die Gesandtschaft und die Estrade blieben unentwegt der Mittelpunkt dieser unzähligen Gesichtskreise. Wir bedauern, es aussprechen zu müssen, aber wahrscheinlich hatte der Prolog schon angefangen, die Zuhörer sanft zu peinigen, als Seine Eminenz erschien und die Aufmerksamkeit auf so schreckliche Weise von ihm ablenkte. Auch bot sich hier wie dort dasselbe Schauspiel, auf der Estrade wie auf dem Marmortisch: der Hader zwischen Geistlichkeit und Landwirtschaft, zwischen Adel und Handel. Vielen Leuten aber behagte es mehr, sie ohne dichterisches Gewand, lebend, atmend, handelnd, um sich stoßend in Fleisch und Blut, in Gestalt dieser flämischen Gesandtschaft, dieses bischöflichen Hofstaats, unter dem Kardinalsrock, unter dem Wams des Coppenole zu sehen als geschminkt, geputzt, in Versen sprechend und gewissermaßen verpackt in die gelben und weißen Gewänder, mit denen sie Gringoire vermummt hatte.

Als aber unser Dichter die Ruhe leidlich hergestellt sah, ersann er trotzdem eine Kriegslist, die alles hätte retten können.

»Monsieur«, sagte er zu einem seiner Nachbarn, einem biederen, dicken Mann mit geduldigem Ausdruck, »wie wäre es, wenn man wieder von vorn anfinge?«

»Womit?« fragte der Nachbar.

»Nun, mit dem Mysterium«, sagte Gringoire.

»Wie es Euch beliebt«, entgegnete der dicke Mann.

Diese halbe Zustimmung genügte Gringoire; er nahm seine Sache selbst in die Hand, drängte sich möglichst in die Menge und hub an zu schreien: »Fangt mit dem Mysterium wieder von vorn an! Wieder von vorn anfangen!«

»Zum Teufel«, sagte Johannes de Molendino, »was grölen die da unten?« (Denn Gringoire machte einen Lärm für vier.) »Sagt einmal, Kameraden, war das Mysterium nicht zu Ende?

Sie wollen wieder von vorn anfangen. Das wäre noch schöner!«

»Nein, nein«, schrien alle Scholaren. »Nieder mit dem Mysterium, nieder!«

Aber Gringoire vervielfältigte sich und schrie nur um so lauter: »Fangt wieder von vorn an! Fangt wieder von vorn an!«

Das Geschrei erregte die Aufmerksamkeit des Kardinals.

»Herr Palasthauptmann«, sagte er zu einem großen schwarzen Mann, der in seiner Nähe stand, »stecken die Teufelchen in einem Weihkessel, daß sie einen solchen Höllenlärm vollführen?«

Der Palasthauptmann war eine etwas amphibische Amtsperson, eine Art Gerichtsfledermaus, halb Maus, halb Vogel, halb Richter, halb Soldat.

Er näherte sich Seiner Eminenz und berichtete ihm stotternd, nicht ohne Angst vor seinem möglichen Zorn, über das ungehörige Verhalten des Volkes; es habe zwölf Uhr geschlagen, und Seine Eminenz sei noch nicht dagewesen; da habe man die Komödianten gezwungen anzufangen, ohne auf Seine Eminenz zu warten.

Der Kardinal brach in helles Lachen aus.

»Meiner Treu, der Herr Rektor von der Universität hätte es nur auch so machen sollen. Was meint Ihr, Meister Willem Rym?«

»Monseigneur«, antwortete Willem Rym, »wir wollen froh sein, daß wir der halben Komödie entgangen sind. Das ist doch immerhin ein Gewinn.«

»Dürfen die Schelme mit ihrem Schwank fortfahren?« fragte der Palasthauptmann.

»Spielt nur weiter, spielt nur weiter«, sagte der Kardinal, »das ist mir gleich. Ich lese solange in meinem Brevier.«

Der Palasthauptmann trat an den Rand der Estrade, gebot mit einer Handbewegung Ruhe und rief: »Bürger, Unfreie und Einwohner! Um die, die wünschen, daß man wieder von vorn anfängt, und die, die wünschen, daß man aufhört, gleichermaßen zu befriedigen, haben Seine Eminenz befohlen, daß man weiterspiele.«

So hieß es von beiden Seiten sich bescheiden. Aber sowohl der Dichter wie das Publikum trugen dem Kardinal seinen Machtspruch noch lange nach.

Die Personen auf der Bühne fingen also an, ihren Redestrom wieder fließen zu lassen, und Gringoire hoffte, daß wenigstens der übrige Teil seines Werkes willige Ohren finden werde. Diese Hoffnung aber hatte das gleiche Schicksal wie seine andern Illusionen; sie wurde ihm alsbald zerstört. Im Publikum war wirklich wieder leidliche Ruhe eingetreten; aber Gringoire hatte nicht beachtet, daß die Estrade keineswegs gefüllt war, als der Kardinal Befehl zum Weiterspielen gab. Den flämischen Gesandten folgten neue Persönlichkeiten, die zu den Eingeladenen gehörten. Der immer wiederkehrende Ruf des Türhüters verkündete ihre Namen und Titel mitten in die Verse hinein und richtete beträchtliche Verwüstung unter ihnen an. Man stelle sich eine kläffende Stimme vor, die bei einer Theateraufführung zwei Reime, ja zwei Versfüße durch Zwischensätze wie diese zerreißt: »Magister Jacques Charmolue, königlicher Anwalt beim geistlichen Gericht!«

»Jehan de Harlay, Stallmeister, Oberster der berittenen Nachtwache der Stadt Paris!«

»Ritter Galiot de Genoilhac, Herr von Brussac, Geschützmeister des Königs!«

»Meister Dreux-Raguier, Verwalter der Domänen des Königs unseres Herrn in Pays de France, Champagne und Brie!«

»Ritter Louis de Graville, Rat und Kammerherr des Königs, Admiral von Frankreich, Vogt des Forstes von Vincennes!«

»Meister Denis le Mercier, Vorsteher des Blindenhauses von Paris!« – usw. usw. usw.

Die Lage wurde unhaltbar.

Die seltsame Begleitung, die es schwer machte, der Darstellung zu folgen, entrüstete Gringoire um so mehr, als er sich nicht verhehlen konnte, daß seine Dichtung immer fesselnder wurde und daß eine aufmerksame Zuhörerschaft das einzige war, was ihr fehlte. Man könnte sich in der Tat kaum einen sinnreicheren, dramatischeren Aufbau denken. Die vier Gestalten des Prologs ergingen sich in Wehklagen über ihre tödliche Verlegenheit, da erschien ihnen Venus in Person (vera incessu patuit dea), gekleidet in ein schönes Gewand, das mit dem Wappen der Stadt Paris geschmückt war. Sie beanspruchte den Delphin, der der Allerschönsten versprochen war, für sich selbst. Jupiter, dessen Donner man in der Garderobe grollen hörte, unterstützte ihren Anspruch, und die Göttin hätte den Sieg davongetragen oder, ohne Bild gesprochen, den Herrn Dauphin geheiratet, wenn nicht ein junges Geschöpf in weißem Seidendamast mit einem Gänseblümchen in der Hand (durchsichtige Anspielung auf die Prinzessin von Flandern, denn man nennt es ja auch Margaretenblume) aufgetreten wäre, um mit Venus zu kämpfen. Das war der Höhepunkt und die Peripetie. Nach einem Wortgefecht kamen Venus, Margarete und die übrigen Mitwirkenden überein, die Entscheidung dem weisen Urteil der Heiligen Jungfrau zu überlassen. Es war noch eine weitere schöne Rolle vorgesehen, die des Dom Pedro, Königs von Mesopotamien. Aber die vielen Unterbrechungen machten es schwer, den Zweck seines Auftretens zu ergründen. Alle diese Figuren hatten die Bühne mittels der Leiter erklommen.

Um das Mysterium aber war es geschehen. Seine Schönheiten wurden weder empfunden noch begriffen. Beim Erscheinen des Kardinals hatte etwas wie ein unsichtbarer Zauberfaden alle Blicke vom Marmortisch nach der Estrade, vom südlichen Ende des Saales nach seiner westlichen Seite gezogen. Nichts konnte das Auditorium entzaubern. Alle Blicke blieben dort haften, und die Ankommenden, ihre verfluchten Namen, ihre Gesichter und ihre Gewänder fesselten die Aufmerksamkeit immer von neuem. Es war trostlos. Außer Gisquette und

Liénarde, die sich von Zeit zu Zeit umwandten, wenn Gringoire sie am Ärmel zupfte, außer dem dicken, geduldigen Mann hörte niemand zu, schaute niemand der armen verlassenen Moralität ins Angesicht. Gringoire hatte nichts als Profile vor sich.

Mit welcher Bitterkeit sah er das Gebäude seiner Dichtung und seines Ruhmes Stück für Stück zusammenbrechen. Mit welcher Bitterkeit dachte er daran, daß dieses Volk sich aus ungeduldigem Verlangen nach seiner Dichtung beinahe gegen den Herrn Palasthauptmann empört hatte. Jetzt, wo die Vorstellung im Gange war, kümmerte sich niemand darum, und doch war ihr Anfang von so einmütigem Beifall begrüßt worden. Das war die ewige Ebbe und Flut der Volksgunst. Wenn man bedenkt, daß man doch nahe daran gewesen war, die Wachleute des Palasthauptmanns zu henken! Was hätte er nicht darum gegeben, diese honigsüße Stunde noch einmal zu durchleben!

Der rohe Monolog des Türhüters nahm aber schließlich ein Ende. Es waren endlich alle da, und Gringoire atmete auf. Die Schauspieler blieben tapfer bei der Sache. Aber siehe da! Plötzlich erhob sich Meister Coppenole, der Strumpfwirker, und Gringoire mußte erleben, daß er unter allgemeiner Aufmerksamkeit folgende abscheuliche Ansprache hielt: »Meine Herren Bürger und Junker von Paris! Was, zum Donnerwetter, machen wir eigentlich hier? Dort unten in der Ecke, auf dem Gerüst, sehe ich Leute, die dreinschauen, als wollten sie sich schlagen. Nennt ihr das ein Mysterium? Das ist aber nicht lustig. Sie fechten nur mit der Zunge und nichts weiter. Seit einer Viertelstunde warte ich auf die erste Ohrfeige, aber nichts kommt; die Kerls sind feige, sie tun mit dem Maulwerk groß, aber sie schlagen nicht zu. Es wäre klüger gewesen, Faustkämpfer aus London oder Rotterdam kommen zu lassen, da hättet ihr was erleben können! Da hätte man bis draußen auf den Platz die Knochen knacken hören. Aber das dort sind Jammerlappen. Wenn sie uns wenigstens einen maurischen

Tanz vorführten oder irgendeine Mummerei! Man hat mir ganz andere Dinge versprochen; es war von einem Narrenfest und einer Papstwahl die Rede. Wir haben auch unsern Narrenpapst in Gent, in solchen Dingen sind wir nicht rückständig, zum Donnerwetter! Aber wir machen das so, paßt auf. Das Volk versammelt sich, gerade wie hier. Dann steckt einer nach dem andern den Kopf durch ein Loch und zieht der ganzen Versammlung eine Fratze. Wer die tollste Fratze schneidet und einmütig beklatscht wird, der ist Papst. Da habt ihr's; großartig, was? Wollt ihr, daß wir euren Papst nach dem Brauch meines Landes ernennen? Es ist jedenfalls kurzweiliger als das Gewäsch dort unten. Wenn die Schwätzer auch ihre Fratzen schneiden wollen, dann sollen sie willkommen sein. Was meint ihr dazu, meine Herren Bürger? Wunderlichkeiten beiderlei Geschlechts sind zu Haufen hier im Saal; es wird uns nicht schwerfallen, auf flämische Art zu lachen. Wir sind der häßlichen Gesichter genug, um eine schöne Grimasse zu erhoffen.«

Gringoire hätte gern geantwortet; aber vor Entsetzen, Entrüstung und Zorn versagte ihm die Stimme. Jeder Widerstand wäre auch vergeblich gewesen, denn die Bürger, die sich durch die Anrede ›Junker‹ sehr geschmeichelt fühlten, nahmen den Vorschlag des volkstümlichen Strumpfwirkers mit Begeisterung auf. Es blieb nichts andres übrig, als sich vom Strom treiben zu lassen. Gringoire bedeckte sein Angesicht mit den Händen, denn er war nicht so glücklich, einen Mantel zu besitzen, mit dem er sich das Haupt hätte verhüllen können wie Agamemnon auf dem Bild des Timanthes.

V
Quasimodo

Ehe man sich's versah, waren alle Vorbereitungen getroffen, um Coppenoles Vorschlag zu verwirklichen. Bürger, Scholaren und Gerichtsschreiber machten sich an die Arbeit. Die kleine Kapelle gegenüber dem Marmortisch wurde zum Schauplatz der Fratzen ausersehen. Durch eine zerbrochene Scheibe in der hübschen Rosette oberhalb der Tür war ein kreisrundes Loch entstanden, und man kam überein, daß die Bewerber um die Papstwürde ihren Kopf durch dieses Loch stecken sollten. Zwei Tonnen, die man, ich weiß nicht woher, aufgetrieben und so gut wie möglich aufeinandergetürmt hatte, genügten, um die Höhe des Loches zu erreichen. Es wurde so geregelt, daß sich jeder Bewerber, Mann oder Weib (denn man durfte auch eine Päpstin wählen), bis zum Augenblick seines Erscheines mit verhülltem Gesicht in der Kapelle verstecken solle, damit der Eindruck seiner Fratze ungeschwächt und überraschend auf die Menge wirken könne. Im Handumdrehen war die Kapelle mit Bewerbern gefüllt, und die Tür wurde hinter ihnen geschlossen.

Coppenole arrangierte, ordnete und dirigierte alles von seinem Platz aus. Der Kardinal, der ebenso fassungslos war wie Gringoire, hatte während des Tumultes Geschäfte und eine Messe vorgeschützt und sich mit seinem ganzen Gefolge zurückgezogen. Sein Abgang ließ die Menge, die seine Ankunft so lebhaft begrüßt hatte, völlig gleichgültig. Willem Rym war der einzige, der die Flucht Seiner Eminenz bemerkte. Die Volksgunst zog wie eine Sonne ihre Bahn weiter. Sie war von dem einen Ende des Saales ausgegangen, hatte sich eine Weile in seiner Mitte aufgehalten und war nun am anderen Ende angelangt. Der Marmortisch und die brokatene Estrade hatten ihre Zeit gehabt, und jetzt war die Kapelle Ludwigs des Elften an der Reihe. Jede Tollheit hatte nun freie Bahn, denn im Saal waren nur noch Flamen und Gesindel.

Das Fratzenschneiden nahm seinen Anfang. Zuerst erschien in dem runden Loch ein Gesicht mit zurückgeklappten roten Augenlidern, weit aufgerissenem Maul und einer Stirn, deren Falten den Reiterstiefeln zur Zeit unsres Kaiserreichs nicht nachstanden; da erhob sich ein so unauslöschliches Gelächter, daß Homer diese Lümmel für Götter gehalten hätte. Der große Saal aber war weit entfernt von einem Olymp, und niemand wußte das besser als der arme Jupiter des Gringoire. Eine zweite, eine dritte Fratze folgte, und noch eine, und immer lauter tobte das Lachen, immer wilder dröhnte das Freudengetrampel. Dieses Schauspiel übte einen solchen eigenartig berauschenden Zauber und eine so starke Faszination aus, daß sich die Leser unserer Tage nur schwer einen Begriff davon machen können. Man stelle sich eine Reihe von Gesichtern vor, die nacheinander alle geometrischen Formen vom Dreieck bis zum Trapez, vom Kegel bis zum Polyeder verkörpern; man stelle sich jeden möglichen menschlichen Gesichtsausdruck vom Zorn bis zur Wollust vor, jedes Alter von den Runzeln des Neugeborenen bis zu den Runzeln einer sterbenden Greisin, alle religiösen Wahngebilde vom Faun bis zum Beelzebub, alle tierischen Profile vom Rachen bis zum Schnabel, vom Rüssel bis zur Schnauze; man lasse in seiner Einbildung die Fratzen vom Pont-Neuf, diese Traumgespenster, die unter den Händen von Germain Pilon zu Stein geworden sind, lebendig werden und einem mit glühenden Augen ins Angesicht schauen; man lasse in Gedanken alle Masken des venezianischen Karnevals an der eigenen Lorgnette vorüberziehen; kurz, man versuche, sich ein menschliches Kaleidoskop vorzustellen.

Das wüste Treiben wurde immer flämischer; Teniers könnte nur ein unvollkommenes Bild davon geben. Es war eine Schlacht des Salvator Rosa, in ein Bacchanal übersetzt. Es gab keine Scholaren, keine Gesandten, keine Bürger, keine Männer, keine Frauen mehr; keinen Clopin Trouillefou, keinen Gilles Lecornu, keine Simone Quatrelivres, keinen Robin

Poussepain. Alles Persönliche verwischte sich in der allgemeinen wilden Ausgelassenheit. Der große Saal hatte sich in einen ungeheuren Schmelzofen verwandelt, in dem Frechheit und Übermut brodelte, in dem jeder Mund ein Schrei, jedes Auge ein Blitz, jedes Gesicht eine Fratze, jede Gestalt eine Posse war. Alles kreischte und brüllte. Die seltsamen Gesichter, die eines nach dem andern zähneknirschend im Rahmen der Rosette erschienen, speisten die Glut wie ebenso viele Brandfackeln, und aus der brausenden Menge löste sich, wie der Dampf aus der glühenden Masse, ein scharfer, spitzer, gellender, zischender Lärm, ein Surren wie von den Flügeln einer Mücke.

»Oho! Verflucht!«

»Seht die Fratze!«

»Die taugt nichts!«

»Eine andere!«

»Guillemette Maugerepuis, sieh doch das Ochsenmaul; es fehlen nur die Hörner. Dein Mann ist es nicht.«

»Eine andere!«

»Was für eine Fratze ist das?«

»Heda, das ist gemogelt! Man darf nur das Gesicht zeigen.«

»Die verfluchte Perrette Callebotte! Die ist zu so etwas fähig.«

»Bravo! Bravo!«

»Ich ersticke!«

»Der bringt die Ohren nicht mit durchs Loch!« Und so weiter und so weiter.

Man muß aber unserem Freunde Jehan Gerechtigkeit widerfahren lassen. Inmitten dieses Hexensabbats konnte man ihn noch immer hoch oben an seinem Pfeiler hängen sehen wie einen Schiffsjungen am Topsegel. Er gebärdete sich wie rasend. Sein Mund war weit aufgerissen, und aus seiner Kehle drang ein Schrei, der unhörbar blieb; nicht daß der allgemeine Lärm, so betäubend er auch war, ihn verschluckt hätte; aber er mochte wohl die Höhe erreicht haben, wo die Töne aufhören, wahrnehmbar zu sein, weil sie nach Sauveur zwölftausend oder nach Biot achttausend Schwingungen haben.

Gringoire aber hatte seine Haltung wiedergefunden, nachdem die erste Verzweiflung von ihm gewichen war. Er trotzte dem Mißgeschick. »Spielt weiter!« hatte er seinen Komödianten, diesen sprechenden Maschinen, zum dritten Male zugerufen. Wie er mit großen Schritten vor dem Marmortisch auf und nieder ging, wandelte ihn die Lust an, sich auch am Fenster der Kapelle zu zeigen, und sei es auch nur um der Genugtuung willen, diesem undankbaren Volk eine Fratze zu schneiden. ›Aber nein, das wäre unser nicht würdig; keine Rache, wir wollen kämpfen bis zuletzt!‹ sagte er sich. ›Dichtung übt große Macht über das Volk aus; ich werde es zurückgewinnen. Wir wollen sehen, wer den Sieg davonträgt, die Fratzen oder die Literatur.‹

O wehe! Er war jetzt sein einziger Zuschauer.

Es war noch schlimmer geworden; er sah nur noch Rücken.

Aber ich irre mich. Der geduldige dicke Mann, den er in einem kritischen Augenblick zu Rate gezogen hatte, blieb der Bühne mit dem Gesicht zugekehrt. Gisquette und Liénarde hingegen waren längst fahnenflüchtig geworden. Die Treue dieses einzigen Zuschauers rührte Gringoire tief. Er näherte sich ihm, schüttelte ihn vorsichtig am Arm und redete ihn an. Der gute Mann nämlich hatte sich gegen die Schranke gelehnt und war ein wenig eingenickt.

»Monsieur«, sagte Gringoire, »ich danke Euch.«

»Monsieur«, erwiderte gähnend der dicke Mann, »wofür?«

»Ich weiß, was Euch belästigt«, fuhr der Dichter fort, »der Lärm wird Euch zuviel; Ihr könnt nicht mit Behagen zuhören. Aber grämt Euch nicht; die Nachwelt wird Euren Namen feiern. Wie heißt Ihr, wenn ich bitten darf?«

»Renauld Château, zu dienen, Siegelbewahrer des Châtelet von Paris.«

»Monsieur, Ihr seid hier der einzige Stellvertreter der Musen«, sagte Gringoire.

»Ihr seid zu gütig«, erwiderte der Siegelbewahrer des Châtelet.

»Ihr seid der einzige«, erklärte Gringoire, »der mit Anstand zugehört hat. Wie findet Ihr das Stück?«

»Nun, nun«, antwortete der dicke Magister, der noch vom Schlaf befangen war, »es ist ein ganz munteres Stück.«

Gringoire mußte sich mit diesem Lob zufriedengeben, denn ein tosender Beifallssturm und wildes Freudengeschrei machten der Unterhaltung jäh ein Ende. Der Narrenpapst war gewählt.

»Heil! Heil! Heil!« schrie das Volk von allen Seiten.

Es war freilich eine erstaunliche Fratze, die in diesem Augenblick im Loch der Rosette prangte. Nach all den fünfeckigen, sechseckigen und seltsam geformten Gesichtern, die eins nach dem anderen erschienen waren, ohne das Ideal des Grotesken zu verwirklichen, das sich in den vom Freudentaumel überspannten Köpfen gebildet hatte, konnte nur eine so erhabene Fratze, wie sie jetzt die Versammlung blendete, den Sieg im Wahlkampf davontragen. Selbst Meister Coppenole klatschte Beifall, und Clopin Trouillefou, der ein Mitbewerber war und der sein Gesicht zu einer Gott weiß wie abscheulichen Häßlichkeit verzerren konnte, erklärte sich für geschlagen. Auch wir wollen uns für geschlagen erklären. Wir wollen nicht versuchen, dem Leser eine Vorstellung von der siegreichen Fratze zu geben, von ihrer vierflächigen Nase, ihrem hufeisenförmigen Mund, ihrem kleinen, linken Auge, das halb unter einem Gestrüpp fuchsroter Augenbrauen verschwand, während ihr rechtes Auge ganz von einer ungeheuren Warze bedeckt war, ihren schiefen Zähnen, zwischen denen Lücken klafften, der Zinne einer Festung gleich, ihren schwieligen Lippen, die einer der Zähne wie ein Hauer überragte, ihrem gespaltenen Kinn und vor allem von dem Ausdruck, der alle diese Scheußlichkeiten beherrschte, einem Gemisch von List, Trauer und Erstaunen. Man versuche, das Ganze im Traum zu erhaschen.

Der Beifall war einmütig. Alles stürzte zu der Kapelle. Im Triumph wurde der glückselige Narrenpapst herausgeführt. Da aber erreichten Überraschung und Bewunderung ihren Höhepunkt. Die Fratze war sein wirkliches Gesicht.

Oder vielmehr: der ganze Mensch war eine Fratze. Auf einem plumpen Kopf sträubten sich fuchsrote Haare; zwischen zwei hohen Schultern wölbte sich ein riesiger Buckel, der in einer Hühnerbrust sein Gegenstück hatte; Beine und Schenkel waren von so merkwürdiger Bildung, daß sie sich nur an den Knien berühren konnten und von vorn gesehen den Eindruck von zwei Sicheln machten, die mit den Griffen zusammenstoßen; die Füße waren breit, monströs die Hände. Trotz seiner Mißgestalt hatte dieser Mensch irgend etwas an sich, was eine beängstigende Vorstellung von Kraft, Mut und Behendigkeit erweckte. Er war eine seltsame Ausnahme von der ewigen Regel, nach der nicht nur Schönheit, sondern auch Kraft aus Ebenmaß geboren wird. So war der Papst beschaffen, den die Narren sich soeben erkoren hatten.

Er sah aus wie ein zerbrochener Riese, den eine ungeschickte Hand schlecht wieder zusammengelötet hat.

Als die feste, kurze Gestalt dieses Zyklopen, der beinahe ebenso breit wie hoch war, ›viereckig‹, wie ein großer Mann sagte, bewegungslos im Türrahmen der Kapelle stand, als das Volk seinen halb roten, halb veilchenblauen, mit silbernen Schellen benähten Rock, vor allem aber seine vollendete Häßlichkeit erblickte, da erkannte es ihn sofort und rief wie aus einem Munde: »Das ist der Glöckner Quasimodo! Das ist Quasimodo, der Bucklige von Notre-Dame! Quasimodo das Einauge! Quasimodo mit den Säbelbeinen! Heil! Heil!«

Man sieht, daß der arme Teufel eine reiche Auswahl von Spitznamen hatte.

»Die schwangeren Frauen mögen sich in acht nehmen«, schrien die Scholaren.

»Oder die, die Lust haben, es zu werden«, fiel Johannes ein; und wirklich, die Frauen verhüllten ihr Gesicht.

»Pfui, der garstige Affe!« sagte eine von ihnen.

»So böse wie häßlich«, fuhr eine andere fort.

»Es ist der Teufel«, rief eine dritte.

»Ich habe das Pech, dicht bei Notre-Dame zu wohnen; die ganze Nacht hindurch höre ich ihn auf dem Dach herumstreifen.«

»Mit den Katzen.«

»Er treibt sich immer auf unseren Dächern herum.«

»Er schickt einem durch den Schornstein Verwünschungen ins Haus.«

»Neulich hat er mir abends durchs Dachfenster eine Fratze geschnitten. Ich glaubte, es sei ein Mann. Ich habe mich so gefürchtet!«

»Er geht gewiß zum Hexensabbat. Er hat einmal einen Besen auf meinem Dach liegenlassen.«

»Pfui, das widerliche Gesicht des Buckligen!«

»Pfui, die schmutzige Seele!«

»Puh!«

Die Männer hingegen waren entzückt und jubelten Beifall.

Quasimodo, der Gegenstand dieses Aufruhrs, stand noch immer regungslos, finster und ernst in der Tür der Kapelle und ließ sich bewundern.

Einer von den Scholaren – ich glaube, es war Robin Poussepain – kam ihm zu nahe und lachte ihm ins Gesicht. Quasimodo begnügte sich damit, ihn am Gürtel zu packen und ihn zehn Schritt weit über die Köpfe der Menge weg zu werfen. Das tat er, ohne ein Wort zu sprechen.

Meister Coppenole war begeistert und näherte sich ihm:

»Kreuzdonnerwetter! Heiliger Vater! Du bist die schönste Häßlichkeit, die ich je in meinem Leben gesehen habe. Du verdientest, nicht nur in Paris Papst zu sein, sondern auch in Rom.«

Bei diesen Worten schlug er ihm fröhlich auf die Schulter. Quasimodo rührte sich nicht.

Coppenole fuhr fort: »Du bist ein Kerl, mit dem ich gern

einmal ausgiebig schlemmen möchte, selbst wenn's mich einen Taler kostet. Was sagst du dazu?« Quasimodo antwortete nicht.

»Zum Donnerwetter!« sagte der Strumpfwirker. »Bist du taub?«

Er war tatsächlich taub.

Coppenoles Art aber begann ihn zu verdrießen. Plötzlich wandte er sich ihm mit einem so furchtbaren Zähneknirschen zu, daß der flämische Riese vor ihm zurückwich wie ein Bullenbeißer vor einem Kater.

Da bildete sich um den seltsamen Menschen ein freier Raum der Achtung und des Schreckens, der mindestens dreißig Fuß im Durchmesser hatte. Eine alte Frau erklärte Meister Coppenole, daß Quasimodo taub sei.

»Taub!« sagte der Strumpfwirker mit seinem groben, flämischen Lachen. »Kreuzdonnerwetter. Das ist ein vollendeter Papst.«

»Heda, ich erkenne ihn!« rief Jehan, der endlich von seinem Kapitell heruntergestiegen war, weil er Quasimodo aus der Nähe sehen wollte. »Das ist der Glöckner meines Bruders, des Erzdechanten. Guten Tag, Quasimodo!«

»Ein Teufel von einem Mann!« sagte Robin Poussepain, der von seinem Fall noch ganz zerquetscht war. »Er erscheint: Es ist ein Buckliger. Er geht: Es ist ein Krummbeiniger. Er sieht dich an: Es ist ein Einäugiger. Du sprichst zu ihm: Er ist taub. Was macht er eigentlich mit seiner Zunge, dieser Polyphem?«

»Er spricht, wenn es ihn gelüstet«, sagte die Alte. »Er ist vom Geläut der Glocken taub geworden, aber er ist nicht stumm.«

»Das fehlt ihm also noch«, bemerkte Jehan.

»Er hat auch ein Auge zuviel«, fügte Robin Poussepain hinzu.

»Nicht doch«, sagte Jehan einsichtsvoll. »Ein Einäugiger ist viel unvollkommener als ein Blinder. Er weiß, was ihm fehlt.«

Unterdes waren alle Bettler, alle Dienstleute, alle Beutelschneider und mit ihnen die Scholaren in einer Prozession an den Schrank der Gerichtsschreiber gezogen und hatten die papierne Tiara und das lächerliche Pfaffenkleid des Narrenpapstes herausgeholt. Ohne eine Miene zu verziehen, ließ Quasimodo sich damit bekleiden; seine Fügsamkeit hatte etwas Hochmütiges an sich. Dann wurde er auf eine buntbemalte Tragbahre gesetzt, und zwölf Offiziere der Narrenbrüderschaft hoben ihn auf ihre Schultern. Eine Art Freude, eine bittere, hämische Genugtuung leuchtete in dem finsteren Gesicht des Zyklopen auf, als er alle Köpfe dieser schönen, geraden, wohlgestalteten Menschen unter seinen mißgestalteten Füßen sah. Die brüllende, zerlumpte Prozession setzte sich in Bewegung und machte den üblichen Umzug durch die Gänge des Palastes, dem der Umzug durch Straßen und Gassen folgen sollte.

VI
Die Esmeralda

Wir freuen uns unbeschreiblich, unseren Lesern berichten zu können, daß sich Gringoire und sein Stück während dieses ganzen Vorgangs tapfer gehalten hatten. Die von ihm angespornten Schauspieler hatten unentwegt seine Komödie weiterrezitiert, und er selbst hatte unentwegt zugehört. Er hatte sich mit dem Lärm abgefunden, war entschlossen, das Stück bis zu Ende spielen zu lassen, und zweifelte noch immer nicht daran, die Aufmerksamkeit des Publikums zurückzugewinnen. Dieses Fünkchen Hoffnung glühte auf, als er sah, wie Quasimodo, Coppenole und das wüste Gefolge des Narrenpapstes unter furchtbarem Getöse den Saal verließen. Die Menge stürzte begierig hinter ihnen her. ›Gut‹, sagte er sich, ›da gehen alle Ruhestörer‹. ›Alle Ruhestörer‹, das war unglücklicherweise das ganze Publikum. Im Handumdrehen war der große Saal leer.

Es blieben freilich noch einzelne, verstreute Zuschauer zurück, um die Pfeiler herum standen noch kleine Gruppen; aber es waren nur Frauen, Greise und Kinder, die des Lärms und des Aufruhrs genug hatten. Einige Scholaren ritten noch auf den Fenstersimsen und schauten auf den Platz hinaus.

›Nun wohl‹, dachte Gringoire, ›gerade noch Leute genug, um den Schluß meines Mysteriums anzuhören. Es sind nur wenige, aber es sind Auserwählte, ein gebildetes Publikum.‹

Die Musikbegleitung, die beim Auftreten der Mutter Gottes große Wirkung ausüben sollte, blieb aus. Gringoire bemerkte, daß seine Musiker von der Prozession des Narrenpapstes mitgenommen worden waren. »Spielt weiter!« sagte er standhaft.

Er näherte sich einer Gruppe von Bürgern, die ihm den Eindruck machten, als ob sie sich über sein Stück unterhielten. Hier, was er an Worten auffing: »Meister Cheneteau, Ihr kennt das Hôtel de Navarre, das Monsieur de Nemours gehörte.«

»Ja, gegenüber der Kapelle von Braque.«

»Nun, das hat der Fiskus an den Kolorierer Guillaume Alixandre vermietet, für sechs Pfund acht Pariser Sols das Jahr.«

»Wie die Mieten steigen!«

›Kopf hoch!‹ sagte sich Gringoire seufzend. ›Die anderen hören zu.‹

»Kameraden«, schrie plötzlich einer von den jungen Burschen, die auf den Fenstersimsen ritten, »die Esmeralda! Die Esmeralda ist auf dem Platz!«

Dieses Wort übte eine zauberhafte Wirkung aus. Alles, was noch im Saal geblieben war, stürzte zu den Fenstern und kletterte die Wände in die Höhe, um auf den Platz hinauszusehen. »Die Esmeralda! Die Esmeralda!« schrien sie alle.

Von draußen her erklang zu gleicher Zeit ein lauter Beifallslärm.

»Was heißt das, die Esmeralda?« sagte Gringoire und rang

die Hände in Verzweiflung. »Ach Gott! Es scheint, daß jetzt die Fensterseite an die Reihe kommt.«

Er wandte sich nach dem Marmortisch um und sah, daß die Vorstellung stockte. Es war gerade der Augenblick, wo Jupiter mit seinem Blitz erscheinen sollte. Jupiter aber stand regungslos am Fuß der Bühne.

»Michel Giborne!« rief der Dichter gereizt. »Was machst du da? Vergißt du deine Rolle? So steige doch hinauf!«

»Ach«, sagte Jupiter, »einer von den Scholaren hat die Leiter weggeholt.«

Das war nur allzu wahr. Gringoire überzeugte sich alsbald davon. Jede Verbindung zwischen dem Knoten und seiner Lösung war abgeschnitten.

»Der Flegel!« murmelte er. »Und wozu hat er die Leiter geholt?«

»Um die Esmeralda zu sehen«, antwortete Jupiter kläglich. »Er hat gesagt: ›Siehe da, eine Leiter, die niemand braucht!‹ Und dann hat er sie genommen.«

Das war der letzte Schlag. Er nahm ihn mit Ergebung hin.

»Hol euch der Teufel!« rief er den Komödianten zu. »Wenn ich mein Geld bekomme, bekommt ihr eures auch.«

Dann trat er mit gesenktem Kopf den Rückzug an; aber wie ein Feldherr, der tapfer gekämpft hat, verließ er das Schlachtfeld als letzter.

Als er die Wendeltreppen des Palastes hinunterstieg, brummte er zwischen den Zähnen: »Die Pariser, was für Esel, was für Tölpel! Sie kommen, um ein Mysterium anzuhören, und hören nicht zu! Mit aller Welt haben sie sich abgegeben, mit Clopin Trouillefou, mit dem Kardinal, mit Coppenole, mit Quasimodo, mit dem Teufel, nur mit der Mutter Gottes nicht! Hätte ich das ahnen können, so hätte ich euch nicht mit Jungfrauen gedient, ihr Maulaffen! Ich komme, um Gesichter zu sehen, und sehe nichts als Rücken. Ich bin ein Dichter und habe den Erfolg eines Haarschneiders. Freilich, Homer ist in den griechischen Dörfern betteln gegangen, und Ovidius Naso starb in der Verbannung. Aber der Teufel soll mich holen, wenn ich verstehe, was sie mit ihrer Esmeralda meinen! Was ist das für ein Wort? Das ist wohl Zigeunersprache!«

Zweites Buch

I
Aus der Charybdis in die Skylla

Im Januar beginnt die Nacht sehr früh. Es war schon dunkel in den Straßen, als Gringoire den Palast verließ. Die Nacht brach herein, das behagte ihm. Es verlangte ihn nach irgendeiner dunklen Straße, wo er ungestört nachdenken und in der Eigenschaft eines Philosophen der Wunde des Dichters den ersten Verband anlegen konnte. Die Philosophie war überhaupt seine einzige Zuflucht, denn ein Nachtquartier hatte er nicht. Nach der offenkundigen Fehlgeburt seines theatralischen Versuchs wagte er es nicht, sich wieder in seinem Quartier in der Rue Grenier-sur-l'Eau gegenüber dem Heuhafen zu zeigen; denn er schuldete dem Meister Guillaume Doulx-Sire, Pächter des Viehzolls von Paris, für sechs Monate Mietrückstand, eine Summe von zwölf Pariser Groschen, die zwölfmal den Wert aller seiner Habe betrug, auch wenn man Hose, Hemd und Mütze mit anrechnete. Er hatte auf den klingenden Lohn des Vogtes für sein Epithalam gerechnet, um diese Schuld zu bezahlen. Die kleine Pforte am Gefängnis des Schatzmeisters der Sainte-Chapelle bot ihm ein vorläufiges Obdach, und dort erwog er in Gedanken, was für ein Nachtlager er wählen solle; das ganze Straßenpflaster von Paris stand ihm zur Verfügung. Da fiel ihm ein, daß er die Woche vorher an der Tür eines Parlamentsherrn in der Rue de la Savaterie einen Steintritt gesehen hatte, wie man sie zum Besteigen der

Maultiere gebrauchte, und daß er sich gesagt hatte, dieser Stein sei unter Umständen geeignet, einem Bettler oder einem Dichter als Kopfkissen zu dienen. Er dankte der Vorsehung für diesen guten Einfall; als er sich aber anschickte, den Platz vor dem Palast zu kreuzen, um in das Straßengewirr der Cité zu gelangen, wo sich alle diese alten Straßenschwestern, die heute noch mit ihren neunstöckigen Häusern stehen, schlängelten, die Rue de la Barillerie, Rue de la Vielle-Draperie, Rue de la Savaterie, Rue de la Juiverie[1] und so weiter, sah er die Prozession des Narrenpapstes aus dem Palast herausströmen und sich mit brennenden Fackeln, lautem Geschrei und unter den Klängen der ihm entführten Musikkapelle quer über seinen Weg ergießen. Dieser Anblick bereitete seiner verwundeten Eigenliebe wieder Schmerzen; er ergriff die Flucht. Alles, was ihn an das Fest des Tages und an die Qualen seines dramatischen Mißgeschicks erinnerte, verbitterte ihn und riß seine Wunden wieder auf.

Er schlug den Weg über den Pont Saint-Michel ein; dort liefen Kinder mit Buntfeuer umher und ließen hier und da Raketen steigen.

»Verfluchtes Feuerwerk!« sagte Gringoire und zog sich zum Pont au Change zurück. Die Häuser am Brückenkopf waren mit drei großen Fahnentüchern geschmückt, auf denen die Bildnisse des Königs, des Dauphins und Margaretes von Flandern prangten. Auf sechs kleineren Fahnen konnte man den Herzog von Österreich, den Kardinal von Bourbon, den Grafen von Beaujeu, Madame Johanna von Frankreich, den Bastard von Bourbon und ich weiß nicht wen noch bewundern. Die ganze Pracht war mit Fackeln beleuchtet, und die Menge staunte sie an.

»Glücklicher Maler Jean Fourbault!« sagte Gringoire mit einem schweren Seufzer und kehrte den Fahnen und Fähnchen den Rücken. Vor ihm öffnete sich eine Straße; sie schien ihm so dunkel und so verlassen, daß er hoffte, dort allen Fe-

[1] frz., Faßmachergasse, Alte Tuchmachergasse, Schustergasse, Judengasse.

stesklängen und allem Festesglanz zu entrinnen, und er verschwand darin. Nach wenigen Schritten schon stieß sein Fuß gegen ein Hindernis; er stolperte und fiel. Es war das Maigebinde, das die Gerichtsschreiber, dem großen Tag zur Ehre und zur Feier, am Morgen vor der Tür eines Parlamentspräsidenten niedergelegt hatten; Gringoire ertrug diesen neuen Zusammenstoß mit Heldenmut. Er richtete sich wieder auf, setzte seinen Weg fort und erreichte das Ufer des Flusses. Er ließ Zivilgericht und Kriminalgericht hinter sich, watete im Schmutz des ungepflasterten Ufers, in dem er bis an die Knöchel versank, an der großen Mauer der königlichen Gärten entlang, kam an das Westende der Cité und betrachtete eine Weile die kleine Insel Passeur-aux-Vaches, die seither unter dem Pont-Neuf und dem bronzenen Pferd verschwunden ist. Sie lag jenseits der schmalen weißlichen Wasserfläche als dunkle Masse vor ihm. Der Strahl eines kleinen Lichtes ließ die bienenkorbartige Hütte ahnen, in die sich der Rinderfährmann nachts verkroch.

›Glücklicher Rinderfährmann‹, dachte Gringoire, ›du denkst nicht an Ruhm; du machst keine Hochzeitsgedichte! Was kümmern dich die Könige, die sich verheiraten; was kümmern dich die Herzoginnen von Burgund! Du kennst keine anderen Margareten als die, die deine Rinder von deinem Frühlingsrasen abweiden! Und ich, der Dichter, werde verhöhnt; ich zittre in der Kälte; ich bin sechs Monate Miete schuldig, und meine Sohlen sind so dünn, daß sie dir als Scheiben für deine Laterne dienen könnten. Ich danke dir, Rinderfährmann! Der Anblick deiner Hütte beruhigt mich; er läßt mich Paris vergessen!‹

Ein lauter doppelter Knall aus der Richtung der glückseligen Hütte riß ihn jäh aus seiner beinahe lyrischen Ekstase. Der Rinderfährmann nahm am Jubel des Tages teil und vergnügte sich mit einem eigenen Feuerwerk.

Bei diesem Knall sträubten sich Gringoire die Haare.

»Verfluchtes Fest!« schrie er. »Mußt du mich überall

verfolgen? Du lieber Gott, selbst bis zum Rinderfährmann!«

Er blickte in das Wasser der Seine, die ihm zu Füßen floß, und es packte ihn eine schreckliche Versuchung.

»Ach«, sagte er, »wie gern würde ich mich in dieses Wasser stürzen, wenn es nur nicht so kalt wäre!«

Dann kam ihm ein verzweifelter Entschluß. Da er dem Narrenpapst, den Fahnen des Jean Fourbault, den Maigebinden und dem Feuerwerk nicht entrinnen konnte, so wollte er dem Fest kühn ins Herz dringen und zur Place de Grève gehen. ›Vielleicht erwische ich dort ein glühendes Holzscheit vom Freudenfeuer, um mich wenigstens daran zu wärmen‹, dachte er; ›vielleicht auch ein Abendbrot, ein Krümelchen von den drei großen Wappen aus königlichem Zucker, die doch auf der Bürgeranrichte stehen müssen.‹

II
Die Place de Grève

Von der Place de Grève, wie sie damals war, ist heute nur ein unscheinbarer Rest geblieben: das reizende Türmchen im nördlichen Winkel. Es ist schon fast unter dem unwürdigen Mörtelbewurf, der die feinen Konturen seiner Skulpturen verkleistert, verschwunden; vielleicht wird es schon bald vom Wachstum neuer Häuser überwuchert, die in Paris so schnell die alten verschlingen.

Wer gleich uns den Platz nie überschreitet, ohne dem armen Türmchen, das zwischen zwei Bauungetümen aus der Zeit Ludwigs des Fünfzehnten beinahe erstickt, einen Blick der Zuneigung und des Mitleids zuzuwerfen, dem wird es nicht schwerfallen, in Gedanken die Gebäudegruppe wieder aufzurichten, zu der es gehörte, und sich den Eindruck des alten gotischen Platzes im fünfzehnten Jahrhundert zu vergegenwärtigen.

Er war auch damals ein unregelmäßiges Trapez, an einer Seite vom Flußufer, an den drei andern von hohen, schmalen, düsteren Häusern eingerahmt. Bei Tageslicht konnte man den Formenreichtum der Gebäude und ihre Holz- und Steinskulpturen bewundern. Sie boten schon ein vollständiges Bild all der verschiedenen Wohnhaustypen des Mittelalters, vom elften bis zum fünfzehnten Jahrhundert, vom einfachen romanischen Bogen an, der vom Spitzbogen verdrängt wurde, bis zum rechtwinkligen Fensterrahmen, der seinerseits anfing, den Spitzbogen zu verdrängen. Das alte Haus des Rolandsturmes an der Ecke des Platzes nach der Seine zu von der Rue de la Tannerie aus, hatte im Erdgeschoß noch den romanischen Bogen und darüber schon den Spitzbogen. Bei Dunkelheit konnte man von diesen Gebäudemassen nur die scharfen Winkel der Dächer unterscheiden, die ihre Zacken um den Platz herum in den Nachthimmel streckten. Heute sind es die Breitseiten der Häuser, die sich Straßen und Plätzen zukehren, damals waren es die Giebelseiten; das ist ein Hauptunterschied der Städte von damals und heute. In den letzten zwei Jahrhunderten haben sich die Häuser gedreht.

In der Mitte der Ostseite des Platzes stand ein schwerfälliges, hybrides Gebäude, das aus drei aneinandergeflickten Häusern bestand. Man gab ihm drei Namen, die seine Geschichte, seine Bestimmung und seine Bauart erklären. Man nannte es das ›Haus des Dauphin‹, weil Karl der Fünfte als Dauphin darin gewohnt hatte; die ›Waage‹, weil es als Rathaus diente, und das ›Pfeilerhaus‹ (domus ad piloria), weil eine Reihe großer Pfeiler seine drei Stockwerke stützten. Die Stadt fand in diesem Haus alles, was eine gute Stadt wie Paris braucht: eine Kapelle, um zu Gott zu beten, ein Sprechzimmer, um Audienzen zu erteilen und nötigenfalls die Leute des Königs gehörig abzuweisen, und unter dem Dach ein Arsenal voll Feuerwaffen. Denn die Bürger von Paris wissen sehr wohl, daß es in nicht allen Lagen genügt, zu Gott zu beten oder die Rechte der Stadt mit Worten geltend zu machen, und darum haben sie immer auf einem Dachboden des Rathauses irgendeine gute, verrostete Hakenbüchse als Rückhalt liegen.

Der Platz hatte schon damals das finstere Aussehen, das ihm durch die fluchwürdigen Erinnerungen, die an ihm haften, und durch das düstere Stadthaus des Dominique Boccador, das an die Stelle des Pfeilerhauses getreten ist, bis heute erhalten blieb. Galgen und Pranger, die zu ständigem Gebrauch Seite an Seite in das Pflaster eingelassen waren, Gericht und Leiter, wie man damals sagte, trugen freilich nicht wenig dazu bei, den Blick von dieser unseligen Stätte abzuschrecken, wo so viele gesunde und lebensvolle Geschöpfe mit dem Tode gerungen haben. Hier sollte fünfzig Jahre später das furchtbare Fieber von Saint-Vallier ausbrechen, das der Schrecken vor dem Schafott erzeugt; die ungeheuerlichste aller Krankheiten, denn sie kommt nicht von Gott, sondern von den Menschen.

Hier wollen wir einschalten, daß es ein tröstlicher Gedanke ist, die Todesstrafe, diese alte Lehnsherrin der feudalen Gesellschaft, heute fast ganz aus unseren Gesetzen und Städten verdrängt zu sehen. Sie hat alle Stücke ihres Rüstzeugs eins nach dem anderen verloren, sie, die noch vor dreihundert Jahren mit ihren eisernen Rädern, ihren steinernen Galgen, ihrem ganzen Martergerät fest verankert im Straßenpflaster der Place de Grève, der Halles, der Place Dauphine, der Croix-du-Trahoir, des Marché-aux-Pourceaux, des abschreckenden Montfaucon, der Barrière des Sergents, der Place aux Chats, der Porte Saint-Denis, von Champeaux, der Porte Baudets, der Porte Saint-Jacques, ständig so viele öffentliche Plätze der Stadt verstopfte, ganz zu schweigen von den unzähligen Richtstätten der Vögte, des Bischofs, der Kapitel, der Äbte, Priore und aller derer, die Recht sprechen durften; zu schweigen auch von den durch königliche Gerichtsbarkeit angeordneten und durchgeführten Ertränkungen in der Seine. Sie hat auf ihren ganzen Überfluß an Martern, alle ihre mit erfinderischer Einbildungskraft erdachten Strafen, ihre Tortur, die im Grand-

Châtelet alle fünf Jahre eine neue Folterbank nötig machte, verzichten müssen; sie ist von Gesetzbuch zu Gesetzbuch gehetzt, von Platz zu Platz getrieben, bis ihr in unserem riesigen Paris nur ein entehrter Winkel der Place de Grève mit einer elenden, verstohlenen, verschämten Guillotine übrigblieb, die immer in Angst zu schweben scheint, man könne sie auf frischer Tat ertappen, so schnell verschwindet sie wieder, wenn ihr Schlag gefallen ist.

III

Besos para golpes[1]

Pierre Gringoire kam völlig durchgefroren auf der Place de Grève an. Er hatte den Weg über den Pont aux Meuniers eingeschlagen, um dem Gedränge und den Fahnen des Jean Fourbault am Pont au Change zu entgehen; aber die Räder aller bischöflichen Mühlen hatten den Vorübergehenden bespritzt, und sein Rock war völlig durchnäßt. Auch schien es ihm, als mache ihn der Schiffbruch seiner Dichtung noch frostiger. Er versuchte so schnell wie möglich dem Freudenfeuer nahe zu kommen, das hell inmitten des Platzes loderte; aber eine dichte Menge bildete einen festen Kreis darum.

»Verfluchte Pariser!« sagte er zu sich selbst; denn als echter dramatischer Dichter hatte Gringoire die Angewohnheit, Monologe zu halten. »Da lassen sie mich nicht ans Feuer kommen, und ich habe doch eine Kaminecke recht nötig. Meine Schuhe sind durchnäßt, und die verdammten Mühlen, die ihre Tränen über mich ergossen haben! Ein Teufel, dieser Bischof von Paris mit seinen Mühlen! Ich möchte wissen, was ein Bischof mit einer Mühle zu schaffen hat! Will er vom Bischof zum Müller befördert werden? Wenn er dazu nur meines Fluches bedarf, so soll er ihn haben, und sein Dom und seine Mühlen sollen auch verflucht sein! Ob sie mich durchlassen werden, diese Maulaffen? Was in aller Welt machen sie da!

[1] span., Küsse für Schläge.

Sie wärmen sich; schönes Vergnügen! Sie sehen zu, wie hundert Reisigbündel brennen; schönes Schauspiel!«

Als er näher hinsah, bemerkte er, daß der Kreis sehr viel enger hätte sein müssen, wenn es dem Volk nur darauf angekommen wäre, sich am Feuer des Königs zu wärmen, und er wurde sich klar, daß dieser Zulauf nicht nur der Schönheit der hundert brennenden Reisigbündel galt.

In einem weiten, leeren Raum zwischen der Menge und dem Feuer tanzte ein junges Mädchen.

Gringoire war so von der blendenden Erscheinung bezaubert, daß er, der zweifelsüchtige Philosoph und ironische Dichter, im ersten Augenblick nicht zu entscheiden wagte, ob das junge Geschöpf ein menschliches Wesen, eine Fee oder ein Engel sei. Sie war nicht groß, aber ihr schlanker, aufrechter Wuchs ließ sie groß erscheinen. Sie war braun; aber man ahnte, daß ihre Haut bei Tageslicht denselben schönen goldigen Schimmer haben mußte wie die Haut der Römerinnen und Andalusierinnen. Auch ihr kleiner Fuß war andalusisch; der zierliche Schuh umschloß ihn knapp und bequem zugleich. Auf einem alten persischen Teppich, der nachlässig unter ihre Füße gebreitet war, tanzte sie, drehte sich, flog im Kreise herum, und ihre großen, schwarzen Augen schossen Blitze auf jeden, dem sich im Vorüberwirbeln ihr strahlendes Gesicht zuwandte.

Um sie herum waren alle Blicke gebannt, alle Münder aufgerissen; und wahrlich, sie war ein übernatürliches Wesen, wie sie sich da beim Surren des Tamburins, das ihre schönen, runden Arme so über ihrem Kopf schwangen, im Tanze drehte, so zart, so gebrechlich, so beweglich wie eine Wespe, mit goldnem, faltenlosem Mieder, mit buntem Rock, der sich bauschte und ab und zu die schlanken Beine sehen ließ, mit nackten Schultern, mit schwarzen Haaren, mit funkelnden Augen.

›Wahrhaftig‹, dachte Gringoire, ›das ist ein Salamander, eine Nymphe, eine Göttin, eine Bacchantin vom Berge Pans.‹

In diesem Augenblick löste sich eine ihrer Flechten; ein Messingplättchen fiel heraus und rollte über den Boden.

»Ach nein«, sagte er, »es ist eine Zigeunerin!«

Der ganze Zauber war zerstört.

Sie hub wieder an zu tanzen. Sie nahm zwei Schwerter vom Boden auf, richtete die Spitzen gegen ihre Stirn und ließ sie ihrer eigenen Tanzrichtung entgegengesetzt schwingen. Es war wirklich nur eine Zigeunerin. Aber so groß Gringoires Ernüchterung war, so übte das ganze Bild doch einen magischen Zauber auf ihn aus. Der grelle rote Schein des Freudenfeuers zitterte auf der braunen Stirn des jungen Mädchens und auf den Gesichtern der Menge, die den Kreis bildete; ein fahler Widerschein beleuchtete auf der einen Seite das alte, schwarze, verwitterte Pfeilerhaus, und auf der andern die steinernen Arme des Galgens und mischte sich mit den schwankenden Schatten der Menge.

Unter den vielen Gesichtern, die dieses Licht in Scharlach tauchte, war eines, das mehr als alle andern in die Betrachtung der Tänzerin verloren schien. Es war ein strenges, stilles, finsteres Männergesicht. Der Mann, dessen Rock durch die ihn umgebende Menge verdeckt war, schien nicht mehr als fünfunddreißig Jahre alt zu sein; doch war er fast kahl, und die wenigen Haarbüschel an seinen Schläfen waren schon ergraut. Seine große, hohe Stirn fing an, sich mit Runzeln zu bedekken; aber in seinen tiefliegenden Augen glühte ungewöhnliches Jugendfeuer, heißes Leben und eine tiefe Leidenschaft. Er heftete den Blick unentwegt auf die Zigeunerin, und während das tolle sechzehnjährige Mädchen mit seinem Tanzen und Springen um das Wohlgefallen der Menge warb, schien die Träumerei des Mannes immer düsterer zu werden. Von Zeit zu Zeit begegneten sich ein Seufzer und ein Lächeln auf seinen Lippen; aber das Lächeln war schmerzlicher als der Seufzer.

Das junge Mädchen brach endlich atemlos seinen Tanz ab, und das Volk klatschte liebevoll Beifall.

»Djali«, sagte die Zigeunerin.

Da sah Gringoire eine hübsche, kleine, weiße Ziege auftauchen, die er noch nicht bemerkt hatte und die bis dahin, auf einem Zipfel des Teppichs liegend, dem Tanz ihrer Herrin zugeschaut hatte. Sie war lebhaft und aufgeweckt, mit gepflegtem, glänzendem Fell, vergoldeten Hörnern und Hufen und einem vergoldeten Halsband.

»Djali«, sagte die Tänzerin, »jetzt bist du an der Reihe.«

Sie setzte sich nieder und hielt der Ziege anmutig ihr Tamburin hin.

»Djali«, fuhr sie fort, »welchen Monat des Jahres haben wir jetzt?«

Die Ziege hob den Vorderfuß und schlug einmal auf das Tamburin; und richtig, man stand im ersten Monat des Jahres. Die Menge klatschte.

»Djali«, sagte das junge Mädchen und drehte ihr Tamburin um, »welchen Tag des Monats haben wir heute?«

Djali hob ihren kleinen goldenen Fuß und schlug sechsmal auf das Tamburin.

»Djali«, fragte die Zigeunerin weiter und machte wieder eine andere Bewegung mit dem Tamburin, »welche Stunde des Tages haben wir jetzt?«

Djali schlug siebenmal mit dem Fuß auf. Im selben Augenblick tönten sieben Schläge von der großen Uhr des Pfeilerhauses her.

Das Volk war verwundert.

»Da ist Hexerei im Spiel«, sagte eine finstere Stimme in der Menge. Es war die Stimme des Kahlköpfigen, der die Zigeunerin nicht aus den Augen ließ.

Sie fuhr zusammen und wandte sich um; aber der losbrechende Beifall übertönte den düsteren Ruf.

Er verwischte den peinlichen Eindruck so vollständig aus ihrer Seele, daß sie fortfuhr, ihre Ziege zu befragen.

»Djali, wie macht es Meister Guichard Grand-Remy, der

Hauptmann der Stadtschützen, zu Lichtmeß bei der Prozession?«

Djali stellte sich auf ihre Hinterbeine, fing an zu meckern und schritt mit so drolliger Feierlichkeit einher, daß der ganze Kreis der Zuschauer über die köstliche Parodie der streberhaften Frömmigkeit des Schützenhauptmanns in Lachen ausbrach.

»Djali«, fuhr das junge Mädchen fort, die der wachsende Erfolg kühn machte, »wie predigt Magister Jacques Charmolue, der königliche Anwalt beim geistlichen Gericht?«

Die Ziege setzte sich auf ihr Hinterteil, fing an zu meckern und bewegte die Vorderpfoten auf so seltsame Art, daß, wenn auch das schlechte Französisch und das schlechte Latein zum Jacques Charmolue fehlten, der ganze Mann mit Bewegungen, Ausdruck und Haltung dazusein schien. Immer lauter jubelte das Volk.

»Frevel! Lästerung!« tönte die Stimme des Kahlköpfigen.

Die Zigeunerin wandte sich zum zweitenmal um.

»Ach«, sagte sie, »das ist der garstige Mensch!« Dann schob sie schmollend die Unterlippe vor, ein Ausdruck, der ihr wohl eigen war, schwang sich auf der Ferse herum und fing an, mit dem Tamburin die Gaben der Menge einzusammeln.

Es regnete große und kleine Groschen, Weißpfennige und Heller mit Adlerkopf. Plötzlich kam sie an Gringoire vorbei. Er fuhr so leichtsinnig mit der Hand in seine Tasche, daß sie vor ihm stehenblieb. »Teufel!« sagte der Dichter, als er in der Tiefe seiner Tasche auf die Wahrheit stieß, das heißt auf gänzliche Leere. Das hübsche Mädchen aber stand vor ihm, sah ihn mit ihren großen Augen an, hielt ihm das Tamburin hin und wartete. Gringoire rann der Schweiß in großen Tropfen von der Stirn.

Hätte er das Land Peru in der Tasche gehabt, er hätte es der Tänzerin sicher gegeben; aber Peru war nicht darin, und Amerika war noch nicht einmal entdeckt.

Zum Glück kam ihm ein unerwarteter Zwischenfall zu Hilfe.

»Willst du dich fortscheren, ägyptischer Grashüpfer!« schrie eine scharfe Stimme vom dunkelsten Winkel des Platzes her.

Das junge Mädchen wandte sich erschreckt um. Das war nicht die Stimme des Kahlköpfigen; das war eine Frauenstimme, eine böse, frömmelnde Stimme.

Das Keifen aber, das der Zigeunerin Schrecken einjagte, entfesselte den fröhlichen Übermut einer Kinderschar, die sich auf dem Platz herumtrieb.

»Das ist die Einsiedlerin vom Rolandsturm«, schrien sie mit ausgelassenem Lachen. »Das ist die Sachette, die da zetert! Hat sie kein Abendbrot bekommen? Wir wollen ihr einen Rest vom Bürgerbuffet holen.«

Sie stürzten alle zum Pfeilerhaus.

Gringoire hatte indessen die Verwirrung der Tänzerin benutzt, um sich zu drücken. Das Geschrei der Kinder erinnerte ihn daran, daß auch er noch nichts zu Abend gegessen hatte. So rannte er spornstreichs zum Buffet. Aber die kleinen Burschen hatten schnellere Beine als er; als er ankam, hatten sie reinen Tisch gemacht. Nicht einmal ein elendes Stück Käse zu fünf Sous das Pfund war übriggeblieben. Es blieben nur die schlanken Lilien, die Mathieu Biterne im Jahre 1434 mit Rosensträuchern gemischt an die Wand gemalt hatte. Das war ein mageres Abendbrot.

Es ist lästig, mit leerem Magen zu Bett zu gehen; noch weniger angenehm aber ist es, einen leeren Magen zu haben und nicht zu wissen, wo man schlafen soll. Das war bei Gringoire der Fall. Kein Brot, kein Obdach; er sah sich auf allen Seiten von der Not bedrängt und fand, daß die Not ein recht grämliches Gesicht habe. Schon längst hatte er die Wahrheit entdeckt, daß Jupiter die Menschen in einem Anfall von Misanthropie erschuf und daß das Schicksal die Philosophie eines Weisen lebenslänglich im Belagerungszustand erhält. Er persönlich hatte sich noch nie so vollständig umzingelt gesehen; er hörte seinen Magen Schamade blasen und fand es sehr unangebracht, daß seine Philosophie vom Schicksal durch Aushungern zur Übergabe gezwungen wurde.

Er versank immer tiefer in diese schwermütige Träumerei, als plötzlich ein seltsames, aber süßes Lied ihn seinen Gedanken entriß. Die junge Zigeunerin sang.

Ihre Stimme hatte gleich ihrem Tanz und ihrer Schönheit einen unbeschreiblichen Zauber, etwas Reines, Klangvolles, Luftiges, Beflügeltes. Ihr Gesang war ein ununterbrochenes Aufblühen, eine Kette von Melodien, von plötzlichen Trillern, von einfachen Sätzen, die durch scharfe, pfeifende Töne unterbrochen wurden, von Sprüngen aus einer Tonart in die andere, die eine Nachtigall aus der Fassung gebracht hätten und die doch immer wieder in Harmonie ausklangen, von weichen Oktavengängen, die stiegen und fielen wie die Brust der jungen Sängerin. Der Ausdruck ihres schönen Gesichts folgte mit wunderbarer Beweglichkeit allen Launen ihres Liedes von der wildesten Begeisterung bis zur keuschesten Würde. Bald schien sie eine Tolle, bald eine Königin.

Sie sang in einer Sprache, die Gringoire nicht kannte, ja, sie kannte sie wohl selber nicht, denn der Ausdruck ihres Gesanges hatte wenig mit dem Sinn der Worte zu tun. So wurden diese vier Zeilen in ihrem Munde zu einem tollen Freudenlied:

Un cofre de gran riqueza
hallaron dentro un pilar,
dentro del, nuevas banderas,
con figuras de espantar.[1]

Einen Augenblick später aber fühlte Gringoire, wie ihm die Tränen aufstiegen, so erschütternd war der Ausdruck, den sie der folgenden Strophe lieh:

[1] span., Eine Truhe von großer Pracht / fanden sie in einer Säule / darinnen neue Fahnen / mit entsetzlichen Bildern.

Alarabes de cavallo
sin poderse menear,
con espadas, y los cuellos,
ballestas de buen echar.[1]

Die Freude aber herrschte vor; es schien, als singe sie einem Vogel gleich aus Heiterkeit und Sorglosigkeit.

Der Gesang der Zigeunerin hatte die Träumerei Gringoires gestört, aber nur wie ein Schwan, der die Spiegelfläche des Wassers bewegt. Er lauschte verzückt und vergaß alles um sich her. Es war seit Stunden sein erster schmerzloser Augenblick.

Der Augenblick war nur kurz.

Dieselbe Frauenstimme, die den Tanz der Zigeunerin unterbrochen hatte, unterbrach nun ihren Gesang.

»Willst du schweigen, du Höllengrille!« schrie sie, wieder aus demselben dunklen Winkel des Platzes her.

Die arme Grille verstummte sofort. Gringoire hielt sich die Ohren zu.

»Oh, verfluchte schartige Säge«, rief er, »du hast die Leier zerstört!«

Die anderen Zuhörer aber murrten auch. »Verfluchte Sachette!« sagte mehr als einer, und das Volk würde der unsichtbaren Spielverderberin wohl Grund gegeben haben, ihre Ausfälle gegen die Zigeunerin zu bereuen, wenn die allgemeine Aufmerksamkeit nicht in diesem Augenblick durch die Prozession des Narrenpapstes abgelenkt worden wäre, die nach einem Umzug durch viele Straßen und Gassen mit all ihren Fackeln und ihrem Lärm auf der Place de Grève landete.

Diese Prozession, die unsere Leser den Justizpalast verlassen sahen, hatte sich unterwegs geordnet und alles in ihre Reihen aufgenommen, was sich in Paris an Schurken, müßigen Dieben und verfügbarem Gesindel herumtrieb. So bot sie, als sie den Platz erreichte, einen höchst ehrbaren Anblick.

[1] span., Unholde zu Pferde / ohne sich bewegen zu können / mit Schwertern und den Hälsen / treffsicheren Armbrusten.

Zuerst kamen die Zigeuner; voran der Zigeunerherzog zu Pferde, umgeben von seinen unberittenen Grafen, die ihm den Zügel und die Steigbügel hielten, hinter ihnen die bunte Masse der Zigeuner und der Zigeunerinnen mit ihren schreienden Kindern im Arm; alle, Herzog, Grafen und geringes Volk, in Lumpen und Flitterstaat. Dann kam das rotwelsche Königreich, das heißt alle Diebe Frankreichs nach Rang und Würden geordnet, die Geringsten voran. Vier und vier zogen sie vorüber, geschmückt mit den verschiedenen Abzeichen der Grade, die sie in diesem seltsamen Staatswesen erworben hatten; die meisten waren lahm, manche hinkten, manche waren einarmig. Da waren die Nusser, die Stoßer, die Kawalsprenger, die Tumeherren, die Bahnherren, die Baldower, die Versucher, die Schwimmer, die Vopper, die Spanfelder, die Seffer, die Stabuler, die Kamesierer, die Schlepper, die grandigen Schniffer, die Sündveger, die Achproschen, kurz, der Grade so viele, daß die Aufzählung Homer ermüdet hätte. Man hatte Mühe, den Anblick des rotwelschen Königs der Gauner und Diebe zu erhaschen; um den kleinen, von zwei großen Hunden gezogenen Wagen, in dem er kauerte, scharte sich dicht die Rotte der Sündveger und Achproschen. Nach dem rotwelschen Königreich kam das galiläische Kaiserreich. Guillaume Rousseau schritt in seinem weinbefleckten Purpurkleid majestätisch an der Spitze. Vor ihm tanzte und tobte eine Schar von Possenreißern; ihm zur Seite gingen seine Stabträger, seine Gehilfen und seine Finanzsekretäre. Zuletzt kam die Gerichtsgilde mit ihren blumengekrönten Maibäumen, ihren schwarzen Gewändern, ihren mächtigen gelben Wachskerzen und einer Musik, die des Hexensabbats würdig gewesen wäre. In der Mitte der Menge trugen die höchsten Beamten der Narrenbrüderschaft auf ihren Schultern eine Tragbahre, auf der mehr Kerzen brannten als auf dem Reliquienschrein der heiligen Genoveva zur Zeit der Pest. Zwischen diesen Kerzen prangte mit Krummstab, Stola und Mitra der neue Narrenpapst, Quasimodo der Bucklige, der Glöckner von Notre-Dame.

Jede Gruppe in dieser grotesken Prozession hatte ihre

eigene Musik. Die Zigeuner ließen ihre Balatos und ihre afrikanischen Tamburine tönen. Die Rotwelschen, eine sehr unmusikalische Rasse, begnügten sich noch mit der Viola, dem Alpenhorn und der gotischen Rubeba des zwölften Jahrhunderts. Das galiläische Kaiserreich war nicht viel weiter fortgeschritten; kaum daß hier und da ein armseliger Rebec aus der Kindheit der Kunst sein Re-la-mi hören ließ. In der Umgebung des Narrenpapstes aber vereinigten sich alle musikalischen Errungenschaften des Zeitalters zu einer glanzvollen Vollendung des Mißklangs. Da waren alle Tonlagen des Rebec von schriller Höhe bis zum Tenor zu hören, von den Flöten und Blechinstrumenten gar nicht zu reden. Unsere Leser werden nicht vergessen haben, daß es leider Gringoires Orchester war.

Es ist schwer, den Ausdruck des Hochmuts und der Seligkeit zu schildern, der sich während des Zuges vom Justizpalast zur Place de Grève auf dem traurigen, abschreckenden Gesicht des Quasimodo gebildet hatte. Er kostete zum ersten Mal befriedigte Eigenliebe. Bis zu diesem Tag hatte er nur Demütigungen erfahren; er war wegen seiner Stellung verachtet, wegen seiner Häßlichkeit verabscheut worden. Trotz seiner Taubheit genoß er mit wahrhaft päpstlichen Gefühlen die Beifallsäußerungen der Menge, die er haßte, weil er sich von ihr gehaßt fühlte. Was scherte es ihn, daß sein Volk ein Haufen von Narren, Krüppeln, Dieben und Bettlern war? Es war immerhin ein Volk, und er war sein Herrscher. Er nahm alles für bare Münze, den spöttischen Beifall und die lächerliche Ehrfurcht, die freilich, das muß schon gesagt werden, mit etwas ungefälschter Furcht gemischt war; denn der Bucklige war stark, der Krummbeinige war behende, der Taube war bösartig – drei Eigenschaften, die die Freude am Spott dämpften.

Übrigens sind wir weit davon entfernt zu glauben, daß der neugewählte Narrenpapst sich seiner eigenen Gefühle oder der Gefühle, die er den anderen einflößte, bewußt war. Der Geist, der in diesem mißglückten Körper hauste, hatte notwendigerweise etwas Taubes, Unvollkommenes. Und so blieben die Empfindungen dieses Augenblicks für ihn ganz und gar wirr, nebelhaft und unbestimmt. Nur die Freude machte sich deutlich fühlbar, und der Hochmut herrschte vor. Das düstere, unglückselige Gesicht strahlte.

Als Quasimodo in diesem Zustand halber Trunkenheit gerade triumphierend am Pfeilerhaus vorübergetragen wurde, sah man nicht ohne Überraschung und Schrecken einen Mann aus der Menge heraus auf den Narrenpapst zustürzen und ihm mit einer Gebärde des Zorns das Abzeichen seiner närrischen Würde, den Krummstab aus vergoldetem Holz, entreißen.

Dieser verwegene Mann war kein anderer als der Kahlköpfige, bei dessen drohenden, haßerfüllten Worten kurz zuvor die arme Zigeunerin in eisigem Schauer erstarrt war. Er trug das Kleid eines Geistlichen. Gringoire, der ihn bis dahin noch nicht bemerkt hatte, erkannte ihn im Augenblick, als er sich aus der Menge löste. »Was«, rief er mit einem Schrei des Erstaunens, »das ist ja mein Lehrer in der Alchimie, Dom Claude Frollo, der Erzdechant! Was zum Teufel hat er mit diesem scheußlichen Einäugigen vor? Der Kerl wird ihn verschlingen!«

Die Menge brach wirklich in Schreckensrufe aus; der furchtbare Quasimodo war von der Tragbahre heruntergesprungen, und die Frauen wandten sich ab, um nicht zu sehen, wie er den Erzdechanten zerfleischte.

Er machte einen Sprung auf den Priester zu, sah ihn an und fiel auf die Knie.

Der Priester riß ihm die Tiara vom Kopf, zerbrach ihm den Krummstab und zerfetzte die Stola aus Flittergold.

Quasimodo blieb auf den Knien liegen, senkte den Kopf und faltete die Hände.

Dann hub zwischen den beiden eine seltsame Zwiesprache von Zeichen und Gebärden an; denn keiner von ihnen sprach ein Wort. Der Priester stand aufrecht, seine Bewegungen waren zornig, drohend und gebieterisch; Quasimodo kniete demütig und flehend, und doch hätte er den Priester mit dem Daumen zerdrücken können.

Endlich schüttelte der Erzdechant heftig die gewaltigen Schultern des Quasimodo und bedeutete ihm, er möge aufstehen und ihm folgen.

Quasimodo erhob sich.

Die Narrenbrüderschaft aber hatte mittlerweile ihre anfängliche Betäubung überwunden und schickte sich an, ihren so plötzlich entthronten Papst zu verteidigen. Zigeuner, Gauner und Parlamentsschreiber umkläfften den Priester.

Quasimodo deckte ihn mit seiner Gestalt, ließ die Muskeln seiner athletischen Fäuste spielen und sah die Angreifer mit dem Zähneknirschen eines wütenden Tigers an.

Der Priester hatte wieder seine finstere Würde angenommen, machte Quasimodo ein Zeichen und zog sich still zurück.

Quasimodo schritt vor ihm her und bahnte ihm durch die Menge einen Weg.

Als sie das Volk und den Platz hinter sich hatten, machte der Schwarm der Neugierigen und Müßigen Miene, sich an ihre Fersen zu heften. Da aber übernahm Quasimodo die Nachhut; rückwärts schreitend folgte er dem Erzdechanten und wies den Zudringlichen seine gedrungene, bärbeißige, abscheuliche Vorderseite. Er sträubte sich, spannte seine Glieder, leckte seine Eberzähne und brummte wie ein wildes Tier. Mit einem Blick, einer Bewegung zwang er die Menge in riesigen Wogen zurück.

Man ließ die beiden in eine enge, dunkle Straße einbiegen, und niemand wagte es, ihnen dorthin zu folgen, so sicher wehrte die Schreckensgestalt des zähneknirschenden Quasimodo den Eingang.

»Das ist höchst wunderbar«, sagte Gringoire; »aber wo, zum Teufel, finde ich ein Abendbrot?«

IV
Widerwärtigkeiten, die einem begegnen können, wenn man abends in den Straßen einer hübschen Frau nachläuft

Gringoire war aufs Geratewohl der Zigeunerin gefolgt. Er hatte sie mit ihrer Ziege in die Rue de la Coutellerie einbiegen sehen. So war auch er in die Rue de la Coutellerie eingebogen.

›Warum nicht?‹ hatte er sich gesagt.

Gringoire, der praktische Philosoph der Pariser Straßen, hatte beobachtet, daß nichts eine angenehme Träumerei so begünstigt, als wenn man einer hübschen Frau folgt, ohne zu wissen, wohin sie geht. In diesem gewollten Aufgeben der persönlichen Freiheit, in dieser Laune, die sich der Laune eines anderen ahnungslosen Menschen unterwirft, liegt ein Gemisch launischer Unabhängigkeit und blinder Unterwürfigkeit, ein Etwas in der Mitte zwischen Freiheit und Sklaverei, das Gringoire sehr behagte; denn er hatte einen äußerst zwiespältigen Geist, war unentschlossen und kompliziert, von einem Extrem ins andere wechselnd, ständig zwischen allen menschlichen Neigungen hin- und hergerissen, eine durch die andere ersetzend.

Er liebte es, sich mit dem Sarg des Mohammed zu vergleichen, der von zwei Magnetsteinen, die ihn nach entgegengesetzten Richtungen ziehen, ewig zwischen Höhe und Tiefe, Wölbung und Fußboden, Steigen und Fallen, Zenit und Nadir in der Schwebe gehalten wird. Lebte Gringoire heute, wie prächtig nähme er sich zwischen der Klassik und der Romantik aus.

Aber er war nicht primitiv genug, dreihundert Jahre zu leben; und das ist bedauerlich, denn seine Abwesenheit ist eine Leere, die man heute nur zu sehr empfindet.

Übrigens regt auch der Mangel eines Nachtlagers sehr an, den Fußgängern auf der Straße und besonders den Fußgängerinnen nachzulaufen, was Gringoire gern tat. So trabte er denn ganz in Gedanken versunken hinter der jungen Zigeunerin her, die ihre Schritte beschleunigte und ihre hübsche kleine Ziege zum Laufen ermunterte, als sie sah, daß die Bürger in den Häusern verschwanden und die Schenken geschlossen wurden. Die Läden waren an diesem Tag gar nicht offen gewesen.

›Irgendwo muß sie wohl schlafen; die Zigeunerinnen sind gutherzig‹, das waren so ungefähr seine Gedanken. ›Wer weiß? ...‹

Den Punkten, die er seinem Fragezeichen folgen ließ, entsprachen in seinem Geist allerlei recht anmutige Vorstellungen.

Von Zeit zu Zeit aber, wenn er an den letzten Gruppen von Bürgern, die gerade ihre Türen schlossen, vorüberkam, fing er diesen und jenen Brocken ihrer Unterhaltung auf, der sein Schwelgen in lockenden Hoffnungen störte.

Und dann waren da zwei Greise, die miteinander schwatzten.

»Meister Thibaut Fernicle, wißt Ihr, daß es recht kalt ist?«

(Gringoire wußte das schon, seit der Winter seinen Einzug gehalten hatte.)

»Ja – ja, Meister Boniface Disome! Wir werden doch nicht wieder so einen kalten Winter bekommen wie vor drei Jahren, Anno achtzig? Da kostete das Bund Holz acht Heller.«

»Pah! Meister Thibaut, das ist nichts, verglichen mit dem Winter Anno vierzehnhundertsieben. Da hat es vom Sankt-Martins-Tag bis Lichtmeß Frost gegeben, und solchen Frost, daß dem Gerichtsschreiber des Parlaments im großen Sitzungszimmer nach jedem dritten Wort die Tinte in der Feder gefror, was beim Protokollieren der Justiz recht ärgerliche Unterbrechungen gab.«

Weiterhin waren es zwei Nachbarinnen, die sich aus den Fenstern heraus unterhielten. Ihre Kerzen knisterten im Nebel. »Hat Euer Mann Euch von dem Unglück erzählt, Gevatterin Boudraque?«

»Nein, was hat es denn gegeben, Gevatterin Turquant?«

»Das Pferd des Notars vom Châtelet, Monsieur Gilles Godin, ist vor dem Zug der flämischen Gesandtschaft scheu geworden und hat Magister Philippot Avrillot zu Fall gebracht, den Almosenier der Cölestiner.«

»Wahrhaftig?«

»Und wie!«

»Ein bürgerliches Pferd! Das ist stark! Wenn es wenigstens ein Militärpferd gewesen wäre!«

Die Fenster schlossen sich. Gringoire aber hatte den Faden seiner angenehmen Vorstellungen verloren.

Da aber die Zigeunerin und ihre Ziege Djali immer noch vor ihm hergingen, fand er ihn glücklicherweise wieder und spann ihn ohne Mühe weiter. Er hatte zwei feine, zarte, reizende Geschöpfe vor sich; er bewunderte ihre kleinen Füße, ihre zierlichen Formen und ihre anmutigen Bewegungen; sie verschmolzen in seiner Betrachtung beinahe zu einem Wesen. Ihre Klugheit und ihre Freundschaft ließen sie wie zwei junge Mädchen erscheinen; ihre Leichtigkeit, Gewandtheit und Schnellfüßigkeit wie zwei Ziegen.

Die Straßen wurden indessen immer düsterer und verlassener. Es hatte längst Feierabend geläutet; immer seltener stieß man auf einen Menschen, immer seltener auf ein erleuchtetes Fenster. Gringoire war auf der Fährte der Zigeunerin in jenes unentwirrbare Labyrinth von Gäßchen, Kreuzungen und Sackgassen geraten, das den alten Friedhof Saints-Innocents umgibt und einer Docke Wolle gleicht, die von einer Katze verfilzt wurde. »Das sind Straßen, die wenig von den Gesetzen der Logik wissen«, sagte Gringoire, dem es von diesen tausend Krümmungen, die immer auf ihren Ausgangspunkt zurückzukommen schienen, ganz wirr im Kopf wurde. Dem jungen Mädchen aber waren diese Pfade anscheinend wohlbekannt; sie ging ohne Zögern und mit immer rascheren Schritten vorwärts. Er hingegen hätte keine Ahnung gehabt, in welcher Gegend sie sich befanden, wenn nicht bei einer Straßenbiegung die achteckige Masse des Prangers an den Markthallen als schwarze Silhouette gegen ein erleuchtetes Fenster von der Rue Verdelet vorübergehend vor ihm aufgetaucht wäre.

Er hatte schließlich die Aufmerksamkeit des jungen Mädchens erregt; sie hatte mehrmals unruhig den Kopf nach ihm umgewandt; sie war sogar einmal ganz plötzlich stehengeblieben und hatte den Lichtschein, der aus einer offenen Bäckerei herausfiel, benutzt, um ihn von oben bis unten zu mustern. Gringoire bemerkte, wie sie nach dieser Musterung schmollend die Unterlippe vorschob – eine Gebärde, die er schon bei ihr gesehen hatte. Dann hatte sie ihn nicht weiter beachtet.

Diese kleine Gebärde gab Gringoire zu denken. Es lag zweifellos Verachtung und Spott in der anmutigen Grimasse. So ließ er den Kopf hängen, zählte die Pflastersteine und fing eben an, die Entfernung zwischen sich und dem jungen Mädchen etwas größer werden zu lassen, als er sie plötzlich jenseits einer Straßenecke, durch die er sie aus den Augen verloren hatte, einen durchdringenden Schrei ausstoßen hörte.

Er beschleunigte seine Schritte.

Die Straße war finster. Aber dank einem mit Öl getränkten Docht, der hinter einem Gitter zu Füßen der Jungfrau Maria an der Straßenecke brannte, konnte Gringoire erkennen, daß die Zigeunerin sich gegen zwei Männer wehrte, die sich bemühten, sie am Schreien zu hindern. Die arme kleine Ziege senkte verstört die Hörner und meckerte.

»Zu Hilfe, ihr Herren von der Nachtwache!« schrie Gringoire und stürzte tapfer vorwärts. Einer der beiden Männer, die das junge Mädchen festhielten, wandte sich gegen ihn. Er sah in das furchtbare Angesicht des Quasimodo.

Gringoire ergriff nicht die Flucht, aber er blieb wie angewurzelt stehen.

Quasimodo kam auf ihn zu, stieß ihn mit dem Handrücken gegen die Brust, daß er vier Schritte weit aufs Straßenpflaster niedertaumelte, und verschwand mit dem jungen Mädchen, das er wie eine seidene Schärpe in der Mitte geknickt über dem einen Arm trug, blitzschnell in der Finsternis. Sein Kompagnon folgte ihm, und die arme Ziege lief mit kläglichem Gemecker hinter allen dreien her.

»Mörder! Mörder!« schrie die unglückselige Zigeunerin.

»Halt, ihr Schurken, laßt das Frauenzimmer los!« rief plötzlich die Donnerstimme eines Reiters, der von der nächsten Kreuzung heransprengte.

Es war ein Hauptmann der Schützen der königlichen Leibwache; er war von Kopf bis Fuß bewaffnet und hielt ein Flamberg in der Hand.

Er riß dem verdutzten Quasimodo die Zigeunerin vom Arm, legte sie quer über seinen Sattel, und als der furchterregende Bucklige, der seine Betäubung überwunden hatte, auf ihn losstürzte, um seine Beute wieder an sich zu reißen, da tauchten kurz hinter dem Hauptmann fünfzehn oder sechzehn Schützen mit gezogenen Schwertern auf. Es war ein Trupp der königlichen Leibwache, der vom Stadtvogt von Paris, Herrn Robert d'Estouteville, zur Beaufsichtigung der Nachtwachen ausgeschickt war.

Quasimodo wurde umringt, ergriffen und geknebelt. Er brüllte, er schäumte, er biß, und wäre es Tag gewesen, so hätte vielleicht sein Gesicht allein, das der Zorn noch abschreckender machte, den ganzen Trupp in die Flucht geschlagen. Bei Nacht aber war seine furchtbarste Waffe, seine Häßlichkeit, wirkungslos. Sein Spießgeselle war in der Verwirrung des Kampfes verschwunden.

Die Zigeunerin richtete sich anmutig im Sattel des Offiziers auf, legte ihre Hände auf die Schultern des jungen Mannes und sah ihm ein paar Augenblicke lang fest ins Gesicht. Sie schien hingerissen von seiner stattlichen Erscheinung und seiner ritterlichen Hilfe. Dann brach sie als erste das Schweigen, ließ ihre süße Stimme noch süßer klingen und sagte: »Wie heißen Sie, Monsieur le Gendarme?«

»Hauptmann Phœbus de Châteaupers, zu dienen, meine

Schöne!« antwortete der junge Mann und warf sich in die Brust.

»Danke«, sagte sie und während Hauptmann Phœbus seinen modischen Schnurrbart hochstrich, ließ sie sich wie ein Pfeil vom Pferd gleiten und entfloh.

Sie verschwand mit mehr als Blitzesschnelle.

»Beim Nabel des Papstes«, fluchte der Hauptmann, als man auf seinen Befehl die Bande des Quasimodo fester anzog, »ich hätte lieber das Frauenzimmer behalten!«

»Was tun, Hauptmann?« sagte einer seiner Leute. »Die Grasmücke ist fortgeflogen, die Fledermaus ist geblieben.«

V
Weitere Widerwärtigkeiten

Gringoire war betäubt von seinem Fall auf dem Pflaster liegengeblieben, gerade vor der gnadenreichen Jungfrau Maria an der Straßenecke. Nach und nach kam ihm die Besinnung zurück. Ein paar Minuten lang schwebte er in einer Art Wachtraum, der nicht ohne Süße war. Die luftigen Gestalten der Zigeunerin und der Ziege vereinigten sich mit der irdischen Schwere von Quasimodos Faust. Dieser Zustand ging rasch vorüber. Eine ziemlich heftige Kälteempfindung machte sich in den Körperteilen fühlbar, die mit dem Straßenpflaster in Berührung waren; sie weckte ihn auf, und sein Geist war plötzlich wieder an der Oberfläche.

›Woher kommt diese Kühle?‹ fragte er sich im jähen Erwachen. Da wurde ihm klar, daß er mitten in der Gosse lag.

»Du Teufel von buckligem Zyklopen!« brummte er zwischen den Zähnen und versuchte sich aufzurichten. Aber er war wie betäubt und zu zerschlagen. Er mußte bleiben, wo er war. Seine Hände wenigstens gehorchten ihm; so hielt er sich die Nase zu und ergab sich in sein Schicksal.

›Der Kot von Paris hat einen ganz besonders peinlichen

Gestank‹, dachte er (in der Überzeugung, daß er in der Gosse wirklich sein Nachtlager gefunden habe: *Und was auf einer Lagerstatt tun, wenn nicht nachdenken?*). ›Er muß sehr viel flüchtige und salpetrige Salze enthalten. Das ist ja übrigens auch die Meinung des Magisters Nicolas Flamel und der Alchimisten ...‹

Das Wort *Alchimist* brachte ihm plötzlich die Gestalt des Erzdechanten Claude Frollo in den Sinn. Er versuchte sich des gewalttätigen Vorgangs zu erinnern, dessen Zeuge er gewesen war; es fiel ihm ein, daß die Zigeunerin sich gegen zwei Männer gewehrt und daß Quasimodo einen Spießgesellen hatte. Das grämliche, hochmütige Gesicht des Erzdechanten tauchte undeutlich in seiner Erinnerung auf. ›Das wäre seltsam!‹ dachte er und fing an, auf dem Grund dieser Annahme ein phantastisches Gebäude von Hypothesen aufzuführen, eines von den Kartenhäusern, die die Philosophen lieben. Aber mitten aus diesen Gedanken heraus fühlte er sich zum zweitenmal jäh in die Wirklichkeit zurückversetzt.

»Du lieber Himmel, ich erfriere ja!« rief er.

Seine Lage wurde in der Tat immer unhaltbarer. Jedes Wasserteilchen in der Gosse entführte eines von den Wärmeteilchen, die Gringoires Flanken ausströmten, und das Gleichgewicht zwischen seiner Körpertemperatur und der Temperatur der Gosse fing an, sich auf recht rücksichtslose Art herzustellen.

Da wurde er plötzlich von einem Verdruß ganz anderer Natur heimgesucht.

Ein Schwarm von jenen kleinen nacktfüßigen Wilden, die unter dem Namen *Gamins* seit Menschengedenken die Straßen von Paris unsicher machen und die uns allen abends auf dem Heimweg von der Schule Steine nachgeworfen haben, weil unsere Hosen nicht zerrissen waren, bog lachend und schreiend in die Straße ein, wo Gringoire in der Gosse lag. Um den Schlaf der Nachbarn schienen die jungen Burschen wenig besorgt. Sie zogen einen unförmigen Sack hinter sich her, und der Lärm ihrer Holzpantoffeln allein hätte genügt, einen Toten zu erwecken. Gringoire, der noch nicht ganz tot war, richtete sich halb auf.

»Du, Hennequin Dandèche! Du, Jean Pincebourde!« schrien sie aus vollem Halse. »Der alte Kaufmann Eustache Moubon unten an der Ecke ist gestorben. Wir haben seinen Strohsack erwischt; wir wollen ein Freudenfeuer damit machen. Heute ist der Tag der flämischen Gesandtschaft!«

Sie waren bei Gringoire angelangt, ohne ihn zu bemerken, und siehe da, sie warfen den Strohsack gerade über ihn. Einer der Buben lief mit einer Handvoll Stroh zur guten Jungfrau Maria, um es an ihrem Flämmchen in Brand zu stecken.

»Tod und Teufel!« brummte Gringoire. »Soll es mir jetzt etwa zu heiß werden?«

Es war ein kritischer Augenblick. Er war in Gefahr, zwischen Feuer und Wasser zugrunde zu gehen. Er machte eine übermenschliche Anstrengung, eine Anstrengung wie ein Falschmünzer, den man in siedendes Öl werfen will und der versucht, sich loszureißen. Er richtete sich auf, warf den Strohsack auf die Buben zurück und entfloh.

»Heilige Jungfrau«, schrien die Kinder, »der Kaufmann Eustache geht um!« Damit entflohen sie in die entgegengesetzte Richtung. Der Strohsack blieb Herr des Schlachtfeldes. Belleforêt, der Pater Le Juge und Corrozet versichern, daß er am nächsten Morgen mit großer Feierlichkeit von der Geistlichkeit des Stadtviertels eingeholt und dem Schatz der Kirche Sainte-Opportune einverleibt wurde. Dort bezog der Küster bis ins Jahr 1789 eine schöne Einnahme aus dem großen Wunder des Marienbildes an der Ecke der Rue Mauconseil, das in der denkwürdigen Nacht des 6. zum 7. Januar 1482 nur durch seine Gegenwart den verstorbenen Eustache Moubon austrieb, der sterbend, um dem Teufel eine Posse zu spielen, seine Seele höchst boshaft in seinen Strohsack versteckt hatte.

VI
Der zerbrochene Krug

Unser Dichter war schon längere Zeit in atemlosem Lauf vorwärts gestürzt, war mit dem Kopf gegen manche Straßenecke gerannt, war über manche Gosse weggesprungen, war in manche Sackgasse geraten, hatte auf seiner Flucht manche Straße, manche Kreuzungen überquert und hatte versucht, durch die Windungen des alten Markthallenviertels einen Ausweg zu finden; er hatte in seinem panischen Schrecken an sich erfahren, was das schöne Latein der Charten tota via, cheminum et viaria[1] nennt, als er plötzlich seinen Lauf hemmte, zunächst, weil ihm der Atem versagte, dann aber auch, weil ihn eine in seinem Geist aufblitzende Erkenntnis am Kragen packte. »Mir scheint, Magister Pierre Gringoire«, sagte er zu sich selber und legte den Zeigefinger an die Stirn, »Ihr lauft da wie ein Hirnverbrannter. Die kleinen Bengel haben ebenso große Angst vor Euch gehabt wie Ihr vor ihnen. Mich dünkt, sage ich Euch, daß sich der Lärm ihrer Holzpantoffeln nach Süden hin verflüchtigte, während Ihr nach Norden floht. Also, es gibt zwei Möglichkeiten: Entweder die Buben sind entflohen, und dann ist der Strohsack, den sie in ihrem Schrecken natürlich vergessen haben, gerade das gastliche Bett, nach dem Ihr seit heute morgen fahndet und das Euch nun die Mutter Gottes als Belohnung für die Moralität, in der Ihr sie mit Pracht und Mummerei gefeiert habt, auf so wunderbare Art schickt; oder die Buben sind nicht entflohen und haben den Strohsack angezündet. Dann brennt dort das ersehnte Feuer, dessen Ihr so bedürftig seid, um Euch Eures Lebens zu freuen, Euch zu trocknen und zu wärmen. In beiden Fällen, ob nun Bett oder Feuer, ist der Strohsack ein Geschenk des Himmels. Die gnadenreiche Jungfrau Maria an der Ecke der Rue Mauconseil hat den Eustache Moubon vielleicht nur deshalb sterben lassen, und es ist Tollheit, vor etwas davonzulaufen, wie einer

[1] lat., lauter Straßen, Wege und Pfade.

aus der Picardie vor einem Franzosen, indem Ihr vor dem davonlauft, was Ihr eigentlich sucht, kurz, Ihr seid ein Esel!«

Er kehrte also wieder um, und suchend, spürend, die Nase gegen den Wind und die Ohren auf der Lauer, bemühte er sich, den glückverheißenden Strohsack wiederzufinden; aber vergebens. Er irrte zwischen Häuserblöcken, Sackgassen und Straßenkreuzungen hin und her, zögerte und zweifelte fortwährend und war in dem Gewirr der finsteren Gassen wie im Labyrinth des Hôtel des Tournelles gefangen. Endlich riß ihm die Geduld, und er rief feierlich: »Verfluchte Straßenkreuzungen! Der Teufel hat sie nach dem Bild seiner Gabel gemacht!«

Dieser Fluch erleichterte ihn etwas, und ein rötlicher Widerschein, den er gerade in diesem Augenblick am Ende einer langen, engen Gasse bemerkte, hob vollends seine Lebensgeister. »Gott sei gelobt!« sagte er. »Dort unten, dort brennt mein Strohsack. Salve«, fügte er fromm hinzu, sich mit dem Fährmann vergleichend, der in der Nacht untergeht, »salve, maris stella!«[1]

Richtete er dieses Bruchstück einer Litanei an die Jungfrau Maria oder an den Strohsack? Darüber bleiben wir völlig im dunkeln.

Er hatte kaum ein paar Schritte die lange, abschüssige, ungepflasterte Gasse hinunter getan, die immer schmutziger wurde, als ihm etwas ganz Sonderbares in die Augen fiel. Es war nicht so einsam in der Gasse, wie es ihm zuerst geschienen hatte. Hier und dort krochen unförmige, schwankende Klumpen an den Mauern entlang; sie schleppten sich dem flackernden Lichtschein zu, der in der Tiefe der Gasse glühte, und glichen den schwerfälligen Insekten, die sich nachts von Halm zu Halm schieben, um einem Hirtenfeuer nahe zu kommen.

[1] lat., Sei gegrüßt, Stern des Meeres. (Damit ist in der Litanei die Jungfrau Maria gemeint.)

Nichts macht verwegener als ein leerer Geldbeutel. Gringoire ging weiter und hatte bald die letzte dieser schattenhaften Gestalten, die am trägsten hinter den anderen herkroch, erreicht. Als er ihr näher kam, sah er, daß es nur ein erbärmlicher beinloser Krüppel war, der auf den Händen vorwärtshüpfte wie ein verletzter Weberknecht, dem nur zwei Kankerbeine geblieben sind. Als er an dieser Spinne mit Menschenantlitz vorüberging, rief sie ihn mit kläglicher Stimme an: »La buona mancia, signor! La buona mancia!«[1]

»Hol dich der Teufel«, sagte Gringoire, »und mich mit, wenn ich verstehe, was du sagen willst!«

Damit ging er weiter.

Er überholte einen zweiten schleichenden Klumpen und besah ihn sich. Es war ein Lahmer, dem noch dazu ein Arm fehlte. Er war so lahm und so einarmig, daß er durch das komplizierte System von Krücken und Holzbeinen, das ihn festhielt, einem wandelnden Baugerüst glich. Gringoire, dem die klassischen und erhabenen Vergleiche sehr geläufig waren, dachte an den Dreifuß des Vulkan, der von selber ging.

Dieser wandelnde Dreifuß hielt dem Vorübergehenden den Hut wie ein Barbierbecken dicht unters Kinn und schrie ihm in die Ohren: »Señor caballero, para comprar un pedazo de pan!«[2]

»Auch dieser scheint zu sprechen«, sagte Gringoire, »aber eine rauhe Sprache. Wohl ihm, wenn er sie versteht; ich verstehe sie nicht.«

Plötzlich kam ihm ein Gedanke, und er schlug sich an die Stirn. ›Apropos, was zum Teufel meinten sie heute mittag mit ihrer Esmeralda?‹

Er wollte seine Schritte beschleunigen, aber zum drittenmal kam ihm etwas in den Weg. Dieses Etwas oder vielmehr dieser Jemand war ein Blinder, ein kleiner Blinder mit bärtigem, jüdischem Gesicht, der sich mit einem Stock rudernd vorwärts

[1] ital., Eine kleine Gabe!

[2] span., Edler Herr, um ein Stück Brot!

tastete und von einem großen Hund gelotst wurde. Er näselte Gringoire in ungarischem Tonfall an: »Facitote caritatem!«[1]

»Endlich einer, der eine christliche Sprache spricht!« sagte Pierre Gringoire. »Ich muß wohl den Eindruck eines Wohltäters machen, daß man mich meinem mageren Beutel zum Trotz um Almosen bittet. Mein Freund«, und er wandte sich damit dem Blinden zu, »ich habe vergangene Woche mein letztes Hemd verkauft; das heißt – da Ihr nur die Sprache des Cicero versteht: Vendidi hebdomade nuper transita meam ultimam chemisam.«

Dabei kehrte er dem Blinden den Rücken und setzte seinen Weg fort; der Blinde aber hielt Schritt mit ihm, und siehe da, auch der Lahme und der beinlose Krüppel eilten, mit Suppenschüsseln und Krücken auf dem Pflaster klappernd, in großer Hast hinter ihm her. Alle drei aber, die dem armen Gringoire auf der Ferse waren, huben an, ihr Lied zu singen: »Caritatem!« sang der Blinde.

»La buona mancia«, sang der Krüppel.

Die Auflösung des musikalischen Satzes aber gab der Lahme mit seinem »Un pedazo de pan!«.

Gringoire hielt sich die Ohren zu. »O Turm zu Babel!« schrie er.

Er fing an zu laufen. Der Blinde lief auch. Der Lahme lief. Der beinlose Krüppel lief.

Aus den Häusern aber, aus den Seitengäßchen, aus den Kellerlöchern brachen Beinlose, Blinde, Lahme, Einarmige, Einäugige, wundenbedeckte Aussätzige hervor; und je weiter er die Gasse hinunter eilte, um so dichter umschwärmte ihn das hinkende, humpelnde, heulende, brüllende, kläffende Gewimmel; alle strebten dem Licht zu und schleppten sich durch den Schlamm wie Schnecken, wenn es geregnet hat.

Gringoire, seine drei Verfolger hinter sich und im unklaren, worauf die Sache hinauslief, brach sich verstört durch das Gewimmel Bahn, umging die Lahmen, sprang über die Beinlosen

[1] lat., Übt Wohltätigkeit!

weg und verfing sich mit den Füßen im Schwarm der Krüppel wie jener englische Kapitän, der in einem Schwarm Krabben versank.

Er versuchte umzukehren, aber es war zu spät. Die Reihen hatten sich hinter ihm geschlossen, und seine drei Bettler hielten ihn fest. So eilte er weiter, gejagt von der unwiderstehlich vorwärts drängenden Flut, von der Angst und von einem Schwindel, der ihm alles wie einen schauerlichen Traum erscheinen ließ.

Endlich erreichte er das Ende der Straße. Sie mündete auf einen ungeheuren Platz, wo tausend verstreute Lichter im nächtlichen Dunst flackerten. Er stürzte auf den Platz hinaus und hoffte, durch rasches Laufen den drei gebrechlichen Gespenstern, die sich an seine Fersen geheftet hatten, zu entwischen.

»Onde vas, hombre?«[1] schrie der Lahme, warf seine Krükken von sich und rannte auf den zwei kräftigsten Beinen, die sich je auf dem Pariser Pflaster gerührt hatten, hinter ihm drein.

Der Krüppel aber stand plötzlich auf den Füßen und stülpte Gringoire sein schweres, eisenbeschlagenes Wägelchen über den Kopf, während der Blinde ihm mit flammenden Augen ins Gesicht starrte.

»Wo bin ich?« fragte der Dichter entsetzt.

»Im Mirakelhof«, antwortete ein viertes Gespenst, das sich zu ihnen gesellt hatte.

»Donnerwetter!« rief Gringoire. »Die Blinden sehen und die Lahmen rennen; aber wo ist der Heiland?«

Unheilvolles Gelächter antwortete ihm.

Der arme Dichter blickte um sich. Er war wirklich in den fürchterlichen Mirakelhof geraten, den noch kein ehrlicher Mensch zu solcher Stunde betreten hatte; in den Bannkreis, worin die Schergen des Gerichts und die Wachleute des Vogts auf Nimmerwiedersehen verschwanden, falls sie sich darin

[1] span., Wohin, Kerl?

verirrten; in die Stadt der Diebe, diese scheußliche Warze am Angesicht von Paris, diese Kloake, aus der jeden Morgen die Flut des Lasters, der Bettelei und des Vagabundentums in die Gossen der Großstadtstraßen drang und in der sie sich abends wieder anstaute; in das ungeheure Wespennest, in das sich nachts alle Parasiten der menschlichen Gesellschaft mit ihrer Beute verkrochen; in das Lügenspital, wo sich die Bettler des Tages — die Zigeuner, die entlaufenen Mönche, die verkommenen Scholaren, die Taugenichtse aus aller Herren Länder, aus Spanien, aus Italien, aus Deutschland, der Auswurf aller Religionen, der jüdischen, der christlichen, der mohammedanischen, der heidnischen — ihrer geschminkten Wunden entledigten und sich in nächtliche Räuber verwandelten; kurz, in die riesige Garderobe, wo sich damals alle Schauspieler an- und auskleideten, die in der auf dem Pariser Pflaster ewig von neuem sich abspielenden Posse des Diebstahls, der Unzucht und des Mordes auftreten.

Der Mirakelhof war ein weiter, unregelmäßiger, schlecht gepflasterter Platz; alle Plätze von Paris hatten damals schlechtes Pflaster. Hier und da leuchteten Feuer, um die es von seltsamen Gestalten wimmelte. Alles kam, ging und kreischte. Man hörte gellendes Gelächter, Kindergeschrei und Weiberstimmen. Hände und Köpfe dieser Menge hoben sich schwarz vom leuchtenden Hintergrund ab und zeichneten darin tausende wunderliche Silhouetten. Wo der flackernde Schein des Feuers sich auf dem Boden mit großen unbestimmten Schatten mengte, da huschte ab und zu über die Helligkeit ein Hund, der einem Menschen nicht unähnlich war, oder ein Mensch, der einem Hund glich. Die Grenzen zwischen den Rassen und Arten schienen sich an dieser Stätte zu verwischen wie in einem Pandämonium. Männer, Frauen und Tiere, alle Lebensalter und Geschlechter, Gesundheit und Krankheit, alles mischte sich; zusammenfließend, übereinander gestapelt; alles schien diesem Volk gemeinsam. Jeder hatte seinen Anteil an allem.

In seiner Verwirrung erschienen Gringoire die vom armselig schwankenden Feuerschein beleuchteten alten Häuser, die mit ihren wurmstichigen, rissigen, verwitterten Fassaden, in denen je ein oder zwei erleuchtete Luken glühten, einen scheußlichen Rahmen um den gewaltigen Platz bildeten, wie riesige Köpfe mürrischer, abscheulicher alter Frauen, die blinzelnd aus dem Dunkel auf den Hexensabbat schauten.

Es war wie eine neue Welt, eine unbekannte, unerhörte, mißgestaltete, kriechende, krabbelnde, wunderliche Welt.

Der unglückselige Gringoire, der von den drei Bettlern wie von drei Kneifzangen gehalten wurde und der betäubt von dem Gewühl, das um ihn herum kläffte und drängte, in immer heftigeres Entsetzen gejagt wurde, versuchte seine Geistesgegenwart wiederzuerlangen und fragte sich, ob es wirklich Sonnabend sei. Aber seine Anstrengungen waren erfolglos. Der Faden seiner Erinnerungen und Gedanken war abgerissen; er konnte seine Umgebung und seine Person nicht in Einklang bringen; er zweifelte an allem und stellte sich die unlösbare Frage: ›Gesetzt, ich bin ich, ist dann das alles Wirklichkeit? Gesetzt, das alles ist Wirklichkeit, bin ich dann?‹

Da löste sich aus dem summenden Gewühl, das ihn umkreiste, der vernehmliche Schrei: »Bringen wir ihn zum König! Bringen wir ihn zum König!«

»Heilige Jungfrau!« murmelte Gringoire. »Hier ein König? Das muß wohl ein Bock sein!«

»Zum König, zum König!« wiederholte die Menge.

Man schleppte ihn vorwärts. Jeder wollte Hand an ihn legen. Aber die drei Bettler waren nicht gesonnen, ihren Fang herzugeben; sie rissen ihn an sich und brüllten: »Uns gehört er!«

Der schwerkranke Rock des Dichters verhauchte in diesem Kampf den letzten Rest seiner schwindenden Lebenskraft.

Während Gringoire den fürchterlichen Platz entlanggezerrt wurde, wich der Schwindel von ihm. Nach wenigen Schritten schon kam ihm das Gefühl der Wirklichkeit zurück. Er fing an, sich in seine Umgebung zu finden. War es sein Dichtergehirn gewesen oder vielleicht ganz einfach und prosaisch sein leerer Magen? Zwischen ihn und die Dinge hatte sich eine Rauchwand geschoben, eine Art Dunst, der ihm alles in der Verzerrung eines Alpdruckes erscheinen ließ, im wirren Nebel eines Traumes, der die Umrisse verwischt, die Formen entstellt, die Dinge zu unförmigen Massen zusammenballt, die Gegenstände in Hirngespinste, die Menschen in Gespenster verwandelt. Nach und nach lichtete sich der Nebel, sein Kopf wurde freier, und er sah die Dinge in ihrer wahren Gestalt. Die Wirklichkeit machte sich um ihn breit; er stieß sich mit den Blicken, mit den Füßen an ihr; sie zerstörte eines nach dem andern die fürchterlichen Zaubergebilde, von denen er sich anfangs umgeben geglaubt hatte. Er mußte sich wohl darüber klar werden, daß er nicht im Styx, sondern in irdischem Schmutz watete, daß er nicht von bösen Geistern, sondern von Dieben bedrängt wurde, daß nicht seine Seele, sondern sein Leben auf dem Spiel stand; denn ihm fehlte der wertvolle Mittler, der den Räuber so nachdrücklich mit dem ehrlichen Mann versöhnt: der Geldbeutel. Kurz, als er diese Orgie näher und kaltblütiger betrachtete, fühlte er sich aus dem Hexensabbat in eine wüste Spelunke versetzt.

Der Mirakelhof war wirklich nichts weiter als eine Spelunke, aber eine Spelunke für Diebe und Mörder, wo das rote Blut ebenso reichlich floß wie der rote Wein.

Das Schauspiel, das sich ihm bot, als sein zerlumptes Geleit ihn endlich ans Ziel geschleppt hatte, war nicht geeignet, ihm den entschwundenen Zauber — und war es auch ein Höllenzauber — zurückzurufen. Er stand mitten in der rohen, nüchternen Wirklichkeit der Spelunke. Wären wir nicht im fünfzehnten Jahrhundert, so könnten wir sagen, daß Gringoire von Michelangelo zu Callot hinabgestiegen war.

Um ein großes Feuer herum, das auf einer mächtigen, runden Steinplatte brannte und mit seinen Flammen einen gerade leeren glühenden Dreifuß umspielte, standen ein paar wurmstichige Tische, die kein Diener mit geometrischer Gewissenhaftigkeit zurechtgerückt hatte; sie standen, wie der Zufall sie hingestellt, und bildeten untereinander die unwahrscheinlichsten Winkel. Auf den Tischen prangten blinkende Humpen, an denen Wein und Kräuterbier herunterrieselte; um die Humpen drängten sich trunkene Gesichter, die vom Wein und vom Feuer glühten. Da war ein dickbäuchiger Mann mit lustigem Gesicht, der geräuschvoll mit einem sehr üppigen Freudenmädchen koste. Da war eine Art falscher Soldat, ein Stabuler, wie man auf rotwelsch sagte, der trällernd den Verband von seiner falschen Wunde löste und sein gesundes, kräftiges Knie von den unzähligen Binden befreite, mit denen er es morgens umpanzert hatte, und es wieder gehfähig machte. Sein Gegenpart war ein sogenannter Seffer, der mit Schöllkraut und Ochsenblut sein krankes Bein für den nächsten Tag herrichtete. Zwei Tische weiter haspelte ein Schlepper im Pilgerkleid das Klagelied der Sainte-Reine ab und vergaß weder zu psalmodieren noch zu näseln. Ein junger Vopper nahm Unterricht in der Fallsucht und ließ sich von einem alten Vazenheuer zeigen, wie man Schaum vorm Munde erzeugt, indem man ein Stück Seife kaut. Daneben machte sich ein Wassersüchtiger wieder dünn, und vier oder fünf Diebinnen, die sich am selben Tisch um ein am Abend gestohlenes Kind zankten, hielten sich darob die Nase zu; lauter Vorgänge, die zwei Jahrhunderte später ›dem Hof so lächerlich erschienen‹, wie uns Sauval erzählt, ›daß man dem König einen Zeitvertreib daraus machte und ihm im Théâtre du Petit Bourbon ein Ballett in vier Teilen vortanzte, das ‚Die Nacht‘ benannt war und mit solcherlei Szenen eröffnet wurde‹. ›Niemals sind die plötzlichen Verwandlungen im Mirakelhof besser dargestellt worden‹, fügt ein Augenzeuge von 1653 hinzu; ›Benserade gab uns eine Einführung in höchst galanten Versen.‹

Überall schallte dröhnendes Gelächter; überall ertönten unzüchtige Lieder. Jeder war sich selbst genug und schimpfte und fluchte, ohne auf den Nebenmann zu hören. Es wurde mit den Humpen angestoßen; der Zusammenklang erzeugte Zank und Streit; die schartigen Humpen wurden zu Waffen, und die zerfetzten Lumpen flogen.

Ein großer Hund, der auf seinem Schwanz saß, starrte ins Feuer. Auch ein paar Kinder hatten teil an diesem wüsten Treiben. Das gestohlene Kind weinte und schrie. Ein anderes, ein dicker Junge von vier Jahren, saß mit baumelnden Beinen auf einer zu hohen Bank, reichte gerade mit dem Kinn über die Tischplatte und verhielt sich schweigend. Ein drittes Kind schmierte feierlich mit seinem Finger den zerschmolzenen Talg, der von einer Kerze tropfte, auf der Tischplatte breit. Ein ganz kleiner Kerl endlich hockte im Schmutz; viel war nicht von ihm zu sehen, denn er war beschäftigt, mit einem Dachziegel in einem Kessel herumzuschaben, und der Lärm, den er dabei machte, hätte Stradivarius eine Ohnmacht eingebracht.

Am Feuer stand eine Tonne, und auf der Tonne saß ein Bettler. Es war der König auf seinem Thron.

Die drei, die Gringoire eingefangen hatten, führten ihn vor diese Tonne, und der Höllenlärm legte sich einen Augenblick lang; nur der Kessel mit dem Kind wollte nicht verstummen.

Gringoire wagte nicht aufzuschauen; er wagte kaum zu atmen.

»Hombre, quita tu sombrero!«[1] sagte einer der drei Kerle, die ihn in den Fängen hielten; und ehe ihm aufging, was damit gemeint war, hatte ihm der Sprecher die Kappe vom Kopf gezogen; eine elende Kopfbedeckung freilich; aber sie hätte noch in Sonnenschein und Regen ihre Dienste leisten können. Gringoire seufzte.

Der König aber fragte von der Höhe seiner Tonne herab: »Was ist das für ein Schurke?«

Gringoire erzitterte. Diese Stimme, wenn sie auch durch den drohenden Ton geschärft war, erinnerte ihn doch an eine andere Stimme, die am Morgen dieses selben Tages seinem Mysterium den ersten Stoß versetzt hatte, als sie inmitten der

[1] span., Kerl, nimm deine Mütze ab!

Zuhörer ihr näselndes ›Almosen! Gebt Almosen!‹ ertönen ließ. Er hob den Kopf. Es war wirklich Clopin Trouillefou.

Clopin Trouillefou war mit seinen königlichen Zeichen geschmückt. Die Wunde am Arm war schon verschwunden. Er hatte eine Geißel mit weißen Lederriemen in der Hand, wie sie damals die Häscher führten, um eine Volksmenge in Schach zu halten und die man Boullayes nannte. Auf dem Haupt trug er einen runden, oben geschlossenen Kopfputz, den man ebensogut für einen Fallhut wie für eine Königskrone halten konnte; denn diese beiden Dinge sehen sich sehr ähnlich.

Gringoire aber hatte, ohne zu wissen warum, etwas Hoffnung geschöpft, als er in dem König des Mirakelhofes den verfluchten Bettler aus dem großen Saal wiedererkannte.

»Meister«, stammelte er, »Monseigneur … Sire … Wie soll ich Euch anreden?« sagte er endlich, als er auf dem höchsten Punkt seines Crescendo angekommen war und nicht mehr wußte, wie er höher hinauf- oder wieder hinuntergelangen sollte.

»Monseigneur, Majestät oder Kamerad, nenne mich, wie du willst. Aber beeile dich! Was hast du zu deiner Verteidigung zu sagen?«

›Zu deiner Verteidigung‹, dachte Gringoire, ›das gefällt mir nicht!‹ Stotternd hub er an: »Ich bin der, der heute früh …«

»Bei des Teufels Großmutter«, unterbrach ihn Clopin, »deinen Namen, Schurke, weiter nichts! Paß auf. Du stehst vor drei mächtigen Herrschern: vor mir, Clopin Trouillefou, König der Gauner und Diebe, oberster Lehnsherr im rotwelschen Königreich; vor Mathias Hungadi Spicali, dem Zigeunerherzog, jenem gelben Alten dort mit dem Lappen um den Kopf; vor Guillaume Rousseau, Kaiser von Galiläa, dem Dicken da, der nicht auf unsere Worte achtgibt und eine Dirne liebkost. Wir sind deine Richter. Du bist in das rotwelsche Königreich eingedrungen, ohne ein Gauner zu sein; du hast die Vorrechte unserer Stadt verletzt. Du verdienst Strafe; es sei denn, du bist

Schniffler, Stabuler oder Stromer, das heißt im Gewäsch der ehrlichen Leute: Dieb, Bettler oder Landstreicher. Bist du etwas dergleichen? Weise dich aus! Nenne deine Qualitäten!«

»Ach«, sagte Gringoire, »ich habe nicht die Ehre. Ich bin der Verfasser ...«

»Das genügt«, nahm Trouillefou wieder das Wort, ohne ihn aussprechen zu lassen. »Du wirst gehenkt. Sehr einfache Sache, meine ehrlichen Herren Bürger! Wie ihr unsere Leute bei euch behandelt, so behandeln wir eure Leute bei uns. Das Gericht, das ihr über die Gauner verhängt, das verhängen die Gauner über euch. Ihr seid selber schuld, wenn es hochnotpeinlich ist. Es tut gut, wenn man ab und zu eine ehrliche Fratze über der hanfenen Schlinge zucken sieht; das macht die Sache ehrbar. Vorwärts, mein Freund, verteile nur munter deine Lumpen unter die Damen dort. Ich werde dich henken lassen, damit die Gauner einen Spaß haben, und du wirst ihnen deine Börse geben, damit sie auf deine Gesundheit trinken können. Wenn du dich ein bißchen heilig tun möchtest, so findest du da unten in der Schrotmühle einen sehr schönen steinernen Herrgottvater, den wir aus Saint-Pierre aux Bœufs gestohlen haben. Du hast vier Minuten Zeit, ihm deine Seele an den Kopf zu werfen.«

Die Ansprache war herrlich.

»Gut gesprochen, bei des Teufels Ringelschwanz! Clopin Trouillefou predigt wie ein Heiliger Vater auf dem päpstlichen Thron«, schrie der Kaiser von Galiläa und zerbrach zur Bekräftigung seinen Weinkrug.

»Meine Herren Kaiser und Könige!« sagte Gringoire kaltblütig, denn er hatte – Gott weiß wie – seine Festigkeit wiedergefunden und sprach in entschlossenem Ton. »Ihr denkt doch nicht etwa daran; ich heiße Pierre Gringoire und bin der Dichter der Moralität, die heute früh im großen Saal des Justizpalastes gespielt wurde.«

»Aha! Der bist du, Magister!« sagte Clopin. »Ich bin auch dagewesen, in Gottes Namen! Na, Kamerad, meinst du, daß wir dich heute abend nicht henken sollten, weil du uns heute morgen gelangweilt hast?«

›Es wird schwer sein, hier mit heiler Haut davonzukommen‹, dachte Gringoire. Er machte aber noch einen Versuch. »Ich sehe nicht ein, warum man die Dichter nicht zu den Gaunern rechnet. Äsop war Landstreicher; Homer war Bettler; Merkur war Dieb ...«

Clopin unterbrach ihn: »Ich glaube, du willst uns verhexen mit deinen Zaubersprüchen. Zum Donnerwetter! Laß dich henken und mach nicht soviel Umstände!«

»Verzeihung, Herr Gaunerkönig!« erwiderte Gringoire, der jeden Fußbreit Land verteidigte. »Es lohnt sich der Mühe ... einen Augenblick! ... Hört mich an ... Ihr werdet mich doch nicht verurteilen, ohne mich anzuhören ...«

Wahrlich, seine armselige Stimme wurde von dem Lärm um ihn herum übertönt. Der kleine Junge kratzte mit erhöhter Begeisterung in seinem Kessel herum, und um das Maß voll zu machen, hatte eine alte Frau auf den glühenden Dreifuß eine Pfanne voll Fett gesetzt, das mit einem Geräusch überkochte, als kreischte eine Schar Kinder hinter einer Maske her.

Clopin Trouillefou schien indessen mit dem Zigeunerherzog und dem Kaiser von Galiläa, der vollständig betrunken war, eine kurze Beratung zu pflegen. Dann rief er gellend: »Ruhe!«, und da der Kessel und die Bratpfanne seinem Ruf nicht gehorchten, sondern ihr Duett weitersangen, sprang er von seiner Tonne herunter, gab dem Kessel einen Fußtritt, daß er mitsamt dem Kind zehn Schritt weit rollte, gab der Pfanne einen Fußtritt, daß sich das Fett ins Feuer ergoß, und bestieg dann feierlich wieder seinen Thron, ohne sich um das erstickte Geheul des Kindes oder um das Gezeter der Alten zu kümmern, deren Abendbrot sich in schönen weißlichen Flammen verpuffte.

Trouillefou gab ein Zeichen, und der Herzog, der Kaiser, die Achproschen und Sündveger stellten sich zu beiden Seiten seines Thrones auf und bildeten ein Hufeisen, in dessen Mitte der noch immer in enger Haft befindliche Gringoire stand. Es war ein Halbkreis von Fetzen, Lumpen und Trödelputz, von Mistgabeln und Äxten, von weinbesudelten Beinen, von fleischigen nackten Armen, von schmutzigen, verlebten, stumpfsinnigen Gesichtern. Clopin Trouillefou, der Doge in diesem Rat, der König in dieser Pairskammer, der Papst in diesem Kardinalkollegium, beherrschte die lumpige Tafelrunde einmal durch die Höhe seiner Tonne, zum anderen durch ich weiß nicht welchen hochmütigen, ungezähmten, gewaltigen Ausdruck, der seine Augen sprühend machte und mit seinem wilden Profil den viehischen Typ der Gaunerrasse verbesserte. Er wirkte wie ein Wildschweinkopf unter Schweineköpfen.

»Höre, ich sehe nicht ein, warum wir dich nicht henken sollen«, sagte er zu Gringoire und streichelte sein mißgestaltetes Kinn mit seiner schwieligen Hand. »Es mag dir recht widerwärtig erscheinen; aber nur, weil ihr guten Bürger nicht daran gewöhnt seid. Ihr macht euch eine gewaltige Vorstellung von der Sache. Wir meinen es im Grunde gar nicht böse mit dir. Ich will dir ein Mittel sagen, wie du dir vorläufig aus der Klemme helfen kannst. Willst du einer der Unseren werden?«

Man kann sich denken, welchen Eindruck dieser Vorschlag auf Gringoire machte, der sein Leben schon verloren gab und nahe daran war, die Zügel fahrenzulassen. Er packte sie wieder mit voller Kraft.

»Das will ich gewiß und mit Vergnügen«, sagte er.

»Du bist willens«, hub Clopin wieder an, »in die Reihen derer einzutreten, die zu den rotwelschen Messern schwören?«

»Zu den rotwelschen Messern, gewiß«, erwiderte Gringoire.

»Du bist willens, dich zur vogelfreien Bürgerschaft zu bekennen?«

»Zur vogelfreien Bürgerschaft.«

»Du willst Bürger des rotwelschen Königreichs werden?«

»Des rotwelschen Königreichs.«

»Gauner?«

»Gauner.«

»Mit Leib und Seele?«

»Mit Leib und Seele.«

»Ich mache dich darauf aufmerksam, daß du trotzdem einmal gehenkt wirst«, sagte der Gaunerkönig.

»Teufel noch mal«, rief der Dichter.

»Nur kommst du erst später dazu«, fuhr Clopin unerschüttert fort; »und du wirst mit großer Feierlichkeit, auf Kosten der guten Stadt Paris, an einem schönen steinernen Galgen und von rechtschaffenen Leuten gehenkt. Das ist ein Trost.«

»Da habt Ihr recht«, entgegnete Gringoire.

»Du wirst noch andere Vorteile genießen. Ein vogelfreier Bürger braucht keine Abgaben zu zahlen wie die Bürger von Paris; er wird weder für die Straßenreinigung noch für die Laternen, noch für die Armen geschröpft.«

»So sei es«, sagte der Dichter, »ich erkläre mich einverstanden. Ich bin Gauner, vogelfreier Bürger, rotwelscher Untertan, gehöre zu den kleinen Messern, kurz, alles, was Ihr wollt. Ich war es auch früher schon, Herr Gaunerkönig, denn ich bin Philosoph; et omnia in philosophia, omnes in philosopho continentur,[1] wie Ihr wißt.«

Der Gaunerkönig runzelte die Stirn.

»Wofür hältst du mich, Freundchen? Du plapperst ja wie ein Jude aus Ungarn. Ich verstehe kein Hebräisch. Wenn man auch Räuber ist, so braucht man noch lange kein Jude zu sein. Ich stehle nicht einmal mehr; darüber bin ich erhaben; ich morde. Halsabschneider, ja; Beutelschneider, nein.«

Gringoire versuchte, zwischen die in steigendem Zorn ruckweise ausgestoßenen Worte eine Entschuldigung einfließen zu lassen. »Ich bitte Euch um Verzeihung, Monseigneur. Es ist nicht Hebräisch; es ist Lateinisch.«

»Ich sage dir«, rief Clopin aufbrausend, »daß ich kein Jude bin. Ich werde dich henken lassen, du Synagogenbauch, und

[1] lat., und alles ist in der Philosophie, alle sind im Philosophen enthalten.

den kleinen Baldower aus Judäa, der neben dir steht, auch. Er ist eine falsche Münze; und ich möchte, ich erlebte es, ihn eines Tages an einem Ladentisch festgenagelt zu sehen!«

Bei diesen Worten wies er mit dem Finger auf den kleinen bärtigen ungarischen Juden, der Gringoire mit ›facitote caritatem‹ angeredet hatte und, da er keine andere Sprache verstand, höchlich überrascht war, daß die schlechte Laune des Gaunerkönigs sich gerade über ihn ergoß.

Endlich beruhigte sich Seine Majestät Clopin.

»Du willst also Gauner werden, du Schurke?« fragte er unseren Dichter.

»Das will ich«, antwortete Gringoire.

»Der gute Wille allein tut's nicht«, sagte der mürrische Clopin. »Der gute Wille macht den Kohl nicht fett; er taugt nur dazu, uns Eingang ins Paradies zu verschaffen. Das Paradies und das rotwelsche Königreich aber sind zweierlei. Um ins Rotwelsche eingelassen zu werden, mußt du beweisen, daß du etwas kannst, das heißt, du mußt die Gliederpuppe plündern.«

»Schön, ich will sie plündern«, sagte Gringoire; »ich will alles tun, was Euch gefällig ist.«

Clopin gab ein Zeichen. Ein paar Gauner lösten sich aus dem Kreis und kamen nach wenigen Augenblicken zurück. Sie trugen zwei Pfosten herbei, die unten einen breiten Fuß hatten, so daß sie fest auf dem Boden stehen konnten. Sie verbanden die beiden Pfosten oben mit einem Querbalken, und das Ganze ergab augenblicklich, wie Gringoire das Vergnügen hatte zu bemerken, einen reizenden, tragbaren Galgen. Nichts fehlte an ihm; sogar der Strick baumelte anmutig am Querbalken.

›Worauf soll das hinaus?‹ dachte Gringoire etwas beunruhigt. Im selben Augenblick hörte er Schellengeklingel, und seine Unruhe legte sich. Es war die Gliederpuppe, die von den Gaunern mit dem Strick um den Hals aufgehängt wurde, eine Art Vogelscheuche in rotem Gewand und mit so vielen Glöckchen und Schellen benäht, daß man dreißig kastilische

Maultiere damit hätte ausrüsten können. Die unzähligen Glöckchen klingelten mit den Schwingungen des Strickes; dann verstummte eins nach dem andern, und als die Gliederpuppe durch jenes Pendelgesetz, das Wasseruhr und Sanduhr verdrängt hat, wieder in den Zustand der Unbeweglichkeit versetzt war, schwiegen sie endlich alle.

Da deutete Clopin auf einen alten wackligen Schemel, der unter der Gliederpuppe stand, und sagte zu Gringoire: »Steige hinauf!«

»Hol mich der Teufel!« warf Gringoire ein, »da breche ich mir ja den Hals! Euer Schemel hinkt wie ein Distichon von Martial; er hat einen Hexameterfuß und einen Pentameterfuß.«

»Steige hinauf!« wiederholte Clopin.

Gringoire gehorchte, und es gelang ihm, freilich nicht ohne einige Schwingungen des Kopfes und der Arme, sein Gleichgewicht wiederzufinden.

»Jetzt lege deinen rechten Fuß um dein linkes Bein«, fuhr der Gaunerkönig fort, »und stelle dich auf die linke Fußspitze!«

»Monseigneur«, sagte Gringoire, »wollt Ihr denn durchaus darauf bestehen, daß ich mir die Knochen breche?«

Clopin schüttelte den Kopf.

»Höre, Freundchen, du schwatzt zuviel. Ich will dir kurz sagen, worum es sich handelt. Du wirst dich auf die Fußspitze stellen, so wie ich es dir beschrieben habe; dann kannst du der Puppe bis an die Tasche reichen; die wirst du durchsuchen; du wirst eine Börse darin finden und sie herausziehen; und wenn du das fertigbringst, ohne daß man ein Glöckchen läuten hört, so ist es gut. Dann bist du Gauner, und wir haben nur noch die Aufgabe, dich acht Tage lang durchzubleuen.«

»Großer Gott, ich werde mich hüten!« sagte Gringoire. »Und wenn ich die Glöckchen zum Singen bringe?«

»Dann wirst du gehenkt. Verstanden?

»Ich verstehe überhaupt nichts«, antwortete Gringoire.

»Dann will ich es dir noch einmal sagen. Du wirst in die Tasche der Gliederpuppe greifen und die Börse herausholen; wenn sich dabei ein einziges Glöckchen rührt, so wirst du gehenkt. Verstehst du das?«

»Ja«, sagte Gringoire, »das verstehe ich. Und weiter?«

»Wenn es dir gelingt, die Börse herauszuholen, ohne daß man die Glöckchen hört, so bist du Gauner und wirst acht Tage nacheinander durchgebleut. Jetzt hast du mich wohl verstanden, was?«

»Nein, Monseigneur, ich verstehe nichts mehr. Was kann ich dabei gewinnen? Im einen Fall werde ich gehenkt, im anderen geprügelt ...«

»Und du bist Gauner«, erklärte Clopin; »Gauner! Ist das nichts? Wir prügeln dich zu deinem eigenen Besten, du mußt gegen Schläge abgehärtet werden.«

»Vielen Dank!« entgegnete der Dichter.

»Vorwärts, mach zu!« rief der König und schlug mit dem Fuß gegen seine Tonne, daß sie wie eine große Trommel erklang. »Plündre die Gliederpuppe; die Sache muß endlich ein Ende nehmen. Ich warne dich zum letzten Mal: Wenn ich ein einziges Glöckchen höre, so baumelst du da, wo jetzt die Puppe baumelt.«

Die Gauner brachen über die Worte ihres Königs in Jubel aus und schlossen mit einem so erbarmungslosen Gelächter einen Kreis um den Galgen, daß Gringoire einsah, was für ein Vergnügen es ihnen bereitete und was er folglich alles von ihnen zu fürchten hatte. Es blieb ihm also keine Hoffnung mehr; es sei denn die schwache Möglichkeit, daß er die ihm auferlegte schreckliche Probe bestand. Er entschloß sich, es damit zu wagen, und richtete zuvor ein inbrünstiges Gebet an die Gliederpuppe, die er zu plündern gedachte und der eher ein mitleidiges Herz zuzutrauen war als den Gaunern. Diese Myriaden von Glöckchen mit ihren kupfernen Zünglein erschienen ihm wie ebensoviel aufgerissene Natternmäuler, die bereit waren, zu zischen und zu beißen.

»Ach«, sagte er leise, »ist es möglich, daß mein Leben von der kleinsten Schwingung der kleinsten dieser Schellen abhängt? Ach«, fügte er hinzu und faltete die Hände, »läutet nicht, ihr Glöckchen! Klingelt nicht, ihr Schellen!«

Er machte noch einen Versuch, Trouillefou zu erweichen.

»Wenn nun ein Windstoß kommt?« fragte er.

»Dann wirst du gehenkt«, sagte der andere, ohne zu zögern.

Als er sah, daß es keine Frist, keinen Aufschub, keine Ausrede mehr für ihn gab, fügte er sich tapfer in das Unvermeidliche. Er legte den rechten Fuß um sein linkes Bein, stellte sich auf die linke Fußspitze und streckte den Arm in die Höhe; da er aber nur auf einem Bein stand und der Holztritt ihrer nur drei hatte, so kam er gerade, als er die Gliederpuppe berührte, ins Schwanken, versuchte unwillkürlich, sich an ihr zu stützen, verlor das Gleichgewicht und fiel schwer zu Boden, völlig betäubt vom unseligen Geklingel der tausend Glöckchen; denn die Gliederpuppe war der Bewegung seiner Hand gefolgt, hatte sich einmal um ihre Achse gedreht und schaukelte nun majestätisch zwischen den beiden Pfosten hin und her.

»Verflucht!« schrie er im Fallen und lag wie tot auf der Nase.

Aber er hörte doch das schreckliche Geläute über sich; er hörte das teuflische Lachen der Gauner und die Stimme des Trouillefou, die sagte: »Hebt den Burschen auf und henkt ihn nicht zu zimperlich auf!«

Er richtete sich auf. Man hatte die Gliederpuppe schon entfernt, um Platz für ihn zu schaffen.

Die Gauner hießen ihn auf den Schemel steigen. Clopin trat heran, legte ihm die Schlinge um den Hals, klopfte ihm auf die Schulter und rief: »Fahr wohl, Freundchen! Jetzt kannst du nicht mehr entwischen, und wenn du auch mit päpstlichen Gedärmen verdautest.«

Das Wort *Gnade* erstarb auf Gringoires Lippen. Er warf seine Blicke nach allen Seiten, aber nirgends trafen sie auf Hoffnung; alles lachte.

»Bellevigne de l'Étoile«, sagte der König zu einem riesigen Gauner, der aus dem Kreise heraustrat, »klettre auf den Querbalken!«

Bellevigne de l'Étoile kletterte behende hinauf, und als Gringoire einen Augenblick später die Augen hob, sah er mit Schrecken, daß der Riese schon auf dem Balken über seinem Kopf hockte.

»Und jetzt, sobald ich in die Hände klatsche«, fuhr Clopin Trouillefou fort, »stößt du, Andry le Rouge, den Holzschemel mit einem Fußtritt um; du, François Chante-Prune, hängst dich dem Schurken an die Beine, und du, Bellevigne, wirfst dich ihm auf die Schultern; und alle drei auf einmal, verstanden?«

Gringoire schauderte vor Entsetzen.

»Seid ihr soweit?« fragte Clopin Trouillefou die drei Gauner, die bereit waren, sich auf Gringoire zu stürzen wie drei Spinnen auf eine Fliege. Der arme Sünder durchlebte einen Augenblick qualvollster Erwartung, während Clopin gelassen mit dem Fuß ein paar Zweige ins Feuer stieß, die die Flamme nicht gepackt hatte. »Seid ihr soweit?« wiederholte er und hob die Hände, um das Zeichen zu geben. Noch eine Sekunde, und es war um Gringoire geschehen.

Aber plötzlich, als sei ihm ein Gedanke gekommen, hielt er inne: »Halt!« sagte er. »Das habe ich ganz vergessen! ... Es ist Brauch bei uns, daß wir keinen Mann henken, ohne vorher zu fragen, ob nicht eine Frau da ist, die ihn haben will. Kamerad, das ist deine letzte Zuflucht. Du heiratest entweder eine Gaunerin oder die Schlinge!«

(Dieses Zigeunergesetz, so eigentümlich es auch dem Leser erscheinen mag, ist heute noch im alten englischen Gesetzbuch im vollen Wortlaut enthalten. Siehe ›Burington's Observations‹.)

Gringoire atmete auf. Zum zweitenmal in einer halben Stunde wurde ihm das Leben wiedergeschenkt. Darum wagte er es kaum, daran zu glauben.

»Hallo«, schrie Clopin, der seine Tonne wieder erstiegen hatte, »hallo! Frauen und Weibsbilder, von der Hexe bis zur Katze, ist eine Gaunerin unter euch, die auf diesen Gauner Lust hat? Hallo, Colette la Charonne, Élisabeth Trouvain, Simone Jodouyne, Marie Piédebou, Thonne la Longue, Bérarde Fanouel, Michelle Genaille, Claude Ronge-Oreille, Mathurine Girorou! Hallo, Isabeau la Thierrye! Kommt und seht ihn euch an. Hier ist ein Mann für nichts zu haben! Wer will ihn?«

Gringoire mochte in seinem elenden Zustand nicht sehr verlockend sein. Die Gaunerinnen nahmen den Vorschlag mit lauter Begeisterung auf. Der Unglückliche hörte sie rufen: »Nein, nein, henkt ihn! Dann haben wir alle an ihm Spaß.«

Drei aber lösten sich doch aus der Menge und kamen, um ihn zu beschnuppern. Die erste war ein fettes Frauenzimmer mit breitem Gesicht. Sie prüfte aufmerksam das bejammernswerte Wams des Dichters. Der Rock war verbraucht und so durchlöchert wie eine Pfanne, in der man Kastanien röstet. Das Frauenzimmer verzog das Gesicht. »Alte Fahne!« brummte sie, und zu Gringoire sagte sie: »Laß deinen Mantel sehen.« — »Ich habe ihn verloren«, entgegnete Gringoire. — »Und dein Hut?« — »Man hat ihn mir genommen.« — »Deine Schuhe?« — »Sie haben beinahe keine Sohlen mehr.« — »Deine Börse?« — »Ach«, stammelte Gringoire, »ich habe keinen roten Heller!« — »Laß dich henken und sage danke schön!« erklärte die Gaunerin und wandte ihm den Rücken.

Die zweite, die den Dichter in Augenschein nahm, war alt, grau, runzlig und von abschreckender Häßlichkeit, daß sie selbst im Mirakelhof Aufsehen erregen konnte. Gringoire zitterte beinahe bei dem Gedanken, sie könne Lust auf ihn haben. Aber sie murmelte zwischen den Zähnen: »Er ist mir zu mager« und entfernte sich.

Die dritte war ein junges Mädchen, noch leidlich frisch und nicht allzu häßlich. »Rette mich!« sagte der arme Teufel leise zu ihr. Sie sah ihn mitleidig an, senkte die Augen, nestelte an ihrem Rock und blieb unentschieden. Seine Blicke folgten ihren Bewegungen; es war der letzte Hoffnungsschimmer. »Nein«, sagte das junge Mädchen endlich, »nein! Guillaume Longuejoue würde mich verprügeln!« Damit trat sie in die Menge zurück.

»Kamerad«, sagte Clopin, »du bist ein Pechvogel!«

Er stellte sich auf seiner Tonne hoch und schrie zur großen Belustigung aller im Tonfall eines Auktionators: »Niemand will? Zum ersten, zum zweiten, zum dritten!« Dann wandte er sich dem Galgen zu, nickte und rief: »Dem Gericht verfallen!«

Bellevigne de l'Étoile, Andry le Rouge, François Chante-Prune rückten Gringoire wieder näher auf den Leib.

Da tönte aus der Menge der Gauner der Ruf: »Die Esmeralda! Die Esmeralda!«

Gringoire erbebte und wandte sich der Richtung zu, aus der das Geschrei erscholl. Im Gewühl bahnte sich eine Gasse, und heraus trat eine reine, blendende Gestalt.

Es war die Zigeunerin.

»Die Esmeralda!« sagte Gringoire, dessen erregtes Gemüt ganz betäubt wurde durch die plötzliche Art, mit der dieses Zauberwort alle Erinnerungen des Tages zusammenknüpfte.

Das seltsame Geschöpf schien durch seine Schönheit sogar im Mirakelhof eine anmutige Herrschaft auszuüben. Gauner und Gaunerinnen machten ihr willig Platz, und ihre rohen Gesichter wurden unter ihren Blicken heiter.

Sie kam mit ihrem schwebenden Gang auf den armen Sünder zu. Die niedliche Djali folgte ihr, Gringoire war mehr tot als lebendig. Sie sah ihn einen Augenblick schweigend an.

»Ihr werdet diesen Mann henken?« fragte sie ernst den Gaunerkönig.

»Ja, Schwester«, antwortete Clopin, »es sei denn, du nimmst ihn zum Mann.«

Sie machte ihr niedliches Schmollmäulchen.

»Ich nehme ihn«, sagte sie.

Da wollte es Gringoire scheinen, als sei der ganze Tag ein

Traum gewesen, und was jetzt geschah, die Fortsetzung dieses Traumes.

Die plötzliche Wendung war in der Tat anmutig und doch zugleich überwältigend.

Man löste den leicht geschlungenen Knoten; man ließ den Dichter von dem Holzschemel heruntersteigen. Er mußte sich niedersetzen; die Erschütterung war zu groß.

Der Zigeunerherzog trug, ohne ein Wort dabei zu verlieren, einen tönernen Krug herbei. Die Zigeunerin reichte ihn Gringoire hin. »Werft ihn auf die Erde!« sagte sie zu ihm.

Der Krug zerbrach in vier Stücke.

Da legte der Zigeunerherzog den beiden seine Hände auf die Stirn und sprach: »Bruder, sie ist deine Frau; Schwester, er ist dein Mann. Für vier Jahre. Geht!«

VII

Eine Hochzeitsnacht

Wenige Augenblicke später sah sich unser Dichter in einer kleinen, wohlverwahrten, behaglich durchwärmten Kammer mit Kreuzgewölbe. Der Tisch, an dem er saß, schien nur darauf zu warten, etwas von den Vorräten aus dem Speiseschränkchen zu tragen, das an der Wand hing. Er war allein mit einem hübschen Mädchen und hatte ein gutes Bett in Aussicht. Das Abenteuer grenzte ans Wunderbare. Er fing an, sich allen Ernstes als Märchenprinz zu fühlen, und hielt von Zeit zu Zeit Umschau, ob nicht der feurige Wagen mit den geflügelten Drachen noch zur Stelle sei; denn nur ein solches Gefährt konnte ihn so rasch aus der Hölle ins Paradies getragen haben. Auch heftete er vorübergehend seine Blicke fest an die Löcher seines Rockes, um sich an die Wirklichkeit zu klammern und die Erde nicht ganz aus den Augen zu verlieren. Es war der letzte dünne Faden, an dem seine Vernunft hing, die in fabelhaften Regionen umgetrieben wurde.

Das junge Mädchen schien ihm keinerlei Beachtung zu schenken; sie kam und ging, rückte einen Schemel zurecht, plauderte mit ihrer Ziege und machte ab und zu ihr Schmollmäulchen. Schließlich setzte sie sich an den Tisch, und Gringoire konnte sie in Ruhe betrachten.

Ihr seid einmal Kind gewesen, mein Leser, und vielleicht seid Ihr so glücklich, es noch zu sein. Auch Ihr habt gewiß mehr als einmal an sonnigen Tagen am Ufer eines fließenden Wassers gestanden und gleich mir, der ich ganze Tage so verbrachte – das waren die bestgenutzten meines Lebens –, einer schönen blauen oder grünen Libelle nachgeschaut, die im Zickzackflug von Busch zu Busch schwirrte und die Spitzen aller Zweige küßte. Ihr werdet Euch der verliebten Neugier erinnern, mit der Eure Gedanken und Blicke sich an diesen kleinen, surrenden, sausenden Wirbelwind hefteten, an seine Flügel von Purpur und Azurblau, zwischen denen eine unbestimmte Form schwebte, die dem Auge durch die Schnelligkeit ihrer Bewegung verschleiert blieb. Das luftige Wesen, das Ihr zwischen den schwirrenden Flügeln ahntet, erschien Euch traumhaft, unwirklich, jeder Berührung, jedem Blick unzugänglich. Aber welches Erstaunen faßte Euch, wenn die Libelle sich endlich auf der Spitze eines Schilfrohres niederließ und Ihr mit zurückgehaltenem Atem die langen Flügel aus Gaze, das lange Gewand aus Schmelz, die beiden kristallenen Kugeln betrachten konntet; wie angstvoll sahet Ihr den Augenblick kommen, wo sich die Form wieder zum Schatten, das Wesen wieder zum Schemen wandeln würde. Wenn Ihr Euch diese Empfindungen zurückruft, so werdet Ihr Euch ohne Mühe vorstellen können, wie es Gringoire zumute war, als er die Esmeralda, die er bisher nur verschleiert durch den Wirbel des Tanzes, bei Gesang und Getümmel gesehen hatte, nun in ihrer sichtbaren und greifbaren Gestalt betrachten durfte.

Er versank immer tiefer in seine Träumerei. ›Das ist also die Esmeralda‹, sagte er sich und ließ seine Blicke unbestimmt über sie hinschweifen. ›Ein himmlisches Geschöpf! Eine Straßentänzerin! So viel und so wenig! Heute früh hat sie meinem Mysterium den Gnadenstoß versetzt; heute abend rettet sie mein Leben. Mein böser Geist! Mein guter Engel! – Ein hübsches Frauenzimmer, auf Ehre! – Und sie muß ganz toll in mich verliebt sein, daß sie mich in diesem Zustand genommen hat. – Übrigens‹, sagte er und erhob sich plötzlich mit dem Gefühl für die Wirklichkeit, das den Grund seines Wesens und seiner Philosophie bildete, ›wenn ich auch nicht recht weiß, wie es geschah, so bin ich doch ihr Gatte!‹

Ganz von diesem Gedanken beseelt, näherte er sich dem jungen Mädchen. Sein Gebaren war aber so schneidig und galant, daß sie zurückschrak.

»Was wollt Ihr von mir?« fragte sie.

»Wie könnt Ihr mich fragen, anbetungswürdige Esmeralda?« antwortete Gringoire in so leidenschaftlichem Ton, daß er selber erstaunt war, als er sich sprechen hörte.

Die Zigeunerin machte große Augen. »Ich weiß nicht, was Ihr meint.«

»Nun, nun!« entgegnete Gringoire, der mehr und mehr in Glut geriet und meinte, er habe es ja schließlich nur mit einer Tugend des Mirakelhofes zu tun, »gehöre ich nicht dir, süße Freundin? Gehörst du nicht mir?«, und höchst unbefangen legte er den Arm um ihre Hüften.

Das Mieder der Zigeunerin glitt durch seine Hände wie die Haut eines Aales. Mit einem Sprung war sie am anderen Ende des kleinen Raumes. Sie bückte sich, und als sie sich wieder aufrichtete, funkelte ein kleiner Dolch in ihrer Hand, ohne daß Gringoire Zeit gehabt hätte zu sehen, wo dieser Dolch herkam. Stolz und gereizt, mit aufgeworfenen Lippen, mit geblähten Nasenflügeln, mit glühenden Wangen, mit blitzenden Augen stand sie da. Gleichzeitig stellte sich die weiße Ziege vor sie und zeigte Gringoire eine kämpferische Stirn mit hübschen, vergoldeten, sehr spitzen Hörnern. Das alles geschah in einem Augenblick.

Die Libelle hatte sich in eine Wespe verwandelt und war nur allzu bereit zu stechen.

Unser Philosoph war sprachlos, und seine verdutzten Blicke wanderten zwischen der Ziege und dem jungen Mädchen hin und her.

»Heilige Jungfrau«, sagte er endlich, als die Bestürzung ihn verließ und die Sprache ihm zurückkam, »das sind ja zwei muntere Weiber!«

Die Zigeunerin brach auch ihrerseits das Schweigen.

»Du mußt ein recht dreister Kerl sein!«

»Verzeihung, Mademoiselle«, sagte Gringoire lächelnd, »aber warum habt Ihr mich zum Mann genommen?«

»Sollte ich dich henken lassen?«

»So habt Ihr mich nur vom Galgen retten wollen, als Ihr mich geheiratet habt?« entgegnete der in seinen verliebten Hoffnungen etwas enttäuschte Dichter.

»Was soll ich sonst gewollt haben?«

Gringoire biß sich auf die Lippen. ›Siehe da‹, sagte er sich, ›ich bin also noch nicht so siegreich auf Amors Gebiet, wie ich geglaubt hatte. Wozu aber dann den armen Krug zerbrechen?‹

Der Dolch der Esmeralda und die Hörner der Ziege verharrten indessen noch immer in Verteidigungspose.

»Mademoiselle Esmeralda«, sagte der Dichter, »wir wollen Frieden schließen. Ich bin nicht Kanzlist im Châtelet und werde Euch nicht darüber zur Rechenschaft ziehen, daß Ihr den Verboten und Vorschriften des Vogtes nicht gehorcht und in Paris mit einem Dolch umherlauft. Es wird Euch aber nicht unbekannt sein, daß vergangene Woche Noël Lescripvain, der ein Messer bei sich trug, zu zehn Hellern Strafe verurteilt wurde. Übrigens geht mich das nichts an, und ich will zur Sache kommen. Ich schwöre Euch bei meiner Mannesehre, daß ich Euch ohne Eure Erlaubnis nicht anrühren werde; aber gebt mir zu essen.«

Gringoire war im Grunde wie M. Despréaux durchaus kein

Wollüstling. Er war keiner von den militärischen Draufgängern, die die Mädchen im Sturm nehmen. Wie in allen Dingen, so war er auch in Liebessachen fürs Abwarten und für den goldenen Mittelweg. Besonders wenn er Hunger hatte, erschien ihm ein gutes Abendbrot in Zweisamkeit ein ausgezeichnetes Zwischenspiel zwischen Vorspiel und Lösung eines Liebesabenteuers.

Die Zigeunerin erwiderte nichts. Sie schob verächtlich die Unterlippe vor, streckte den Hals wie ein Vogel und brach in Lachen aus. Der kleine Dolch verschwand, wie er gekommen war, ohne daß Gringoire sich klar wurde, wo die Biene ihren Stachel verbarg.

Alsbald erschienen auf dem Tisch ein paar runzlige Äpfel, ein Roggenbrot, eine Speckschnitte und eine Kanne Bier. Gringoire stürzte sich darüber her. Das wütende Geklapper seiner eisernen Gabel auf seinem Tonteller konnte die Vorstellung erwecken, daß sich sein Liebeshunger ganz in Eßlust verwandelt habe.

Das junge Mädchen, das ihm gegenüber saß, sah ihm schweigend zu. Sie war sichtlich von anderen Gedanken erfüllt, die sie von Zeit zu Zeit lächeln machten. Ihre weiche Hand streichelte den klugen Kopf der Ziege, die zwischen ihren Knien stand.

Eine gelbe Wachskerze beleuchtete diese Szene der Gefräßigkeit und der Träumerei.

Als Gringoire aber den ersten Heißhunger gestillt hatte, kam ihm eine falsche Scham darüber, daß nur ein einziger Apfel übrig war. »Ihr eßt nichts, Mademoiselle Esmeralda?«

Sie schüttelte den Kopf und heftete ihren nachdenklichen Blick an die Wölbung der Zelle.

›Zum Kuckuck! Was mag sie im Kopf haben?‹ dachte Gringoire und folgte ihren Blicken. ›Die steinerne Zwergfratze da oben an der Kreuzung des Gewölbes kann doch unmöglich ihre Gedanken beschäftigen. Zum Kuckuck noch mal! Den Vergleich kann ich doch aushalten!‹

»Mademoiselle!« sagte er mit erhobener Stimme.

Sie schien ihn nicht zu hören.

»Mademoiselle Esmeralda!« sagte er noch lauter.

Verlorene Liebesmühe! Der Geist des jungen Mädchens war entrückt, und Gringoires Stimme hatte nicht die Macht, ihn zurückzurufen. Glücklicherweise mischte sich die Ziege in die Angelegenheit. Sie fing an, ihre Herrin sanft am Ärmel zu zupfen. »Was willst du, Djali?« fuhr die Zigeunerin auf, als erwache sie plötzlich aus einem Traum.

»Sie hat Hunger«, sagte Gringoire, der entzückt war, daß die Unterhaltung in Gang kam.

Die Esmeralda zerbröckelte ein Stück Brot, und die Ziege fraß es ihr anmutig aus der hohlen Hand.

Gringoire aber ließ ihr nicht die Zeit, wieder in ihre Träumerei zu versinken. Er wagte eine bedenkliche Frage.

»Ihr wollt mich also nicht zum Gatten haben?«

Das junge Mädchen sah ihn fest an und sagte: »Nein.«

»Zum Liebhaber?« fuhr Gringoire fort.

Sie machte einen Schmollmund und antwortete: »Nein!«

»Zum Freund?« fragte er weiter.

Sie hatte den Blick noch immer fest auf ihn gerichtet und sagte nach kurzem Bedenken: »Vielleicht.«

Dieses Vielleicht, das den Philosophen so teuer ist, machte Gringoire kühn.

»Wißt Ihr, was Freundschaft ist?« fragte er.

»Ja«, antwortete die Zigeunerin. »Freund sein heißt Bruder und Schwester zu sein, zwei Seelen, die sich berühren, ohne sich zu vermischen, zwei Finger an derselben Hand.«

»Und die Liebe?« fuhr Gringoire fort.

»Oh, die Liebe!« sagte sie mit zitternder Stimme und strahlenden Augen. »Sich lieben heißt zwei sein und doch eines sein. Ein Mann und eine Frau, die sich zum Engel verschmelzen. Die Liebe ist der Himmel.«

Das Angesicht der Straßentänzerin verklärte sich, während sie sprach, und Gringoire war ganz betroffen von ihrer Schönheit, die, so schien es ihm, ganz mit der beinahe orientalischen Verzückung ihrer Worte zusammenstimmte. Ihre reinen, rosigen Lippen waren in halbem Lächeln geöffnet; ihre offene, heitere Stirn trübte sich flüchtig unter ihren Gedanken wie ein Spiegel unter einem Atemhauch, durch ihre langen schwarzen gesenkten Wimpern stahl sich ein unbeschreiblicher Glanz, der ihren Zügen jene überirdische Anmut verlieh, die Raffael später seinen Frauen zu geben wußte, wenn er sie in dem geheimnisvollen Zustand bildete, wo sich Jungfräulichkeit, Mütterlichkeit und Göttlichkeit berühren.

Gringoire aber stellte das Fragen nicht ein.

»Wie muß ein Mann beschaffen sein, wenn er Euch gefallen will?«

»Er muß ein Mann sein.«

»Und ich«, fragte er, »was bin ich denn?«

»Ein Mann hat den Helm auf dem Kopf, das Schwert in der Faust und Goldsporen an den Hacken.«

»Gut«, sagte Gringoire, »ohne Pferd kein Mann. Liebt Ihr einen?«

»Mit der wirklichen Liebe?«

»Mit der wirklichen Liebe.«

Sie dachte einen Augenblick nach; dann sagte sie mit eigentümlichem Ausdruck: »Ich werde bald Gewißheit darüber haben.«

Da entgegnete der Dichter zärtlich: »Warum nicht heute abend? Warum kann ich es nicht sein?«

Sie warf ihm einen ernsten Blick zu.

»Ich kann nur einen Mann lieben, der fähig ist, mich zu beschützen.«

Gringoire wurde rot und ließ es sich gesagt sein. Es war klar, daß das junge Mädchen auf den mangelnden Beistand anspielte, den er ihr vor zwei Stunden in ihrer bedrängten Lage geleistet hatte. Seine späteren Abenteuer hatten die Erinnerung an diese Begebenheit verwischt; nun dämmerte sie wieder auf, und er schlug sich an die Stirn.

»Wahrhaftig, damit hätte ich anfangen sollen, Mademoiselle. Verzeiht mir meine sinnlose Zerstreutheit. Wie habt Ihr es nur fertiggebracht, den Klauen des Quasimodo zu entwischen?«

Bei dieser Frage befiel die Zigeunerin ein heftiges Zittern. »Oh, der furchtbare Bucklige!« rief sie, verhüllte das Gesicht mit den Händen und schauderte wie vor großer Kälte.

»Furchtbar, das ist wahr«, sagte Gringoire, der seinen Gedanken nicht fahrenließ; »wie seid Ihr ihm nur entkommen?«

Die Esmeralda lächelte, seufzte und schwieg.

»Wißt Ihr, warum er Euch nachgelaufen ist?« fuhr Gringoire fort, der auf diesem Umweg zu seiner Frage zurückkommen wollte.

»Ich weiß es nicht«, sagte das junge Mädchen, und lebhaft setzte sie hinzu: »Ihr seid mir doch auch nachgelaufen; warum habt Ihr es denn getan?«

»Ehrlich gesagt«, antwortete Gringoire, »das weiß ich auch nicht.«

Dann schwiegen beide. Gringoire schnitzte mit seinem Messer am Tisch herum. Das junge Mädchen lächelte und schien irgend etwas zu betrachten, das jenseits der Mauer lag. Plötzlich hub sie an, mit verschleierter Stimme zu singen:

»Quando las pintadas aves
mudas están, y la tierra ...«[1]

Jäh brach sie ab und fing an, Djali zu liebkosen.

»Eure Ziege ist ein hübsches Tier«, sagte Gringoire.

»Sie ist meine Schwester«, entgegnete sie.

»Warum nennt man Euch die Esmeralda?« fragte der Dichter.

»Das weiß ich nicht.«

»Nichts weiter?«

Sie zog aus ihrem Mieder ein längliches Säckchen, das an einer Kette von Adrézarachkörnern um ihren Hals hing.

[1] span., Wenn die bunten Vögel schweigen, und die Erde ...

Es roch stark nach Kampfer, war mit grüner Seide bezogen und in der Mitte mit einem großen falschen Smaragd geschmückt.

»Vielleicht nennt man mich so um dieses Steines willen«, sagte sie.

Gringoire faßte nach dem Säckchen. Sie fuhr zurück. »Rühre es nicht an! Es ist ein Amulett. Du würdest dem Zauber schaden, oder der Zauber würde dir schaden.«

Die Neugierde des Dichters wurde immer reger.

»Wer hat es Euch gegeben?«

Sie legte den Finger auf den Mund und versteckte das Säckchen im Mieder.

Er versuchte es mit anderen Fragen, aber sie antwortete kaum.

»Was bedeutet das Wort *Esmeralda*?«

»Ich weiß es nicht«, sagte sie.

»Aus welcher Sprache stammt es?«

»Ich glaube, es ist ägyptisch.«

»Das dachte ich mir«, sagte Gringoire, »Ihr seid nicht aus Frankreich?«

»Ich weiß es nicht.«

»Habt Ihr keine Eltern?«

Sie sang nach einer alten Melodie:

Mein Vater ist ein Vogel,
Meine Mutter ist ein Vogel.
Ich überquere das Wasser ohne Gondel,
Ich überquere das Wasser ohne Schiff.
Meine Mutter ist ein Vogel,
Mein Vater ist ein Vogel.

»Gut«, sagte Gringoire; »wie alt wart Ihr, als Ihr nach Frankreich kamt?«

»Ganz klein.«

»Wann kamt Ihr nach Paris?«

»Voriges Jahr. Als wir gerade durch das päpstliche Tor einzogen, sah ich in der Luft die Grasmücken davonziehen; es war Ende August. Ich sagte: Wir werden einen kalten Winter haben.«

»Kalt ist er gewesen«, sagte Gringoire begeistert, denn er sah die Unterhaltung in Fluß kommen. »Ich habe ihn damit zugebracht, mir in die Hände zu hauchen. Ihr habt also die Gabe der Weissagung?«

Sie fiel in ihre Einsilbigkeit zurück.

»Nein.«

»Der Mann, den Ihr Zigeunerherzog nennt, ist der Häuptling Eures Stammes?«

»Ja.«

»Der uns verheiratet hat«, sagte der Dichter zaghaft.

Sie machte ihr hübsches Schmollmäulchen. »Ich weiß nicht einmal deinen Namen.«

»Meinen Namen? Wenn Ihr den wissen wollt, so kann ich Euch zufriedenstellen; ich heiße Pierre Gringoire.«

»Ich weiß einen viel schöneren Namen«, sagte sie.

»Grausame!« entgegnete der Dichter. »Aber laßt gut sein, ich werde mich nicht über Euch ärgern. Wartet nur, vielleicht werdet Ihr mich lieben, wenn Ihr mich besser kennt. Ihr habt mir Eure Geschichte so vertrauensvoll erzählt, daß ich Euch eigentlich auch meine Geschichte schuldig bin. Wisset also, daß ich Pierre Gringoire heiße und der Sohn eines Notariatspächters bin. Mein Vater wurde von den Burgundern gehenkt, und meiner Mutter wurde von den Pikarden der Bauch aufgeschlitzt. Das geschah bei der Belagerung von Paris vor zwanzig Jahren. Mit sechs Jahren also war ich eine Waise und hatte unter den nackten Füßen nur das Pflaster von Paris. Wie ich die Zeit vom sechsten bis zum sechzehnten Jahr überstanden habe, das ist mir selber ein Rätsel. Manchmal gab mir eine Obstfrau eine Pflaume; manchmal warf mir ein Sudkoch eine Brotrinde zu; abends ließ ich mich von der Wache auflesen und ins Gefängnis bringen, wo mir eine Schütte Stroh als Nachtlager winkte. Wie Ihr seht, haben alle diese Unbilden nicht verhindert, daß ich heranwuchs, daß ich groß und mager wurde. Im Winter wärmte ich mich an der Sonne unter dem Portal des Hôtel de Sens und fand es höchst lächerlich, daß man die Johannisfeuer für die Hundstage aufsparte. Mit sechzehn Jahren wollte ich einen Beruf erwählen. Ich habe nacheinander alles versucht. Ich bin unter die Soldaten gegangen, aber ich war nicht tapfer genug. Ich bin ins Kloster gegangen, aber ich war nicht fromm genug. Und außerdem kann ich auch das Trinken nicht vertragen. Aus Verzweiflung ging ich als Lehrling unter die Zimmerleute, aber ich war nicht stark genug. Am liebsten wäre ich Schulmeister geworden; es ist wahr, daß ich nicht lesen konnte, aber das ist kein Hinderungsgrund. Nach einiger Zeit wurde mir klar, daß mir zu allem etwas fehlte, und da ich merkte, daß ich zu nichts nutze war, entschloß ich mich aus freier Wahl, Dichter und Reimeschmied zu werden. Das ist ein Beruf, den jeder Vagabund jederzeit ergreifen kann und der mehr zu empfehlen ist als das Stehlen, wozu mich ein paar junge Straßenräuber, mit denen ich befreundet war, überreden wollten. Ein glücklicher Zufall führte mich eines schönen Tages mit Dom Claude Frollo, dem hochehrwürdigen Erzdechanten von Notre-Dame, zusammen. Ich erweckte seine Teilnahme, und ihm verdanke ich, daß ich jetzt ein wirklicher Gelehrter bin und das Latein von den Officiis des Cicero bis zu den Totenklagen der Cölestinermönche beherrsche. Auch bin ich weder in der Scholastik noch in der Dichtkunst, noch in der Metrik ein Barbar; ja selbst in der Alchimie, dieser Weisheit aller Weisheiten, nicht. Ich bin der Verfasser des Mysteriums, das heute bei ungeheurem Volkszulauf und unter lautem Beifall im großen Saal des Justizpalastes dargestellt wurde. Ich habe auch über den erstaunlichen Kometen von 1465, der einen Mann um seinen Verstand gebracht hat, ein Buch geschrieben, das sechshundert Seiten haben wird. Noch andere Erfolge habe ich gehabt. Da ich etwas von Rohrgießerei verstehe, so habe ich an der großen Kanone von Jean Maugue mitgearbeitet, die neulich beim Probeschießen am Pont de Charenton in die Luft geflogen ist, wobei, wie

Ihr wißt, vierundzwanzig Neugierige ums Leben kamen. Ihr seht, daß ich gar keine schlechte Partie bin. Ich weiß eine Menge sehr anziehender Kunststücke, die ich Eurer Ziege beibringen werde. Ich möchte sie zum Beispiel lehren, den Bischof von Paris nachzuäffen, diesen verfluchten Pharisäer, dessen Mühlen jeden Fußgänger durchnässen, der seinen Weg über den Pont aux Meuniers nimmt. Auch wird mir mein Mysterium ein schönes Geld einbringen, wenn man es mir bezahlt. Kurz, ich bin zu Euren Diensten, ich, mein Geist, mein Wissen und meine Schriften. Ich bin bereit, mit Euch zu leben, wie es Euch gefällt, in Keuschheit oder in Genuß, als Mann und Frau, so Ihr es gut findet, als Bruder und Schwester, so Ihr es besser findet.«

Gringoire schwieg und wartete auf den Erfolg seiner Rede. Das junge Mädchen sah zur Erde nieder.

»*Phœbus*«, sagte sie halblaut. Dann wandte sie sich dem Dichter zu: »Was bedeutet das Wort *Phœbus*?«

Gringoire war der Zusammenhang zwischen seiner Ansprache und dieser Frage nicht recht klar; er war aber keineswegs verstimmt über die Gelegenheit, mit seinem Wissen zu glänzen. Er warf sich in die Brust und antwortete: »Es ist ein lateinisches Wort und bedeutet *Sonne.*«

»Sonne!« sagte sie.

»Es ist der Name eines sehr schönen Schützen, der ein Gott war«, fügte Gringoire hinzu.

»Gott!« sprach die Zigeunerin nach. In ihrem Ton lag etwas Nachdenkliches, Leidenschaftliches.

In diesem Augenblick löste sich eines ihrer Armbänder und fiel auf die Erde. Gringoire bückte sich rasch, um es aufzuheben. Als er sich wieder aufrichtete, waren Mädchen und Ziege verschwunden. Er hörte, wie ein Riegel zuschnappte. Eine kleine Tür, die in eine anstoßende Kammer führen mochte, war von außen verschlossen worden.

»Hat sie mir wenigstens ein Bett gelassen?« sagte unser Philosoph.

Er sah sich in der Zelle um. Das einzige Möbelstück, das zum Schlafen dienen konnte, war eine ziemlich lange Holztruhe, die zum Überfluß noch einen geschnitzten Deckel hatte. Als Gringoire sich darauf ausstreckte, waren seine Empfindungen annähernd denen des Riesen Micromégas vergleichbar, der sich die Alpen als Nachtlager ausgesucht hat.

»Nun, man muß sich eben schicken«, sagte er und versuchte sich so bequem wie möglich zu legen. »Aber es ist eine seltsame Hochzeitsnacht. Schade! Diese Trauung mit dem zerbrochenen Krug hatte mir so gefallen. Sie war so ursprünglich und vorsintflutlich.«

Drittes Buch

I
Notre-Dame

Notre-Dame von Paris ist gewiß auch heute noch ein majestätisches, erhabenes Bauwerk. Aber hat es sich auch im Altern schön erhalten, so ist es doch schwer, die Entrüstung über die unzähligen Verstümmelungen und Beschädigungen zu unterdrücken, die Zeit und Menschen einmütig an diesem ehrwürdigen Gebäude verübt haben, ohne Scheu vor Karl dem Großen, der den Grundstein legte, oder Philipp-August, der den Schlußstein einfügte.

Am Angesicht dieser alten Königin unserer Dome findet man neben einer Runzel immer eine Narbe. Tempus edax, homo edacior. Die Worte möchte ich gern so übersetzen: Die Zeit ist blind, der Mensch ist einfältig.

Wenn wir die Muße hätten, mit dem Leser die verschiedenen Spuren der Zerstörung an dieser sehr alten Kirche einzeln zu prüfen, so würde es sich zeigen, daß die Zeit den geringsten Anteil daran hat, den schlimmsten Anteil aber die Menschen und besonders die *Jünger der Kunst*, denn immer wieder haben sich in den letzten zweihundert Jahren Leute zu Architekten erklärt.

Wir wollen nur einige schreiende Beispiele anführen. Eines der herrlichsten Werke der Baukunst ist doch gewiß diese Fassade mit den drei Spitzbogenportalen, mit dem reichgezackten Gesims der achtundzwanzig Königsnischen, mit der riesigen Rosette in der Mitte, der die beiden Fenster zur Seite stehen wie die Dechanten dem Priester, mit dem hohen, zarten Bogengang, der auf seinen schlanken Säulen eine schwere Plattform trägt, und schließlich den beiden schwarzen massigen Türmen mit ihrem Fensterschutz aus Schiefer. Alle Teile verschmelzen harmonisch zum prächtigen Ganzen, dessen fünf gigantische Stockwerke sich dem Auge auf einmal darbieten und sich doch stufenweise vor ihm entfalten, überwältigend durch ihre zahllosen Einzelheiten an Bildhauer- und Steinmetzarbeit und doch nicht verwirrend, weil alles durch die ruhige Größe des Ganzen mächtig zusammengefaßt wird. Eine gewaltige Symphonie aus Stein ist diese Fassade, das Riesenwerk eines Mannes und eines Volkes, einheitlich und doch zusammengesetzt wie die Iliaden und Romanzen, deren Schwester sie ist, ein wunderbares Erzeugnis der gesammelten Kräfte einer Epoche, da sich die Phantasie des Handwerkers, vom Genius des Künstlers gebändigt, jedem Stein in hundertfältiger Form einprägte; kurz, eine menschliche Schöpfung, die reich und machtvoll ist wie die göttliche Schöpfung selbst, von der sie den doppelten Charakter Vielfalt und Unendlichkeit entlehnt zu haben scheint.

Was wir hier von der Fassade gesagt haben, das gilt für die ganze Kirche; und was wir vom Dom von Paris sagen, das gilt für alle christlichen Kirchen des Mittelalters. An dieser Kunst, die sich aus sich selbst heraus entwickelt hat, ist alles folgerichtig und im Gleichmaß. Wenn wir die große Zehe messen, so haben wir einen Maßstab für den ganzen Riesen.

Wir wollen zur Fassade von Notre-Dame zurückkehren, wie sie uns heute gegenwärtig ist, wenn wir in frommer Bewunderung vor dem ernsten, mächtigen Dom stehen, dessen Anblick Schrecken einflößt, wie die Chroniken sagen: quae mole sua terrorem incutit spectantibus.

Die Fassade hat drei wichtige Bestandteile eingebüßt. Es fehlen ihr die elf Stufen, die sie einst über den Erdboden erhoben; die untere Reihe der Bildsäulen, die die Nischen der drei Portale schmückten, ist verschwunden, und die Galerie des ersten Stockwerks ist der achtundzwanzig Standbilder beraubt, die die ältesten Könige Frankreichs darstellten, von Childebert bis Philipp-August, der den Reichsapfel in der Hand hielt.

Die elf Stufen hat die Zeit getilgt, die den Boden der Cité allmählich, aber unaufhaltsam erhöht. Aber wenn sie auch der steigenden Flut des Pariser Pflasters erlaubte, diese elf zur majestätischen Höhe des Baues hinzukommenden Stufen zu verschlingen, so hat sie doch der Kirche vielleicht mehr gegeben als genommen; denn die Zeit hat die Fassade mit der dunklen Färbung der Jahrhunderte überzogen, die Bauwerken im Alter die höchste Schönheit verleiht.

Wer aber hat die zwei Reihen von Bildsäulen aus ihren Nischen heruntergestürzt? Wer hat das mittlere Portal mit jenem neuen unechten Spitzbogen verunziert? Wer hat es gewagt, die geschmacklose schwerfällige Tür mit ihren Holzschnitzereien im Geschmack Ludwigs des Fünfzehnten neben den Arabesken von Biscornette einzufügen? Die Menschen, die Architekten, die Künstler unserer Tage.

Wenn wir das Innere der Kirche betreten, so fragen wir uns, wer wohl den riesigen heiligen Christophorus gestürzt hat, der unter den Bildsäulen ebenso sprichwörtlich war wie der große Saal des Justizpalastes unter den Sälen und der Turm des Straßburger Domes unter den Kirchtürmen; wir fragen uns, wer wohl mit roher Hand die unzähligen knienden, stehenden, reitenden Statuen aus Stein, Marmor, Gold, Silber, Kupfer, ja sogar aus Wachs weggefegt hat, die in Gestalt von Männern, Frauen, Kindern, Königen, Bischöfen und Gendarmen das Schiff und den Chor bevölkerten. Das hat nicht die Zeit getan.

Wer hat den alten gotischen Altar mit seinen prächtigen Reliquienschreinen durch den plumpen marmornen Prachtsarg mit Engelsköpfen und Wolken ersetzt, der sich aus dem Invalidendom oder von Val-de-Grâce hierher verirrt zu haben scheint? Wer ist so töricht gewesen, in dem karolingischen Estrich des Herkandus diesen unförmigen steinernen Anachronismus zu verankern? Ist es nicht Ludwig der Vierzehnte, der das Gelübde Ludwigs des Dreizehnten erfüllt?

Wer hat die kalten, weißen Scheiben in die Fenster gesetzt, deren leuchtende Farben einst das entzückte Auge unserer Väter bald an die Apsis, bald an die Rosette über dem großen Portal fesselten? Was hätte ein Chorknabe des sechzehnten Jahrhunderts zu dem schönen gelben Anstrich gesagt, mit dem unsere barbarischen Erzbischöfe ihren Dom getüncht haben? Er hätte daran gedacht, daß Gelb die Farbe war, mit der der Henker die verfemten Häuser anstrich. Er würde sich des Hôtel du Petit-Bourbon erinnern, das wegen des Verrats des Konnetabel ganz mit Gelb verkleistert wurde, ein Gelb, das nach Sauval ›von solch ausgezeichneter Beschaffenheit war, daß selbst ein reichliches Jahrhundert es nicht schaffte, die Farbe verblassen zu lassen‹. Er hätte die Flucht ergriffen, im Glauben, der heilige Ort sei bösen Mächten verfallen.

Wir wollen uns bei den unzähligen Verunstaltungen aller Art nicht länger aufhalten und auf die Plattform des Domes hinaufsteigen. Wo ist der reizende, kleine, spitze, durchbrochene Vierungsglockenturm geblieben, der sich über die großen Türme hinaus gen Himmel streckte und sich ebenso zartgliedrig, schlank, spitz und wohltönend in die Luft erhob wie sein Nachbar, der gleich ihm zerstörte Turm der Sainte-Chapelle? Er ist um 1787 das Opfer eines Architekten mit Zeitgeschmack geworden, der ihn amputieren ließ und überzeugt war, es genüge, die Wunde mit dem großen Pflaster aus Blei zuzudecken, das große Ähnlichkeit mit einer Stürze hat.

So hat man die wunderbare Kunst des Mittelalters fast in allen Ländern behandelt, besonders aber in Frankreich. An ihren Ruinen können wir drei Arten von Zerstörungen verfolgen, die ihr alle drei mehr oder weniger tiefe Wunden geschlagen haben. Zuerst hat die Zeit unmerklich an ihren Bauten genagt und hat ihre Oberfläche mit Spuren der Verwitterung überzogen. Dann haben die religiösen und politischen Aufstände, blind und rasend von Natur, sich mit Getöse über diese Bauten gestürzt, haben ihr reiches Gewand von gemeißeltem Blattwerk zerfetzt, die Rosetten und die Galerien von Arabesken und Statuetten zerschlagen und die Bildsäulen umgestürzt, das eine Mal, weil sie eine Bischofsmütze, ein anderes Mal, weil sie eine Königskrone trugen. Zuletzt haben sich ihrer die Moden bemächtigt, die immer alberner und wunderlicher wurden und seit den zügellosen, prunkvollen Verirrungen der Renaissance eine nach der anderen am notwendigen Verfall der Baukunst weiter arbeiteten. Die Moden haben größeres Unheil angerichtet als die Revolutionen; denn sie haben der Kunst ins lebendige Fleisch geschnitten, haben sich an ihr Knochengerüst gewagt, haben gepfuscht, zerschnitten, zerstört und Form und Bedeutung der Bauten, ihren inneren Zusammenhang und ihre Schönheit getötet. Und dann haben sie die Anmaßung gehabt, wieder aufzubauen, dessen sich weder die Zeit noch die Revolutionen erdreisteten. Dem *guten Geschmack* zuliebe haben sie ihre elenden vergänglichen Schnörkel frech auf die Wunden der gotischen Architektur gesetzt, ihren marmornen und metallenen Trödel; ein wahrer Aussatz von eiförmigen Verzierungen, Spiralen, Verschlingungen, Behängen, Girlanden, Fransen, steinernen Flammen, bronzenen Wolken, feisten Amoretten und aufgeblähten Cherubim, der im Betzimmer der Katharina von Medici anfängt, das Antlitz der Kunst zu entstellen, und sie zwei Jahrhunderte später im Boudoir der Dubarry zerquält und verzerrt ins Grab bringt.

Die soeben erwähnten Punkte zusammengefaßt, sind es also drei Dinge, die heute die gotische Architektur entstellen: Falten und Warzen an der äußeren Schicht, das ist das Werk der Zeit; Zeichen von Gewalttaten, Quetschungen und Brüche, das ist das Werk der Revolutionen von Luther bis Mirabeau; Verstümmelungen, Amputationen, Verrenkungen der Gliedmaßen und *Restaurierungen*, das ist, wie Vitruve und Vignol berichten, die griechische, römische und barbarische

Arbeit der Professoren. Die Akademien haben die prächtige Kunst der Vandalen getötet. Zu den Jahrhunderten, den Revolutionen, die zumindest wahllos und im Großen zerstörten, ist die Schar der Abgänger aus den Architektenschulen, diplomiert und vereidigt, hinzugekommen, die im Besitz ihrer vollen Geisteskraft und mit schlechtem Geschmack das gotische Maßwerk durch diesen Chicoréesalat Ludwigs des Fünfzehnten ersetzen und dies noch für den größten Triumph des Parthenon hielten. Das ist der Fußtritt, den der Esel dem sterbenden Löwen verpaßt. Das ist, um das Bild zu vervollständigen, die Krone der alten Eiche, die von Raupen zerstochen, zerbissen und zerfetzt wird. Wie fern ist doch die Zeit, in der Robert Cenalis Notre-Dame von Paris mit dem berühmten Tempel der Diana in Ephesos, ›der so von den alten Heiden gelobt wurde‹ und der Herostratos unsterblich gemacht hat, verglich und die gallische Kathedrale ›in Länge, Breite, Höhe und Struktur noch großartiger‹ fand.

Notre-Dame von Paris ist nicht das, was man als ein abgeschlossenes, eindeutig klassifizierbares Bauwerk bezeichnen kann. Dieser Dom ist keine romanische Kirche mehr und ist noch keine gotische. Er ist kein Typus. Notre-Dame von Paris besitzt nicht, wie die Abtei von Tournus, die gewichtige und wuchtige Breite, das runde und weite Gewölbe, die eisige Kargheit und die majestätische Schlichtheit der Bauwerke, die für den Rundbogen charakteristisch sind. Dieser Dom ist nicht, wie der Dom von Bourges, das großartige, leichte, vielfältige, buschige, aufstrebende und aufblühende Werk des Spitzbogens. Er gehört nicht der alten Familie düsterer, geheimnisvoller Kirchen an, auf denen die niedrigen, runden Gewölbe schwer zu lasten scheinen, mit niedrigen Decken, fast schon ägyptisch, alle hieroglyphisch, alle priesterlich, alle symbolbeladen, mit mehr Tromben- und Zickzackornamenten als Blumen, aber mehr Blumen als Tieren und mehr Tieren als Menschen; wo der Architekt hinter dem Bischof verschwindet. Das war die erste Umgestaltung der Kunst, sie war ganz durchdrungen von einer theokratischen und militärischen Ordnung, deren Wurzeln in der Epoche des spätrömischen Reiches liegen. Der Dom hat ebenfalls keinen Platz in jener anderen Familie hoher, luftiger, buntfenstriger Kirchen, die mit ihren reichen Skulpturen, ihren spitzen Formen kühn himmelan streben. Als politische Symbole sind sie städtisch und bürgerlich, als Kunstwerke frei, launisch und zügellos. Die zweite Umgestaltung der Architektur ist nicht mehr hieroglyphisch, unveränderlich und priesterlich, sondern künstlerisch, fortschrittlich und volkstümlich. Sie beginnt mit der Rückkehr aus den Kreuzzügen und endet mit Ludwig dem Elften. Notre-Dame von Paris ist weder rein romanisch wie die erste, noch von arabischer Inspiration wie die zweite Gruppe.

Notre-Dame ist ein Bauwerk der Übergangszeit. Der sächsische Baumeister hatte gerade die ersten Pfeiler des Schiffes aufgerichtet, als von den Kreuzzügen her der Spitzbogen kam und sich siegreich auf die schweren romanischen Kapitelle setzte, die bestimmt waren, nur den einfachen Rundbogen zu tragen. Der Spitzbogen, der fortan alles beherrschte, hat der übrigen Kirche das Gepräge gegeben. Aber, noch schüchtern und unerfahren in seinen Anfängen, dehnte und weitete er sich aus, hielt sich dann zurück und wagte es noch nicht, in Kreuzblumen und Fialen aufwärts zu streben, wie er es später bei so vielen herrlichen Domen getan hat. Er scheint die Nähe der schweren romanischen Pfeiler empfunden zu haben.

Diese Bauten der Übergangszeit vom romanischen zum gotischen Stil sind aber ein ebenso köstliches Studienfeld wie die reinen Typen. Sie vertreten einen Entwicklungspunkt der Kunst, der ohne sie keinen bleibenden Ausdruck gefunden hätte, und veranschaulichen uns, wie der Spitzbogen dem Rundbogenpfeiler aufgepfropft wurde.

Notre-Dame ist ein ganz besonders merkwürdiges Denkmal dieses Übergangsstiles. Jede Fläche, jeder Stein dieses ehrwürdigen Bauwerkes redet nicht nur von der Geschichte des Landes, sondern auch von der Geschichte der Kunst und der Wissenschaft. Um hier nur die wesentlichsten Einzelheiten zu erwähnen, so erreicht die kleine Rote Pforte fast die Grenze gotischer Zartheit, wie sie das fünfzehnte Jahrhundert hervorbrachte, während die schweren, ernsten Pfeiler des Schiffes an die karolingische Abtei von Saint-Germain des Prés erinnern. Man möchte meinen, daß sechs Jahrhunderte zwischen Pfeilern und Pforte liegen. Fanden doch sogar die Alchimisten in den Symbolen des großen Portals einen ausreichenden Abriß ihrer Wissenschaft, deren erschöpfendes Sinnbild die Kirche Saint-Jacques de la Boucherie war. So sind in Notre-Dame die romanische Abtei, die gelehrte Kirche, die gotische und die sächsische Kunst, die schwere runde Säule, die an Gregor den Siebten erinnert, der alchimistische Symbolismus des Nicolas Flamel, der Luther vorahnen ließ, die ungeteilte Macht des Papsttums und das Schisma, Saint-Germain des Prés und Saint-Jacques de la Boucherie, vereint und miteinander verschmolzen. Diese Haupt- und Mutterkirche von Paris ist unter den alten Kirchen der Stadt eine Art Fabelwesen, sie hat den Kopf von der einen, die Glieder von der andern, das Rückgrat von einer dritten, etwas von allen.

Sei es noch einmal wiederholt: Diese Zwitterbauten sind für den Künstler, den Altertumsforscher und den Historiker ganz besonders anziehend. Gleich den zyklopischen Mauern, den ägyptischen Pyramiden und den riesigen indischen Tempeln zeigen sie, wie ursprünglich die Baukunst ist; sie beweisen, daß ihre großen Werke weniger individuelle als soziale Schöpfungen sind, von arbeitenden Völkern geboren, nicht von genialen Männern erschaffen, ein Niederschlag einer Nation, eine von Jahrhunderten angehäufte Masse, der Rückstand einer langen Reihe verdunstender Geschlechter, kurz, eine Art Naturschöpfung. Jede Zeitwelle spült neues an; jede Generation häuft eine neue Schicht auf das Denkmal, jeder einzelne Mensch trägt seinen Stein herbei. So machen es die Biber; so machen es die Bienen; so machen es auch die Menschen. Babel, das große Sinnbild der Baukunst, ist ein Bienenstock.

Die großen Gebäude sind gleich den großen Gebirgen ein Werk der Jahrhunderte. Oft wandelt sich die Kunst, während sie noch im Entstehen sind, pendent opera interrupta; die Arbeit wird im Sinn der neuen Zeit friedlich weitergeführt. Die verwandelte Kunst übernimmt das Werk, wie sie es findet, besetzt es, bemächtigt sich seiner, führt es nach ihrer Phantasie weiter und bemüht sich, es zu vollenden. Das vollzieht sich ohne Störung, ohne Anstrengung, ohne Rückfall, nach stillen, natürlichen Gesetzen. Es ist eine Veredlung, die hinzukommt, eine Kraft, die fließt, eine Vegetation, die wieder auflebt. Und in diesem fortwährenden Zusammenschweißen mehrerer Kunstperioden an einem Bauwerk in verschiedenen Höhen zeigt sich oft die universelle Geschichte der Menschheit; sicher ein Stoff für manch dickes Buch. Der einzelne Mensch, der Künstler, das Individuum verschwinden vor diesen Riesenwerken, die keines Schöpfers Namen tragen; der menschliche Geist in seiner Gesamtheit prägt sich in ihnen aus. Die Zeit ist der Baumeister, das Volk ist der Maurer.

Betrachtet man hier nur die christlich europäische Architektur, diese jüngere Schwester der großen Bautraditionen des Orients, so erscheint sie uns als ein riesiges Gebilde, unterteilt in drei gut voneinander getrennte Ebenen, wobei eine über der anderen liegt; die romanische Ebene, die gotische Ebene, die Renaissanceebene, die wir gern griechisch-römisch nennen würden. Die romanische Schicht, die älteste und unterste, wird durch den Rundbogen geprägt, der, getragen von der griechischen Säule, in der modernen und obersten Schicht, der Renaissance, wiedererscheint. Dazwischen erhebt sich der Spitzbogen. Die Bauwerke, die ausschließlich einer dieser drei Schichten zugehören, sind absolut unverwechselbar, einheitlich und vollständig. Das sind die Abtei von Jumièges, die Kathedrale von Reims und Sainte-Croix von Orléans. Aber die drei Ebenen vermischen sich und verschmelzen an ihren Rändern wie die Farben des Sonnenspektrums. Daher die vielgestaltigen Bauwerke, Bauten der Nuancen und Übergänge. Romanisch am Fuße, gotisch im Mittelteil und griechisch-römisch im Oberbau. Sechshundert Jahre Bauzeit haben dies bewirkt. Diese Mannigfaltigkeit ist selten. Der Burgfried von Étampes ist ein Beispiel dafür. Häufiger jedoch sind Bauwerke aus zwei Epochen. Zu diesen gehören Notre-Dame von Paris, ein spitzbogiger Bau, der sich durch seine ersten Pfeiler in die romanische Stilebene einordnet, sowie das Portal von Saint-Denis und das Kirchenschiff von Saint-Germain des Prés; des weiteren der halbgotische, entzückende Kapitelsaal von Bocherville, der bis zur halben Höhe romanisch ist; und letztlich der Dom von Rouen, der vollständig gotisch wäre, wenn die Spitze seines Zentralturmes nicht in die Renaissance gehörte.

Übrigens berühren alle diese Schattierungen, alle diese Unterschiede nur die äußere Hülle der Bauwerke. Die Kunst ist es, die sich gewandelt hat. Der eigentliche Aufbau der christlichen Kirchen wurde nicht angetastet. Es bleibt das gleiche innere Gebälk, die gleiche logische Aufteilung. Unabhängig von den äußeren Skulpturen und vom Maßwerk eines Domes, findet man immer wieder darunter, zumindest im Keim oder im Ansatz, die römische Basilika. Sie entwickelt sich ständig auf der Grundlage der gleichen Gesetzmäßigkeit weiter: zwei Kirchenschiffe, die sich zu einem Kreuz verbinden und deren oberer Abschluß, als Apsis abgerundet, den Chorraum bildet. Immer wieder ergießt sich das Hauptschiff durch die Zwischenräume der Säulenreihen in die Seitenschiffe, die für Prozessionen innerhalb der Kirche da sind, Kapellen enthalten, eine Art seitlicher Wandelgänge. Abgesehen davon verändert sich, abhängig von der Phantasie des Jahrhunderts, des Volkes und der Kunst, die Zahl der Kapellen, der Portale, der Glockentürme und der Spitztürme ins Unendliche. Sind die gottesdienstlichen Handlungen gesichert, so kann sich die Architektur frei entfalten. Sie vermischt alle ihre Vorstellungen über Skulpturen, Kirchenfenster, Rosetten, Arabesken, Maßwerk, Kapitelle und Reliefs nach dem ihr gefälligen Logarithmus. Daher die erstaunliche äußere Mannigfaltigkeit dieser Bauwerke, denen soviel Ordnung und Einheitlichkeit innewohnen. Der Stamm des Baumes ist unveränderlich, das Wachstum launisch.

II
Paris aus der Vogelschau

Wir haben versucht, die wundervolle Kirche von Notre-Dame für unseren Leser in ihrer alten Herrlichkeit wiederherzustellen, wir haben kurz die meisten Schönheiten, die sie im fünfzehnten Jahrhundert besaß und die ihr heute fehlen, aufgezählt; ihre größte Schönheit aber haben wir noch nicht erwähnt: den Anblick von Paris, wie er sich damals von der Höhe ihrer Türme dem Auge darbot.

Wahrlich, ein herrliches Bild überraschte den, der nach langem Tappen im Düster der steil in der dicken Mauer des Turmes aufsteigenden Wendeltreppe plöztlich auf eine der beiden hohen licht- und luftüberfluteten Plattformen hinaustrat, ein Schauspiel ganz eigener Art, von dem unsere Leser sich leicht ein Bild machen können, wenn sie je das Glück gehabt haben, eine von den wenigen noch vorhandenen rein gotischen Städten in ihrer Vollständigkeit und Homogenität, wie es nur noch wenige gibt, zu sehen. Beispiele dafür sind: Nürnberg in Bayern oder Vittoria in Spanien, oder auch kleinere, vorausgesetzt, sie sind gut erhalten, wie Vitré in der Bretagne und Nordhausen in Preußen.

Das Paris vor dreihundertfünfzig Jahren, das Paris des fünfzehnten Jahrhunderts, war schon eine Riesenstadt. Wir Pariser sind meist des irrtümlichen Glaubens, daß die Stadt sich seitdem beträchtlich ausgedehnt habe, aber seit Ludwig dem Elften ist sie um nicht viel mehr als ein Drittel gewachsen. Sie hat gewiß viel mehr an Schönheit verloren als an Größe gewonnen.

Es ist bekannt, daß Paris auf dieser alten Île de la Cité, die die Form einer Wiege hat, geboren wurde. Das sandige Ufer der Insel war seine erste Umfriedung, die Seine sein erster Stadtgraben. Die Stadt blieb mehrere Jahrhunderte lang eine Insel, hatte zwei Brücken, eine im Süden und eine im Norden, und zwei befestigte Brückenköpfe, die zugleich ihre Stadttore und ihre Festungen waren, das Grand-Châtelet auf dem rechten und das Petit-Châtelet auf dem linken Ufer. Dann, mit der ersten Generation von Königen, wurde es ihr auf der Insel zu eng. Und da es ihr an Bewegungsfreiheit mangelte, streckte sich Paris übers Wasser hinüber. Also begann eine erste Einfriedung der Mauern und Türme das Land oberhalb des Grand- und des Petit-Châtelet rechts und links der Seine anzuknabbern. Noch im vorigen Jahrhundert waren einige Reste dieser alten Mauern vorhanden; heute bleibt nur noch die Erinnerung und hier und dort eine Überlieferung, die Porte Baudets oder Baudoyer, Porta Bagauda. Nach und nach überschwemmte die Flut der Häuser, die aus dem Herzen der Stadt nach außen gedrängt wurde, diese erste Einfassung, durchbrach sie, verbrauchte sie und spülte sie fort. Philipp-August zog einen neuen Damm. Er fesselte Paris mit einer Kette von mächtigen, starken, hohen Türmen. Mehr als ein Jahrhundert lang drückten sich die Häuser eng zusammen, häuften sich und stiegen in die Höhe wie Wasser in einem Sammelbecken. Sie dehnten sich in die Tiefe, sie setzten Stockwerk auf Stockwerk, sie stiegen eins über das andere, sie drängten aufwärts wie alle zusammengepreßten Säfte. Jedes wollte den Kopf über seinen Nachbar erheben, um etwas Luft zu erhaschen. Die Straßen wurden immer enger und tiefer; die Plätze wurden bebaut und verschwanden. Endlich sprangen die Häuser über die Mauer Philipp-Augusts weg, gebärdeten sich fröhlich wie entsprungene Gefangene und zerstreuten sich ohne Plan und Ordnung in der Ebene. Sie spreizten sich, schnitten sich aus den Feldern Gärten zurecht und machten es sich bequem. Schon 1367 war die Stadt so weit in die Vorstadt hineingewachsen, daß sich besonders auf dem rechten Ufer das Bedürfnis nach einer neuen Mauer fühlbar machte.

Sie wurde von Karl dem Fünften gebaut. Aber eine Stadt wie Paris wächst beständig und entwickelt die Lebenskraft, ohne die eine Stadt nicht zur Hauptstadt werden kann. Es sind Trichter, in die alle geographischen, politischen, moralischen, intellektuellen Tendenzen eines Landes, jedes natürliche Gefälle eines Volkes münden; Brunnen der Zivilisation sozusagen und gleichzeitig Abflüsse, alles, was im Lauf der Jahrhunderte Tropfen für Tropfen hineinsickert, was ein Volk an Saft, Leben und Seele besitzt: Handel, Industrie, Geist und Menschenmassen. Darum ist es der Mauer Karls des Fünften ebenso ergangen wie der Mauer Philipp-Augusts. Um die Wende des fünfzehnten Jahrhunderts wurde sie überholt und übersprungen, und die Vorstädte liefen weiter hinaus ins Land. Während draußen eine neue Stadt entsteht, scheint Paris sich im sechzehnten Jahrhundert sichtlich zurückzuziehen und immer mehr in die alte Stadt einzugraben. So hatte Paris seit dem fünfzehnten Jahrhundert, und da wollen wir stehenbleiben, schon die drei Mauerringe verbraucht, die zur Zeit Julian Apostatas, als Grand-Châtelet und Petit-Châtelet im Keime schon vorhanden waren. Die mächtige Stadt hat wie ein Kind, das Jahr für Jahr seine Kleider verwächst, vier Gürtel nacheinander gesprengt. Zur Zeit Ludwigs des Elften konnte man hier und dort im Häusermeer alte zerfallene Türme sehen, Überreste der alten Stadtmauern, die wie Hügelspitzen aus einer Überschwemmung, wie Inseln des alten Paris aus der verschlingenden Flut der neuen Stadt aufragten.

Leider hat sich Paris seitdem noch weiter verwandelt, nicht zur Freude unsrer Augen. Aber es hat noch eine Mauer übersprungen, die Mauer Ludwigs des Fünfzehnten, das elende Machwerk aus Dreck und Spucke, das des Königs würdig war, der es aufrichten ließ, würdig des Dichters, der es besang:

Le mur murant Paris rend Paris murmurant.[1]

Im fünfzehnten Jahrhundert zerfiel Paris noch in drei deutlich getrennte Städte: die Cité, die Universitätsstadt und die Neu-

[1] frz., Die Mauer, die Paris umgibt, läßt Paris murmeln. (Wortspiel)

stadt. Jede hatte ihr eigenes Gepräge, ihre Sitten und Gebräuche, ihre Vorrechte, ihre Besonderheiten und ihre Geschichte. Die Cité, die auf der Insel lag, war die älteste und geringste unter den dreien, die Mutter der beiden anderen, und hockte – man gestatte uns den Vergleich – wie ein altes Weibchen zwischen zwei großen, schönen Töchtern. Die Universitätsstadt lag auf dem linken Ufer der Seine und reichte von der Tournelle bis zur Tour de Nesle, wo sich im heutigen Paris die Weinhalle, beziehungsweise das Münzgebäude befinden. Die Stadtmauer zog sich in weitem Bogen durch das Gelände, auf dem Julian einst seine Thermen errichtet hatte. Der Berg Sainte-Geneviève war darin eingeschlossen. Ihr äußerster Punkt, das päpstliche Tor, lag ungefähr da, wo heute das Panthéon steht. Die Neustadt war die größte unter den dreien. Sie lag auf dem rechten Ufer. Das Ufer, an manchen Stellen abgebröckelt oder unterbrochen, lief an der Seine entlang, von der Tour de Billy bis zur Tour du Bois, das heißt, von der Stelle, wo sich heute der Grenier d'abondance befindet, bis zu den heutigen Tuilerien. An diesen vier Punkten, wo die Seine die Stadtmauern durchschnitt, standen links die Tournelle und die Tour de Nesle, rechts die Tour de Billy und die Tour du Bois, vorzugsweise ›die vier Türme von Paris‹ genannt. Die Neustadt drang tiefer ins Land hinein als die Universitätsstadt. Die höchsten Punkte der Stadttore (Anlagen von Karl dem Fünften) waren die von Saint-Denis und Saint-Martin, die heute noch dort zu finden sind.

Jeder der drei großen Bereiche von Paris war, wie schon gesagt, eine Stadt für sich, aber eine zu einseitige Stadt, um für sich allein bestehen zu können. Alle drei waren aufeinander angewiesen. So bot auch jede von ihnen ein gänzlich anderes Bild. In der Cité wimmelte es von Kirchen, in der Neustadt von Palästen, in der Universitätsstadt von Lehranstalten. Wenn wir das Chaos der städtischen Rechtsverhältnisse von einem allgemeinen Gesichtspunkt aus betrachten und die unwesentlichen Wunderlichkeiten des alten Paris, wie die eigenwilligen Bestimmungen über Schuttablagerungen, nicht in Erwägung ziehen, so können wir sagen, daß die Insel dem Bischof, das rechte Ufer dem Vogt der Kaufmannschaft, das linke Ufer dem Rektor gehörte. Der Vogt von Paris, kein städtischer, sondern ein königlicher Beamter, schwebte über allem. Die Cité hatte Notre-Dame und das Hôtel-Dieu, die Neustadt hatte den Louvre, das Rathaus und die Markthallen, die Universitätsstadt hatte die Sorbonne und die Scholarenwiese. Ein Delikt, das die Scholaren auf ihrer Wiese links der Seine begingen, wurde auf der Insel, im Justizpalast, gerichtet; am rechten Ufer aber, auf dem Montfaucon, wurde das Urteil vollzogen. Nur wenn die Universität gerade stark und der König gerade schwach war, erhob der Rektor Einspruch dagegen; denn die Scholaren hatten das Vorrecht, auf ihrem Gebiet gehenkt zu werden.

(Die meisten dieser Vorrechte, deren es auch weniger zweifelhafte gab, waren dem König durch Aufstände und Meutereien abgerungen worden. Das ist seit alters her der Lauf der Dinge. Der König läßt nur los, was das Volk ihm entreißt. Es gibt eine alte Urkunde, die die Sache in bezug auf die Treue unbefangen so ausdrückt: Civibus fidelitas in reges, quae tamen aliquoties seditionibus interrupta, multa peperit privilegia.)[1]

Im fünfzehnten Jahrhundert umspülte die Seine innerhalb der Stadtgrenzen fünf Inseln: die Île Louviers, die damals mit Bäumen bestanden war und wo es nur noch Holz gibt; die Île aux Vaches und die Île Notre-Dame, die beide Bischofslehen waren und unbewohnt, wenn man von einer verfallenen Hütte absieht (im siebzehnten Jahrhundert hat man aus diesen zwei Inseln eine gemacht und hat sie bebaut – wir nennen sie jetzt die Île Saint-Louis); endlich die Cité und an ihrer Spitze die kleine Insel des Rinderfährmanns, die seitdem unter dem Erd-

[1] lat., Der Bürgerschaft wohnt Treue gegen die Könige inne, die jedoch manchmal durch Aufstände unterbrochen, was ihr viele Vorrechte verschafft hat.

damm des Pont-Neuf verschwunden ist. In der Cité gab es damals fünf Brücken; drei befanden sich auf der rechten Seite, der Pont Notre-Dame und der Pont au Change aus Stein und der Pont aux Meuniers aus Holz, zwei befanden sich auf der linken Seite, der Petit-Pont aus Stein und der Pont Saint-Michel aus Holz. Alle Brücken waren mit Häusern bebaut. Die Universitätsstadt und die Neustadt hatten je sechs Tore. Die der Universitätsstadt stammten von Philipp-August, die der Neustadt von Karl dem Fünften. In der Universitätsstadt waren es von der Tournelle ausgehend die Porte Saint-Victor, die Porte Bordelle, die Porte Papale, die Porte Saint-Jacques, die Porte Saint-Michel und die Porte Saint-Germain; in der Neustadt waren es von der Tour de Billy ausgehend die Porte Saint-Antoine, die Porte du Temple, die Porte Saint-Martin, die Porte Saint-Denis, die Porte Montmartre und die Porte Saint-Honoré. Es waren lauter starke Tore, und sie waren auch schön, was der Stärke keinen Abbruch tut. Das Wasser eines breiten, tiefen Grabens, der von der Seine gespeist wurde, bespülte die Mauern der Stadt. Im Winter bei hohem Seinestand gab es eine starke Strömung. Abends wurden die Tore geschlossen, die Seine wurde an den beiden Stadtgrenzen mit großen Ketten abgesperrt, und Paris schlief in Frieden.

Wenn man die drei Stadtteile, die Cité, die Universitätsstadt und die Neustadt, von oben her betrachtete, so bot sich dem Auge ein unentwirrbares Netz seltsam verschlungener Straßen. Auf den ersten Blick aber erkannte man, daß die Bruchstücke einen einzigen Körper bildeten. Zwei lange, parallel laufende Straßen durchzogen die drei Städte ohne Unterbrechung, ohne Störung, beinahe in gerader Linie, von einem Ende zum anderen. Sie führten von Süden nach Norden im rechten Winkel zur Seine, verbanden und vermischten die drei Städte, sie trieben ununterbrochen die Bevölkerung der einen hinter die Mauern der anderen, schüttelten sie durcheinander und machten so aus drei Städten eine. Die erste dieser zwei Straßen führte von der Porte Saint-Jacques bis zur Porte Saint-Martin; in der Universitätsstadt hieß sie Rue Saint-Jacques, in der Cité Rue de la Juiverie, in der Neustadt Rue Saint-Martin; zweimal überquerte sie den Fluß, einmal unter dem Petit-Pont und einmal unter dem Pont Notre-Dame. Die zweite Straße ging von der Porte Saint-Michel in der Universitätsstadt bis zur Porte Saint-Denis in der Neustadt; sie hieß Rue de la Harpe auf der linken Uferseite, Rue de la Barillerie auf der Insel, Rue Saint-Denis auf der rechten Uferseite, Pont Saint-Michel über dem einen Seinearm und Pont au Change über dem anderen. Letztendlich blieben es, trotz so vieler unterschiedlicher Namen, nur zwei Straßen, aber diese zwei Hauptstraßen waren die zwei Lebensspender, die zwei Pulsadern von Paris. Alle anderen Adern der Dreistadt ergossen sich in sie oder wurden von ihnen gespeist.

Unabhängig von diesen beiden Hauptstraßen, die Paris der Breite nach durchquerten und der ganzen Stadt gemeinsam waren, hatten die Neustadt und die Universitätsstadt je eine eigene große Straße, die sie der Länge nach durchzog, mit der Seine parallel lief und die zwei Hauptschlagadern im rechten Winkel durchschnitt. Und so konnte man geradlinig von der Porte Saint-Antoine zur Porte Saint-Honoré in der Neustadt und von der Porte Saint-Victor zur Porte Saint-Germain in der Universitätsstadt gelangen. Diese großen sich kreuzenden Straßenzüge bildeten das Grundgeflecht, in das das verkneulte und zusammengepreßte, wirre Muster der Pariser Gassen eingeknüpft war. Bei genauerer Betrachtung dieses unübersichtlichen Netzes aber konnte man außerdem noch zwei Straßengruppen beobachten, zwei ausgebreiteten Garben ähnlich, eine in der Universitätsstadt und eine in der Neustadt, die sich von den Brücken aus strahlenförmig zu den Stadttoren zogen.

Von diesem Grundplan ist heute noch etwas übriggeblieben.

Wie war nun der Anblick beschaffen, den die Stadt um 1482 dem auf der Höhe der Domtürme stehenden Betrachter darbot? Wir wollen versuchen, uns das Bild zu vergegenwärtigen.

Ein blendendes Durcheinander von Dächern, Schornsteinen, Straßen, Brücken, Plätzen, Turmspitzen und Kirchtürmen traf das Auge des Besuchers, der atemlos auf der Höhe anlangte. Der spitze Giebel, das steile Dach, das überhängende Ecktürmchen, die steinerne Pyramide aus dem elften Jahrhundert, der Schieferobelisk aus dem fünfzehnten, der runde, nackte Kerkerturm, der eckige, durchbrochene Kirchturm, das Große, das Kleine, das Schwerfällige und das Luftige verschwammen vor den Blicken zu einer großen Masse. Das Auge verlor sich lange in der Tiefe dieses Labyrinths, wo alles ursprünglich, vernünftig, schön und durchgeistigt war, wo alles aus den Händen der Kunst kam, vom geringsten Haus an, mit seiner bemalten und geschnitzten Front, seinem Fachwerk, seiner niedrigen Tür und seinen überhängenden Stockwerken, bis hinauf zum königlichen Louvre mit seiner einstigen Turmkolonnade. Hatte das Auge sich an dieses Gewirr von Bauten gewöhnt, so fing es an, einige Hauptgruppen zu unterscheiden.

Da war zunächst die Cité. Sauval, dem inmitten seines Wortschwalls manchmal ein glücklicher Satz entfährt, sagt: ›Die Île de la Cité sieht aus wie ein großes Schiff, das sich der Stromrichtung nach im Schlamm festgefahren hat und nun gescheitert beinahe in der Mitte der Seine liegt.‹ Wir haben schon erwähnt, daß dieses Schiff im fünfzehnten Jahrhundert durch fünf Brücken an die beiden Ufer des Flusses festgekettet war. Diese Schiffsform hatte auch wappenkundige Schreiber in ihren Bann gezogen; und von daher stammt, wie Favyn und Pasquier meinen, das auf dem alten Wappenschild der Stadt Paris prankende Schiff und nicht von der Belagerung durch die Wikinger. Das Wappenschild ist für jene, die es entziffern können, eine Algebra, eine Sprache. Die gesamte Geschichte der zweiten Hälfte des Mittelalters ist aus dem Wappen herauszulesen, so wie die Geschichte der ersten Hälfte im

Symbolismus der romanischen Kirchen sichtbar wird. Es sind die Hieroglyphen der Feudalherrschaft, die denen der Theokratie folgten.

Die Cité bot sich den Augen in Richtung Sonnenaufgang mit ihrem Heck und in Richtung Sonnenuntergang mit ihrem Bug dar. Schaute man nach Westen, so hatte man eine zahllose Herde alter Dächer vor sich, über denen sich das breite, bleierne Dach der Sainte-Chapelle rundete, der Kruppe eines Elefanten ähnlich, der einen Turm trägt; nur streckte sich dieser Turm spitz und verwegen in die Lüfte und ließ durch die köstlichsten aller durchbrochenen Muster den Himmel sehen. Auf den Domhof von Notre-Dame, einem schönen Platz mit alten Häusern, mündeten drei Straßen. An der Südseite des Platzes hockte das griesgrämige, verwitterte Hôtel-Dieu, dessen Dach mit Blattern und Warzen bedeckt schien. Rechts und links, im Osten und Westen aber hoben sich aus diesem doch so engen Bezirk der Cité die Türme von einundzwanzig Kirchen himmelwärts. Sie stammten aus den verschiedensten Zeiten; alle Größen und Formen, vom niedrigen, wurmigen romanischen Glockenturm Saint-Denis du Pas (carcer Glaucini) bis zu den feinsten Turmspitzen von Saint-Pierre aux Bœufs und Saint-Landry, waren vertreten. Hinter Notre-Dame lag im Norden das Kloster mit seinen gotischen Galerien, im Süden der halbromanische Palast des Bischofs, im Osten das öde Domland, das die Spitze der Insel bildete. Im Häusergewühl konnte das Auge gerade noch an diesen hohen, mit Maßwerk versehenen steinernen Mitren, die damals auf dem Dach selbst die höchsten Fenster der Paläste krönten, den Palast erkennen, den die Stadt unter Karl dem Sechsten dem Jouvenel des Ursins geschenkt hatte, etwas weiter die geteerten Dächer der Baracken des Marché-Palus, das neue Kirchenschiff von Saint-Germain le Vieux, das 1458 verlängert wurde, zusammen mit einem Stück der Rue aux Febves, und ab und zu eine Straßenkreuzung, wo es von Menschen wimmelte, eine Straßenecke mit einem Pranger, ein Stück des schönen Pflasters, das die Stadt Philipp-August verdankt, in der Mitte der Straße herrliche, für die Pferde geriffelte Steine, die im sechzehnten Jahrhundert durch miserablen Schotter, genannt *Pflaster der Liga*, so schlecht ersetzt wurden, oder einen verlassenen Hinterhof mit einem durchbrochenen Treppentürmchen, wie sie im fünfzehnten Jahrhundert Mode waren und wie man einen davon noch heute in der Rue des Bourdonnais findet. Westlich der Sainte-Chapelle lagerte sich am Ufer der Justizpalast mit seinen Türmen. Die königlichen Gärten an der Westspitze der Cité verbargen mit ihren hohen Baumgruppen die kleine Insel des Rinderfährmanns. Von den beiden Flußarmen, die die Cité umspülen, sah man aus der Höhe der Türme von Notre-Dame nicht viel. Die Seine verschwand unter Brükken, die Brücken unter Häusern.

Wanderte das Auge über diese Brücken mit ihren unter dem Einfluß der Wasserdünste vorzeitig modernden, grünlichen Hausdächern zur Universitätsstadt hinüber, so traf es zunächst auf eine Gruppe dicker, niedriger Türme. Das war das Petit-Châtelet, das mit seinem düsteren Torrachen den Petit-Pont verschlang. Wenn der Blick dann von der einen Stadtgrenze bis zur anderen das Ufer entlangschweifte, von der Tournelle bis zur Tour de Nesle, so fand er da eine lange Kette von Häusern mit geschnitzten Balken, farbigen Fenstern und überhängenden Stockwerken; ein endloses Zickzack bürgerlicher Giebel, das in kurzen Abständen von Straßenmündungen unterbrochen wurde, ab und zu auch durch Gesicht oder Flanke eines großen steinernen Palastes, der sich mit Höfen, Gärten, Hauptgebäude und Seitenflügeln zwischen diesem Volk von engbrüstigen, zusammengepreßten Häusern wie ein großer Herr zwischen Bauern unbekümmert breitmachte. Es gab fünf oder sechs solcher Paläste am Ufer, beginnend beim Grundstück der Lorrainer, die zusammen mit den Bernardinern das große, an die Tournelle grenzende Anwesen teilten, bis hin zum Hôtel de Nesle, dessen Hauptturm zugleich einer der vier Grenztürme von Paris war und den Vorzug genoß, während dreier Monate des Jahres mit seinen schwarzen Giebeln die Purpurscheibe der untergehenden Sonne zerschneiden zu dürfen.

Auf dieser Seite des Flusses ging es weniger betriebsam zu als auf der anderen. Die Scholaren machten großen Lärm, aber von Handwerkern merkte man nicht viel. Einen Kai gab es nur auf der Strecke zwischen dem Pont Saint-Michel und der Tour de Nesle; das übrige Seineufer war entweder nackter Sand, wie hinter dem Besitz der Bernardiner, oder die Häuser standen, wie zwischen den beiden Brücken, mit den Füßen im Wasser. Auf dem Uferrand schwatzten, schrien und sangen die Wäscherinnen vom Morgen bis zum Abend, klopften kräftig ihre Wäsche wie heutzutage. Und das ist nicht die kleinste Freude der Pariser.

Die Universitätsstadt stellte sich dem Auge als geschlossene Masse dar. Von einem Ende bis zum anderen war alles einheitlich und lückenlos. Die unzähligen spitzwinkligen, dichtgedrängten Dächer, deren geometrische Grundform fast durchgehend dieselbe war, erweckten von oben gesehen den Eindruck, als seien sie eine Substanz, die in Kristallisation übergegangen war. In diesen Häuserblock schnitten die launenhaft verschlungenen Straßen nicht allzu breite Schluchten. Die zweiundvierzig Kollegien waren ziemlich gleichmäßig über die ganze Masse verteilt; überall waren sie zu sehen. Die mannigfaltigen, kurzweiligen Giebel dieser schönen Gebäude waren ein Erzeugnis derselben Kunst, die die einfachen Dächer geschaffen hatte, über die sie hinausragten, sie hatten letztlich dieselben geometrischen Figuren, nur doppelt und dreifach so groß. Darum machten sie das Ganze reicher, ohne es zu verwirren; sie ergänzten, aber belasteten nicht. Geometrie ist Wohlklang. Hier und da hoben auch schöne Paläste ihre prächtigen Oberbauten über die bescheidenen, malerischen Dächer des linken Ufers empor, so die nicht mehr existierenden Paläste von Nevers, von Rom und von Reims und das Hôtel de Cluny, das dem Künstler zur Freude noch heute vorhanden ist und das man vor ein paar Jahren törichterweise seines Turms beraubt hat. Der römische Palast ganz in der Nähe, mit den schönen Rundbögen, das waren die Thermen des Julian. Es gab auch viele Abteien, die ebenso schön und groß waren wie die Paläste; nur war ihre Schönheit ernster, ihre Größe feierlicher. Besonders angezogen wurde das Auge von der der Bernardiner mit ihren drei Glockentürmen, der von Sainte-Geneviève, deren noch existierender quadratischer Turm den verschwundenen Rest so sehr vermissen läßt, von der Sorbonne, halb Kolleg, halb Kloster, von der uns noch ein herrliches Schiff erhalten geblieben ist; vom schönen viereckigen Mathurinerkloster und seinem Nachbarn, dem Benediktinerkloster, in dessen Mauern man in aller Eile zwischen der siebenten und achten Auflage dieses Buches ein Theater hineinpfuschte; der Franziskanerabtei mit ihren drei mächtigen aneinandergereihten Giebeln; der Augustinerabtei, deren anmutige Spitzen nach der Tour de Nesle das zweite Maßwerk der westlichen Seite von Paris sind. Die Kollegien, Mittelglieder zwischen Kloster und Welt, standen auch als Bauwerke etwa in der Mitte zwischen Abteien und Palästen; ihre Skulptur war nicht so leicht und luftig wie die der Paläste, ihre Architektur war nicht so ernst wie die der Klöster; sie hatte strenge, aber elegante Formen. Leider ist so gut wie nichts von diesen Bauten übriggeblieben, in denen die gotische Kunst so scharf die Mitte zwischen Verschwendung und Sparsamkeit hielt. Auch in der Universitätsstadt gab es zahlreiche, prächtige Kirchen aus den verschiedensten Kunstepochen, von den Rundbögen Saint-Juliens bis zu den Spitzbögen von Saint-Séverin. Sie beherrschten das Ganze, und wie ein Wohllaut mehr in diesem großen Zusammenklang durchdrangen ihre Türme immer wieder die Masse der zerklüfteten Giebel, mit nadelfeinen Spitzen, deren Reihe einer herrlichen Fortsetzung der spitzwinkligen Dächer glich.

Der Boden der Universitätsstadt war hügelig. Im Südwesten hatte er eine große Beule, den Berg Sainte-Geneviève. Aus der

Höhe von Notre-Dame gesehen, machten die am Hang in alle Richtungen zerstreuten Häusertrauben und die enggewundenen Straßen (heute das *pays latin* genannt) den merkwürdigen Eindruck, als stürzten sie sich fast senkrecht und in wilder Unordnung die Abhänge dieses Bergs zum Seine-Ufer hinunter. Ein Teil der Häuser schien zu fallen, ein zweiter schien aufwärts zu klettern; es war, als hielte sich einer am anderen. Ein ununterbrochenes Gewimmel unzähliger sich kreuzender schwarzer Punkte auf dem Straßenpflaster machte das ganze Bild beweglich. Es war das Volk, wie es dem aus der Höhe niederblickenden Betrachter erschien.

Durch die Lücken der Dächer, der Türme und der unzähligen, zufällig im Blickfeld stehenden Gebäude, die der Universitätsstadt ein so seltsam gezacktes und gezahntes Aussehen gaben, sah man da und dort eine große bemooste Mauerfläche, auch wohl einen dicken, runden Turm oder ein mit Zinnen gekröntes Tor, das an eine Festung erinnerte; es war die Stadtmauer Philipp-Augusts. Jenseits von ihr aber grünten die Wiesen; jenseits von ihr schlängelten sich die Landstraßen, anfangs zwischen verstreuten Vorstadthäusern, dann einsamer und einsamer, je weiter sie sich von den Mauern entfernten. Unter den Vorstädten waren einige von größerer Bedeutung. Zunächst, von der Tournelle aus gesehen, das Dorf Saint-Victor mit seiner einbögigen Brücke über der Bièvre, seiner Abtei mit der Grabschrift Ludwigs des Dicken, *epitaphium Ludovici Grossi,* und der Kirche mit der achteckigen Turmspitze, flankiert von vier Glockentürmchen aus dem elften Jahrhundert (eine gleiche kann man in Étampes sehen, wo sie noch nicht abgerissen wurde); und dann das Dorf Saint-Marceau, das bereits drei Kirchen und eine Stiftung besaß. Dann, ließ man die Mühle der Gobelins mit ihren vier weißen Mauern links liegen, sah man die Vorstadt Saint-Jacques mit dem schöngeschnitzten Kruzifix auf seiner Kreuzung; die gotisch-spitze, charmante Kirche Saint-Jacques du Haut-Pas; weiter dann Saint-Magloire mit dem schönen Kirchenschiff aus dem vierzehnten Jahrhundert, das Napoleon als Heuscheune benutzte und Notre-Dame des Champs mit ihren byzantinischen Mosaiken. Hatte man endlich auf freiem Feld das Karthäuserkloster, ein reiches, dem Justizpalast gleichaltriges Gebäude, mit seinen kleinen in Felder unterteilten Gärten und die mit dem bösen Spuk belegten Ruinen von Vauvert hinter sich gelassen, fiel das Auge im Westen auf die drei romanischen Türme von Saint-Germain des Prés. Der Marktflecken Saint-Germain war schon eine große Gemeinde; er besaß fünfzehn oder zwanzig Straßen. Der spitze Glockenturm von Saint-Sulpice markierte eine Seite der Ortschaft. Gleich daneben konnte man die viereckige Einzäunung des Marktes von Saint-Germain ausmachen, die heute den Marktplatz bildet, dann den Pranger des Abtes, ein schöner, kleiner runder Turm, hübsch bedeckt von einem Bleikegel. Etwas weiter befand sich die Ziegelbrennerei und die Rue du Four, die zum Backofen führte, noch weiter die Mühle auf ihrer Anhöhe und die Leprakrankenstube, ein isoliertes, übel beleumdetes Häuschen. Was aber den Blick vor allem anzog und lange festhielt, das war die Abtei. Das Kloster, das als Kirche und als Herrschaftssitz ein so stolzes Ansehen hatte, der Palast des Abtes, wo die Bischöfe von Paris nur allzugern eine Nacht verbrachten, das Refektorium, das der Baumeister mit der Würde, der Schönheit und der prächtigen Rosette eines Domes ausgestattet hatte, die reizende Marienkapelle, das monumentale Dormitorium, die weiten Gärten, die Zugbrücke, das Fallgatter, die Mauerzinnen, die dunkel gegen helles Wiesengrün standen, die Höfe, wo die Rüstungen der Kriegsleute und die goldgestickten Meßgewänder der Priester funkelten, inmitten von allem die drei hohen Rundbogentürme, die sich auf einer gotischen Apsis erhoben, boten ein köstliches Bild am Horizont dar.

Wenn sich der Blick nach langem Verweilen von der Universitätsstadt weg dem rechten Ufer der Neustadt zuwandte, so hatte er plötzlich ein ganz anderes Schauspiel vor sich. Die Neustadt war viel größer als die Universitätsstadt und war nicht so einheitlich gebaut. Mehrere ganz voneinander verschiedene Massen fielen sofort ins Auge. Im Osten, in dem Teil der Stadt, der heute noch in Erinnerung an den Sumpf, in den Camulogene Cäsar lockte, Marais genannt wird, erhob sich eine Gruppe von Palästen. Dieser Komplex ging bis zum Wasser. Vier Paläste, fast aneinandergeklebt, Jouy, Sens, Barbeau und der Sitz der Königin, spiegelten ihre Schieferdächer mit den schlanken Türmchen in der Seine. Diese vier Gebäude füllten den Raum zwischen der Rue des Nonaindières und der Abtei der Cölestiner aus, deren Linien graziös die Spitzen ihrer Giebel und Zinnen unterstrich. Ein paar elende, bemooste Hütten unten am Wasser entzogen dem Blick nichts von ihren schön gezackten Fassaden, ihren großen Fenstern mit den steinernen Kreuzen, ihren mit Bildsäulen überladenen Spitzbogenportalen, ihren fein behauenen Gesimsen und all den reizenden Zufälligkeiten, die den Eindruck erwecken, als seien der gotischen Kunst bei jedem Bauwerk neue Möglichkeiten aufgegangen. Hinter diesen Palästen dehnte sich nach allen Seiten, bald wie eine Festung durch Mauern und Zinnen gedeckt, bald wie eine Kartause hinter großen Baumgruppen verborgen, der ungeheure abwechslungsvolle Bereich des wunderbaren Hôtel de Saint-Pol, wo der König von Frankreich nicht weniger als zweiundzwanzig Fürsten vom Range des Dauphin und des Herzogs von Burgund mit Dienern und Gefolge, dazu viele andere große Herren beherbergen konnte; wo auch der Kaiser wohnte, wenn er Paris besuchte, und wo zu alledem noch die Löwen hausten, die ihr eigenes Reich im königlichen Schloßbereiche hatten. Dabei ist wohl zu bedenken, daß die Wohnung eines Fürsten damals vom Paradesaal bis zum Betsaal nicht weniger als elf Säle umfaßte, von den Wandelgängen, Bädern, Schwitzbädern und anderen überflüssigen Räumlichkeiten, mit denen jede einzelne Wohnung versehen war, von den gesonderten Gärten jedes königlichen Gastes ganz zu schweigen. Zudem bargen das Schloß und seine Umgebung Küchen, Weinkeller, Bedientenräume, Speisesäle für das Personal, Hinterhöfe und zweiunddreißig allgemeine Werkstätten, von der Haus- und Tierversorgung bis zur Hofkellerei, vielerlei Spiele wie Mail-, Ball- und Ringspiele, Fasanerien, Fischteiche, Zwinger, Marställe, Viehställe, Bibliotheken, Zeughäuser und Gießereien. So war damals ein königliches Schloß, ein Louvre, ein Hôtel de Saint-Pol beschaffen; es war eine Stadt in der Stadt.

Vom Turm, auf dem wir stehen, war das Hôtel de Saint-Pol halb verdeckt durch die vier großen Wohnstätten, von denen wir soeben gesprochen haben, noch stattlich und wunderbar anzusehen. Man konnte deutlich die drei Paläste unterscheiden, die Karl der Fünfte angebaut hatte, obwohl sie durch Wandelgänge mit kleinen Säulen und Fenstern geschickt dem Hauptgebäude angegliedert waren: das Hôtel du Petit-Muce, mit der anmutig sein Dach schmückenden Maßwerkbalustrade; der Palast des Abtes von Saint-Mur, gestaltet wie eine Burg mit einem Burgfried, Pechnasen, Schießscharten und Stutzrohr und auf dem breiten Burgtor, zwischen den Einkerbungen der Ziehbrücke, das Wappenschild des Abtes; der Palast des Grafen d'Étampes, dessen Burgfried mit seiner zerfallenen Spitze sich den Augen schartig wie ein Hahnekamm präsentierte. Hier und da sah man drei oder vier alte Eichen einen grünen Büschel bilden, der einem riesigen Kohlkopf glich; man sah weiße Schwäne im Spiel von Licht und Schatten über die klaren Wasser der Fischteiche gleiten; man schaute in malerische, verlorene Hofwinkel; der Blick traf auf das Löwenhaus mit seinen niedrigen Spitzbogen auf kurzen, sächsischen Pfeilern, mit seinen eisernen Fallgittern, hinter denen unermüdliches Gebrüll erscholl, durch dieses Ensemble auf die schuppige Spitze von Ave-Maria; links auf das Haus des Stadtvogtes mit den vier feingemeißelten Türmchen, im Hintergrund auf das eigentliche Hôtel de Saint-Pol selbst mit seinen vielfachen Fassaden, mit all dem Zierat, womit die Zeiten es von Karl dem Fünften an nach und nach schmückte, mit den zwitterhaften Auswüchsen, die die Baumeister zweier

Jahrhunderte erdacht hatten, mit den Apsiden aller seiner Kapellen, mit den Giebeln seiner Galerien, seinen unzähligen Wetterfahnen und seinen zwei hohen aneinanderstoßenden Türmen, deren kegelförmige Dächer aus einem Zinnenkranz aufstiegen und jenen spitzen Hüten glichen, deren Krempe in die Höhe geschlagen ist.

Wanderte das Auge die Stufen dieses Amphitheaters von Palästen weiter hinauf, nachdem es die tiefe Schlucht übersprungen hat, die die Rue Saint-Antoine in die Dächer der Neustadt gegraben hat, so leuchtete ihm – wenn wir auch fernerhin nur das wesentlichste hervorheben wollen – der Palast der Angoulême entgegen, eine riesige Gebäudemasse, die aus verschiedenen Zeiten stammte. Einige Teile waren ganz neu und weiß und fügten sich nicht besser in das Ganze wie ein roter Fleck auf einer blauen Weste. Das merkwürdig spitze und hohe Dach des neuen Palastes aber, von kunstvollen Wasserspeiern starrend, mit Bleiplatten gedeckt, in denen seltsame Arabesken von eingelegtem, vergoldetem Kupfer funkelten, dieses so eigenartig damaszierte Dach hob sich anmutig aus den düsteren Trümmern des alten Gebäudes, dessen dicke Türme, von oben bis unten geplatzt und ausgebaucht wie Weinfässer, vor Alter in sich zusammensanken und aussahen wie Schmerbäuche mit aufgeknöpften Westen. Dahinter erhob sich der Wald von Turmspitzen des Palais des Tournelles. Es gab auf der Erde, weder in Chambord noch in Alhambra, keinen zauberhafteren, luftigeren Anblick als diesen Wald von spindelförmigen Türmchen, Schornsteinen, Wetterfahnen, Spiralen, Schnecken, durchbrochenen Laternen, durch die der Himmel leuchtete und die wie mit Locheisen gestemmt schienen, und Glockentürmchen in allen erdenklichen Formen, Größen und Stellungen. Das Schloß glich einem riesigen, steinernen Schachbrett.

Rechts von ihm stand eine Gruppe ungeheurer, kohlschwarzer Türme, einer dicht am andern; ein im Kreis um sie herumlaufender Graben schnürte sie gewissermaßen zusammen. Dieser Burgfried, der mehr Schießscharten als Fenster, eine immer hochgerichtete Zugbrücke und ein immer gesenktes Fallgitter hatte, war die Bastille. Die schwarzen Schnäbel, die sich zwischen den Zinnen hindurchstreckten und von weitem wie Wasserspeier aussahen, waren Kanonen.

Unter den Rohren dieser Geschütze, gerade zu Füßen des furchtbaren Gebäudes, lag zwischen zwei Türmen eingeklemmt die Pforte Sainte-Antoine.

Hinter dem Palais des Tournelles dehnten sich, einem samtnen Teppich gleich, königliche Parks und Blumengärten, die sich bis an die Mauer Karls des Fünften erstreckten. In ihrer Mitte war der berühmte Irrgarten, den Ludwig der Elfte seinem Arzt Coictier geschenkt hatte, deutlich am Labyrinth seiner Bäume und Alleen zu erkennen. Die Sternwarte des Arztes, die sich hoch aus dem Grün erhob, sah aus wie eine große, einsame Säule mit einem Häuschen als Kapitell. In dieser Werkstatt wurde unheilvolle Astrologie betrieben. Hier befindet sich heute die Place Royale.

Das Viertel der Paläste, von dem wir versucht haben, dem Leser in großen Zügen eine Vorstellung zu geben, füllte, wie wir schon sagten, den Winkel aus, den Seine und Stadtmauer Karls des Fünften im Osten bildeten. Das Zentrum der Neustadt bestand aus Häusern des Volkes. Dort mündeten die drei Brücken, die von der Cité herüberführten, und wo Brücken sind, entstehen eher Häuser als Paläste. Eine gewisse Schönheit war auch dieser Masse von bürgerlichen Behausungen eigen, die dicht gedrängt standen wie Zellen in einem Bienenstock. Die Dächer einer Großstadt haben etwas von der Großartigkeit der Meereswogen. Die sich kreuzenden und windenden Straßen zogen hunderterlei kurzweilige Muster durch den ungeheuren Häuserblock. Um die Markthallen herum bildeten sie einen Stern mit unzähligen Strahlen. Die Rue Saint-Denis und die Rue Saint-Martin stiegen nebeneinander mit ihren zahlreichen Verzweigungen wie zwei große Bäume, deren Äste sich ineinander verschränkten, nach oben.

Und über das Ganze schlängelten sich gewunden die Rue de la Plâtrerie, Rue de la Verrerie, Rue de la Tixeranderie und so weiter. Schöne Gebäude hoben sich hier und da über die versteinerten Wogen dieses Giebelmeeres. Da war am Kopf des Pont aux Changeurs, hinter dem die Wasser der Seine unter den Rädern des Pont aux Meuniers schäumten, das Châtelet, kein römischer Turm mehr, wie zu Zeiten Julian Apostatas, aber ein feudaler Turm aus dem dreizehnten Jahrhundert. Er war aus so festem Stein gebaut, daß eine Hacke drei Stunden brauchte, um ein paar Finger breit in ihn einzudringen. Da war der prächtige, viereckige Glockenturm von Saint-Jacques de la Boucherie mit den vom Reichtum der Steinornamente abgestumpften Winkeln. Im fünfzehnten Jahrhundert war er noch unvollendet, aber schon ein herrliches Bauwerk. (Es fehlten ihm vor allem die vier Ungeheuer, die noch heute an seinen Dachecken hocken und wie vier Sphinxe dreinschauen, die dem neuen Paris das Rätsel des alten Paris zu raten geben. Der Bildhauer Rault hat sie erst 1526 dort oben angebracht und hat zwanzig Francs für seine Mühe bekommen.) Da war das Pfeilerhaus an jener Place de Grève, die wir unsern Lesern schon beschrieben haben; da war Saint-Gervais, das seither durch eine Pforte von ›gutem Geschmack‹ verschandelt ist; Saint-Méry, dessen alte Bögen fast noch echte Rundbögen waren; Saint-Jean, dessen prächtige Spitze schon sprichwörtlich war; da waren zwanzig andere Bauten, die sich nicht scheuten, ihre Wunder in diesem Irrgarten schwarzer, enger, tiefer Straßen zu vergraben. Denkt euch die gemeißelten Steinkreuze hinzu, die noch zahlreicher an den Straßenkreuzungen angebracht waren als Galgen; den Friedhof Saints-Innocents, dessen Mauerkrönung in der Ferne über den Dächern aufragte; den Pranger an den Markthallen, dessen Dachfirst man zwischen zwei Schornsteinen der Rue de la Cossonnerie sah, die Treppe an der Croix-du-Trahoir mit ihrer von Menschenmassen stets schwarzen Kreuzung; die kreisförmig um den Kornmarkt angelegten Hütten, die Trümmer der alten Stadtmauer Philipp-Augusts, die, von Häusern halb erdrückt, hier und dort den Blicken begegneten, einmal in Gestalt eines von Efeu zernagten Turmes, ein andermal als ein zerfallenes Tor, ein drittes Mal als schiefgesunkene, zerbröckelnde Mauerfläche; den Kai mit seinen ungezählten Läden und blutigen Schlächtereien, die Seine voller Schiffe vom Port au Foin bis zum For-l'Évêque, und ihr habt ein undeutliches Bild vom Zentrum der Neustadt um 1482.

Ein drittes Element im Bild dieser Neustadt — neben dem Viertel der Paläste und dem der Wohnhäuser — war ein weiter Halbkreis von Abteien, der sie von Osten bis Westen fast ununterbrochen umzog und sie innerhalb der befestigten Mauern mit einem zweiten Wall von Klöstern und Kapellen umgab. Und unmittelbar am Parke der Tournelles, zwischen der Rue Saint-Antoine und der alten Rue du Temple, befand sich Sainte-Catherine mit ihrem gewaltigen Bau, nur durch die Stadtmauer von Paris abgegrenzt. Zwischen der alten und der neuen Rue du Temple, in der Mitte eines weiten, eingezäunten Platzes, stand der hoch aufgerichtete, einsame Temple, ein düstres Bündel von Türmen. Zwischen der Rue Neuve-du-Temple und der Rue Saint-Martin erhob sich inmitten ihrer Gärten eine herrliche, befestigte Kirche, die Abtei Saint-Martin, deren Türmekranz und Glockenturmkrone in Kraft und Glanz nur von Saint-Germain des Prés übertroffen wurde. Zwischen der Rue Saint-Martin und der Rue Saint-Denis lag das Dreieinigkeitskloster und schließlich zwischen der Rue Saint-Denis und der Rue Montorgueil das Kloster Filles-Dieux. Der ungepflasterte Bereich des Mirakelhofes, den man daneben erspähen konnte, war mit seinen verfaulten Dächern das einzige unwürdige Glied in dieser Gott wohlgefälligen Kette von Klöstern, Kapellen und Glockentürmen.

In dem Winkel schließlich, den Fluß und Stadtmauer im Westen in Talrichtung bildeten, lag der Louvre und ihm zu Füßen eine zweite dichte Gruppe von Palästen. Auch dieses vierte Viertel hob sich deutlich von der Masse der Dächer des rechten Ufers ab. Der alte Louvre Philipp-Augusts war ein übermäßig großes Gebäude, um dessen mächtigen Hauptturm sich dreiundzwanzig stattliche Türme scharten, von den kleinen Türmen ganz zu schweigen. Von weitem schien er eingeschlossen in den gotischen Dachgestühlen des Hôtel d'Alençon und des Petit-Bourbon. Diese Hydra mit den vierundzwanzig immer hochgestreckten Köpfen, mit den ungeheuren Rücken, deren geschuppte Panzer aus Schiefer und Blei in metallischem Glanz funkelten, diese Riesenwächterin von Paris war ein überwältigender Abschluß des Stadtbildes im Westen.

Und dann vermischte und verschmolz zu einem Bild, was von den Römern *insula* genannt wurde, eine riesige Masse bürgerlicher Häuser, die rechts und links von zwei Palastblökken, einerseits vom Louvre, andererseits vom Palais des Tournelles begrenzt und im Norden von einem langen Gürtel von Abteien und bestellten Gärten umsäumt wurde. Über diesen unzähligen Gebäuden, deren Schiefer- und Ziegeldächer bizarre Ketten ineinanderschnitten, sah man die tätowierten, geprägten und verzierten Glockentürme der vierundzwanzig Kirchen des rechten Ufers; dazwischen unzählige Straßen, wo auf der einen Seite ein Saum von hohen Mauern mit viereckigen Türmen (die Türme der Universitätsstadt waren im Gegensatz dazu rund) und auf der anderen Seite die Seine, zerschnitten durch Brücken und bedeckt von vielen Kähnen, die Grenze bildete: Das war die Stadt im fünfzehnten Jahrhundert.

Jenseits der Mauern drängten sich um die Stadttore herum ein paar Vorstädte, aber es waren weniger als in der Universitätsstadt. Hinter der Bastille schmiegten sich zwanzig baufällige Hütten um die eigenartigen Skulpturen der Croix-Foubin und um die Strebebögen der Abtei Saint-Antoine des Champs; dahinter lag Popincourt, verloren in den Getreidefeldern; Courtille, das fröhliche Weindorf; der Marktflecken Saint-Laurent mit seiner Kirche, deren Glockenturm von weitem eins zu werden schien mit den spitzen Türmen der Porte Saint-Martin; die Vorstadt Saint-Denis mit dem großen Kloster Saint-Ladre; hinter der Porte Montmartre, umgeben von weißen Mauern, die Grange-Batelière; dahinter, mit seinen Kreideabhängen, Montmartre, das damals fast ebenso viele Kirchen hatte wie Mühlen, von denen nur die Mühlen erhalten sind, denn die heutige Gesellschaft verlangt nur nach Nahrung für den Körper; schließlich erblickt man über den Louvre hinweg, mitten in die Wiesen gestreckt, die schon damals sehr ansehnliche Vorstadt Saint-Honoré, die grüne Petit-Bretagne und den ausgedehnten Marché-aux-Pourceaux mit der schauerlichen runden Ofenstelle in der Mitte, die dazu diente, die Falschmünzer zu verbrühen. Zwischen Courtille und Saint-Laurent blieb das Auge an einer Anhöhe hängen, die sich aus ödem Brachland erhob und mit einem Gebäude gekrönt war, das von weitem einem zerfallenen Säulengang mit bloßgelegtem Unterbau glich. Es war weder ein Parthenon noch ein Tempel des olympischen Jupiter; es war der Montfaucon.

Wenn sich das Bild des alten Paris nicht schon im Entstehen durch die Aufzählung der vielen Gebäude im Geiste des Lesers wieder zersetzt hat, so wollen wir es uns mit wenigen Worten noch einmal als Ganzes vergegenwärtigen. Im Mittelpunkt die Île de la Cité, einer riesigen Schildkröte vergleichbar, die ihre schuppigen Pfoten in Gestalt von fünf häuserbelasteten Brücken unter dem grauen Rückenschild der Dächer hervor nach den beiden Ufern des Flusses ausstreckt; zur Linken die trapezförmige feste, dichte, gepreßte starre Masse der Universitätsstadt; zur Rechten der ungeheure Halbkreis der Neustadt, der durch seine Gärten und Baudenkmäler einen viel bewegteren Anblick bietet; alle drei Teile, Cité, Universitätsstadt und Neustadt, von einem Adernetz unzähliger Straßen durchzogen; quer hindurchströmend die Seine – die ernährende Seine, wie Vater du Breul sie nennt –, ihre Wasser durch Inseln gespalten, durch Brücken gehemmt, mit Schiffen belastet; rings um die Stadtmauern herum eine ungeheure

Ebene, die in hunderterlei Arten von Feldern und Anpflanzungen zerteilt und mit schönen Dörfern besät ist; links Issy, Vanvres, Vaugirard, Montrouge, Gentilly mit seinem runden und seinem viereckigen Turm, und so weiter; rechts zwanzig andere Dörfer von Conflans bis zu Ville-l'Évêque. Am Horizont ein kreisförmiger Saum von Hügeln, der die Ebene wie der Rand eines mächtigen Beckens umgibt; ganz fern die sieben eckigen Türme von Vincennes im Osten, die spitzen Türmchen von Bicêtre im Süden, die Turmspitze von Saint-Denis im Norden und der Burgfried von Saint-Cloud im Westen. Auf ein solches Paris haben die Raben, die um 1482 lebten, aus der Höhe der Türme von Notre-Dame niedergeschaut.

Und dabei ist es diese Stadt, von der Voltaire gesagt hat, daß sie vor Ludwig dem Vierzehnten nur schöne Monumente besaß: die Kirche der Sorbonne, die Kirche von Val-de Grâce, den modernen Louvre und – an das vierte kann ich mich nicht mehr erinnern, vielleicht der Luxembourg. Glücklicherweise hat Voltaire trotzdem ›Candide‹ geschrieben, und er ist es auch, der in der langen Kette der Menschheitsfolge das diabolischste Lachen besitzt. Dies ist der Beweis, daß man ein großes Genie sein kann und dabei nichts von einer Kunst versteht, die nicht die eigene ist. Glaubte Molière nicht Raphael und Michelangelo große Ehre zuteil werden zu lassen, indem er sie ›diese Zierengel ihrer Epoche‹ nannte?

Kehren wir zu Paris und zum fünfzehnten Jahrhundert zurück.

Dieses Paris war damals nicht nur schön, es war auch einheitlich, ein künstlerisches und geschichtliches Erzeugnis des Mittelalters, eine steinerne Chronik. Zwei Stile nur beherrschten die Stadt, der romanische und der gotische. Der römische Stil war längst verschwunden; nur an den Thermen des Julian schaute noch etwas davon durch die mittelalterliche Kruste hindurch.

Vom keltischen Stil aber fanden sich keine Proben mehr,

selbst nicht in der Tiefe der Erde beim Ausschachten der Brunnen.

Fünfzig Jahre später, als die Renaissance die blendende Pracht ihrer Erfindungen, das ausschweifende Gemisch ihrer römischen Rundbogen, griechischen Säulen und gotischen Elemente, ihre zarten, idealen Skulpturen, ihre Vorliebe für Arabesken und Akanthusblätter, den architektonischen Paganismus der Lutherzeit in diese strenge und doch so wechselvolle Einheit hineingetragen hatte, war Paris vielleicht noch schöner, wenn auch weniger harmonisch für Auge und Geist. Diese Schönheit war aber nur von kurzer Dauer. Die Renaissance war nicht vorurteilsfrei; sie begnügte sich nicht mit dem Bauen, sie wollte auch niederreißen. Freilich brauchte sie Platz. Hatte sich doch auch das gotische Paris seiner höchsten Vollendung nur einen Augenblick erfreuen dürfen. Saint-Jacques de la Boucherie war kaum vollendet, als man begann, den alten Louvre niederzureißen.

Seitdem ist die große Stadt von Tag zu Tag häßlicher geworden. Das gotische Paris, das das romanische Paris verdrängt hatte, wurde nun seinerseits verdrängt. Wie aber soll man das Paris nennen, das an seine Stelle getreten ist?

Die Tuilerien – das ist das Paris der Katharina von Medici, das Rathaus – das ist das Paris Heinrichs des Zweiten, beide Gebäude noch von großem Geschmack; die Place Royale mit Ziegelsteinfassaden bei verputzten Ecken und Dächern aus Schiefer und dreifarbige Häuser – das ist das Paris Heinrichs des Vierten, Val-de-Grâce, eine zusammengepreßte und gedrungene Architektur mit Bögen, die an Korbhenkel erinnern, mit Säulen, die bauchig, und Kuppeln, die bucklig erscheinen – das ist das Paris Ludwigs des Dreizehnten; der Invalidendom, groß, reich, vergoldet und kalt – das ist das Paris Ludwigs des Vierzehnten; die Kirche Saint-Sulpice, mit steinernen Windmühlen, Schleifenbändern, Wolken, Fadennudelgebilden und Gekröseltem – das ist das Paris Ludwigs des Fünfzehnten; das Panthéon, eine schlechte Kopie von Sankt

Peter in Rom (das Gebäude hat sich links gesenkt, und das hat wiederum seine Linienführung nicht veredelt) – das ist das Paris Ludwigs des Sechzehnten; die École de médecine, ein Gebäude von armseligem griechisch-römischen Geschmack – in der Architektur ›Revolutions-Stil‹ genannt –, das dem Kolosseum oder dem Parthenon ähnelt wie etwa die Verfassung des Jahres III den Gesetzen des Minos – das ist das Paris der Republik; die Place Vendôme, großartig mit der aus Kanonen gegossenen bronzenen Säule – das ist das Paris Napoleons; die Börse, eine sehr weiße Kolonnade mit einem sehr glatten Fries, das ganze ist viereckig und hat zwanzig Millionen gekostet – das ist das Paris der Restauration.

An jedem dieser charakteristischen Bauwerke hing, in Geschmack, Haltung und Form gleich, eine gewisse Anzahl Häuser, die, verstreut in den verschiedensten Vierteln, vom Kenner leicht erkannt und klassifiziert werden. Den Geist eines Jahrhunderts und die Physiognomie eines Königs findet man, wenn man zu sehen versteht, selbst in einem Türklopfer.

Paris hat heute keinen allgemeinen Charakter. Es ist eine Mustersammlung mehrerer Jahrhunderte; die schönsten Muster aber sind verschwunden. Das Wachstum von Paris zeigt sich nur noch in einer Zunahme der Häuser, und was für Häuser! Wenn man so fortfährt, wird es sich alle fünfzig Jahre einmal erneuern. Die geschichtliche Bedeutung seiner Bauwerke verwischt sich deshalb mehr und mehr; die Denkmäler alter Zeiten werden immer seltener, und es scheint, daß die neuen Häuser sie verschlingen. Unsere Väter lebten in einem Paris aus Stein, unsere Enkel werden in einem Paris aus Gips leben. Und was die modernen Denkmäler des neuen Paris betrifft, so verzichten wir gern darauf, über sie zu reden. Nicht, daß wir sie nicht gebührend bewundern! Die Kirche Sainte-Geneviève von Monsieur Soufflot ist sicherlich das schönste Biskuitgebäck, was je aus Stein hergestellt wurde. Der Palast der Ehrenlegion ist gleichfalls ein sehr ehrwürdiges Stück der Zuckerbäckerkunst. Die Kuppel des Kornmarktes ist eine englische

Jockeymütze auf einer großen Leiter. Die Türme von Saint-Sulpice sind zwei große Klarinetten, und das ist doch eine Form wie jede andere auch. Die Telegrapheneinrichtung, krumm und verzerrt, bildet eine liebenswürdige Unebenheit auf dem Dach. Die Kirche Saint-Roch hat eine Pforte, die ihres Prunkes wegen nur noch mit Saint-Thomas d'Aquin vergleichbar ist. In einem Keller befinden sich ein hocherhabener Kalvarienberg und eine vergoldete Sonne. Das alles sind prächtige Dinge. Die Laterne im Labyrinth des Jardin des Plantes ist ebenfalls sehr ausgeklügelt. Und was das Palais de la Bourse anbelangt, das griechisch durch seine Kolonnade, römisch durch die Rundbögen seiner Türen und Fenster und Renaissance durch seinen großen Korbbogen ist, so ist es zweifellos ein sehr korrektes und reines Denkmal. Der Beweis dafür ist, daß es durch eine Attika gekrönt wird, wie selbst Athen sie niemals sah, eine schöne, gerade Linie, anmutig hier und da durch Ofenrohre unterbrochen. Man muß hinzufügen, wenn es die Norm ist, die Architektur der Funktion eines Gebäudes so anzupassen, daß diese Funktion beim bloßen Anblick des Gebäudes sichtbar wird, so kann man nicht genug über ein Monument staunen, das gleichzeitig Königspalast, Unterhaus, Rathaus, Kolleg, Reitschule, Akademie, Lager, Gericht, Museum, Kaserne, Gruft, Tempel und Theater sein könnte! Einstweilen ist es nur eine Börse. Außerdem muß ein Gebäude dem Klima angepaßt sein. Offensichtlich ist dieses hier speziell für unser kaltes und regnerisches Wetter gebaut worden. Es hat, wie im Orient, ein fast flaches Dach und wird im Winter, wenn es schneit, gekehrt. Es ist ganz normal, daß ein Dach gemacht ist, um gekehrt zu werden. Und was die Funktion, von der wir gerade sprachen, anbelangt, so erfüllt es sie ausgezeichnet; es ist in Frankreich Börse, wie es in Griechenland ein Tempel hätte sein können. Es ist wahr, der Architekt hatte größere Mühe, das Gehäuse der Uhr, die die Reinheit der schönen Linien der Fassade zerstört hätte, zu verstecken. Dafür hat man aber nun diese um das ganze Gebäude gehende Kolonnade, unter der sich in großen Tagen religiöser Feierlichkeiten, der Aufzug der Geldwechsler und Geschäftsunterhändler majestätisch entfalten kann.

Das sind zweifellos ganz großartige Denkmäler. Fügen wir dem noch manche schöne Straße, lustig und bunt wie die Rivoli hinzu, so bin ich überzeugt, daß Paris, vom Balkon aus gesehen, einst fähig sein wird, dem Auge Linienreichtum, Detailüppigkeit und Bildervielfalt zu bieten; dieses unfaßbare Etwas, Größe in der Einfachheit und Unerwartetes in der Schönheit, das, was ein Schachbrett charakterisiert.

So bewundernswert euch dieses neue Paris nun auch erscheinen mag, so versucht doch, euch das Paris des fünfzehnten Jahrhunderts in Gedanken wieder aufzubauen. Seht, wie das Tageslicht durch diese wunderbare Hecke aus spitzen, durchbrochenen Türmen scheint; seht, wie die Seine sich sichtbar überall in dieser ungeheuren Stadt, zerrissen an der Spitze der Inseln, in ihrem schillernden Schlangengewand mit den großen gelben und grünen Flecken durch die Brückenbogen drängt; seht, wie sich das gotische Profil des alten Paris gegen die blaue Ferne abhebt. Denkt euch die Stadt im Winter, wenn der Nebel an den zahllosen Schornsteinen hängt; denkt sie euch in dunkler Nacht, wenn Licht und Finsternis im Irrgarten der Straßen ein seltsames Spiel miteinander treiben; denkt sie euch vom Mond beschienen, verschwommen im bleichen Dunst, aus dem nur die Türme klar ihr Haupt erheben; denkt sie euch als schwarze Silhouette, verstärkt den Schatten der tausend spitzen Winkel der Türme und Giebel, laßt diese Silhouette, zerklüfteter als die Zähne eines Haies, gegen das glühende Abendrot hervortreten – und dann vergleicht!

Wollt ihr aber einen Eindruck von der alten Stadt genießen, den euch die neue nimmermehr geben kann, so stellt euch vor, ihr stieget am Morgen eines großen Festes, eines Ostertages oder Pfingsttages, auf einen hohen, alles beherrschenden Punkt, um dem Erwachen des Festgeläuts zu lauschen. Der

Himmel weckt es auf; denn im Augenblick, da die Sonne emportaucht, geht ein Zittern durch all die unzähligen Kirchen. Ein leises Anklingen zieht von der einen zur andern, wie das Zeichen, das sich die Musikanten geben, wenn das Stück beginnen soll. Da seht ihr plötzlich – denn es gibt Augenblicke, wo das Ohr zu sehen vermeint –, wie sich aus jedem Turm, einer Rauchsäule gleich, die Töne lösen. Die Klangwellen jeder Glocke steigen, zuerst getrennt von den andern, senkrecht und rein in den lichten Morgenhimmel hinauf. Im Anschwellen aber mischen sie sich, verschmelzen miteinander und verlieren sich im herrlichen Zusammenklang. Jetzt flutet, wogt und wirbelt über der Stadt eine einzige große Schallwelle, die unaufhörlich aus den zahllosen Glockentürmen quillt und ihre betäubenden Schwingungen weit über den Horizont hinausschickt. Dieses Meer des Wohlklangs aber ist kein Chaos. Sei es auch noch so groß und tief, seine Durchsichtigkeit hat es nicht verloren. Ihr seht, wie jede Tonreihe sich hindurchschlängelt; ihr könnt die grelle und die dunkle Stimme der hohen und der tiefen Glocke in ihrem Zwiegespräch unterscheiden; ihr könnt die Oktavensprünge von einem Turm zum andern verfolgen; ihr schaut, wie sich leicht beflügelte, pfeifende Töne aus der silbernen Glocke emporschwingen und wie stumpfe, gebrochene Töne aus der hölzernen Glocke niederfallen. Da sind die reichen, ununterbrochen auf und nieder steigenden Tonleitern der sieben Glockentürme von Saint-Eustache, von einem leuchtenden Zickzack heller, rascher Töne blitzartig durchkreuzt, da ist die Abtei Saint-Martin, eine schrille, angeschlagene Stimme, und die finstre grämliche der Bastille, der tiefe Tenor des großen Louvre-Turmes, das königliche Glockenspiel mit seinen glänzenden, unermüdlichen Trillern, auf die in abgemessenen Pausen die schweren Schläge der Sturmglocke von Notre-Dame niederfallen, so daß sie Funken sprühen wie ein Amboß unter dem Hammer. In Intervallen seht ihr Töne jeglicher Art vom Dreiklang der Kirche Saint-Germain des Prés vorbeiziehen, und von Zeit zu

Zeit öffnet sich diese Masse erhabener Töne einen Spalt und läßt die schmetternde und sprudelnde Stretta des Ave-Maria wie einen Haarschmuck aus Sternen hindurchleuchten. Ganz in der Tiefe des Tonmeeres aber könnt ihr undeutlich den Gesang unterscheiden, der im Inneren der Kirchen erschallt und durch die Poren ihrer widerhallenden Gewölbe hindurchdringt. – Wahrlich, das ist eine Oper, die zu hören sich lohnt. Am Tage spricht die Stadt für gewöhnlich, in der Nacht atmet sie, jetzt aber singt sie. Horcht dem Zusammenklang aller Glocken, dem sich das Gemurmel einer halben Million Menschen, die ewigen Klagen des Flusses, die unendlichen Seufzer des Windes, das ferne ernste Rauschen der vier Wälder gesellt, die riesigen Orgeln gleich auf den Hügeln am Horizonte stehen! Laßt, wie bei einer Farbenschattierung, das verschwinden, was die große Zentralglocke an zu rauhen und zu spitzen Tönen hören läßt, und sagt, ob ihr auf Erden etwas Köstlicheres, Freudigeres wißt als diesen Aufruhr von Klängen und Tönen, als diese Glut von Wohlklang, als diese zehntausend erzenen Stimmen, die in steinernen Flöten von dreihundert Fuß Höhe alle auf einmal ertönen, als diese Stadt, die in ein Orchester verwandelt ist, als diese Sinfonie, die mit der Macht eines Sturmes erbraust!

Viertes Buch

I
Die guten Seelen

Sechzehn Jahre vor Beginn unserer Geschichte hatte es sich ereignet, daß an einem schönen Sonntag Quasimodo vormittags nach der Messe ein lebendes Wesen auf die linkerhand in der Vorhalle der Kirche von Notre-Dame eingelassene Holzpritsche niedergelegt wurde, dem großen Christophorus gegenüber, vor dem seit 1413 die aus Stein gehauene Figur des Ritters Antoine des Essarts kniet und ihn anschaut, wobei man nun beschlossen hat, beide, den Heiligen und den Anbeter, hinauszuwerfen. Es war üblich, die Findelkinder hier der öffentlichen Barmherzigkeit zur Schau zu stellen. Wer sie nehmen wollte, der nahm sie. Vor dem Holzgestell stand ein kupfernes Opferbecken.

Das Geschöpf, das dort am Sonntag Quasimodo des Jahres 1467 ausgesetzt lag, schien die Neugierde der vielen Leute, die sich um die Pritsche geschart hatten, in hohem Maße zu erregen. Die Gruppe bestand zum größeren Teil aus Vertreterinnen des schönen Geschlechts. Es waren fast lauter alte Weiber.

Vier der eifrigsten unter ihnen, die auch dem Gegenstand der Neugierde am nächsten standen, waren durch ihre grauen Kutten, eine Art Soutane, als Glieder einer frommen Gemeinschaft kenntlich. Ich sehe nicht ein, warum die Namen dieser vier diskreten, ehrwürdigen Fräulein nicht der

Nachwelt überliefert werden sollen: sie hießen Agnès la Herme, Jehanne de la Tarme, Henriette la Gaultière, Gauchère la Violette, waren alle vier Witwen und Ordensschwestern der Kapelle Étienne-Haudry. Mit Erlaubnis ihrer Vorsteherin und im Einklang mit den Vorschriften des Pierre d'Ailly hatten sie ihr Haus verlassen, um die Predigt in Notre-Dame anzuhören.

Wenn die braven Haudry-Schwestern aber die Vorschriften des Pierre d'Ailly eben befolgten, so verstießen sie um so heftiger und gewiß freudigen Herzens gegen die von Michel de Brache und des Kardinals von Pisa, die ihnen so unmenschlicherweise Schweigen auferlegten.

»Was ist denn das, Schwester?« sagte Agnès zu Gauchère und starrte das kleine Wesen an, das, durch die vielen Blicke verängstigt, auf seinem Lager kreischte und zappelte.

»Was soll aus den Menschen werden«, sagte Jehanne, »wenn sie anfangen, solche Kinder zu zeugen?«

»Ich verstehe mich nicht auf Kinder«, entgegnete Agnès, »aber es ist gewiß eine Sünde, dieses hier zu betrachten.«

»Das ist kein Kind, Agnès.«

»Das ist ein verunglückter Affe«, erklärte Gauchère.

»Ein Mirakel ist es«, meinte Henriette la Gaultière.

»Dann ist es das dritte Mirakel seit Lätare«, bemerkte Agnès; »denn vor acht Tagen hatten wir das Mirakel mit dem Spottvogel, der sich über die Pilger lustig machte und von der Mutter Gottes zu Aubervilliers so himmlisch bestraft wurde. Das war schon das zweite Mirakel im Monat.«

»Es ist ein wahres Ungeheuer von Scheußlichkeit, dieses sogenannte Findelkind«, sagte Jehanne.

»Es brüllt, daß ein Chorsänger taub werden könnte«, rief Gauchère. »Sei doch still, kleiner Schreihals!«

»Und so etwas Ungeheures schickt Monsieur de Reims an Monsieur de Paris!« sagte Henriette und faltete die Hände.

»Ich glaube, es ist ein Tier«, erklärte Agnès la Herme, »der Bastard eines Juden und einer Sau; irgend etwas Unchristliches ist es ganz gewiß. Man müßte es ins Wasser oder ins Feuer werfen.«

»Ich hoffe, es kommt niemand auf den Gedanken, es anzunehmen«, sagte die Gaultière.

»Mein Gott«, rief Agnès, »die armen Ammen da unten am Ende der Gasse, im Findelhaus, am Ufer, ganz in der Nähe des Bischofs, wenn sie dem kleinen Ungeheuer die Brust geben sollen! Ich würde lieber einen Vampir säugen.«

»Die liebe Unschuld! Die arme Herme!« warf Jehanne ein. »Seht Ihr denn nicht, Schwester, daß das kleine Ungeheuer wenigstens vier Jahre alt ist? Es würde auf einen Braten sehr viel mehr Appetit haben als auf Eure Brust.«

Es war wirklich kein Neugebornes, das ›kleine Ungeheuer‹. Anders können auch wir es nicht bezeichnen. Es war ein eckiger, sehr beweglicher Klumpen, der in einem Sack steckte. Nur der Kopf guckte heraus. Der Sack war mit dem Namen des Herrn Guillaume Chartier gezeichnet, der damals den Bischofssitz von Paris innehatte. Der Kopf des Findlings war ein mißgestaltetes Ding. Man sah nur einen Wald fuchsroter Haare, ein Auge, einen Mund und Zähne. Das Auge weinte, der Mund schrie, und die Zähne schienen nur Lust zum Beißen zu haben. Das ganze Geschöpf aber strampelte im Sack, und die Menge, die sich beständig vergrößerte und erneuerte, staunte und entsetzte sich darüber.

Die Dame Aloïse de Gondelaurier, eine reiche, adlige Frau, die ein niedliches Mädchen von etwa sechs Jahren an der Hand führte und einen langen, wallenden Schleier an der goldnen Spange ihrer Haube trug, hielt im Vorübergehen den Schritt an und ließ den Blick kurz auf dem unglücklichen Geschöpf ruhen, während Fleur-de-Lys de Gondelaurier, ihre reizende, kleine Tochter, die ganz in Samt und Seide gehüllt war, mit dem zierlichen Finger die Buchstaben nachzog, die an der Pritsche das Wort ›Findelkinder‹ bildeten.

»Wirklich«, sagte die Dame und wandte sich voll Ekel ab, »ich dachte, hier würden nur Kinder ausgesetzt.«

Im Gehen warf sie in das Opferbecken einen Silbertaler, der mit hellem Klang auf die Heller fiel. Die armen Ordensschwestern der Kapelle Étienne-Haudry machten große Augen.

Kurz darauf ging der ernste, gelehrte Robert Mistricolle, Protonotarius des Königs, vorüber. Unter einem Arm trug er sein riesiges Meßbuch, am anderen Arm hing seine Frau. (Demoiselle Guillemette la Mairesse), und also hatte er seinen geistigen und seinen weltlichen Lenker zur Seite.

»Findelkind!« sagte er, nachdem er das Objekt prüfend betrachtet hatte. »Offenbar am Ufer des Phlegethon gefunden!«

»Man sieht nur ein Auge«, bemerkte seine Frau, »über dem andern hat er eine Warze.«

»Das ist keine Warze«, entgegnete Magister Robert Mistricolle; »das ist ein Ei, in dem ein zweiter ähnlicher Dämon sitzt. Der trägt wieder ein Ei mit einem weiteren Dämon und so fort.«

»Woher wißt Ihr das?« fragte Guillemette la Mairesse.

»Das schließe ich aus dem Sachbestand«, erwiderte der Protonotarius.

»Herr Protonotarius«, fragte Gauchère, »was bringt uns dieses angebliche Findelkind?«

»Großes Unglück«, antwortete Mistricolle.

»Ach, du lieber Gott«, rief ein altes Weib aus der Menge, »voriges Jahr haben wir erst eine große Pest gehabt, und dieses Jahr sollen die Engländer in Massen in Harefleu landen.«

»Ihr sollt sehen, die Königin kommt im September wahrscheinlich nicht nach Paris«, fiel eine andere Alte ein, »die Geschäfte gehen so schon schlecht genug!«

»Ich glaube«, rief Jehanne de la Tarme, »es wäre besser für das Volk von Paris, wenn dieser kleine Hexenmeister da auf einem Reisigbündel statt auf einem Brett läge.«

»Auf einem schönen flammenden Reisigbündel!« fügte die Alte hinzu.

»Das könnte nichts schaden!« sagte Mistricolle.

Ein junger Priester lauschte schon eine Weile auf das Gerede der Haudry-Schwestern und die Aussprüche des Protonotarius. Er hatte strenge Züge, eine hohe Stirn und einen tiefen Blick. Still bahnte er sich einen Weg durch die Menge, sah sich den *kleinen Hexenmeister* prüfend an und legte die Hand über ihn. Es war die höchste Zeit; denn die frommen Weiber leckten sich schon alle Finger nach dem *schönen flammenden Reisigbündel.*

»Ich nehme dieses Kind an«, sagte der Priester.

Er nahm es in seine Soutane und ging mit ihm von dannen. Entgeistert starrten ihm die Umstehenden nach. Einen Augenblick später war er durch die Porte-Rouge verschwunden, die damals aus der Kirche in das Kloster führte.

Als die erste Überraschung sich gelegt hatte, flüsterte Jehanne de la Tarme der Gaultière ins Ohr: »Habe ich es Euch nicht gesagt, Schwester? Der junge Kleriker, Monsieur Claude Frollo, ist ein Hexenmeister.«

II
Claude Frollo

Claude Frollo war wirklich kein ganz gewöhnlicher Mensch.

Er gehörte zu einer jener mittleren Familien, die man in der unverschämten Sprache des vorigen Jahrhunderts gleichgültige Großbourgeoisie oder niederen Adel nannte. Die Familie hatte von den Gebrüdern Paclet die dem Bischof von Paris lehnspflichtige Besitzung Tirechappe geerbt, deren einundzwanzig Häuser im dreizehnten Jahrhundert vor dem bischöflichen Gerichtshof so viele Reden gehalten hatten. Als Inhaber dieses Lehens war Claude Frollo einer von den einhunderteinundvierzig Grundherren von Paris und Umgebung. Deshalb konnte man lange Zeit seinen Namen in dem Grundbuch, das in Saint-Martin des Champs aufbewahrt wurde, zwischen dem

Hôtel de Tancarville, das Meister François le Rez gehörte, und dem Kolleg von Tours lesen.

Seine Eltern hatten ihn von Kindheit an zum geistlichen Stande bestimmt. Man hatte ihn das Lesen auf lateinisch gelehrt und ihn erzogen, leise zu sprechen und die Augen niederzuschlagen. Er war noch klein, als sein Vater ihn auf die Universität brachte und ihn in das Kolleg von Torchi sperrte. Dort war er zwischen Meßbuch und Wörterbuch groß geworden.

Er war übrigens ein ernstes, feierliches, trauriges Kind, das leidenschaftlich studierte und leicht lernte. In den Pausen verhielt er sich still, nahm kaum teil an den Orgien in der Rue du Fouarre. Selten machte er sich über die armen Scholaren von Montaigu, bekleidet mit weiten Capes, denen sie auch ihren Namen verdanken, oder über die Stipendiaten des Kollegs von Dormans, wegen ihrer glattrasierten Tonsuren und ihrer Uniformen zu je ein Drittel blau, grün und violett, azurini coloris et bruni, wie die Charta des Kardinals der Quatre-Couronnes sie nennt, lustig, wußte nicht, was dare alapas et capillos laniare[1] war, und hatte bei dem Aufruhr von 1463, der in den Jahrbüchern gewichtig als ›Sechste Störung an der Universität‹ verzeichnet steht, keinerlei Rolle gespielt.

Um so eifriger war er in den Grund- und Hochschulen der Rue Jean-de-Beauvais. Wenn der Abt von Saint-Pierre de Val sein Pult bestieg, um seine Vorlesung über kanonisches Recht zu halten, so war der erste Schüler, den er sich gegenüber an einem Pfeiler der Schule Saint-Vendregesile sitzen sah, unfehlbar Claude Frollo. Er war mit seinem hörnernen Tintenfaß bewaffnet, kaute an seiner Feder, kritzelte in dem Heft auf seine am Knie zerschlissene Hose und blies sich im Winter in die Hände. Der erste Zuhörer, den Herr Miles d'Isliers, Doktor des kirchlichen Rechts, jeden Montagmorgen, wenn die Türen der Schule von Chef-Saint-Denis geöffnet wurden, atemlos herbeieilen sah, war Claude Frollo.

[1] lat., Ohrfeigen geben und Haare raufen.

So hätte der junge Kleriker schon mit sechzehn Jahren in der mystischen Theologie vor einem Kirchenvater, in der kanonischen vor einem Mitglied eines Konzils, in der scholastischen vor einem Doktor der Sorbonne gewiß bestehen können.

Aus der Theologie hatte er sich in das kanonische Recht gestürzt. Vom Meister der Sentenzen war er auf die Kapitularien Karls des Großen gekommen. In seinem brennenden Wissensdurst hatte er Dekretalien auf Dekretalien hinuntergeschluckt, die des Bischofs Theodorus von Sevilla, die des Bischofs Burkhard von Worms, die des Bischofs Yves von Chartres, dann das Dekret Gratians, das auf die Kapitularien Karls des Großen folgte; dann die Sammlung Gregors des Neunten und dann den Hirtenbrief ›Super specula‹ Honorius' des Dritten. Er machte sich die weite und stürmische Zeit klar und vertraut, wo das bürgerliche und kirchliche Recht im Kampf und Arbeit im Chaos des Mittelalters miteinander rangen, jene Zeit, die der Bischof Theodorus 618 eröffnete und Papst Gregor 1227 beschloß.

Als er die Dekretalien verdaut hatte, warf er sich auf die Medizin und die Freien Künste. Er studierte die Wissenschaft der Arzneikräuter und Salben. Er wurde Experte in der Behandlung von Fieber, Quetschungen, Brüchen und Geschwüren. Er hatte bei Jacques d'Espars ein Diplom als Mediziner und Physiker und bei Richard Hellain als Chirurg erhalten. Er durchlief alle Universitätsgrade und erhielt das Diplom und die Doktorwürde der Künste. Ebenso gründlich betrieb er die Sprachen und studierte Lateinisch, Griechisch, Hebräisch, ein dreifaches Heiligtum, das damals wenige betraten. Er war von einem wahren Fieber des Lernens besessen, wollte sich das ganze Gebiet der Wissenschaft aneignen und alle ihre Schätze in sich aufhäufen. Als er achtzehn Jahre alt war, hatte er die vier Fakultäten hinter sich. Das letzte Ziel des Lebens schien diesem jungen Mann: Wissen.

Um jene Zeit – es war im Sommer 1466 – geschah es, daß

durch die ungewöhnliche Hitze eine große Pestseuche ausbrach, die in der Grafschaft Paris vierzigtausend Menschen dahinraffte. Darunter war, wie Jean de Troyes sagt: ›Magister Arnoul, des Königs Astrolog, ein gar guter, weiser und spaßhafter Mann.‹ In der Universität verbreitete sich das Gerücht, die Rue Tirechappe sei besonders von der Krankheit heimgesucht. Dort wohnten die Eltern von Claude inmitten ihrer Besitzung. Der junge Scholar lief in großer Angst zum väterlichen Haus. Er fand Vater und Mutter als Leichen; sie waren am Abend vorher gestorben. Ein kleiner Bruder, der noch in den Windeln lag, war verschont geblieben und schrie ganz verlassen in seiner Wiege. Das Kindchen war alles, was ihm von seiner Familie übrigblieb. Er nahm es auf den Arm und verließ nachdenklich das Haus. Bis zu diesem Tage hatte er nur der Wissenschaft gelebt; jetzt fing das wirkliche Leben an, ihn zu ergreifen.

Diese Katastrophe führte eine Krise im Dasein des jungen Mannes herbei. Mit neunzehn Jahren war er Waise und als ältester Bruder Familienoberhaupt. Aus den Träumereien der Schule fühlte er sich brutal in die Wirklichkeit versetzt. Er wurde vom Mitleid gepackt, und in seinem Herzen erwachte eine leidenschaftliche Zuneigung zu dem Kind, das sein Bruder war; ein süßes, seltsames Gefühl für einen, der nur die Liebe zu den Büchern gekannt hatte.

Sein Gefühl wuchs erstaunlich; es nahm in seiner unberührten Seele die Formen einer ersten Liebe an. Der arme Scholar hatte von Kindheit auf seine Eltern entbehrt, hatte sie kaum gekannt, hatte klösterlich wie von Büchern ummauert gelebt, hatte nur darauf gesonnen, seinen Geist durch die Wissenschaften zu weiten und seine Einbildungskraft durch die Werke der Dichter zu stärken. Er war nicht dazu gekommen, sein Herz kennenzulernen. Der kleine, verwaiste Bruder, der ihm so plötzlich in den Schoß fiel, machte ihn zu einem neuen Menschen. Er kam zu der Erkenntnis, daß es auf der Welt noch anderes gab als die Theorien der Sorbonne und die

Verse Homers. Er fühlte, daß der Mensch der Liebe bedarf, daß Leben ohne Zärtlichkeit und Liebe ein ungeöltes, kreischendes Räderwerk ist. Nur war er der Meinung, es sei an der Liebe zu den Blutsverwandten genug, und die Zuneigung zu einem kleinen Bruder reiche aus, ein ganzes Leben zu erfüllen. Denn er war noch in dem Alter, wo verlorene Illusionen sich durch neue Illusionen ersetzen.

So versenkte er sich mit der ganzen Leidenschaft seines tiefen, eifrigen, verschlossenen Wesens in die Liebe zu dem kleinen Jehan. Das niedliche, rosige, blondlockige, gebrechliche Geschöpf, das arme, verwaiste Kind, dem ein anderer Verwaister als einzige Stütze blieb, erschütterte ihn bis ins innerste Mark. Die Gedanken des ernsten Denkers umfaßten Jehan mit unendlichem Erbarmen, und er sorgte für ihn wie für ein sehr zerbrechliches Ding, das ihm sehr warm ans Herz gelegt war. Er wurde dem Kinde mehr als ein Bruder, er wurde ihm eine Mutter.

Der kleine Jehan war noch nicht entwöhnt, als seine Mutter ihm entrissen wurde. Claude gab ihn zu einer Amme. Er hatte von seinem Vater außer der Besitzung Tirechappe eine Mühle geerbt, die zum viereckigen Turm von Gentilly gehörte. Sie lag auf einem Hügel in der Nähe des Schlosses von Bicêtre. Die Müllerin säugte ein schönes Kind; die Mühle war von der Universitätsstadt leicht zu erreichen. Claude brachte ihr selbst seinen kleinen Jehan.

Seit er eine Last zu tragen hatte, nahm er das Leben noch ernster. Der Gedanke an seinen kleinen Bruder wurde nicht nur seine Erholung, sondern auch die treibende Kraft bei seinen Studien. Er beschloß, sich ganz dem Dienste Gottes zu weihen, sich niemals zu vermählen, niemals ein Kind zu haben und dem Glück und Fortkommen seines Bruders wie dem eines leiblichen Kindes zu leben. So kam es, daß er sich eifriger denn je seinem geistlichen Beruf zuwandte. Sein Wert, sein Wissen, seine Stellung als unmittelbarer Vasall des Bischofs von Paris öffneten ihm alle Pforten der Kirche. Durch besonderen Erlaß des Heiligen Stuhls wurde er schon mit zwanzig Jahren Priester und verwaltete als der jüngste Kaplan von Notre-Dame den Altar, den man der späten Messen wegen, die dort gelesen wurden, altare pigrorum[1] nannte.

Das für sein Alter hervorragende Wissen und die Strenge seines Wesens machten ihn im Kloster rasch zu einem Gegenstand der Ehrfurcht und Bewunderung. Er vertiefte sich dort mehr denn je in seine geliebten Bücher und verließ sie nur, um ab und zu eine Stunde in der Mühle zu verbringen. Sein Ruf als großer Gelehrter verbreitete sich übers Kloster hinaus ins Volk, und wie das damals oft zu gehen pflegte, wurde im Volksmund aus dem Gelehrten ein Hexenmeister.

Als er an einem Sonntag Quasimodo den faulen Langschläfern ihre späte Messe am Altar neben der Tür vom Chor zum Kirchenschiff rechts, nahe dem Bild der Jungfrau, gelesen hatte, fiel ihm eine Gruppe keifender alter Weiber auf, die um die Holzpritsche herumstanden.

Da geschah, was wir schon erzählten. Er näherte sich dem unglücklichen kleinen Geschöpf, das vom Haß der Weiber bedroht war. Seine Mißgestalt, seine Verlassenheit und Hilflosigkeit erweckten großes Mitgefühl in ihm. Er dachte an seinen geliebten kleinen Jehan und stellte ihn sich auf diesem Brette liegend vor, elend und verlassen, weil er, sein Bruder und Beschützer, gestorben war. Da hatte er den Findling auf den Arm genommen und war mit ihm davongegangen.

Als er das Kind aus dem Sack zog, fand er es sehr verunstaltet. Der arme kleine Teufel hatte über dem linken Auge eine Warze, sein Kopf saß in den Schultern, sein Rückgrat war gewölbt, sein Brustbein vorspringend, seine Beine waren krumm. Aber er schien sehr lebenskräftig, und wenn auch nicht festzustellen war, was für eine Sprache er stotterte, so kündete sein Geschrei doch Kraft und Gesundheit an. Die Häßlichkeit des Kindes steigerte Claudes Mitgefühl, und er gelobte sich, es um seines Bruders willen zu erziehen. Mochten

[1] lat., Altar der Faulen.

die künftigen Fehler des kleinen Jehan sein, welche sie wollten; die um seinetwillen geübte Barmherzigkeit würde ihm Gnade erwirken. Es war eine Art Kapitalsanlage in guten Werken, die er auf den Namen seines Bruders einzahlen wollte. Es war eine Börse, die er im voraus mit edlen Handlungen zu füllen dachte, für den Fall, daß es dem kleinen Kerl eines Tages an der Münze fehlen sollte, mit der allein man den Eintritt ins Paradies bezahlen kann.

Er taufte das angenommene Kind und nannte es Quasimodo, sei es zum Gedächtnis des Tages, an dem er es gefunden hatte, sei es, um durch diesen Namen die noch kaum sichtbare unvollkommene Körperbildung des armen kleinen Geschöpfes zu bezeichnen. Der einäugige, bucklige, krummbeinige Quasimodo war wirklich nur ein ›Quasi‹.

III

Immanis pecoris custos, immanior ipse[1]

Anno 1482 also war Quasimodo längst herangewachsen. Er läutete schon seit mehreren Jahren die Glocken von Notre-Dame und war Glöckner dank seines Adoptivvaters, Claude Frollo, mittlerweilen Erzdechant von Josas durch die Gunst seines Lehnsherren Louis de Beaumont, der selbst 1472, nach dem Tode von Guillaume Chartier, Bischof von Paris wurde und dies wiederum seinem Herrn, Olivier le Daim, Barbier König Ludwigs des Elften, verdankte.

Quasimodo war also Glöckner von Notre-Dame.

Im Laufe der Jahre hatten sich zwischen dem Glöckner und der Kirche merkwürdig vertraute Beziehungen gebildet. Das doppelte Verhängnis seiner Mißgestalt und seiner unbekannten Herkunft zog einen zweifachen unüberbrückbaren Kreis um den Unglücklichen, in den er seit seiner Kindheit gebannt war und der ihn für immer von der übrigen Welt trennte. So

[1] lat., Ungeschlacht ist die Herde, ungeschlachter der Hüter.

kam es, daß er sich daran gewöhnte, nicht über die heiligen Mauern hinauszusehen, die ihn barmherzig in ihren Schatten aufgenommen hatten. Notre-Dame war für ihn im Laufe seines Wachstums und seiner Entwicklung nacheinander Ei, Nest, Haus, Vaterland und Weltall.

Irgendein geheimnisvolles, vorbestimmtes Zusammenklingen war sicher zwischen ihm und der gewaltigen Kirche. Wenn er sich als Kind in Krümmungen und Windungen und mit plötzlichen Seitensprüngen unter den düsteren Wölbungen hinschleppte, so schien er mit seinem Menschenantlitz und seinem tierischen Gliederbau das angestammte Reptil dieser feuchten, dunklen Steinfliesen zu sein, auf denen die Schatten der romanischen Kapitelle so seltsame Formen bildeten.

Als er sich später zum erstenmal gedankenlos an das Glockenseil hing und dadurch die Glocke in Bewegung setzte, da hatte sein Adoptivvater Claude den Eindruck, die Zunge des Knaben habe sich gelöst und er fange an zu sprechen.

So verwuchs er immer inniger mit der Kirche, lebte in ihr, schlief in ihr und verließ sie fast nie. Der ununterbrochene geheimnisvolle Druck, den sie auf ihn ausübte, formte ihn allmählich nach ihrem Bilde, so daß er nach und nach zum notwendigen Bestandteil des mächtigen Bauwerks wurde und sich darin einkapselte. Die vorspringenden Ecken seiner Gestalt fügten sich gewissermaßen in die zurückspringenden Ekken des Gebäudes ein, so daß er nicht nur dessen Bewohner, sondern auch dessen natürlicher Inhalt zu sein schien. Er hatte sich, der Schnecke gleich, die die Form ihres Hauses annimmt, der Form der alten Kirche angepaßt. Sie war seine Wohnung, sein Loch, seine Hülle. Zwischen ihm und ihr bestand eine so natürliche tiefe Übereinstimmung, eine so magnetische stoffliche Verwandtschaft, daß er mit ihr verwachsen schien wie die Schildkröte mit ihrer Schale. Der Dom war sein Rückenschild.

Wir brauchen wohl den Leser nicht darauf aufmerksam zu

machen, daß er die Bilder nicht allzu wörtlich nehmen darf, mit denen wir die merkwürdige, fast stoffliche Zusammengehörigkeit, das Gleichmaß, das Unbedingte eines Menschen und eines Bauwerks anschaulich zu machen suchten. Wir brauchen wohl auch kaum zu sagen, wie vertraut diesem Menschen der Dom im langen, engen Zusammenleben wurde. Er war seine natürliche, ureigenste Behausung; keine Tiefe, in die Quasimodo nicht eingedrungen wäre, keine Höhe, die er nicht erklettert hätte. Mehr als einmal hatte er, nur mit Hilfe der vorspringenden Skulpturen, die mehrstufige Fassade erklommen. Die Türme, diese hohen, drohenden, furchtbaren Zwillinge, jagten ihm weder Schrecken noch Schwindel ein. Oft sah man ihn, einer Eidechse gleich, die an einer senkrechten Mauer emporgleitet, an ihnen hochklettern. Sie waren gefügig unter seiner Hand; sie ließen sich leicht von ihm ersteigen; es war, als habe er sie gezähmt. Das viele Spielen, Springen und Klettern an den Abgründen des riesigen Domes hatte ihn beinahe zum Affen und zur Gemse gemacht. Es war etwas vom kalabresischen Kind an ihm, das schwimmt, ehe es laufen lernt, und schon in jungen Jahren mit dem Meere spielt.

Nicht nur sein Körper, sondern auch sein Geist schien sich nach dem Dom gestaltet zu haben. Wie es aber in dieser Seele aussah, welche Falten sie gebildet, welche Formen sie unter dieser verkrüppelten Hülle, in diesem wilden Leben angenommen, das wäre schwierig herauszufinden. Quasimodo war einäugig, bucklig, hinkend geboren. Es hatte Claude Frollo unendliche Mühe und Geduld gekostet, ihn das Sprechen zu lehren. Aber das arme Kind war vom Mißgeschick verfolgt. Es wurde mit vierzehn Jahren Glöckner von Notre-Dame, und in diesem Beruf ereilte ihn ein neues Gebrechen. Die Glocken hatten ihm das Trommelfell zersprengt, er war taub geworden. Die einzige Pforte in die Welt, die die Natur ihm offengelassen, hatte sich plötzlich für immer geschlossen.

Damit wurde auch dem einzigen Lichtstrahl, dem einzigen Freudenbringer, der in die Seele Quasimodos eindringen konnte, der Weg abgeschnitten. Tiefe Nacht brach über diese Seele herein. Die Schwermut des Unglücklichen wurde unheilbar und vollendete seine Unförmigkeit. Dazu kam noch, daß seine Taubheit ihn bis zu einem gewissen Grade stumm machte. Denn um seinen Nebenmenschen keine Gelegenheit zum Lachen zu geben, hüllte er sich vom Augenblick an, da sein Gehör versagte, in standhaftes Schweigen. Er brach es fast nur, wenn er allein war. Freiwillig band er die Zunge, die Claude Frollo mit so viel Mühe gelöst hatte. Daher war sie, wenn er sich einmal zum Sprechen gezwungen sah, schwer und ungeschickt wie eine Tür mit verrosteten Angeln.

Wollten wir nun versuchen, durch diese dicke, harte Schale bis in die Seele Quasimodos vorzudringen, wäre es uns gegeben, die Tiefen seines mißglückten Organismus zu ergründen, mit einer Fackel hinter die undurchsichtige Hülle zu leuchten und das Dunkel des verschlossenen Inneren mit seinen finsteren Winkeln und seltsamen Sackgassen zu durchforschen, könnten wir ein plötzliches, helles Licht auf die gefesselte Seele in dieser Höhle werfen, so würden wir sie gewiß verkrüppelt und rachitisch in einer elenden Stellung finden, hokkend wie jene Gefangenen unter den Bleidächern von Venedig, die in einer zu kurzen und zu niedrigen steinernen Schachtel altern.

In einem mißgestalteten Körper muß der Geist verkümmern. Quasimodo fühlte nur unbestimmt und unbewußt, daß sich eine Seele in seinem Innern regte. Die Bilder der Außenwelt verschoben sich stark, ehe sie in seine Geisteswelt eindrangen. Sein Gehirn war merkwürdig beschaffen; alle Gedanken, die es durchkreuzten, kamen verwirrt und verzerrt zum Vorschein. Die Anschauungen, die so entstanden, mußten notwendig verschroben sein.

So kam er zu optischen Täuschungen, zu falschen Schlußfolgerungen, zu Vorstellungen, die bald toll, bald einfältig waren.

Die erste Folge dieser verhängnisvollen Anlage war sein getrübter Blick. Die Dinge wirkten nicht unmittelbar auf sein Auge. Die Außenwelt schien ihm viel weiter entfernt als uns.

Eine zweite Folge seines Unglücks war seine Schlechtigkeit.

Er war schlecht, weil er verwildert war; er war verwildert, weil er häßlich war. Seine Natur war ebenso folgerichtig wie die unsere.

Seine ungewöhnliche Kraft förderte seine Schlechtigkeit. Malus puer robustus,[1] sagt Hobbes.

Man muß so gerecht sein, anzunehmen, daß ihm die Schlechtigkeit nicht angeboren war. Von klein auf hatte er gehört – und später hatte er es gesehen –, wie die Menschen ihn beschimpften, zurückstießen und verhöhnten. Er kannte das menschliche Wort nur als Spott oder Fluch. Seit er herangewachsen war, fühlte er sich von Haß umgeben. Dieser Haß hatte sich ihm mitgeteilt. Die allgemeine Schlechtigkeit hatte ihn schlecht gemacht. Er hatte die Waffe genommen, mit der ihm seine Wunden geschlagen wurden.

Nach all dem wandte er sich den Menschen nur zögernd zu; sein Dom genügte ihm. Die marmornen Könige, Bischöfe und Heiligen, die Notre-Dame bevölkerten, lachten ihm zumindest nicht spöttisch ins Gesicht und hatten nur ruhige, wohlwollende Blicke für ihn. Die anderen Bildsäulen, die Ungeheuer und Dämonen, haßten Quasimodo nicht. Er war ihnen nur allzu ähnlich. Sie spotteten eher der anderen Menschen. Die Heiligen waren seine Freunde und segneten ihn; die Ungeheuer waren seine Freunde und beschützten ihn. Er pflog lange Unterredungen mit ihnen und kauerte oft stundenlang in einsamem Geplauder vor einer der Gestalten. Wenn ihn jemand dabei überraschte, so entfloh er wie ein Verliebter, der bei einem Ständchen ertappt wird.

Der Dom ersetzte ihm nicht nur die menschliche Gesellschaft, er ersetzte ihm die Natur, die ganze Welt. Er ersehnte sich keine anderen Blütenbäume als die bunten Fenster, die immer blühten, keinen anderen Schatten als den des steiner-

[1] lat., Ein starker Knabe ist leicht bösartig.

nen Blattwerks, das sich mit Vögeln beladen um die sächsischen Kapitelle rankte. Es verlangte ihn nach keinen anderen Bergen als nach den mächtigen Türmen der Kirche, nach keinem anderen Ozean als nach dem brausenden Paris zu ihren Füßen.

Eins aber liebte er an dem mütterlichen Gebäude vor allem, das waren die Glocken. Sie weckten und beflügelten seine arme Seele, die in ihrer Hülle so entsetzlich zusammengepfercht war, sie gaben ihm zuweilen ein wirkliches Glücksgefühl; er liebte sie, streichelte sie, sprach mit ihnen und verstand sie. Alle hatte er sie ins Herz geschlossen, vom Glockenspiel des Vierungsturmes an bis zur großen Glocke der Portalseite. Der Vierungsturm und die beiden großen Türme waren für ihn drei gewaltige Vogelkäfige. Die Vögel darin hatte er erzogen; sie sangen nur für ihn. Dieselben Glocken aber hatten ihn taub gemacht; so lieben die Mütter oft das Kind am zärtlichsten, das ihnen die größten Schmerzen bereitet hat.

Die Stimmen der Glocken freilich waren die einzigen Laute, die er noch hören konnte. In dieser Hinsicht war die große Glocke sein Liebling. Er zog sie der ganzen anderen Schar lärmender Töchter vor, die ihn an Festtagen umtobten. Diese große Glocke hieß Marie. Sie hing im südlichen Turm, allein mit ihrer Schwester Jacqueline, einer kleineren Glocke, die in einem engeren Käfig neben der großen Schwester hauste. Diese Jacqueline trug ihren Namen nach der Frau von Jean de Montagu, der sie der Kirche geschenkt hatte, was ihn nicht davor schützte, auf dem Montfaucon um einen Kopf kürzer gemacht zu werden. Im zweiten Turm hingen sechs andere Glocken; sechs kleine Glocken aber und die Holzglocke, die nur in der Karwoche geläutet wurde, wohnten im Vierungsturm. Quasimodo hatte also fünfzehn Glocken in seinem Serail; die große Marie aber war die Favoritin.

Man kann sich schwer eine Vorstellung von dem Jubel machen, der ihn an Tagen großen Geläuts erfüllte. Wenn der Erzdechant ihn freiließ und zu ihm sagte: »Geh!«, dann sprang er die Wendeltreppe schneller hinauf, als ein anderer sie hinuntergelaufen wäre. Atemlos trat er in das luftige Gemach der großen Glocke, betrachtete sie einen Augenblick voll Andacht und Liebe, sprach dann sanft zu ihr, klopfte sie zärtlich mit der Hand, als sei sie ein gutes Pferd, dem ein langer Ritt bevorsteht, und bemitleidete sie um der Mühsal willen, die sie erdulden sollte. Nach diesen ersten Liebkosungen rief er seinen Gehilfen im unteren Stockwerk des Turmes zu, sie möchten anfangen. Die Männer hängten sich an die Seile, die Winde kreischte, und langsam setzte sich die erzene Riesin in Bewegung. Quasimodo folgte ihr erregt mit den Blicken. Das Gerüst, auf dem er stand, erbebte, wenn der Klöppel zum erstenmal gegen die metallenen Wände schlug. Quasimodo vibrierte mit der Glocke. »Vorwärts!« schrie er unter wahnsinnigem Gelächter. Die Bewegung der großen, dicken Glocke wurde lebhafter, und je mehr sich der Winkel weitete, den sie durchlief, desto weiter öffnete sich auch das Auge des Quasimodo, bis es in Phosphorglanz funkelte. Endlich erhob sich das große Geläut. Der Turm bebte von der obersten Steinrampe mit den Dreipässen bis hinab zu den Grundpfählen. Holz, Blei und Steine hallten dröhnend wider. Quasimodo kochte und schäumte; er ging hin und her; er zitterte wie der Turm vom Kopf bis zu den Füßen. Die wütende entfesselte Glocke zeigte abwechselnd der einen und der anderen Turmwand ihren erzenen Schlund, aus dem das Sturmgeheul drang, das man vier Meilen weit hörte. Quasimodo stellte sich vor diesen offenen Schlund. Er kauerte sich zusammen und hob sich wieder, wenn die Glocke zu ihm zurückkam, sog ihren stürmischen Atem ein, sah einmal in die Tiefe hinunter auf den Platz mit seinem Ameisengewimmel und einmal auf die riesige, kupferne Zunge, die ihm eine Sekunde um die andere in die Ohren brüllte. Es war das einzige Wort, das zu ihm dringen konnte, der einzige Ton, der seine große Stille durchbrach. Er plusterte sich auf wie ein Vogel in der Sonne. Plötzlich packte ihn die Raserei der Glocke; sein Blick wurde ungeheuerlich; wie eine Spinne der Fliege lauerte er der Riesin auf, und als sie an ihm vorüberschwang, warf er sich mit einem Ruck blindlings über sie. Er klammerte sich an das erzene Ungetüm, preßte es zwischen seinen Knien, spornte es an mit seinen Fersen, und über dem Abgrund hängend, mitgerissen im gewaltigen Schwunge, verdoppelte er diese Raserei durch den Druck und das Gewicht seines Körpers. Der Turm schwankte; Quasimodo schrie und knirschte mit den Zähnen; seine roten Haare sträubten sich; seine Brust keuchte wie ein Blasebalg am Schmiedefeuer; sein Auge blitzte; die ungeheure Glocke wieherte und schnaubte unter ihm. Das war keine große Glocke von Notre-Dame, kein Quasimodo mehr; das war ein Traum, ein Wirbel, ein Sturm; ein Taumelritt auf dem Lärm, ein Dämon, der auf einem fliegenden Ungeheuer hockte; ein seltsamer Zentaur, halb Mensch, halb Glocke; ein grauenhafter Astolphe, auf einem ungeheuren Roßgreif aus lebendiger Bronze hinweggetragen.

Das Dasein dieses seltsamen Wesens machte den ganzen Dom merkwürdig lebendig. Ein geheimnisvoller Zauber – so wenigstens schien es dem vergröbernden Aberglauben der Menge – ging von ihm aus und durchdrang das alte Gebäude wie ein bebender Pulsschlag bis in seine steinernen Eingeweide hinein. Schon das Bewußtsein seiner Gegenwart erweckte die Vorstellung, als lebten und bewegten sich die zahllosen Bildsäulen der Galerien und Portale. Die alte Kirche schien in der Tat unter seinen Händen ein gefügiges, gehorsames Geschöpf; sie wartete auf seinen Wink, ehe sie ihre mächtige Stimme erschallen ließ; sie war von Quasimodo durchdrungen und besessen wie von einem Hausgeist. Er hauchte ihr Odem ein, so daß man vermeinte, sie atmen zu sehen; er war überall; er war vielfältig, an allen Stellen des Monuments. Bald sah man mit Entsetzen, wie ein seltsamer Zwerg sich an einem der Türme auf- und niederschlängelte, auf alien vieren hochkletterte, von Vorsprung zu Vorsprung hüpfte, senkrecht abwärts rutschte oder im Bauch eines steinernen Ungeheuers herumstöberte: Es war Quasimodo, der Rabennester ausnahm. Bald stieß man im Halbdunkel der Kirche gegen eine Art lebenden Dämon, der grimmig in einer Ecke hockte: Es war Quasimodo, der seinen Gedanken nachhing. Bald erblickte man unter einem der Glockentürme einen riesigen Kopf und ein Bündel ungeordneter Glieder, die wild an einem Seile schaukelten: Es war Quasimodo, der zum Vespergebet oder zum Angelus läutete. Nachts sah man oft eine scheußliche Gestalt auf der schmalen durchbrochenen Rampe herumirren, die die Türme krönt und den Rand der Apsis umsäumt: Auch das war der Bucklige von Notre-Dame. Die Nachbarn wollten wissen, daß der Dom in solchen Stunden ein geisterhaftes, übernatürliches, schreckliches Aussehen habe. Man sah, wie sich hier und dort Augen und Münder öffneten; man hörte die steinernen Hunde und Ungetüme bellen, die mit gestrecktem Hals und aufgerissenem Maul Tag und Nacht den ungeheuren Dom bewachen. In der Heiligen Nacht nun gar, wenn um Mitternacht die große Glocke mit röchelndem Ton die Gläubigen zur Messe rief, sah die düstere Fassade so grimmig drein, daß man meinte, die Rosette starre die herbeiströmende Menge an und die große Pforte verschlinge sie. An alledem war Quasimodo schuld. Die alten Ägypter würden ihn für den Gott des Tempels gehalten haben, das Mittelalter machte ihn zu seinem Dämon – in Wahrheit war er seine Seele.

Darum erscheint Notre-Dame heute allen, die von Quasimodos geschichtlicher Existenz wissen, verlassen, leblos und tot. Sie fühlen, daß etwas fehlt. Der riesige Körper ist hohl; er ist ein Skelett. Der Geist hat ihn verlassen; es bleibt nur die Stätte, wo er gehaust; es bleibt ein Schädel mit leeren Augenhöhlen – die Augen sind verschwunden.

IV
Der Hund und sein Herr

Einen Menschen aber gab es, auf den sich Quasimodos boshafter Haß nicht ausdehnte: das war Claude Frollo. Er liebte ihn ebenso heiß, vielleicht noch heißer als seinen Dom.

Das war sehr begreiflich. Claude Frollo hatte ihn aufgenommen, hatte ihn adoptiert, ernährt und erzogen. Als er noch klein war, hatte er sich zu Claude Frollo geflüchtet, wenn Kinder und Hunde hinter ihm her kläfften. Claude Frollo hatte ihn sprechen, lesen und schreiben gelehrt. Claude Frollo war es auch, der ihn zum Glöckner gemacht hatte. Quasimodo aber mit der großen Glocke vermählen, das hieß, einem Romeo seine Julia geben.

Quasimodos Dankbarkeit war deshalb tief, leidenschaftlich und grenzenlos; sie war immer ungetrübt geblieben, wenn auch das Antlitz seines Adoptivvaters oft streng und finster blickte, wenn seine Worte auch kurz, hart und gebieterisch zu sein pflegten. Quasimodo war dem Erzdechanten der unterwürfigste aller Sklaven, der gefügigste aller Diener, der wachsamste aller Hunde. Als der arme Glöckner taub geworden war, bildete sich zwischen ihm und Claude Frollo eine geheimnisvolle Zeichensprache heraus, die jedem andern unverständlich blieb. So war der Erzdechant das einzige menschliche Wesen, mit dem Quasimodo sich verständigen konnte. Er hatte keinen anderen Verkehr auf Erden als Notre-Dame und Claude Frollo.

Die Macht, die der Erzdechant über den Glöckner ausübte, war ohnegleichen, ohnegleichen auch die Treue, mit welcher der Glöckner dem Erzdechanten zugetan war. Seinem Herrn zu Gefallen hätte er sich von der Höhe der Domtürme herabgestürzt, dazu hätte es nur eines Zeichens von Claude bedurft. Es war höchst merkwürdig, wie blind Quasimodo seine ganze riesige Körperkraft dem Willen eines andern unterwarf. Gewiß waren kindliche Zuneigung und häusliche Anhänglichkeit im Spiel dabei; aber auch der Zauber wirkte mit, den ein Geist auf den andern ausübte. Eine arme, linkische, ungefüge Seele stand demütig gebückt und mit flehenden Augen vor einem großen, tiefen, mächtigen und überlegenen Verstand. Die größte Triebkraft aber war die Dankbarkeit, eine Dankbarkeit, die so bis zum äußersten gesteigert war, daß es schwer wäre, einen Maßstab dafür zu finden. Unter den Menschen hat diese Tugend nicht die schönsten Blüten getrieben. Darum wollen wir sagen, daß Quasimodo den Erzdechanten treuer liebte, als je ein Hund, ein Pferd oder ein Elefant seinen Herrn geliebt hat.

V

Noch einmal Claude Frollo

1482 war Quasimodo etwa zwanzig, Claude Frollo sechsunddreißig Jahre alt; der eine war herangewachsen, der andere war gealtert.

Claude Frollo war nicht mehr der arglose Student des Collège Torchi, der zärtliche Beschützer eines kleinen Kindes, der junge, verträumte Philosoph, der vieles wußte und vieles nicht ahnte. Er war ein mürrischer, ernster, strenger Priester und hatte viele Seelen zu hüten. Der Erzdechant von Josas, der zweite Akolyth des Bischofs, war Seelsorger der Dekanate Montlhéry und Châteaufort und hatte hundertvierundsiebzig Landpfarrer unter sich. Er war eine finstere, ehrfurchtgebietende Persönlichkeit. Wenn er langsam, nachdenklich und majestätisch unter den hohen Sitzbogen des Chores hinschritt, die Arme auf der Brust gekreuzt und den Kopf so tief geneigt, daß man von seinem Gesicht nur die hohe, kahle Stirn sah, dann zitterten die Chorknaben im Dienst und außerhalb, die Chorführer, die Augustiner Ordensbrüder und die jungen Kleriker von Notre-Dame vor ihm. Dom Claude Frollo hatte aber keineswegs die beiden Beschäftigungen aufgegeben, die den Hauptinhalt seines Lebens bildeten: die Wissenschaft und die

Erziehung seines jungen Bruders. Nur hatte sich mit der Zeit etwas Bitterkeit in diese süßen Aufgaben gemischt. ›Auch der beste Speck wird einmal ranzig‹, sagte Paulus Diaconus. Der kleine Jehan Frollo mit dem Beinamen ›von der Mühle‹, den er um des Ortes willen trug, wo er seine Milch gesogen hatte, war nicht die Wege gegangen, die Claude ihn hatte weisen wollen. Der ältere Bruder hatte auf einen frommen, gefügigen, lernbegierigen, ehrbaren Schüler gerechnet. Aber wie die jungen Bäume, die den Anstrengungen des Gärtners spotten und hartnäckig der Seite zuwachsen, wo Luft und Sonne herkommen, so trieb der kleine Bruder seine vollen, üppigen Zweige nur nach der Richtung der Faulheit, Unwissenheit und Ausschweifung hin. Ein zuchtloser, kleiner Teufel war er, Dom Claude mußte oft die Stirn runzeln; aber auch ein drolliger Schlaukopf, und Dom Claude konnte oft ein Lächeln nicht unterdrücken. Er hatte ihn dem Kolleg von Torchi anvertraut, wo er seine jungen Jahre zurückgezogen und mit Studien verbracht hatte, und es tat ihm bitter weh, daß der Name Frollo, der diesem Heiligtum einst Ehre gemacht hatte, ihm jetzt große Schande bereitete. Er hielt Jehan oft lange und ernste Strafreden, die dieser freundlich über sich ergehen ließ. Der junge Taugenichts war im Grunde gutmütig wie die Taugenichtse, die in der Komödie auftreten. War aber die Predigt vorüber, so nahm er ruhig seine Flegeleien und seine abscheulichen Streiche wieder auf. Bald war er dabeigewesen, wenn ein eben an der Universität gelandeter Grünschnabel zum Willkommen verhauen wurde, eine Sitte, die man sorgfältig bis heute fortgepflanzt hat; bald war er beim Überfall der Anführer einer Scholarenbande, die sich auf klassische Art und Weise, quasi classico excitati, über eine Weinschenke hergemacht hatte, den Wirt mit schweren Stöcken verprügelt und die Schenke lustig geplündert hatte, bis die Weinfässer in dem Keller zusammenfielen. Dann kam der Diener des Kollegs von Torchi mit kläglicher Miene zu Dom Claude und überbrachte ihm einen schönen lateinischen Bericht mit der schmerzlichen

Randbemerkung: ›Rixa, prima causa vinum optimum potatum.‹[1] Schließlich sagte man auch – schrecklich bei einem Kind von sechzehn Jahren –, daß seine Ausschweifungen ihn oft bis in die Rue de Glatigny trieben.

So wurde Claude in seiner Liebe zu den Menschen von Kummer und Enttäuschung heimgesucht, und darum warf er sich mit um so glühenderem Eifer der Wissenschaft in die Arme. Diese Schwester verlachte ihn wenigstens nicht und vergalt ihm seine Mühen, wenn auch oft mit recht trockenen Gegengaben. Er wurde immer gelehrter und, was die natürliche Folge davon war, ein immer strengerer Priester und ein Mensch mit immer trüberem Sinn. Unser Geist, unsere Lebensführung und unser Temperament entwickeln sich im Einklang miteinander, und nur große Umwälzungen in unseren Geschicken pflegen diesen Einklang zu stören.

Da Claude Frollo seit seiner Jugend beinahe den ganzen Kreis des menschlichen Wissens, soweit es feststehend und erlaubt war, durchforstet hatte, mußte er notgedrungen weiterschweifen und neue Nahrung für seinen unersättlichen Geist finden, solange er nicht stehenblieb ubi defuit orbis.[2] Das alte Sinnbild von der Schlange, die sich in den Schwanz beißt, paßt vor allem auf die Wissenschaft. Claude Frollo wird das wohl an sich erfahren haben. Die verschiedensten glaubwürdigen Menschen haben erzählt, daß er schließlich, nachdem er nach und nach alle Äpfel vom Baum der Erkenntnis gekostet hatte, entweder aus Hunger oder aus Ekel in die verbotene Frucht biß. Wie unsere Leser bemerkt haben, belegte er nach und nach die Theologiefächer der Sorbonne, wohnte den Zusammenkünften der Kunstanhänger, im Sinne von Saint-Hilaire, den Streitgesprächen der Dekretalisten, im Geiste Saint-Martins, den Versammlungen der Ordensgesellschaft der Ärzte am Weihbecken von Notre-Dame (ad cupam Nostræ Dominae) bei. Alles, was die vier großen Küchen, die man die

[1] lat., Rauferei; Veranlassung: Man wollte sich vom besten Weine volltrinken.
[2] lat., wo die Welt zu Ende ist.

vier Fakultäten nennt, einem Geist an erlaubten und erprobten Speisen bieten konnten, das hatte er verschlungen, und sein Hunger war noch nicht gestillt, als schon der Überdruß anfing, ihn zu quälen. Da hatte er begonnen, weiter unterhalb dieser abgeschlossenen, materiellen und begrenzten Wissenschaft zu bohren. Vielleicht hatte er seine Seele dabei aufs Spiel gesetzt; vielleicht ist er in der Höhle an der geheimnisvollen Tafel der Alchimisten, Astrologen und Hermetiker zu Gast gewesen, an der im Mittelalter Averroës, Guillaume de Paris und Nicolas Flamel am Kopfende saßen und die, bis in den Orient verlängert, im Lichte des siebenarmigen Leuchters, zu Salomo, Pythagoras und Zoroaster führte.

So wenigstens behaupteten die Gerüchte, vielleicht mit Recht, vielleicht mit Unrecht.

Gewiß ist, daß der Erzdechant oft den Friedhof Saints-Innocents besuchte, wo seine Eltern, zusammen freilich mit den anderen Opfern der Pest von 1466, begraben lagen, daß aber seine Andacht weniger dem Kreuz zu gelten schien, das dieses Massengrab bezeichnete, als den seltsamsten Gestalten, die das benachbarte Grabmal des Nicolas Flamel und der Claude Pernelle schmückten.

Gewiß ist, daß man ihn oft die Rue des Lombards hinuntergehen und verstohlen in ein kleines Haus an der Ecke Rue des Écrivains-Rue Marivault schlüpfen sah. Nicolas Flamel hatte es einst gebaut und war um 1417 darin gestorben. Seitdem hatte es immer unbewohnt gestanden und fing schon an zu verfallen; denn die Alchimisten aus aller Herren Länder konnten es nicht lassen, ihre Namen in die Mauern einzugraben und sie dadurch zu zerrütten. Ein paar Nachbarn wollten sogar durch ein Kellerloch beobachtet haben, wie der Erzdechant Claude einmal in den beiden Gewölben, deren Pfeiler Nicolas Flamel selbst mit Versen und Hieroglyphen bekritzelt hatte, die Erde umgrub und durchwühlte. Man war des Glaubens, Flamel habe in diesen Kellern den Stein der Weisen vergraben, und die Alchimisten zweier Jahrhunderte, von Magistri bis zu Père Pacifique, wurden nicht müde, den Boden mit ihren Spaten zu martern, bis das so grausam unterwühlte und durchstöberte Haus zu Staub zerfiel.

Sicher ist es auch, daß der Erzdechant eine merkwürdige Leidenschaft für das symbolische Portal von Notre-Dame hatte, für diese Seite aus einem Zauberbuch, die der Bischof Guillaume de Paris in Stein schreiben ließ. Das höllische Titelblatt, mit dem der Kirchenfürst das fromme Lied verunglimpfte, das der ganze übrige Dom ewig zur Ehre des Höchsten singt, wird ihm wohl die ewige Verdammnis eingetragen haben. Dem Erzdechanten wurde auch nachgesagt, er wisse den riesigen steinernen Christophorus und die rätselhafte lange Bildsäule am Eingang des Domhofs zu deuten, die vom Volk spöttisch ›Monsieur Legris‹[1] genannt wurde. Alle Welt aber konnte beobachten, wie Dom Claude stundenlang auf der Brüstung des Domhofs saß und die Skulpturen des Portals betrachtete. Bald vertiefte er sich in die törichten Jungfrauen mit ihren umgestürzten, bald in die klugen Jungfrauen mit ihren hochgehobenen Lampen. Ein andermal berechnete er den Augenwinkel des Raben links am Portal, dessen Blick auf einen geheimnisvollen Punkt in der Kirche gerichtet ist. Man glaubt sicher, daß man den Stein der Weisen entweder an diesem Punkt oder in den Kellern des Nicolas Flamel zu suchen hatte. Ein merkwürdiges Geschick war es, das der Kirche Notre-Dame zu jener Zeit zwei so ungleiche Getreue schenkte, die ihr beide mit solcher Inbrunst und aus so verschiedenen Gründen ergeben waren. Quasimodo, der wilde Halbmensch, liebte ihre Schönheit, ihre Gestalt, die Harmonie, die aus dem großartigen Ganzen strömte; Claude, mit seiner leidenschaftlichen und gelehrten Vorstellungskraft, liebte die Idee, die sie verkörperte, ihren Mythos, ihre Bedeutung, die in den Skulpturen ihrer Fassade verstreuten Symbole, wo, wie in einem Palimpsest, der erste Text unter dem zweiten erahnbar bleibt, kurz, das ganze Rätsel, das sie ewig dem Verstande aufgeben wird.

[1] frz., der graue Herr.

Sicher ist, daß der Erzdechant sich in dem Turm, der auf die Place de Grève geht, dicht neben dem Glockenverschlag, eine kleine versteckte geheime Zelle hergerichtet hatte, die, wie man sagte, selbst der Bischof nicht ohne seine Erlaubnis betrat. Die Zelle, die beinahe auf der höchsten Höhe des Turmes zwischen den Rabennestern lag, verdankte ihre Entstehung dem Bischof Hugo de Besançon, der seinerzeit Zauberkünste darin betrieben hatte. Was sie umschloß, wußte niemand; aber man hatte oft von den Ufern des Flusses aus beobachtet, daß nachts in dem kleinen Fenster an der Rückseite des Turmes ein seltsamer roter Feuerschein in gleichmäßigen, kurzen Pausen aufleuchtete. Er schien eher von einer Herdflamme als von einer Lampe herzurühren und machte den Eindruck, als folge er dem schnaubenden Atem eines Blasebalgs. Das hatte in solcher Höhe und zu nächtlicher Stunde etwas Unheimliches, und die Klatschweiber sagten: »Seht, der Erzdechant bläst ins Feuer; da oben prasselt die Hölle.«

Schließlich waren das aber alles keine schlagenden Beweise dafür, daß er sich der Zauberei ergeben hatte; es war nur gerade Rauch genug, um auf ein Feuer schließen zu können, und so stand der Erzdechant in recht schlimmem Ruf. Wir dürfen jedoch nicht unerwähnt lassen, daß die schwarze Kunst, die Geisterbeschwörung und jegliche Hexerei, auch die weißeste und unschuldigste, keinen wütenderen Feind, keinen unerbittlicheren Anzeiger beim Official von Notre-Dame hatte als Dom Claude. War das nun aufrichtiges Entsetzen oder nur der Kunstgriff des Räubers, der schreit: ›Fang den Dieb!‹ — die gelehrten Köpfe des Domkapitels sahen jedenfalls in dem Erzdechanten eine in den Vorhof der Hölle geratene Seele, die in der Finsternis der geheimen Wissenschaften und in der Höhle der Zauberkünstler herumtappte. Auch das Volk ließ sich nichts weismachen. Jeder nur halbwegs Einsichtige hielt Quasimodo für den bösen Geist und Claude Frollo für den Hexenmeister. Es war offenkundig, daß der Glöckner verpflichtet war, dem Erzdechanten für eine gewisse Zeit zu dienen, und daß er nach Ablauf dieser Frist zum Lohn für die geleisteten Dienste seine Seele entführen werde. Bei den Frommen stand er auch in schlechtem Leumund; selbst die unerfahrensten unter ihnen ließen sich durch die außerordentliche Strenge seiner Lebensführung nicht beirren und witterten den Schwarzkünstler in ihm.

Hatten sich mit zunehmendem Alter in seiner Wissenschaft Abgründe aufgetan, so war es ihm mit seinem Herzen ebenso ergangen. Betrachtete man dieses Antlitz, auf dem die Seele nur durch dunkle Wolken hindurchschimmerte, war man geneigt, es zu glauben. Wie kam er zu der hohen kahlen Stirn? Warum trug er den Kopf immer gesenkt? Warum hoben beständige Seufzer seine Brust? Was für ein geheimer Gedanke trieb ein so bitteres Lächeln auf seine Lippen, während seine Brauen sich näherten wie zwei Stiere, die miteinander kämpfen wollen? Warum waren die wenigen Haare, die ihm noch geblieben, ergraut? Welcher Art war das innere Feuer, das manchmal in seinen Augen brannte, so daß sie wie Löcher in der Wand eines glühenden Ofens wirkten?

Diese Anzeichen heftiger seelischer Verstörung hatten sich zur Zeit, da unsere Geschichte spielt, aufs höchste gesteigert. Mehr als einmal geschah es, daß ein Chorknabe entsetzt die Flucht ergriff, wenn er dem Erzdechanten allein in der Kirche begegnete und von seinem seltsamen heißen Blick getroffen wurde. Mehr als einmal hörte sein Nachbar im Chorgestühl, wie er bei der Messe unverständliche Worte in den Kirchengesang ad omnem tonum mischte. Mehr als einmal fand die entsetzte Waschfrau des Klosters Spuren zusammengekrallter Hände im Chorhemd des Herrn Erzdechanten de Josas.

In seiner Lebensführung aber war er beispielhaft und strenger denn je. Sein Amt und seine Neigung hatten ihn stets von den Frauen ferngehalten, jetzt schien er sie noch ausgesprochener zu hassen. Schon beim Rauschen eines kühnen seidenen Frauengewandes zog er die Kappe über die Augen. Er war in diesem Punkt von so eifernder Härte und Zurückhaltung, daß er sich im Dezember 1481, als Madame de Beaujeu, die Tochter des Königs, das Kloster von Notre-Dame besuchen wollte, ernstlich diesem Besuch widersetzte und den Bischof auf die Ordensvorschrift des ›schwarzen Buches‹ vom Vortag des Heiligen Bartholomeus 1334 aufmerksam machte, die allen Frauen, ›jedwelchen, alten und jungen, Herrinnen und Mägden‹, den Eintritt in das Kloster untersagte. Der Bischof mußte die Vorschriften des Legaten Odo ins Feld führen, die mit gewissen großen Damen eine Ausnahme macht, aliquae magnates mulieres, quae sine scandalo evitari non possunt.[1] Der Erzdechant aber warf dagegen ein, die Vorschrift des Legaten stamme aus dem Jahre 1207, sie sei also hundertundsiebenundzwanzig Jahre älter als die von ihm angeführte und daher als aufgehoben zu betrachten. Auf Grund dessen hatte er sich geweigert, vor der Prinzessin zu erscheinen.

Auch sein Widerwille gegen die Zigeuner schien sich seit einiger Zeit verdoppelt zu haben. Er hatte den Bischof zu einem Edikt angeregt, das den Zigeunerinnen ausdrücklich verbot, auf dem Domhof zu tanzen und zu singen, und er durchstöberte die schimmeligen Akten des Officials, um Fälle von Hexen und Hexenmeistern zusammenzustellen, die wegen Verhexung von Böcken, Schweinen und Ziegen zum Galgen oder zum Scheiterhaufen verdammt waren.

VI
Unbeliebtheit

Wir sagten schon, daß der Erzdechant und der Glöckner beim hohen und niederen Volk von Notre-Dame wenig beliebt waren. Wanderten die beiden, der Diener hinter seinem Herrn, auf einem ihrer häufigen gemeinsamen Ausgänge durch die

[1] lat., einige vornehme Damen, die ohne Ärgernis nicht gemieden werden können.

kühlen, engen, dunklen Straßen in der Umgebung von Notre-Dame, dann flog ihnen manch häßliches Wort, manch ironisches Lied, manch kränkender Witz an den Kopf. Nur wenn Claude Frollo einmal ausnahmsweise mit erhobenem Haupt einherschritt, blieb den Spöttern beim Anblick seiner strengen, beinahe erhabenen Stirn das Wort im Munde stecken.

Es erging beiden in ihrem Domviertel wie den Dichtern, von denen Régnier spricht:

Es folget jede Art von Menschenpack dem Dichter,
wie nach der Eule kreischt der Vögel frech Gelichter.

Bald setzte ein tückischer Gassenbube Haut und Knochen aufs Spiel, weil er sich das unaussprechliche Vergnügen nicht versagen konnte, Quasimodo eine Nadel in den Buckel zu bohren; bald streifte ein hübsches, lockeres Mädchen mit unverkennbarer Dreistigkeit das schwarze Gewand des Priesters und sang das hämische Liedchen: ›Duck dich! Mädel, duck dich! Der Teufel ist verliebt!‹ Manchmal wurde ihnen von einem Haufen schmutziger alter Weiber, die im Halbdunkel einer Haustür auf den Treppenstufen hockten und beim Erscheinen der beiden brummten und knurrten, kreischend der aufmunternde Gruß zugeworfen: »Guckt nur, so krumm wie die Seele des einen ist der Körper des anderen!« Oder es tönte ihnen aus einer Bande von Scholaren und Kindern, die auf der Straße mit Kieselsteinen Himmel und Hölle spielten, auf Lateinisch der klassische Ruf entgegen: »Eia! Eia! Claudius cum claudo!«[1]

Meist aber blieben diese Kränkungen unbeachtet. Quasimodo war zu taub und Claude zu verträumt, um all diese entzückenden Dinge zu hören.

[1] lat., Claudius mit einem Lahmen! (Wortspiel)

Fünftes Buch

I
Abbas Beati Martini

Dom Claudes Ruf hatte sich weit verbreitet und trug ihm um die Zeit, als er sich weigerte, vor Madame de Beaujeu zu erscheinen, einen Besuch ein, dessen er lange gedachte.

Es war an einem Abend. Er hatte sich nach der Messe in seine Zelle im Kloster von Notre-Dame zurückgezogen, die durchaus nichts Seltsames oder Geheimnisvolles an sich hatte. Nur ein paar gläserne Phiolen standen in einer Ecke; sie waren mit etwas Zweideutigem gefüllt, das sehr nach Projektionspulver aussah. Die Wände trugen freilich hier und da Inschriften, aber es waren wissenschaftliche Sätze und fromme Sinnsprüche von guten Schriftstellern. Der Erzdechant saß beim Schein einer dreischnabligen kupfernen Lampe vor einer mächtigen Truhe, die mit Manuskripten bedeckt war. Er stützte den Ellenbogen auf ein Buch, das offen vor ihm lag: ›De praedestinatione et libero arbitrio‹[1] von Honorius d'Autun. In der Hand hielt er einen Folianten, den er eben mitgebracht hatte und in dem er nachdenklich blätterte. Dieser Band war das einzige Erzeugnis der Buchdruckerpresse, das seine Zelle aufweisen konnte. Ein Klopfen an der Tür riß ihn aus seinen Träumereien. »Wer ist da?« rief der Gelehrte in dem einladenden Ton, den ein heißhungriger Bullenbeißer anschlagen würde, wenn man ihn bei seinem Knochen stören

[1] lat., Über die Vorherbestimmung und den freien Willen.

wollte. Eine Stimme antwortete von draußen: »Euer Freund, Jacques Coictier.« Er ging und öffnete.

Es war wirklich der Leibarzt des Königs, ein Mann von etwa fünfzig Jahren, dessen harte Züge nur durch einen listigen Blick etwas belebt wurden. Er kam in Begleitung eines anderen Mannes. Beide trugen lange, schiefergraue, fehgefütterte Röcke, die vorn geschlossen und an den Hüften gegürtet waren; auf dem Kopf hatten sie Mützen von demselben Stoff und derselben Farbe. Ihre Hände verschwanden in den langen Ärmeln, ihre Füße unter den Röcken, ihre Augen im Schatten der überhängenden Mützen.

»Gott sei mein Zeuge, werte Herren«, sagte der Erzdechant, als er sie in seine Zelle bat, »ich war zu so später Stunde nicht auf so ehrenvollen Besuch gefaßt!« Bei diesen höflichen Worten maß er den Arzt und seinen Begleiter mit einem unruhigen, forschenden Blick.

»Um einen so außerordentlichen Gelehrten wie Dom Claude Frollo de Tirechappe zu besuchen, ist es nie zu spät«, entgegnete der Arzt, der einen so gedehnten Dialekt aus der Franche-Comté sprach, daß seine Sätze mit der Majestät eines Schleppkleides einherrauschten.

Zwischen ihm und dem Erzdechanten entspann sich daraufhin ein Höflichkeitsaustausch, wie solcher damals jede Unterhaltung zwischen Gelehrten einzuleiten pflegte, auch wenn sie sich von ganzem Herzen haßten. Im Grunde genommen ist es heutzutage noch ebenso. Jeder gelehrte Mund, der einem anderen Gelehrten Ehre erweist, ist ein Gefäß voll versüßter Galle.

Die Glückwünsche, die Claude Frollo dem Arzt spendete, galten zumeist den zahlreichen weltlichen Vorteilen, die der würdige Coictier während seiner vielbeneideten Laufbahn aus jeder Krankheit des Königs zu erzielen gewußt hatte. Das war eine besser angewandte und erfolgreichere Alchimie als die, die nach dem Stein der Weisen suchte.

»Doktor Coictier, ich habe mich herzlich und aufrichtig gefreut, daß man Euren Neffen, den ehrwürdigen Herrn Pierre Versé, zum Bischof ernannt hat. Wenn ich mich nicht sehr irre, so ist er Bischof von Amiens geworden?«

»So ist es, Herr Erzdechant; es ist eine Gnade und Barmherzigkeit Gottes.«

»Wißt Ihr, daß Ihr Euch am Weihnachtstag an der Spitze der Abgesandten von der Rechnungskammer sehr gut ausnahmt, Herr Präsident?«

»Vizepräsident, Dom Claude. Leider nur Vizepräsident.«

»Wie weit ist Euer prächtiges Haus in der Rue Saint-André des Arcs gediehen? Es wird ein Palast. Ich liebe besonders das Emblem über Eurer Haustür, wo Ihr unter Eurem Namen einen Aprikosenbaum habt ausmeißeln lassen, was das Wortspiel ergibt: A l'ABRI-COTIER.«[1]

»Ach, Dom Claude, die Bauerei kostet mich schweres Geld. Je höher das Haus steigt, je ärmer werde ich.«

»Nun, nun, habt Ihr nicht Eure Einkünfte aus dem Gefängnis und Amtsbezirk des Justizpalastes und die Renten aller Häuser, Läden und Buden des Weichbildes obendrein? Das ist eine schön zu melkende Kuh.«

»Meine Schloßhauptmannschaft in Poissy hat mir in diesem Jahr nichts eingebracht.«

»Aber Eure Zölle von Triel, Saint-James und Saint-Germain-en-Laye sind um so ergiebiger.«

»Sie bringen mir hundertzwanzig Pfund, nicht einmal Pariser Währung.«

»Ihr habt Eure feste Stelle als königlicher Rat.«

»Ja, Bruder Claude. Aber die verfluchte Herrschaft von Poligny, von der so viel Aufhebens gemacht wird, trägt mir in guten wie in schlechten Jahren nicht mehr als sechzig Goldgulden ein.«

Die Höflichkeit Dom Claudes gegenüber Jacques Coictier war die eines überlegenen, unglücklichen Mannes, der sich durch das Spiel mit einem gewöhnlichen, durch plumpe

[1] frz., im Schutze von Cotier. (Wortspiel)

Glücksumstände gehobenen Menschen eine vorübergehende Zerstreuung bereitet. Von seinem hämischen, bittren, halb spöttischen Ton und seinem traurigen, grausamen Lächeln merkte der andere nichts.

»Glaubt mir«, sagte Claude schließlich, indem er ihm die Hand schüttelte, »ich freue mich herzlich, Euch so wohl zu sehen.«

»Ich danke Euch, Dom Claude.«

»Was macht aber Euer königlicher Patient?« rief Claude.

»Er bezahlt seinen Arzt schlecht«, erwiderte Coictier und warf einen Seitenblick auf seinen Begleiter.

»Findet Ihr, Gevatter Coictier?« fragte der Begleiter.

Diese im Ton der Überraschung und des Vorwurfs gestellte Frage lenkte die Aufmerksamkeit des Erzdechanten auf den unbekannten Besucher zurück, der ihm allerdings, seit er die Schwelle seines Gemachs überschritten hatte, nicht einen Augenblick ganz aus den Gedanken gekommen war. Hätte er nicht tausend Gründe gehabt, den allmächtigen Arzt König Ludwigs des Elften zu schonen, so hätte er ihn in solcher Begleitung nicht willkommen geheißen. Sein Ausdruck war auch keineswegs herzlich, als Coictier zu ihm sagte: »Übrigens bringe ich Euch hier einen Kollegen, Dom Claude, den Euer Ruf zu Euch gezogen hat.«

»Monsieur ist Gelehrter?« fragte der Erzdechant und ließ seinen durchdringenden Blick auf dem Fremden haften. Er begegnete unter den Brauen des Unbekannten einem Blick, der ebenso durchdringend und mißtrauisch war wie der seine.

Soweit das schwache Licht der Lampe ein Urteil erlaubte, schien der Fremde ein kränkelnder, gebrochener Greis von etwa sechzig Jahren. Er war von mittlerer Größe; die Linie seines Profils war bürgerlich, hatte aber trotzdem etwas Strenges und Machtvolles; seine Augäpfel funkelten unter dichten, hochgewölbten Brauen wie Lichter im Grunde einer Höhle, und unter der tiefgezogenen Mütze ahnte man die hohe Stirn eines großen Geistes.

Er nahm es auf sich, die Frage des Erzdechanten selbst zu beantworten.

»Ehrwürdiger Meister«, sagte er mit feierlicher Stimme, »Euer Ruf ist auch zu mir gedrungen, und ich möchte Euch um Euren Rat bitten. Ich bin nur ein armer Edelmann vom Lande und ziehe die Schuhe aus, ehe ich bei einem Gelehrten eintrete. Ich möchte mich vorstellen. Ich bin der Gevatter Tourangeau.«

›Merkwürdiger Name für einen Edelmann!‹ dachte der Erzdechant. Er fühlte aber die Gegenwart einer starken, ernsten Persönlichkeit, und sein mächtiger Verstand empfand unwillkürlich, daß unter der pelzgefütterten Mütze des Gevatters Tourangeau ein ebenso mächtiger Verstand hauste. Während er das ernste Antlitz des Fremden aufmerksam betrachtete, verschwand die Spottlust, die die Anwesenheit des Doktors Coictier in ihm geweckt hatte, langsam aus seinen finsteren Zügen wie das Abendrot vom nächtlichen Himmel. Er ließ sich still und düster wieder in seinen großen Lehnstuhl sinken, stützte den Ellenbogen alter Gewohnheit nach auf den Tisch und den Kopf auf die Hand. So saß er einen Augenblick gedankenvoll; dann forderte er seine Besucher durch eine Gebärde auf, sich zu setzen, und richtete das Wort an den Gevatter Tourangeau.

»Ihr wollt mich um Rat fragen, Meister. In welcher Wissenschaft?«

»Ich bin krank, sehr krank, Ehrwürden«, erwiderte der Gevatter Tourangeau. »Man sagt Euch nach, daß Ihr ein großer Arzt seid, und ich bin gekommen, Euch um ärztlichen Rat zu bitten.«

»Um ärztlichen Rat!« sagte der Erzdechant und schüttelte den Kopf. Er schien sich einen Augenblick zu sammeln; dann fuhr er fort: »Gevatter Tourangeau, da Ihr nun einmal so heißt, wollt Ihr so gut sein, Euch umzudrehen? Meine Antwort steht hinter Euch an der Wand geschrieben.«

Der Gevatter Tourangeau gehorchte und las die Inschrift,

die gerade über seinem Kopf in die Mauer geritzt war: ›Die ärztliche Kunst ist die Tochter der Träume. – Jamblichus!‹

Doktor Coictier, den schon die Bitte seines Begleiters um ärztlichen Rat sehr verstimmt hatte, hörte die Antwort Dom Claudes mit gesteigertem Verdruß. »Ich habe Euch vorhergesagt, daß er ein Narr ist. Ihr wolltet ihn sehen!« flüsterte er dem Gevatter Tourangeau so leise ins Ohr, daß der Erzdechant seine Worte nicht hören konnte.

»Es wäre sehr gut möglich, daß dieser Narr recht hätte, Doktor Jacques!« antwortete der Gevatter im selben Ton und mit bittrem Lächeln.

»So tut, was Ihr nicht lassen könnt!« entgegnete Coictier trocken. Dann wandte er sich an den Erzdechanten: »Ihr seid schnell mit dem Urteil, Dom Claude; Hippokrates schert Euch genausowenig, wie sich eine Nuß um einen Affen schert. Die Medizin ein Traum! Die Apotheker und Doktoren würden Euch steinigen, wenn sie hier wären. Ihr leugnet also, daß die Zaubertränke auf das Blut und die Salben auf das Fleisch wirken! Ihr leugnet diese ewige Apotheke der Blumen und Metalle, die man die Welt nennt und die speziell für diesen ewigen Kranken, den Menschen, eingerichtet ist!«

»Ich leugne weder die Apotheke, noch leugne ich den Kranken; aber ich leugne den Arzt«, erwiderte Dom Claude kalt.

»Also soll es nicht wahr sein«, rief Coictier erregt, »daß die Gicht eine innerliche Flechte ist, daß man eine Schußwunde durch Auflegen einer gebratenen Maus heilt, daß junges Blut, wenn man es richtig einführt, alte Adern verjüngt? Es soll nicht wahr sein, daß zwei mal zwei vier macht und daß der Emprosthotonos auf den Opisthotonos folgt?«

Der Erzdechant antwortete ruhig: »Es gibt gewisse Dinge, über die ich gewisse Anschauungen habe.«

Coictier wurde rot vor Zorn.

»Na, na, mein guter Coictier, ärgern wir uns nicht«, sagte

der Gevatter Tourangeau, »der Herr Erzdechant ist unser Freund.«

Coictier beruhigte sich und brummte halblaut: »Übrigens ist er ja ein Narr!«

»Donnerwetter, Meister Claude«, fuhr der Gevatter Tourangeau nach kurzem Schweigen fort, »Ihr entmutigt mich sehr. Mich hatte in zwei Punkten nach Eurem Rat verlangt: Ich wollte Euch über meine Gesundheit und über meinen Stern befragen.«

»Wenn das Eure Absicht war, Monsieur«, entgegnete der Erzdechant, »so hättet Ihr besser getan, Euch meine Treppe zu ersparen. Ich glaube nicht an die ärztliche Kunst. Ich glaube nicht an die Astrologie.«

»Wirklich!« rief der Gevatter in hellem Erstaunen.

Coictier lachte gezwungen.

»Ihr seht, er ist ein Narr«, sagte er leise zu Tourangeau. »Er glaubt nicht an die Astrologie!«

»Soll man allen Ernstes glauben«, fuhr Dom Claude fort, »daß jeder Strahl der Gestirne ein Faden ist, an dem ein Menschenschicksal hängt?«

»Woran aber glaubt Ihr denn?« rief der Gevatter Tourangeau.

Der Erzdechant zögerte einen Augenblick. Dann sagte er: »Credo in Deum«,[1] konnte aber ein düsteres Lächeln nicht unterdrücken, das seine Antwort Lügen zu strafen schien.

»Dominum nostrum«,[2] ergänzte der Gevatter Tourangeau und bekreuzigte sich.

»Amen«, sagte Coictier.

»Ehrwürdiger Meister«, nahm der Gevatter wieder das Wort, »ich freue mich von Herzen, Euch so fest im Glauben zu sehen. Aber seid Ihr denn ein so großer Gelehrter, daß Ihr nicht mehr an die Wissenschaft glaubt?«

»Nein«, sagte der Erzdechant und packte den Gevatter

1 lat., Ich glaube an Gott.

2 lat., Unseren Herrn.

Tourangeau am Arm. In seinen trüben Augen flammte ein Feuer der Begeisterung auf. »Nein, ich glaube an die Wissenschaft. Ich bin nicht umsonst so lange Jahre auf dem Bauch, mit den Fingernägeln in der Erde, durch die ungezählten Windungen der großen Höhle gekrochen; ich habe in der Ferne am Ende eines dunklen Ganges ein Licht, eine Flamme, ein Etwas gesehen, das wohl ein Widerschein aus der großen, blendend hellen Werkstatt war, in der die Geduldigen und die Weisen Gott bei der Arbeit überrascht haben.«

»Und was haltet Ihr nun für wahr und gewiß?« unterbrach ihn Tourangeau.

»Die Alchimie.«

»Gott ja, Dom Claude«, warf Coictier ein, »die Alchimie hat gewiß ihre Berechtigung; aber warum lästert Ihr Medizin und Astrologie?«

»Nichtig ist Eure Wissenschaft vom Menschen, nichtig ist Eure Wissenschaft vom Himmel!« sagte der Erzdechant mit Beherrschung.

»Na, da wären ja Epidaurus und die Chaldäer erledigt«, entgegnete hohnlächelnd der Arzt.

»Laßt es gut sein, Messire Jacques. Das ist meine ehrliche Meinung. Ich bin nicht der Leibarzt des Königs, und Seine Majestät hat mir nicht den Irrgarten geschenkt, um dort die Sterne zu beobachten. Erzürnt Euch nicht und hört mich an! Welche Wahrheiten habt Ihr, ich sage nicht aus der Medizin, denn die ist gar zu hirnverbrannt, sondern aus der Astrologie geschöpft? Nennen Sie mir die Tugenden des vertikalen Bustrophedon, was sagen Euch die Zahlen Ziruph und Zephirod?«

»Wollt Ihr die sympathetische Kraft der Clavicula leugnen?« fragte Coictier. »Und daß die Kabbalistik davon herstammt?«

»Irrtum, Messire Jacques! Keine Eurer Formeln fördert greifbare Wahrheiten zutage. Die Alchimie hingegen hat Entdeckungen gemacht. Wollt Ihr Ergebnisse wie diese hier bestreiten? – Eis, das tausend Jahre unter der Erde liegt, verwandelt sich in Bergkristall. – Das Blei ist der Urvater aller Metalle (denn das Gold ist kein Metall, das Gold ist das Licht). – Das Blei braucht nur vier Zeitabschnitte von je zweihundert Jahren, um sich nacheinander aus Blei in rotes Arsenik, aus rotem Arsenik in Zinn, aus Zinn in Silber zu verwandeln. – Sind das etwa keine Tatsachen? Aber an die Clavicula, die Glückslinie und die Sterne glauben ist ebenso lächerlich wie mit den Bewohnern von China daran glauben, daß sich der Pirol in einen Maulwurf und die Kornähren in Karpfen verwandeln.«

»Ich habe Alchimie studiert«, rief Coictier, »und ich versichere ...«

Der hitzige Erzdechant ließ ihn nicht ausreden.

»Und ich habe Medizin, Astrologie und Alchimie studiert. Hier allein ist Wahrheit.« (Bei diesen Worten hatte er sich erhoben und nach einer der schon erwähnten Phiolen gegriffen, die mit Pulver gefüllt waren.) »Hier allein ist Licht. Hippokrates ist ein Traum; Urania ist ein Traum; Hermes aber ist ein Gedanke. Das Gold ist die Sonne; Goldmachen heißt Gott sein. Das ist die einzige Wissenschaft. Ich sage Euch, ich bin der Medizin und der Astrologie auf den Grund gegangen: nichts, nichts! Der menschliche Körper: Finsternis! Die Sterne: Finsternis!«

Er sank mit mächtiger, beseelter Gebärde in seinen Lehnstuhl zurück. Der Gevatter Tourangeau beobachtete ihn schweigend. Coictier versuchte ein spöttisches Lachen, zuckte kaum merklich mit den Schultern und wiederholte flüsternd: »Ein Narr!«

»Und das großartige Ziel?« sagte Tourangeau plötzlich. »Habt Ihr es erreicht? Ist es Euch gelungen, Gold zu machen?«

»Wenn es mir gelungen wäre«, antwortete der Erzdechant langsam, wie ein Mann, der nachdenkt, »so hieße der König von Frankreich nicht Ludwig, sondern Claude.«

Der Gevatter runzelte die Stirn.

»Aber was rede ich da?« fuhr Dom Claude mit verächtlichem Lächeln fort. »Was wäre mir der Thron von Frankreich, wenn ich das Kaiserreich des Orients wieder aufrichten könnte!«

»Das lasse ich mir gefallen!« sagte der Gevatter.

»Armer Narr!« murmelte Coictier.

Der Erzdechant fuhr fort zu sprechen und schien nur noch seine eigenen Gedanken zu beantworten: »Aber nein, noch krieche ich; ich zerkratze mir Gesicht und Knie an den Steinen des unterirdischen Pfades. Ich ahne, aber ich schaue nicht! Ich lese nicht, ich buchstabiere!«

»Wenn Ihr aber das Lesen gelernt habt«, fragte der Gevatter, »werdet Ihr dann Gold machen?«

»Wer wollte daran zweifeln!« entgegnete der Erzdechant.

»Steht es so, dann möchte ich gern in Euren Büchern lesen lernen. Die Mutter Gottes weiß, daß ich Geld sehr nötig habe. Sagt mir, ehrwürdiger Meister, Eure Wissenschaft ist doch der Mutter Gottes kein Dorn im Auge oder ihr gar feindlich?«

Dom Claude begnügte sich, mit ruhigem Stolz zu antworten: »Wessen Erzdechant bin ich?«

»Das ist wahr, Meister. Nun wohl, wollt Ihr mich einweihen? Laßt mich mit Euch buchstabieren!«

Claude nahm die majestätische, päpstliche Haltung eines Samuel an.

»Zur Reise durch die Welt der Geheimnisse braucht es der Jahre mehr, als Euch noch beschieden sind, Alter. Eure Haare sind schon sehr grau! Man verläßt die Höhle nur mit weißem Haar, aber man betritt sie nur mit schwarzem. Die Wissenschaft versteht es allein, das Antlitz des Menschen zu durchfurchen, zu verwelken und zu verdorren; das Alter braucht ihr keine runzligen Gesichter zuzuführen. Wenn Euch aber der Drang beseelt, in Euren Jahren noch zur Schule zu gehen und das furchtbare Abc der Weisen zu entziffern, nun gut, so kommt zu mir, ich will es mit Euch versuchen. Ich werde

Euch, dem armen Greis, nicht zumuten, in die Grabkammern der Pyramiden einzudringen, von denen der alte Herodot erzählt, noch in den Backsteinturm von Babylon, noch in das ungeheure weiße Marmorheiligtum des indischen Tempels zu Eklinga. Ich habe die chaldäischen Bauten, die nach der heiligen Form des Sikra errichtet wurden, den zerstörten Tempel des Salomo, die zerbrochenen steinernen Türen am Grabmal der Könige von Israel ebensowenig gesehen wie Ihr. Wir werden uns mit den Bruchstücken des hermetischen Buches begnügen, die wir am Ort haben. Ich werde Euch die Bildsäule des heiligen Christophorus erklären, das Symbol des Sämanns und das Symbol der beiden Engel am Portal der Sainte-Chapelle, von denen einer die Hand in ein Gefäß, der andere die Hand in eine Wolke streckt ...«

Hier wurde er von Coictier, den seine feurigen Widerreden ins Wanken gebracht hatten, der aber jetzt wieder fest im Sattel saß, mit dem triumphierenden Ausdruck eines Gelehrten unterbrochen, der einen anderen Gelehrten zurechtweist: »Erras, amice Claudi.[1] Das Symbol ist nicht die Zahl. Ihr verwechselt Orpheus und Hermes.«

»Ihr irrt, nicht ich«, entgegnete ernst der Erzdechant. »Dädalus ist der Unterbau; Orpheus ist die Mauer; Hermes ist das Gebäude. Das ist das Ganze. – Kommt, wann Ihr wollt«, fuhr er zu Tourangeau gewendet fort, »ich werde Euch die Goldkörnchen, die im Schmelztiegel des Nicolas Flamel noch vorhanden waren, zeigen, und Ihr werdet sie mit dem Gold des Guillaume de Paris vergleichen. Ich werde Euch die geheimen Kräfte des griechischen Wortes *περιστερά*[2] lehren. Vor allem aber werde ich nach und nach alle marmornen Buchstaben des Alphabets, alle granitnen Seiten des Buches mit Euch lesen. Wir werden vom Portal des Bischofs Guillaume und vom Saint-Jean-le-Rond zur Sainte-Chapelle, danach zum Hause Nicolas Flamels, Rue Marivault, zu seinem Grabmal auf dem

[1] lat., Du irrst, Freund Claudius.

[2] griech., Taube (heiliges Tier bei den syrischen Völkern).

Friedhof Saints-Innocents und in seine beiden Spitäler in der Rue de Montmorency gehen. Ihr werdet die Hieroglyphen, die die vier großen Gitter am Portal des Hôpital Saint-Gervais und an der Rue de la Ferronnerie bedecken, lesen. Wir werden zusammen die Fassaden von Saint-Côme, von Sainte-Geneviève des Ardents, von Saint-Martin und Saint-Jacques de la Boucherie entziffern ...«

Tourangeau, so klug er auch aussah, schien Dom Claude doch schon seit einer geraumen Weile nicht mehr folgen zu können. Jetzt unterbrach er ihn.

»Gott bewahre mich! Von was für Büchern redet Ihr denn?«

»Hier habt Ihr eines«, sagte der Erzdechant.

Er öffnete das Fenster seiner Zelle und zeigte mit dem Finger auf die gewaltige Kirche Notre-Dame. Sie stand mit den beiden Türmen, den steinernen Flanken und der ungeheuerlichen Kruppe schwarz gegen den bestirnten Himmel und wirkte wie eine riesenhafte Sphinx mit zwei Köpfen, die sich inmitten der Stadt gelagert hatte.

Der Erzdechant sah eine Weile schweigend zu dem mächtigen Gebäude hinüber; dann wies er seufzend mit der Rechten nach dem gedruckten Buch, das offen auf dem Tisch lag, und mit der Linken nach Notre-Dame, ließ einen traurigen Blick von dem Buch zur Kirche schweifen und sagte: »Wehe! Dieses wird jenes töten.«

Coictier, der sich begierig dem Buch genähert hatte, konnte den Ausruf nicht unterdrücken: »Aber was ist denn daran Schreckliches! Glossa in Epistolas D. Pauli. Norimbergae, Antonius Koburger vierzehnhundertvierundsiebzig. Das ist nichts Neues. Das ist ein Buch von Petrus Lombardus, dem Verfasser der Sentenzen. Meint Ihr, es sei gefährlich, weil es gedruckt ist?«

»Ihr sagt es«, antwortete Claude, der in tiefes Nachdenken versunken schien. Er legte den gekrümmten Zeigefinger auf den Folianten, der aus den berühmten Pressen zu Nürnberg stammte, und sprach die geheimnisvollen Worte: »Wehe, wehe! Das Kleine richtet das Große zugrunde; ein kleiner Zahn überwindet eine Masse, die Nilratte tötet das Krokodil; der Schwertfisch tötet den Walfisch; das Buch wird das Gebäude töten!«

Im Augenblick, da Doktor Jacques seinem Begleiter sein ewig wiederkehrendes »Er ist ein Narr« zuflüsterte, begann die Abendglocke des Klosters zu läuten. Diesmal antwortete sein Begleiter: »Ich glaube, Ihr habt recht.«

Über die Abendglocke hinaus durfte kein Fremder im Kloster bleiben. Die beiden Besucher zogen sich zurück: »Meister«, sagte der Gevatter Tourangeau, als er sich von dem Erzdechanten verabschiedete, »ich liebe die Gelehrten und die großen Geister, und ich achte Euch hoch. Kommt morgen zum Palais des Tournelles und fragt nach dem Abt von Saint-Martin de Tours!«

Der Erzdechant kehrte verblüfft in seine Zelle zurück. Endlich war es ihm aufgegangen, wer dieser Gevatter Tourangeau war. Er erinnerte sich einer Stelle im Cartularium von Saint-Martin de Tours, wo es hieß: ›Abbas Beati Martini, scilicet Rex Franciae, est canonicus de consuetudine et habet parvam praebendam, quam habet sanctus Venantius, et debet sedere in sede thesaurarii.‹[1]

Der Erzdechant soll seit dieser Zeit, wenn Ludwig der Elfte nach Paris kam, häufige Unterredungen mit Seiner Majestät gehabt haben. Sein Einfluß, sagte man, war größer als der des Olivier le Daim und des Jacques Coictier, der sich nicht enthielt, es den König auf seine grobe Art fühlen zu lassen.

[1] lat., Der Abt von Saint-Martin, das heißt der König von Frankreich, ist Kanonikus dem Herkommen nach und hat die kleine Pfründe, die der heilige Venantius hat, und soll sitzen auf dem Stuhl des Schatzmeisters.

II

Dieses wird jenes töten

Unsere Leserinnen werden uns verzeihen, wenn wir uns einen Augenblick mit dem Versuch aufhalten, dem Gedanken, dem der Erzdechant einen so rätselhaften Ausdruck verlieh, auf die Spur zu kommen. Seine Worte lauteten: ›Dieses wird jenes töten. Das Buch wird das Gebäude töten.‹

Es scheint uns, daß diese Worte einen Doppelsinn hatten. Zunächst verbarg sich hinter ihnen der Gedanke eines Priesters. Sie waren der Ausdruck des priesterlichen Entsetzens vor einer neuen Kraft, der Buchdruckerkunst; der Ausdruck des Schreckens und der Blendung des geweihten Mannes vor der lichtspendenden Druckerpresse von Gutenberg; der Ausdruck der Bestürzung, den Kanzel, Manuskript, geschriebenes und gesprochenes Wort vor dem gedruckten Wort empfanden, und es lag in ihnen etwas von dem verblüfften Staunen, das einen Sperling packen würde, wenn er den Engel Legion seine sechs Millionen Flügel entfalten sähe. Die Worte waren eine Klage des Propheten, der im Geiste die mündig gewordene Menschheit brausen und toben hört, der fühlt, daß die Vernunft den Glauben untergraben, die öffentliche Meinung die Gläubigkeit entthronen und weltliche Macht die Herrschaft Roms stürzen wird; die Vorhersage des Philosophen, der den von Buchdruckerkunst beflügelten menschlichen Gedanken aus dem Gewahrsam der Kirche entweichen sieht; das Entsetzen des Soldaten, der sich beim Anblick des erzenen Rammbocks sagt: ›Der Turm wird einstürzen.‹ Ihr Sinn war: Eine Macht ist im Begriff, von einer andern Macht verdrängt zu werden; das hieß, die Buchdruckerpresse wird die Kirche töten.

Aber hinter diesem ersten, einfachsten Gedanken stand unserer Überzeugung nach ein zweiter, neuerer Gedanke, eine Folgerung des ersteren, der schwerer zu fassen und leichter anzufechten war, eine nicht weniger philosophische Anschauung, die nicht vom Priester allein, sondern auch vom Gelehrten und Künstler geteilt wurde. Das war eine Ahnung, daß das menschliche Denken nicht nur die Form, sondern auch den Ausdruck ändern, daß die leitende Idee jeder Generation sich künftig in anderem Material und in anderer Art äußern, daß das so dauerhafte und so feste Buch aus Stein dem noch dauerhafteren Buch von Papier weichen werde. In diesem Zusammenhang bedeutete die rätselhafte Formel des Erzdechanten etwas anderes. Ihr zweiter Sinn war: Eine Kunst ist in Gefahr, durch eine andere verdrängt zu werden; die Buchdruckerkunst wird die Baukunst töten.

In Wahrheit ist seit Anbeginn der Dinge bis zum fünfzehnten Jahrhundert der christlichen Zeitrechnung die Baukunst das große Buch der Menschheit, das Hauptausdrucksmittel sowohl ihrer Kraft als auch ihres Geistes in den verschiedensten Entwicklungsstadien.

Als das Gedächtnis der ersten Geschlechter sich überlastet fühlte, als das Gepäck der Erinnerungen der menschlichen Rasse so schwer und unübersichtlich wurde, daß das nackte, flüchtige Wort in Gefahr war, unterwegs das Beste davon zu verlieren, so verewigte man die Überlieferung auf die sichtbarste, dauerhafteste, natürlichste Art. Man setzte ihr steinerne Denkmäler.

Die ersten solchen Denkmäler waren rohe Felsblöcke, ›die das Eisen nicht berührt hatte‹, wie Moses sagt. Jede Schrift ist zuerst nur Alphabet, und so ist es der Baukunst auch gegangen. Man richtete einen Stein auf, und er war ein Buchstabe. Jeder Buchstabe war ein Sinnbild, und auf jedem Sinnbild ruhte eine Gruppe von Ideen wie ein Kapitell auf einer Säule. So haben es die ersten Geschlechter auf der ganzen Erde gehalten. Dem ›aufgerichteten Felsblock‹ der Kelten begegnet man auch in Sibirien und in den Steppen von Amerika.

Später bildete man Worte. Man setzte Stein auf Stein und verknüpfte die granitnen Silben. Das Wort versuchte verschiedene Verbindungen. Der Dolmen und der Kromlech der alten

Kelten, der etruskische Tumulus, der hebräische Galgal sind Worte. Manche von ihnen, besonders der Tumulus, sind Eigennamen. Wo man viele Steine und weites Land hatte, schrieb man einen Satz. Der ungeheure Steinhaufen von Karnak ist schon ein ganzes Satzgefüge.

Am Ende schrieb man Bücher. Die Überlieferungen hatten Symbole hervorgebracht, unter denen sie verschwanden wie der Baumstamm unter dem Laubwerk. Diese Symbole, an die die Menschheit glaubte, wuchsen, vermehrten sich, kreuzten sich und wurden immer verwickelter. Die ersten Denkmäler genügten nicht mehr, sie zu fassen; sie drängten allerwärts darüber hinaus; kaum, daß diese Denkmäler die primitiven Traditionen ausdrückten, die, wie sie, einfach und nackt auf dem Erdboden ruhten. Das Symbol brauchte Bauwerke zu seiner Entfaltung, und so entwickelte sich die Baukunst Hand in Hand mit dem menschlichen Denken. Sie wurde eine tausendköpfige, tausendarmige Riesin und gab den schwankenden Symbolen eine ewige, sichtbare, greifbare Gestalt. Während Dädalus, Inkarnation der Kraft, Maß anlegte, während Orpheus, die Intelligenz, sang, wurden die Säule – ein Buchstabe, der Säulengang – eine Silbe, die Pyramide – ein Wort, einerseits durch das Gesetz der Geometrie und andererseits durch das Gesetz der Poesie in Bewegung gesetzt, gruppierten sich, tauschten sich aus, verschmolzen miteinander, stiegen auf und ab, ordneten sich auf dem Boden nebeneinander, türmten sich in den Himmel, bis sie alle unter dem Diktat der allgemeinen Idee einer Epoche diese wunderbaren Bücher, die gleichzeitig wunderbare Bauten waren, geschrieben hatten: die Pagode von Eklinga, das Ramesseum von Ägypten und den Tempel Salomos.

Die schöpferische Idee, das Wort, prägt nicht nur das Grundprinzip aller dieser Gebäude, sie war auch in ihren Formen gegenwärtig. Der Salomonische Tempel zum Beispiel war nicht nur der Einband des heiligen Buches, er war das heilige Buch selbst. Auf jeder seiner konzentrischen Einfriedungen konnten die Priester das sichtbar gewordene Wort lesen. Sie folgten so seinen Wandlungen von Heiligtum zu Heiligtum, bis sie es im Allerheiligsten griffen, wo es in der Bundeslade, die auch Baukunst war, seinen konkretesten Ausdruck gefunden hatte. So war das Wort im Gebäude eingeschlossen, aber die Hülle trug ihr Bild wie der Sarg der Mumie das Bild des Menschen, den er umschließt.

Aber nicht nur die Form der Gebäude, sondern auch ihr Standort drückte den Gedanken aus, der sie geschaffen hatte. Je nachdem, ob das darzustellende Symbol anmutig war oder düster, krönten die Griechen ihre Berge und Tempel, die dem Auge wohlgefällig waren, drangen die düsteren Inder in die Eingeweide ihrer Berge ein und meißelten ihre mißförmigen unterirdischen Tempel aus, die auf riesigen Reihen granitner Elefanten ruhen.

So war in den ersten sechstausend Jahren der Geschichte, von der allerältesten indischen Pagode bis zum Kölner Dom, die Architektur die große Handschrift der Menschheit, und das in des Wortes vollster Bedeutung; denn nicht nur die religiösen Symbole sind darin ausgedrückt, sondern jeder menschliche Gedanke hat in diesem Riesenbuch seine Seite und sein Denkmal.

Alle Kultur fängt mit Theokratie an und gipfelt in der Demokratie. Dieses Gesetz, nach dem sich die Freiheit aus der Einheit entwickelt, steht in den Schöpfungen der Baukunst geschrieben. Denn, das sei betont, man glaube nicht, daß die Baukunst nur Tempel errichten, priesterliche Symbole und Mythen verkörpern, auf ihren steinernen Seiten in Hieroglyphen die geheimnisvollen Gesetzestafeln schreiben kann. Wäre es so, dann hätte sie jedesmal versagt, wenn das abgenutzte Symbol vom freien Gedanken verdrängt wurde, wenn der Mensch sich dem Priester entzog und die Geschwülste der Philosophien und der Systeme das Antlitz der Religion zerfraßen, ein Punkt, den jede menschliche Gesellschaft einmal erreicht. Sie wäre unfähig gewesen, diesen neuen Zustand des Menschengeistes zu gestalten; ihre Blätter, beschrieben auf der Vorderseite, wären leer auf der Rückseite, ihr Werk wäre Stückwerk; ihr Buch wäre unvollkommen. Aber so ist es nicht.

Wir wollen uns das am Beispiel des Mittelalters klarmachen, das uns näher und darum zugänglicher ist. In seiner frühesten Zeit, als die Theokratie in Europa Ordnung schuf, als der Vatikan die Elemente des alten um das Kapitol herum zerstört liegenden Rom zum neuen Rom um sich vereinigte, als das Christentum im Schutt vergangener Kulturen nach allen Schichten der Gesellschaft grub und aus ihren Ruinen eine neue hierarchische Welt aufbaute, deren Schlußstein das Priestertum war, hob sich aus dem Chaos der Trümmer der verblichenen griechischen und römischen Architektur, erst zurückhaltend, dann unter dem Hauch des Christentums und unter den Händen der Barbaren immer kräftiger jene geheimnisvolle, romanische Architektur, die die Schwester der theokratischen Bauten Ägyptens und Indiens und das unzerstörbare Sinnbild des reinen Katholizismus und der unveränderlichen Hieroglyphen des einheitlichen Papsttums ist. Die ganze Gedankenwelt jener Zeit ist in dem düsteren, romanischen Stil zur Form geworden. Man fühlt überall die Autorität, die Einheit, das Undurchdringliche, das Absolute; man fühlt Gregor den Siebenten. Überall waltet der Priester, nirgends der Mensch; überall herrscht Kaste, nirgends das Volk. Dann aber kommt die Zeit der Kreuzzüge. Sie sind eine große volkstümliche Bewegung, und jede solche Bewegung, welchen Anlaß und welchen Zweck sie auch haben mag, weckt schließlich immer den Geist der Freiheit. Neue Gedanken tauchen auf. Es ist die gewittergeladene Zeit der Bauernaufstände, der Pragerie und der Ligen. Die Macht kommt ins Schwanken; die Einheit teilt sich. Neben der Theokratie erscheint der Feudalismus auf dem Plan; hinter dem Feudalismus lauert das Volk, um sich wie immer den Löwenanteil zu erbeuten. Quia nominor leo.[1] Die Lehnherrschaft schiebt sich durch die Priester-

[1] lat., Denn ich nenne mich Löwe.

schaft, die Bürgerschaft durch die Lehnherrschaft. Europa hat sich verwandelt und, siehe da, mit ihm auch die Baukunst. Auch sie hat eine Seite umgewendet und ist bereit, niederzuschreiben, was der Geist der neuen Zeit ihr in die Feder gibt. Wie die Völker die Freiheit, so hat sie den Spitzbogen aus den Kreuzzügen heimgebracht. Hand in Hand mit der langsamen Auflösung der Macht Roms geht das Absterben der romanischen Architektur. Die Hieroglyphen verschwinden aus dem Dom, und man findet sie als Prestigezeichen der Feudalherrschaft im Schild des Burgfrieds wieder. Selbst der Dom, dieses einst so dogmatische Gebäude, gehört jetzt dem Bürger, der Gemeinde, der Freiheit. Er entwächst dem Priester und geht in die Macht des Künstlers über. Der formt ihn auf seine Art; verschwunden sind Mysterium, Mythos und Gesetz; Phantasie und Laune herrschen. Man läßt dem Priester seinen Altar und seine Basilika, ansonsten hat er nichts zu sagen. Über die vier Mauern aber bestimmt der Künstler. Das Buch der Architektur gehört nicht mehr Rom, dem Priestertum und der Religion; es gehört der Erfindungsgabe, der Poesie und dem Volk. Darum hat sich diese Architektur, die nur drei Jahrhunderte dauerte, so oft und so rasch gewandelt, eine Beweglichkeit, die nach dem sechs- bis siebenhundertjährigen Stillstand der romanischen Architektur um so erstaunlicher wirkt. Die Kunst geht mit Riesenschritten vorwärts. Das Genie und die Ursprünglichkeit des Volkes verrichten jetzt die Arbeit des Bischofs. Jedes Geschlecht schreibt im Vorüberziehen eine Zeile in das große Buch. Es streicht die alten romanischen Hieroglyphen aus den Hauptgiebeln der Dome, und nur selten sieht man noch hier und da das Dogma unter den neu angebrachten Symbolen durchscheinen. Die volkstümliche Verkleidung läßt kaum das religiöse Gerüst ahnen. Man kann sich kaum eine Vorstellung davon machen, welche Ungebundenheit sich die Baumeister auch der Kirche gegenüber gestatten. Die Kapitelle werden sogar von schamlos sich paarenden Mönchen und Nonnen überwuchert, wie im Kaminsaal des Justizpalastes in Paris. Da ist, wie am großen Portal von Bourges, das Abenteuer des Noah in allen Einzelheiten eingemeißelt, und da ist, wie auf dem Lavabo der Abtei von Bocherville, ein bacchischer Mönch mit Eselsohren, der, ein Glas in der Hand, einer ganzen Gemeinschaft ins Gesicht lacht. Die Freiheit, seine Gedanken in Stein zu äußern, ist in dieser Zeit ein Vorrecht, das der Pressefreiheit durchaus zu vergleichen ist. Es ist die Freiheit der Baukunst.

Diese Freiheit geht sehr weit. Manchmal hat ein Portal, eine Fassade, ja eine ganze Kirche eine symbolische Bedeutung, die zum Kultus in keiner Beziehung steht oder der Kirche sogar feindlich ist. Guillaume de Paris im dreizehnten und Nicolas Flamel im fünfzehnten Jahrhundert haben schon solche aufrührerischen Seiten geschrieben. Saint-Jacques de la Boucherie war ganz und gar eine Oppositionskirche.

Es war die einzige Art der Gedankenfreiheit, die es damals gab, und so haben sich die Anschauungen jener Zeit auch nur in den Büchern frei geäußert, die man Gebäude nennt. Wären sie unvorsichtig genug gewesen, nur in Manuskriptform und nicht in Form von Gebäuden zu erscheinen, so hätte ihnen das Schicksal geblüht, auf öffentlichem Platz von Henkershand verbrannt zu werden. Das Kirchenportal als Ausdruck des Gedankens hätte der Folterung des Buchgedankens beigewohnt. Da es nur den einen Weg gab, sich frei und offen auszusprechen, nämlich durch die Baukunst, so drängte alles in diese Richtung, und es entstanden so viele Dome in Europa, daß man ihre so erstaunliche Zahl kaum glauben kann, sogar wenn man sie selbst nachgeprüft hat. Alle materiellen und geistigen Kräfte der Gesellschaft vereinigten sich auf dem einen Gebiet der Baukunst, und so kam diese Kunst unter dem Vorwand, Gotteshäuser zu errichten, zur wunderbarsten Entfaltung.

Wer damals zum Dichter geboren wurde, der flüchtete sich in die Architektur. Das im Volk verstreute Genie, das unter der Feudalherrschaft wie unter einer *testudo*[1] von ehernen

[1] lat., Dach.

Schilden von allen Seiten zusammengepreßt wurde, fand nur den Ausweg in die Architektur, öffnete sich durch diese Kunst, und seine Iliaden formten sich zu Domen. Alle anderen Künste gehorchten und dienten der Architektur; sie waren Arbeiter am Stein der Weisen. Der Architekt, der Poet, der Meister vereinte in seiner Person die Bildhauerkunst, die ihm seine Fassaden ausmeißelte, die Malerei, die seine Kirchenfenster in Farben tauchte, die Musik, die seine Glocken läutete und in seinen Orgeln brauste. Sogar die arme Dichtkunst, die darauf beharrte, in Manuskripten ihr Leben zu fristen, mußte sich, wenn sie etwas bedeuten wollte, in Form von Hymnus oder Prosa dem Rahmen des Gebäudes anbequemen; eigentlich die gleiche Rolle, die die Tragödien von Aischylos in den religiösen Zeremonien Griechenlands und die Genesis im Tempel Salomos gespielt haben.

So ist bis Gutenberg die Baukunst die allgemeine Schrift, die Weltschrift. Die ersten Seiten des steinernen Buches wurden im Orient geschrieben; das griechische und römische Altertum schrieb weiter daran; dem Mittelalter war es vorbehalten, die letzte Seite zu schreiben. Außerdem wiederholt sich dieses Phänomen, das die Baukunst des Volkes an die Stelle einer Baukunst der Stände rückt, wie wir es im Mittelalter beobachten konnten, mit allen entsprechenden Bewegungen der menschlichen Intelligenz in den großen Epochen der Geschichte. So sei hier nur zusammenfassend ein Gesetz umrissen, das eigentlich Bände füllen müßte: Im Fernen Osten, der Wiege der Urgeschichte, finden wir nach der indischen die phönizische Architektur, diese stattliche Mutter der arabischen Baukunst; in der Antike treffen wir nach der ägyptischen Architektur, in der der etruskische Stil und die zyklopischen Denkmale nur eine Bauart darstellen, auf die griechische Architektur, deren Fortsetzung, der römische Stil, von der karthagischen Kuppel erdrückt wird; in der modernen Zeit folgt der romanischen die gotische Architektur. Zerlegen wir diese drei Folgen, so finden wir bei den drei älteren

Schwestern, der indischen, der ägyptischen, der romanischen Architektur die gleichen Symbole, das heißt die Theokratie, das Standeswesen, die Einheit, das Dogma, den Mythos, Gott; die drei jüngeren Schwestern, die phönizische, die griechische und die gotische Architektur, wie verschieden ihre naturgegebenen Formen auch sein mögen, haben ebenfalls die gleiche Bedeutung: die Freiheit, das Volk, der Mensch.

Ob er sich in der indischen, ägyptischen oder romanischen Baukunst Brahmane, Magier oder Papst nennt, immer spürt man den Priester und nur den Priester. Anders ist es in den Architekturen, die vom Volk ausgehen. Sie sind reicher und weniger heilig. In der phönizischen Baukunst spürt man den Händler, in der griechischen den Republikaner und in der gotischen den Bürger.

Die allgemeinen Charakteristika aller theokratischen Architekturen sind Unveränderlichkeit, Abscheu vor dem Fortschritt, Beibehaltung der traditionellen Linien, Festhalten an den Urformen, ständiges sich Beugen aller Gestalten, des Menschen und der Natur vor den unbegreiflichen Launen des Symbols. Es sind finstere Bücher, die allein von Eingeweihten entziffert werden können. Und außerdem hat jede Form, selbst jede Mißgestalt darin einen Sinn, der sie unantastbar macht. Man verlange nicht von der indischen, ägyptischen und romanischen Baukunst, sie mögen ihre Skizzen verändern oder ihre Gestalten verbessern. Jede Verbesserung ist für sie Ruchlosigkeit. In dieser Architektur scheint die Starre des Dogmas sich über den Stein wie eine zweite Versteinerung ausgebreitet zu haben.

Die allgemeinen Merkmale der Architekturen des Volkes sind dagegen: Vielfältigkeit, Fortschritt, Originalität, Fülle, unentwegte Bewegung. Sie haben schon genügend Abstand zur Religion gewonnen, um an ihre Schönheit zu denken, um sie zu pflegen, um ständig ihre Verzierungen aus Statuen oder Arabesken zu verbessern. Sie sind in diesem Jahrhundert verankert. Sie besitzen etwas Menschliches, das sie immer wieder mit den göttlichen Symbolen, unter denen sie sich zeigen, vermischen. Daher sind diese Gebäude zwar noch symbolisch, aber wie die Natur für jede Seele, jede Intelligenz, jede Vorstellungskraft durchschaubar und leicht zu verstehen. Der Unterschied zwischen der theokratischen und dieser Architektur ist wie der zwischen der heiligen und der volkstümlichen Sprache, den Hieroglyphen und der Kunst, Salomon und Phidias.

Fassen wir zusammen, was bis jetzt sehr gerafft gesagt wurde, und ignorieren wir dabei Hunderte von Beweisen und Detaileinwänden, so kommen wir zu folgendem Schluß: Bis zum fünfzehnten Jahrhundert war die Architektur die große Chronik der Menschheit. Jeder etwas anspruchsvolle Gedanke in der Welt ist zu einem Bauwerk umgesetzt worden. Alle volkstümlichen Ideen, alle religiösen Gesetze haben ihre Denkmäler gehabt. Alle wichtigen Gedanken der Menschheit sind in Stein geschrieben worden. Und warum? Weil jeder Gedanke, sei er religiös oder philosophisch, den Drang hat, in die Zukunft zu wirken, weil jede Idee, die eine Generation aufgewühlt hat, auch spätere Generationen beeinflussen und eine Spur hinterlassen möchte. Ist aber das Manuskript eine Gewähr für Unsterblichkeit? Wieviel sicherer, dauerhafter und widerstandsfähiger ist ein Gebäude! Eine Fackel und ein roher Befehlsempfänger genügen, um das geschriebene Wort zu zerstören; das gebaute Wort aber kann nur von einem Volksaufstand oder einer Erdumwälzung vernichtet werden. Die Barbaren haben das Kolosseum verheert, vielleicht ist die Sintflut über die Pyramiden weggegangen.

Im fünfzehnten Jahrhundert tritt eine große Wandlung ein. Der Menschengeist findet ein neues Mittel, seinen Gedanken Dauer zu verleihen. Es ist nicht nur widerstandsfähiger als die Architektur, sondern auch einfacher und leichter zu handhaben. Die Baukunst wird vom Thron gestoßen. Die steinernen Buchstaben des Orpheus werden von den bleiernen Buchstaben des Gutenberg verdrängt.

Das Buch geht daran, das Gebäude zu töten.

Die Erfindung der Buchdruckerkunst ist das größte Ereignis der Geschichte, die Mutter aller Revolutionen. Sie gibt der Menschheit ein neues Ausdrucksmittel für ihre neuen Gedanken. Das menschliche Denken verwirft die alte Form und greift nach einer anderen; es häutet sich völlig und endgültig wie die Schlange, die seit Adam das Sinnbild der Intelligenz ist.

Als gedrucktes Wort ist der Gedanke unvergänglicher denn je. Es sind ihm Flügel gewachsen; er ist ungreifbar, unzerstörbar geworden. Er vermischt sich mit der Luft. In den Zeiten der Architektur häufte er Berge auf und bemächtigte sich gewaltsam eines Jahrhunderts und eines Ortes. Jetzt gesellt er sich den Vögeln, zerstreut sich in alle vier Winde und ist allgegenwärtig.

Wir wiederholen es für jene, die sich fragen: Ist er wirklich unauslöschlich? Einst war er fest, jetzt ist er lebendig; einst hatte er Dauer, jetzt hat er Unsterblichkeit. Man kann eine Masse zerstören. Wie rottet man Allgegenwart aus? Wenn eine Sintflut kommt, so werden die Vögel noch in den Lüften fliegen; wenn der Berg schon längst unter den Wassern verschwand, und schwimmt nur eine einzige Arche auf den Fluten, so werden sie sich darauf niederlassen, werden mit ihr überleben und werden die Wasser sinken sehen. Steigt dann die neue Welt aus dem Chaos auf, so wird sie im Erwachen die lebendigen, beflügelten Gedanken der untergegangenen Welt über sich in den Lüften schweben sehen.

Nun ist aber die neue Ausdrucksform nicht nur die denkbar dauerhafteste, sondern auch die denkbar einfachste und bequemste; sie ist zugänglich für jedermann. Wenn sie ein Buch schaffen will, so braucht sie kein großes Gepäck, kein schweres Gerät, braucht nicht wie die Baukunst vier oder fünf andere Künste als Hilfskräfte, braucht keine Tonnen Goldes, keinen Berg von Steinen, keinen Wald von Balken, kein Volk von Arbeitern; etwas Papier, etwas Tinte und eine Feder sind ihr ganzes Rüstzeug. Ist es da zu verwundern, daß der Menschengeist sich von der Architektur zur Buchdruckerkunst gewendet hat? Teilt man plötzlich das ursprüngliche Flußbett durch einen Kanal, der tiefer liegt als der Fluß, so verläßt der Fluß sein Bett.

So kommt es, daß die Architektur von der Entdeckung des Buchdruckes an langsam vertrocknet, verkümmert und sich entblößt. Das Wasser sinkt, der Saft versiegt; die Gedanken der Zeiten und der Völker ziehen sich von ihr zurück. Im fünfzehnten Jahrhundert macht sich der Rückgang noch wenig fühlbar; die Buchdruckerkunst ist noch kraftlos und kann der mächtigen Baukunst höchstens ein Übermaß an Leben entziehen. Im sechzehnten Jahrhundert aber wird der Schaden sichtbar. Schon sind die Gebäude nicht mehr der reine Ausdruck des Zeitgeistes. Auf unschöne Weise werden sie klassisch. War die Architektur ehedem gallisch, europäisch und ursprünglich, so wird sie griechisch und römisch; war sie wahr und modern, so wird sie pseudoantik. Dieser Verfall wird Renaissance genannt. Es ist ein glanzvoller Verfall; denn der alte Genius Gotik, die strahlende Sonne, die hinter der mächtigen Mainzer Buchdruckerpresse versinkt, durchdringt noch mit ihren letzten Strahlen die Zwittergebilde römischer Bogengänge und korinthischer Säulenhallen.

Diesen Sonnenuntergang verwechseln wir mit einer Morgenröte.

Aber von dem Augenblick an, da die Baukunst zu einer Kunst wird wie jede andere auch, da sie aufhört, die totale, souveräne, alles beherrschende Kunst zu sein, hat sie auch nicht mehr die Kraft, die anderen Künste in Schranken zu halten. So machen sie sich selbständig, zerbrechen das Joch des Architekten, und jede geht ihren eigenen Weg. Sie gewinnen durch diese Trennung, Isolierung macht groß. Das Steinhauen wird zur Bildhauerkunst, die volkstümliche Baukunst wird zur Malerei, der Kanon wird zur Musik. Es ist ein Reich, das sich auflöst; Alexander ist tot, und seine Provinzen werden zu Königreichen.

Daher Raffael, Michelangelo, Jean Goujon und Palestrina, diese Sterne des glänzenden sechzehnten Jahrhunderts.

Zugleich mit den Künsten macht sich auch das Denken in allen Bereichen selbständig. Die Ketzerei des Mittelalters hat dem Katholizismus schon schwere Wunden geschlagen. Das sechzehnte Jahrhundert sprengt die kirchliche Einheit. Vor der Erfindung der Buchdruckerkunst wäre die Reformation eine vorübergehende Kirchenspaltung geblieben; das gedruckte Wort macht sie zur Revolution. Ohne Buchdruckerpresse verliert die Ketzerei ihren Nerv. Schicksal oder Glücksfall, Gutenberg ist der Vorläufer Luthers.

Als die Sonne des Mittelalters untergeht, als das Genie der Gotik für ewig am Horizont der Kunst erlischt, da wird die Baukunst immer matter, farbloser und entschwindet immer mehr. Das gedruckte Buch wird zum zerstörenden Wurm, der sie aussaugt und verzehrt. Sie entblößt und entblättert sich, wird zusehends magerer, kleinlicher, dürftiger und nichtiger, wird inhaltlos und läßt sogar die Erinnerung an die Kunst früherer Zeiten fallen. Auf sich selbst angewiesen, von den anderen Künsten verlassen, weil der menschliche Geist sie verlassen hat, ruft sie statt Künstler Handlanger zu Hilfe. Weiße Fensterscheiben ersetzen die Glasmalerei. Der Steinmetz ersetzt den Bildhauer. Saft, Originalität, Leben und Geist entweichen für immer. Sie schleicht, beklagenswerte Atelierbettlerin, von Kopie zu Kopie. Michelangelo, der dieses Absterben wohl seit dem sechzehnten Jahrhundert gefühlt haben mag, hatte eine letzte Idee, eine verzweifelte Idee. Dieser Titan der Kunst setzte das Panthéon auf den Parthenon und schuf Sankt Peter zu Rom, ein großes Werk, das verdient hätte, einzig in seiner Art zu bleiben; denn es ist die letzte ursprüngliche Tat der Baukunst, der Namenszug eines Titanen unter der gewaltigen steinernen Chronik, die sich für ewig schloß. Was aber macht diese elende Baukunst, die sich als schattenhaftes Gespenst selbst überlebt, nach dem Tode Michelangelos? Sie äffte Sankt Peter zu Rom nach. Es wird zur Manie, es wird bemitleidenswert. Jedes Jahrhundert hat sein Sankt Peter von Rom; im siebzehnten Jahrhundert Val-de-Grâce und im achtzehnten Jahrhundert Sainte-Geneviève. Jedes Land hat sein Sankt Peter; London hat eines, Petersburg eines, Paris hat ihrer zwei oder drei. Bedeutungsloses Testament, letztes Gefasel einer großen absterbenden Kunst, die vor ihrem Tod kindisch wird.

Wenn wir statt der soeben erwähnten charakteristischen Denkmäler das Gesamtbild der Kunst vom sechzehnten bis zum achtzehnten Jahrhundert betrachten, so stoßen wir überall auf Zeichen des Verfalls und der Schwindsucht. Die architektonische Form der Häuser verliert sich seit Franz dem Zweiten mehr und mehr, und wie das Knochengerüst eines abgemagerten Kranken tritt das geometrische Schema immer schärfer zutage. Die schönen Linien der Kunst weichen den kalten, unerbittlichen Linien der Geometrie. Ein Gebäude ist kein Gebäude mehr, sondern ein Polyeder. Die Architektur quält sich damit ab, ihre Nacktheit zu verbergen. Der griechische Giebel läßt sich auf dem romanischen nieder und umgekehrt. Es bleibt immer das Panthéon auf dem Parthenon, Sankt Peter von Rom. Da sind die Backsteinhäuser Heinrichs des Vierten mit ihren Natursteinecken; die Place Royale, die Place Dauphine. Da sind die schweren, gedrungenen, flachgedrückten, untersetzten Kirchen Ludwigs des Dreizehnten mit ihren wie Buckel aufgesetzten Kuppeln. Da ist die Mazarinsche Architektur; das schlechte italienische Pasticcio der Quatre-Nations. Da sind die Paläste Ludwigs des Vierzehnten, lange, steife, eisige, langweilige Kurtisanenkasernen. Da ist schließlich noch Ludwig der Fünfzehnte mit seinem Zuckerbäcker- und Chicoréesalatstil, mit all den Warzen und Aufschwemmungen, die diese alte, gebrechliche, zahnlose und gefallsüchtige Baukunst entstellen. Der Schaden ist von Franz dem Zweiten bis Ludwig dem Fünfzehnten in geometrischen

Progressionen gewachsen. Von der Kunst sind nur noch Haut und Knochen übrig; sie liegt in jammervollem Todeskampf.

Was wird aber unterdessen aus der Buchdruckerkunst? Ihr strömt alles Leben zu, das der Baukunst entweicht. Je mehr die Architektur verliert, um so größer und aufgeblasener wird die Buchdruckerkunst. Alle Kraft, die der menschliche Geist einst in Gebäuden verausgabt hatte, gibt er nun in Büchern aus. Im sechzehnten Jahrhundert erstarkt die Buchdruckerkunst, wird der sinkenden Baukunst ebenbürtig, ringt mit ihr und tötet sie. Im siebzehnten Jahrhundert ist sie schon die triumphierende Herrscherin und sitzt so sicher auf ihrem Thron, daß sie der Welt das Fest eines großen literarischen Jahrhunderts geben kann. Im achtzehnten Jahrhundert ergreift sie nach langer Ruhe am Hofe Ludwigs des Vierzehnten das alte Luthersche Schwert, bewaffnet damit Voltaire und läuft auf das alte Europa Sturm, das durch sie schon seiner architektonischen Ausdrucksmittel beraubt war. Am Ende des achtzehnten Jahrhunderts hat sie alles zerstört. Nun wird sie im neunzehnten Jahrhundert wieder aufbauen.

Man kann sich nun fragen, welche der beiden Künste wirklich seit drei Jahrhunderten das menschliche Denken darstellt, wiedergibt und ausdrückt, nicht nur seine literarischen und scholastischen Launen, sondern seine weite, tiefe, universelle Bewegung, welche der beiden sich fortwährend, ohne Unterbrechung und ohne Lücke über die vorwärtsstrebende Menschheit, ein tausendfüßiges Ungetüm, ausbreitet; die Architektur oder die Buchdruckerkunst?

Die Buchdruckerkunst. Man täusche sich nicht; die Baukunst ist tot, tot auf ewig. Das gedruckte Buch hat sie getötet, weil sie weniger dauerhaft und viel kostspieliger ist. Jeder Dom kostet eine Milliarde. Man stelle sich vor, wieviel Geld nötig wäre, um das Buch der Architektur neu zu schreiben, um wiederum Tausende von Bauwerken sich über die Erde ausbreiten zu lassen, um zu den Zeiten zurückzukehren, in denen es eine solche Menge von Denkmälern gab, daß man nach Aussagen eines Augenzeugen meinen könnte, ›die Welt hätte ihre alte Kleidung abgeschüttelt und sich mit einem weißen Kleid aus Kirchen bedeckt‹. Erat enim ut si mundus ipse excutiendo semet, rejekta vetustate, candidam ecclesiarum vestem indueret (Glaber Radulphus).

Ein Buch aber ist so schnell gedruckt, kostet so wenig und kann sich so weit verbreiten! Wie kann man also darüber staunen, daß das gesamte menschliche Denken sich über diesen Abhang ergießt. Die Baukunst wird gewiß noch hier und da ein schönes Denkmal, ein vereinzeltes Meisterwerk schaffen. Ab und zu wird man wohl auch unter der Vorherrschaft der Buchdruckerkunst eine Säule finden, die wahrscheinlich durch eine ganze Armee von ineinander verschmolzenen Kanonen errichtet wurde, so wie unter der Architektur Iliaden, Romanzeros, Mahabharatas und die Nibelungen von einem ganzen Volk aus gedichteten und gesammelten Rhapsodien geschrieben wurden. Einen genialen Architekten des zwanzigsten Jahrhunderts kann das große Mißgeschick in gleicher Weise ereilen wie einst im dreizehnten Dante. Aber die Architektur wird niemals mehr die Kunst des ganzen Volkes, die herrschende Kunst, die kollektive Kunst sein. Das große Epos, der große Bau, das große Werk der Menschheit wird nicht mehr in Steinen, sondern in Worten geschrieben werden.

Und fortan wird die Architektur, wenn sie sich zufällig erhebt, nicht mehr Herrin sein. Sie wird sich dem Gesetz der Literatur unterwerfen, die sie einst selbst unterwarf. Die jeweilige Stellung der beiden Künste wird vertauscht. Zugegeben, die seltenen Poeme erinnern in der Epoche der Architektur sicherlich an Denkmäler. Vyasa in Indien ist verschlossen, fremd und undurchdringlich wie eine Pagode. Im orientalischen Ägypten hat die Poesie in ihren Linien die Größe und Ausgeglichenheit der Bauwerke; im antiken Griechenland die Schönheit, die Klarheit und die Ruhe; im christlichen Europa die katholische Majestät, die Volksnaivität, den reichen und üppigen Wuchs einer Epoche der Erneuerung. Die Bibel ähnelt den Pyramiden, die Iliade dem Parthenon und Homer dem Phidias. Dante ist im dreizehnten Jahrhundert die letzte romanische Kirche, Shakespeare im sechzehnten der letzte gotische Dom.

Faßt man all das bereits Gesagte, wenn auch unvollständig und bruchstückhaft, zusammen, so hat die Menschheit zwei Bücher, zwei Register, zwei Testamente; die Baukunst und die Buchdruckerkunst, die Bibel aus Stein und die Bibel aus Papier. Wenn man sich in diese beiden über die Jahrhunderte hinweg so weit aufgeschlagenen Bibeln vertieft, so ist es gewiß verzeihlich, der majestätischen steinernen Schrift, den Riesenalphabeten der Säulenhallen, den Pylonen und Obelisken nachzutrauern, dieser Art von Menschenhand geschaffener Berge, die die Welt und die Vergangenheit von den Pyramiden bis zum Glockenturm, von Cheops bis Strasbourg bedekken. Es ist gewiß gut, sich auf diesen marmornen Seiten in die Vergangenheit zu vertiefen und das Buch der Baukunst immer wieder bewundernd zu durchblättern. Aber man sollte darum nicht die Großartigkeit des Gebäudes leugnen, das die Buchdruckerkunst nun aufrichtet.

Dieses Gebäude ist gewaltig. Ein Statistiker hat errechnet, daß alle seit Gutenberg gedruckten Bücher, übereinandergestapelt, von der Erde bis zum Mond reichen würden. Aber nicht von dieser großartigen Leistung soll hier die Rede sein. Erscheint uns nicht, wenn wir versuchen, uns ein vollständiges Bild der gesamten Druckerzeugnisse bis zum heutigen Tage zu machen, dieses Ganze wie eine gewaltige, auf die ganze Welt gestützte Konstruktion, an der die Menschheit unaufhörlich arbeitet und deren monsterhafter Kopf sich im tiefen Nebel der Zukunft verliert? Das ist der Ameisenhaufen der Intelligenz, das ist der Bienenstock, in dem alle Vorstellungskräfte, diese goldenen Bienen, ihren Honig lagern. Dieses Gebäude hat tausend Stockwerke. Hier und da sieht man in seinen Aufgängen die finsteren Höhlen der Wissenschaft, die sich in ihren Eingeweiden kreuzen, in sie münden. Auf ihrer ganzen

Oberfläche zeigt die Kunst üppige Arabesken, Rosetten und Spitzwerk. Dort hat jedes einzelne Werk, so mutwillig und einsam es auch scheinen mag, seinen Platz und seinen Sockel. Die Harmonie erwächst aus dem Ganzen. Vom Shakespearedom bis zur Moschee von Byron behinderten sich Hunderte von Glockentürmchen gegenseitig auf dieser Metropole des Universalgedankens. An seinem Fuß hat man einige alte Werke der Menschheit, die die Architektur nicht erfaßt hatte, wieder eingeschrieben. Links vom Eingang hat man das alte Relief Homers aus weißem Marmor eingelassen; rechts erhebt die mehrsprachige Bibel ihre sieben Köpfe; etwas weiter befinden sich die Hydra des Romanzero sowie einige andere verwandte Formen, die Veden und die Nibelungen. Übrigens bleibt dieses außerordentliche Bauwerk immer unvollendet. Die Presse, diese riesige Maschine, die ununterbrochen den gesamten intellektuellen Lebenssaft der Gesellschaft aufsaugt, spuckt unaufhörlich neuen Stoff für ihr Werk aus. Die ganze Menschheit steht auf einem Gerüst. Jedes Wesen ist ein Maurer, der Bescheidenste schließt ein Loch oder stellt seinen Stein auf. Restif de la Bretonne bringt seine Kiepe Schutt. Jeder Tag bringt eine neue Schicht. Unabhängig von dem besonderen, individuellen Anteil eines jeden Schriftstellers gibt es auch kollektive Beiträge. Das achtzehnte Jahrhundert gebiert die Enzyklopädie, die Revolution, den Moniteur. Es ist sicherlich ein sich vergrößerndes Bauwerk und eine unendliche nach oben steigende Spirale, ein Sprachendurcheinander, eine unaufhörliche Betriebsamkeit, ein unermüdliches Mühen, ein hartnäckiger Wettbewerb der gesamten Menschheit, ein der Intelligenz versprochener Zufluchtsort bei einer neuen Sintflut, bei einer Überschwemmung durch die Barbaren. Das ist des Menschengeschlechts zweiter Turm zu Babel.

Sechstes Buch

I

Ein unparteiischer Blick auf die alte Verwaltung

Der edle Ritter Robert d'Estouteville, Herr von Beyne, Baron von Yvry und Saint-Andry en la Marche, Rat und Kämmerling des Königs und Stadtvogt von Paris, lebte Anno 1482 in recht glücklichen Umständen. Am 7. November 1465, dem Jahre des großen Kometen, waren es schon an die siebzehn Jahre, daß ihm der König die schöne Würde eines Stadtvogts von Paris verliehen hatte, die mehr im Ruf einer Herrschaft als eines Amtes stand, ›dignitas‹, wie Johannes Lœmnœus sagt, ›quæ cum non exigua potestate politiam concernente, atque prærogativis multis et juribus conjuncta est‹.[1] Es war für das Jahr 82 etwas ganz Außerordentliches, daß ein Edelmann eine Stellung von Königs Gnaden innehatte, dessen Ernennungsbrief aus der Zeit stammt, als die uneheliche Tochter Ludwigs des Elften mit dem Herrn Bastard von Bourbon verheiratet wurde. Am selben Tag, als Robert d'Estouteville die Stelle von Jacques de Villiers in der Vogtei von Paris übernommen hatte, verlor Messire Hélye de Thorettes seinen Posten als erster Präsident des königlichen Gerichtshofes zugunsten von Meister Jean Dauvet; Jean Jouvenel des Ursins verdrängte Pierre de Morvilliers aus der Stellung eines Kanzlers von Frankreich, und Regnault des Dormans stach Pierre Puy als Berichterstat-

[1] lat., eine Würde, die mit nicht geringer, auch staatlicher Amtsgewalt und mit vielen Vorrechten und Rechten verbunden ist.

ter über eingegangene Bittschriften im königlichen Dienste aus. Über wie viele Köpfe waren die Präsidentschaft, die Kanzlerschaft und der Meistertitel gewandert, seit Robert d'Estouteville die Vogtei von Paris innehatte! Sie war ›seiner Obhut‹ anvertraut, wie es in seinem königlichen Patent hieß, und wahrlich, er hütete sie gut. Er hatte sich an das Amt geklammert, hatte sich mit ihm identifiziert, war mit ihm verwachsen, so fest, daß er der Veränderungswut Ludwigs des Elften entging, der ein mißtrauischer, rechthaberischer, emsiger Herrscher war und seine Macht durch unaufhörliche Ernennungen und Absetzungen elastisch erhielt. Zudem war es dem guten Ritter gelungen, seinem Sohn die Nachfolge zu sichern, und der Name des hochedlen Junkers Jacques d'Estouteville stand schon seit zwei Jahren neben dem Namen des Vaters zuoberst in den Registern der Stadtvogtei verzeichnet. Eine seltene und außerordentliche Gunst! Allerdings war Robert d'Estouteville ein guter Soldat und hatte immer treu für den König gegen die Liga des Gemeinwohles gekämpft; er hatte der Königin bei ihrem Einzug in Paris im Jahre 14.. einen wunderschönen Hirsch aus Zuckerwerk dargebracht und hatte außerdem auch noch Messire Tristan l'Hermite, Vogt der Marschälle des Königs, zum Freund. Die Lebensumstände des Messire Robert waren also sehr angenehmer Art. Er hatte ein sehr gutes Gehalt, an dem wie Trauben am Weinstock stattliche Nebeneinnahmen hingen, Einnahmen aus dem Straf- und Zivilrecht der Vogtkanzlei, aus dem Straf- und Zivilrecht der Gerichtssäle des unteren Teils des Châtelet, ganz zu schweigen von einigen Wegegeldern an den Brücken von Mantes und Corbeil und den Gewinnen aus den Steuergeldern der Flößer und Salzzöllner von Paris. Dazu kam das Vergnügen, bei feierlichen Umzügen mit seinem schönen Soldatenrock und seinem kunstvoll getriebenen Helm vor den halb roten, halb lohfarbenen Röcken der Schöffen und Obmänner zu prangen. Ihr könnt den Rock heute in Stein gehauen auf seinem Grabmal in der Abtei von Valmont in der Normandie und seine vollständig zerbeulte Maurerkappe in Montlhéry bewundern. War es etwa nichts, die ganze Oberherrlichkeit über die Wachtmeister der Dutzendschaft zu haben? Über Pförtner und Wache im großen Châtelet, die beiden Beisitzer des Châtelet, die sechzehn Vertrauensmänner der sechzehn Stadtviertel, den Gefangenenwärter des Châtelet, die vier Lehenswachtmeister, die hundertzwanzig reitenden Wachtmeister, die hundertzwanzig Konstabler, den Wachoffizier mit seiner Wache, seiner Unterwache, seiner Kontrollwache und seiner Vizewache? War es nichts, hohe und niedere Gerichtsbarkeit zu üben, zu rädern, zu hängen und zu schleifen, ganz zu schweigen von den kleineren Fällen erster Instanz, in prima instantia, wie es die Charten der Grafschaft von Paris, die so phantastisch mit sieben edlen Vogteien belehnt ist, festlegen? Kann man sich Angenehmeres denken als das Vergnügen, Haft und Strafen zu verhängen, wie das Robert d'Estouteville im großen Châtelet tagtäglich unter den breiten und gedrungenen Bögen des Philipp-August tat? Und einen angenehmeren Tagesschluß als den Abend in dem reizenden Hause in der Rue Galilei im Umkreis des königlichen Palastes, den ihm seine Frau, Madame Ambroise de Loré, in die Ehe mitgebracht hatte? Dort ruhte er sich allnächtlich von seinen Anstrengungen aus, die etwa in dem Befehl bestanden hatten, irgendeinen armen Teufel ins Stadtgefängnis zu bringen, der dann seinerseits in ›der gar kleinen Zelle, in der Rue de l'Escorcherie, in der die Vögte und Schöffen von Paris ihre Gefängnisse installieren wollten und die so elf Fuß lang, sieben Fuß und vier Daumen breit und elf Fuß hoch war‹, ebenfalls der Nachtruhe pflegen konnte?

Aber Messire Robert d'Estouteville hatte nicht nur seine eigene Gerichtsbarkeit als Vogt und Graf von Paris, er hatte auch in der großen Gerichtsbarkeit des Königs ein Wörtchen mitzureden. Jeder Kopf von Bedeutung, der dem Henker verfiel, war vorher durch seine Hände gegangen. Er war es, der Monsieur de Nemours von der Bastille Saint-Antoine holte, um ihn zu den Hallen zu bringen, und er war es auch, der Monsieur de Saint-Pol gegen dessen ungehaltenen Protest und zur größten Freude des Herrn Vogtes, der den Konnetablen nicht mochte, zur Place de Grève brachte.

Das war doch wahrlich mehr als genug, um ein Leben glücklich und glorreich zu führen und um eines Tages eine ansehnliche Seite in dieser interessanten Geschichte der Pariser Vögte einzunehmen, in der man erfährt, daß Oudard de Villeneuve ein Haus in der Rue des Boucheries besaß, Guillaume de Hangest das große und kleine Savoie kaufte, Guillaume Thiboust den Ordensschwestern von Sainte-Geneviève seine Häuser in der Rue Clopin schenkte, Hugues Aubriot im Hôtel du Porc-Épic wohnte und andere häusliche Dinge. Aber obwohl er alle Veranlassung hatte, sein Dasein in Geduld und Heiterkeit zu tragen, war Messire Robert d'Estouteville am 7. Januar 1482 sehr mürrisch und in übelster Laune. Wie kam das? Auch er selbst hätte uns das nicht sagen können. War der graue Himmel daran schuld? War sein Gürtel zu eng und militärisch um seinen vögtlichen Bauch geschnallt? Hatten ihn die Vagabunden verstimmt, die ihm zum Hohn in Wams und ohne Hemd, mit Hutkrempe ohne Deckel bekleidet und mit Quersack und Flasche vier und vier an seinen Fenstern vorübergezogen waren? Hatte er ein dumpfes Vorgefühl, daß der künftige König Karl der Achte im nächsten Jahr das Einkommen des Stadtvogts um dreihundert Pfund, sechzehn Solidi, acht Heller beschneiden werde? Der Leser hat die Wahl; was uns betrifft, so neigen wir zu der Annahme, daß er schlechter Laune war, weil er eben schlechter Laune war.

Zudem war am Tag vorher das große Fest gewesen. Der Tag war darum für niemand erquicklich, am wenigsten für den Magistrat, der allen Schmutz, in wörtlichem und bildlichem Sinn, fortfegen mußte, den ein Fest in Paris zurückzulassen pflegt. Dann hatte er Sitzung im großen Châtelet, und wir haben beobachtet, daß die Richter ihre schlechte Laune gern auf einen Gerichtstag verlegen, weil sie dann immer jemand zur Stelle haben, an dem sie von Königs, Gesetzes und Gerechtigkeits wegen ihre Mißstimmung auslassen können.

Die Gerichtssitzung aber hatte schon ohne ihn angefangen. Seine Hilfsrichter versahen wie üblich sein Amt, und seit acht Uhr morgens standen ein paar Dutzend Bürger und Bürgerinnen in einem dunklen Winkel des Saales des unteren Châtelet zwischen der Wand und einer starken eichenen Schranke eingeklemmt und sahen beseligt das wechselvolle und erfreuliche Schauspiel der Zivil- und Kriminalgerichtsbarkeit an sich vorüberziehen, wie sie vom Berichterstatter Meister Florian Barbedienne, Hilfsrichter des Vogtes, etwas durcheinander und dem Zufall folgend ausgeübt wurde.

Der Saal war klein, niedrig und gewölbt. An seinem oberen Ende stand der mit königlichen Lilien verzierte Richtertisch und der große, eichengeschnitzte Lehnstuhl des Vogtes; er war leer. Links daneben auf einem Schemel saß Meister Florian, der Beisitzer, weiter unten am Tisch der kritzelnde Kanzlist. Vor dem Tisch und an der Tür standen mehrere Wachleute des Vogtes in Jacken aus veilchenblauem Kamelot mit weißen Kreuzen darauf. Zwei Wachleute in halb roten, halb blauen Winterjacken hielten vor einer niedrigen geschlossenen Tür im Hintergrund des Saales Wache. Durch ein einziges schmales Spitzbogenfenster in der tiefen Wand fiel das fahle Licht des Januartages auf zwei wunderliche Gestalten, den launischen steinernen Kobold am Schlußstein des Gewölbes und den Richter, der auf den königlichen Lilien hinten im Saal saß.

Es war sehenswert, wie der Meister Florian Barbedienne, Beisitzer am Châtelet, zwischen zwei Aktenbündeln, die Ellbogen auf die Tischplatte gestemmt, den Fuß auf der Schleppe seines einfarbigen braunen Talars, das Gesicht von weißem Lammfell umrahmt, von dem seine Augenbrauen Absenker zu sein schienen, rot, mürrisch, blinzelnd, in der majestätischen Pracht des Fettes seiner Wangen, vereint mit seinem Doppelkinn, am Vogteitisch saß.

Nun aber war der Berichterstatter taub; aber das tut ja der richterlichen Tätigkeit keinen wesentlichen Abbruch. Er urteilte darum nicht weniger unfehlbar und angemessen. Es genügt, wenn der Richter den Anschein des aufmerksamen Zuhörers erweckt, und der würdige Berichterstatter erfüllte dieses einzig wichtige Erfordernis guter Rechtsprechung um so besser, als seine Aufmerksamkeit durch kein Geräusch abgelenkt werden konnte.

Dazu war unter den Zuhörern heute jemand, der ihm unerbittlich auf die Finger sah. Es war unser Freund Jehan Frollo du Moulin, der kleine Scholar und ›Pflastertreter‹, den man allerorten in Paris treffen konnte, nur vor den Kathedern der Professoren nicht.

»Sieh nur, da ist die schöne Jehanneton du Buisson, die Tochter von dem alten Faulenzer am Marché-Neuf«, sagte er leise zu seinem Spießgesellen Robin Poussepain, der neben ihm über seine Kommentare zu den vor ihren Augen abspielenden Szenen grinste und kicherte. »Wahrhaftig, der alte Kerl verurteilt sie. Sind denn seine Augen ebenso schlecht wie seine Ohren? Fünfzehn Solidi, vier Heller Pariser Währung, weil sie zwei Rosenkränze getragen hat! Das ist ein bißchen teuer. Lex duri carminis.[1] – Wen haben wir denn da? Robin Chief-de-Ville, Gastwirt, hat bestanden und ist als Meister in besagtem Gewerbe aufgenommen. Das ist sein Eintrittsgeld. – Was, zwei Edelleute unter diesen Schuften! Aiglet de Soins, Hutin de Mailly. Zwei Knappen, corpus Christi! Aha, sie haben Würfel gespielt. Wann werde ich es erleben, unseren Rektor hier zu sehen? Hundert Pfund Pariser Währung Bußgeld an den König! Der Barbedienne haut ja wie blind zu, und dabei ist er nur taub. Ich will mein eigener Bruder, der Erzdechant, sein, wenn mich das hindert zu spielen, tags zu spielen, nachts zu spielen, dem Spiel zu leben, dem Spiel zu sterben und meine Seele zu verspielen, wenn das Hemd fort ist. – Heilige Jungfrau, was für Dirnen! Eine nach der andern,

[1] lat., Der Artikel des Gesetzes ist streng.

meine Schäfchen! Ambroise Lécuyère, Isabeau la Paynette, Birarde Gronin! Ich kenne sie alle, weiß Gott! Blechen! Blechen! Dies wird euch lehren, vergoldete Gürtel zu tragen. Zehn Solidi Pariser Währung, ihr Koketten! – Oh, die alte Richterschnauze die! Taub und dumm! Florian, der Tolpatsch! Barbedienne, der Flegel! Da ist er an der Krippe; er frißt die Prozeßführer, er frißt Prozesse, er frißt; er kaut, er stopft, er mästet sich. Bußen, herrenlose Güter, Taxen, redliche Kosten, Spesen, Löhne, Entschädigungen und Zinsen, Mühsal, Gefängnis, Zuchthaus und Kerker mit Kosten sind ihm Weihnachtskuchen und Sankt-Johannis-Marzipan! Sieh nur das Schwein! – Sehen wir weiter! Noch ein verliebtes Weibchen! Keine andre als die Thibaud la Thibaude! Wenn man bedenkt, daß sie aus der Rue de Glatigny kommt! – Und wer ist dieser Kerl da? Gieffroy Mabonne, vom Gendarmenregiment. Er hat auf den lieben Gott geschimpft! – Blechen, Thibaude! Blechen, Gieffroy! Alle beide blechen! Der taube Alte hat doch die beiden Geschichten verwechselt. Zehn gegen eins, das Mädchen muß den Fluch bezahlen und der Gendarm die Liebe. – Aufgepaßt, Robin! Was bringen sie da? Donnerwetter, das sind genug Wachtmeister. Beim Jupiter, alle Windhunde der Meute sind dabei. Das muß das Hauptwild sein, ein Eber. – Es ist einer, Robin, es ist einer! – Und was für einer! – Unser Fürst von gestern, unser Narrenpapst, unser Glöckner, unser Einäugiger, unser Buckliger, unsre Fratze! Quasimodo ist es!«

Der war es wirklich.

Es war Quasimodo in Fesseln und Banden, verschnürt und geknebelt und unter starker Bewachung. Die Leute der Korporalschaft, die ihn umzingelten, wurden von ihrem Obersten in eigener Person geführt. Auf der Brust trug er die Wappen Frankreichs gestickt, auf dem Rücken die Wappen der Stadt. Quasimodo aber hatte, abgesehen von seiner Häßlichkeit, nichts an sich, was dieses Aufgebot von Hellebarden und Büchsen hätte rechtfertigen können. Er war finster, still und ruhig. Kaum, daß sein eines Auge ab und zu einen tückischen, zornigen Blick auf die Bande warf, die ihn fesselte.

Er ließ seinen Blick auch über den Saal wandern, aber so matt und schläfrig, daß die Frauen über ihn lachten.

Meister Florian blätterte unterdessen eifrig in dem Aktenstück, das ihm der Kanzlist überreicht hatte und das die Klage gegen Quasimodo enthielt. Dann schien er sich einen Augenblick zu sammeln. Auf solche Weise unterrichtete er sich immer vor Beginn eines neuen Verhörs über Namen, Stand und Missetat des Angeklagten, konnte dank dieser Gewohnheit vorgesehene Entgegnungen auf vorgesehene Antworten machen und schlängelte sich so durch alle Windungen des Verhörs, ohne daß seine Taubheit allzu störend auffiel. Die Akten des Prozesses waren für ihn, was der Hund für den Blinden ist. Wenn es zufällig doch geschah, daß sich sein Gebrechen durch irgendeine Anrede oder Frage, die nicht in den Zusammenhang paßte, verriet, so hielten das die einen für Gedankentiefe, die anderen für Dummheit. In beiden Fällen litt die Ehre der Behörde keinen Schaden; denn es ist einem Richter weniger abträglich, wenn er für dumm oder für einen tiefen Denker gilt, als wenn man weiß, daß er taub ist. Er verwendete darum große Sorgfalt darauf, die Leute über seine Taubheit wegzutäuschen, und war darin gewöhnlich so glücklich, daß er sich manchmal selber darüber hinwegtäuschte. Das ist übrigens leichter, als man glauben sollte. Jeder Bucklige trägt den Kopf hoch, jeder Stotterer hält lange Reden, jeder Taube spricht leise. Er seinerseits aber hielt sich höchstens für etwas harthörig. Das war in diesem Punkt das einzige Zugeständnis, das er der öffentlichen Meinung in Augenblicken der Selbsterkenntnis und der Selbstprüfung machte.

So warf er, nachdem er den Fall Quasimodo wiedergekäut hatte, den Kopf zurück und schloß halb die Augen, um sich ein größeres Ansehen von Majestät und Unparteilichkeit zu geben, war also zur Zeit nicht nur taub, sondern auch blind und in einem Zustand, der dem vollendeten Richter durchaus angemessen ist. In dieser hoheitsvollen Stellung eröffnete er das Verhör.

»Euer Name?«

Nun war aber dieses ein Fall, den die Akten nicht vorgesehen hatten: ein Tauber verhörte einen Tauben.

Quasimodo, den kein äußeres Anzeichen auf die Frage des Richters aufmerksam machte, hielt den Blick fest auf den Meister Florian geheftet und antwortete nicht. Der taube Richter, den kein äußeres Anzeichen auf die Taubheit des Angeklagten aufmerksam machte, glaubte seine Frage in der Weise beantwortet, wie sie in anderen Fällen immer beantwortet wurde, und fuhr mit mechanischer Selbstsicherheit stumpfsinnig fort:

»Gut. Euer Alter?«

Quasimodo antwortete auch auf diese Frage nicht. Der Richter glaubte sie beantwortet und fragte weiter: »Und jetzt Euer Stand?«

Immer dasselbe Schweigen; die Zuhörer aber fingen an zu tuscheln und sich Blicke zuzuwerfen.

»Das genügt«, sagte der Berichterstatter mit unerschütterlicher Gelassenheit, als er annahm, der Angeklagte habe seine dritte Antwort gegeben. »Ihr seid angeklagt: primo nächtlicher Ruhestörung; secundo ehrenrühriger Tätlichkeiten an der Person einer Verrückten, in præjudicium meretricis;[1] tertio, grober Unbotmäßigkeiten gegen Schützen der Leibwache unseres Königs und Herrn. Was habt Ihr zu diesen Punkten zu sagen? – Kanzlist, habt Ihr alles niedergeschrieben, was der Angeklagte bis jetzt gesagt hat?«

Bei dieser unglücklichen Frage erhob sich im ganzen Saal ein so allgemeines, stürmisches, tolles, ansteckendes Gelächter, daß die beiden Tauben nicht umhinkonnten, es zu bemerken. Quasimodo wandte den Kopf und zuckte verächtlich mit seinem Buckel; Meister Florian aber, der ebenso erstaunt war wie der Angeklagte, nahm an, dieser habe das Gelächter

[1] lat., zum Nachteil einer Dirne.

durch eine unehrerbietige Äußerung hervorgerufen und das verächtliche Schulterzucken sei die begleitende Gebärde gewesen. Darum fuhr er ihn entrüstet an: »Eure unverschämte Sprache verdiente Prügel, Bursche! Wißt Ihr nicht, wen Ihr vor Euch habt?«

Dieser Ausfall war nicht geeignet, den Sturm der allgemeinen Heiterkeit zu dämpfen. Er schien allen so komisch, daß selbst die Gerichtsdiener des öffentlichen Sprechzimmers, bei denen der Stumpfsinn zum Amte gehörte, vom Lachen gepackt wurden. Quasimodo war der einzige, der ernst blieb, aus gutem Grund, denn er verstand nichts von alledem, was um ihn her vorging. Der Richter aber wurde immer gereizter, glaubte im selben Ton fortfahren zu müssen und hoffte dadurch dem Angeklagten einen solchen Schrecken einzujagen, daß auch dem Publikum das Lachen vergehen würde.

»Ihr erlaubt Euch also, Ihr verderbter, räuberischer Geselle, der Ihr seid, dem Beisitzer des Châtelet zu trotzen? Einer Magistratsperson der Pariser Stadtpolizei, die eingesetzt ist, den Verbrechen, Missetaten und bösen Streichen auf die Spur zu kommen, alle Gewerke zu beaufsichtigen, das Monopole-Spiel zu verbieten, das Pflaster in Ordnung zu halten, die Wild- und Geflügelhändler am Holzverkauf zu verhindern, die Stadt von Schmutz und verseuchter Luft zu säubern, kurz unentwegt ohne Gehalt, ja ohne Hoffnung auf Gehalt für das öffentliche Wohl zu sorgen? Wißt Ihr, daß ich Florian Barbedienne heiße; daß ich Hilfsrichter des Herrn Stadtvogts bin, dazu Kontrolleur, Quästor und Kommissar, mit gleicher Macht sowohl im Amtsbezirk wie im ganzen Vogteibezirk? ...«

Wenn ein Tauber zu einem Tauben spricht, so liegt keine Veranlassung für ihn vor, seinen Redefluß zu unterbrechen, und Gott weiß, wann Meister Florian, der mit vollen Segeln auf dem Strom hoher Beredsamkeit einherfuhr, einmal zum Landen gekommen wäre, wenn sich nicht plötzlich die niedrige Tür im Hintergrund des Saales geöffnet hätte und der

Herr Stadtvogt in Person auf dem Schauplatz erschienen wäre.

Meister Florian ließ sich durch sein Auftreten nicht verblüffen. Er machte eine halbe Wendung auf den Absätzen, kehrte die Rede, mit der er eben noch Quasimodo zermalmt hatte, plötzlich gegen den Vogt und rief: »Euer Gnaden, wollet über den hier gegenwärtigen Angeklagten wegen schwerer, unerhörter Auflehnung wider die Behörde eine Euch gefällige Strafe verhängen.«

Er setzte sich atemlos nieder und trocknete die großen Schweißtropfen ab, die von seiner Stirn rannen und die vor ihm ausgebreiteten Pergamente wie Tränen benetzten. Messire Robert d'Estouteville runzelte die Stirn und machte gegen Quasimodo eine so gebieterische, ausdrucksvolle Handbewegung, daß der Taube etwas davon verstand.

Der Vogt richtete mit strenger Stimme das Wort an ihn: »Was hast du denn für eine Missetat verübt, daß du hier bist, du Schurke?«

Der arme Teufel glaubte, der Vogt habe ihn nach seinem Namen gefragt. Er brach sein gewohntes Stillschweigen und sagte mit tiefer, heiserer Stimme: »Quasimodo.«

Die Antwort paßte so wenig zur Frage, daß das tolle Gelächter schon wieder anfing sich zu regen und daß Messire Robert rot vor Wut schrie: »Willst du dich auch über mich lustig machen, du Erzschelm?«

»Glöckner von Notre-Dame«, entgegnete Quasimodo, der des Glaubens war, er solle dem Richter über seinen Stand Auskunft geben.

»Glöckner!« rief der Vogt, der, wie schon erwähnt, an diesem Tag mit dem linken Bein zuerst aufgestanden war und solcher Antworten kaum bedurfte, um seinen Zorn zu schüren. »Glöckner! Ich werde dir mit Ruten auf dem Rücken auf den Kreuzungen von Paris läuten lassen. Hörst du, Schurke?«

»Wollt Ihr wissen, wie alt ich bin?« fragte Quasimodo. »Ich glaube, ich werde zu Martini zwanzig Jahre.«

Das war zu stark; der Vogt geriet außer sich.

»Willst du den Vogt zum besten halten, elender Geselle! Wachleute, bringt den Kerl nach dem Pranger auf der Place de Grève und trillt und peitscht ihn eine Stunde lang. Bei Gott, er soll es büßen; auch befehle ich, daß besagtes Urteil unter Beistand von vier gerichtlichen Trompetern in den sieben Bezirken der Grafschaft Paris ausgerufen wird!«

Der Kanzlist setzte das Urteil schleunigst auf.

»Alter Teufel! Der hat's gekriegt!« schrie der kleine Scholar Jehan Frollo du Moulin aus seiner Ecke her.

Der Vogt wandte sich noch einmal um und richtete von neuem den funkelnden Blick auf Quasimodo. »Ich glaube, der Kerl hat ›Alter Teufel‹ gesagt! Kanzlist, setzt noch zwölf Heller Bußgeld wegen Fluchens auf. Die Kirchenkasse von Saint-Eustache soll die Hälfte davon haben. Ich habe eine besondere Verehrung für Saint-Eustache.«

Das Urteil war in wenigen Minuten aufgesetzt. Die Fassung war einfach und kurz. Das Gewohnheitsrecht der Vogtei und Grafschaft von Paris war noch nicht vom Präsidenten, Thibaut Bailler, und vom königlichen Advokaten, Roger Barmne, bearbeitet worden. Es war noch nicht durch die Veredlung der Rechtsverdrehung und Prozeßführung, die durch diese beiden Rechtsgelehrten am Anfang des sechzehnten Jahrhunderts eingeführt wurde, verbrämt. Damals war die juristische Sprache noch klar und bündig. Man kam geradewegs zum Ziel; kein Gestrüpp, keine Windungen hielten den Blick auf, und am Ende jedes Pfades sah man das Rad, den Galgen oder den Pranger winken. Man wußte wenigstens, wohin man ging.

Der Kanzlist überreichte das Urteil dem Vogt; der setzte sein Siegel darunter und entfernte sich, um seinen Rundgang durch die Gerichtssäle fortzusetzen. Er war in einer Gemütsverfassung, die wohl an diesem Tag alle Kerker von Paris mit Verurteilten bevölkert hat. Robin Poussepain und Jehan Frollo lachten in sich hinein. Quasimodo sah erstaunt und teilnahmslos den Vorgängen zu.

Als Meister Florian Barbedienne gerade im Begriff war, seinerseits das Urteil durchzulesen und zu unterzeichnen, da wandelte den Kanzlisten eine mitleidige Regung an. Er näherte sich dem Ohr des Hilfsrichters so nahe wie möglich und sagte, auf Quasimodo deutend: »Der Mann ist taub.«

Er glaubte, Meister Florian werde durch die Gemeinsamkeit des körperlichen Gebrechens zugunsten des Verurteilten gestimmt werden, und hoffte dadurch eine Milderung der Strafe für den armen Teufel zu erwirken. Meister Florian aber war, wir wir schon wissen, gar nicht darauf erpicht, vor den Leuten als taub zu gelten, war auch so schwerhörig, daß er von den Worten des Kanzlisten nichts verstand. Er wollte aber den Eindruck erwecken, als habe er sie verstanden, und entgegnete: »Soso, das ist etwas anderes, ich wußte das nicht; dann soll er noch eine Stunde länger am Pranger stehen.«

Dann unterzeichnete er das dahin geänderte Urteil.

»Das geschieht ihm recht«, sagte Robin Poussepain, der Quasimodo grollte; »warum mißhandelt er die Leute.«

II
Das Rattenloch

Der Leser gestatte uns, daß wir ihn zur Place de Grève zurückführen, die wir am Abend des vergangenen Tages verließen, um mit Gringoire der Esmeralda zu folgen.

Es ist zehn Uhr morgens. Alles deutet darauf hin, daß am Abend vorher ein Fest an dieser Stätte stattgefunden hat. Das Pflaster ist mit Überresten bedeckt, mit Bändern, Lumpen, Federn aus Helmbüschen, Wachstropfen von Fackeln und Krümeln von der öffentlichen Schmauserei. Allerlei Bürger schlendern umher, stoßen mit dem Fuß die erloschenen Scheite des Freudenfeuers beiseite, tauschen vor dem Pfeilerhaus begeisterte Erinnerungen an die schönen Behänge aus, die es am Abend vorher schmückten, und gaffen heute als letztes Vergnügen die Nägel an. Die Wein- und Bierverkäufer rollen ihre Fässer zwischen den Gruppen hindurch. Geschäftige Leute kommen und gehen. Die Kaufleute schwatzen und rufen sich von den Schwellen ihrer Läden aus an. Das Fest, die Gesandten, Coppenole und der Narrenpapst sind in aller Munde. Alles wetteifert mit Glossen und Gelächter. Vier berittene Wachleute, die an den vier Ecken des Prangers halten, haben indessen schon eine Menge des Volks, das vorher auf dem Platz zerstreut war, herbeigelockt, und der zusammengeströmte Haufe verurteilt sich zur Unbeweglichkeit und Langeweile, in der Hoffnung, eine kleine Hinrichtung zu erleben.

Wenn der Leser sich nun von diesen lebhaften, lärmenden Auftritten, die sich allerorten auf dem Platz abspielen, wegwendet und den Blick dem alten halb gotischen, halb romanischen Haus des Rolandsturmes an der westlichen Ecke des Platzes zukehrt, so sieht er dort ein großes öffentliches Gebetbuch mit reichen Handmalereien unter einem kleinen Schutzdach liegen. Ein Gitter bewahrt es vor Dieben; durch das Gitter hindurch kann man jederzeit in dem Buch blättern. Neben diesem Gebetbuch ist eine schmale, spitzbogige Luke mit zwei Eisenstäben in Kreuzform. Es ist die einzige Öffnung, durch die etwas Luft und Licht in eine kleine türlose Zelle dringt, die zu ebener Erde in die dicke Wand des alten Hauses eingebaut ist und in der ein um so tieferer Frieden, eine um so trübseligere Stille herrscht, als der Lärm des belebtesten, lautesten Platzes von Paris um sie herum tobt und braust.

Diese Zelle war seit drei Jahrhunderten in ganz Paris berühmt. Madame Rolande vom Rolandsturm hatte sie vor etwa drei Jahrhunderten in die Mauer ihres eigenen Hauses höhlen lassen, um sich dort der Trauer über ihren in den Kreuzzügen verstorbenen Vater hinzugeben. Sie hatte von ihrem ganzen Palast nur diese Wohnung mit vermauerter Tür und einer zu allen Jahreszeiten offenen Luke behalten; alles andere hatte sie Gott und den Armen gegeben. Das trostlose Fräulein hatte, nur mit einem schwarzen Sack bekleidet, in diesem vorzeitigen Grab für die Seele ihres Vaters zwanzig Jahre lang Tag und Nacht betend auf den Tod gewartet, hatte in der Asche geschlafen, ohne auch nur einen Stein als Kopfkissen zu haben, und hatte sich nur von dem Wasser und Brot ernährt, das ihr mitleidige Menschen in die Luke schoben. So hatte sie zuerst Barmherzigkeit ausgeübt und dann Barmherzigkeit empfangen. Sterbend hatte sie das Grab, das sie nun für ein anderes eintauschen sollte, allen betrübten Frauen, Müttern, Witwen oder Töchtern vermacht, die es in Zukunft treiben sollte, für andere oder für sich selbst zu beten und sich um eines großen Schmerzes oder einer großen Buße willen lebendig zu begraben. Die Armen ihrer Zeit hatten ihr unter Tränen und Segnungen ein schönes Grabgeleit gegeben; zu ihrem großen Leidwesen aber war das fromme Mädchen aus Mangel an Protektion nicht heiliggesprochen worden. Solche unter ihnen, die nicht ganz taktfest in ihrer Frömmigkeit waren, hatten, da der Papst ihnen nicht zugänglich war, in der Hoffnung, die Sache werde sich im Paradies leichter machen als in Rom, einfach beim lieben Gott für die Verstorbene gebetet. Die meisten hatten sich damit begnügt, die Erinnerung an Madame Rolande heiligzuhalten und aus ihren hinterlassenen Lumpen Reliquien zu machen. Die Stadt ihrerseits hatte im Gedenken an die Demoiselle ein öffentliches Gebetbuch neben der Luke gestiftet. Es sollte die Vorübergehenden mahnen, dort manchmal zu verweilen, zu beten und beim Gebet des Almosengebens zu gedenken, damit die armen Einsiedlerinnen, die Erbinnen der Gruft von Madame Rolande, nicht in Gefahr kamen, Hungers zu sterben und in Vergessenheit zu geraten.

Solche Gräber waren übrigens in den Städten des Mittelalters nichts Ungewöhnliches. Man stieß oft inmitten der belebtesten Straßen, der lautesten, buntesten Märkte, beinahe unter den Pferdehufen und Wagenrädern, auf gemauerte und vergitterte Keller oder Schächte und Zellen, in deren Tiefe sich ein menschliches Wesen Tag und Nacht in Buß- oder Klagegebeten erging. Wir Heutigen würden ein so seltsames Schauspiel schrecklich finden: Eine Zelle, die, ein furchtbares Zwischenglied zwischen Haus und Grab, Friedhof und Stadt, einen von der Gemeinschaft der Menschen abgeschnittenen Lebendigen beherbergt, der schon zu den Toten zählt; eine Lampe, die ihr letztes Öl im Düster verzehrt; einen Lebensrest, der in einem Loch flackert; einen Hauch, eine Stimme, ein ununterbrochenes Gebet in einer steinernen Schachtel; ein Antlitz, das für immer der jenseitigen Welt zugekehrt ist; ein Auge, in das schon das Licht einer anderen Sonne fällt; ein Ohr, an die Wände des Grabes gepreßt, eine im Körper gefangene Seele, einen im Kerker gefangenen Körper und unter dieser doppelten Hülle von Fleisch und Stein das dumpfe Stöhnen einer gepeinigten Seele. Damals aber wurde solches von der Menge nicht empfunden. Die Frömmigkeit jener Zeit war nicht sehr nachdenklich und zartfühlend und verstand es nicht, eine religiöse Handlung von so vielen Gesichtspunkten aus zu betrachten. Sie sah die Sache als Ganzes, ehrte, verehrte oder heiligte das Opfer je nach Bedarf, zerbrach sich nicht den Kopf über die damit verknüpften Leiden und war ihnen gegenüber nur zu maßvollem Mitleid geneigt. Sie brachte dem armen Büßer von Zeit zu Zeit einen Bissen dar, guckte durch das Loch, um zu sehen, ob er noch lebe, kannte seinen Namen nicht und wußte kaum, vor wie vielen Jahren er angefangen hatte zu sterben. Fragten Fremde nach dem lebenden Skelett, das in dem Keller moderte, so wurde ihnen zur Antwort gegeben: »Das ist der Einsiedler«, oder, wenn es eine Frau war: »Das ist die Einsiedlerin.«

So sah man damals alles, ohne Metaphysik, ohne Übertreibung, ohne Vergrößerungsglas, mit bloßem Auge an. Das Mikroskop war noch nicht erfunden, weder für die Dinge der körperlichen noch für die Dinge der geistigen Welt.

Obwohl man aber so wenig Aufhebens von ihnen machte, waren diese im Schoß der Stadt lebendig Begrabenen, wie wir schon sagten, keine Seltenheit. Es gab in Paris viele solcher Zellen, um Gott zu huldigen und Buße zu tun; sie waren beinahe alle bewohnt. Freilich war die Geistlichkeit darauf bedacht, daß sie nicht leer wurden; denn das hätte als Lauheit im Glauben aufgefaßt werden können. Hatte man keine Büßer zur Stelle, so wurden Aussätzige hineingesperrt. Außer der Zelle an der Place de Grève gab es deren eine am Montfaucon, eine am Beinhaus, eine andere, ich weiß nicht genau wo, aber ich glaube am Logis Clichon, und noch andere an vielen Orten, wo keine sichtbaren Spuren mehr vorhanden sind, wo aber die Erinnerung an sie noch in der Überlieferung lebt. Auch die Universitätsstadt war damit versehen. Auf dem Berg Sainte-Geneviève sang eine Art mittelalterlicher Hiob auf einem Düngerhaufen in der Tiefe einer Zisterne dreißig Jahre lang die sieben Bußpsalmen. Hatte er sie abgesungen, so fing er wieder von vorn an; nachts sang er lauter als am Tage, magna voce per umbras,[1] und der Geschichtskenner glaubt noch heute seine Stimme zu hören, wenn er die Rue du ›Puits-qui-parle‹[2] betritt.

Um auf die Zelle im Rolandsturm zurückzukommen, so hatte es ihr nie an Einsiedlerinnen gefehlt. Seit dem Tode von Madame Rolande war sie selten einmal ein oder zwei Jahre unbewohnt. Die verschiedensten Frauen hatten dort bis zum Tode ihre Anverwandten, ihre Geliebten, ihre Sünden beweint. Die bösen Pariser Zungen, die sich in alles mischen, auch in die Dinge, die sie am wenigsten angehen, behaupteten, Witwen habe man dort nicht viele gesehen.

Der Vorübergehende konnte, wenn er studiert war, aus der lateinischen Inschrift an der Mauer der Zelle ihre fromme Bestimmung ersehen. Es war damals Brauch — ein Brauch, der sich bis in die Mitte des sechzehnten Jahrhunderts erhalten hat —, die Gebäude durch eine kurze Inschrift über der Tür zu erklären. So liest man noch heute in Frankreich über der Tür des Schloßgefängnisses von Tourville: Sileto et spera;[3] in Irland unter dem Wappen der großen Schloßtür von Fortes-

[1] lat., mit lauter Stimme durch die Schatten. (Vergil)

[2] frz., Straße des sprechenden Brunnens.

[3] lat., Schweigt und hofft.

cue: Forte scutum, salus ducum;[1] in England an der Haupteingangstür der Heilanstalt im Rittergut der Grafen Cowper: Tuum est.[2] Zu jener Zeit war eben jedes Gebäude ein Gedanke.

Da die vermauerte Zelle im Rolandsturm keine Tür hatte, so standen über dem Fenster mit großen lateinischen Buchstaben die Worte eingemeißelt: Tu, ora.[3]

Das Volk, dessen gesunder Menschenverstand die Dinge etwas grober ansieht und gern *Ludovico Magno* mit *Porte Saint-Denis* übersetzt, hatte auf seine Art diese feuchte, schwarze Höhle *Trou aux rats*[4] getauft. Eine Erklärung, die vielleicht etwas weniger erhaben als die andere, dafür aber bildhafter ist.

III
Die Geschichte eines Sauerteigmaisfladens

Zur Zeit, da diese Geschichte spielt, war die Zelle im Rolandsturm bewohnt. Will der Leser wissen, von wem, so braucht er nur die Unterhaltung der drei braven Gevatterinnen zu belauschen, die gerade, als wir seine Aufmerksamkeit auf das Rattenloch lenkten, auf denselben Punkt zusteuerten. Sie näherten sich der Place de Grève vom Châtelet her, indem sie das Flußufer entlanggingen.

Zwei dieser Frauen waren wie gute Pariser Bürgerinnen gekleidet. Ihre feinen weißen Brusttücher, ihre Kleider aus rot und blau gestreifter Beiderwand, ihre weißen Strümpfe mit den buntgestickten Zwickeln, die ihnen straff an den Beinen saßen, ihre breiten hellen Lederschuhe mit den schwarzen Sohlen, besonders aber ihre Kopfbedeckung, eine Art Horn aus Flittergold, wie sie heute noch von den Mädchen

[1] lat., Ein starker Schild ist das Heil der Führer.
[2] lat., Es ist deine Sache.
[3] lat., Du, bete.
[4] frz., Rattenloch.

aus der Champagne und von den Grenadieren der russischen kaiserlichen Garde getragen werden, alles mit Bändern und Spitzen überladen, kennzeichneten sie als reiche Bürgerinnen aus dem Kaufmannsstande, als ein Mittelding zwischen dem, was die Lakaien eine *Frau*, und dem, was sie eine *Dame* nennen. Sie trugen weder Ringe noch goldene Kreuze, und es war klar ersichtlich, daß dies bei ihnen nicht Armut war, sondern ganz einfach Angst vor einer Geldstrafe. Die dritte war beinahe ebenso herausgeputzt wie die beiden anderen; aber in ihrer Art, sich zu gebärden, war ein gewisses Etwas, das unverkennbar auf die Frau eines Notars aus der Provinz hindeutete. Man sah ihrem zu hoch sitzenden Gürtel an, daß sie noch nicht lange in Paris war; dazu kam, daß ihr Brusttuch gefältelt war, daß sie Schleifchen auf den Schuhen trug, daß die Streifen ihres Kleides quer statt längs liefen und solcher Ungeheuerlichkeiten mehr, die den guten Geschmack verletzen.

Die ersten beiden bewegten sich mit dem ganz besonderen Schritt vorwärts, den Pariserinnen an sich haben, wenn sie ihre Stadt einer Freundin aus der Provinz zeigen.

Die Frau aus der Provinz aber führte einen großen, dicken Jungen an der Hand, und der wieder trug einen großen, dikken Fladen.

Wir müssen leider hinzufügen, daß er die Zunge als Taschentuch gebrauchte und daß er der strengen Jahreszeit halber dieses Taschentuch recht oft gebrauchen mußte.

Das Kind ließ sich schleppen, non passibus aequis,[1] wie Virgil sagt, und stolperte alle Augenblicke, wofür seine Mutter es laut schalt. Freilich hingen seine Augen mehr am Fladen als am Pflaster. Irgendein sehr schwerwiegender Grund hielt ihn zurück, in das lockende Gebäck zu beißen; er begnügte sich damit, es zärtlich zu betrachten. Aber die Mutter hätte den Fladen lieber selber tragen sollen. Es war grausam, aus dem pausbäckigen Bengel einen Tantalus zu machen.

[1] lat., nicht in gleichem Schritt.

Die drei Demoiselles (die Bezeichnung *Dame* war den adligen Frauen vorbehalten) redeten indessen alle auf einmal.

»Wir wollen uns dazuhalten, Demoiselle Mahiette«, sagte die jüngste und dickste von den dreien zu der Frau aus der Provinz, »ich habe Angst, wir kommen zu spät. Sie sagten doch im Châtelet, er werde gleich auf den Pranger geführt.«

»Ach was, Demoiselle Oudarde Musnier«, entgegnete die andere Pariserin, »er bleibt ja zwei Stunden am Pranger; wir haben Zeit! Habt Ihr schon einmal jemand am Pranger gesehen, liebe Mahiette?«

»Ja, in Reims«, sagte die Frau aus der Provinz.

»Ach, geht mir mit Eurem Pranger in Reims! Ein häßlicher Käfig, in den man nur Bauern sperrt. Das ist was Rechtes!«

»Nur Bauern«, sagte Mahiette, »auf dem Tuchmarkt in Reims? Wir haben dort sehr schöne Verbrecher gehabt, Vatermörder und Muttermörder! Bauern! Wofür haltet Ihr uns denn, Gervaise?«

Die Frau aus der Provinz war nahe daran, um der Ehre ihres Prangers willen in Zorn zu geraten. Die taktvolle Gevatterin Oudarde Musnier aber lenkte noch rechtzeitig das Gespräch ab.

»Wie haben Euch denn eigentlich unsere flämischen Gesandten gefallen, Demoiselle Mahiette? Habt Ihr in Reims auch so schöne?«

»Ich muß zugeben«, antwortete Mahiette, »daß man so schöne Gesandtschaften nur in Paris zu sehen bekommt.«

»Habt Ihr auch den großen Gesandten gesehen, der Strumpfwirker ist?« fragte Oudarde.

»Ja«, sagte Mahiette; »er sieht aus wie ein Saturn.«

»Und den dicken, der ein Gesicht hat wie ein nackter Bauch?« fiel Gervaise ein. »Und den Kleinen mit den kleinen Augen und den roten Augenlidern, stachlig und ausgefranst wie ein Distelkopf?«

»Aber ihre Pferde sind schön«, sagte Oudarde, »und so schön geschirrt, wie es bei ihnen zulande Brauch ist.«

»Ach, meine Liebe«, unterbrach sie die Frau aus der Provinz und nahm nun ihrerseits eine Miene der Überlegenheit an, »was hättet Ihr erst gesagt, wenn Ihr im Jahre 61 die Krönung zu Reims gesehen hättet; all die Pferde der Fürsten und des königlichen Gefolges! Decken und Schabracken aller Art, die einen aus Damast und Goldstoff mit Zobel gefüttert; die anderen aus Samt mit Hermelinschwänzen gefüttert; wieder andere ganz mit Goldschmuck und silbernen und goldenen Schellen behangen! Und was das alles gekostet hat! Und die schönen Knaben, die als Pagen einherritten!«

»Darum sind die Pferde der flämischen Gesandten nicht weniger schön«, entgegnete Gevatterin Oudarde trocken; »und das Abendbrot erst, das ihnen gestern der Vorsteher der Kaufmannschaft im Rathaus gegeben hat! Man hat ihnen Zukkerwerk, Gewürzwein, Gewürze und andere Köstlichkeiten vorgesetzt.«

»Was sagt Ihr da, Frau Nachbarin?« rief Gervaise. »Beim Herrn Kardinal im Petit-Bourbon haben die Gesandten zu Abend gespeist.«

»Nicht doch; im Rathaus!«

»Nein; im Petit-Bourbon!«

»Natürlich im Rathaus«, entgegnete Oudarde bissig. »Der Doktor Scourable hat ihnen ja eine lateinische Rede gehalten, die ihnen sehr gefallen hat. Das hat mir mein Mann, der vereidigte Buchhändler, gesagt.«

»Natürlich im Petit-Bourbon«, rief Gervaise ebenso heftig; »der Verwalter des Herrn Kardinal hat ihnen zwölf Doppelte vom weißen, roten und roséfarbenen Gewürzwein serviert; und vierundzwanzig Schachteln Goldenes Marzipan aus Lyon waren aufgetischt. Sechs halbe Queus weißen und roséfarbenen Weins aus Beaume, den besten, den man finden konnte. Ich hoffe, das ist doch etwas Gutes. Ich habe es von meinem Mann, der den Befehl über die fünfzig Soldaten am Bürgersprechzimmer hat, und der hat noch heute früh die flämischen Gesandten mit den Gesandten des Kaisers von Trapezunt verglichen, die unter dem vorigen König aus Mesopotamien nach Paris kamen und Ringe in den Ohren trugen.«

»Ob es wahr ist, daß sie im Rathaus gegessen haben!« gab Oudarde zurück, die sich durch diesen Prunk nicht blenden ließ. »Noch nie hat man einen solchen Pomp von Fleisch und Zuckerwerk gesehen.«

»Ich aber sage Euch, ich, daß Le Sec, der städtische Wachtmeister, sie im Hôtel du Petit-Bourbon bedient hat. Und das hat Euch irregeführt.«

»Sie haben im Rathaus gegessen, sage ich Euch!«

»Im Petit-Bourbon, meine Liebe! Man hat doch das Wort ›Hoffnung‹ über dem großen Portal mit bunten Flämmchen erleuchtet.«

»Im Rathaus! Im Rathaus! Husson hat ja die Flöte gespielt.«

»Ich sage nein!«

»Ich sage ja!«

»Ich sage nein!«

Die gute dicke Oudarde tat eben den Mund zu einer Entgegnung auf, und die beiden wären sich wohl schließlich in die Haare geraten, wenn nicht Mahiette plötzlich gerufen hätte: »Seht doch die vielen Leute da unten an der Brücke! Sie stehen um etwas herum, das sie ansehen.«

»Wahrhaftig«, sagte Gervaise, »ich höre ein Tamburin. Das ist gewiß die kleine Smeralde mit ihrer abgerichteten Ziege. Macht zu, Mahiette! Lauft schneller und zerrt Euren Jungen hinterher. Ihr seid nach Paris gekommen, um etwas zu sehen. Gestern habt Ihr die flämischen Gesandten gehabt, heute ist die Zigeunerin an der Reihe.«

»Die Zigeunerin!« rief Mahiette, hielt plötzlich den Schritt an und packte ihren Jungen fest am Arm. »Gott bewahre mich, die stiehlt mir mein Kind! – Komm, Eustache!« und damit lief sie wieder auf die Place de Grève zu und ließ die Brücke weit hinter sich. Das Kind fiel auf die Knie; sie blieb atemlos stehen. Oudarde und Gervaise holten sie ein.

»Die kleine Zigeunerin dort soll Euch das Kind stehlen?« sagte Gervaise. »Ihr habt eine eigenartige Phantasie.«

Mahiette schüttelte nachdenklich den Kopf.

»Es ist doch sonderbar«, bemerkte Oudarde, daß die Sachette geradeso von den Zigeunerinnen denkt.«

»Wer ist das, die Sachette?« fragte Mahiette.

»Das ist die Schwester Gudule!« sagte Oudarde.

»Wer ist das, Schwester Gudule?« fragte Mahiette weiter.

»Ihr seid eben aus Reims, sonst würdet Ihr es wissen«, antwortete Oudarde; »es ist die Einsiedlerin vom Rattenloch.«

»Was, die arme Frau, der wir den Fladen bringen wollen?« fragte Mahiette.

Oudarde nickte bejahend.

»Natürlich. Ihr werdet sie gleich an ihrer Luke auf der Place de Grève sehen. Sie denkt ebenso wie Ihr über Zigeunerinnen, die das Tamburin schwingen und den Leuten die Zukunft voraussagen. Niemand weiß, warum sie diese Zigeuner so verabscheut. Aber Ihr, Mahiette, warum lauft Ihr bei ihrem bloßen Anblick davon?«

»Ach«, seufzte Mahiette und nahm den runden Kopf ihres Kindes zwischen beide Hände, »ich will nicht erleben, was Paquette la Chantefleurie erlebt hat.«

»Das müßt Ihr uns aber erzählen, gute Mahiette«, sagte Gervaise und hängte sich an ihren Arm.

»Ich will es Euch schon erzählen; aber Ihr seid eben aus Paris, sonst würdet Ihr es wissen! Paquette la Chantefleurie[1] – wir brauchen deshalb doch nicht stehenzubleiben, geht doch weiter – war ein hübsches Mädchen von achtzehn Jahren, als ich auch ungefähr so alt war; das will heißen, es sind achtzehn Jahre her, und es ist ihre eigene Schuld, daß sie heute nicht auch gleich mir eine gute, dicke, frische Mutter von sechsunddreißig Jahren mit einem Mann und einem Jungen ist. Aber mit vierzehn Jahren hatte sie das schon verscherzt! – Ihr müßt wissen, daß sie die Tochter von Guybertaut war, dem

[1] frz., das Trillerblümchen.

Schiffsänger zu Reims. Es war derselbe, der vor König Karl dem Siebenten spielte und sang, als er unseren Fluß, die Vesle, von Sillery bis nach Muison hinunterfuhr, um in Reims gekrönt zu werden. Die Jungfrau von Orléans selbst war mit auf dem Schiff. Als der alte Vater starb, war Paquette noch ganz klein. Nun hatte sie nur noch die Mutter, eine Schwester von Meister Mathieu Pradon, dem Messing- und Kupferschmied zu Paris, Rue Parin-Garlin, der voriges Jahr gestorben ist. Ihr seht, sie war aus anständiger Familie. Die Mutter war leider eine recht einfältige Frau und brachte ihr nichts Ernstes bei. Sie lernte nur ein bißchen Sticken und Spielwaren herzustellen. Darüber wurde sie ein großes Mädchen und blieb recht arm. Mutter und Tochter wohnten am Flußufer zu Reims, Rue de Folle-Peine. Gebt acht! Ich glaube, ich weiß, was Paquette ins Unglück brachte. Im Jahr der Krönung König Ludwigs des Elften, den Gott behüten möge, war sie so lustig und so hübsch, daß man sie allerorten nur die Chantefleurie nannte. Armes Mädchen! Sie hatte schöne Zähne und lachte gern, um sie zu zeigen. Ein Mädchen aber, das gern lacht, endet in Tränen. Schöne Zähne sind das Unglück schöner Augen. Das war also die Chantefleurie. Sie und ihre Mutter erwarben sich kümmerlich ihr Brot. Seit dem Tode des Spielmanns waren sie recht heruntergekommen. Sie verdienten mit ihren Spielwaren kaum mehr als sechs Heller die Woche, das sind nicht ganz zwei Liard. Wo waren die Zeiten geblieben, da der Vater Guybertaut zwölf Pariser Solidi mit einem Lied für eine einzige Krönung verdiente? Eines Winters – es war in demselben Jahre 61 – hatten die beiden Frauen weder Holz noch Reisig. Die Kälte war groß und machte der Chantefleurie schöne rote Wangen. Da kam es, daß die Männer anfingen, sie Paquette zu nennen. Manche nannten sie auch Paquerette, und da war das Unglück bald geschehen. – Eustache, daß du mir nicht in den Fladen beißt! – Eines Sonntags kam sie mit einem goldenen Kreuz um den Hals in die Kirche; da wußten wir gleich, was die Uhr geschlagen hatte. Mit vierzehn Jahren!

Denkt euch! — Zuerst war es der junge Vicomte de Cormontreuil, dessen Herrschaft dreiviertel Meilen von Reims entfernt liegt; dann Messire Henri de Triancourt, Reiter des Königs; dann, niederer als der, der Wachtmeister Chiart de Beaulion, und so sank sie immer tiefer hinunter, zum königlichen Truchseß, Guery Aubergeon, zum Barbier des Herrn Dauphin, Macé de Frépus, dann der königliche Koch, Thévenin le Moine; und immer weniger jung, immer weniger vornehm wurden ihre Liebhaber, bis sie schließlich bei dem Leiermann Guillaume Racine und dem Trottel Thierry de Mor ankam. Dann wurde die arme Chantefleurie eine Beute aller. Sie war beim letzten Groschen ihres goldenen Schatzes angekommen. In demselben Jahre 61, am Krönungstag, schlief sie mit dem Gaunerkönig. Könnt Ihr es mir glauben? Im selben Jahr!« Mahiette seufzte und wischte sich eine Träne ab, die ihr aus den Augen rollte.

»Das ist keine besondere Geschichte weiter«, sagte Gervaise, »und ich sehe nicht ein, was die Zigeunerinnen und die Kinder damit zu tun haben.«

»Wartet nur ab«, hub Mahiette wieder an, »Ihr werdet gleich von einem Kind zu hören bekommen. Im Jahre 66 — es werden diesen Monat sechzehn Jahre — zum Namenstag der Sainte-Paule — gebar Paquette ein kleines Mädchen. Das war eine große Freude für die Unglückliche. Sie wünschte sich schon lange ein Kind. Ihre Mutter, die gute, einfältige Seele, war gestorben. Sie hatte sich der Tochter gegenüber nicht anders zu helfen gewußt, als sich blind zu stellen. So hatte Paquette niemanden mehr auf der Welt, den sie lieben konnte, niemanden, der sie liebte. Seit sie vor fünf Jahren gefallen war, hatte sie keine frohe Stunde mehr gehabt, die arme Chantefleurie. Sie war allein, allein auf der Welt; die Leute zeigten mit dem Finger auf sie; ihr Name wurde ihr auf den Straßen nachgeschrien; die Wachleute schlugen sie; die kleinen, zerlumpten Gassenbuben verspotteten sie. Und dann war sie zwanzig; eine Dirne von zwanzig Jahren ist ein altes Weib.

Das Laster fing an, ihr nicht mehr einzutragen als früher ihre kleinen Spielwaren; jede neue Runzel vertrieb einen Gulden. Der Winter wurde wieder hart für sie; oft hatte sie kein Holz auf dem Rost, kein Brot im Brotschrank. Arbeiten konnte sie nicht mehr; das Laster hatte sie faul gemacht. Und da sie faul war, wurde sie noch lasterhafter. Daher kommt es — so meint wenigstens der Herr Pfarrer von Saint-Remy —, daß diese Frauen, wenn sie alt sind, noch mehr an Hunger und Kälte leiden als andere arme alte Frauen.«

»Ja«, bemerkte Gervaise, »aber die Zigeuner?«

»So habt doch Geduld, Gervaise!« sagte Oudarde, die ihre Neugierde besser bezähmen konnte. »Wenn alles gleich am Anfang geschähe, dann bliebe ja gar nichts fürs Ende übrig. Bitte, erzählt weiter, Mahiette. Die arme Chantefleurie!«

Mahiette nahm ihre Geschichte wieder auf.

»Sie war also sehr traurig, sehr elend, und ihre Augen wurden rot vom vielen Weinen. Aber in ihrer Schande, ihrer Liederlichkeit, ihrer Verlassenheit meinte sie, es sei weniger beschämend, weniger liederlich, sie werde weniger verlassen sein, wenn sie irgend jemand auf der Welt liebhaben könnte und von irgend jemand geliebt würde. Das mußte ein Kind sein; denn nur ein Kind in seiner Unschuld konnte sie lieben. Diese Erkenntnis war ihr gekommen, nachdem sie versucht hatte, einem Dieb, dem einzigen Mann, der noch Lust auf sie hatte, ihre Liebe zu schenken. Sie hatte nach kurzer Zeit gefühlt, daß dieser Dieb sie verachtete. Freudenmädchen müssen einen Liebhaber oder ein Kind haben, um ihr Herz auszufüllen. Sonst sind sie sehr unglücklich. — Da sie keinen Liebhaber fand, so ging ihr ganzes Wünschen auf ein Kind, und sie bat den lieben Gott unaufhörlich darum; denn fromm war sie immer geblieben. Der liebe Gott hatte Mitleid mit ihr und gab ihr das kleine Mädchen. Ihre Freude kann ich euch nicht beschreiben. Das kleine Geschöpf wurde mit einer Flut von Tränen, mit wütenden Küssen und Zärtlichkeiten begrüßt. Sie nährte das Kind selbst, machte ihm Windeln aus ihrer Decke, der einzigen, die sie besaß, und fühlte weder Kälte noch Hunger mehr. Sie wurde wieder schön. Ein altes Mädchen kann eine junge Mutter werden. Die Männer stellten sich wieder ein; die Chantefleurie wurde wieder begehrt. Sie fand Käufer für ihre Ware, und aus dem schändlichen Erlös machte sie Wickel, Kindermützchen, Lätzchen, Spitzenjäckchen und seidene Häubchen; der Gedanke, sich eine neue Decke zu kaufen, kam ihr nicht. – Eustache, ich habe dir schon einmal gesagt, du sollst nicht in den Fladen beißen! – Die kleine Agnès – das war der Name des Kindes, der Taufname, denn einen Familiennamen hatte die Chantefleurie schon lange nicht mehr – war reicher mit Bändern und Stickereien geschmückt als eine königliche Prinzessin; und ein Paar kleine Schuhe hatte sie! Ich glaube, König Ludwig der Elfte hat nicht so schöne gehabt! Ihre Mutter hatte sie selbst genäht und gestickt; sie hatte ihre ganze Kunst darauf verwendet und so viel Flitter und Gold darauf angebracht wie auf einem Madonnenkleid. Es waren wirklich die zierlichsten rosenfarbenen Schuhe, die man sich denken konnte. Sie waren höchstens so lang wie mein Daumen. Man mußte den kleinen Kinderfuß sehen, um zu glauben, daß er darin Platz hatte. Die kleinen Füße waren so winzig, so niedlich, so rosig, noch rosiger als der Atlas der Schuhe! Wenn Ihr einmal Kinder habt, Oudarde, so werdet Ihr erleben, daß es nichts Niedlicheres gibt als ihre kleinen Füße und Hände.«

»Ich wünsche mir gar nichts Besseres«, sagte Oudarde seufzend, »aber ich muß in Geduld warten, bis es Monsieur Andry Musnier gefällig ist.«

»Das Kind hatte aber nicht nur hübsche Füße«, fuhr Mahiette fort. »Ich habe es gesehen, als es vier Monate alt war. Es war ein bezauberndes Geschöpf! Seine Augen waren größer als sein Mund, und seine schönen, feinen schwarzen Haare fingen schon an, sich zu locken. Es wäre mit sechzehn Jahren eine stolze Brünette gewesen. Die Mutter vernarrte sich von Tag zu Tag mehr in das Kind. Sie liebkoste es, küßte es, kitzelte es, wusch es, putzte es, aß es beinahe auf! Sie verlor den Kopf darüber; sie dankte Gott dafür. Über ihre rosigen Füßchen besonders war ein Staunen ohne Ende, ein immer neuer Freudentaumel! Sie drückte immer wieder die Lippen darauf und konnte sich über ihre Zierlichkeit nicht beruhigen. Sie steckte sie in die kleinen Schuhe, zog sie wieder heraus, bewunderte sie, hielt sie gegen das Licht, zerfloß in Mitleid, wenn sie Gehversuche auf ihrem weichen Bett machten, und hätte gern ihr Leben lang die kleinen Schuhe immer wieder an- und ausgezogen, hätte gern auf den Knien vor den Füßchen gelegen, wie vor denen eines Jesuskindes.«

»Die Geschichte ist sehr schön und gut«, sagte Gervaise halblaut, »aber was haben die Zigeuner damit zu tun?«

»Das werdet Ihr schon sehen«, entgegnete Mahiette. »Eines Tages kamen eine Art merkwürdiger Reiter nach Reims. Es waren Gauner und Bettler, die, von ihrem Herzog und ihren Grafen geführt, im Lande umherzogen. Sie waren dunkelbraun, hatten krauses Haar und silberne Ringe in den Ohren. Die Frauen waren noch häßlicher als die Männer. Ihre Gesichter waren noch schwärzer; sie gingen immer barhäuptig, trugen ein garstiges Gewand auf dem Leib, ein altes, grobes Gewebe, das auf der Schulter zusammengeknotet war, und hatten die Haare hinten wie einen Pferdeschwanz hängen. Die Kinder, die sich zwischen ihren Beinen wälzten, hätten einem Affen angst machen können. Es war eine Bande Ausgestoßener. Die ganze Gesellschaft kam geradewegs von Ägypten über Polen nach Reims. Wie man sagte, hatten sie dem Papst gebeichtet, und der hatte ihnen als Buße auferlegt, sieben Jahre lang durch die Welt zu ziehen, ohne je in einem Bett zu schlafen. Deshalb stanken sie und wurden Pennbrüder genannt. Sie sollen früher Sarazenen gewesen sein; darum glaubten sie auch an Jupiter und forderten von allen Erzbischöfen, Bischöfen und Äbten mit Krummstab und Mitra eine Abgabe von zehn französischen Pfund. Dazu hatte ihnen der Papst in einer Bulle das Recht erteilt. Sie kamen nach Reims, um den Bürgern im Namen des Königs von Algerien und des Kaisers von Deutschland die Zukunft vorauszusagen. Ihr könnt euch denken, daß solches Grund genug war, ihnen den Eintritt in die Stadt zu verweigern. So schlug die ganze Bande bereitwillig auf einem Hügel vor den Toren neben einer Mühle in der Nähe der alten Kreidehöhlen ihr Lager auf, und ganz Reims lief hinaus, um sie zu sehen. Sie lasen den Leuten aus der Hand und prophezeiten ihnen die wunderbarsten Dinge. Sie wären fähig gewesen, Judas zu prophezeien, daß er Papst werde. Indessen gingen recht häßliche Gerüchte über sie um. Man sprach von gestohlenen Kindern und Geldbeuteln und von Menschenfresserei. Die weisen Leute sagten zu den Verrückten: ›Geht nicht hin!‹ Sie selber aber gingen heimlich hin. Es war eben ein allgemeiner Taumel. Sie sagten auch wirklich Dinge, die einen Kardinal verblüffen können. Die Mütter machten großes Wesen mit ihren Kindern, seit die Zigeunerinnen ihnen alle erdenklichen hohen Würden aus der Hand lasen, wo sie auf türkisch verzeichnet standen. Die eine Mutter hatte einen künftigen Kaiser zum Sohn, eine andere einen Papst, eine andere einen Hauptmann. Die arme Chantefleurie wurde auch von der Neugierde gepackt. Sie wollte wissen, was ihrem Kind bevorstand und ob nicht vielleicht ihre hübsche kleine Agnès einmal Kaiserin von Armenien oder etwas Ähnliches werde. Darum ging sie mit ihr zu den Zigeunern. Die Zigeunerinnen bewunderten das Kind, liebkosten es, küßten es mit ihren schwarzen Mündern und staunten über seine Hand. Wehe! Zur großen Freude der Mutter. Sie machten besonders viel Aufhebens von den hübschen Füßen und Schuhen. Das Kind war noch nicht ein Jahr alt. Es stammelte schon, lachte seine Mutter ausgelassen an, war dick und rund und machte allerlei reizende Bewegungen wie ein Engelchen im Paradies. Es fürchtete sich vor den Zigeunerinnen und weinte. Aber die Mutter küßte es und ging beglückt nach Hause, denn die Wahrsagerinnen hatten ihrer Agnès Schönheit, Tugend und eine Königskrone prophezeit. Stolz betrat sie ihre Dachstube in der Rue de Folle-Peine; sie trug eine Königin auf dem Arm. Als das Kind am nächsten Tag auf dem Bett der Mutter, seiner gewohnten Lagerstätte, schlief, schlich sich die Chantefleurie davon, ließ die Tür angelehnt und lief rasch zu einer Nachbarin in der Rue de la Séchesserie, um ihr zu erzählen, daß ihre Tochter Agnès eines Tages vom König von England und vom Erzherzog von Äthiopien bei Tisch bedient werde und was der herrlichen Dinge mehr waren. Als sie zurückkam, war alles still, und auf der Treppe sagte sie sich: ›Wie gut, das Kind schläft noch.‹ Die Tür stand sperrangelweit offen; sie trat ein, lief zum Bett, die arme Mutter … Das Kind war weg, sein Platz im Bett leer; einer von den hübschen kleinen Schuhen war alles, was ihr blieb. Sie stürzte aus dem Zimmer, die Treppe hinunter, rannte mit dem Kopf gegen die Wände und schrie: ›Mein Kind! Wer hat mein Kind? Wer hat mir mein Kind genommen?‹ Die Straße war einsam, das Haus stand allein; niemand konnte ihr Bescheid geben. Sie lief durch die Stadt, suchte in allen Straßen und irrte den ganzen Tag wie toll, wie abwesend umher, angsteinflößend, schnupperte an Türen und Fenstern wie ein wildes Tier, das seine Kleinen verloren hat. Sie keuchte, ihr Antlitz war verstört, ihre Haare zerzaust; sie war schrecklich anzusehen, und in ihren Augen brannte ein Feuer, das ihre Tränen trocknete. Sie hielt die Vorübergehenden an und schrie ihnen zu: ›Meine Tochter! Meine Tochter! Meine hübsche, kleine Tochter! Wer mir meine Tochter wiederbringt, dem will ich dienen; seinem Hund will ich dienen, er mag mein Herz fressen, wenn er es möchte.‹ Sie begegnete dem Pfarrer von Saint-Remy und sagte zu ihm: ›Herr Pfarrer, ich will mit den Nägeln das Feld umgraben, aber gebt mir mein Kind zurück!‹ Es war herzzerreißend, Oudarde. Ich habe einen harten Mann, den Anwalt Meister Ponce Lacabre, darüber weinen sehen. Ach, die arme Mutter! Abends ging sie zu ihrem Haus zurück. Eine Nachbarin hatte während ihrer Abwesenheit zwei Zigeunerinnen mit einem Paket in den Armen heimlich in ihre Dachstube hinaufsteigen sehen. Sie hatten die Tür wieder geschlossen, waren die Treppe heruntergekommen und hatten sich eilig aus dem Staube gemacht. Seitdem tönte aus der Stube von Paquette eine Art Kindergeschrei. Die Mutter brach in lautes Lachen aus, flog die Treppe hinauf, sprengte die Tür wie eine Kanonenkugel und trat ein ... O Schrecken, Oudarde! Statt ihrer schönen, rosigen, frischen, kleinen Agnès, die ein Geschenk vom lieben Gott war, schleppte sich ein scheußliches, einäugiges, verkrüppeltes, hinkendes, kleines Ungeheuer auf dem Fußboden herum. Voller Schrecken bedeckte sie die Augen. ›Ach‹, rief sie, ›wäre es möglich, daß die Hexen meine Tochter in dieses entsetzliche Tier verwandelt haben!‹ Man entfernte den kleinen Klumpfuß so schnell wie möglich; denn sein Anblick hätte sie auf die Dauer rasend gemacht. Es war das abscheuliche Kind irgendeiner Zigeunerin, die sich dem Teufel ergeben hatte; es schien etwa vier Jahre alt zu sein und stammelte in einer Sprache, die keines Menschen Sprache war; seine Worte waren ganz unmöglich. Die Chantefleurie hatte sich auf den kleinen Schuh geworfen, das einzige, was ihr von dem, was sie so geliebt hatte, geblieben war. Sie lag so lange unbeweglich, stumm und atemlos darauf, daß man glaubte, sie sei tot. Plötzlich ging ein Zittern durch ihren ganzen Körper; sie bedeckte ihre Reliquie mit wütenden Küssen und brach in ein Schluchzen aus, daß man meinte, das Herz solle ihr bersten. Ihr könnt mir glauben, wir weinten alle. Sie sagte: ›Ach, meine kleine Tochter! Meine, hübsche, kleine Tochter, wo bist du?‹ Es war jammervoll; ich muß noch heute weinen, wenn ich daran denke. Unsere Kinder sind eben das Mark unserer Knochen. – Mein armer Eustache! Du bist so schön! Wenn ihr wüßtet, wie niedlich er ist! Gestern sagte er zu mir: ›Ich will Wachtmeister werden!‹ Ach, mein Eustache, wenn ich dich verlöre! – Die Chantefleurie richtete sich plötzlich auf, lief durch die Straßen von Reims und schrie: ›Ins Zigeunerlager! Auf, ins Zigeunerlager! Wachleute, auf! Verbrennt die Hexen!‹ Die Zigeuner aber waren fort. Es war dunkle Nacht; man konnte sie nicht verfolgen. Am nächsten Tag fand man in einer Heide zwei Meilen von Reims die Spuren eines großen Feuers, daneben ein paar Bänder, die der kleinen Agnès gehört hatten, Blutstropfen und Bocksmist. Die verflossene Nacht war gerade eine Sabbatsnacht gewesen. Man zweifelte nicht, daß die Zigeuner den Hexensabbat in dieser Heide gefeiert und das Kind in Gesellschaft des Teufels verzehrt hatten; denn so ist es bei den Mohammedanern Sitte. Als die Chantefleurie diese schrecklichen Dinge erfuhr, weinte sie nicht; sie bewegte die Lippen, konnte aber kein Wort herausbringen. Am nächsten Tag waren ihre Haare grau; und noch einen Tag später war sie verschwunden.«

»Das ist wirklich eine furchtbare Geschichte«, sagte Oudarde; »darüber könnten ja einem Burgunder die Tränen kommen.«

»Jetzt wundere ich mich nicht mehr, daß Ihr solche Angst vor den Zigeunern habt«, fügte Gervaise hinzu.

»Und Ihr hattet um so mehr Grund, vorhin mit Eurem Eustache die Flucht zu ergreifen, als diese Zigeuner auch aus Polen stammen«, erklärte Oudarde.

»Nicht doch«, warf Gervaise ein, »sie sollen aus Spanien und Katalonien kommen.«

»Katalonien? Das ist möglich«, entgegnete Oudarde; »Polonien, Katalonien, Valonien, ich werfe die drei Provinzen immer durcheinander. Eins aber ist gewiß, es sind Zigeuner.«

»Und ihre Zähne sind lang genug, um kleine Kinder zu verspeisen«, sagte Gervaise. »Es sollte mich gar nicht wundern, wenn die Smeralda auch ein wenig naschte und dazu ihr Mäulchen verzöge. Ihre weiße Ziege macht so schalkhafte Kunststücke, daß schon etwas Ungehöriges dahinterstecken muß.«

Mahiette schwieg. Sie war in die Träumerei versunken, die einer schmerzlichen Erzählung zu folgen pflegt und aus der man erst erwacht, wenn sich die Erschütterung von Schwingung zu Schwingung bis zur letzten Faser des Herzens fortgepflanzt hat. Gervaise aber drang mit einer Frage auf sie ein: »Und hat man nie erfahren, was aus der Chantefleurie geworden ist?« Mahiette antwortete nicht. Gervaise schüttelte sie am Arm, rief sie beim Namen und wiederholte ihre Frage.

Da fuhr Mahiette aus ihren Gedanken auf.

»Was aus der Chantefleurie geworden ist?« sprach sie mechanisch die Worte nach, die ihr im Ohr klangen. Dann nahm sie sich zusammen und erfaßte den Sinn der Worte. »Ach«, antwortete sie lebhaft, »man hat nie wieder etwas von ihr gehört.«

Nach einer Pause fuhr sie fort: »Die einen wollen gesehen haben, wie sie in der Abenddämmerung durch die Porte Fléchembault, die anderen, wie sie in der Morgenfrühe durch die alte Porte Basée Reims verließ. Ein Armer fand ihr goldenes Kreuz; es hing an dem Steinkreuz in dem Gelände, wo die Jahrmärkte abgehalten werden. Dieses Schmuckstück war im Jahre einundsechzig ihr Verderben gewesen. Der schöne Vicomte Cormontreuil, ihr erster Liebhaber, hatte es ihr geschenkt. Sie hatte es niemals aus der Hand geben wollen, wenn es ihr auch noch so schlecht erging. Es war, als hinge ihr Leben daran. Darum glaubten wir alle, sie sei tot, als wir hörten, sie habe das goldene Kreuz hergegeben. Es gibt aber Leute in Cabaret-les-Vantes, an der Straße nach Paris, die behaupten, sie sei barfüßig bei ihnen vorübergewandert. Das stimmt alles nicht zusammen. Dann müßte sie durch die Porte de Vesle gegangen sein. Ich glaube schon, daß sie das getan hat, aber um aus dem Leben zu gehen.«

»Wie meint Ihr das?« fragte Gervaise.

»Die Vesle ist unser Fluß«, antwortete Mahiette mit traurigem Lächeln.

»Arme Chantefleurie!« sagte Oudarde schaudernd. »Ertrunken!«

»Ertrunken!« wiederholte Mahiette. »Wer hätte dem guten Vater Guybertaut, als er mit der Strömung, singend in seiner Barke, unter der Brücke von Tinqueux hindurchschwamm, vorausgesagt, daß seine kleine Paquette auch einmal unter dieser Brücke hindurchgleiten werde, aber nicht in einer Barke und singend wie er!«

»Und der kleine Schuh?« fragte Gervaise.

»Er ist mit der Mutter verschwunden«, antwortete Mahiette.

»Der arme kleine Schuh!« sagte Oudarde.

Die dicke, empfindsame Gevatterin Oudarde hätte sich gern damit begnügt, in Gesellschaft von Mahiette zu seufzen. Aber Gervaise war neugieriger und hatte noch mancherlei Fragen auf dem Herzen.

»Und das Ungeheuer?« sagte sie plötzlich zu Mahiette.

»Was für ein Ungeheuer?« fragte die zurück.

»Das kleine Zigeunerungeheuer, das die Hexen der Chantefleurie als Ersatz für ihre Tochter brachten. Was habt ihr damit gemacht? Ich hoffe, ihr habt es auch ertränkt.«

»Nicht doch«, entgegnete Mahiette.

»Dann habt ihr es wohl verbrannt? Das ist ja auch gerechter. Ein Hexenkind!«

»Weder das eine noch das andere, Gervaise. Der Herr Erzbischof hat dem Kind sehr sorgfältig den Teufel ausgetrieben, hat es gesegnet und nach Paris geschickt, damit man es dort auf der Pritsche in Notre-Dame als Findelkind aussetzte.«

»Diese Bischöfe!« brummte Gervaise. »Weil sie gelehrt sind, machen sie alles anders als andere Leute. Ich bitte dich, Oudarde, den Teufel als Findelkind aussetzen! Denn das ist doch gewiß der Teufel gewesen, das kleine Ungeheuer. Was hat man denn in Paris damit gemacht, Mahiette? Ich bin überzeugt, es hat sich kein Barmherziger gefunden, der es nehmen wollte.«

»Ich weiß es nicht«, antwortete Mahiette. »Es war gerade um die Zeit, als mein Mann das Notariat in Beru kaufte. Das liegt zwei Meilen von der Stadt, und da haben wir uns nicht weiter um die Geschichte gekümmert. Gerade vor Beru liegen auch zwei Hügel; wir konnten nicht einmal mehr die Domtürme von Reims sehen.«

Über diesen Reden waren die drei braven Bürgerinnen auf der Place de Grève angekommen. Sie waren so in ihren Gedanken befangen, daß sie achtlos an dem öffentlichen Gebetbuch des Rolandsturmes vorübergingen und, ohne es selber recht zu wissen, auf den Pranger zuschritten, um den herum die Volksmenge sich von Augenblick zu Augenblick vergrößerte. Wahrscheinlich würde das Schauspiel, das dort alle Augen auf sich zog, das Rattenloch endgültig aus ihren Gedanken verdrängt haben, wenn sie nicht der dicke sechsjährige Eustache, den Mahiette an der Hand schleppte, plötzlich an ihre Vorsätze erinnert hätte. Er schien zu ahnen, daß der Rolandsturm schon hinter ihnen lag, denn er sagte: »Mutter, darf ich jetzt den Kuchen essen?«

Wäre Eustache klüger gewesen, das heißt weniger gierig, so hätte er gewartet, bis die beiden Arme der Seine und die fünf Brücken der Cité zwischen Rolandsturm und Fladen lagen. Er hätte erst im Haus des Meisters Andry Musnier, Rue Madame-la-Valerice, in der Universitätsstadt die schüchterne Frage gewagt: ›Mutter, darf ich jetzt den Kuchen essen?‹

Aber er hatte den Augenblick für seine Frage sehr schlecht gewählt, denn sie rüttelte Mahiette aus ihren Gedanken auf.

»Wir haben ja die Einsiedlerin ganz vergessen«, rief sie aus; »zeigt mir doch euer Rattenloch, damit ich ihr den Fladen bringen kann!«

»Natürlich, gleich«, sagte Oudarde, »es ist eine barmherzige Tat.«

Eustache war mit diesem Ausgang nicht einverstanden.

»Aber mein Kuchen!« sagte er und warf den Kopf hin und her, was in solchem Fall ein Anzeichen höchster Unzufriedenheit ist.

Die drei Frauen kehrten um, und am Rolandsturm sagte Oudarde zu den beiden anderen: »Wir dürfen nicht alle drei auf einmal hineingucken, sonst wird die Sachette scheu. Tut, als ob ihr im Gebetbuch läset, ihr beiden; derweil werde ich in die Luke gucken. Die Sachette kennt mich etwas. Ich sage es euch, wenn ihr kommen sollt.«

Sie ging allein zu der Luke. Kaum hatte sie einen Blick hineingeworfen, da malte sich schon tiefes Mitleid auf ihren Zügen; die schöne Farbe und der heitere Ausdruck wichen rasch aus ihrem frischen, offenen Gesicht, als wäre sie aus dem Sonnenschein plötzlich in den Mondenschein getreten. Ihr Auge wurde feucht, und ihr Mund verzog sich wie zum Weinen. Nach einer kleinen Weile legte sie den Finger auf die Lippen und machte Mahiette ein Zeichen, daß sie kommen möge.

Mahiette kam, von Mitleid bewegt, auf den Fußspitzen näher. Es war, als träte sie an ein Krankenbett.

Wahrlich, ein trauriges Schauspiel bot sich den beiden Frauen dar, die mit angehaltenem Atem und regungslos durch die vergitterte Luke in das Rattenloch schauten.

Die Zelle war eng und hatte mehr Breite als Tiefe. Sie glich mit ihrer spitzen Wölbung dem Innern einer großen Bischofsmütze. In einer Ecke, auf den nackten Steinplatten, die den Fußboden bildeten, saß oder besser kauerte eine Frau. Sie stützte das Kinn auf die Knie, die sie mit den verschlungenen Armen fest gegen ihre Brust preßte. Ein brauner Sack hüllte sie mit seinen weiten Falten ein; ihre langen, grauen Haare fielen ihr übers Gesicht und an den Beinen herunter bis auf die Füße. So schien sie auf den ersten Blick nur eine seltsame Form, die sich vom düsteren Grund der Zelle abhob, eine Art schwärzliches Dreieck, das der durch das Gitter hereinfallende Lichtstrahl scharf in eine helle und in eine dunkle Hälfte teilte. Es war eines von den halb in Licht, halb in Schatten getauchten Gespenstern, wie man sie bei Goya sieht, der sie bleich, düster, unbeweglich auf einem Grab oder an einem Kerkergitter hocken läßt. Es war weder eine Frau noch ein Mann, noch ein lebendes Wesen, noch eine organische Form. Es war eine Traumgestalt, in der sich Wirkliches und Phantastisches mischte, wie sich der Schatten mit dem Licht mischt.

Unter dem grauen Haar, das bis zur Erde herabfiel, konnte man kaum das magere, strenge Profil unterscheiden; das Kleid ließ kaum die äußere nackte Fußspitze frei, die sich auf der harten, eisigen Steinplatte krümmte. Der Gedanke an die menschliche Form, die man unter dieser Trauerhülle ahnte, jagte Schauder ein.

Kein Gedanke, kein Atemzug schien die Gestalt zu bewegen, die mit den Steinplatten wie verwachsen war. Sie schien nicht zu leiden; sie schien nicht einmal zu fühlen und saß doch, nur mit ihrem dünnen, leinernen Sack bekleidet, in der Januarkälte auf den nackten Fliesen, ohne Feuer, im Schatten eines Kerkers, dessen schräge Luke wohl den Nordwind, nicht aber die Sonne hereinließ. Es war, als sei sie eins mit den Steinen in der Zelle und mit dem Eis der Jahreszeit. Ihre Hände waren regungslos verschlungen, ihre Augen waren starr. Auf den ersten Blick hielt man sie für ein Gespenst, auf den zweiten für ein steinernes Bild.

Ab und zu öffneten sich wohl ihre blauen Lippen zitternd einem Hauch, aber so tot und willenlos wie welke Blätter, die mit dem Wind treiben.

Aus ihren düsteren Augen aber fiel ein Blick, ein unaussprechlich tiefer, dunkler, unentwegter Blick, auf eine Ecke der Zelle, die man von außen nicht sehen konnte; ein Blick, mit dem sich alle finsteren Gedanken dieser gequälten Seele an irgendeinen geheimnisvollen Gegenstand zu heften schienen.

So war das Geschöpf beschaffen, das um seiner Wohnung willen ›Einsiedlerin‹, um seiner Kleidung willen ›Sachette‹ genannt wurde.

Gervaise war auch hinzugetreten, und die drei Frauen schauten zusammen durch das Gitter hinein.

Sie verscheuchten mit ihren Köpfen das schwache Tageslicht, das in den Kerker fiel, ohne daß die Unglückliche, die sie dergestalt beraubten, ihre Gegenwart zu bemerken schien.

»Wir wollen sie nicht stören«, sagte Oudarde leise, »sie ist in der Verzückung; sie betet.«

Mahiette aber betrachtete mit immer wachsender Verstörung das magere, welke, zerzauste Haupt, und ihre Augen füllten sich mit Tränen. »Das wäre doch seltsam«, murmelte sie. Sie steckte den Kopf durch das Gitter, und es gelang ihr, mit dem Blick in die Ecke zu dringen, auf die die Augen der Unglücklichen unentwegt gerichtet waren. Als sie den Kopf wieder zurückzog, war ihr Gesicht in Tränen gebadet.

»Wie nennt ihr diese Frau?« fragte sie, zu Oudarde gewendet.

»Wir nennen sie Schwester Gudule«, antwortete Oudarde.

»Und ich«, sagte Mahiette, »ich nenne sie Paquette la Chantefleurie.«

Dann legte sie den Finger auf den Mund und bedeutete der bestürzten Oudarde, sie möge auch ihrerseits den Kopf durch das Gitter stecken und einen Blick in die Ecke werfen.

Da sah Oudarde in der Ecke einen kleinen, rosenfarbenen Schuh stehen, der mit unzähligen goldenen und silbernen Flitterchen bestickt war. Sie hatte den Gegenstand vor Augen, in dessen Anblick die Einsiedlerin in düsterer Verzückung versunken war.

Auch Gervaise sah in die Zelle hinein, und dann brachen die drei Frauen angesichts der unglücklichen Mutter in Tränen aus.

Aber weder ihre Blicke noch ihre Tränen störten die Einsiedlerin. Sie löste die Hände nicht, und kein Wort kam über ihre Lippen. Wer ihre Geschichte kannte, dem blutete das Herz über den kleinen Schuh und die starr darauf gerichteten Augen.

Die drei Frauen hatten noch nicht zu sprechen gewagt, selbst nicht mit leiser Stimme. Sie hatten vor dieser großen Stille, diesem großen Schmerz, dieser großen Selbstvergessenheit ein Gefühl scheuer Andacht, als ständen sie vor einem österlich oder weihnachtlich geschmückten Hochaltar. Sie schwiegen, sie sammelten sich, sie waren bereit niederzuknien, es schien ihnen, als seien sie an einem Trauertag wie zum Gottesdienst in eine Kirche getreten.

Gervaise war die neugierigste von den dreien und hatte darum am wenigsten Zartgefühl. Sie versuchte, der Einsiedlerin ein Lebenszeichen zu entlocken. »Schwester! Schwester Gudule!« rief sie durch das Gitter.

Sie wiederholte den Ruf dreimal und jedesmal mit lauterer Stimme. Die Einsiedlerin aber rührte sich nicht. Kein Wort, kein Blick, kein Seufzer, kein Lebenszeichen.

Nun rief Oudarde sanfter und herzlicher in die Zelle hinein: »Schwester! Heilige Gudule!«

Dasselbe Schweigen, dieselbe Unbeweglichkeit!

»Was für eine merkwürdige Frau!« sagte Gervaise. »Ich glaube, sie würde sich nicht rühren, selbst bei einem Donnerschuß.«

»Vielleicht ist sie taub«, sagte Oudarde seufzend.

»Vielleicht auch blind«, fügte Gervaise hinzu.

»Vielleicht auch tot«, meinte Mahiette.

Wenn die Seele auch diesem trägen, verschlafenen, stumpfsinnigen Körper noch nicht entflohen war, so hatte sie sich doch in eine Tiefe verkrochen, wohin die Wahrnehmung der äußeren Organe nicht mehr dringen konnte.

»Wir können doch den Kuchen nicht auf das Sims legen«, sagte Oudarde, »da holen ihn ja die Jungen weg. Wie sollen wir sie nur wach kriegen?«

Ein kleiner Wagen, der von einem großen Hund gezogen wurde, hatte die Aufmerksamkeit Eustaches eine Weile abgelenkt. Jetzt aber nahm er wahr, daß seine drei Führerinnen durch die Luke sahen. Seine Neugierde wurde rege; er stieg auf einen Prellstein, stellte sich auf die Fußspitzen, drückte sein rundes, rosiges Gesicht gegen die Gitterstäbe und schrie: »Mutter, was ich aber sehe!«

Beim Ton dieser kräftigen, frischen, klaren Kinderstimme fuhr die Einsiedlerin zusammen. Sie wandte den Kopf mit einer Bewegung, die so scharf und plötzlich war wie die einer Sprungfeder; ihre fleischlosen Hände zerteilten die Haare auf ihrer Stirn, und aus ihren Augen fiel ein erstaunter, bitterer, verzweifelter Blick auf das Kind. Er zuckte auf und verschwand wie ein Blitz.

»Mein Gott«, schrie sie und verbarg den Kopf zwischen den Knien, »zeigt mir wenigstens nicht die Kinder der andern!« Es war, als müsse ihre rauhe Stimme die Brust, aus der sie aufstieg, zerreißen.

»Guten Tag, Madame«, sagte das Kind feierlich.

Dieser Schock hatte die Einsiedlerin aufgerüttelt. Ein Schauder durchlief ihren Körper vom Scheitel bis zur Sohle, ihre Zähne schlugen aufeinander; sie hob den Kopf ein wenig, preßte die Ellbogen gegen die Hüften, nahm die Füße in die Hände, als wollte sie versuchen, sie zu erwärmen, und rief: »Ach, die große Kälte!«

»Arme Frau«, sagte Oudarde mitleidsvoll, »wollt Ihr ein wenig Feuer?«

Sie schüttelte verneinend den Kopf.

»So trinkt ein wenig Gewürzwein; das wird Euch warm machen«, fuhr Oudarde fort und hielt ihr durch das Gitter eine kleine Flasche hin.

Sie schüttelte noch einmal den Kopf, sah Oudarde fest an und sagte: »Wasser.«

Oudarde wurde dringlich. »Nein, Schwester, das ist kein Getränk für diese Jahreszeit. Ihr müßt Gewürzwein trinken und diesen Maissauerteigfladen essen, den wir für Euch gebacken haben.«

Sie stieß den Kuchen zurück, den Mahiette ihr hinhielt, und rief:

»Schwarzbrot.«

Jetzt kam auch in Gervaise die Barmherzigkeit zum Durchbruch. Sie nahm ihren wollenen Mantel ab und sagte: »Legt ihn Euch um die Schultern; der wird Euch wärmer halten als Eure Kutte.«

Sie wies den Mantel zurück, wie sie die Flasche und den Kuchen zurückgewiesen hatte, und antwortete: »Einen Sack.«

»Aber Ihr müßt doch auch etwas davon merken, daß gestern ein Festtag war«, meinte die gute Oudarde.

»Ich merke auch etwas davon«, entgegnete die Einsiedlerin, »seit zwei Tagen habe ich kein Wasser mehr in meinem Krug.«

Nach kurzem Schweigen fügte sie hinzu: »An Festtagen vergißt man mich. Man tut gut daran. Warum sollte die Welt meiner gedenken, da ich ihrer nicht gedenke? Wo die Kohlen erloschen sind, da ist auch die Asche kalt.«

Sie ließ den Kopf wieder auf die Knie sinken, als sei sie müde vom vielen Sprechen. Die einfältige, gute Oudarde glaubte aus ihren letzten Worten eine neue Klage über die Kälte herauszuhören und fragte naiv: »So möchtet Ihr also doch ein wenig Feuer?«

»Feuer!« sagte die Sachette mit seltsamer Betonung. »Wollt Ihr auch der armen Kleinen ein Feuer anzünden, die seit fünfzehn Jahren unter der Erde liegt?«

Alle Glieder flogen ihr; ihre Stimme zitterte; ihre Augen funkelten. Sie erhob sich plötzlich auf die Knie, streckte die magere weiße Hand gegen das Kind, das sie erstaunt ansah, aus und rief: »Bringt das Kind weg; die Zigeunerin kommt vorbei!«

Dann fiel sie mit dem Gesicht auf die Erde, und ihre Stirn schlug mit einem Geräusch auf die Fliesen, als schlüge ein Stein auf einen Stein. Die drei Frauen glaubten, sie sei tot. Es dauerte aber nicht lange, da bewegte sie sich, und sie sahen sie auf Knien und Ellbogen bis in die Ecke kriechen, wo der kleine Schuh stand. Da wagten sie nicht mehr hineinzuschauen; sie sahen sie nicht mehr, aber sie hörten Küsse auf Küsse, Seufzer auf Seufzer und dazwischen herzzerreißende Schreie und dumpfe Schläge, als ob ein Kopf gegen eine Mauer stieße. Dann wurde es nach einem Schlag, der so heftig war, daß die Frauen alle drei zusammenfuhren, plötzlich ganz still.

»Ob sie sich getötet hat?« sagte Gervaise und wagte es, ihren Kopf durch das Gitter zu stecken. »Schwester! Schwester Gudule!«

»Schwester Gudule!« wiederholte Oudarde.

»Mein Gott, sie bewegt sich nicht mehr«, berichtete Gervaise; »ob sie tot ist? – Gudule! Gudule!«

Mahiette hatte schon lange die Stimme versagt; jetzt machte sie einen Versuch zu sprechen. »Wartet!« sagte sie. Dann beugte sie sich gegen das Fensterchen und rief hinein: »Paquette! Paquette la Chantefleurie!«

Ein Kind, das arglos in die glimmende Lunte eines Sprengkörpers bläst, so daß es ihm ins Gesicht platzt, kann nicht entsetzter sein, als Mahiette es über die Wirkung war, die dieser plötzlich in die Zelle geworfene Name auf Schwester Gudule ausübte.

Sie erbebte, erhob sich auf die nackten Füße und sprang mit so flammenden Augen auf das Fenster zu, daß Mahiette, die beiden anderen Frauen und das Kind bis an das Geländer des Seine-Kais zurückwichen.

Die Einsiedlerin drückte das unheimliche Antlitz gegen die Gitterstäbe und schrie mit fürchterlichem Lachen: »Wehe, wehe! Die Zigeunerin ruft mich!«

Da wurden ihre wilden Augen von einem Vorgang am Pranger festgehalten. Ihre Stirn zog sich vor Entsetzen zusammen. Sie streckte ihre skelettartigen Arme durch das Gitter und kreischte mit einer Stimme, die wie ein Röcheln klang: »Bist du es wieder, Zigeunerdirne! Bist du es, die mich ruft? Sei verflucht, Kinderräuberin! Verflucht, verflucht, verflucht!«

IV

Eine Träne für einen Tropfen Wasser

Der Fluch der Einsiedlerin war der Punkt, in dem zwei Vorgänge aufeinanderstießen, die sich bis dahin gleichzeitig, aber getrennt voneinander entwickelt hatten. Den einen, dessen Schauplatz das Rattenloch war, kennt der Leser schon; den anderen, der sich auf dem Pranger abspielte, wird er im folgenden kennenlernen. Die Begebenheiten im Rattenloch hatten nur die drei uns bekannten Frauen zu Zeugen gehabt; die am Pranger und am Galgen aber gingen unter den Blicken aller Leute vor sich, die wir schon früher auf der Place de Grève zusammenströmen sahen.

Die vier berittenen Wachtmeister, die seit neun Uhr morgens an den vier Ecken des Prangers hielten, hatten in der schnell anwachsenden Volksmenge die Hoffnung auf irgendeine Urteilsvollstreckung erweckt, und wenn sie auch nicht gerade fest darauf baute, einen Bösewicht hängen zu sehen, so war sie doch überzeugt, daß man mindestens einen geißeln oder einem die Ohren abschneiden werde. Das Gedränge rückte den Wachtmeistern so nahe auf den Leib, daß sie mehr als einmal ihre Stöcke schwangen und ihre Pferde ausschlagen ließen, um die Menge zurückzutreiben.

Der Pöbel war an das Warten auf öffentliche Urteilsvollstreckungen gewöhnt; er wußte seine Ungeduld zu zügeln und verhielt sich leidlich still. Der Anblick des Prangers war ihm Zerstreuung genug. Dieser war ein sehr einfaches Bauwerk, ein etwa zehn Fuß hoher, innen hohler, gemauerter Würfel. Steile Stufen aus unbehauenen Steinen, die man gewöhnlich die Leiter nannte, führten auf die obere Fläche, wo ein waagerechtes Rad aus massivem Eichenholz angebracht war. Auf dieses Rad wurde der Verurteilte kniend, die Hände auf dem Rücken, festgebunden. Im Innern des Würfels befand sich eine Winde, mit der das Rad in waagerechte Drehung versetzt werden konnte. So wurden alle Zuschauer nacheinander des

Glückes teilhaftig, den Verurteilten von Angesicht zu Angesicht zu sehen. Diesen Vorgang nannte man ›einen Verbrecher drehen‹.

Wie man sieht, bot der Pranger auf der Place de Grève nicht entfernt die Abwechslung, die der Pranger an den Markthallen zu bieten vermochte. Er hatte nichts Architektonisches, nichts Monumentales, kein Dach mit eisernem Kreuz oder achteckigem Aufbau, keine schlanken Säulen, die sich unter dem Dachrand zu Akanthus- und Blumenkapitellen entfalteten, keine Wasserspeier in Gestalt von märchenhaften Ungeheuern, kein ziseliertes Gebälk, keine tiefgemeißelten Ornamente.

Man mußte sich mit seinen vier Wandflächen aus Bruchsteinen mit zwei Gegenstücken aus Sandstein und mit dem häßlichen steinernen Galgen, der ihm nackt und mager zur Seite stand, begnügen.

Für einen Liebhaber der gotischen Baukunst wäre das Vergnügen etwas dürftig gewesen. Die braven Gaffer des Mittelalters aber waren wenig auf architektonische Schönheit erpicht, und es ließ sie ziemlich kalt, wenn der Pranger häßlich war.

Der Verurteilte erschien endlich auf dem Platz; er saß gefesselt in einem Karren. Als man ihn auf die Plattform des Prangers gehievt und ihn mit Stricken und Riemen an das Rad festgeschnürt hatte, erhob sich wildes Hohngeschrei, Gelächter und Beifallsklatschen. Er war jetzt dem ganzen Platz sichtbar, und man hatte Quasimodo in ihm erkannt.

Es war wirklich Quasimodo, und es war ein seltsames Wiedersehen. Am Abend vorher war er über diesen Platz gezogen und als Narrenpapst ausgerufen, begrüßt und bejubelt worden. Ihm folgten der Graf der Zigeuner, der König der Gauner und der Herrscher von Galiläa. Heute kniete er auf dem Pranger. Unter all den vielen Menschen war wohl nicht einer, der sich diesen Gegensatz in Gedanken klarmachte; selbst der tat es nicht, der gestern Triumphator und heute Opfer war. Gringoire und seine Philosophie fehlten bei diesem Schauspiel.

Michel Noiret, der vereidigte Ausrufer des Königs unseres Herrn, gebot dem Pöbel Stillschweigen und verkündete, dem Befehl des Vogtes gemäß, das Urteil. Dann zog er sich mit seinen Leuten, die mit bestickten Waffenröcken bekleidet waren, hinter den Karren zurück.

Quasimodo blieb teilnahmslos und rührte sich nicht. Jeder Widerstand war ihm unmöglich gemacht; denn er war ›mit Fesseln wohlverwahret‹, wie es damals in der Kanzleisprache hieß, womit gesagt war, daß die Ketten und Riemen dem Gefesselten sicherlich ins Fleisch schnitten. Das ist übrigens eine Tradition für Gefängnis- und Galeerensträflinge, die bei uns zivilisiertem, zartfühlendem und humanem Volk erhalten geblieben ist und nun in Form von Handschellen noch mit großer Sorgfalt weitergeführt wird (ganz zu schweigen von Strafkolonien und Guillotinen).

Er hatte sich führen, stoßen, tragen, hochsetzen, fesseln und wieder fesseln lassen. Auf seinem Gesicht stand nichts geschrieben als das dumpfe Staunen eines Wilden oder eines Schwachsinnigen. Man kannte ihn als taub, man hätte ihn auch für blind halten können.

Man hob ihn auf das Rad hinauf und drückte ihn auf die Knie nieder; er ließ es geschehen. Man entblößte ihn bis zum Gürtel; er wehrte sich nicht. Man band ihn von neuem mit Riemen und Stricken; er ließ sich schnüren und fesseln. Von Zeit zu Zeit nur schnaufte er geräuschvoll wie ein Kalb, dessen Kopf auf der Brüstung des Fleischerwagens hin und her geworfen wird.

»Der Tölpel!« sagte Jehan Frollo du Moulin zu seinem Freund Robin Poussepain; denn selbstverständlich waren die beiden Scholaren dem Verurteilten gefolgt. »Er begreift nicht mehr von der Sache als ein Maikäfer, der in einer Schachtel eingesperrt ist.«

Ein tolles Gelächter brach in der Menge los, als sie den Buckel Quasimodos, seine Hühnerbrust und seine schwieligen, haarigen Schultern entblößt sah. Inmitten dieser Heiterkeit bestieg ein gedrungener, kräftiger Mann, der das Kleid der städtischen Beamten trug, den Pranger und stellte sich neben den Patienten. Sein Name lief in der Menge um. Es war Pierrat Torterue, der vereidigte Folterknecht vom Châtelet.

Als erstes stellte er auf eine Ecke des Prangers eine schwarze Sanduhr mit rotem Sand, der langsam aus der oberen in die untere Hälfte glitt. Dann zog er den Rock aus, und in seiner Rechten wurde eine lange, dünne Peitsche sichtbar, deren weiße, glänzende, knotige Lederriemen mit metallenen Nägeln bewaffnet waren. Mit der Linken streifte er nachlässig seinen rechten Hemdsärmel bis zur Achselhöhle hinauf.

Jehan Frollo war unterdes auf die Schultern seines Kameraden gestiegen, und sein blonder, lockiger Kopf überragte die Menge. »Messieurs, Mesdames«, schrie er, »kommt und seht, wie man den Glöckner meines Bruders, des Erzdechanten von Notre-Dame, geißelt! Er ist ein seltsames Stück orientalischer Architektur: Sein Rücken ist eine Kuppel, seine Beine sind gewundene Säulen!«

Lautes Gelächter antwortete ihm. Am lautesten lachten die Kinder und die jungen Mädchen.

Endlich stampfte der Folterknecht mit dem Fuß auf. Das Rad fing an, sich zu drehen. Quasimodo schwankte in seinen Fesseln. Die Bestürzung, die sich plötzlich auf seinem mißgestalteten Gesicht malte, entfesselte neues Gelächter in der Runde.

Im Augenblick, da in der Umdrehung des Rades der unförmige Rücken Quasimodos an dem Folterknecht vorüberglitt, hob dieser den Arm; wie ein Bündel Nattern fuhren die feinen Riemen schrill pfeifend durch die Luft und sausten wütend auf die Schulter des Unglücklichen nieder.

Quasimodo bäumte sich, als sei er aus seiner Betäubung erwacht, und fing an zu verstehen. Er wand sich in seinen Banden; sein Gesicht zog sich in Schmerz und Überraschung zusammen, aber er gab keinen Laut von sich. Nur den Kopf warf er nach hinten, nach rechts, nach links, wie ein Stier, den eine Bremse in die Weiche sticht.

Ein zweiter Schlag folgte dem ersten, ein dritter, ein vierter und immer weiter. Das Rad hörte nicht auf, sich zu drehen, die Schläge regneten unaufhörlich. Bald fing das Blut an zu laufen; in tausend feinen Bächlein rieselte es die schwarzen Schultern des Buckligen hinunter, und die sausenden Peitschenriemen spritzten es auf ihrem Weg durch die Luft in großen Tropfen in die Menge.

Quasimodo war zumindest scheinbar in seine anfängliche Teilnahmslosigkeit zurückversunken. Anfangs hatte er heimlich und ohne heftige äußere Bewegungen versucht, seine Bande zu zerreißen. Die Zuschauer hatten gesehen, wie sein Auge aufflammte, wie seine Muskeln sich strafften, seine Gliedmaßen sich bäumten und wie die Riemen und Stricke sich spannten. Die Anstrengung war mächtig, erstaunlich, verzweifelt; aber die alten Fesseln der Stadtvogtei widerstanden ihr. Sie krachten, aber sie rissen nicht. Quasimodo fiel erschöpft zurück. Bitterkeit und tiefe Verzweiflung lösten in seinen Zügen den Ausdruck dumpfer Betäubung ab.

Er schloß sein Auge, ließ den Kopf auf die Brust sinken und stellte sich tot.

Regungslos ließ er von nun an alles über sich ergehen. Weder sein Blut, das unaufhörlich floß, noch die Schläge, deren Wucht sich verdoppelte, noch die Wut des Folterknechts, der sich an seinem eigenen Tun berauschte, noch das scharfe, pfeifende Geräusch der fürchterlichen Peitsche, noch schärfer und pfeifender als Insektengeräusche, konnte ihm eine Bewegung entlocken.

Endlich streckte ein schwarzgekleideter Gerichtsdiener, der seit Beginn der Strafvollziehung auf schwarzem Pferd an den Stufen des Prangers hielt, seinen Ebenholzstab gegen die Sanduhr aus. Der Folterknecht ließ den Arm sinken, das Rad stand still; Quasimodos Auge öffnete sich langsam.

Die Geißelung war vorüber. Zwei Gehilfen des vereidigten

Folterknechtes wuschen die blutenden Schultern des Verurteilten und rieben sie mit irgendeiner Salbe ein, unter der sich alsbald die Wunden schlossen. Dann warfen sie ihm einen gelben Rock über, der wie ein Meßgewand geschnitten war. Pierrat Torterue ließ unterdessen die roten, blutgetränkten Peitschenriemen über dem Pflaster abtropfen.

Noch aber waren Quasimodos Leiden nicht erschöpft. Die Stunde auf dem Pranger, die Magister Florian Barbedienne so einsichtsvoll dem Urteil des Herrn Robert d'Estouteville hinzugefügt hatte, stand ihm noch bevor. Das Ganze zum größten Ruhm des alten physiologischen und psychologischen Wortspiels von Jean de Cumène: Surdus absurdus.[1]

So wurde die Sanduhr wieder umgedreht, man ließ den Buckligen weiter auf dem Brett gefesselt, damit der Gerechtigkeit bis zum letzten Genüge geschehe.

Das Volk ist in der menschlichen Gesellschaft, was das Kind in der Familie ist. Das gilt ganz besonders vom Volk im Mittelalter. Es haftet ihm so viel kindliche Unwissenheit, geistige und sittliche Minderwertigkeit an, daß man von ihm wie vom Kind sagen kann: Mitleidlos ist dieses Alter.

Der Leser weiß schon, daß Quasimodo, aus guten Gründen freilich, allgemein verhaßt war. Es war kaum einer unter den Zuschauern, der nicht zu einer Klage über den bösartigen Buckligen von Notre-Dame berechtigt war oder wenigstens berechtigt zu sein glaubte. Die Freude über sein Erscheinen auf dem Pranger war allgemein gewesen. Das harte Urteil, das an ihm vollzogen wurde, und seine jammervolle gegenwärtige Lage trugen durchaus nicht dazu bei, die Gemüter des Volkes zu erweichen; sie hatten im Gegenteil den Haß noch boshafter gemacht, denn sie hatten ihm Gelegenheit zu Spott und Gelächter gegeben.

So kamen jetzt, nachdem die bürgerliche Gewalt ihr Racheramt ausgeübt hatte, wie die Richterhüte in ihrem Jargon noch heute sagen, die unzähligen persönlichen Rachegefühle

[1] lat., Der Taube ist ohne Sinn und Verstand.

zum Ausdruck. Es war hier wie im großen Saal: Die Frauen trieben es am ärgsten. Sie trugen ihm alle etwas nach, die einen seine Bosheit, die anderen seine Häßlichkeit. Diese waren die schlimmsten.

»Du Teufelsfratze!« rief eine.

»Du Besenstielreiter!« schrie eine andere.

»Eine schöne tragische Fratze!« kreischte eine dritte. »Heute würde dich wohl keiner zum Narrenpapst wählen.«

»Gut so!« fuhr eine Alte fort. »Das ist die Prangerfratze. Wann wird die Galgenfratze daraus?«

»Wann wirst du mit deiner großen Glocke auf dem Kopf hundert Fuß unter der Erde liegen? Verdammter Glöckner!«

»Und dieser Teufel läutet die Abendglocke!«

»Pfui, der Taube! Der Einäugige! Der Bucklige! Das Scheusal!«

»Mit diesem Gesicht gelingt eine Abtreibung schneller als mit den besten Medikamenten und Apothekerprodukten!«

Die beiden Scholaren, Jehan du Moulin und Robin Poussepain, sangen aus vollem Hals den alten volkstümlichen Reim:

Eine Schlinge ums Genick
dem Galgenstrick!
Der Affenfratze
die neunschwänzige Katze!

Es hagelte Spottreden, Schmähungen, Flüche; man lachte, ja, hier und da flogen sogar Steine.

Quasimodo war taub, aber er war nicht blind; und die Volkswut sprach ebenso deutlich aus den Gesichtern wie aus den Worten. Die Steinwürfe waren eine greifbare Erklärung für das Gelächter.

Zuerst hielt er sich tapfer. Nach und nach aber erlag die Geduld, die der Peitsche des Folterknechts standgehalten hatte, den Wespenstichen. Der asturische Stier, den die Angriffe des Picadors kaltgelassen haben, gerät über die Hunde und die Banderillas in Wut.

Er ließ seinen drohenden Blick langsam über die Menge

gleiten. Aber da er gefesselt war, versagte dieser Blick, und die Quälgeister stachen weiter. Da fing er an, sich in seinen Fesseln zu winden. Das alte Rad des Prangers ächzte unter seinen wütenden Stößen. Der Spott und das Gelächter wurden dadurch immer frecher.

Da der Elende seinen Banden ebensowenig entfliehen konnte wie das gefangene wilde Tier seinem eisernen Halsband, so wurde er wieder ruhig. Nur ab und zu entfuhr seiner Brust ein Seufzer der Wut. Keine Schamröte stieg ihm ins Gesicht. Er stand der menschlichen Gesellschaft zu fern und der Natur zu nahe, um das Gefühl der Scham zu kennen. Wie könnte auch ein so Mißgestalteter Ehrlosigkeit als Schimpf empfinden! Eine dunkle Wolke des Zornes, des Hasses, der Verzweiflung aber senkte sich langsam auf das scheußliche Gesicht, und die Wut, mit der sie geladen war, zuckte in tausend Blitzen aus dem Auge des Zyklopen.

Einmal jedoch hob sich diese Wolke einen Augenblick lang. Eine Mauleselin, die einen Priester trug, bahnte sich ihren Weg durch die Menge. Schon als er das Tier und den Reiter von weitem erblickte, klärten sich die Züge des armen Verurteilten auf. Die Wut, die sein Gesicht zusammenzog, wich einem seltsamen, sanften, milden, unaussprechlich zärtlichen Lächeln. Je näher der Priester kam, um so sichtbarer, strahlender wurde dieses Lächeln. Der Unglückliche schien einen Erlöser zu begrüßen. Als aber die Mauleselin dem Pranger so nahe gekommen war, daß ihr Reiter den Verurteilten erkennen konnte, da senkte der Priester die Augen; er wandte plötzlich um und spornte sein Tier, als wollte er lästigen Forderungen entgehen und als läge ihm wenig daran, von einem armen Teufel, der sich in so schmählicher Lage befand, erkannt und begrüßt zu werden.

Dieser Priester war der Erzdechant Dom Claude Frollo.

Die dunkle Wolke senkte sich wieder auf Quasimodos Angesicht. Das Lächeln schimmerte noch eine Weile hindurch, aber es war bitter, mutlos und tieftraurig geworden.

Die Zeit verging. Seit wenigstens anderthalb Stunden schmachtete er, zerfetzt, mißhandelt, fast gesteinigt und ohne Unterlaß verspottet, auf dem Pranger.

Plötzlich machte er eine neue Anstrengung, seine Fesseln zu sprengen. Seine Bewegung war so verzweifelt, daß das Gebälk unter ihm bebte. Er brach sein hartnäckiges Schweigen und schrie mit wütender, heiserer Stimme: »Wasser!« Das Wort klang mehr wie Hundegebell als wie menschliche Laute und übertönte das Hohngeschrei des Volkes.

Statt allgemeines Mitleid zu erregen, gab dieser Verzweiflungsschrei dem guten Pariser Volk, das um den Pranger herum stand, nur neuen Stoff zu Spott und Gelächter. Es war, als Ganzes genommen, kaum weniger roh und grausam als jenes schreckliche Gaunervolk, das der Leser schon kennengelernt hat; die Gauner waren ganz einfach die unterste Hefe desselben Volkes. Da war keine Stimme um den Unglücklichen herum, die nicht seines Durstes gespottet hätte. Freilich, er war scheußlich genug, mit seinem blauroten Gesicht, an dem die Schweißtropfen herunterrieselten, mit seinem verstörten Auge, mit dem vor Zorn und Leiden schäumenden Mund und mit der halb heraushängenden Zunge; er war so abstoßend wie bemitleidenswert. Wir dürfen auch nicht vergessen zu erwähnen, daß die Stufen des verfemten Prangers mit solch einem Vorurteil von Schande und Schmach beladen waren und daß darum auch eine barmherzige Seele unter den Bürgern und Bürgerinnen nicht gewagt hätte, dem armen gequälten Geschöpf ein Glas Wasser zu bringen.

Nach einigen Minuten ließ Quasimodo einen verzweifelten Blick über die Menge gleiten und wiederholte mit noch herzzerreißenderer Stimme sein »Wasser!«.

Alles lachte.

»Da hast du was zu trinken!« rief Robin Poussepain und warf ihm einen in der Gosse getränkten Schwamm ins Gesicht.

»Warte, du elender Tauber, ich bin in deiner Schuld!«

Eine Frau schleuderte ihm einen Stein an den Kopf. »Ich will es dich lehren, uns nachts mit deinen verdammten Glokken zu wecken.«

»Höre, mein Sohn«, heulte ein Lahmer und machte eine Anstrengung, ihn mit seiner Krücke zu erreichen, »wirst du uns jetzt noch Hexereien von den Türmen herunterwerfen?«

»Da hast du einen Napf zum Trinken!« schrie ein Mann und warf ihm die Scherben eines zerbrochenen Kruges an die Brust. »Du bist an meiner Frau vorübergegangen, und da hat sie das Kind mit zwei Köpfen geboren.«

»Meiner Katze hast du ein Junges mit sechs Pfoten gewünscht«, kreischte eine Alte und bewarf ihn mit einem Dachziegel.

»Wasser!« keuchte Quasimodo zum dritten Mal.

Da sah er, wie sich das Volk teilte. Ein seltsam gekleidetes junges Mädchen trat aus der Menge. Sie trug ein Tamburin in der Hand, und ihr zur Seite ging eine kleine weiße Ziege mit vergoldeten Hörnern.

Quasimodos Auge funkelte. Es war die Zigeunerin, die er vergangene Nacht zu entführen versucht hatte. Er fühlte dunkel, daß er seine Strafe um dieses Streiches willen erlitt, was tatsächlich gar nicht der Fall war; denn er wurde bestraft, weil er das Unglück hatte, taub zu sein, und weil er von einem Tauben gerichtet war. Er zweifelte nicht, daß sie gekommen sei, um sich zu rächen und ihm, wie alle anderen, ihren Schlag zu versetzen.

Er sah, wie sie rasch die Stufen zu ihm hinaufstieg. Zorn und Unwille würgten ihn. Er hätte den Pranger niederreißen mögen, und wären die Blitze, die sein Auge schoß, tödlich gewesen, so wäre die Zigeunerin zu Pulver zerfallen, bevor sie die Plattform erreicht hätte.

Sie näherte sich schweigend dem Unglücklichen, der sich wand, um ihr zu entfliehen; sie zog eine kleine Feldflasche aus ihrem Gürtel und führte sie sanft an seine vertrockneten Lippen.

Da sah man, wie sich aus seinem bis jetzt so trockenen, brennenden Auge eine große Träne löste und langsam über das mißförmige, von der Verzweiflung verzerrte Antlitz hinunterrollte. Vielleicht war es die erste Träne, die der Arme je vergossen hatte.

Darüber vergaß er zu trinken. Die Zigeunerin machte ihr kleines ungeduldiges Mäulchen und drückte lächelnd die Flasche an Quasimodos Eberzähne. Er trank in langen Zügen. Sein Durst war brennend.

Als er ihn gestillt hatte, schob er seine schwarzen Lippen vor, wohl in dem Wunsch, die schöne Hand zu küssen, die ihm geholfen hatte. Das junge Mädchen aber, das vielleicht nicht frei von Mißtrauen war und des nächtlichen Überfalls gedachte, zog seine Hand erschrocken zurück wie ein Kind, das fürchtet, von einem Tier gebissen zu werden.

Da sah sie der arme Bucklige mit einem vorwurfsvollen, unendlich traurigen Blick an.

An jedem Ort wäre es ein rührendes Schauspiel gewesen, das schöne, reine, frische, reizende Mädchen in all seiner Schwäche als fromme Helferin eines elenden, bösartigen Verwachsenen zu sehen. Auf dem Pranger aber hatte dieses Schauspiel etwas Erhabenes.

Sogar das rohe Volk wurde davon ergriffen, klatschte in die Hände und rief: »Heil! Heil!«

Das war der Moment, wo die Einsiedlerin von der Luke ihrer Zelle aus die Zigeunerin auf dem Pranger erspähte und ihr die finstere Verwünschung zuschleuderte: »Sei verflucht, Zigeunerdirne! Verflucht! Verflucht!«

V

Das Ende der Geschichte vom Maisfladen

Die Esmeralda wurde bleich und stieg taumelnd vom Pranger herunter. Die Stimme der Einsiedlerin aber verfolgte sie weiter:

»Steig nur herunter! Steig nur herunter! Räuberin! Der Tag wird kommen, wo du wieder hinaufsteigst!«

»Die Sachette ist wieder einmal besessen«, murrte das Volk; aber es begnügte sich mit dem Murren. Denn solche Frauen wurden gefürchtet, und das machte sie heilig und unantastbar. Einem Menschen, der Tag und Nacht betete, tat man damals nicht gern etwas zuleide.

Quasimodo hatte endlich seine Strafe abgebüßt. Man band ihn los, und die Menge zerstreute sich.

Am Grand-Pont hielt Mahiette, die mit ihren beiden Begleiterinnen nach Hause zurückkehrte, plötzlich den Schritt an.

»Apropos, was hast du denn mit dem Fladen gemacht, Eustache?« fragte sie.

»Mutter«, sagte das Kind, »Ihr habt mit der Dame in dem Loch gesprochen, und da ist ein großer Hund gekommen und hat in meinen Fladen gebissen. Da habe ich auch davon gegessen.«

»Was, der Herr hat alles aufgegessen?«

»Mutter, der Hund ist es gewesen. Ich habe ihm gesagt, er dürfe nicht; aber er hat nicht gehört. Da habe ich eben auch hineingebissen!«

»Schreckliches Kind!« sagte die Mutter zornig und lächelnd zugleich. »Denkt Euch, Oudarde, er ißt in unserem Obstgarten einen ganzen Kirschbaum allein ab. Sein Großvater sagt, er werde wohl Hauptmann werden. – Wenn du das noch einmal tust, Eustache! – Vorwärts, Bengel!«

Siebentes Buch

I
Von der Gefahr, einer Ziege sein Geheimnis anzuvertrauen

Mehrere Wochen waren ins Land gegangen. Der März war eben angebrochen. Die Sonne, die Dubartas, der klassische Ahnherr aller Umschreibungen, damals noch nicht die ›Großherzogin aller Lichter‹ getauft hatte, schien darum nicht minder fröhlich und strahlend vom Himmel herab. Es war einer jener schönen, weichen Frühlingstage, die alle Pariser aus den Häusern zu locken pflegen und die wie Sonntage von ihnen gefeiert werden. An solchen klaren, warmen, heiteren Tagen gibt es eine gewisse Stunde, in der man das Portal von Notre-Dame bewundern sollte: Es ist der Augenblick, da die Sonne, die sich schon nach Westen neigt, dem Dom fast gerade ins Gesicht schaut. Ihre Strahlen, die immer waagerecht fallen, ziehen sich langsam vom Pflaster zurück und steigen an der Fassade in die Höhe. Alle die unzähligen gemeißelten Formen werfen unter ihrem Licht scharfe Schatten, und die große Rosette glüht wie das Auge eines Zyklopen vom Widerschein seines Schmiedefeuers.

Diese Stunde war jetzt gekommen.

Dem in Abendrot getauchten Dom gegenüber saßen auf dem steinernen Balkon über dem Tor eines vornehmen gotischen Hauses, das die Ecke des Domhofplatzes und der Domhofstraße bildete, ein paar junge Mädchen, die anmutig und töricht miteinander lachten und plauderten. Sie waren offenbar reiche junge Erbinnen vom Adel; denn von den Spitzen ihrer zuckerhutförmigen, perlengeschmückten Hauben fielen ihnen die Schleier bis zu den Fersen hinab; die feinen weißen Leibchen, die ihre Schultern bedeckten, aber nach der verführerischen Mode jener Tage ihren zarten, jungfräulichen Brustansatz frei ließen, waren reich gestickt; ihre Unterkleider waren — das Neueste, Allerneueste — noch kostbarer als ihre Oberkleider; sie starrten in Samt und Seide und hatten die weißen Hände müßiger, fauler Frauen. Ihre Herkunft als adlige, reiche Erbinnen ließ sich also leicht erraten. Es war die Demoiselle Fleur-de-Lys de Gondelaurier mit ihren Gespielinnen Diane de Christeuil, Amelotte de Montmichel, Colombe de Gaillefontaine und der kleinen Champchevrier — alles Töchter vornehmer Familien, zur Zeit bei der Witwe Gondelaurier versammelt. Im April wurden der Graf und die Gräfin Beaujeu in Paris erwartet, um dort die Ehrendamen auszusuchen, die Madame la Dauphine Marguerite bei ihrer feierlichen Einholung aus den Händen der Flamen bis in die Pikardie entgegengehen sollten. So kam es, daß die Landjunker auf dreißig Meilen im Umkreis ihre Töchter nach Paris schickten oder brachten, damit sie womöglich dieser Ehre teilhaftig würden. Die obengenannten jungen Mädchen waren von ihren Eltern in dieser Hoffnung schon jetzt der Obhut einer ehrwürdigen, verständigen Dame, Aloïse de Gondelaurier, anvertraut, die als Witwe eines Meisters der königlichen Armbrustschützen mit ihrer einzigen Tochter in ihrem Haus am Domhofplatz wohnte.

Das Zimmer hinter dem Balkon, auf dem die jungen Damen saßen, hatte eine kostbare rotgelbe Ledertapete mit vergoldeten Blattornamenten. Die Deckenbalken boten dem Auge mit ihren seltsamen, bunten und vergoldeten Schnitzereien einen abwechslungsreichen Anblick. Auf getriebenen Truhen schillerte hier und dort köstliches eingelassenes Emaille. Ein Eberkopf aus Fayence krönte eine prächtige Anrichte, die zwei Stufen hatte, ein Zeichen, daß die Hausherrin die Frau oder die Witwe eines Bannerherrn war. Im Hintergrund des Zimmers saß in einem großen, rotsamtenen Lehnsessel zur Seite des hohen, von oben bis unten mit Wappen geschmückten Kamins die Dame Gondelaurier, deren fünfundfünfzig Jahre nicht nur in ihrem Gesicht, sondern auch in ihrer Kleidung geschrieben standen. Neben ihr stand ein stolzer, stattlicher junger Mann, der aber etwas vom Renommisten an sich hatte und ein wenig eitel aussah. Er war einer von jenen schönen Jünglingen, die bei allen Frauen Glück haben, wenn auch ernste, einsichtsvolle Männer den Kopf dazu schütteln. Dieser junge Kavalier trug das glänzende Kostüm eines Hauptmanns der königlichen Leibschützen. Es war dem Kostüm des Jupiter, das wir schon im ersten Buch dieser Geschichte bewundern konnten, so ähnlich, daß wir den Leser nicht noch einmal mit der Beschreibung ermüden wollen.

Die jungen Edeldamen saßen teils auf dem Balkon, teils im Zimmer, die einen auf samtenen Schemeln mit goldenen Troddeln, die anderen auf eichenen Hockern mit geschnitzten Blumen und Figuren. Sie stickten alle zusammen an einem großen Wandbehang, von dem jede einen Zipfel auf dem Schoß hielt, während ein großes Stück auf der Matte lag, die den Fußboden bedeckte.

Sie kicherten und flüsterten miteinander, wie junge Mädchen zu tun pflegen, wenn ein junger Mann in der Nähe ist. Der junge Mann aber, dessen Gegenwart genügte, um alle diese weiblichen Eitelkeiten zum Spielen zu bringen, verhielt sich ihnen gegenüber sehr gleichgültig. Während die Mädchen wetteiferten, seine Aufmerksamkeit zu erregen, schien er nur darauf bedacht, die Schnalle seines Gürtels mit seinem hirschledernen Handschuh blank zu putzen.

Von Zeit zu Zeit richtete die alte Dame leise das Wort an ihn; er antwortete, so gut er konnte, mit etwas linkischer, gezwungener Höflichkeit. Madame Aloïse zwinkerte jedesmal, wenn sie leise zu dem Hauptmann sprach, so bedeutungsvoll nach ihrer Tochter Fleur-de-Lys hin, ihr Lächeln, ihre kleinen verständnisvollen Zeichen sprachen so unverhohlen, daß es nicht schwer war, die Beziehung zwischen den beiden jungen Leuten zu erraten. Sie waren offenbar Verlobte, die sich bald heiraten sollten. Die verlegene Kälte des jungen Mannes zeigte deutlich, daß auf seiner Seite wenigstens von Liebe nicht mehr die Rede war. Seine ganze Haltung drückte Unbehagen und Langeweile aus. Die Leutnants unserer Zeit würden seine Lage als ›höchst fatal‹ bezeichnet haben.

Die gute Dame, die wie eine arme Glucke sehr von ihrer Tochter eingenommen war, merkte nichts von der mangelnden Begeisterung des Hauptmanns und bemühte sich, ihn leise auf die unvergleichliche Anmut hinzuweisen, mit der Fleur-de-Lys ihre Nadel führte oder ihren Faden abwickelte.

»Seht nur, lieber Cousin«, sagte sie und zog ihn am Ärmel zu sich nieder, um ihm ins Ohr sprechen zu können, »seht nur, wie sie sich bückt.«

»In der Tat!« entgegnete der junge Mann und versank wieder in sein eisiges, zerstreutes Schweigen.

Einen Augenblick später mußte er sich von neuem zu der guten Dame neigen, und sie flüsterte ihm zu: »Habt Ihr je ein so einnehmendes, heiteres Gesicht gesehen wie das Eurer Verlobten? Kann ein Mädchen weißer und blonder sein? Hat sie nicht Hände ohne Fehl? Hat sie nicht einen reizenden Schwanenhals? Ich beneide Euch manchmal, Ihr Glücklicher, daß Ihr ein Mann seid, lockerer Zeisig, Ihr! Ist meine Fleur-de-Lys nicht zum Anbeten schön? Seid Ihr nicht rasend in sie verliebt?«

»Versteht sich!« antwortete er und dachte an etwas ganz anderes dabei.

»Aber so sprecht doch mit ihr!« sagte Madame Aloïse plötzlich und gab ihm einen kleinen Stoß. »Sagt Ihr doch ein Wort; Ihr seid ja recht schüchtern geworden.«

Wir können unseren Lesern versichern, daß Schüchternheit weder die Tugend noch der Fehler des Hauptmanns war. Er versuchte aber, das von ihm Geforderte zu tun.

»Schöne Cousine«, sagte er und näherte sich Fleur-de-Lys, »was stellt die Stickerei dar, an der Ihr arbeitet?«

»Schöner Cousin«, antwortete sie unwillig, »ich habe es Euch schon dreimal gesagt: Sie stellt die Grotte des Neptun dar.«

Fleur-de-Lys war sich offenbar viel klarer über die kühle und zerstreute Stimmung des Hauptmanns als ihre Mutter. Er fühlte deutlich, daß es nötig war, die Unterhaltung fortzusetzen.

»Und für wen diese ganze Neptunerei?« fragte er.

»Für die Abtei von Saint-Antoine des Champs«, antwortete Fleur-de-Lys, ohne aufzusehen.

Der Hauptmann nahm eine Ecke des Teppichs in die Hand: »Wer ist der dicke Wachtmeister, der mit vollen Backen in eine Trompete bläst, meine hübsche Cousine?«

»Das ist Triton«, erwiderte sie.

Die kurzen Worte von Fleur-de-Lys wurden noch immer in etwas schmollendem Ton gesprochen. Der junge Mann begriff, daß es unumgänglich war, ihr irgendeine Schmeichelei, irgendeine Albernheit ins Ohr zu sagen. So neigte er sich zu ihr nieder; es fiel ihm aber nichts Zärtlicheres oder Vertraulicheres ein als: »Warum kleidet sich Eure Mutter noch immer so, wie sich unsere Großmütter zu Zeiten Karls des Siebenten gekleidet haben?« sagte er. »Sagt ihr doch, schöne Cousine, daß das heute nicht mehr modern ist und sie mit ihrem auf das Kleid gestickten Wappen aus Angel und Lorbeerbaum wie ein wandernder Kaminsims aussieht. Ich schwöre Euch, es ist nicht mehr Sitte, sein Banner so spazieren zu tragen.«

Fleur-de-Lys schlug ihre schönen Augen mit vorwurfsvollem Blick zu ihm auf: »Ist das alles, was Ihr mir zu schwören habt?« fragte sie leise.

Die gute Dame Aloïse aber war entzückt, sie so vertraut tuscheln zu sehen. Sie spielte mit den Schließen ihres Breviers und sagte vor sich hin: »Welch ein rührendes Liebesglück!«

Dem Hauptmann wurde immer unbehaglicher zumute, und er nahm seine Zuflucht wieder zu der Stickerei. »Wirklich eine reizende Arbeit!« rief er.

Colombe de Gaillefontaine, die auch schönes blondes Haar und weiße Haut hatte und köstlich mit blauem Damast angetan war, wagte daraufhin ein schüchternes Wort. Sie richtete es an Fleur-de-Lys und hoffte, der schöne Hauptmann werde es auf sich nehmen, zu antworten. »Meine liebe Gondelaurier, habt Ihr die Teppiche im Hôtel de la Roche-Guyon gesehen?«

»Ist das nicht der Palast, der den Garten der Wäscheaufseherin des Louvre einschließt?« fragte Diane de Christeuil lachend; sie hatte schöne Zähne und lachte darum bei jeder Gelegenheit.

»Und mit dem großen, dicken Turm von der alten Stadtmauer daneben?« fügte Amelotte de Montmichel hinzu, die eine hübsche, frische, lockige Brünette war und, ohne zu wissen, warum, ebensoviel seufzte wie die andere lachte.

»Liebe Colombe«, mischte sich die Dame Aloïse ein, »meint Ihr den Palast von Monsieur de Bacqueville aus der Zeit König Karls des Sechsten? Dort gibt es allerdings prächtige Wandteppiche.«

»Karl der Sechste! König Karl der Sechste!« brummte der junge Hauptmann und strich seinen Schnurrbart in die Höhe. »Mein Gott, hat die gute Dame ein Gedächtnis!«

Madame de Gondelaurier fuhr fort: »Schöne Teppiche! Das muß man sagen: so gut gearbeitet, daß sie als Seltenheit gelten.«

Da rief Bérangère de Champchevrier, ein schlankes kleines Mädchen von sieben Jahren, vom Balkon her, wo sie durch einen Dreipaß des steinernen Geländers auf den Platz hinunterlugte: »Ach seht nur, schöne Gevatterin Fleur-de-Lys! Seht nur die hübsche Tänzerin da unten! Sie hat ein Tamburin und tanzt auf dem Pflaster unter all den gewöhnlichen Leuten.«

Man hörte wirklich den dumpfen Laut eines Tamburins.

»Das wird irgendeine Zigeunerin sein«, sagte Fleur-de-Lys und wandte nachlässig den Kopf dem Platz zu.

»Das müssen wir sehen!« riefen ihre lebhaften Begleiterinnen und liefen alle an den Rand des Balkons. Fleur-de-Lys, die über die Kälte ihres Verlobten nachsann, folgte ihnen langsam, und der junge Mann, der froh war, daß dieser Zufall der verlegenen Unterhaltung ein Ende machte, zog sich mit dem befriedigten Ausdruck eines vom Dienst entlassenen Soldaten wieder in den Hintergrund des Zimmers zurück. Es war eigentlich ein reizender, angenehmer Dienst bei der schönen Fleur-de-Lys, und so war er dem Hauptmann früher auch erschienen; aber er war seiner überdrüssig geworden, und die Aussicht auf eine baldige Heirat kühlte ihn mehr und mehr ab. Er hatte auch eine etwas unbeständige Natur und – wir dürfen es nicht verschweigen – einen etwas gewöhnlichen Geschmack. Trotz seiner Abstammung aus dem Hochadel hatte er sich im Dienst rechte Haudegengewohnheiten zugelegt. Er liebte die Schenke und alles, was damit zusammenhing; er fühlte sich nur bei groben Worten, soldatischen Liebesabenteuern, gefälligen Schönheiten und leichten Erfolgen wohl. Seine Familie hatte ihm eine recht gute Erziehung und gute Lebensformen mitgegeben; aber er war zu jung aus dem Haus und in die Garnison gekommen, und sein schweres Wehrgehänge rieb alle Tage etwas von seiner adligen Politur ab. Er hatte noch so viel Feingefühl, daß er Fleur-de-Lys ab und zu besuchte; aus doppeltem Grund waren ihm diese Besuche eine Quelle des Unbehagens; einmal, weil er seine Liebe allerorten verzettelte und darum für Fleur-de-Lys nicht viel davon übrigbehielt; zum anderen, weil er in Gesellschaft so vieler schöner, steifer, tadelloser, anständiger Damen in beständiger Furcht schwebte, es könne seinem Mund, der so an Flüche gewohnt war, einmal unversehens eine Redewendung aus der Schenke entschlüpfen. Man stelle sich vor, welche Wirkung das ausgeübt hätte!

Trotz alledem war der junge Mann sehr anspruchsvoll und

gab sehr viel auf Eleganz, schönen Anzug und gutes Aussehen. Man reime sich das, so gut man es vermag. Ich habe meinesteils nur die Tatsache zu berichten.

Er stand also seit einigen Minuten nachdenklich oder gedankenlos an das Kaminsims gelehnt. Da wandte sich Fleur-de-Lys plötzlich nach ihm um und richtete das Wort an ihn; denn das Schmollen ging dem armen Mädchen im Grunde wider das Gefühl.

»Schöner Cousin, habt Ihr uns nicht von einer kleinen Zigeunerin erzählt, die Ihr vor zwei Monaten, als Ihr nachts Kontrollwache hattet, aus den Händen einer zwölf Mann starken Räuberbande befreitet.«

»Wohl möglich, schöne Cousine«, erwiderte der Hauptmann.

»Nun«, meinte sie, »vielleicht ist es dieselbe Zigeunerin, die dort unten auf dem Platze tanzt. Kommt und seht, ob Ihr sie wiedererkennt, schöner Cousin Phœbus!«

Ein heimliches Verlangen nach Versöhnung sprach aus dieser sanften Aufforderung, an ihre Seite zu kommen, und aus dem Einfall, ihn mit Namen zu rufen. Hauptmann Phœbus de Châteaupers – denn der und kein anderer ist es, in dessen Gesellschaft sich der Leser seit Anfang dieses Kapitels befindet – ging langsamen Schrittes auf den Balkon hinaus.

»Seht«, sagte Fleur-de-Lys zu ihm und legte zärtlich die Hand auf seinen Arm, »dort unten der große Kreis von Menschen und in der Mitte die Kleine, die sich im Tanze dreht; ist das Eure Zigeunerin?«

Phœbus sah auf den Platz hinunter und erwiderte: »Ja, ich erkenne sie an ihrer Ziege.«

»Ach ja, die niedliche kleine Ziege!« sagte Amelotte und faltete die Hände in Bewunderung.

»Sind ihre Hörner aus wirklichem Gold?« fragte Bérangère.

Ohne sich von ihrem Lehnstuhl zu rühren, ergriff Madame Aloïse das Wort: »Ist es nicht eine von den Zigeunerinnen, die voriges Jahr durch die Porte Gibard einzogen?«

»Liebe Frau Mutter«, sagte Fleur-de-Lys in sanftem Ton, »das Tor heißt jetzt Porte d'Enfer.«

Mademoiselle de Gondelaurier wußte, wie sehr den Hauptmann die veralteten Ausdrücke ihrer Mutter verstimmten, und wirklich, er lachte spöttisch und murmelte zwischen den Zähnen: »Porte Gibard! Da ist wohl Karl der Sechste eingezogen!«

»Gevatterin«, rief Bérangère, die ihre unruhigen Augen plötzlich auf die Höhe der Domtürme gerichtet hatte, »wer ist der schwarze Mann da oben?«

Die jungen Mädchen blickten alle aufwärts. Auf der höchsten Höhe des nördlichen Turmes, der zur Place de Grève ging, stand tatsächlich ein Mann gegen die Steinrampe gelehnt; es war ein Priester. Man konnte deutlich sein geistliches Gewand und sein auf die Hände gestütztes Gesicht erkennen. Er stand regungslos, wie eine Bildsäule; seine Augen waren starr auf den Platz gerichtet.

Seine Unbeweglichkeit erinnerte an die eines Sperbers, der ein Sperlingsnest erspäht hat und die sichere Beute betrachtete.

»Das ist der Erzdechant de Josas«, sagte Fleur-de-Lys.

»Ihr habt gute Augen, daß Ihr ihn von hier aus erkennt«, bemerkte die Gaillefontaine.

»Wie er die kleine Tänzerin anstarrt!« rief Diane de Christeuil.

»Sie mag sich hüten«, sagte Fleur-de-Lys, »denn er liebt die Zigeuner nicht.«

»Wie schade, daß der Mann sie so böse ansieht«, meinte Amelotte de Montmichel; »sie tanzt ganz betörend.«

»Schöner Cousin Phœbus, Ihr kennt diese kleine Zigeunerin ja. Macht ihr doch ein Zeichen, daß sie heraufkommt«, schlug Fleur-de-Lys plötzlich vor. »Wir würden unseren Spaß daran haben.«

»Ach ja!« riefen die jungen Mädchen alle und klatschten in die Hände.

»Das ist ja eine Narrheit«, entgegnete Phœbus. »Sie hat mich sicherlich vergessen, und ich weiß nicht einmal ihren Namen. Wenn die Damen es aber durchaus wünschen, so will ich es versuchen.« Er bog sich über das Balkongeländer und schrie auf den Platz hinunter: »Heda, Kleine!«

Das Tamburin schwieg gerade in diesem Augenblick. Die Tänzerin wandte den Kopf nach der Richtung, aus der der Ruf gekommen war, heftete ihren glänzenden Blick auf Phœbus und hielt plötzlich im Tanzen inne.

»Kleine!« wiederholte der Hauptmann und bedeutete ihr mit der Hand, sie möge heraufkommen.

Das junge Mädchen sah ihn noch einmal an; dann stieg ihr das Blut wie eine Flamme in die Wangen. Sie nahm ihr Tamburin unter den Arm und ging mit schwankenden, zögernden Schritten und mit dem verstörten Ausdruck eines Vogels, der dem bannenden Blick einer Schlange nachgibt, durch die verwunderten Zuschauer auf die Tür des Hauses zu, in das sie von Phœbus gerufen wurde.

Einen Augenblick später hob sich der Türvorhang, und die Zigeunerin erschien rot, atemlos und bestürzt auf der Schwelle des Zimmers. Sie hatte die großen Augen niedergeschlagen und wagte sich nicht einen Schritt weiter.

Bérangère klatschte in die Hände.

Die Tänzerin aber blieb regungslos auf der Schwelle stehen. Ihr Erscheinen hatte auf die jungen Mädchen eine merkwürdige Wirkung ausgeübt. Sie waren entschieden samt und sonders von dem halb unbewußten Wunsch beseelt, dem schönen Offizier zu gefallen; ihre Koketterien zielten alle auf seine glänzende Uniform. Seine Gegenwart hatte sie zu stummen, heimlichen Nebenbuhlerinnen gemacht; sie gestanden es sich selbst kaum ein, aber es sprach aus ihren Worten und Gebärden. Da sie aber alle ungefähr dasselbe Maß an Schönheit besaßen, so kämpften sie mit gleichen Waffen, und jede konnte auf den Sieg hoffen. Das Erscheinen der Zigeunerin zerstörte plötzlich dieses Gleichgewicht. Ihre Schönheit war so seltener

Art, daß sie bei ihrem Eintreten das ganze Gemach mit einem ihr eigenen Licht zu erfüllen schien. In dem geschlossenen Raum, in dem dunklen Rahmen der Möbel und Teppiche war sie unvergleichlich viel schöner und strahlender als auf dem öffentlichen Platz. Es ging mit ihr wie mit einer Fackel, die man aus hellem Tageslicht in tiefen Schatten bringt. Die adligen Damen waren wider Willen geblendet; jede fühlte sich in ihrer Schönheit gekränkt. Sie änderten auch sofort ihren Schlachtplan, wenn man uns diesen Ausdruck gestatten will, und verstanden sich untereinander, ohne ein Wort gewechselt zu haben. Die weiblichen Instinkte können sich viel schneller verständigen als die männlichen Intelligenzen. Eine gemeinsame Feindin war ihnen erstanden; sie fühlten es und schlossen sich zusammen. Ein Tropfen roten Weines genügt, um ein ganzes Glas Wasser rot zu färben; das Auftreten einer schönen Frau genügt, um eine ganze Versammlung hübscher Frauen in eine gewisse Mißstimmung zu tauchen, besonders wenn nur ein einziger Mann zur Stelle ist.

So kam es, daß die Zigeunerin mit eisiger Kälte empfangen wurde. Die Damen musterten sie von oben bis unten, tauschten Blicke aus, und alles war gesagt. Sie hatten sich verstanden. Das junge Mädchen harrte indessen eines Wortes und war so befangen, daß sie nicht aufzublicken wagte.

Der Hauptmann brach das Schweigen. »Mein Wort«, sagte er in seinem dreisten, geckenhaften Ton, »eine charmante Kreatur! Meint Ihr nicht auch, schöne Cousine?«

Diese Bemerkung, die ein mit etwas mehr Zartgefühl begabter Bewunderer wenigstens leise gemacht hätte, war nicht geeignet, die weibliche Eifersucht, die gegen die Zigeunerin auf der Wacht stand, einzuschläfern.

Fleur-de-Lys antwortete dem Hauptmann mit süßlicher, gezierter Herablassung: »Sie ist nicht übel.«

Die anderen zischelten.

Madame Aloïse, die beinahe am eifersüchtigsten war, denn

sie war es für ihre Tochter, richtete das Wort an die Tänzerin: »Tretet näher, Kleine!«

»Tretet näher, Kleine!« wiederholte Bérangère mit drolliger Wichtigkeit; sie reichte der ›Kleinen‹ nicht bis an die Hüfte.

Die Zigeunerin schritt auf die vornehme Dame zu.

»Schönes Kind«, sagte Phœbus mit Nachdruck und trat ihr in den Weg, »ich weiß nicht, ob ich das unaussprechliche Glück habe, von Euch wiedererkannt zu werden ...«

Sie unterbrach ihn und sagte lächelnd: »O ja!« Dabei sah sie ihn mit einem unendlich weichen Blick an.

»Sie hat ein gutes Gedächtnis«, bemerkte Fleur-de-Lys.

»Übrigens seid Ihr mir damals recht schnell entwischt«, fuhr Phœbus fort. »Hattet Ihr Angst vor mir?«

»O nein!« sagte die Zigeunerin.

Der Ton, in dem dieses ›O nein‹ und ›O ja‹ ausgesprochen wurde, war so eigentümlich vielsagend, daß sich Fleur-de-Lys verletzt fühlte.

»Ihr habt mir an Eurer Statt einen ekligen Kerl zurückgelassen, schönes Kind«, sprach Phœbus weiter, dessen Zunge sich löste, weil er es jetzt mit einem Mädchen von der Straße zu tun hatte, »einen Buckligen und Einäugigen, den Glöckner des Bischofs, wenn ich nicht irre. Man hat mir gesagt, er sei der Bastard eines Erzdechanten und ein Teufel von Geburt. Er hat einen reizenden Namen, Ostern, Fastnacht oder irgend so etwas, jedenfalls den Namen eines Festtages mit großem Geläut. Er hat sich also erlaubt, Euch zu entführen, was? Als ob Ihr für einen Küster geschaffen wärt! Das ist wirklich ein starkes Stück. Was, zum Kuckuck, wollte er denn von Euch, der Uhu? Na, raus mit der Sprache!«

»Ich weiß es nicht«, antwortete sie.

»Eine solche Frechheit! Ein Glöckner, der ein Mädchen entführt! Als wenn er ein Graf wäre! Ein Lümmel, der im Jagdgebiet von Edelleuten wildert! Das ist etwas Ausgefallenes. Übrigens hat er es teuer bezahlt. Meister Pierrat Torterue ist der roheste Pferdeknecht, der je einen Bösewicht striegelte; und wenn es Euch Genugtuung bereitet, so kann ich Euch versichern, daß er das Leder Eures Glöckners gründlich unter den Fingern gehabt hat.«

»Der arme Mann!« sagte die Zigeunerin, die durch seine Worte an den Auftritt am Pranger erinnert wurde.

Der Hauptmann brach in Lachen aus. »Donnerwetter! Da ist Mitleid ebensogut am Platze wie eine Pfauenfeder am Hintern eines Schweines. Ich will einen Bauch haben wie ein Papst, wenn ...«

Das Wort blieb ihm im Halse stecken. »Verzeihung, meine Damen! Ich glaube, ich hätte beinahe eine Dummheit steigen lassen.«

»Pfui, Herr Hauptmann!« sagte die Gaillefontaine.

»Er spricht mit diesem Geschöpf seine eigene Sprache!« fügte Fleur-de-Lys halblaut hinzu. Ihre Entrüstung wuchs von Augenblick zu Augenblick, und es trug nicht gerade zu ihrer Besänftigung bei, daß der Hauptmann sich in seinem Entzükken über die Zigeunerin und besonders über sich selbst auf dem Absatz herumdrehte und mit derber, militärischer Artigkeit höchst unbefangen rief: »Schönes Frauenzimmer, bei meiner Ehre!«

»Ein bißchen wild angezogen«, sagte Diane de Christeuil und wies lachend ihre schönen Zähne.

Ihre Bemerkung wurde für die anderen zum Fingerzeig. Sie machte ihnen klar, daß von dieser Seite ein Angriff möglich war. Da sie der Schönheit der Zigeunerin mit Sticheleien nichts anhaben konnten, so warfen sie sich auf ihren Anzug.

»Freilich, Kleine«, sagte die Montmichel, »wo hast du es denn gelernt, auf den Straßen ohne Busentuch und Haubenschleier herumzulaufen?«

»Dein Rock ist so kurz, daß einem angst und bange werden kann«, sagte die Gaillefontaine hinzu.

»Liebes Kind«, sagte Fleur-de-Lys ziemlich scharf, »die Wache wird dich deines goldenen Gürtels wegen festnehmen.«

»Kleine, Kleine«, rief die Christeuil mit einem unversöhnlichen Lächeln, »wenn du deinen Arm in einen ehrlichen Ärmel stecktest, so würde ihn die Sonne nicht so verbrennen.«

Die schönen Mädchen ließen ihre giftigen, gereizten Zungen gegen die Straßentänzerin spielen. Sie waren grausam und anmutig; mit boshaften Worten zupften und zerrten sie an ihrem armseligen, tollen Flitterstaat. Gelächter, Spott und Demütigungen ohne Ende regneten auf die Zigeunerin herab. Hochmütige Herablassung lächelte über ihr; böse Blicke trafen sie. Es war ein Schauspiel, das eines geistvolleren Zuschauers als Phœbus würdig gewesen wäre. Man hätte an jene jungen römischen Damen denken können, die sich damit belustigten, einer schönen Sklavin mit goldenen Nadeln in den Busen zu stechen; oder an zierliche Jagdhündinnen, die mit geblähten Nüstern und feurigen Augen um eine arme Hirschkuh des Waldes kreisen, von der sie nur der gebietende Blick ihres Herrn zurückhält.

Was war denn auch eine elende Tänzerin von der Straße vor diesen Töchtern adliger Häuser! Sie schienen ihrer Gegenwart nicht zu achten; denn sie sprachen mit lauter Stimme in einem Sinn von ihr, als sei sie etwas Niedliches, aber höchst Unsauberes und Verwerfliches.

Die Zigeunerin war gegen diese Nadelstiche nicht unempfindlich. Ab und zu stieg ihr Schamröte ins Gesicht, oder ein zorniger Blitz schoß aus ihren Augen; ein geringschätziges Wort schien ihr auf den Lippen zu schweben; sie machte das verächtliche Mäulchen, das der Leser schon an ihr kennt; aber sie schwieg und stand unbeweglich. Ihr trauriger, ergebener, sanfter Blick ruhte auf Phœbus. Es war auch Glück und Zärtlichkeit in diesem Blick. Sie schien sich zur Ruhe zu zwingen, um nicht weggejagt zu werden.

Phœbus lachte und nahm mit einem Gemisch von Unverschämtheit und Mitleid die Partei der Zigeunerin.

»Laßt sie nur reden, Kleine!« sagte er und ließ seine goldenen Sporen klirren. »Euer Anzug ist freilich etwas wild und verwegen, aber was macht das bei einer so reizenden Person.«

»Mein Gott«, rief die blonde Gaillefontaine und reckte bitter lächelnd den Schwanenhals, »die Herren Leibschützen des Königs scheinen ja leicht an schönen Zigeuneraugen Feuer zu fangen.«

»Warum nicht?« entgegnete Phœbus.

Der Hauptmann hatte die Antwort nachlässig hingeworfen, wie man einen Stein hinwirft, ohne zu beachten, wohin er fällt. Colombe brach darüber in Lachen aus. Diane, Amelotte und Fleur-de-Lys lachten auch; aber der letzten kam mit dem Lachen eine Träne.

Die Zigeunerin, die bei den Worten von Colombe de Gaillefontaine die Augen gesenkt hatte, schlug sie jetzt freudig und stolz wieder auf und richtete sie von neuem auf Phœbus. Sie war in diesem Augenblick sehr schön.

Die alte Dame, die den Vorgang beobachtete, fühlte sich verletzt, ohne den Zusammenhang zu begreifen.

»Heilige Jungfrau«, schrie sie plötzlich, »was bewegt sich zwischen meinen Beinen? Pfui, das eklige Tier!«

Es war die Ziege, die ihrer Herrin nachgelaufen war. Sie hatte sich eilfertig auf sie zustürzen wollen und war mit den Hörnern in die Stoffmassen geraten, die die Gewänder der edlen Dame um ihren Sessel herum bildeten.

Das war eine Ablenkung. Die Zigeunerin machte das Tier los, ohne ein Wort zu verlieren.

»Oh, das ist die kleine Ziege mit den goldenen Hufen!« rief Bérangère und hüpfte vor Freude.

Die Zigeunerin kniete nieder und drückte das Köpfchen der Ziege gegen ihre Wange. Es schien, als wollte sie das Tier um Verzeihung bitten, daß sie es allein gelassen hatte.

Inzwischen flüsterte Diane Colombe etwas ins Ohr.

»Mein Gott, daß ich daran nicht eher gedacht habe! Das ist ja die Zigeunerin mit der Ziege. Sie soll eine Hexe sein, und ihre Ziege soll ganz wunderbare Kunststücke machen.«

»Dann soll uns jetzt die Ziege die Zeit vertreiben und uns ein Wunder vorführen«, flüsterte Colombe zurück.

Diane und Colombe wandten sich lebhaft der Zigeunerin zu: »Kleine, laß doch deine Ziege ein Wunder tun.«

»Ich weiß nicht, was ihr meint«, entgegnete die Tänzerin.

»Ein Wunder, eine Zauberei, irgendeine Hexerei.«

»Ich verstehe euch nicht.« Sie fuhr fort, das hübsche Tier zu liebkosen, und sagte: »Djali! Djali!«

Da bemerkte Fleur-de-Lys, daß die Ziege ein Säckchen aus gesticktem Leder am Hals hängen hatte. »Was ist das?« fragte sie die Zigeunerin.

Die Gefragte schlug ihre großen Augen zu der Fragerin auf und sagte feierlich: »Das ist mein Geheimnis.«

›Das Geheimnis möchte ich wohl kennen‹, dachte Fleur-de-Lys.

Die alte Dame hatte sich unterdessen erhoben und sagte ärgerlich: »Höre, Zigeunerin, wenn du und deine Ziege uns nichts vorzutanzen haben, so frage ich mich, was du hier eigentlich zu suchen hast?«

Die Zigeunerin erwiderte nichts und ging langsam der Tür zu. Aber je näher sie ihr kam, desto schleppender wurde ihr Schritt. Ein starker Magnet schien sie zurückzuhalten. Plötzlich wandte sie sich um und sah Phœbus mit tränenfeuchten Augen an.

»Donnerwetter, so drückt man sich nicht!« rief der Hauptmann. »Kommt und tanzt uns etwas vor! Übrigens, mein schönes Täubchen, wie heißt Ihr denn?«

»Die Esmeralda«, antwortete die Tänzerin, ohne den Blick von ihm zu wenden.

Über diesen seltsamen Namen brachen die jungen Mädchen in schallendes Gelächter aus.

»Das ist aber ein schrecklicher Name für ein Mädchen«, sagte Diane.

»Nun seht ihr, daß sie eine Zauberin ist«, erklärte Amelotte.

»Meine Liebe«, rief Madame Aloïse feierlich, »Eure Eltern können doch diesen Namen unmöglich aus dem geweihten Wasser des Taufbeckens aufgefischt haben.«

Bérangère hatte mittlerweile, ohne daß es beachtet wurde, die Ziege mit einem Stück Marzipan in eine Ecke des Zimmers gelockt. Sie waren im Handumdrehen gute Freunde geworden. Das neugierige Kind löste das lederne Säckchen vom Hals der Ziege, öffnete es und leerte seinen Inhalt auf die Matte. Es kam ein Haufen kleiner Buchsbaumtäfelchen zum Vorschein, deren jede mit einem Buchstaben des Alphabets gezeichnet war. Das Spielzeug lag kaum auf der Matte, als die Ziege zur großen Überraschung des Kindes gewisse Buchstaben mit ihren goldenen Füßchen herauszog und sie mit vorsichtigen Stößen in eine besondere Reihenfolge brachte. Das war gewiß eines von ihren Wundern. Es dauerte nicht lange, so war das Wort fertig; die Ziege schien sehr geübt, es zu schreiben, denn sie vollbrachte ihr Werk ohne viel Zögern. Bérangère klatschte bewundernd in die Hände und rief: »Gevatterin Fleur-de-Lys, kommt und seht, was die Ziege gemacht hat!«

Fleur-de-Lys eilte herbei und erbebte. Die Buchstaben bildeten auf dem Fußboden das Wort PHŒBUS!

»Das hat die Ziege geschrieben?« fragte sie mit veränderter Stimme.

»Ja, Gevatterin«, antwortete Bérangère.

Es war kein Zweifel möglich, denn das Kind konnte nicht schreiben.

›Das ist das Geheimnis!‹ dachte Fleur-de-Lys.

Der Ruf des Kindes hatte alle herbeigelockt: die Mutter, die jungen Mädchen, die Zigeunerin und den Hauptmann. Die Zigeunerin sah, was die Ziege für eine Dummheit gemacht hatte. Sie wurde erst rot, dann bleich und zitterte wie eine Schuldbewußte vor dem Hauptmann, der sie mit selbstzufriedenem, erstauntem Lächeln ansah.

»Phœbus!« flüsterten die jungen Mädchen verdutzt. »Das ist ja der Name des Hauptmanns!«

»Ihr habt ein ganz wunderbares Gedächtnis!« sagte Fleur-de-Lys zu der versteinerten Zigeunerin. Dann brach sie in Schluchzen aus, verbarg ihr Gesicht in den schönen Händen und stammelte schmerzbewegt: »Ach, sie ist eine Zauberin!« In der Tiefe ihres Herzens aber sprach eine Stimme mit noch viel größerer Bitterkeit: ›Sie ist eine Nebenbuhlerin!‹

Sie sank ohnmächtig nieder.

»Meine Tochter, meine Tochter!« schrie die Mutter schrekkensvoll. »Fort mit dir, du höllische Zigeunerin!«

Die Esmeralda raffte mit Blitzesschnelle die unheilvollen Buchstaben zusammen, machte Djali ein Zeichen und verließ das Zimmer. Während sie durch die eine Tür verschwand, trug man durch die andere die ohnmächtige Fleur-de-Lys von dannen.

Der Hauptmann blieb allein zurück. Er zögerte einen Augenblick zwischen den beiden Türen; dann folgte er der Zigeunerin.

II

Priester und Philosoph sind zweierlei

Der Priester, den die jungen Mädchen von der Höhe des nördlichen Turmes so gebannt auf die tanzende Zigeunerin hinunterstarren sahen, war wirklich Claude Frollo.

Unsere Leser werden die geheime Zelle nicht vergessen haben, die sich der Erzdechant in diesem Turm eingerichtet hatte. (Um es kurz zu sagen, ich weiß nicht, ob es sich um die gleiche Zelle handelt, in deren Inneres man noch heute durch eine kleine viereckige Luke in Manneshöhe sehen kann und die nach Osten geht. Sie befindet sich auf der Plattform, von der die Türme sich in die Höhe recken. Es ist ein Dreckloch, heute nackt, leer und baufällig, dessen schlecht verputzte Wände noch immer hier und dort mit billigen, vergilbten Zeichnungen von Domfassaden ›geschmückt‹ sind. Ich nehme an, daß dieses Loch zu gleichen Teilen von Fledermäusen und

Spinnen bewohnt wird und sich infolgedessen dort ein doppelter Vernichtungskrieg gegen die Fliegen abspielt.)

Tag für Tag stieg er eine Stunde vor Sonnenuntergang die Turmtreppe hinauf und schloß sich in diese Zelle ein, um dort manchmal ganze Nächte zu verbringen. An diesem Tag war er gerade im Begriff gewesen, den kunstvollen kleinen Schlüssel, den er immer in seiner Börse trug, in das Schloß der niedrigen Tür zu stecken, als vom Domhof her das Geräusch von Tamburins und Kastagnetten sein Ohr getroffen hatte. Die Zelle war, wie wir schon sagten, nur mit einem einzigen kleinen Fenster versehen, das nach dem Schiff der Kirche hinaussah. Claude Frollo hatte den Schlüssel hastig wieder eingesteckt, war auf die Höhe des Turmes hinaufgeeilt und stand dort in der düsteren, starren Haltung, in der ihn die jungen Damen beobachtet hatten.

Er war dort ernst und unbeweglich in einen Gedanken und in einen Anblick versunken. Unter ihm lag ganz Paris ausgebreitet mit seinen vielen hundert Turmspitzen, seinem von sanften Hügeln begrenzten Horizont, seinem unter den Brükken sich schlängelnden Fluß, seinem in den Straßen wimmelnden Volk, seinen Rauchwolken, seinen unendlich vielen Dächern, die sich um Notre-Dame wie ein Maschenwerk zusammenziehen. Aber der Erzdechant sah von der ganzen Stadt nur einen Punkt: den Domhof; er sah von allem Volk nur eine Gestalt: die Zigeunerin.

Es hätte wohl schwerlich jemand seinen Blick enträtseln oder sagen können, welcher Art das Feuer war, das in seinen Augen brannte. Der Blick war starr, aber doch voll Unruhe und Aufruhr. Nur die Augen schienen in der regungslosen Gestalt zu leben, die kaum ab und zu von einem mechanischen Schauder wie ein Baum vom Wind geschüttelt wurde; die Arme waren starrer als die marmorne Brüstung, auf der sie ruhten; das Antlitz war von einem versteinerten Lächeln verzerrt.

Die Zigeunerin tanzte. Sie ließ ihr Tamburin auf der Fingerspitze kreisen, sie warf es tanzend in die Luft und fing es wieder auf im Rhythmus der provenzalischen Sarabande. Froh, leicht und behende flog sie dahin und fühlte nicht den Druck des furchtbaren Blickes, der bleiern auf ihr lastete.

Um sie herum wimmelte es von Menschen. Von Zeit zu Zeit ordnete ein Mann in rot und gelber Jacke die Menge zum Kreise. Dann setzte er sich wieder auf den Stuhl, der wenige Schritte von der Tänzerin entfernt stand, und nahm den Kopf der Ziege zwischen die Knie. Dieser Mann schien der Gefährte der Zigeunerin zu sein. Claude Frollo war zu weit entfernt, um seine Züge erkennen zu können.

Seit er den Unbekannten bemerkt hatte, war seine Aufmerksamkeit zwischen ihm und der Tänzerin geteilt, und sein Antlitz wurde immer finsterer. Plötzlich richtete er sich auf, und ein Zittern lief durch seinen ganzen Körper. »Was ist das für ein Mann?« murmelte er zwischen den Zähnen. »Ich habe sie sonst immer nur allein gesehen!«

Er wandte sich der Wendeltreppe zu und stieg unter ihrer gewundenen Wölbung wieder in die Tiefe. Als er an der offenstehenden Tür der Glockenhaube vorüberkam, sah er etwas, das ihn stutzig machte. Quasimodo lehnte an der Öffnung eines dieser schiefernen Fensterschutze, die gewaltigen Rollos gleichen, und schaute auch auf den Platz hinunter. Er war so in den Gegenstand seiner Betrachtung versunken, daß er seinen Pflegevater nicht beachtete. Sein wildes Auge hatte einen sonderbaren Ausdruck; sein Blick war sanft und beglückt. »Wie merkwürdig«, murmelte Claude. »Gilt dieser Blick der Zigeunerin?« Von Sorgen beschwert, stieg er weiter abwärts und trat wenige Minuten später durch die kleine Tür am Fuß des Turmes ins Freie.

»Wo ist denn die Zigeunerin geblieben?« fragte er die Leute, die das Tamburin herbeigelockt hatte, und mischte sich in ihren Kreis.

»Ich weiß es nicht«, entgegnete ein neben ihm Stehender. »Ich glaube, sie tanzt den Herrschaften in dem Haus dort einen Fandango vor; sie wurde hereingerufen.«

Auf dem Teppich, dessen Arabesken sich noch kurz vorher unter den launenhaften Schnörkeln ihres Tanzes verwischten, sah der Erzdechant jetzt nur noch den Mann mit der rot und gelben Jacke, der sich bemühte, auch ein paar Heller zu verdienen; die Ellbogen hielt er an die Hüften gepreßt, den Kopf hatte er zurückgeworfen; sein Gesicht war rot, sein Hals gespannt, und so ging er mit einem Stuhl zwischen den Zähnen im Kreis herum. Oben auf dem Stuhl hatte er eine Katze festgebunden, die eine Nachbarin ihm leihweise überlassen und die angstvoll miaute.

»Heilige Jungfrau!« rief der Erzdechant, als der Gaukler mächtig schwitzend mit seiner Pyramide von Stuhl und Katze bei ihm vorüberkam. »Meister Pierre Gringoire in solchem Aufzug?«

Die strenge Stimme des Erzdechanten jagte dem armen Teufel einen solchen Schrecken ein, daß er das Gleichgewicht verlor und seinen ganzen Bau von Stuhl und Katze auf die Köpfe der Zuschauer fallen ließ. Ein unauslöschliches Hohngelächter begleitete ihren Sturz.

Es ist wohl möglich, daß Meister Pierre Gringoire – denn der war es wirklich – in einen bösen Handel mit der Katzenbesitzerin und allen geschundenen und gequetschten Gesichtern geraten wäre, wenn er sich nicht im ersten Aufruhr eiligst in die Kirche geflüchtet hätte. Denn Claude Frollo hatte ihm durch ein Zeichen bedeutet, ihm dorthin zu folgen.

Der Dom war schon verlassen und dunkel. Die Seitenschiffe waren finster, und die Lampen in den Kapellen fingen an, unter den nächtlichen Wölbungen wie Sterne zu strahlen. Nur die große Rosette der Fassade, deren tausendfältige Farben in das Licht der scheidenden Sonne getaucht waren, leuchtete im Finstern wie funkelnde Diamanten und warf ihren flimmernden Schein auf das andere Ende des Schiffes.

Dom Claude blieb nach wenigen Schritten stehen und lehnte sich an einen Pfeiler; er sah Gringoire fest an. Dieser fürchtete einen spöttischen Blick; denn er schämte sich, daß ihn ein würdiger, gelehrter Mann in einem solchen Possenreißeraufzug überrascht hatte. Der Blick des Priesters aber war weder spöttisch noch belustigt, sondern ernst, ruhig und durchbohrend.

»Hört, Meister Pierre, Ihr werdet mir über allerlei Dinge Bescheid geben«, brach der Erzdechant das Schweigen. »Vorerst, warum habt Ihr Euch seit beinahe zwei Monaten nicht mehr bei mir sehen lassen, und warum treibt Ihr Euch jetzt in solcher Aufmachung auf den Straßen umher? Das ist ja ein schöner Anzug, halb gelb und halb rot wie ein Papagei.«

»Hochwürden«, sagte Gringoire kläglich, »Ihr habt recht, es ist ein erstaunlicher Anzug, und ich schäme mich seiner wie ein begossener Pudel. Die Herren von der Nachtwache könnten in Gefahr kommen, unter dieser Jacke einen pythagoreischen Philosophen zu verhauen, und ich fühle wohl, daß es nicht richtig ist, sie dieser Gefahr auszusetzen. Aber Ihr müßt es mir nicht verargen, mein ehrwürdiger Meister; mein alter Rock ist schuld daran; er zerfiel in Lumpen und hat mich unter dem Vorwand, daß er der Ruhe im Tragkorb eines Lumpensammlers bedürftig sei, am Anfang des Winters feige im Stich gelassen. Was sollte ich machen? Die Kultur ist noch nicht so weit fortgeschritten, daß man sich nackt unter Menschen zeigen kann, wie es der alte Diogenes anstrebte. Dazu kam, daß ein recht kalter Wind blies und daß der Monat Januar nicht der geeignete Zeitpunkt ist, mit Erfolg diesen neuen Schritt auf der Bahn menschlicher Entwicklung zu tun. Diese Jacke aber war zur Hand. Ich nahm sie und ließ meinen alten schwarzen Rock laufen; er war zu durchsichtig geworden, um einem Alchimisten als Hülle zu dienen. So bin ich zu meinem Gaukleranzug gekommen wie der heilige Genest. Nichts für ungut! Es ist eine Sonnenfinsternis, Apollo hat doch auch die Herden des Admetos bewacht.«

»Ihr treibt ein schönes Handwerk!« warf der Erzdechant ein.

»Ich gebe zu, mein Meister, daß es besser ist, zu philosophieren oder zu dichten, das Feuer im Ofen anzublasen oder göttliches Feuer vom Himmel zu empfangen, als Katzen auf dem Schild spazieren zu tragen. Darum fühlte ich mich wie ein Esel vor einem Bratspieß, als Ihr mich anrieft. Aber man muß doch alle Tage leben, Hochwürden; die schönen Alexandriner bringen einem nicht die Butter auf dem Brot ein. Da habe ich für Madame Margarete von Flandern, wie Ihr wißt, das wundervolle Hochzeitsgedicht gemacht, und die Stadt will es mir unter dem Vorwand, es sei schlecht gewesen, nicht bezahlen. Als wenn man für vier Gulden eine sophokleische Tragödie verlangen könnte! Ich war also dem Hungertod nahe. Zu meinem Heil entdeckte ich, daß meine Kinnlade etwas stark ist, und ich sagte zu ihr: ›Treibe Athleten- und Gleichgewichtskünste und ernähre dich selber. Ale te ipsam.‹ Ein paar Bettler, mit denen ich gut Freund geworden bin, haben mich zwanzig herkulische Kunststücke gelehrt, und jetzt gebe ich jeden Abend meinen Zähnen das Brot zu essen, das sie tagsüber im Schweiße meines Angesichts verdient haben. Trotzdem, concedo, gestehe ich, daß ich meine geistigen Gaben besser verwenden könnte und daß der Mann nicht dazu geschaffen ist, sein Leben lang das Tamburin zu schwingen und Stühle zwischen den Zähnen zu tragen. Aber leider handelt es sich nicht nur darum, sein Leben zu leben, sondern auch, sich den Unterhalt für dieses Leben zu verdienen, ehrwürdiger Meister.«

Dom Claude hörte schweigend zu. Plötzlich wurden seine tiefliegenden Augen so scharf und durchdringend, daß Gringoire die Empfindung hatte, dieser Blick bohre sich in den Grund seiner Seele ein.

»Das ist alles sehr gut und schön, Meister Pierre; aber wie kommt es, daß Ihr mit dieser tanzenden Zigeunerin umherzieht?«

»Na, die ist doch meine Frau, und ich bin doch ihr Mann«, sagte Gringoire.

Die düsteren Augen des Priesters erglühten.

»Elender, das hast du getan?« schrie er und packte wütend Gringoires Arm. »Ist's möglich, daß du so gottverlassen warst, dich an diesem Mädchen zu vergreifen?«

»Bei meiner ewigen Seligkeit, ich schwöre Euch, Hochwürden«, antwortete Gringoire, dem alle Glieder flogen, »daß ich sie nie berührt habe – wenn es das ist, was Euch so erregt.«

»Und was schwatzt du dann von Mann und Frau?« sagte der Priester.

Gringoire beeilte sich, ihm alles, was der Leser schon weiß, so kurz und bündig wie möglich zu berichten, sein Abenteuer im Mirakelhof und die Geschichte seiner Heirat durch den zerbrochenen Krug. Übrigens ging aus seiner Erzählung auch hervor, daß seine Vermählung noch immer keine weiteren Folgen gehabt hatte und daß ihn die Zigeunerin allabendlich um seine Hochzeitsnacht betrog wie am ersten Tag. »Das ist recht ärgerlich«, sagte er zum Schluß; »aber so geht es einem, wenn man das Pech hat, eine Jungfrau zu ehelichen.«

»Was meint Ihr damit?« fragte der Erzdechant, der sich während der Erzählung nach und nach beruhigt hatte.

»Das ist recht schwer zu erklären«, antwortete der Dichter, »es ist ein Aberglauben. Meine Frau ist, wie mir ein alter Kerl, den sie Zigeunerherzog nennen, berichtet hat, ein gefundenes oder verlorenes Kind, was ja beides auf dasselbe herauskommt. Sie trägt um den Hals ein Amulett, das sie, wie man behauptet, eines Tages zu ihren Eltern zurückführen wird. Es würde aber seine Kraft verlieren, wenn das junge Mädchen seine Jungfräulichkeit verlöre. Daraus folgt, daß wir beide sehr keusch bleiben.«

»So glaubt Ihr also, Meister Pierre«, sagte Claude, dessen Antlitz sich mehr und mehr aufklärte, »daß dieses Geschöpf noch nie von einem Mann berührt wurde?«

»Was soll denn ein Mann gegen einen Aberglauben machen, Dom Claude? Das ist bei ihr eine fixe Idee. Diese nonnenhafte Keuschheit, die in einer Umgebung von lockeren, käuflichen Mädchen scheu und unnahbar bleibt, ist freilich etwas Seltenes; aber sie hat drei Beschützer: den Zigeunerherzog, der sie unter seinen besonderen Schutz genommen hat, vielleicht in der Hoffnung, sie einmal vorteilhaft an einen kirchlichen Würdenträger zu verkaufen; ihren ganzen Stamm, der sie wie eine Art heilige Jungfrau verehrt, und einen gewissen kleinen Dolch, den das Frauenzimmerchen, allen Vorschriften des Vogtes zum Trotz, immer irgendwo an sich versteckt trägt und der jedesmal in ihrer Hand auftaucht, wenn man den Arm um ihre Hüften legt. Sie ist eine stolze Wespe, das könnt Ihr mir glauben.«

Der Erzdechant bestürmte Gringoire mit Fragen.

Die Esmeralda war, so meinte Gringoire, ein harmloses, reizendes Geschöpf. Sie war hübsch, nur daß sie manchmal ein geringschätziges Gesicht machte; sie war ursprünglich und leidenschaftlich, gänzlich unwissend und für alles begeistert. Der Unterschied zwischen Mann und Frau war ihr selbst im Traum noch nicht aufgegangen; ihr Sinn stand vor allem nach Tanz, Lärm, Licht und Luft; sie war eine fraugewordene Biene mit unsichtbaren Flügeln an den Füßen und lebte in einem Wirbelwind. Das unstete Dasein, das sie immer geführt hatte, hatte diese Natur in ihr entwickelt. Es war Gringoire gelungen, zu erfahren, daß sie als Kind Spanien und Katalonien bis nach Sizilien hinunter durchwandert hatte; er nahm sogar an, der Zigeunerstamm, zu dem sie gehörte, habe sie bis ins Königreich Algerien geführt, ein Land, das in Achaja liegt. Achaja aber stößt auf der einen Seite an Albanien und Griechenland, auf der anderen an das Sizilianische Meer, das die Wasserstraße nach Konstantinopel ist. Die Zigeuner, wollte Gringoire wissen, waren Vasallen des Königs von Algerien in seiner Eigenschaft als Häuptling der weißen Mauren. Gewißheit aber herrschte darüber, daß die Esmeralda auf dem Weg durch Ungarn sehr jung nach Frankreich gekommen war. In allen diesen Ländern hatte das junge Mädchen seltsame Sprachfetzen, Lieder und fremde Anschauungen aufgelesen. Ihre Sprache war ebenso buntscheckig wie ihr halb afrikanischer, halb pariserischer Aufzug. Das Volk in den Stadtteilen, wo sie sich zu zeigen pflegte, liebte sie wegen ihrer Heiterkeit, ihrer Artigkeit, ihres lebhaften Wesens, ihrer Tänze und Lieder. Sie glaubte sich nur von zwei Menschen in der ganzen Stadt gehaßt und sprach oft mit Schrecken von ihnen; der eine war die Sachette im Rolandsturm, eine scheußliche Einsiedlerin, die von irgendeinem Groll gegen die Zigeuner besessen war und die arme Tänzerin jedesmal, wenn sie an ihrer Zelle vorüberkam, verfluchte; der andere war ein Priester, der ihr bei jeder Begegnung Schrecken einflößende Worte und Blicke zuwarf. Dieser letzte Umstand erregte den Erzdechanten heftig, ohne daß Gringoire dieser Erregung große Aufmerksamkeit schenkte. Zwei Monate hatten genügt, um in dem sorglosen Hirn des Dichters die Erinnerung an die merkwürdigen Begebenheiten jenes Abends, da er der Zigeunerin zuerst begegnete, so weit zu verwischen, daß er der Rolle, die der Erzdechant dabei gespielt hatte, nicht mehr gedachte. Übrigens fürchtete die kleine Tänzerin nichts; sie sagte nicht das Schicksal voraus und glaubte sich daher gegen die Hexenprozesse gesichert, von denen die Zigeunerinnen ständig bedroht waren. Gringoire diente ihr als Bruder, da er ihr nicht als Gatte dienen konnte. Er trug dieses platonische Ehejoch sehr geduldig; hatte er doch sein sicheres Brot dabei und ein Dach über dem Kopf. Jeden Morgen zog er, meist in Begleitung der Zigeunerin, vom Mirakelhof aus. Er half der Tänzerin auf Straßen und Plätzen ihre Ernte an Hellern und Pfennigen einbringen; jeden Abend kehrte er mit ihr unter dasselbe Dach zurück, sah sie in ihrem Kämmerchen verschwinden, hörte sie den Riegel vorschieben, legte sich nieder und schlief den Schlaf des Gerechten. Alles in allem ein höchst angenehmes Dasein, meinte er, und sehr dazu geeignet, seinen Träumereien nachzuhängen. Wenn er sich gewissenhaft prüfte, so kamen ihm Zweifel, ob er wirklich rasend in die Zigeunerin verliebt sei. Er hatte die Ziege beinahe ebenso lieb. Sie war ein reizendes, sanftes, kluges, geistvolles Tier, eine weise Ziege. Im Mittelalter gab es viele solcher weisen Tiere; man staunte sie an, und ihre Lehrer und Erzieher verdankten ihnen oft den Scheiterhaufen. Die Hexereien der Ziege mit den vergoldeten Hufen aber waren sehr unschuldiger Art. Gringoire erklärte sie dem Erzdechanten, den diese Einzelheiten lebhaft zu interessieren schienen. Meist genügte es, ihr das Tamburin auf diese oder jene Art hinzuhalten, um ihr das gewünschte Kunststück zu entlocken. Die Zigeunerin hatte sie dazu abgerichtet. Sie hatte eine merkwürdige Gabe für dergleichen Dinge. In zwei Monaten war es ihr gelungen, der Ziege beizubringen, daß sie aus beweglichen Buchstaben das Wort ›Phœbus‹ bildete.

»Phœbus!« sagte der Priester. »Warum Phœbus?«

»Ich weiß es nicht«, erwiderte Gringoire. »Vielleicht ist es ein Wort, dem sie eine geheime Zauberkraft beimißt. Sie spricht es oft halblaut aus, wenn sie sich allein glaubt.«

»Seid Ihr Eurer Sache ganz gewiß?« fragte Claude mit seinem durchdringenden Blick, »ist es wirklich nur ein Wort und kein Name?«

»Wessen Name?« sagte der Dichter.

»Was weiß ich«, entgegnete der Priester.

»Wißt Ihr, was ich glaube, Hochwürden? Die Zigeuner beten die Sonne an; daher Phoebus.«

»Das kann mich nicht so überzeugen wie Euch, Meister Pierre.«

»Übrigens ist das ja ganz gleichgültig. Mag sie doch ›Phoebus‹ murmeln, soviel sie will. Tatsache ist, daß Djali mich schon beinahe ebenso liebhat wie ihre Herrin.«

»Wer ist Djali?«

»Das ist die Ziege.«

Der Erzdechant stützte das Kinn in die Hand und schien einen Augenblick nachzudenken. Plötzlich machte er wieder eine heftige Wendung auf Gringoire zu.

»Und du schwörst mir, daß du sie nicht berührt hast?«

»Wen?« fragte Gringoire. »Die Ziege?«

»Nein, die Frau.«

»Meine Frau? Ich habe sie nicht berührt; das schwöre ich Euch.«

»Und du bist oft mit ihr allein?«

»Jeden Abend eine reichliche Stunde.«

Dom Claude runzelte die Stirn.

»Oh, oh! Solus cum sola non cogitabuntur orare Pater noster.«[1]

»Wahrhaftiger Gott, ich könnte das Paternoster, das Ave-Maria und das Credo in Deum patrem omnipotentem[2] hersagen, und sie würde sich ebensowenig darum kümmern wie ein Huhn um eine Kirche.«

»Schwöre mir beim Schoß deiner Mutter, daß du diese Kreatur mit keiner Fingerspitze berührt hast!« rief der Erzdechant heftig.

»Ich bin auch bereit, es beim Haupt meines Vaters zu schwören, denn die beiden Dinge haben mehr als eine Beziehung zueinander. Aber erlaubt mir, daß ich nun meinerseits eine Frage an Euch richte, verehrter Meister.«

»So sprecht.«

»Kann Euch das nicht ganz gleichgültig sein?«

Das bleiche Gesicht des Erzdechanten rötete sich wie die Wange eines jungen Mädchens. Er schwieg einen Augenblick und sagte dann mit sichtlicher Verlegenheit:

»Hört, Meister Pierre Gringoire; noch seid Ihr nicht verloren, soweit ich Euren Fall beurteilen kann. Ich nehme teil an Euch und will Euch wohl. Die geringste engere Berührung mit dieser höllischen Zigeunerin aber würde Euch zur Beute des Teufels machen. Ihr wißt, daß es immer das Fleisch ist, das die Seele ins Verderben stürzt. Wehe Euch, wenn Ihr Euch dieser Frau nähert! Das ist alles.«

»Einmal habe ich es versucht«, sagte Gringoire und kratzte

[1] lat., Wenn sie allein miteinander sind, werden sie gewiß nicht das Vaterunser beten.

[2] lat., Vater unser; Gegrüßet seist du, Maria; Ich glaube an Gott, den allmächtigen Vater.

sich hinterm Ohr; »es war am ersten Abend, aber ich habe mich dabei gestochen.«

»Ihr habt Euch eine solche Frechheit erlaubt, Meister Pierre?« rief der Priester, dessen Stirn sich wieder umwölkt hatte.

»Ein andres Mal«, fuhr der Dichter lächelnd fort, »habe ich vor dem Schlafengehen durch ihr Schlüsselloch geguckt und habe das reizendste Mädchen, unter dessen nacktem Fuß je eine Bettlade geknarrt hat, im Hemd gesehen.«

»Scher dich zum Teufel!« schrie der Priester mit schrecklichem Blick, stieß den verwunderten Gringoire beiseite und verschwand mit großen Schritten in den dunkelsten Bogengängen des Domes.

III
Die Glocken

Seit Quasimodo auf dem Pranger gewesen war, schien es den Nachbarn von Notre-Dame, als sei seine Leidenschaft für die Glocken recht merklich abgekühlt. Früher läutete er sie bei jeder Gelegenheit; seine Morgenständchen dauerten vom Frühgebet bis zum Abendgebet; zu jeder großen Messe rief die große Glocke; bei jeder Hochzeit, bei jeder Taufe klangen die kleinen Glocken in fröhlichen Tonleitern, und die Töne verschlangen sich in der Luft zu einem Muster reizender Klänge. Die alte Kirche hallte und vibrierte von unaufhörlicher Glokkenfreude wider. Man fühlte die stete Gegenwart eines launenhaften, lärmenden Geistes, der aus allen den erzenen Mündern sang. Jetzt schien dieser Geist entflohen zu sein; der Dom war traurig und liebte es, zu schweigen. Die Feste und die Beerdigungen wurden durch einfaches Geläut verkündet, kurz und trocken, wie die Kirchenordnung es vorschrieb, und nichts mehr. Die Kirchen tönen auf zweierlei Art: Innen erklingt die Orgel, außen erklingen die Glocken; in Notre-Dame ließ sich nur noch die Orgel hören. Es war, als sei kein Glöckner mehr in den Türmen, und doch hauste Quasimodo dort nach wie vor. Was war mit ihm vorgegangen? Nagte die Schmach und die Verzweiflung des Prangers noch an seinem Herzen? Fühlte er noch immer die Peitschenhiebe des Folterknechts, und hatte der Kummer über das, was er erduldet, alles, auch die Leidenschaft für seine Glocken, in ihm ausgelöscht? Oder war der großen Glocke eine Rivalin im Herzen des Glöckners von Notre-Dame erstanden. Hatte er etwas Liebenswerteres und Schöneres gefunden als Marie und ihre vierzehn Schwestern; etwas so Schönes, daß er die Glocken darüber vernachlässigte?

Es geschah, daß in jenem gnadenreichen Jahre 1482 das Fest von Mariä Verkündigung auf Dienstag, den 25. März, fiel. Die Luft war an diesem Tag so leicht und rein, daß Quasimodo wieder etwas Liebe zu seinen Glocken verspürte. Er stieg darum zum nördlichen Turm empor, während unten der Küster die Türen des Domes weit öffnete. Die Türflügel waren damals von schwerem, starkem Holz; ihre Füllungen waren mit Leder überzogen und mit vergoldeten eisernen Nägeln beschlagen; die Ränder waren mit Schnitzereien ›köstlich und kunstreich verzieret‹.

Als Quasimodo auf dem hohen Glockenstuhl angekommen war, betrachtete er die sechs Glocken eine Weile mit traurigem Kopfschütteln, als klage er über etwas Fremdes, das sich zwischen sie und ihn gedrängt hatte. Als er sie aber in Schwung setzte, als er fühlte, wie alle sechs seiner Hand gehorchten, als er den schwingenden Ton wie einen Vogel, der von Zweig zu Zweig hüpft, von Glocke zu Glocke springen sah – denn hören konnte er ihn nicht –, als der Musikteufel, der Geist, der einen blitzenden Schlüsselbund von Trillern, Oktaven und Akkorden in der Hand schüttelt, sich des armen, tauben Menschen bemächtigt hatte, da vergaß er alles. Glück überströmte seine Seele, und sein Antlitz strahlte.

Er kam und ging; er klatschte in die Hände; er lief von einem Strick zum anderen; er feuerte die sechs Sänger mit

Worten und Bewegungen an, wie ein Kapellmeister, der denkende Künstler anspornt.

»Lauter«, sagte er, »lauter, Gabrielle! Gieß all deinen Ton über den Platz aus! Heute ist Festtag. – Thibauld, sei nicht faul! Warum schwingst du langsamer? Vorwärts, vorwärts! Bist du eingerostet, du Faulpelz? – So ist's recht! Nur immer schneller, schneller, daß man den Klöppel nicht mehr sieht! Mach sie alle taub wie mich. Brav, Thibauld, brav! – Guillaume! Guillaume! Du bist der größte, und Pasquier ist der kleinste, und Pasquier macht es besser als du. Wollen wir wetten, daß man ihn besser hört als dich. – Gut, gut, Gabrielle; nur immer lauter, immer lauter! – Hallo! Was treibt ihr da oben, ihr beiden Sperlinge? Ich sehe euch nicht den geringsten Lärm machen. Was soll das heißen, zwei Kupferschnäbel, die zu gähnen scheinen, wenn es gilt zu singen? An die Arbeit! Heute ist Mariä Verkündigung. Die Sonne scheint. Da müssen wir ein schönes Geläut machen. – Armer Guillaume, ganz außer Atem, mein Dicker!«

Er war ganz und gar damit beschäftigt, seine Glocken anzuspornen, die alle sechs um die Wette sprangen und ihre glänzenden Kruppen wie ein geräuschvolles Gespann spanischer Mauleselinnen schwangen, ab und zu angespornt durch den Schrei des Treibers.

Als aber sein Blick zufällig durch die Spalten der breiten Schieferplatten, die in einer gewissen Höhe das Mauerwerk des Glockenturmes schützen, auf den Platz hinunterfiel, da sah er, wie ein seltsam gekleidetes junges Mädchen einen Teppich auf der Erde ausbreitete, wie eine Ziege sich darauf niederließ und wie eine Gruppe von Zuschauern sich um den Teppich herum zum Kreis ordnete. Dieser Anblick gab seinen Gedanken plötzlich eine andere Richtung, und seine musikalische Begeisterung erlosch wie eine Kerze im Luftzug. Er hielt inne, wandte den Glocken den Rücken, kauerte hinter den Schiefern nieder und heftete denselben träumerischen, zärtlichen, sanften Blick auf die Tänzerin, den schon der Erzdechant einmal mit Erstaunen an ihm beobachtet hatte. Die vergessenen Glocken aber verstummten alle zugleich und bereiteten denen, die das Geläute liebten und ihm von unten, vom Pont au Change her, lauschten, eine große Enttäuschung. Die Zuhörer wandten sich und gingen verdutzten Angesichts von dannen wie ein Hund, dem man einen Knochen zeigt und dann einen Stein gibt.

IV
Ἀναγκη

An einem schönen Morgen desselben Monats – ich glaube, es war Sonnabend, der 29. März, Tag des heiligen Eustachius – begab es sich, daß unserem jungen Freund, dem Scholaren Jehan Frollo du Moulin, beim Anziehen der Hosen die Klanglosigkeit seiner Börse auffiel. »Arme Börse!« sagte er und zog sie aus der Hosentasche. »Was, nicht der kleinste Pariser Weits mehr? Wie die Würfel, die Bierkrüge und Frau Venus dich grausam ausgesogen haben! Wie leer, wie faltig, wie schlaff bist du. Wie der Busen einer Furie! Was nützt es mir, daß ich besser als ein General der Münze oder ein Jude vom Pont aux Changeurs weiß, daß ein Goldtaler mit Krone 35 Elfter zu je 25 Pariser Solidi, 8 Pariser Heller und daß ein Halbmondtaler 36 Elfter zu je 26 tourischen Solidi und 6 tourischen Heller wert sind, wenn ich nicht einen roten Heller mehr habe, den ich auf die doppelte Sechs setzen kann? Was nützt es mir, so frage ich euch, meine Herren Cicero und Seneca, die ich dort in verstaubten Exemplaren auf dem Fußboden umherliegen sehe? Ach, Konsul Cicero! Das ist eine Klemme, aus der man sich nicht mit Umschreibungen ziehen kann, mit Umschreibungen wie quem ad modum und verum enim vero!«[1]

Er kleidete sich traurig an. Während er seine Schuhe schnürte, kam ihm ein Gedanke, den er zuerst weit von sich

[1] lat., ›wie, auf welche Weise‹ und ›aber, wahrhaftig‹.

wies, der aber beharrlich wiederkehrte. Er zog seine Weste linksherum an, was ein sicheres Anzeichen schwerer, innerer Kämpfe war. Schließlich warf er seine Mütze heftig auf die Erde und rief: »Hol's der Teufel! Werde daraus, was will! Ich gehe zu meinem Bruder. Ich werde eine Predigt, aber auch einen Taler erwischen.«

Hastig schlug er den Mantel um, hob seine Baskenmütze auf und verließ in verzweifelter Stimmung seine Wohnung.

Er ging die Rue de la Harpe in Richtung der Cité hinunter. Als er in Höhe der Rue de la Huchette an der riesigen Bratküche vorüberkam, die den Franziskaner Calatagironne einmal zu dem bewundernden Ausruf hinriß: »Veramente, queste rotisserie sono cosa stupenda!«[1], warf er einen zärtlichen Blick auf die köstlichen Bratspieße, die sich unermüdlich drehten; denn der Geruch der Braten machte ihm den Mund wäßrig. Aber Jehan hatte nichts, womit er ein Frühstück bezahlen konnte, und mit schweren Seufzern durchschritt er das düstere Tor des Petit-Châtelet, das mit seinem riesigen Doppelkleeblatt fester Türme den Eingang zur Cité bewachte.

Er hatte sich nicht einmal die Zeit genommen, dem kläglichen Standbild des Perinet Leclerc, der Paris unter Karl dem Sechsten an die Engländer auslieferte, den üblichen Stein ins Gesicht zu werfen. Drei Jahrhunderte lang hat das steinerne Bild an der Straßenecke Rue de la Harpe und Rue de Buci gestanden und mit zerschundenem, kotbespritztem Angesicht, gewissermaßen an einem ewigen Pranger, das Verbrechen des Mannes gebüßt, den es darstellte.

Nachdem er den Petit-Pont überquert und die Rue Neuve-Sainte-Geneviève durchschritten hatte, fand sich Jehan du Moulin vor Notre-Dame. Da packte ihn wieder die Unentschiedenheit. Er ging vor der Bildsäule des grauen Herrn auf und nieder und sagte angstvoll vor sich hin: »Die Predigt ist mir gewiß, der Taler aber nicht!«

[1] ital., Wahrlich, diese Garküchen sind staunenswert!

Er hielt einen Kirchendiener an, der aus dem Kloster herauskam. »Wo ist der Herr Erzdechant de Josas?«

»Ich glaube, er ist in seinem Turmversteck. Ich rate Euch nicht, ihn dort zu stören, es sei denn, Ihr kommt vom Papst oder vom König.«

Jehan klatschte in die Hände. ›Verflucht, das ist eine feine Gelegenheit, die berühmte Zauberhöhle zu sehen!‹

Dieser Gedanke befestigte seine Absichten. Entschlossen öffnete er die kleine schwarze Tür des Turmes und stieg die Wendeltreppe Saint-Gilles hinauf. ›Wir werden sehen!‹ sagte er sich unterwegs. ›Bei der heiligen Jungfrau, das muß eine Merkwürdigkeit sein, diese Zelle, mit der mein ehrwürdiger Bruder eine solche Geheimniskrämerei treibt. Man behauptet ja, er habe dort eine Hexenküche und braue auf großer Flamme den Stein der Weisen zusammen. Verflucht! Mir ist der Stein der Weisen so gleichgültig wie ein Kieselstein, und es wäre mir lieber, ich fände auf seinem Herd einen Eierkuchen aus Ostereiern und Speck!‹

Als er auf der Höhe des Säulenganges angekommen war, schöpfte er einen Augenblick Atem und goß ganze Wagenladungen von Flüchen über die endlose Treppe aus. Dann trat er in die enge Tür des nördlichen Turmes, der heute für das Publikum gesperrt ist, und stieg weiter hinauf. Er war eben am Glockenstuhl vorübergekommen, da stieß er auf einen kleinen Flur, der seitlich von der Treppe in die Mauer hineinging. Unter seiner Wölbung war eine niedrige Spitzbogentür, und das Licht, das durch eine gegenüberliegende Schießscharte hereinfiel, ließ ihn das riesige Schloß und die schweren Eisenbeschläge erkennen. Besucher, die heute neugierig diese Tür besichtigen wollen, werden sie an jener Inschrift, die in weißen Buchstaben in dem schwarzen Gestein eingraviert ist, erkennen: J'ADORE CORALIE. 1829. SIGNÉ UGÈNE.[1] Das Wort Signé steht auch da.

»Uff«, seufzte der Scholar, »hier wird es sein.«

[1] frz., Ich bete Coralie an. 1829. Unterschrift: Ugéne.

Der Schlüssel stak im Schloß. Die Tür war angelehnt. Er stieß sie leise auf und steckte den Kopf durch die Öffnung.

Der Leser wird gewiß die Radierungen Rembrandts kennen, der unter den Malern, was Shakespeare unter den Dichtern ist. Eine von ihnen besonders, die, wie man annimmt, den Doktor Faust darstellt, muß das Auge jedes Betrachters fesseln. Inmitten einer düsteren Zelle steht ein mit abschreckenden Dingen beladener Tisch; da sind Totenköpfe, Globen, Retorten, Zirkel und mit Hieroglyphen bedeckte Pergamente. Der Doktor sitzt in seinem weiten, langen Rock am Tisch; die gefütterte Mütze bedeckt den Kopf bis zu den Augenbrauen. Man sieht ihn nur bis zu den Hüften. Er hat sich halb aus seinem riesigen Lehnstuhl erhoben; er stützt die geballten Fäuste auf den Tisch und starrt voll Neugierde und Schrecken einen großen, leuchtenden Kreis an, der aus rätselhaften Buchstaben gebildet ist und wie ein Sonnengespenst auf der Wand des dunklen Raumes strahlt. Das Licht dieser kabbalistischen Sonne scheint vor den Augen zu schwirren und füllt die fahle Zelle mit geheimnisvollem Strahlen. Es ist schauerlich und schön.

Ein sehr ähnlicher Anblick wie die Kammer bei Faust bot sich dem Auge Jehans, als er sich mit dem Kopf durch die Türspalte gewagt hatte; auch hier ein enger, düsterer, kaum erleuchteter Raum; auch hier ein großer Lehnstuhl und ein großer Tisch, Zirkel, Retorten, an der Decke hängende Tierskelette, eine auf dem Fußboden rollende Kugel, Hippocephale inmitten von Gläsern, in denen Goldblättchen zitterten, Totenköpfe auf farbigen Pergamenten, die mit Buchstaben und Zeichen bedeckt waren, und dicke, ohne Rücksicht auf die spröden Ecken des Pergaments offen übereinandergestapelte Manuskripte. Dieses ganze Gerümpel der Wissenschaft aber war mit Staub und Spinnweben bedeckt. Es fehlte nur der Kreis leuchtender Buchstaben und der verzückte Faust, der, wie der Adler die Sonne, die flammende Vision betrachtet.

Doch war die Zelle nicht verlassen. Ein Mann saß in dem

Lehnstuhl und beugte sich über den Tisch. Da er Jehan den Rücken kehrte, so konnte dieser nur seine Schultern und seinen Hinterkopf sehen. Aber er erkannte mit Leichtigkeit den kahlen Schädel, den die Natur mit einer ewigen Tonsur gezeichnet hatte, als wollte sie durch ein äußeres Sinnbild dartun, daß der Erzdechant für den geistlichen Beruf geschaffen war.

Jehan erkannte also seinen Bruder. Die Tür aber hatte sich so leise geöffnet, daß Dom Claude seine Gegenwart nicht gewahr wurde. Der neugierige Scholar benutzte diese Sachlage, um sich in Ruhe die Zelle anzusehen. Unter dem kleinen Fenster zur Linken des Lehnstuhls stand ein großer Ofen, den er auf den ersten Blick nicht bemerkt hatte. Das schwache Tageslicht, das durch das Fenster hereindrang, fiel durch ein rundes Spinnennetz, das in der spitzbogenförmigen Öffnung eine zarte, geschmackvolle Rosette bildete. Die Baumeisterin, die Spinne, saß unbeweglich im Mittelpunkt ihrer Spitzenarchitektur. Auf dem Ofen standen in wildem Durcheinander alle Arten von Gefäßen: Tiegel, Flaschen, Glaskolben und Brenngläser. Jehan stellte seufzend fest, daß keine Bratpfanne dabei war.

›Die sieht gut aus, die Kücheneinrichtung!‹ dachte er. Außerdem brannte im Ofen kein Feuer, und es machte sogar den Eindruck, als sei er lange nicht angezündet worden. Eine gläserne Maske, die Jehan unter dem alchimistischen Handwerkszeug bemerkte und die gewiß dazu diente, das Gesicht des Erzdechanten bei seinen Versuchen gegen schädliche Dämpfe zu schützen, lag verstaubt und wie vergessen in einer Ecke. Daneben lag ein ebenso verstaubter Blasebalg, der, in Kupfer eingelegt, die Inschrift ›Spira, spera!‹[1] trug.

Andere Inschriften standen, wie es bei den Alchimisten Brauch war, in großer Zahl an den Mauern zu lesen — die einen waren mit Tinte geschrieben, die anderen waren mit einem scharfen Instrument eingeritzt. Gotische, hebräische,

[1] lat., Atme, hoffe!

griechische und lateinische Buchstaben schwirrten durcheinander. Eine Inschrift ging über die andere weg; die neueren verwischten die älteren. Sie waren ineinander verflochten wie die Zweige eines Gestrüpps, wie die Lanzen bei einem Schlachtgetümmel. Es war ein wüstes Gemenge aller Philosophien, aller Hirngespinste und aller menschlichen Weisheit. Hier und da überstrahlte eine Inschrift die anderen wie eine Fahne zwischen Lanzenspitzen, meist ein kurzer griechischer oder lateinischer Wahlspruch, wie sie das Mittelalter so gut zu prägen wußte: Unde? Inde? – Homo homini monstrum. – Astra, castra, nomen, numen.[1] – *Μέγα βιβλίον, μεγα κακόν*[2] Sapere aude! – Flat ubi vult.[3] Man begegnete wohl auch einem einzelnen, wie es schien, ganz zusammenhanglosen Wort: *Ἀναγκοφαγία*[4]; vielleicht versteckte sich dahinter eine bittere Anspielung auf die Klosterregeln. Manchmal drückte auch ein Hexameter einen einfachen Grundsatz geistlicher Zucht aus: Cœlestem dominum, terrestrem dicito domnum[5]! Es gab auch hebräische Sprüche, Passim, die Jehan, der schon im Griechischen recht schwach war, nicht entziffern konnte. Die Inschriften aber waren allerorten von Sternen, Dreiecken, menschlichen und tierischen Figuren durchkreuzt, was nicht wenig dazu beitrug, die beschmierten Mauern der Zelle einem Blatt Papier ähnlich zu machen, auf dem ein Affe eine Tintenfeder spazieren geführt hatte.

Als Ganzes genommen, machte die Zelle den Eindruck der Vernachlässigung und Verkommenheit, und der schlechte Zustand aller Geräte ließ darauf schließen, daß ihr Bewohner schon seit geraumer Zeit durch andere Gedanken von seinen Arbeiten abgelenkt war.

[1] lat., Woher? Von dort? – Der Mensch ist dem Menschen ein Ungeheuer. – Die Sterne sind ein Lager, der Name einer Gottheit Wille.

[2] griech., Ein großes Buch ist ein großes Übel. (Kallimachos)

[3] lat., Wage es, weise zu sein! (Horaz) – Der Wind bläst, wo er will.

[4] griech., strenge Diät (der Athleten).

[5] lat., ›Dominus‹ nenne den himmlischen, ›domnus‹ den irdischen Herrn!

Jetzt war er gerade in ein riesiges, mit seltsamen Malereien verziertes Manuskript vertieft. Er schien von einem hartnäckigen Gedanken verfolgt, der sich beständig in seine Grübeleien mischte. So wollte es wenigstens Jehan dünken, der sein Selbstgespräch belauschte; er sprach stoßweise, mit nachdenklichen Pausen, wie ein Mann, der laut träumt: »Ja, Manu hat es ausgesprochen, und Zarathustra hat es gelehrt! Die Sonne wird aus dem Feuer, der Mond aus der Sonne geboren. Das Feuer ist die Seele des Weltalls. Seine Atome überfluten die Welt ständig in unendlichen Strömungen. An den Punkten, wo diese Strömungen sich im Himmel kreuzen, da entsteht das Licht; wo sie sich in der Erde kreuzen, da entsteht das Gold. Licht und Gold sind ein und dasselbe, Feuer in konkreter Form. – Sie sind dieselbe Substanz: sichtbar und greifbar, flüssig und fest, sie sind gleich Wasserdampf und Eis; das ist der ganze Unterschied. – Das sind keine Träume, das ist das allgemeine Naturgesetz. – Wie aber kann die Wissenschaft das Geheimnis dieses Naturgesetzes enträtseln? Ja, das Licht, das auf meine Hand fällt, ist Gold! Dieselben Atome, die hier nach einem bestimmten Gesetz in ausgedehnter Form sichtbar werden, mußten nach einem anderen Gesetz zusammengepreßt werden. – Aber wie das erreichen? – Man hat versucht, einen Sonnenstrahl einzugraben. – Averroes – ja, es war Averroes – Averroes hat unter dem ersten Pfeiler zur Linken in der großen Moschee von Córdoba einen Sonnenstrahl vergraben. Aber man darf den Keller erst nach achttausend Jahren öffnen, um zu sehen, ob das Experiment geglückt ist.«

»Pfui Teufel«, murmelte Jehan in sich hinein, »so lange möchte ich nicht auf einen Taler warten!«

»Andere sind der Meinung gewesen«, fuhr der Erzdechant träumerisch fort, »daß es besser sei, mit einem Strahl des Sirius Versuche zu machen. Aber es ist sehr schwer, einen solchen Strahl rein einzufangen, denn das Licht der anderen Sterne mischt sich damit. Flamel ist der Ansicht, es sei am einfachsten, mit irdischem Feuer zu arbeiten. – Flamel! Welch prophetischer Name, *Flamma*! – Ja, das Feuer. Das Feuer ist alles. – Der Diamant ist in der Kohle; das Gold ist im Feuer. – Aber wie es herausholen? – Magistri behaupten, es gebe Frauennamen von so geheimnisvollem Zauber, daß man sie nur während der Versuche auszusprechen brauche … Was sagt Manu darüber? ›Wo man die Frauen ehrt, da freut sich die Gottheit; wo man sie mißachtet, da ist es zwecklos, Gott zu bitten. – Der Mund einer Frau ist immer rein; er ist ein fließendes Wasser; er ist ein Sonnenstrahl. – Der Name einer Frau soll sanft, angenehm und träumerisch sein; er soll mit langen Vokabeln enden und einem Segenswort gleichen.‹ – Ja, der Weise hat recht; tatsächlich Maria, Sophia, Esmeral … – Verflucht, immer wieder dieser Gedanke!«

Heftig schlug er das Buch zu.

Er strich mit der Hand über die Stirn, als wollte er den quälenden Gedanken verjagen. Dann nahm er vom Tisch einen Nagel und einen kleinen Hammer auf, dessen Stiel mit seltsamen kabbalistischen Zeichen bemalt war.

»Seit einiger Zeit«, sagte er mit bitterem Lächeln, »will mir kein Versuch mehr glücken. Ein Zwangsgedanke ist wie ein Feuerkreuz in mein Hirn eingebrannt. Nicht einmal dem Geheimnis des Cassiodorus bin ich auf die Spur gekommen, dessen Lampe ohne Docht und ohne Öl brannte. Etwas so Einfaches!«

»Potztausend!« murmelte Jehan in seinen Bart.

»Ein einziger elender Gedanke also genügt, um einen Mann schwach und närrisch zu machen!« fuhr der Priester fort. »Wie würde mich Claude Pernelle auslachen, die Nicolas Flamel nicht einen Augenblick von seinem großen Werk hat ablenken können! Wie! Ich halte den Zauberhammer des Ezechiel in der Hand! Wenn der furchtbare Rabbiner in seiner Zelle mit diesem Hammer auf diesen Nagel schlug, so wurde ein Feind, den er verdammt hatte, und war er auch zweitausend Meilen weit entfernt, unrettbar von der Erde verschlungen; bei jedem Hammerschlag sank er eine Elle tiefer. Der König von Frankreich selbst versank bis zu den Knien in sein Pariser Pflaster, als er eines Abends unbedacht an die Tür des Zauberers geklopft hatte. – Das ist noch nicht dreihundert Jahre her. – Nun wohl! Ich habe den Hammer und den Nagel, und sie sind in meiner Hand nicht gefährlicher als ein Stock in den Händen eines Werkzeugmachers. – Und doch handelt es sich nur darum, das Zauberwort zu finden, das Ezechiel bei jedem Hammerschlag auf den Nagelkopf aussprach.«

›Kleinigkeit‹, dachte Jehan.

»Mut! Ich will es versuchen«, rief der Erzdechant erregt. »Wenn es mir gelingt, so werde ich den blauen Funken aus der Nagelkuppe springen sehen. – Emen – hetan! – Emen – hetan! – Das ist es nicht! – Sigeani! Sigeani! – Möge dieser Nagel jeden ins Grab bringen, der den Namen Phœbus trägt! – Verflucht, immer wieder, ewig dieser selbe Gedanke!«

Er warf den Hammer zornig von sich. Dann sank er so völlig in dem Lehnstuhl und über dem Tisch zusammen, daß Jehan ihn hinter der riesigen Rückenlehne aus den Augen verlor. Er sah eine Weile lang nur seine Faust, die sich krampfhaft auf einem Buch ballte. Plötzlich sprang Dom Claude auf, ergriff einen Zirkel und ritzte schweigend mit großen Buchstaben in die Mauer das griechische Wort *ἈΝΑΓΚΗ.*

›Mein Bruder ist verrückt‹, sagte sich Jehan; ›er hätte ja viel einfacher Fatum schreiben können. Es ist doch nicht jedermann verpflichtet, Griechisch zu verstehen.‹

Der Erzdechant setzte sich wieder in den Lehnstuhl und stützte den Kopf in die Hände wie ein Kranker, dessen Stirn schmerzt und brennt.

Der Scholar beobachtete seinen Bruder voll Erstaunen. Er, der sein Herz vor sich her trug und in dieser Welt nur dem guten Gesetz der Natur folgte; er, der seine Leidenschaft in Liebeleien verplätscherte; er, bei dem der See großer Empfindungen immer trocken lag, weil er ihn jeden Tag in neuen kleinen Bächlein entwässerte; er ahnte nicht, wie wütend das Meer menschlicher Leidenschaften in einer Seele kocht und schäumt, wenn ihm jeder Ausweg versagt ist; wie es sich anstaut, wie es anschwillt, wie es über die Ufer steigt, wie es das Herz aushöhlt, wie es in inneres Schluchzen und dumpfe Zukkungen ausbricht, bis es endlich seine Deiche durchbrochen und sein Bett ausgehöhlt hat. Das strenge, eisige Wesen Claude Frollos, seine kalte, schroffe, unangreifbare Tugend hatten Jehan immer irregeführt. Der lebenslustige Scholar hatte nie daran gedacht, daß unter dem schneebedeckten Haupt des Ätna wütende Lavamassen kochen.

Wir können nicht sagen, ob er sich über diese Gedanken gleich an Ort und Stelle Rechenschaft ablegte; aber so leichtsinnig er auch war, er begriff, daß er etwas gesehen hatte, was er nicht hätte sehen sollen, daß er die Seele seines älteren Bruders in ihren geheimsten Regungen belauscht hatte und daß er das Claude nicht merken lassen durfte. Da er sah, daß der Erzdechant wieder in seine frühere Unbeweglichkeit verfallen war, zog er den Kopf leise zurück und machte hinter der Tür ein paar vernehmbare Schritte, wie ein Ankommender, der sich bemerkbar machen will.

»Herein!« rief der Erzdechant aus dem Innern der Zelle. »Ich habe Euch erwartet. Ich habe eigens den Schlüssel in der Tür steckenlassen. Tretet ein, Meister Jacques!«

Der Scholar trat beherzt ein. Ein solcher Besuch an solchem Ort war dem Erzdechant höchst unwillkommen; er fuhr in seinem Lehnstuhl zusammen. »Was, Ihr seid es, Jehan?«

»Ich fange ja auch mit einem J an«, sagte der Scholar mit frechem, rotem, lustigem Gesicht.

Dom Claude hatte seinen strengen Ausdruck wiedergefunden.

»Was habt Ihr hier zu schaffen?«

»Lieber Bruder«, antwortete der Scholar, bemühte sich, eine klägliche, ehrbare, bescheidene Miene anzunehmen und drehte recht unschuldig seine Mütze in den Händen, »ich wollte Euch bitten ...«

»Worum?«

»Um eine kleine Sittenpredigt, deren ich sehr bedarf.« Er wagte es nicht, laut hinzuzufügen: ›Und um ein wenig Geld, dessen ich noch mehr bedarf.‹ Dieser Teil seines Satzes blieb unausgesprochen.

»Monsieur«, sagte der Erzdechant in kaltem Ton, »ich bin sehr unzufrieden mit Euch.«

»O weh!« seufzte der Scholar.

Dom Claude fuhr mit dem Lehnstuhl einen Viertelkreis herum und sah Jehan fest ins Auge. »Es ist mir sehr angenehm, Euch zu sehen.«

Das war ein böser Anfang. Jehan bereitete sich auf einen furchtbaren Schlag vor.

»Jehan, alle Tage kommen Klagen über Euch. Was hat es mit der Schlägerei auf sich, bei der Ihr einen kleinen Vicomte Albert de Ramonchamp mit einem Stock verprügelt habt?«

»Ach«, sagte Jehan, »das war eine Lumperei! Ein ungezogener Edelknabe, der sein Pferd im Schmutz Galopp laufen ließ, weil es ihm Spaß machte, die Scholaren vollzuspritzen!«

»Was ist das für ein Mahiet Fargel«, fuhr der Erzdechant fort, »dem Ihr den Rock zerrissen habt? Tunicam dechiraverunt[1] sagt die Klage.«

»Ach was! Ein elendes Jäckchen von Montaigu! Nicht der Rede wert!«

»Die Klage sagt tunicam und nicht cappettam. Versteht Ihr nicht Lateinisch?«

Jehan erwiderte nichts.

»Ja«, seufzte der Priester kopfschüttelnd, »so steht es heutzutage mit Studium und Wissenschaft. Lateinisch wird kaum verstanden, Hebräisch gar nicht, und Griechisch ist so mißachtet, daß man es den gelehrtesten Männern nachsieht, wenn sie

[1] lat., Sie haben den Rock zerrissen.

ein griechisches Wort beim Lesen überspringen: Graecum est, non legitur[1], heißt es.«

Der Scholar hob mutig die Augen. »Herr Bruder, darf ich Euch das griechische Wort an der Mauer übersetzen?«

»Welches Wort?«

»*ἈΝΑΓΚΗ.*«

Eine leichte Röte stieg in die gelben Wangen des Erzdechanten, wie ein Rauchwirbel, der die geheimen inneren Erschütterungen des Vulkans verkündet. Der Scholar bemerkte es kaum.

»Nun, Jehan«, stammelte der ältere Bruder mühsam, »was bedeutet das Wort?«

»Verhängnis!«

Dom Claude wurde wieder blaß, und der Scholar fuhr sorglos fort: »Und das Wort darunter, das dieselbe Hand geschrieben hat, *Ἀναγνεία,* bedeutet Unkeuschheit. Ihr seht, daß man doch noch sein Griechisch versteht.«

Der Erzdechant schwieg weiter. Diese griechische Lektion hatte ihn nachdenklich gemacht.

Der kleine Jehan verfügte über die ganze Schlauheit eines verwöhnten Kindes. Der Augenblick schien ihm günstig, sein Gesuch zu wagen. Er sagte darum mit äußerst weicher Stimme: »Lieber Bruder, seid Ihr mir um der paar Kniffe und Püffe, die ich in ehrlichem Kampf irgendwelchem Knirps oder Fratz – quibusdam marmosetis? – versetzt habe, so gram, daß Ihr mir ein böses Gesicht darum zieht? Ihr seht, lieber Bruder Claude, daß ich mein Latein kenne.«

Die zärtliche Heuchelei aber verfehlte diesmal die gewohnte Wirkung auf den gestrengen großen Bruder. Zerberus biß nicht in den Honigkuchen. Die Stirn des Erzdechanten blieb umwölkt.

»Worauf wollt Ihr hinaus?« fragte er trocken.

»Nun wohl«, antwortete Jehan tapfer, »ich brauche Geld!«

Bei dieser unverschämten Erklärung nahmen die Züge des

[1] lat., Es ist Griechisch, das liest man nicht.

Erzdechanten endgültig einen lehrhaften, väterlichen Ausdruck an.

»Ihr wißt, Monsieur Jehan, daß unser Lehen von Tirechappe, wenn man den Grundzins und die Einnahmen der einundzwanzig Häuser zusammenzählt, nicht mehr als neununddreißig Pfund elf Solidi sechs Heller einbringt. Das ist um die Hälfte mehr als zu Zeiten der Gebrüder Paclet; aber viel ist es nicht.«

»Ich brauche Geld«, sagte Jehan standhaft.

»Ihr wißt, daß der Offizial entschieden hat, daß unsere einundzwanzig Häuser im vollen Lehen dem Bischof zustehen und daß wir die Leistung mit zwei Mark vergoldetem Silber zurückkaufen müssen, das ist gleich sechs Pfund Pariser Währung. Nun wohl, diese zwei Mark habe ich noch nicht zusammenbringen können. Ihr wißt es.«

»Ich weiß, daß ich Geld brauche«, wiederholte Jehan zum dritten Male.

»Und was wollt Ihr damit machen?«

Bei dieser Frage regte sich in Jehan die Hoffnung. Er nahm wieder seine schmeichlerische, süße Miene an.

»Seid versichert, lieber Bruder Claude, daß ich Euch nie in schlechter Absicht angehen würde. Ich will nicht mit Eurem Geld in den Kneipen den Laffen spielen oder mit einer goldbrokatenen Schabracke und meinem Lakaien, cum meo laquasio, hinterher durch die Straßen von Paris spazierenreiten. Nein, lieber Bruder, es handelt sich um ein gutes Werk.«

»Was für ein gutes Werk?« fragte Claude in leichtem Erstaunen.

»Zwei meiner Freunde möchten Wickelzeug für das Kind einer armen Witwe von den Haudryschwestern kaufen. Es ist ein Akt der Barmherzigkeit. Drei Gulden soll es kosten, und ich möchte den dritten Gulden beisteuern.«

»Wie heißen Eure beiden Freunde?«

»Pierre l'Assommeur und Baptiste Croque-Oison.«[1]

[1] frz., Pierre Totschläger, Baptiste Gänschenknacker.

»Nun«, sagte der Erzdechant, »die Namen nehmen sich neben einer Wohltat aus wie eine Kanone auf einem Hochaltar.«

Jehan hatte allerdings die Namen seiner Freunde schlecht gewählt. Er fühlte es zu spät.

»Und dann«, fuhr der scharfsichtige Claude fort, »möchte ich gern wissen, wie es kommt, daß das Wickelzeug drei Gulden kosten soll, noch dazu Wickelzeug für das Kind einer Haudryschwester. Seit wann haben denn die Witwen Haudry Wickelkinder?«

Jehan brach noch einmal das Eis. »Nun ja, ich brauche eben Geld, um heute die schöne Isabeau la Thierrye im Val-d'Amour zu besuchen.«

»Elender, unzüchtiger Bursche!« schrie der Priester.

»*Ἀναγνεία*«, sagte Jehan.

Dieses Wort, das der Scholar vielleicht mit boshaften Hintergedanken von der Wand der Zelle ablas, übte auf den Priester eine merkwürdige Wirkung aus. Er biß sich auf die Lippen, und sein Zorn erlosch mit einem Erröten.

»Schert Euch weg!« sagte er zu Jehan. »Ich erwarte Besuch.«

Der Scholar nahm noch einen Anlauf. »Bruder Claude, gebt mir wenigstens einen Solidus, daß ich etwas essen kann.«

»Wie weit seid Ihr in den Dekretalien des Gratian?« fragte Dom Claude.

»Ich habe meine Hefte verloren.«

»Wie weit seid Ihr in den lateinischen Dichtern?«

»Sie haben mir meinen Horaz gemaust.«

»Wie weit seid Ihr im Aristoteles?«

»Hör mal, lieber Bruder: Wie heißt doch noch der Kirchenvater, der behauptet, daß die Irrtümer der Ketzer immer im Gestrüpp der aristotelischen Metaphysik nisten? Zum Teufel mit Aristoteles! Ich will durch seine Metaphysik nicht meinen Glauben zerfetzen!«

»Junger Mann«, sagte der Erzdechant, »beim letzten Einzug des Königs ritt ein Edelmann im Zug, der Philippe de Comines heißt. Auf seiner Schabracke stand sein Wahlspruch gestickt; er lautet: Qui non laborat, non manducet.[1] Ich empfehle Euch, darüber nachzudenken.«

Der Scholar blickte schweigend, den Finger am Ohr, zur Erde nieder und machte ein böses Gesicht. Plötzlich wandte er sich mit der raschen Behendigkeit einer Bachstelze zu seinem Bruder zurück.

»So verweigert Ihr mir einen Solidus für ein Stückchen Brotkruste, lieber Bruder?«

»Qui non laborat, non manducet.«

Bei dieser Antwort des unerbittlichen Erzdechanten ließ Jehan den Kopf in die Hände sinken wie eine weinende Frau und rief mit verzweifeltem Ausdruck: »*Ὀτοτοτοτοτοτοτ*!«

»Was soll das heißen, Monsieur?« fragte Claude in hellem Erstaunen über diese Albernheit.

»Was es heißen soll?« sagte der Scholar und schlug die frechen Augen zu Claude auf. Sie waren rot, denn er hatte seine Fäuste hineingedrückt, um ihnen den Anschein vergossener Tränen zu geben. »Es ist Griechisch! Es ist ein Anapästus des Aischylos, der den höchsten Schmerz ausdrückt.«

Dabei brach er in so drolliges, schallendes Gelächter aus, daß der Erzdechant unwillkürlich lächeln mußte. Schließlich war es seine eigene Schuld; warum hatte er das Kind so verzogen?

»Ach, lieber Bruder Claude«, fuhr Jehan fort, den dieses Lächeln kühn machte, »seht doch meine zerrissenen Schuhe! Gibt es auf Erden einen tragischeren Kothurn als einen Schuh, dessen Sohle leck ist?«

Der Erzdechant hatte seine Strenge rasch wiedergefunden.

»Ich werde Euch neue Schuhe schicken; aber Geld bekommt Ihr nicht.«

»Nur einen ganz kleinen Pariser Solidus, lieber Bruder«, fuhr Jehan flehend fort. »Ich werde den ganzen Gratian auswendig lernen; ich will auch artig an Gott glauben; ich will ein wahrer Pythagoras an Weisheit und Tugend werden. Aber

[1] lat., Wer nicht arbeitet, soll auch nicht essen.

gebt mir einen Solidus, bitte, bitte! Wollt Ihr, daß der Hunger mich beißt? Er hält das Maul dicht vor mir aufgesperrt; er ist schwärzer und stinkender als ein Tatar oder als die Nase eines Mönchs.«

Dom Claude schüttelte das faltige Haupt: »Qui non laborat ...«

Jehan ließ ihn nicht ausreden. »Gut, zum Teufel«, schrie er, »es lebe das Vergnügen! Ich stürze mich in die Kneipen, stifte Schlägereien an, zerschlage die Krüge und gehe zu den Dirnen!«

Bei diesen Worten schleuderte er seine Mütze an die Wand und schnipste mit den Fingern wie mit Kastagnetten.

Der Erzdechant sah ihn finster an.

»Jehan, Ihr habt keine Seele.«

»Dann fehlt mir, dem Epikur zufolge, ein gewisses Etwas, das aus etwas Namenlosem besteht.«

»Jehan, Ihr müßt ernstlich daran denken, Euch zu bessern.«

»Ist hier denn alles verrückt«, rief der Scholar und sah abwechselnd seinen Bruder und die Glaskolben auf dem Ofen an, »die Gedanken und die Flaschen?«

»Jehan, Ihr seid auf einer sehr schiefen Ebene. Wißt Ihr, wohin Euer Weg führt?«

»In die Kneipe«, sagte Jehan.

»Die Kneipe führt zum Pranger.«

»Es ist eine Laterne wie jede andere, und vielleicht hätte Diogenes damit den rechten Mann gefunden.«

»Der Pranger führt zum Galgen.«

»Der Galgen ist eine Waage. Am einen Ende hängt ein Mann, am anderen die ganze Erde. Es ist schön, der Mann zu sein.«

»Der Galgen führt zur Hölle.«

»Das ist ein großes Feuer.«

»Jehan, Jehan, du wirst ein böses Ende nehmen.«

»Der Anfang ist um so besser gewesen.«

Da wurde ein Geräusch von Schritten auf der Treppe hörbar.

»Still!« sagte der Erzdechant und hielt den Finger an die Lippen. »Das ist Meister Jacques. Hört, Jehan«, fügte er leise hinzu, »hütet Euch, je von dem zu sprechen, was Ihr hier hören und sehen werdet! Versteckt Euch schnell unter dem Ofen und rührt Euch nicht!«

Der Scholar duckte sich unter den Ofen. Dort kam ihm ein fruchtbarer Gedanke.

»Bruder Claude, wenn ich mich nicht rühren soll, so gebt mir gefälligst einen Gulden.«

»Still! Ich verspreche es Euch.«

»Ihr müßt ihn mir geben.«

»So nimm!« rief der Erzdechant und warf ihm zornig seine Börse hin. Jehan kroch wieder unter den Ofen, und die Tür öffnete sich.

V
Die beiden Männer in Schwarz

Der Eintretende war mit einer schwarzen Robe bekleidet, und sein Ausdruck war düster. Jehan hatte es, wie man sich denken kann, so eingerichtet, daß er aus seinem Winkel alles hören und sehen konnte. So fiel ihm gleich beim ersten Blick auf, wie vollkommen traurig Gewand und Gesicht des Besuchers waren. Es lag trotzdem eine gewisse Milde über seinen Zügen; aber es war die Milde des Richters, es war süßliche Katzenfreundlichkeit. Er war sehr grau, hatte tiefe Runzeln, blinzelte mit den Augen, hatte weiße Augenbrauen, eine hängende Unterlippe und große Hände. Sein Alter mochte nahezu sechzig Jahre betragen. Als Jehan sah, daß es offenbar weiter nichts als ein Arzt oder ein Richter war und daß die Nase des Mannes sehr weit vom Mund entfernt stand, was ein Zeichen der Dummheit ist, da hockte er sich verzweifelt in seinem Loch zusammen; denn er sah einer unbestimmten Zeit in unbequemer Lage und schlechter Gesellschaft entgegen.

Der Erzdechant hatte sich nicht einmal zur Begrüßung des Eintretenden erhoben. Er hatte ihn durch ein Zeichen bedeutet, sich auf einen Schemel nahe der Tür niederzulassen, und schien nun in kurzem Stillschweigen einen inneren Gedankengang fortzuspinnen. Dann sagte er etwas gönnerhaft: »Guten Tag, Meister Jacques.«

»Seid gegrüßt, Meister!« antwortete der schwarze Mann.

Die Art, wie das ›Meister Jacques‹ von der einen, das ›Meister‹ von der anderen Seite ausgesprochen wurde, kennzeichnete den Unterschied von ›Monseigneur‹ zu ›Monsieur‹, von ›domine‹ zu ›domne‹; es war offensichtlich die Begrüßung eines Lehrenden und eines Lernenden.

»Nun, habt Ihr Erfolge?« fragte der Erzdechant nach einem neuen Stillschweigen, das sich Meister Jacques zu stören hütete.

»Ach, Meister«, entgegnete er mit traurigem Lächeln, »ich blase unentwegt. Asche, soviel ich will, aber kein Funken Gold.«

Dom Claude machte eine ungeduldige Bewegung. »Davon spreche ich nicht, Meister Jacques Charmolue; ich spreche vom Prozeß Eures Zauberers. Ist es nicht Marc Cenaine, der Kellermeister am Rechnungshof? Ist er geständig? Hat die Folter Erfolg gehabt?«

»Leider nicht«, antwortete Meister Jacques, immer mit demselben traurigen Lächeln. »Diesen Trost haben wir nicht. Der Mann ist so hart wie Kieselstein. Wir bringen nichts aus ihm heraus und werden ihn schließlich noch auf dem Schweinemarkt kochen müssen, ohne ein Wort von ihm gehört zu haben. Es wird kein Mittel gespart, um die Wahrheit herauszufinden; er ist schon ganz aus den Fugen. Wir setzen alles in Bewegung, um mit dem alten Lustspieldichter Plautus zu sprechen: Adversum stimulos, laminas, crucesque, compedesque, nervos, catenas, carceres, numellas, pedicas, boias.[1]

[1] lat., Stacheln und glühende Eisen, Marterkreuze, Fußschellen, Fesseln, Ketten und Kerker, Halsblöcke, Schlingen und Riemen.

Alles hilft nichts. Der Mann ist schrecklich. Ich bin mit meinem Latein am Ende.«

»Ihr habt nichts Neues in seinem Hause gefunden?«

»Doch«, sagte Meister Jacques und stöberte in seiner Tasche, »ein Pergament. Es stehen Worte darauf, die wir nicht entziffern können, obwohl der Kriminalrichter Philippe Lheulier etwas Hebräisch versteht. Er hat es beim Prozeß der Juden aus der Kanterstenstraße zu Brüssel gelernt.«

Dabei entfaltete er ein Pergament. »Gebt her!« sagte der Erzdechant. »Das ist reine Zauberkunst, Meister Jacques«, rief er, als er einen Blick auf das Schriftstück geworfen hatte. »Emen – hetan! Das ist der Ruf der Hexen, wenn sie auf dem Sabbat ankommen. Per ipsum et cum ipso, et in ipso! Das ist der Spruch, der den Teufel in die Hölle zurückjagt. Hax, pax, max! Das ist Heilkunst. Eine Formel, die gegen den Biß toller Hunde gebraucht wird. Meister Jacques, Ihr seid Anwalt des Königs beim geistlichen Gericht. Das ist ein verabscheuungswürdiges Pergament.«

»Wir werden den Mann noch einmal auf die Folter spannen«, sagte Meister Jacques und stöberte von neuem in seiner Tasche; »das haben wir auch bei Marc Cenaine gefunden.«

Es war ein Gefäß von der Art, wie sie auf Dom Claudes Ofen standen.

»Ach«, sagte der Erzdechant, »das ist ein alchimistischer Tiegel!«

»Ich will Euch nur gestehen«, fuhr Meister Jacques mit seinem schüchternen, linkischen Lächeln fort, »daß ich ihn auf dem Ofen versucht habe; aber ich habe ebensowenig Erfolg damit gehabt wie mit dem meinen.«

Der Erzdechant prüfte den Tiegel. »Was steht da eingeritzt? ›Och! Och!‹ Das Wort, das die Flöhe verjagt! Dieser Marc Cenaine ist beschränkt! Ich glaube gern, daß Ihr damit kein Gold machen könnt. Stellt den Tiegel im Sommer in Euren Alkoven; das ist alles.«

»Da wir einmal bei den Irrtümern sind«, sagte der königliche Anwalt, »sind Hochwürden sicher, daß dort auf der Seite des Hôtel-Dieu die Arbeit der Physik dargestellt ist und daß unter den sieben nackten Figuren zu Füßen der Jungfrau Maria die mit den Flügeln an den Hacken wirklich Merkur ist? Ich habe, ehe ich heraufkam, das Portal unten studiert.«

»Ja«, entgegnete der Priester. »Augustin Nypho sagt es, dieser italienische Doktor, der einen bärtigen Dämon hatte, von dem er alles erfuhr. Wir werden zusammen hinuntergehen, und ich werde es Euch an Ort und Stelle erklären.«

»Ich danke Euch, mein Meister«, sagte Charmolue und verneigte sich bis zur Erde. »Übrigens, das hätte ich beinahe vergessen! Wann wünscht Ihr, daß ich die kleine Zauberin verhaften lasse?«

»Welche Zauberin?«

»Die Zigeunerin, wißt Ihr, die alle Tage auf dem Domhof tanzt, obwohl die Behörde es verboten hat! Sie hat eine besessene Ziege mit Teufelshörnern, die liest, schreibt und Mathematik versteht wie Picatrix! Wegen dieser Ziege allein könnte man die ganze Zigeunerbande henken lassen. Der Prozeß ist vorbereitet. Er wird sich rasch erledigen. Ein hübsches Geschöpf, wahrhaftig, diese reizende Tänzerin! Die schönsten schwarzen Augen! Die wahren Edelsteine! Wann soll es losgehen?«

Der Erzdechant war sehr bleich geworden.

»Ich werde Euch Bescheid geben«, stammelte er kaum hörbar. Dann sagte er mit Anstrengung: »Bemüht Euch um Marc Cenaine.«

»Seid ohne Sorge«, sagte Charmolue lächelnd. »Ich lasse ihn gleich nach meiner Rückkehr wieder auf die Folterbank spannen. Aber er ist ein Teufel von einem Mann. Er ermüdet sogar Pierrat Torterue, der noch größere Hände hat als ich. Wie sagt doch der gute Plautus: ›Nudus, vinctus centum pondo es, quando pendes per pedes.‹[1] Ich lasse ihn recken!

[1] lat., Nackt und gefesselt wiegst du hundert Pfund, wenn du an den Füßen aufgehängt bist.

Das ist das Beste, was wir haben. Da kommt er nicht drumherum.«

Dom Claude schien in finstere Träumerei versunken. Er wandte sich Charmolue zu und sagte: »Meister Pierrat ... Meister Jacques, wollte ich sagen, bemüht Euch um Marc Cenaine.«

»Ja, ja, Dom Claude. Armer Kerl, er duldet wie Mummol. Wie kann man aber auch auf den Gedanken kommen, zum Sabbat zu gehen. Ein Kellermeister vom Rechnungshof, der doch die Urkunde Karls des Großen mit ihrem stryga vel masca[1] kennen mußte! Was aber die Kleine anbetrifft – Smeralda wird sie genannt –, so werde ich Eure Befehle abwarten. Ach, wollt Ihr mir nicht unten auch erklären, was der Gärtner darstellt, dessen Bild man beim Betreten der Kirche sieht; es ist der Sämann, nicht wahr? – He, Meister, woran denkt Ihr denn?«

Dom Claude war ganz in sich versunken und hörte nichts mehr. Charmolue folgte der Richtung seines Blicks und sah, daß er sich ganz mechanisch an das große Spinngewebe im Fenster geheftet hatte. Da warf sich eine unbesonnene Fliege, die der Märzsonne zustrebte, in das Netz und verfing sich darin. Als die ungeheure Spinne die Erschütterung fühlte, verließ sie plötzlich ihren Posten im Mittelpunkt des Gewebes, stürzte sich mit einem Sprung auf die Fliege, preßte sie mit ihren Vorderbeinen zusammen und beschnüffelte mit ihrem scheußlichen Rüssel ihren Kopf. »Arme Fliege!« sagte der königliche Anwalt beim geistlichen Gericht und hob die Hand, um die Bedrängte zu retten. Der Erzdechant fuhr jäh aus seinen Träumereien auf und fiel ihm mit krampfhafter Heftigkeit in den Arm.

»Meister Jacques«, rief er, »laßt dem Verhängnis seinen Lauf!«

Der Anwalt wandte sich bestürzt. Es schien ihm, als habe eine eiserne Zange seinen Arm gepackt. Das Auge des Prie-

[1] lat., Zauberin oder Hexe.

sters war starr, wild und flammend und blieb an dem schrecklichen Bild der Spinne und der Fliege haften.

»Ja«, fuhr der Priester mit einer Stimme fort, die aus seinen Eingeweiden aufzusteigen schien, »da haben wir ein Sinnbild für alles. Sie fliegt, sie ist froh, sie ist eben geboren; sie sucht den Frühling, die frische Luft, die Freiheit. Aber ach, sie stößt gegen das verhängnisvolle Netz; die Spinne kommt heraus, die scheußliche Spinne! Arme Tänzerin! Arme, verlorene Fliege! Meister Jacques, das ist das Verhängnis! Laßt ihm seinen Lauf! Wehe dir, Claude, du bist die Spinne! Claude, du bist auch die Fliege! Du bist dem Wissen, dem Licht, der Sonne zugeflogen; du hast an nichts anderes gedacht, als in die freie Luft, in das Licht ewiger Wahrheit zu gelangen. Aber bei deinem Flug auf das blendende Fenster zu, das sich ins Jenseits, in die Welt des Geistes, der Klarheit und der Weisheit öffnet, hast du, blinde Fliege, betörter Denker, das feine Spinngewebe übersehen, das das Verhängnis zwischen dir und dem Licht gespannt hat. Du hast dich blindlings hineingestürzt, du elender Narr, und jetzt zappelst du mit zerquetschtem Kopf und ausgerissenen Flügeln in den Eisenkrallen des Verhängnisses! Meister Jacques, Meister Jacques! Laßt der Spinne ihren Willen!«

»Glaubt mir, ich werde sie nicht berühren«, sagte Charmolue verständnislos; »aber laßt um Gottes willen meinen Arm los, Meister, Ihr habt eine eiserne Hand!«

Der Erzdechant hörte nicht auf ihn. »Wahnwitziger«, rief er, ohne das Fenster aus den Augen zu lassen, »wäre es dir auch wirklich gelungen, es mit deinen schwachen Flügeln zu zerreißen, das furchtbare Netz, hättest du dann das Licht erreicht? Wehe! Wie hättest du die Scheibe dahinter zerbrechen wollen, das durchsichtige Hindernis, die kristallene Mauer, die alle Philosophie von der Wahrheit trennt und härter als Erz ist? Oh, Vermessenheit der Wissenschaft! Wie viele Denker sind von weit her gegen diese Scheibe geflogen und haben sich die Stirn daran zerschmettert; wie viele

Theorien stoßen, durcheinander surrend, an dieses Fenster der Ewigkeit!«

Er schwieg. Seine letzten Gedanken, die ihn unmerklich von sich selbst abgelenkt und zur Wissenschaft zurückgeführt hatten, schienen ihn beruhigt zu haben. Jacques Charmolue weckte das Gefühl der Wirklichkeit vollends in ihm auf. »Übrigens, Meister, wann werdet Ihr kommen und mir beim Goldmachen helfen?« fragte er. »Ich sehne mich nach Erfolgen.«

Der Erzdechant schüttelte bitter lächelnd den Kopf. »Meister Jacques, lest im ›Dialogus de energia et operatione daemonum‹[1] des Michael Psellus nach. Es ist nicht ganz harmlos, was wir da betreiben.«

»Sprecht leise, Meister! Ich weiß es wohl«, sagte Charmolue; »aber wenn man Anwalt des Königs beim geistlichen Gericht mit dreißig Gulden jährlichem Gehalt ist, so bleibt einem nichts anderes übrig, als ein bißchen Alchimie zu treiben. Laßt uns nur leise reden!«

In diesem Augenblick machte sich von der unteren Gegend des Ofens her ein Geräusch kauender Kinnbacken bemerkbar und traf das argwöhnische Ohr des Charmolue.

»Was ist das?« fragte er.

Es war der Scholar, der in seinem Versteck eine alte Brotrinde und eine verschimmelte Käseecke gefunden hatte und den Fund höchst unbefangen als Trost und Frühstück verzehrte; denn er langweilte sich furchtbar, und seine Lage war recht unbequem. Da er sehr hungrig war, kaute er mit aller Kraft und erzeugte bei jedem Biß ein Geräusch, das immer lauter wurde und den Anwalt aufmerksam und unruhig machte.

»Das ist meine Katze, die sich da unten eine Maus schmekken läßt«, war die rasche Entgegnung des Erzdechanten.

Diese Erklärung befriedigte Charmolue.

»Es ist bekannt, Meister«, erwiderte er mit respektvollem

[1] lat., Dialog über die Kraft und Wirksamkeit der Geister.

Lächeln, »daß alle großen Philosophen ihr vertrautes Tier gehabt haben. Ihr kennt den Ausspruch des Servius: Nullus enim locus sine genio est.«[1]

Dom Claude aber, der Angst hatte, Jehan könne einen neuen Streich begehen, erinnerte seinen würdigen Schüler an die Absicht, einige Figuren des Portals gemeinsam zu studieren. Die beiden verließen die Zelle, und der Scholar, der ernstlich zu fürchten begann, der Abdruck seines Unterkiefers könne auf seinem Knie zurückbleiben, gab einen Seufzer der Erleichterung von sich.

VI

Die Folgen, die sieben auf offener Straße ausgestoßene Flüche haben können

»Te Deum laudamus!«[2] rief Meister Jehan und kroch aus seinem Loch heraus. »Da wären wir also die beiden Käuze los. Och, och! Hax, pax, max! Die Flöhe, die tollwütigen Hunde, der Teufel! Ich habe genug von ihrem Geschwätz! Mir brummt der Kopf wie ein Glockenturm. Und auch noch verschimmelter Käse obendrein! Los, steigen wir hinunter, nehmen wir die Börse des großen Bruders und setzen wir all diese Geldstücke in Flaschen um!«

Er warf einen zärtlichen, bewundernden Blick in das Innere der kostbaren Börse, zupfte seinen Rock zurecht, rieb seine Schuhe ab, schüttelte seine zerschlissenen Ärmel aus, die ganz grau von Asche waren, pfiff eine lustige Weise, machte einen Luftsprung, stöberte in der Zelle nach etwas Mitnehmenswertem herum, nahm hier und dort vom Ofen kleine gläserne Amulette auf, die er der schönen Isabeau la Thierrye als Kleinodien anzuhängen gedachte, stieß endlich die Tür zurück, die sein Bruder in einer letzten Anwandlung von Nachsicht of-

[1] lat., Jeder Ort besitzt seinen Genius.

[2] lat., Dich, Gott, loben wir.

fengelassen hatte, ließ sie in einer letzten Anwandlung von Bosheit offenstehen und stieg hüpfend wie ein Vogel die Wendeltreppe hinunter.

In der Finsternis der Treppenwindungen rannte er gegen etwas, was ihm brummend Platz machte, und vermutete, es könne Quasimodo sein; das erschien ihm so komisch, daß er sich im Weitergehen vor Lachen die Seiten hielt. Als er auf den Platz hinaustrat, lachte er immer noch.

Er stampfte mit dem Fuße auf, als er sich wieder auf flacher Erde fühlte.

»Ach«, sagte er, »du gutes, ehrenwertes Pariser Pflaster! Verfluchte Treppe! Auf dir kann ja den Engeln von Jakobs Himmelsleiter der Atem ausgehen. War ich denn nicht recht bei Troste, daß ich mich in diesen steinernen Bohrer wagte, der den Himmel anbohrt? Was habe ich nun davon gehabt? Verschimmelten Käse und eine Aussicht auf Paris aus einer Luke.«

Er machte ein paar Schritte und bemerkte die beiden Käuze, das heißt Dom Claude und Meister Jacques Charmolue, die in die Betrachtung einer Skulptur des Portals vertieft waren. Er näherte sich ihnen auf den Zehenspitzen und hörte den Erzdechanten leise zu Charmolue sagen: »Guillaume de Paris hat den Hiob in diesen lapislazulifarbenen Stein mit den goldenen Rändern einmeißeln lassen. Man sagt, Hiob sei auf dem Stein der Weisen zu sehen; denn auch dieser Stein hat Prüfungen und Martyrium zu erdulden, um vollkommen zu werden. Raymundus Lullus sagt: Sub conservatione formae specificae salva anima.«[1]

»Das ist mir gänzlich einerlei«, sagte Jehan, »ich habe die Börse.«

Da hörte er hinter sich eine laute, schallende Stimme eine herrliche Reihe von Flüchen ausstoßen. »Donnerwetter! Verflucht und zugenäht! Alle Teufel! Beim Nabel Beelzebubs! Himmelsapperment!«

[1] lat., Unter Bewahrung der spezifischen Form erhält sich die Seele.

»Bei meiner Seele, das kann doch nur mein Freund, der Hauptmann Phœbus, sein!« rief Jehan.

Der Erzdechant erklärte gerade dem königlichen Anwalt den Drachen, der seinen Schwanz in einer Wanne verbirgt, aus der Rauch aufsteigt und der Kopf eines Königs aufragt. Da schlug der Name Phœbus an sein Ohr; er erbebte, brach zum großen Erstaunen von Charmolue seine Erklärung ab, wandte sich um und sah, wie sein Bruder Jehan vor dem Haus Gondelaurier einen großen Offizier begrüßte.

Er war wirklich der Hauptmann Phœbus de Châteaupers. Er lehnte an der Ecke des Hauses, in dem seine Braut wohnte, und fluchte wie ein Heide.

»Alle Achtung, Hauptmann Phœbus, Ihr flucht mit bewunderungswürdigem Feuer«, sagte Jehan und ergriff seine Hand.

»Verdammter Hornochse!« rief der Hauptmann.

»Selber verdammter Hornochse!« entgegnete der Scholar. »Was bewegt Euch denn zu diesem schönen Wortschwall, edler Hauptmann?«

»Verzeihung, Kamerad Jehan«, rief Phœbus und schüttelte ihm die Hand. »Ein Pferd im Galopp steht nicht so leicht wieder still, und ich fluchte in vollem Galopp. Ich komme von den Ziergänsen da oben, und dann habe ich immer die Gurgel voll Flüche. Ich muß sie ausspeien oder ich ersticke, heiliges Donnerwetter!«

»Wollen wir zusammen in die Kneipe gehen?« fragte der Scholar.

Dieser Vorschlag beruhigte den Hauptmann.

»Ich möchte wohl, aber ich habe kein Geld!«

»Ich habe aber welches!«

»Na, zeig mal!«

Jehan hielt dem Hauptmann mit fürstlicher Nachlässigkeit die Börse hin.

Der Erzdechant hatte indessen den verwunderten Charmolue stehen lassen, hatte sich den beiden bis auf wenige Schritte genähert und beobachtete sie nun, ohne von ihnen bemerkt zu werden; denn sie waren ganz in die Betrachtung der Börse vertieft.

Phœbus rief: »Eine Börse in Eurer Tasche, Jehan, ist wie der Mond in einem Eimer Wasser. Man sieht ihn, aber er ist nicht darin. Es ist nur sein Spiegelbild. Bei Gott, ich wette, es sind Kieselsteine in Eurer Börse!«

Jehan erwiderte kühl: »Das sind die Kieselsteine, mit denen ich meine Geldbörse beschottere.«

Dabei leerte er mit der Miene eines Römers, der das Vaterland rettet, die Börse auf einem nahen Prellstein.

»Wahrhaftig«, brummte Phœbus, »Groschen, Weißpfennige, Solidi, tourische Heller, Pariser Heller, Heller mit Adlerkopf! Das ist großartig!«

Jehan wahrte seine würdige, unbeteiligte Haltung. Ein paar Geldstücke waren in den Schmutz gerollt, und der begeisterte Hauptmann bückte sich, um sie aufzuheben. Jehan hielt ihn zurück: »Pfui, Hauptmann Phœbus de Châteaupers!«

Phœbus zählte das Geld und wandte sich feierlich zu Jehan: »Wißt Ihr, Jehan, daß es dreiundzwanzig Pariser Solidis sind? Wen habt Ihr heute nacht in der Rue Coupe-Gueule[1] ausgenommen?«

Jehan warf den blonden, lockigen Kopf zurück, schloß die Augen halb und sagte geringschätzig: »Wozu hat man einen Bruder, der Erzdechant und ein Dummkopf ist?«

»Donnerwetter«, rief Phœbus, »ein würdiger Mann!«

»Auf zur Kneipe!« sagte Jehan.

»Wohin wollen wir gehen«, fragte Phœbus, »in den ›Pomme d'Ève‹?«

»Nein, Hauptmann, wir wollen in die ›Vieille Science‹ gehen. Eine Alte, die Wissen schafft, das ist ein Rebus. So etwas habe ich gern.«

»Aber der Wein ist besser im ›Pomme d'Ève‹, Jehan. Und dann ist neben der Tür ein Weinstock in der Sonne, an dem freue ich mich beim Trinken.«

[1] frz., Kopfabschneidergasse.

»Na also, Eva und ihr Apfel!« sagte der Scholar und nahm den Arm des Phœbus. »Übrigens, mein lieber Hauptmann, Ihr sagtet vorhin Rue Coupe-Gueule, das ist sehr schlecht ausgedrückt. Man ist heute nicht mehr so barbarisch. Man sagt Rue Coupe-Gorge.[1]«

Die beiden machten sich auf den Weg zum ›Pomme d'Ève‹. Daß sie vorher das Geld wieder eingesteckt hatten und daß ihnen der Erzdechant folgte, braucht wohl kaum erwähnt zu werden.

Finster und scheu schlich der Erzdechant hinter ihnen her. War das der Phœbus, dessen verfluchter Name seit seiner Begegnung mit Gringoire alle seine Gedanken durchkreuzte? Er wußte es nicht mehr; aber ein Phœbus war es, und dieser zauberkräftige Name genügte, um ihn auf leisen Sohlen hinter den beiden sorglosen Zechkumpanen herzutreiben. Er beobachtete jede ihrer Bewegungen und fing mit ängstlicher Spannung jedes ihrer Worte auf. Es war nicht schwer, sie zu verstehen; denn sie sprachen laut, und es kümmerte sie wenig, ob die Leute auf der Straße ihre Vertraulichkeiten hörten oder nicht. Ihr Gespräch drehte sich um Duelle, Dirnen, Trinken und dumme Streiche.

Als sie um eine Straßenecke bogen, schlug aus der Nähe der Lärm eines Tamburins an ihr Ohr. Dom Claude hörte, wie der Offizier zum Scholar sagte: »Donnerwetter! Jetzt aber vorwärts!«

»Warum, Phœbus?«

»Weil ich Angst habe, daß die Zigeunerin mich sieht.«

»Was für eine Zigeunerin?«

»Die Kleine mit der Ziege.«

»Die Smeralda?«

»Genau die, Jehan! Ich vergesse den verfluchten Namen immer. Vorwärts, rasch! Sie würde mich sofort erkennen, und ich will nicht, daß mich das Mädchen auf der Straße anredet.«

»Kennt Ihr sie denn, Phœbus?«

[1] frz., Halsabschneidergasse.

Der Erzdechant sah, wie Phœbus grinste und Jehan ein paar Worte ins Ohr flüsterte. Dann brach er in Lachen aus und schüttelte mit triumphierender Miene den Kopf.

»Wahrhaftig?« fragte Jehan.

»Bei meiner Seele«, antwortete Phœbus.

»Heute abend?«

»Heute abend.«

»Glaubt Ihr, daß sie wirklich kommt?«

»Seid Ihr verrückt, Jehan? Kann man bei so etwas zweifeln?«

»Hauptmann Phœbus, Ihr seid ein glücklicher Soldat.«

Der Erzdechant hatte alles gehört. Die Zähne schlugen ihm aufeinander. Ein sichtbarer Schauder durchlief seinen ganzen Körper. Er blieb einen Augenblick stehen und lehnte sich wie ein Betrunkener an einen Prellstein. Dann aber folgte er von neuem der Spur der beiden lustigen Burschen.

Als er sie wieder erreichte, fingen sie gerade an, von etwas anderem zu sprechen. Er hörte sie aus vollem Hals den alten Reim singen

Die Kinder vom Viertel Petits-Carraux
lassen sich aufhängen wie Kälber.

VII
Der spukende Mönch

Die berühmte Schenke ›Pomme d'Ève‹ lag in der Universitätsstadt, an der Ecke Rue de la Rondelle/Rue du Bâtonnier. In ihrem großen, niedrigen Saal zu ebener Erde, dessen Wölbung auf einem dicken, hölzernen, gelb angestrichenen Mittelpfeiler ruhte, fehlte es nicht an Tischen, Trinkern und Dirnen. An den Wänden hingen blitzende Zinnkrüge, große Glasfenster sahen zur Straße hin, an der Tür wuchs ein Rebstock, und über dieser Tür drehte sich im Wind auf einer eisernen Spindel ein vom Regen verrostetes Blech, darauf mit schreienden

Farben ein Apfel und eine Frau gemalt waren. Diese Art Windfahne, die auf das Pflaster schaute, diente als Wahrzeichen.

Die Nacht brach herein. Die Kreuzung war dunkel. Die vielen Kerzen in der Schenke leuchteten wie ein Schmiedefeuer schon von weitem durch die Finsternis. Durch zerbrochene Scheiben drangen Gläserklirren und Eßgeräusche, vermischt mit Flüchen und Gezänk. Hinter den dunstbeschlagenen Fenstern sah man undeutlich Hunderte von Gestalten wimmeln, und ab und zu drang schallend eine Lachsalve aus dem Saal. Die Vorübergehenden, die ihren Geschäften nacheilten, würdigten das wüste Treiben keines Blickes. Nur kleine zerlumpte Gassenbuben hoben sich ab und zu auf die Zehenspitzen, sahen über die Fensterbrüstung in den Saal und schrien den alten Spottruf hinein, mit dem man damals die Säufer verfolgte: »An die Humpen, die Humpen! Ihr Lumpen, ihr Lumpen!«

Ein Mann aber ging unermüdlich vor der lärmenden Schenke auf und nieder wie ein Soldat auf dem Wachposten und ließ die Tür nicht aus den Augen. Er war bis an die Nase in einen Mantel gehüllt, den er sich eben beim Trödler nebenan erstanden hatte, wahrscheinlich, um sich vor der Kälte des Märzabends zu schützen, vielleicht aber auch, um seinen Anzug zu verdecken. Von Zeit zu Zeit blieb er vor den trüben Bleischeiben stehen, spähte, horchte und stampfte mit dem Fuß.

Endlich öffnete sich die Tür der Schenke. Darauf schien er gewartet zu haben. Zwei Zechkumpane traten heraus. Der Lichtschein, der aus der Tür fiel, warf vorübergehend einen roten Schein auf ihre lustigen Gesichter. Der Mann im Mantel stellte sich in einen gegenüberliegenden Torweg und beobachtete sie.

»Donnerwetter«, sagte der eine Zecher, »jetzt geht es auf sieben. Das ist die Stunde meines Stelldicheins.«

»Ihr könnt mir glauben«, entgegnete sein Kumpane mit schwerer Zunge, »ich wohne nicht in der Rue des Mauvaises-

Paroles,[1] indignus, qui inter mala verba habitat.[2] Ich wohne in der Rue Jean-Pain-Mollet, in vico Johannis-Pain-Mollet.[3] Ihr seid gehörnter als ein Einhorn, wenn Ihr das Gegenteil sagt. Wer einmal einen Bären geritten hat, der verlernt das Fürchten; das weiß jedermann. Aber Euch kitzelt die Liebe in der Nase wie den heiligen Jakob, den Hospitaliter.«

»Jehan, mein Freund, Ihr seid betrunken«, sagte der andere.

Der andere aber erwiderte taumelnd: »Das sagt Ihr so, Freund Phœbus; es ist aber erwiesen, daß Plato ein Jagdhundprofil hatte.«

Der Leser wird wohl schon unsere beiden wackeren Freunde, den Hauptmann und den Scholaren, erkannt haben. Der Mann, der sie aus der Dunkelheit heraus beobachtete, schien sich auch über ihre Persönlichkeiten klar zu sein; denn er folgte langsam allen Zickzacklinien, die der Scholar den Hauptmann zu machen zwang, Phœbus war trinkfester als er und hatte sich einen kühlen Kopf bewahrt.

Dem aufmerksam lauschenden Mann im Mantel entging nichts von ihrer tiefsinnigen Unterhaltung.

»In Teufels Namen, versucht doch geradeaus zu gehen, Herr Baccalaureus! Ihr wißt, daß ich Euch nicht weiterschleppen kann. Es ist sieben Uhr. Ich habe ein Stelldichein mit einer Frau!«

»So laßt mich doch gehen! Ich sehe Sterne und feurige Lanzen. Ihr kommt mir vor wie das Schloß von Dampmartin, das sich totlacht.«

»Bei der Nasenwarze meiner Großmutter, Jehan, Ihr schwatzt zu tollen Kohl. – Übrigens, Jehan, habt Ihr noch Geld?«

»Herr Rektor, es ist kein Irrtum, der kleine Fleischerladen, parva boucheria.«

[1] frz., Lästergasse.
[2] lat., unwürdig, der zwischen bösen Worten wohnt.
[3] frz., Johann-Weißbrot-Gasse.

»Jehan, mein Freund Jehan! Ihr wißt, daß ich mit der kleinen Zigeunerin ein Stelldichein am Pont Saint-Michel habe; ich kann sie nur zur alten Falourdel, dem Brückenweib, bringen und muß das Zimmer bezahlen. Die alte Kupplerin mit dem weißen Schnurrbart gibt mir keinen Kredit. Jehan, um Gottes willen! Haben wir denn die ganze Börse des Pfaffen leer getrunken? Ist denn kein einziger Pariser mehr übrig?«

»Das Bewußtsein, den Tag gut verbracht zu haben, würzt mit Recht die Freuden der Tafel.«

»Himmelkreuzdonnerwetter noch mal! Genug mit den Hirngespinsten. Jetzt sagt mir, Jehan, zum Teufel, ob Ihr noch Geld habt! Heraus damit, Freundchen, oder ich durchsuche Euch, und wäret Ihr aussätzig wie Hiob und räudig wie Cäsar!«

»Monsieur, die Rue Galiache ist eine Straße, die an einem Ende an die Rue de la Verrerie und am anderen Ende an die Rue de la Tixeranderie stößt.«

»Jawohl, mein guter Freund Jehan, mein armer Kamerad, die Rue de Galiache, das ist richtig, sehr richtig. Aber um Himmels willen, kommt wieder zu Sinnen. Ich brauche nur einen Pariser Solidus und das für sieben Uhr.«

»Ruhe in der Runde! Stimmet an:

Wenn die Ratten die Katzen verschlingen,
wird der König Arras zu Falle bringen;
wenn es zu Sankt Johannis geschäh,
daß zu Eis gefröre die See,
dann säh übers Eis man ziehen hervor
die Leute von Arras aus ihrem Tor.«

»Mit den Gedärmen deiner Mutter sollten sie dich erwürgen, du Schüler des Antichrist, du!« schrie Phœbus und stieß den Betrunkenen heftig von sich. Er taumelte gegen eine Mauer und rutschte sanft aufs Pflaster des Philipp-August nieder. In Phœbus glühte das Fünkchen brüderlichen Mitleids, das in einem Trinker nie erlischt, und er stieß Jehan mit dem Fuß auf einen jener Haufen, die an keinem Prellstein von Paris fehlen, den Obdachlosen als Kopfkissen dienen und von den Reichen durch den verächtlichen Namen Kehrichthaufen entwürdigt werden. Der Hauptmann bettete den Kopf Jehans auf eine schiefe Ebene von Kohlstrünken, und augenblicks fing der Scholar an, im köstlichsten Bariton zu schnarchen. Der Groll im Herzen des Hauptmanns war aber noch nicht ganz erloschen. »Wenn dich die Karre des Teufels im Vorbeigehen aufliest, dann ist es auch kein Schade!« rief er dem armen, schlafenden Scholaren zu und entfernte sich.

Der Mann im Mantel, der nicht abgelassen hatte, den beiden zu folgen, blieb einen Augenblick unentschlossen vor dem so daliegenden Scholaren stehen; dann stieß er einen tiefen Seufzer aus und ging dem Hauptmann nach.

Wir wollen es machen wie sie, wollen Jehan im freundlichen Sternenlicht schlafen lassen und der beiden Spuren folgen, wenn es dem Leser gefällt.

Als Hauptmann Phœbus in die Rue de Saint-André des Arcs einbog, bemerkte er, daß ihm jemand auf den Fersen war. Er sah, als er zufällig den Blick zurückwarf, wie ein schattenhaftes Wesen hinter ihm die Mauern entlangglitt. Er stand still; der Schatten stand still. Er ging weiter; der Schatten ging weiter. Aber er beunruhigte sich nicht sehr darüber: »Bah«, murmelte er, »ich habe keinen einzigen Heller.«

Vor dem Collège d'Autun hielt er den Schritt an. Er hatte in diesem Kolleg seine sogenannten Studien betrieben, und in Erinnerung an eine altgewohnte Scholarenunart blieb er jedesmal, wenn er dort vorüberging, stehen, um dem steinernen Bildnis des Kardinals Pierre Bertrand die Kränkung zuzufügen, über die sich Priapus in den Satiren des Horaz so bitter beklagt: Olim truncus eram ficulnus.[1] Er hatte es so gründlich betrieben, daß die Inschrift Eduensis episcopus[2] beinahe ausgelöscht war. Seiner Gewohnheit gemäß verweilte er also auch diesmal vor dem Standbild. Die Straße war völlig menschen-

[1] lat., Einst war ich ein Feigenbaumstamm. (Anfang der 8. Satire)

[2] lat., Bischof von Autun.

leer. Als er sich gerade, die Nase in der Windrichtung, nachlässig wieder zunestelte, sah er, wie sich ihm der Schatten mit langsamen Schritten näherte, so langsam, daß er in aller Ruhe seinen Anzug betrachten konnte. Der Schatten trug einen Mantel und einen Hut. Als er nahe an ihn herangekommen war, blieb er regungslos wie das Standbild des Kardinals vor ihm stehen. Seine Augen aber, die er fest auf Phœbus richtete, funkelten unheimlich wie Katzenaugen bei Nacht.

Der Hauptmann war tapfer, und ein Räuber mit dem Degen in der Hand würde ihn nicht erschreckt haben. Aber diese wandelnde Bildsäule, dieser versteinerte Mann jagte ihm kalten Schauder ins Gebein. Es gingen damals Gerüchte über einen spukenden Mönch um, den man nächtlicherweise in den Straßen von Paris gesehen haben wollte, und diese Gerüchte stiegen unklar in ihm auf. Zuerst machte ihn das Entsetzen stumm; dann brach er die Stille und zwang sich zum Lachen.

»Monsieur, seid Ihr ein Räuber, wie ich hoffen will, so möchte ich Euch mit einem Reiher vergleichen, der sich an eine hohle Nuß macht. Ich bin der Sohn einer verarmten Familie, lieber Freund. Klopft lieber an die Tür dort. In der Kapelle des Kollegs wird ein Stück Holz vom Kreuze Christi aufbewahrt, und es liegt in silbernem Schrein.«

Eine Hand kam unter dem Mantel des Schattens hervor und packte den Arm des Hauptmanns mit der Gewalt einer Adlerklaue, gleichzeitig sagte der Schatten:

»Hauptmann Phœbus de Châteaupers!«

»Hol mich der Teufel«, rief Phœbus, »Ihr wißt, wie ich heiße?«

»Ich weiß nicht nur, wie Ihr heißt«, antwortete der Schatten mit Grabesstimme, »ich weiß auch, daß Ihr heute abend ein Stelldichein habt.«

»Ja«, entgegnete Phœbus entsetzt.

»Um sieben Uhr.«

»In einer Viertelstunde.«

»Bei der Falourdel.«

»Gewiß.«

»Der Kupplerin am Pont Saint-Michel.«

»Erzengel Sankt Michael, wie's im Gebet heißt.«

»Gottloser!« brummte das Gespenst. »Mit einer Frau?«

»Confiteor.«[1]

»Sie heißt ...«

»Smeralda«, fiel Phœbus fröhlich ein. Er hatte seine ganze Sorglosigkeit allmählich wiedergefunden.

Bei dem Namen Smeralda schüttelte die Klaue des Schattens wütend den Arm des Hauptmanns.

»Hauptmann Phœbus de Châteaupers, du lügst!«

Wer in diesem Augenblick die beiden gesehen hätte, den Hauptmann im flammenden Gesicht, der stolz die Hand an den Degen legte und so heftig zurücksprang, daß er sich aus dem eisernen Griff befreite, vor dem Erregten aber den Mann im Mantel in finsterer Unbeweglichkeit, der hätte sich des Schreckens nicht erwehren können. Er hätte an Don Juan und den steinernen Gast gedacht.

»Hölle und Teufel!« schrie der Hauptmann, »das ist ein Wort, das selten ans Ohr eines Châteaupers schlägt! Hüte dich, es zu wiederholen!«

»Du lügst!« sagte der Schatten kalt.

Der Hauptmann knirschte mit den Zähnen. Der Gedanke an den spukenden Mönch war ausgelöscht. Er sah nur noch einen Mann und eine Beleidigung.

»Verflucht!« stammelte er mit wuterstickter Stimme. Er zog den Degen und stotterte zitternd vor Zorn, denn Zorn läßt beben wie die Angst: »Hier, sofort! Degen raus! Auf dies Pflaster hier muß Blut fließen!«

Der andere rührte sich jedoch nicht. Als er seinen Gegner den Degen zücken und in Stellung gehen sah, sagte er bitter und mit bebender Stimme: »Hauptmann Phœbus, Ihr vergeßt Euer Stelldichein.«

[1] lat., Ich bekenne es.

Bei Männern vom Schlage des Phœbus genügt ein Wassertropfen, um sie am Überkochen zu hindern. Die kurzen Worte ließen den blitzenden Degen in der Hand des Hauptmanns herabsinken.

»Hauptmann«, fuhr der Mann fort, »Ihr werdet mich immer bereit finden, Euch den Garaus zu machen, morgen, übermorgen, in einem Monat, in zehn Jahren. Erst aber geht zu Eurem Stelldichein.«

»Wahrhaftig«, sagte Phœbus, als wollte er sich vor sich selbst rechtfertigen. »Kann man etwas Hübscheres und Reizenderes bei einem Stelldichein treffen als einen Degen und ein Mädchen? Aber ich sehe nicht ein, warum ich eins über dem andern versäumen soll, wenn ich in der glücklichen Lage bin, beides haben zu können.« Er steckte den Degen in die Scheide zurück.

»Geht zu Eurem Stelldichein!« wiederholte der Unbekannte.

»Monsieur, ich danke Euch für Eure Höflichkeit«, entgegnete Phœbus etwas verlegen. »Freilich ist morgen noch Zeit, uns Löcher in den Rock unseres Urvaters Adam zu stoßen. Ich bin Euch sehr verpflichtet, daß Ihr mir erlaubt, noch eine angenehme Viertelstunde zu verleben. Ich war willens, Euch in die Gosse zu betten und doch noch rechtzeitig zu meiner Schönen zu gelangen. Es ist ja nur guter Ton, wenn man Frauen bei solchen Gelegenheiten etwas warten läßt. Aber Ihr scheint mir ein schneidiger Kerl, und da ist es sicherer, unseren Gang auf morgen zu verschieben. Ich gehe also zu meinem Stelldichein. Ihr wißt, es ist um sieben Uhr.« – Hier kratzte sich Phœbus am Ohr. – »Donnerwetter! Das habe ich ganz vergessen! Ich habe ja keinen roten Heller, um die Dachstube zu bezahlen; das alte Weibsbild will das Geld natürlich im voraus haben. Sie traut mir nicht.«

»Hier habt Ihr Geld.«

Phœbus fühlte aus der kalten Hand des Unbekannten ein großes Geldstück in seine Rechte gleiten. Er konnte nicht umhin, das Geld zu nehmen und die Hand zu drükken.

»Bei Gott, Ihr seid ein braver Kerl!« rief er.

»Ich gebe Euch das Geld nicht bedingungslos«, sagte der Mann. »Beweist mir, daß ich unrecht habe und daß Ihr die Wahrheit gesagt habt. Versteckt mich in irgendeinem Winkel, von wo aus ich sehen kann, ob es wirklich die Frau ist, die Ihr nanntet.«

»Meinetwegen«, antwortete Phœbus, »das ist mir ganz gleichgültig. Wir nehmen das Zimmer Sainte-Marthe, und von dem Verschlag daneben könnt Ihr bequem alles sehen.«

»So kommt!« entgegnete der Schatten.

»Zu Euren Diensten«, sagte der Hauptmann; »wer weiß, Ihr seid vielleicht der Teufel in Person; aber heute abend wollen wir gute Freunde sein. Morgen bezahle ich Euch alle meine Schulden, mit der Börse und mit dem Degen.«

Sie machten sich raschen Schrittes auf den Weg. Wenige Minuten später sagte ihnen das Rauschen des Flusses, daß sie sich auf dem Pont Saint-Michel befanden, der damals mit Häusern bebaut war.

»Ich werde Euch erst unterbringen«, sagte Phœbus zu seinem Begleiter, »dann hole ich meine Schöne; sie erwartet mich sicherlich am Petit-Châtelet.«

Der Begleiter erwiderte nichts. Seit sie nebeneinanderher schritten, hatte er kein Wort gesagt. Phœbus blieb vor einer niedrigen Tür stehen und klopfte laut. In der Türspalte erschien ein Licht. »Wer da?« schrie eine Stimme aus zahnlosem Mund. »Donnerwetter, Schwerenot, verflucht!« rief der Hauptmann zurück; da öffnete sich rasch die Tür, und dahinter erschien eine zittrige alte Frau und eine zittrige alte Lampe. Die Alte ging tief gebückt und wackelte mit dem Kopf; sie war in Lumpen gehüllt; ihre Kopfbedeckung war ein alter Lappen, und ihre Hände, ihr Hals und ihr Gesicht, in dem zwei kleine Augen blinzelten, waren mit Runzeln bedeckt. Ihr Mund war eingefallen und rings von Büscheln weißer Haare umgeben, so daß sie wie eine paviankopfige Katze aussah. Das Innere der Spelunke war ebenso verwahrlost wie die Alte selbst; ungetünchte Wände, schwarze Deckenbalken, ein Kamin ohne Sims, Spinngewebe in allen Ecken, in der Mitte des Raumes eine Herde wackliger Tische und hinkender Schemel, in der Asche hockend ein schmutziges Kind und im Hintergrund eine Treppe oder vielmehr eine Leiter, die in eine Falltür an der Decke mündete. Als sie in diese Höhle eindrangen, zog der geheimnisvolle Begleiter des Hauptmanns den Mantel bis an die Augen hinauf. Der Hauptmann fluchte wie ein Heide und beeilte sich, seinen Taler ins Treffen zu führen. »Das Sainte-Marthe-Zimmer«, sagte er.

Die Alte begrüßte ihn wie einen großen Herrn und steckte den Taler in eine Schublade. Es war das Geldstück, das Phœbus von dem Mann im Mantel bekommen hatte. Der langhaarige zerlumpte kleine Junge, der in der Asche spielte, näherte sich gewandt der Schublade, nahm den Gulden heraus und legte an seine Stelle ein vertrocknetes Blatt, das er vom Reisig abriß.

Die Alte machte den beiden hohen Herren, wie sie sie nannte, ein Zeichen, ihr zu folgen, und stieg ihnen voran die Leiter in die Höhe. Als sie das obere Stockwerk erreicht hatten, stellte sie ihre Lampe auf eine Truhe; Phœbus aber, als Kenner des Hauses, öffnete eine Tür, die in ein dunkles Loch führte. »Tretet ein, mein Freund!« sagte er zu seinem Begleiter. Der Mann im Mantel gehorchte, ohne ein Wort zu sagen. Die Tür schloß sich hinter ihm. Er hörte, wie Phœbus den Riegel vorschob und mit der Alten die Treppe wieder hinunterstieg. Das Licht war mit ihnen verschwunden.

VIII
Wozu Fenster gut sind, die auf einen Fluß hinausgehen

Claude Frollo – denn wir setzen voraus, daß der Leser scharfsichtiger als Phœbus war, und von Anfang an in dem spukenden Mönch den Erzdechanten gesehen hat –, Claude Frollo also tastete einen Moment in dem dunklen Loch herum, das der Hauptmann hinter ihm verriegelt hatte. Es war einer jener Winkel, wie sie an dem Punkt entstehen, wo das Dach auf der Mauer ruht. Ein Querschnitt des Verschlages würde ein Dreieck ergeben haben. Fenster oder Luken waren nicht vorhanden, und das schiefe Dach machte es unmöglich, aufrecht zu stehen. Es blieb Claude nichts anderes übrig, als sich in den Staub und den unter ihm zerbröckelnden Schutt niederzukauern. Sein Kopf glühte. Er tastete um sich und stieß mit der Hand gegen eine Glasscherbe, nahm sie auf und drückte sie gegen die Stirn. Die Kühle des Glases tat ihm wohl.

Was ging in diesem Augenblick in der dunklen Seele des Erzdechanten vor? Nur er und Gott allein können es wissen.

In welch unseliger Folge standen in seinem Hirn die Gedanken an die Esmeralda, an Phœbus, an Jacques Charmolue, an seinen jungen, geliebten Bruder, den er im Schmutz hatte liegenlassen, an sein priesterliches Gewand, an seinen Ruf, den er im Hause der Falourdel aufs Spiel setzte? Ich weiß es nicht zu sagen. Gewiß aber ist, daß diese Gedanken ein furchtbares Spiel in seinem Kopf trieben.

Er wartete eine Viertelstunde lang; ihm schien es, als sei er um hundert Jahre gealtert. Plötzlich hörte er die Stiege knarren. Es kam jemand herauf. Die Falltür öffnete sich, und das verschwundene Licht erschien wieder. In der wurmstichigen Tür des Verschlages war eine ziemlich breite Spalte. Er drückte sein Gesicht dagegen und konnte so alles sehen, was sich im Zimmer nebenan ereignete. Die Alte mit dem Katzengesicht tauchte zuerst aus der Falltür auf; sie trug die Lampe in der Hand. Dann kam Phœbus, der seinen Schnurrbart strich; zuletzt erschien eine schöne, anmutige Gestalt, die Esmeralda. Der Priester sah sie wie eine blendende Erscheinung aus der Tiefe aufsteigen. Er zitterte, ein Nebel schwirrte vor seinen Augen, das Blut in seinen Adern hämmerte; es sauste und brauste um ihn herum. Er sah und hörte nichts mehr.

Als er wieder zu sich kam, waren Phœbus und die Esmeralda allein. Sie saßen auf der hölzernen Truhe, und neben ihnen stand die Lampe, deren Licht dem Erzdechanten deutlich die beiden jungen Gestalten und ein elendes Bett im Hintergrund der elenden Dachkammer zeigte.

Neben dem Bett befand sich ein Fenster, dessen Scheiben so zerschlagen waren wie ein Spinngewebe, auf das es geregnet hat. Durch das trübe, zerbrochene Glas sah ein Stückchen Himmel und der Mond herein, der in der Ferne auf einem Kissen weicher Wolken ruhte.

Das junge Mädchen war rot und verstört; sie zitterte; ihre langen Wimpern beschatteten ihre purpurnen Wangen. Mit reizenden, ungeschickten Bewegungen führte sie den Finger auf der Truhe herum und zog gedankenlos wirre Linien. Ihre Füße waren nicht zu sehen; die kleine Ziege kauerte darauf. Der Offizier, zu dem sie die Augen nicht aufzuschlagen wagte, strahlte übers ganze Gesicht. Kragen und Manschetten waren reich mit Spitzen versehen. Er war mit höchster modischer Eleganz gekleidet.

Es wurde Dom Claude nicht leicht, die Worte der beiden zu verstehen, denn in seinen Schläfen pochte und in seinen Ohren brauste es.

(Verliebtes Geschwätz pflegt recht geistlos zu sein; es ist ein unaufhörliches: ›Ich liebe Euch!‹ Eine recht nüchterne Tonfolge, die gleichgültigen Lauschern sehr albern erscheint, wenn sie nicht mit einer gewissen Fioriture[1] ausgeschmückt ist. Dom Claude aber war kein gleichgültiger Lauscher.)

»Verachtet mich nicht, Herr Phœbus«, sagte das junge

[1] Koloratur, Verzierung.

Mädchen, ohne die Augen aufzuschlagen, »ich fühle, daß ich unrecht tue.«

»Euch verachten, schönes Kind«, antwortete der Offizier mit überlegener, vornehmer Artigkeit, »Euch verachten! Um Gottes willen, warum denn?«

»Weil ich Euch gefolgt bin.«

»In diesem Punkt, meine Schöne, sind wir nicht einer Meinung. Ich sollte Euch nicht verachten, sondern hassen.«

Das junge Mädchen sah ihn entsetzt an. »Mich hassen! Was habe ich Euch denn getan?«

»Ihr habt Euch sehr lange bitten lassen.«

»Ach!« sagte sie. »Das ist wegen meines Gelübdes ... Ich werde nun meine Eltern nicht wiederfinden ... Das Amulett wird seine Kraft verlieren. – Aber was schadet das? Wozu brauche ich jetzt noch Vater und Mutter?«

Bei diesen Worten sah sie den Hauptmann mit ihren großen schwarzen Augen an, die vor Freude und Zärtlichkeit feucht waren.

»Hol mich der Teufel, wenn ich Euch verstehe!« rief Phœbus.

Die Esmeralda schwieg einen Augenblick. Dann rollte eine Träne über ihre Wange, ein Seufzer löste sich von ihren Lippen, und sie sagte: »Ach, Monseigneur, ich liebe Euch!«

Das junge Mädchen war von einem solchen Duft der Keuschheit, einem solchen Tugendzauber umgeben, daß der Hauptmann ein leises Unbehagen neben ihr empfand. Diese Worte aber machten ihn kühn. »Ihr liebt mich!« sagte er feurig und schlang der Zigeunerin den Arm um die Hüften. Er hatte auf diese Gelegenheit nur gewartet.

Der Priester sah es und prüfte mit dem Finger die Spitze eines Dolches, den er im Gewand trug.

»Phœbus«, fuhr die Zigeunerin fort und löste sanft den festen Griff, mit dem der Hauptmann sie umfangen hielt, »Ihr seid gut, Ihr seid großmütig, Ihr seid schön. Ihr habt mich gerettet, mich, das arme, von Zigeunern gefundene Kind. Ich träume schon lange von einem Offizier, der mir das Leben rettet. Von Euch, Phœbus, habe ich geträumt, ohne Euch zu kennen. Mein erträumter Retter hatte eine ebenso schöne Uniform wie Ihr; er trug sie stolz und hatte einen Degen. Ihr heißt Phœbus, das ist ein schöner Name. Ich liebe Euren Namen; ich liebe Euren Degen. Zeigt ihn mir, Phœbus, ich möchte ihn sehen.«

»Kind!« sagte der Hauptmann lächelnd und zog seinen Degen aus der Scheide. Die Zigeunerin betrachtete den Griff und die Klinge; mit anmutiger Neugierde untersuchte sie das Abzeichen der Leibgarde; schließlich küßte sie die Waffe und sagte zu ihr: »Ihr seid der Degen eines tapferen Mannes. Ich liebe meinen Hauptmann.«

Phœbus nahm wieder die Gelegenheit wahr und drückte einen Kuß auf den schönen, abwärts gebogenen Hals. Das junge Mädchen richtete sich auf und wurde rot wie eine Kirsche. Der Priester in seinem dunklen Versteck knirschte mit den Zähnen.

»Phœbus, hört mich an«, bat die Zigeunerin; »steht auf und geht; ich möchte Euch in ganzer Größe sehen und Eure Sporen klirren hören. Ihr seid so schön!«

Der Hauptmann tat ihr den Gefallen und stand auf. »Was Ihr für ein Kind seid!« schalt er mit selbstgefälligem Lächeln. »Übrigens, Liebchen, habt Ihr mich einmal im Galarock gesehen?«

»Ach nein, leider nicht«, antwortete sie.

»Das ist wirklich was Feines!«

Phœbus setzte sich wieder neben sie, aber viel näher als vorher.

»Hört, meine Liebe ...«

Die Zigeunerin schlug ihm in ausgelassener, kindischer Anmut und Heiterkeit mit ihrer hübschen Hand ein paarmal auf den Mund. »Nein, nein, ich will nichts hören. Liebt Ihr mich? Ich will, daß Ihr mir sagt, ob Ihr mich liebt.«

»Ob ich dich liebe, du Engel meines Lebens!« rief der

Hauptmann und ließ sich auf ein Knie nieder. »Mein Leib, mein Blut, meine Seele, alles gehört dir; über alles kannst du gebieten. Ich liebe dich; ich habe immer nur dich geliebt!«

Der Hauptmann hatte diese Erklärung bei so vielen ähnlichen Gelegenheiten in Anwendung gebracht, daß er sie in einem Atem und ohne den geringsten Gedächtnisfehler hersagte. Die Zigeunerin hob bei seinen leidenschaftlichen Worten die Augen mit einem Ausdruck überirdischer Glückseligkeit zur schmutzigen Stubendecke empor, die in diesem Fall das Himmelszelt ersetzte.

»Ach«, murmelte sie, »wenn man in solchem Augenblick sterben dürfte!« Phœbus fand den ›Augenblick‹ geeignet, um ihr wieder einen Kuß zu rauben, und bereitete dadurch dem elenden Erzdechanten in seinem Winkel neue Qual.

»Sterben!« rief der verliebte Hauptmann. »Was fällt Euch ein, schöner Engel? Jetzt heißt es leben, oder Jupiter ist ein Lump! Sterben, wenn es anfängt, so schön zu werden! Donnerwetter, das wäre ein schlechter Spaß! So ist es nicht gemeint. Hört, meine süße Similar ... Esmenarda ... Verzeiht, aber Ihr habt einen so fabelhaft sarazenischen Namen, daß ich ihn immer nicht über die Lippen bringe. Er ist wie ein Gestrüpp, und ich bleibe unfehlbar darin hängen.«

»Ach«, sagte das arme Mädchen, »und ich glaubte, es sei ein hübscher Name, weil er so besonders klingt! Aber wenn er Euch mißfällt, so möchte ich lieber Lise heißen.«

»Nanu, wer wird denn da gleich weinen, meine Hübsche! Es ist eben ein Name, an den man sich gewöhnen muß; das ist das ganze Unglück. Wenn ich ihn einmal auswendig weiß, dann geht er wie geschmiert. Hört, meine reizende Similar, ich liebe Euch glühend. Es ist wirklich fabelhaft, wie ich Euch liebe. Ich weiß eine Kleine, die vor Wut darüber platzt ...«

Das eifersüchtige Mädchen unterbrach ihn: »Wer ist das?«

»Was kümmert uns das!« sagte Phœbus. »Liebt Ihr mich?«

»Ach!« seufzte sie.

»Na, dann ist ja alles in Ordnung. Ihr werdet sehen, daß ich

Euch auch liebe. Mag mich der große Teufel Neptun reiten, wenn ich Euch nicht zum glücklichsten Geschöpf unter der Sonne mache. Wir richten uns irgendwo ein hübsches kleines Nest ein. Ich lasse meine Schützen unter Euren Fenstern vorüberziehen. Sie sind alle beritten, und die vom Hauptmann Mignon können sich nur vor ihnen verkriechen. Da gibt es die Schützen mit langstieligen Hippen, die Armbrustschützen und die Handfeldschlangenschützen. Ich werde Euch zu den großen Schauübungen der Pariser bei der Scheune von Pully führen. Es ist großartig. Achtzigtausend Bewaffnete; sechsunddreißigtausend Stück weißes Zaumzeug, Brustharnische oder Brünnen; siebenundsechzig Banner der verschiedenen Zünfte; die Standarte des Parlaments, der Rechnungskammer, der Schatzkammer der Generale, der Gehilfen des Münzwesens, alles in allem ein Teufelsapparat! Ich werde Euch auch die Löwen im königlichen Schlosse zeigen. Das sind wilde Tiere. Alle Frauen sehen sie gern.«

Das junge Mädchen hing süßen Gedanken nach und lauschte träumerisch dem Ton seiner Stimme, ohne den Sinn seiner Worte zu erfassen.

»Paßt auf, Ihr werdet sehr glücklich sein!« fuhr der Hauptmann fort und löste der Zigeunerin vorsichtig den Gürtel.

»Was macht Ihr da?« rief sie erregt. Seine Dreistigkeit hatte sie aus ihrer Träumerei gerissen.

»Nichts«, entgegnete Phœbus. »Ich sagte nur, daß Ihr all diesen tollen Straßenplunder ablegen müßt, wenn Ihr mit mir zusammen lebt.«

»Mit dir zusammen, mein Phœbus!« sagte das junge Mädchen zärtlich.

Dann versank sie wieder in nachdenkliches Stillschweigen.

Den Hauptmann machte ihre Sanftmut kühn. Er legte den Arm um sie, und sie wehrte sich nicht. Leise schnürte er dem armen Kind das Mieder auf. Dabei verschob er ihr das Brusttuch, so daß der keuchende Priester aus dem zarten Gewebe ihre nackte Schulter rund und bräunlich auftauchen sah, dem Mond gleich, der sich aus Nebelschleiern hebt.

Das junge Mädchen ließ Phœbus gewähren. Sie schien nichts von seinem Tun zu merken. Die Augen des dreisten Hauptmanns funkelten.

Plötzlich wandte sie sich ihm zu. »Phœbus«, sagte sie mit einem Ausdruck grenzenloser Liebe, »lehre mich deinen Glauben!«

»Meinen Glauben!« rief der Hauptmann und brach in Lachen aus. »Ich soll Euch meinen Glauben lehren? Donnerwetter, was wollt Ihr denn damit?«

»Damit wir heiraten können«, antwortete sie.

Überraschung, Hochmut, Sorglosigkeit und ungebundene Leidenschaft malte sich bei ihren Worten auf dem Gesicht des Hauptmanns. »Pah«, sagte er, »wer will denn gleich heiraten?«

Die Zigeunerin wurde bleich und ließ traurig den Kopf auf die Brust sinken.

»Schönes Liebchen«, fuhr Phœbus zärtlich fort, »was sind das für Dummheiten? Was ist denn eine Heirat für eine große Sache! Hat man sich darum weniger lieb, weil man kein Latein in der Bude eines Priesters gespuckt hat?«

Diese Worte sprach er im sanftesten Ton, dessen seine Stimme fähig war; er rückte der Zigeunerin immer näher und schlang seine Arme liebkosend um ihren feinen, geschmeidigen Leib; in seinen Augen brannte ein immer heißeres Feuer, und alle Zeichen sprachen dafür, daß Monsieur Phœbus einem jener Augenblicke nahe war, wo selbst Jupiter so viele Dummheiten begeht, daß dem guten Homer nichts anderes übrigbleibt, als eine Wolke zu Hilfe zu rufen.

Dom Claude aber sah alles. Die Tür war aus schmalen, mürben Brettern gemacht und hatte breite Risse, die seinen Raubvogelblicken freien Durchgang ließen. Der Priester mit der dunklen Haut und den breiten Schultern, der bis zur Stunde an die strenge Keuschheit des Klosters gebunden gewesen war, schauderte und siedete angesichts dieser nächtlichen, wollüstigen Liebesszene. Der Anblick des schönen, halb entkleideten jungen Mädchens, das wehrlos dem glühenden jungen Mann preisgegeben war, ließ sein Blut wie geschmolzenes Blei durch die Adern schießen. Eine maßlose Erregung ergriff ihn. Seine Augen hingen mit unzüchtiger Eifersucht an den gelösten Bändern. Wer das an die wurmstichigen Bretter gepreßte Antlitz des Unglückseligen in diesem Augenblick hätte sehen können, der hätte wohl vermeint, er erblicke hinter den Stäben eines Käfigs das Antlitz eines Tigers, der einen Schakal eine Gazelle zerreißen sieht. Seine Augen funkelten wie Kerzen hinter den Bretterspalten.

Plötzlich riß Phœbus der Zigeunerin mit einer raschen Bewegung das Brusttuch fort. Das arme Kind, das bleich und träumerisch dasaß, fuhr in die Höhe. Sie rückte mit einer heftigen Bewegung von dem dreisten Offizier weg, warf einen Blick auf ihre nackten Schultern und ihre nackte Brust und kreuzte, rot, verwirrt und stumm vor Scham, die schönen Arme über ihrem Busen, um ihn zu verhüllen. Wäre nicht die flammende Röte ihrer Wangen gewesen, so hätte man sie in ihrer stillen Unbeweglichkeit für ein steinernes Bildnis der Schamhaftigkeit halten können. Ihre Augen blieben gesenkt.

Die Kühnheit des Hauptmanns aber hatte das geheime Amulett aufgedeckt, das sie am Hals trug. »Was ist das?« sagte er und brauchte diesen Vorwand, um sich dem schönen Geschöpf, das er verscheucht hatte, wieder zu nähern.

»Berührt es nicht!« entgegnete sie erregt. »Es ist mein Beschützer. Wenn ich dieses Amuletts würdig bleibe, so wird es mich zu meiner Familie zurückführen. Ach, laßt mich, Herr Hauptmann! Meine Mutter, meine arme Mutter, meine Mutter! Wo bist du? Komm mir zu Hilfe! Habt Erbarmen, Monsieur Phœbus, gebt mir mein Brusttuch zurück!«

Phœbus sprang auf und sagte kalt: »Oh, Mademoiselle, ich sehe wohl, Ihr liebt mich nicht!«

»Ich ihn nicht lieben!« rief das arme, unglückliche Kind,

hängte sich an den Hauptmann und zog ihn neben sich nieder. »Ich dich nicht lieben, mein Phœbus! Was sagst du da, du Böser? Willst du mir das Herz zerreißen? Ach geh, nimm mich, nimm alles! Mach mit mir, was du willst! Ich gehöre dir. Was kümmert mich das Amulett! Was kümmert mich meine Mutter! Du bist meine Mutter, denn ich liebe dich! Phœbus, mein geliebter Phœbus, siehst du mich? Ich bin es, sieh mich an, die Kleine, die du doch gewiß nicht zurückstoßen wirst, wenn sie selber kommt, dich zu suchen. Meine Seele, mein Leib, mein Leben, alles gehört Euch, mein Hauptmann. Wenn es dich langweilt, so heiraten wir uns eben nicht. Was bin ich denn auch, ich? Ein armes Mädchen aus der Gosse; du aber, mein Phœbus, bist ein Edelmann. Das wäre eine schöne Geschichte: eine Tänzerin, die einen Offizier heiratet! Ich war nicht recht bei Sinnen. Nein, Phœbus, nein; ich will deine Geliebte sein, dein Vergnügen, deine Zerstreuung, wenn du sie brauchst; ein Mädchen, das dir gehört, denn nur dafür bin ich geschaffen; beschmutzt, verachtet, entehrt, aber was kümmert es mich, geliebt! Ich werde die stolzeste, glücklichste aller Frauen sein. Wenn ich aber einmal alt und häßlich bin, Phœbus; wenn ich nicht mehr zum Lieben tauge, Monseigneur, dann laßt mich Eure Dienerin sein. Andere werden Euch Schärpen sticken. Ich, die Dienerin, werde sie sauber hüten. Ich werde Eure Sporen putzen, Euren Rock bürsten, Reiterstiefel abstäuben. Nicht wahr, Phœbus, Ihr werdet Mitleid haben und mir das alles erlauben? Bis dahin aber, nimm mich! Alles gehört dir, Phœbus; habe mich nur lieb! Wir Zigeunerinnen brauchen nichts als Luft und Liebe.«

Bei diesen Worten warf sie die Arme um seinen Hals und sah flehend mit tränenden Augen und lächelndem Mund zu ihm auf. Ihre zarte Brust rieb sich am Tuch und an den rauhen Stickereien seines Rockes. Ihr schöner, halbnackter Körper wand sich auf seinen Knien. Der Hauptmann drückte trunken seine glühenden Lippen auf ihre schönen, südländischen Schultern. Das junge Mädchen hing weit zurückgebogen an seinem Hals, ihre Augen starrten verloren nach oben, und sie erzitterte unter dem Kuß.

Plötzlich sah sie über dem Kopf des Phœbus einen anderen Kopf auftauchen, ein geisterhaftes, grünes, verzerrtes Angesicht mit dem Blick eines Verdammten. Neben dem Angesicht war eine Hand, und die Hand hielt einen Dolch. Es waren Kopf und Hand des Priesters. Er hatte die Tür gesprengt, und da war er. Phœbus konnte ihn nicht sehen. Das Mädchen rührte sich nicht; das Entsetzen vor der furchtbaren Erscheinung machte sie starr und stumm wie eine Taube, der der Habicht mit runden Augen ins Nest schaut.

Sie konnte nicht einmal einen Schrei ausstoßen. Sie sah, wie der Dolch auf Phœbus niederfuhr und sich rauchend wieder erhob. »Verflucht!« schrie der Hauptmann und brach zusammen. Sie sank ohnmächtig nieder.

In dem Augenblick, da sie die Lider schloß und ihre Sinne schwanden, glaubte sie auf ihren Lippen einen glühenden Kuß zu fühlen, der heißer brannte als das rote Eisen des Henkers.

Als sie wieder zu sich kam, war sie von Leuten der Nachtwache umringt; der in seinem Blut schwimmende Hauptmann wurde aufgehoben und davongetragen; der Priester war verschwunden; das Fenster im Hintergrund des Zimmers, das nach dem Fluß hinaussah, stand weit offen; sie sah, wie man einen Mantel aufnahm, der dem Verwundeten zu gehören schien, und sie hörte um sich herum sagen: »Das ist eine Hexe; sie hat einen Offizier erdolcht.«

Achtes Buch

I

Der Taler, der in ein dürres Blatt verwandelt wurde

Gringoire und der ganze Mirakelhof waren in tödlicher Unruhe. Seit einem ganzen langen Monat hatte man nichts von der Esmeralda gesehen und gehört, und der Zigeunerherzog und seine Freunde, die Gauner, waren tief betrübt darüber; man wußte auch nicht, was aus ihrer Ziege geworden war, und das machte den Schmerz des Gringoire doppelt groß. Die Zigeunerin war eines Abends verschwunden, und seitdem hatte man kein Lebenszeichen mehr von ihr. Alle Nachforschungen waren erfolglos geblieben. Ein paar boshafte Stabuler erzählten Gringoire, sie sei ihnen an jenem Abend in der Gegend des Pont Saint-Michel am Arm eines Offiziers begegnet. Aber dieser Ehegatte von Gauners Gnaden war ein ungläubiger Philosoph; er wußte auch besser als irgend jemand anders, wie jungfräulich seine Frau war. Er hatte die unüberwindliche Widerstandskraft erprobt, die der Zauberbann des Amuletts und die Tugend der Zigeunerin zusammen als Summe ergaben. Von dieser Seite also fürchtete er nichts.

Deshalb konnte er sich das Verschwinden des jungen Mädchens auf keine Weise erklären. Es war ein tiefer Kummer. Er würde alles Fett darüber verloren haben, wenn er welches gehabt hätte. Sein Schmerz ließ ihn alles andere vergessen, sogar seine schöngeistigen Neigungen, sogar sein großes Werk ›De figuris regularibus et irregularibus‹,[1] das er beabsichtigte, drukken zu lassen, sobald er einmal bei Gelde sein sollte. (Denn seit er das ›Didascalon‹ von Hugues de Saint-Victor mit den berühmten Lettern von Vindelin de Spire gesehen hatte, faselte er von der Druckerkunst.)

Eines Tages streifte er traurigen Gemütes am Kriminalgericht vorüber. Da sah er an einer Tür des Justizpalastes eine kleine Menschenansammlung.

»Was ist da los?« fragte er einen jungen Mann, der aus der Tür herauskam.

»Ich weiß es nicht, Monsieur«, antwortete der junge Mann; »sie sagen, es werde über eine Frau Gericht gehalten, die einen Soldaten ermordet hat. Es scheint, daß Hexerei dahintersteckt, und darum hat sich der Bischof und das geistliche Gericht der Sache angenommen. Mein Bruder, der Erzdechant de Josas, hat nichts anderes im Kopf. Ich wollte ihn sprechen, aber das Gewühl ist so groß, daß ich nicht bis zu ihm durchdringen konnte. Das ist mir sehr fatal, denn ich brauche Geld.«

»Ach, ich würde Euch gern welches leihen«, sagte Gringoire, »aber meine Hosen sind leider nicht vom Geld so durchgeschubbert.«

Er wagte nicht, dem jungen Mann zu gestehen, daß er den Erzdechanten kenne. Denn seit jener Unterredung in der Kirche hatte er ihn nicht wieder aufgesucht, eine Nachlässigkeit, die ihn befangen machte.

Der Scholar ging seines Weges, und Gringoire folgte der Menge, die die Treppe zum großen Gerichtssaal emporstieg. Er war der Ansicht, daß nichts so geeignet ist, ein trauriges Gemüt zu zerstreuen, wie das Schauspiel eines Kriminalprozesses; denn die übliche Dummheit der Richter ist herzerfreuend. Das Volk, dem er sich angeschlossen hatte, schob und drängte sich schweigend aufwärts. Nach endlosem, langweiligem Getrampel einen dunklen Gang entlang, der sich wie ein

[1] lat., Über regelmäßige und unregelmäßige Figuren.

Darm durch das alte Gebäude schlängelte, gelangte er zu einer niedrigen Tür, die in einen Saal führte.

Als er drinnen war, konnte er dank seiner Leibeslänge über die Köpfe der wogenden Menge hinweg die ganze Szene überschauen.

Der Saal war groß und düster; das dämmrige Licht ließ ihn noch größer erscheinen, als er war. Der Tag war im Schwinden; durch die langen Spitzbogenfenster drang nur bleiches Licht herein, das sich verlor, ehe es die riesigen Deckenbalken erreicht hatte, an denen sich die geschnitzten Figuren im Dunkel zu bewegen schienen. Hier und da brannten schon Kerzen auf den Tischen und formten einen Lichtschein um die Köpfe der Gerichtsschreiber, die über ihre Akten gebeugt saßen. Den vorderen Teil des Saales hatte die Volksmenge inne, an den Tischen rechts und links saßen die Gerichtsleute; im Hintergrund auf einer Estrade finster und unbeweglich die vielen Richter, deren letzte Reihen sich im Düster verloren. Die Wände waren mit unzähligen königlichen Lilien besät. An der Wand über den Richtern schimmerte unbestimmt ein großes Kruzifix. Überall starrten Spieße und Hellebarden, deren eherne Spitzen im Licht der Kerzen wie feurige Punkte glühten.

»Monsieur, was haben denn alle die Männer dort unten zu bedeuten, die wie Prälaten im Konzilium aufgereiht sitzen?« fragte Gringoire seinen Nachbar im Gedränge.

»Zur Rechten sitzen die Räte des Großen Gerichtshofs, zur Linken die Untersuchungsrichter, Monsieur«, antwortete der Nachbar; »die Magister im schwarzen Talar und die Gerichtsherren im roten Talar.«

»Und der Dicke über ihnen, der so furchtbar schwitzt?« fragte Gringoire weiter.

»Das ist der Herr Präsident.«

»Und die Hammel hinter ihm?« fuhr Gringoire fort, der, wie wir schon erwähnten, die Richter nicht leiden konnte. Vielleicht hing diese Abneigung mit dem Groll zusammen, den er seit seinem dramatischen Mißerfolg gegen den Justizpalast hegte.

»Das sind die Herren königlichen Berichterstatter.«

»Und der Eber vor ihm?«

»Das ist der Herr Parlamentsschreiber.«

»Und das Krokodil zur Rechten?«

»Meister Philippe Lheulier, außerordentlicher königlicher Rechtsanwalt.«

»Und der große schwarze Kater zur Linken?«

»Meister Jacques Charmolue, königlicher Anwalt beim geistlichen Gericht, mit den Herren des Offizials.«

»Was machen denn diese braven Leute alle?« fragte Gringoire.

»Sie richten.«

»Wen denn? Ich sehe keinen Angeklagten.«

»Es ist eine Frau. Ihr könnt sie nicht sehen. Sie dreht uns den Rücken zu und ist durch die Menge verdeckt. Seht Ihr die Gruppe von Hellebarden dort? Da sitzt sie.«

»Was ist es denn für eine Frau?« fragte Gringoire. »Wißt Ihr, wie sie heißt?«

»Nein, ich bin eben erst gekommen. Ich denke mir aber, daß Hexerei im Spiel ist, weil der Offizial an der Sitzung teilnimmt.«

»Also werden wir sehen, wie alle die Herren im Talar dort Menschenfleisch fressen. Das Schauspiel kann man sich schon gefallen lassen.«

»Findet Ihr nicht«, sagte Gringoires Nachbar, »daß Meister Jacques Charmolue sehr sanftmütig aussieht?«

»Wie man's nimmt«, entgegnete Gringoire, »Sanftmut mit eingesunkenen Nasenflügeln und dünnen Lippen ist mir sehr verdächtig.«

Jetzt aber geboten die Umstehenden den beiden Schwätzern Ruhe. Eine wichtige Zeugenaussage stand bevor.

»Messeigneurs«, sagte ein altes Weib in der Mitte des Saales, deren Gesicht so unter ihren Hüllen verschwand, daß sie wie ein wandelnder Haufen Lumpen wirkte. »Messeigneurs, so wahr ich die Falourdel bin – jetzt eine arme Greisin, einst aber ein hübsches Mädchen, hochwerte Herren –, so wahr ich seit vierzig Jahren auf dem Pont Saint-Michel, gegenüber dem Hause des Färbers Tassin-Callart, stromabwärts also, wohne und pünktlich meinen Mietzins und meine Abgaben zahle, so wahr ist die Geschichte passiert. Man hatte mir schon seit ein paar Tagen gesagt: ›Falourdel, spinnt nicht so viel des Abends; der Teufel fährt den alten Weibern gern mit seinen Hörnern in den Rocken. Das Mönchsgespenst, das im vorigen Jahr in der Neustadt umging, spukt jetzt in der Cité, das steht fest. Falourdel, hütet Euch, daß es nicht an Eure Tür klopft!‹ Eines Abends, wie ich gerade überm Spinnen bin, klopft es an meine Tür. Ich fragte: ›Wer da?‹ Draußen flucht einer. Ich mache auf. Zwei Männer kommen herein, ein Schwarzer mit einem schönen Offizier. Von dem Schwarzen sah man nur die Augen, und das waren zwei glühende Kohlen; sonst war er nur Mantel und Hut. Sie sagen zu mir: ›Das Zimmer Sainte-Marthe.‹ Das ist mein oberes Zimmer, Messeigneurs, mein sauberstes Zimmer. Sie geben mir einen Taler. Ich stecke den Taler in meine Schublade und sage: ›Dafür kaufe ich morgen Kaldaunen beim Pferdeschlächter.‹ Wir gehen hinauf. Oben drehe ich nur einen Augenblick den Rücken, und da ist der Schwarze verschwunden. Das ist mir nicht ganz geheuer. Der Offizier, der so schön war wie ein vornehmer Herr, geht wieder mit mir hinunter. Er geht fort. Ich spinne so etwa eine Strähne Flachs ab, da kommt er wieder und hat ein schönes Mädchen am Arm, eine Puppe, die wie die Sonne gestrahlt hätte, wenn sie anständig frisiert gewesen wäre. Sie führte einen Bock mit sich, einen großen Bock, weiß oder schwarz; darauf kann ich mich nicht mehr besinnen. Das gibt mir zu denken; das Mädchen kümmert mich nicht, aber der Bock!

Ich mag die Tiere nicht; sie haben Hörner und einen Bart. Das hat so etwas von einem Mann, und dann riecht es auch nach Hexensabbat. Aber ich sage nichts. Ich hatte den Taler.

Das versteht Ihr, nicht wahr, Herr Richter? Ich bringe das Mädchen und den Offizier hinauf und lasse sie allein, das heißt mit dem Bock. Ich gehe wieder hinunter und fange wieder an zu spinnen. – Ihr müßt wissen, daß mein Haus ein Erdgeschoß und ein oberes Stockwerk hat, daß seine Hinterseite wie die der anderen Häuser auf der Brücke nach dem Fluß liegt und daß unten und oben ein Fenster nach dem Wasser hinaussieht. Ich war also beim Spinnen. Das Mönchsgespenst wollte mir nicht aus dem Sinn; durch den Bock war es mir wieder in den Sinn gekommen; dann war das schöne Mädchen auch ein bißchen gar wild herausgeputzt. – Plötzlich höre ich oben einen Schrei und einen schweren Fall. Dann wird das Fenster geöffnet. Ich laufe an mein Fenster, das gerade darunterliegt, und sehe an mir vorbei eine schwarze Masse ins Wasser stürzen. Es war ein Gespenst in priesterlichem Gewand. Der Mond schien hell. Ich habe es deutlich gesehen. Es schwamm auf die Cité zu. Dann habe ich zitternd nach der Nachtwache gerufen. Die Herren kamen; sie waren sehr lustig, und da sie nicht gleich wußten, was los war, haben sie mich verprügelt. Dann habe ich ihnen die Sache erklärt. Wir steigen hinauf, und was finden wir? Mein ganzes armes Zimmer im Blut schwimmend. Der Hauptmann liegt der Länge lang auf dem Fußboden und hat einen Dolch im Halse stecken; das Mädchen stellt sich tot, und der Bock ist ganz verstört. ›Da haben wir's‹, sage ich, ›da kann ich nun zwei Wochen lang die Dielen scheuern. Ich werde sie wohl abkratzen müssen; das ist eine schöne Geschichte.‹ Den Offizier haben sie weggebracht, den armen jungen Mann; und das halbnackte Mädchen auch. Was aber das ärgste ist: Wie ich am andern Morgen den Taler aus der Schublade nehmen will, um die Kaldaunen zu kaufen, finde ich an seiner Statt ein dürres Blatt.«

Die Alte schwieg. Durch die Menge lief ein entsetztes Gemurmel. »Das Gespenst, der Bock, das sieht bedenklich nach Hexerei aus«, meinte ein Nachbar von Gringoire. »Und das dürre Blatt«, fügte ein anderer hinzu. »Das ist gewiß eine Hexe, die die Offiziere ausbeutelt und mit dem Mönchsgespenst unter einer Decke steckt«, sagte ein dritter. Selbst Gringoire war nicht weit davon entfernt, die Fülle dieser Tatsachen erschreckend und wahrscheinlich zu finden.

»Zeugin Falourdel«, sagte der Herr Präsident feierlich, »habt Ihr dem Gericht nichts weiter zu sagen?«

»Nein, Monseigneur«, antwortete die Alte, »nur möchte ich mich darüber beklagen, daß mein Haus in dem Bericht ein baufälliges, stinkendes Gemäuer genannt wird. Das ist beleidigend. Die Häuser auf der Brücke haben alle kein stattliches Aussehen; die Leute hocken zu dicht aufeinander. Aber die Fleischer lassen es sich doch nicht nehmen, dort zu wohnen, und das sind reiche Leute, und ihre Frauen sind schön und blitzsauber.«

Der Richter, der Gringoire wie ein Krokodil erschienen war, erhob sich und sagte: »Ruhe! Ich bitte die Herren, nicht außer acht zu lassen, daß bei der Angeklagten ein Dolch gefunden wurde. – Zeugin Falourdel, habt Ihr das dürre Blatt mitgebracht, in das sich der Taler verwandelt hat, den der böse Geist Euch gab?«

»Ja, Monseigneur«, erwiderte sie, »ich habe es wiedergefunden; da ist es.«

Ein Gerichtsdiener überbrachte dem Krokodil das dürre Blatt. Mit düsterem Kopfnicken gab er das Blatt dem Präsidenten weiter; der wieder reichte es dem königlichen Anwalt beim geistlichen Gericht, und so machte es die Runde durch den Saal. »Es ist ein Birkenblatt«, sagte Meister Jacques Charmolue, »ein neuer Beweis, daß Hexerei im Spiele ist.«

Ein Ratsmitglied nahm das Wort. »Zeugin, zwei Männer sind zugleich bei Euch eingetreten, der schwarze Mann, den Ihr erst verschwinden und dann in priesterlichem Kleide in der Seine schwimmen saht, und der Offizier. Welcher von den beiden hat Euch den Taler gegeben?«

Die Alte dachte einen Augenblick nach und sagte dann: »Der Offizier.« Ein Murren und Murmeln ging durch die Menge.

›Aha‹, dachte Gringoire, ›das macht meine Überzeugung schwanken.‹

Aber Meister Philippe Lheulier, der außerordentliche königliche Anwalt, mischte sich von neuem ein. »Ich erinnere die Herren daran, daß der ermordete Offizier, als er auf seinem Krankenlager verhört wurde, erklärte, er habe im Augenblick, da der schwarze Mann ihn anredete, das unbestimmte Gefühl gehabt, es könne der spukende Mönch sein; das Gespenst habe ihm lebhaft zugeredet, sein Stelldichein einzuhalten, und habe ihm auf seine, des Hauptmanns, Erklärung, daß er ohne Geld sei, den Taler gegeben, mit dem besagter Offizier die Falourdel bezahlt hat. Der Taler war also höllisches Geld.«

Diese Schlußfolgerung schien alle Bedenken zu zerstreuen, die sich bei Gringoire und anderen Zweiflern in der Volksmenge geregt hatten.

»Die Herren haben die Akten in den Händen, sie können die Aussage des Phœbus de Châteaupers nachprüfen«, sagte der königliche Anwalt und setzte sich.

Als der Name des Offiziers fiel, erhob sich die Angeklagte. Ihr Kopf erschien über der Menge. Gringoire erkannte entsetzt die Esmeralda. Sie war bleich; ihr Haar, das sonst so anmutig geflochten und mit Ketten und Blechmünzen geschmückt war, hing verwirrt auf ihre Schultern nieder; ihre Lippen waren blau; ihre Augen lagen zum Erschrecken tief. O Jammer!

»Phœbus!« rief sie verstört. »Wo ist er? O Ihr Herren! Ehe Ihr mich umbringt, habt Erbarmen und sagt mir, ob er noch lebt!«

»Schweigt, Weibsperson«, sagte der Präsident, »das ist nicht unsere Sache!«

»Habt Erbarmen und sagt mir, ob er am Leben ist«, wiederholte sie und faltete ihre schönen, abgemagerten Hände. Man hörte, wie ihre Ketten sich an ihrem Kleid rieben.

»Nun denn«, sagte der königliche Anwalt trocken, »er liegt im Sterben. Seid Ihr zufriedengestellt?«

Die Unglückliche sank wortlos, tränenlos, weiß wie eine Wachsfigur auf ihren Schemel zurück.

Der Präsident beugte sich zu einem Mann nieder, der ihm zu Füßen saß. Er hatte eine goldene Mütze auf, war schwarz gekleidet, trug eine Kette um den Hals und einen Stab in der Hand.

»Gerichtsdiener, bringt die zweite Angeklagte herein!«

Aller Augen richteten sich auf eine kleine Tür, die sich öffnete, und Gringoire sah mit angstvollem Herzklopfen eine hübsche kleine Ziege mit vergoldeten Hörnern und Hufen erscheinen. Das zierliche Tier hielt einen Augenblick auf der Schwelle an und reckte den Hals, als stehe es am Rand eines Felsens vor einem ungeheuren Horizont. Plötzlich bemerkte es die Zigeunerin. Es sprang über Tisch und Kopf eines Schreibers hinweg und war mit zwei Sätzen an ihrer Seite. Anmutig schmiegte es sich an die Füße seiner Herrin, als hoffe es auf ein Wort oder eine Liebkosung. Die Angeklagte aber regte sich nicht, und selbst die arme Djali konnte keinen Blick von ihr erhaschen.

»Jesus Maria, da ist ja das scheußliche Tier!« rief die alte Falourdel. »Und ob ich sie wiedererkenne, die beiden!«

Jacques Charmolue ergriff das Wort: »Wenn es den Herren gefällig ist, so wollen wir jetzt zum Verhör der Ziege schreiten.«

Die Ziege war wirklich die zweite Angeklagte. Ein Gerichtsverfahren gegen ein der Hexerei verdächtiges Tier war damals etwas ganz Selbstverständliches. In den Rechnungsbüchern der Stadtvogtei aus dem Jahre 1466 kann man sehr merkwürdige Ausgaben verzeichnet finden, die der Stadt aus dem Prozeß des Gillet-Soulart und seiner Sau, *hingerichtet in Corbeil wegen ihrer Vergehen*, erwuchsen, alles inbegriffen: fünfhundert Reisigbündel vom Mersant-Hafen, drei Maß Wein und ein Brot für die Henkersmahlzeit des Verurteilten, brüderlich geteilt mit dem Henker, der Preis des Loches für die Leiche der Sau, elf Tage Bewachung und Kostgeld für die Sau, der Tag zu acht Pariser Hellern. Manchmal ging man noch weiter als bei den Tieren. Die Kapitularien von Karl dem Großen und Ludwig dem Frommen verhingen schwere Strafen über flammende Gespenster, die sich erlaubt hatten, in der Luft zu erscheinen.

Der Anwalt beim geistlichen Gericht verkündete laut: »Wenn der böse Geist, von dem diese Ziege besessen ist und der allen Beschwörungen widerstanden hat, seine Hexereien auch weiter betreibt und den Gerichtshof damit in Schrecken setzt, so erklären wir ihm hiermit, daß wir uns gezwungen sehen werden, mit Galgen oder Scheiterhaufen gegen ihn vorzugehen.«

Gringoire schauderte. Charmolue nahm von einem Tisch das Tamburin der Zigeunerin, hielt es der Ziege auf besondere Art hin und fragte sie: »Wieviel Uhr ist es?«

Die Ziege sah ihn mit klugem Ausdruck an, hob den vergoldeten Fuß und schlug siebenmal auf. Es war wirklich sieben Uhr.

Eine schreckensvolle Bewegung ging durch die Menge.

Gringoire konnte sich nicht mehr beherrschen.

»Sie richtet sich zugrunde!« schrie er laut. »Seht Ihr nicht, daß sie nicht weiß, was sie tut?«

»Ruhe, ihr Lümmel da unten!« rief der Gerichtsdiener scharf.

Jacques Charmolue ließ die Ziege mit Hilfe des Tamburins noch allerlei andere Kunststücke machen, die der Leser schon kennt. Er fragte sie nach dem Datum, dem Monat, dem Jahre und so weiter. Infolge einer optischen Täuschung, die Gerichtsverhandlungen zu erzeugen pflegen, waren dieselben Zuschauer, die auf der Straße vielleicht mehr als einmal Djalis unschuldige Künste beifällig bejubelt hatten, hier unter den Wölbungen des Justizpalastes darüber entsetzt. Die Ziege war offenbar der Teufel.

Die Sache bekam ein noch viel böseres Gesicht, als der königliche Anwalt einen gewissen Lederbeutel voll beweglicher Buchstaben, den Djali am Hals trug, auf den Fußboden leerte und die Ziege mit dem Fuß eine Reihe Buchstaben aussuchte, aus denen sie den unseligen Namen Phœbus formte. Die Zaubereien, denen der Hauptmann zum Opfer gefallen war, schienen unwiderleglich bewiesen. Die reizende Tänzerin, die die Vorübergehenden so oft mit Anmut geblendet hatte, war jetzt in aller Augen nichts als eine abscheuliche Hexe.

Sie gab indessen kein Lebenszeichen von sich. Weder die zierlichen Bewegungen der Ziege noch die Drohungen der Richter, noch die dumpfen Verwünschungen der Zuhörer wurden von ihr wahrgenommen.

Einer von der Wache mußte sie erbarmungslos schütteln, und der Präsident mußte seine Stimme feierlich erheben, um sie aus ihrer Teilnahmslosigkeit aufzurütteln.

»Mädchen«, sagte der Präsident, »Ihr gehört zum Geschlecht der Zigeuner, das in Hexenkünsten sehr bewandert ist. Ihr habt unter Beihilfe Eurer Mitangeklagten, der verhexten Ziege, im Einvernehmen mit den Mächten der Finsternis und mittels Zaubereien und Schlichen einen Hauptmann von den Leibschützen des Königs, Phœbus de Châteaupers, erdolcht. Besteht Ihr darauf, diese Tatsache abzuleugnen?«

»Entsetzlich!« schrie das junge Mädchen und verbarg das Gesicht in den Händen. »Mein Phœbus, das ist höllisch!«

»Besteht Ihr bei Eurem Leugnen?« fragte der Präsident kalt.

»Ja, gewiß!« schrie sie in schrecklichem Ton. Sie hatte sich erhoben, und ihre Augen funkelten.

Der Präsident fuhr unerbittlich fort: »Wie wollt Ihr die Tatsachen erklären, die Euch zur Last gelegt werden?«

Sie antwortete mit stockender Stimme: »Das habe ich schon gesagt. Ich weiß es nicht. Ein Priester hat es getan, ein Priester, den ich nicht kenne. Ein höllischer Priester, der mich verfolgt.«

»Ganz recht«, entgegnete der Richter, »der spukende Mönch.«

»Ach, hohe Herren, habt Erbarmen! Ich bin nur ein armes Mädchen ...«

»Eine Zigeunerin«, sagte der Richter.

Meister Jacques Charmolue ergriff mit sanfter Stimme das Wort: »Angesichts der beklagenswerten Hartnäckigkeit der Angeklagten beantrage ich, sie peinlich zu befragen.«

»Genehmigt«, sagte der Präsident.

Die Unglückliche erzitterte vom Kopf bis zu den Füßen. Auf Befehl der Hellebardenträger aber erhob sie sich und ging mit leidlich festem Schritt zwischen zwei Reihen von Hellebarden hinter Jacques Charmolue und den Priestern des geistlichen Gerichts her. Eine Tür, die sich plötzlich öffnete und sich hinter ihr schloß, machte dem tiefbetrübten Gringoire den Eindruck eines entsetzlichen Rachens, der sie soeben verschlungen hatte.

Als sie verschwunden war, ließ sich ein klägliches Meckern hören. Es war das Weinen der kleinen Ziege.

Die Gerichtssitzung war unterbrochen. Auf die Bemerkung eines Richters, daß die Herren müde seien und daß die Folter lange dauern werde, antwortete der Präsident, daß ein Beamter sich seiner Pflicht zu opfern habe.

»Die querköpfige, widerwärtige Schelmin«, sagte ein alter Richter, »läßt sie sich auf die Folter spannen, und wir haben noch kein Abendbrot gehabt!«

II
Weiteres vom Taler, der in ein dürres Blatt verwandelt wurde

Die Esmeralda wurde von ihrem düsteren Geleit dunkle Gänge entlanggeführt, die auch am hellen Tag durch Lampen erleuchtet werden mußten. Es ging ein paar Stufen hinauf und ein paar Stufen hinunter; dann wurde sie von den Wachtmeistern in ein schauerliches Gemach gestoßen. Es war rund und bildete das Erdgeschoß in einem jener großen Türme, die noch heute aus der Schicht aufragen, mit der das neue Paris die alte Stadt überzogen hat. Die runde Höhle war fensterlos und hatte nur eine Öffnung: die niedrige Tür, eisenbeschlagen und mächtig. Trotzdem fehlte es nicht an Licht. In die Wand hinein war ein Ofen gebaut, in dem ein großes Feuer brannte; dieses füllte die Höhle mit seinem roten Schein und beraubte eine elende Kerze, die in einer Ecke stand, jeder Leuchtkraft. Das Fallgatter, das dazu diente, den Ofen zu schließen, war hochgezogen, und die untersten Enden seiner Eisenstäbe hoben sich wie eine Reihe schwarzer, spitzer, klaffender Zähne von der glühenden Öffnung ab. Der gähnende Ofen wirkte wie das aufgesperrte Maul eines sagenhaften, feuerspeienden Drachens. Der Feuerschein, der ihm entstieg, zeigte der Gefangenen alle die entsetzlichen Werkzeuge rings an den Wänden herum, von denen sie nicht wußte, wozu sie dienten. In der Mitte des Raumes lag eine Ledermatratze auf einem Gestell, das sich kaum über den Erdboden erhob. Darüber hing von einem kupfernen Ring an der Decke ein Riemen mit einer Schlinge herab. Den Ring hielt ein stumpfnasiges Ungeheuer im Maul, das am Schlußstein der Wölbung ausgehauen war. Zangen, Scheren und große Eisenpflugschare lagen durcheinander im Ofen und röteten sich auf der Kohlenglut. Das blutige Licht des feurigen Schlundes beleuchtete im ganzen Raum nur ein Wirrwarr fürchterlicher Dinge. Dieser Tartarus trug den einfachen Namen Befragungskammer.

Auf dem Lederbett saß nachlässig Pierrat Torterue, der vereidigte Folterknecht. Seine Gehilfen, zwei Gnome mit eckigen Gesichtern, Lederschürzen und leinenen Hosen, hantierten mit den Eisengeräten auf der Kohle.

Das arme Mädchen hatte vergeblich seinen ganzen Mut zusammengenommen. Beim Betreten dieses Raumes packte sie Entsetzen.

Die Wachtmeister des Palasthauptmanns stellten sich zur einen, die Priester des geistlichen Gerichts zur anderen Seite auf. In einem Winkel saß ein Schreiber an einem Tisch mit einem Tintenfaß. Meister Jacques Charmolue näherte sich der Zigeunerin mit einem unbeschreiblich sanften Lächeln. »Mein liebes Kind«, sagte er, »besteht Ihr noch immer auf Eurem Leugnen?«

»Ja«, antwortete sie mit einer Stimme, die schon ganz erloschen klang.

»Steht es so«, entgegnete Charmolue, »so haben wir die schmerzliche Pflicht, Euch nachdrücklicher zu fragen, als uns lieb ist. Habt die Gefälligkeit, Euch auf dieses Bett zu setzen. Meister Pierrat, macht Mademoiselle Platz und schließt die Tür!«

Pierrat erhob sich murrend. »Wenn ich die Tür schließe, so geht mein Feuer aus«, brummte er.

»So laßt sie offen, mein Lieber«, erwiderte Charmolue.

Die Esmeralda aber blieb stehen. Dieses Lederbett, auf dem sich so viele elende Menschen gewunden hatten, erregte Grauen in ihr. Sie schauderte bis ins Mark. Verstört und verständnislos stand sie da. Charmolue machte den Gehilfen ein Zeichen; sie ergriffen sie und setzten sie auf das Bett. Sie taten ihr nicht weh; aber die Berührung der beiden Männer und das Leder, das sie unter sich fühlte, trieben ihr alles Blut zum Herzen. Ihr verängstigter Blick wanderte in dem Raum umher. Es war ihr, als bewegten sich alle die mißförmigen Folterwerkzeuge auf sie zu, um ihr am Leib in die Höhe zu kriechen, um sie zu beißen und zu quetschen. Unter allen Werkzeugen, die sie je gesehen hatte, schienen diese zu sein, was Fledermäuse, Tausendfüßler und Spinnen unter den Vögeln und Insekten sind.

»Wo ist der Arzt?« fragte Charmolue.

»Hier«, antwortete eine schwarzgekleidete Gestalt, die sie noch nicht bemerkt hatte.

Sie zitterte.

»Liebes Kind«, sagte die zärtliche Stimme des königlichen Anwalts, »zum dritten Male seid gefragt, ob Ihr darauf besteht, die Euch zur Last gelegten Verbrechen zu leugnen?«

Dieses Mal konnte sie nur mit dem Kopf nicken; die Stimme versagte ihr.

»Ihr besteht auf Eurem Leugnen?« sagte Jacques Charmolue. »Ich bin untröstlich, aber dann bleibt mir nichts anderes übrig, als meine Amtspflicht zu erfüllen.«

»Herr Anwalt«, sagte Pierrat in grobem Ton, »womit fangen wir an?«

Charmolue zögerte einen Augenblick mit der schwankenden Miene eines Dichters, der einen Reim sucht.

»Mit dem spanischen Stiefel!« sagte er endlich.

Die Unglückliche fühlte sich so gänzlich von Gott und Menschen verlassen, daß ihr Kopf kraftlos und willenlos auf die Brust sank.

Der Folterknecht und der Arzt näherten sich ihr. Die beiden Gehilfen kramten suchend in ihrem grauenhaften Arsenal.

Beim Geklirr der fürchterlichen Werkzeuge zitterte das arme Kind wie ein toter Frosch, der galvanisiert wird. »Ach«, murmelte sie so leise, daß niemand es hörte, »ach, mein Phœbus!« Dann verfiel sie wieder in ihre schweigende, marmorne Unbeweglichkeit. Dieses Schauspiel würde jedes andere Herz erschüttert haben; die Richter aber blieben ungerührt. Sie war wie eine arme sündige Seele, die Satan am feurigen Höllentor mit seinen Martern befragt. Der arme Leib, an den sich der scheußliche Schwarm der Sägen, Zangen und Räder festbeißen sollte, die Glieder, die unter den rauhen Händen der Henker bebten, waren so zart und weiß und gebrechlich. Armes Hirsekorn, das die menschliche Gerechtigkeit an die furchtbare Mühle der Tortur auslieferte!

Die rohen, schwieligen Hände der Gehilfen hatten mit derben Griffen das reizende Bein und den zierlichen Fuß entblößt, die so manches Mal in den Straßen von Paris die Vorübergehenden durch ihre Schönheit und Anmut entzückt hatten.

»Jammerschade!« brummte der Folterknecht angesichts der zarten, reizenden Formen. Wäre der Erzdechant zur Stelle gewesen, so hätte er sich seines Gleichnisses von der Spinne und der Fliege erinnert. Die Unglückliche sah durch einen Nebel, der sich auf ihre Augen gelegt hatte, den spanischen Stiefel nahen; sie sah ihren Fuß zwischen den eisenbeschlagenen Brettern des entsetzlichen Geräts verschwinden.

Da gab ihr die Angst ihre Kraft zurück. »Nehmt das Ding weg!« schrie sie leidenschaftlich. Dann richtete sie sich ganz zerzaust auf und rief: »Gnade!«

Sie sprang vom Bett herunter, um sich dem königlichen Anwalt vor die Füße zu werfen. Aber ihr Bein war in dem schweren Klotz von Eiche und Eisen gefangen, und sie sank wie eine Biene, der Blei auf die Flügel gefallen ist, gebrochen über dem spanischen Stiefel zusammen.

Charmolue machte dem Folterknecht ein Zeichen. Sie wurde wieder auf das Bett gelegt, und zwei plumpe Hände gürteten die von der Wölbung herabhängende Lederschlinge um ihren schlanken Leib.

»Zum letztenmal, bekennt Ihr Euch der Verbrechen schuldig, deren Ihr angeklagt seid?« fragte Charmolue mit seiner unerschütterlichen Milde.

»Ich bin unschuldig.«

»Wie erklärt Ihr dann die Tatsachen, die Euch zur Last gelegt werden?«

»Ach, Monseigneur! Ich weiß es nicht.«

»Ihr leugnet also?«

»Alles!«

»Vorwärts«, sagte Charmolue zu Pierrat.

Pierrat drehte den Griff der Winde, der spanische Stiefel verengte sich, und die Unglückliche stieß einen entsetzlichen Schrei aus, von der Art, wie sie kein Laut irgendeiner menschlichen Sprache wiedergeben kann.

»Halt!« sagte Charmolue zu Pierrat. »Gesteht Ihr?« sagte er zu der Zigeunerin.

»Alles!« rief das arme Mädchen. »Ich gestehe! Ich gestehe! Gnade!«

Sie hatte ihre Kräfte überschätzt, als sie der Folter Trotz bot. Der erste Schmerz ihres bis dahin so leichten, heiteren, freien Lebens hatte sie besiegt.

»Die Menschlichkeit verpflichtet mich, Euch auf die Folgen Eures Geständnisses aufmerksam zu machen«, sagte der königliche Anwalt, »auf Eure Verbrechen steht der Tod.«

»Das hoffe und ersehne ich«, entgegnete sie. Dann sank sie auf das Lederbett zurück und hing vornübergebeugt wie eine Sterbende in der Lederschlinge.

»Auf, schönes Kind, richtet Euch ein wenig auf!« sagte Meister Pierrat und half ihr in die Höhe. »Ihr hängt ja in dem Riemen wie das Goldene Vlies an der Kette, die der Herzog von Burgund am Hals trägt.«

Jacques Charmolue rief mit erhobener Stimme: »Schreiber notiert! – Zigeunermädchen, gesteht Ihr, daß Ihr an den Orgien, Hexensabbaten und höllischen Verzauberungen mit Larven, Masken und Hexen teilgenommen habt? Antwort?«

»Ja«, sagte sie so leise, daß das Wort nur wie ein Hauch war.

»Gesteht Ihr, daß Ihr den Widder gesehen habt, den der Teufel in den Wolken erscheinen läßt, um Hexen und Hexenmeister zum Sabbat zu rufen, und der nur diesen sichtbar wird.

Gesteht Ihr, die Köpfe des Bophomet, diese abscheulichen Idole der Tempelritter, angebetet zu haben?«

»Ja.«

»Gesteht Ihr, ständigen Umgang mit dem Teufel in Gestalt der mitangeklagten Hausziege gepflogen zu haben?«

»Ja.«

»Gesteht und bekennt Ihr endlich, daß Ihr mit Hilfe des bösen Geistes, der im Volksmund der spukende Mönch genannt wird, in der Nacht des neunundzwanzigsten März dieses Jahres einen Hauptmann mit Namen Phœbus de Châteaupers ermordet habt?«

Sie schlug ihre großen, starren Augen zu dem Anwalt auf und antwortete mechanisch und ohne Zucken: »Ja.« Sie war offenbar ganz gebrochen.

»Notiert, Schreiber!« sagte Charmolue. Dann wandte er sich den Folterknechten zu: »Entfesselt die Gefangene; sie soll in den Gerichtssaal zurückgeführt werden!«

Als man der Gefangenen den ›Stiefel‹ ausgezogen hatte, prüfte der königliche Anwalt ihren vom Schmerz noch ganz gelähmten Fuß. »Seht, seht«, sagte er, »das ist nicht gefährlich. Ihr habt rechtzeitig geschrien. Ihr könntet noch tanzen, schönes Kind!«

Dann wandte er sich seinen Helfershelfern vom geistlichen Gericht zu: »Nun sieht die Justiz endlich klar! Das ist eine rechte Erleichterung, Messieurs! Mademoiselle wird uns das Zeugnis ausstellen, daß wir mit aller erdenklichen Milde vorgegangen sind.«

III

Zum letzten Mal der Taler, der in ein dürres Blatt verwandelt wurde

Als sie bleich und hinkend den Gerichtssaal betrat, da empfing sie ein allgemeines Gemurmel der Freude. Die Zuhörer hatten das Gefühl befriedigter Ungeduld, das man empfindet, wenn sich im Theater der Vorhang nach dem letzten Zwischenakt hebt und der Schlußakt beginnt. In den Richtern aber erwachte die Hoffnung auf ein nahes Abendbrot. Auch die kleine Ziege äußerte meckernd ihre Freude. Sie wollte ihrer Herrin entgegenspringen, aber man hatte sie an der Bank festgebunden.

Die Nacht war mittlerweile völlig hereingebrochen. Die Kerzen, deren Zahl nicht vermehrt war, verbreiteten ein so schwaches Licht, daß man nicht bis an die Mauern des Saales sehen konnte. Die Dunkelheit hüllte alle Gegenstände in eine Art Nebel. Ein stumpfsinniges Richterantlitz war hier und da undeutlich zu erkennen. Die Richter aber sahen gegenüber, am anderen Ende des langen Saales, einen unbestimmten weißen Punkt auf dunklem Grund. Es war die Angeklagte.

Sie hatte sich mühsam bis auf ihren Schemel geschleppt. Als Charmolue seinen Platz erreicht hatte, setzte er sich würdevoll, erhob sich dann wieder und sagte, ohne die Genugtuung über seinen Erfolg allzusehr durchblicken zu lassen: »Die Angeklagte hat alles gestanden.«

»Zigeunermädchen«, sagte der Präsident, »Ihr habt Eure Hexereien, Eure Unzucht und Euren Mord an Phœbus de Châteaupers gestanden?«

Ihr Herz zog sich zusammen. Man hörte sie im Dunkeln schluchzen. »Alles, was Ihr wollt«, antwortete sie mit schwacher Stimme, »aber tötet mich rasch!«

»Herr königlicher Anwalt«, sagte der Präsident, »der Gerichtshof ist bereit, Eure Anträge anzuhören.«

Meister Charmolue entfaltete ein gewaltiges Heft und fing an, mit lebhaften Gebärden und der übertriebenen Betonung eines Redners vor Gericht eine lateinische Rede abzulesen, in der sich alle Beweise für die Schuld der Angeklagten in ciceronischen Satzgebäuden auftürmten, verziert durch Zitate von seinem Lieblingsdichter Plautus. Wir bedauern aufrichtig, unseren Lesern dieses bemerkenswerte Muster der Beredsamkeit nicht vorlegen zu können. Der Redner trug es mit bewunderungswürdiger Kraft vor. Er war noch nicht mit der Einleitung zu Ende, als ihm schon die Schweißtropfen von der Stirn rannen und die Augen aus dem Kopf traten. Plötzlich unterbrach er sich mitten in einem Satz, und sein sonst so sanfter, beinahe dummer Blick wurde plötzlich schreckenerregend. »Messieurs«, rief er auf französisch, denn es stand nicht im Heft, »Satan ist so in diese Sache verwickelt, daß er unserer Verhandlung beiwohnt und ihrer spottet. Seht!«

Bei diesen Worten wies er mit der Hand auf die kleine Ziege, die angesichts des gestikulierenden Charmolue vermeint hatte, es sei passend, ein Gleiches zu tun. Sie hatte sich auf das Hinterteil gesetzt und ahmte mit ihren Vorderbeinen und ihrem bärtigen Kopf, so gut sie konnte, das feierliche Gebärdenspiel nach, dessen sich der königliche Anwalt befleißigte. Die Gabe des Nachahmens war, wie sich der Leser erinnert, eine ihrer reizenden Eigenschaften. Dieser Zwischenfall, dieser letzte ›Beweis‹, übte große Wirkung aus. Man band der Ziege die Vorderbeine zusammen, und der königliche Anwalt nahm den Faden seiner Rede wieder auf.

Sie war sehr lang, aber der Schluß war erhaben. Wir wollen den letzten Satz wörtlich anführen; man denke sich die heisere Stimme und den außer Atem geratenen Meister Charmolue dazu. »Ideo, Domni, coram stryga demonstrata, crimine patente, intentione criminis existente, in nomine sanctae ecclesiae Nostrae-Dominae Parisiensis, quae est in saisina habendi omnimodam altam et bassam justitiam in illa hac intemerata Civitatis insula, tenore praesentium declaramus nos requirere, primo, aliquandam pecuniariam indemnitatem; secundo, amendationem honorabilem ante portalium maximum Nostrae-Dominae, ecclesiae cathedralis; tertio, sententiam in virtute cujus ista stryga cum capella, seu in trivio vulgariter dicto ›la Grève‹, seu in insula exeunte in fluvio Sequanae, juxta pointam jardini regalis, executatae sint!«[1]

Er setzte seine Mütze wieder auf und ließ sich nieder.

[1] lat., Da also, meine Herren, die Hexe überführt ist, das Verbrechen zutage liegt, dem Verbrechen hier der Prozeß gemacht wird, so erklären wir im Namen der heiligen Kirche Notre-Dame zu Paris, die befugt ist, jedwede hohe und niedrige Gerichtsbarkeit auf ebendieser von ihrer Bürgerschaft unentweihten Insel auszuüben, daß wir auf Grund des Tatbestandes beantragen: erstens, eine Entschädigung der Gerichtskosten, zweitens, einen Sühnegang vor das Hauptportal der Kathedralkirche Notre-Dame, drittens Verurteilung der Schandtat, deren sich jene Hexe mit ihrer Ziege, sei es auf der sogenannten Place de Grève, sei es auf der in der Seine liegenden Insel dicht bei der Brücke des königlichen Parkes, schuldig gemacht hat.

»O weh«, seufzte Gringoire tief betrübt, »bassa latinitas!«[1]

In der Nähe der Angeklagten erhob sich ein anderer Mann in schwarzem Talar; es war ihr Anwalt. Die hungrigen Richter fingen an zu murren.

»Herr Anwalt, faßt Euch kurz«, sagte der Präsident.

»Herr Präsident«, entgegnete der Anwalt, »da meine Klientin ihre Verbrechen gestanden hat, so habe ich nur noch ein Wort an die Herren zu richten. Ich mache auf einen Satz aus dem salischen Gesetz aufmerksam: ›Wenn eine Hexe einen Mann gefressen hat und dessen überführt wird, so zahle sie eine Buße von achttausend Solidi, das gleich zweihundert Goldsolidi ist.‹ Ich empfehle dem Gerichtshof, meine Klientin zu dieser Geldbuße zu verurteilen.«

»Ein aufgehobenes Gesetz«, sagte der außerordentliche königliche Anwalt.

»Nego«,[2] entgegnete der Verteidiger.

»Zur Abstimmung!« rief einer von den Räten. »Das Verbrechen ist offenbar, und es ist spät am Tag.«

Man schritt zur Abstimmung, ohne den Saal zu verlassen. Die Richter gaben ihre Meinung durch Abziehen der Mützen kund, sie waren in Eile. Man sah im Dämmerlicht, wie sich ihre bedeckten Häupter bei der leisen unheilvollen Frage des Präsidenten eins nach dem andern entblößten. Die arme Angeklagte schien mit ihren Blicken an den Richtern zu hängen, aber ihre getrübten Augen sahen nichts mehr.

Der Schreiber ergriff die Feder und schrieb; dann überreichte er dem Präsidenten ein langes Pergament.

Die Unglückliche hörte, wie eine Bewegung durchs Volk ging, wie die Hellebarden aneinander klirrten und wie eine eisige Stimme zu ihr sprach: »Zigeunermädchen, an dem Tag, den der König, unser Herr, bestimmen wird, werdet Ihr um die Mittagszeit im Hemd, mit nackten Füßen, einen Strick um den Hals, auf einem Karren an das große Portal von Notre-

[1] lat., Welch schlechtes Latein!

[2] lat., Bestreit ich.

Dame geführt werden, um dort mit einer zweipfündigen Wachskerze in der Hand öffentlich Abbitte zu tun. Von dort wird man Euch auf die Place de Grève führen und Euch am städtischen Galgen henken und erdrosseln; mit Eurer Ziege wird man gleicherweise verfahren. Zudem zahlt Ihr dem geistlichen Gericht drei Goldtaler Reuegeld für die von Euch begangenen und zugestandenen Verbrechen der Hexerei, der Unzucht und des Mordes an der Person des Phœbus de Châteaupers. Gott sei Eurer Seele gnädig!«

»Ach, es ist ein böser Traum«, murmelte sie. Dann fühlte sie, wie rauhe Hände sie fortschleppten.

IV

Lasciate ogni speranza[1]

Die Gebäude des Mittelalters streckten sich fast ebenso tief in die Erde hinunter wie in die Luft hinauf. Die Paläste, Festungen und Kirchen, wenn sie nicht wie Notre-Dame auf Pfählen gebaut waren, hatten immer einen doppelten Unterbau. Bei den Domen war er gewissermaßen ein zweiter unterirdischer Dom, niedrig, düster, geheimnisvoll, blind und stumm, während oben das Licht flutete und Tag und Nacht Orgel und Glocken ertönten; manchmal wurden sie auch als Grabgewölbe benutzt. Die Schlösser und Festungen hatten unterirdische Gefängnisse, manchmal auch ein Grab, manchmal beides zusammen. Die gewaltigen Gebäude, deren organische Entstehung wir schon an anderer Stelle erläutert haben, hatten nicht einfache Unterbauten, sie hatten gewissermaßen Wurzeln, die sich unter der Erde gleich dem Bau über der Erde in Zimmer, Gänge und Treppen verästelten. So staken Kirchen, Schlösser und Festungen zur Hälfte im Erdboden. Die Keller eines Gebäudes waren ein zweites Gebäude, in das man nicht hinauf-, sondern hinunterstieg und dessen unterirdische Stockwerke

[1] ital., Laßt jede Hoffnung! (Dante, Göttliche Komödie)

sich zu den oberen Stockwerken verhielten wie das umgekehrte Spiegelbild der Wälder und Berge im Wasser zu den Wäldern und Bergen am Ufer.

Im Justizpalast, in der Bastille Saint-Antoine und im Louvre waren diese Unterbauten Gefängnisse. Die Stockwerke wurden nach unten zu immer enger und düsterer. Es waren Höllenkreise, in denen die Schrecknisse stufenweise zunahmen. Dante hätte kein besseres Bild für seine Hölle finden können. Diese unterirdischen Trichter pflegten in der Tiefe mit einem steil ausgeschachteten Kerkerloch zu enden, in das Dante den Teufel setzt, in dem die menschliche Gesellschaft aber den zum Tode Verurteilten einkerkerte. Wehe dem Unglückseligen, der einmal dort begraben war! Fahr wohl, Licht, Luft, Leben, ogni speranza. Aus diesem tiefsten Gefängnis führte nur der Weg zum Galgen oder zum Scheiterhaufen. Manchmal verfaulten auch die Gefangenen dort unten. Die menschliche Gerechtigkeit nannte das ›vergessen werden‹. Ein Kerkergeschoß mit Wächtern über dem anderen lastete auf dem Haupt des Verurteilten und trennte ihn von den Menschen; die Festung über dem Erdboden war nur das gewaltige kunstvolle Vorlegeschloß, das ihn von der lebenden Welt aussperrte.

In ein solches Kellerloch, in die Verliese des heiligen Ludwig, den *In-pace*[1] der Tournelle, hatte man die zum Galgen verurteilte Esmeralda gebracht, wahrscheinlich aus Furcht, sie könne entweichen; über ihr türmte sich der riesige Justizpalast. Arme Fliege! Nicht den kleinsten seiner Steine hätte sie verrücken können.

Vorsehung und menschliche Gesellschaft hatten sich gleich ungerecht erwiesen. Ein solches Übermaß des Unglücks und der Folter war nicht nötig, um eine so zarte Pflanze zu knikken.

Sie schmachtete, verloren in der Finsternis, vergraben, verschüttet, ummauert. Jeder, der sie einst im Sonnenlicht lachen und tanzen sah, würde geschaudert haben, wenn er sie in die-

[1] frz., Lebenslängliches Gefängnis (von lat., in Frieden).

sem Zustand erblickt hätte; nächtliche Todeskälte um sie herum, kein Windhauch, der ihr Haar hob, kein Lichtschein, der aus ihren Augen widerstrahlte, kein menschlicher Laut, der an ihr Ohr schlug. Gebrochen, von Ketten erdrückt, neben sich einen Krug und ein Stück Brot, hockte sie auf einer Schütte Stroh in der Wasserlache, die sich aus der sickernden Feuchtigkeit des Kerkers bildete. Sie rührte sich nicht, sie atmete kaum, sie empfand ihre Leiden nicht mehr. Phoebus, die Sonne, der Tag, die frische Luft, die Straßen von Paris, das Tanzen, der Beifallsjubel, das süße Liebesgeplauder mit dem Offizier, dann der Priester, das alte Weib, der Dolch, das Blut, die Folter, der Galgen, das alles lebte noch in ihren Gedanken teils als klingendes, leuchtendes Traumgesicht, teils als fürchterliches Alpdrücken. Aber die gräßlichen Schrecknisse verloren sich unbestimmt im Nebel, und die goldenen Traumgesichte waren wie eine ferne Musik, die hoch oben auf der Erde ertönte und kaum bis ans Ohr der Unglücklichen drang, die in solche Tiefe gestürzt war.

Seitdem sie hier war, wachte sie nicht und schlief nicht. Sie konnte im Elend dieses Kerkers Wachen und Schlaf, Wirklichkeit und Traum ebensowenig unterscheiden wie Tag und Nacht. Alles flutete verwirrt und unbestimmt in ihrem Kopf auf und ab. Sie fühlte nicht mehr; sie wußte nicht mehr; sie dachte nicht mehr. Sie träumte höchstens. Niemals hatte sich ein lebendes Geschöpf schon vor dem Tod so ins Nichts verloren.

Sie hatte in ihrem stumpfen, vereisten, versteinerten Zustand kaum bemerkt, wie sich zwei- oder dreimal irgendwo über ihrem Kopf eine Klappe öffnete, die keinen Lichtstrahl eindringen ließ, und wie eine Hand ihr eine Kruste schwarzes Brot zuwarf. Dieser von Zeit zu Zeit wiederkehrende Besuch des Kerkermeisters aber war die einzige Berührung mit der Außenwelt, die ihr noch vergönnt war. Sie hörte nur noch ein Geräusch, und auch das ganz gedankenlos. Über ihr sickerte die Feuchtigkeit durch die modrigen Steine der Wölbung, und in gleichmäßigen Zwischenräumen löste sich ein Tropfen Wasser. Stumpfsinnig horchte sie auf das Geräusch, das der Tropfen erzeugte, wenn er neben ihr in die Lache fiel.

Dieser fallende Wassertropfen war die einzige Bewegung um sie herum, die einzige Uhr, die die Zeit maß, der einzige von allen Lauten auf der geräuschvollen Erde, der in ihre Stille drang.

Manchmal fühlte sie, wie aus Schlamm und Finsternis etwas Kaltes aufstieg, das ihr hier und da über Füße und Arme kroch; dann schauderte sie.

Sie wußte nicht, wie lange sie in der fürchterlichen Tiefe schmachtete. Sie hatte eine dumpfe Erinnerung an ein Todesurteil, das irgendwo über irgend jemand ausgesprochen worden war; man hatte sie fortgeschleppt, und sie war starr vor Kälte in Finsternis und Todesstille erwacht. Sie hatte mit den Händen um sich getastet; da hatten ihr eiserne Ringe in die Fußknöchel geschnitten, und Ketten hatten geklirrt. Sie hatte gefühlt, daß sie rings von Mauern umgeben war, daß sie unter sich nasse Steinplatten und eine Schütte Stroh hatte, daß es weder Lampe noch Feuer gab. Da hatte sie sich auf das Stroh gekauert, manchmal auch, um ihre Stellung zu ändern, auf die unterste Stufe einer steinernen Treppe, die in ihrem Kerker war. Sie hatte eine Weile versucht, die schwarzen Minuten zu zählen, die der fallende Wassertropfen ihr zumaß. Aber diese traurige Arbeit eines kranken Hirns war ganz von selber wieder eingeschlafen, und sie war in Stumpfsinn versunken.

Eines Tages endlich oder eines Nachts – denn Mittag und Mitternacht glichen sich in diesem Grabe – hörte sie über sich ein lauteres Geräusch, als sie von dem Gefängniswärter gewöhnt war, der ihr Wasser und Brot brachte. Sie hob den Kopf und sah durch die Spalten der Tür oder Klappe in der Wölbung des *In-pace* einen roten Lichtschein fallen. Das schwere Schloß kreischte, die Falltür knarrte in ihren rostigen Angeln und drehte sich; da sah sie eine Laterne, eine Hand und die untere Hälfte zweier männlicher Gestalten; denn die

Öffnung war zu niedrig, als daß sie ihre Köpfe hätte sehen können. Das Licht tat ihr so weh, daß sie die Augen zudrückte.

Als sie die Augen wieder öffnete, war die Tür geschlossen, die Laterne stand auf einer Treppenstufe, und ein einzelner Mann stand aufgerichtet vor ihr. Ein schwarzer Mantel hüllte ihn bis zu den Füßen ein, eine schwarze Kapuze verbarg sein Gesicht. Man sah nichts von ihm, weder Hände noch Antlitz. Es war ein langes schwarzes, aufrecht stehendes Leichentuch, unter dem sich irgend etwas regte. Sie blickte eine Weile starr auf die gespensterhafte Gestalt, aber es fiel kein Wort zwischen ihnen. Sie waren wie zwei Statuen, die sich starr ins Gesicht schauen. Nur zwei Dinge in dem Verlies rührten und regten sich: die Flamme in der Laterne, die in der feuchten Luft knisterte, und der fallende Wassertropfen, der das unregelmäßige Knistern mit seinem einförmigen Plätschern in gleichen Pausen übertönte. Der Tropfen zog Kreise in die ölige Fläche der Wasserlache, und in den Kreisen schwankte das Spiegelbild der Laterne und ihrer Flamme.

Endlich brach die Gefangene das Schweigen: »Wer seid Ihr?«

»Ein Priester.«

Das Wort, der Ausdruck, der Ton der Stimme jagten ihr bebenden Schrecken ein.

Der Priester sagte dumpf: »Seid Ihr bereit?«

»Wozu?«

»Zu sterben.«

»Ach«, sagte sie, »wird es bald sein?«

»Morgen.«

Ihr Kopf, der sich freudig gehoben hatte, sank wieder auf ihre Brust.

»Das ist noch lange hin«, murmelte sie; »warum nicht schon heute?«

»Ihr seid also sehr unglücklich?« fragte der Priester nach kurzem Schweigen.

»Ich friere«, antwortete sie. Ihre Zähne schlugen aufeinander. Sie nahm die Füße in die Hände, eine Bewegung, die unglücklichen, frierenden Menschen eigen ist und die wir schon bei der Einsiedlerin des Rolandsturmes gesehen haben.

Die Augen des Priesters schienen unter der Kapuze hervor den Kerker zu mustern.

»Ohne Licht, ohne Feuer, im Wasser, das ist entsetzlich!«

»Ja«, antwortete sie mit dem erstaunten Ausdruck, den das Unglück ihren Zügen aufgeprägt hatte. »Der Tag gehört allen Menschen. Warum habe ich nur die Nacht?«

»Wißt Ihr, warum Ihr hier seid?« fragte der Priester, nachdem er wieder eine Weile geschwiegen hatte.

»Ich glaube, ich habe es gewußt«, sagte sie und strich mit den mageren Fingern über die Stirn, als wollte sie ihrem Gedächtnis nachhelfen, »aber ich weiß es nicht mehr.«

Plötzlich fing sie an, wie ein Kind zu weinen. »Ich möchte weg von hier, Monsieur. Ich friere, ich fürchte mich. Es sind Tiere hier, die an mir in die Höhe kriechen.«

»So folgt mir!«

Bei diesen Worten ergriff der Priester ihren Arm. Die Unglückliche war bis ins Mark der Knochen hinein erfroren, trotzdem aber erschien seine Hand ihr kalt.

»Ach«, murmelte sie, »das ist die eisige Hand des Todes. Wer seid Ihr denn?«

Der Priester hob seine Kapuze. Sie sah ihn an. Es war das unheilvolle Antlitz, das sie schon so lange verfolgte; es war das teuflische Haupt, das bei der Falourdel über dem geliebten Haupt ihres Phoebus erschienen war; es waren die Augen, die sie zum letzten Mal neben einem Dolch hatte funkeln sehen.

Diese Erscheinung, die immer so verhängnisvoll für sie gewesen war, die sie von Unglück zu Unglück bis zur Marter getrieben hatte, weckte sie aus ihrer Betäubung. Es war ihr, als zerrisse der dichte Schleier, der sich über ihr Gedächtnis gebreitet hatte. Alle Einzelheiten ihres schrecklichen Abenteuers von der nächtlichen Szene bei der Falourdel an bis zu ihrer Verurteilung im Justizpalast lebten plötzlich in ihrer Erinnerung wieder auf und standen nicht verwirrt und unbestimmt wie bisher, sondern deutlich, roh, scharf umrissen, unverhüllt und schreckenerregend vor ihrem Geist. Die Bilder, die vom Übermaß des Leidens halb verwischt und beinahe ausgelöscht waren, wurden beim Anblick der düsteren Gestalt wieder sichtbar, wie die mit sympathetischer Tinte geschriebenen Buchstaben wieder erscheinen, wenn man das Papier ans Feuer hält. Es war ihr, als öffneten sich alle Wunden ihres Herzens auf einmal, um von neuem zu bluten.

»Ha«, schrie sie und schlug krampfhaft zitternd die Hände vor die Augen, »es ist der Priester!«

Dann ließ sie die Arme entmutigt sinken, verstummte und blieb bebend, mit gesenktem Kopf und niedergeschlagenen Augen auf ihrem Strohlager sitzen.

Der Priester sah sie mit dem Blick eines Sperbers an, der lange über einer armen, im Getreide hockenden Lerche geschwebt und in lautlosem Flug seine schrecklichen Kreise immer enger gezogen hat. Wie ein Blitz stößt er plötzlich auf seine Beute nieder und hält die Keuchende in den Fängen.

Sie murmelte leise: »Macht ein Ende, macht ein Ende! Gebt mir den letzten Schlaf!«, und entsetzt zog sie die Schultern hoch wie das Schaf, das den Keulenschlag des Schlächters erwartet.

»Flöße ich Euch denn Schrecken ein?« fragte er endlich.

Sie antwortete nicht.

»Flöße ich Euch Schrecken ein?« wiederholte er.

Ihre Lippen zogen sich zusammen, als wollte sie lächeln. »Ja«, sagte sie, »der Henker spottet des Verurteilten. Seit Monaten verfolgt er mich, bedroht er mich, erschreckt er mich! Wenn er nicht wäre, mein Gott, wie glücklich wäre ich! Er hat mich in diesen Abgrund geworfen! O Himmel, er hat ihn gemordet – er hat meinen Phœbus gemordet!«

Sie brach in Schluchzen aus und hob die Augen zu dem

Priester. »Elender, wer seid Ihr? Was habe ich Euch getan? Haßt Ihr mich denn so sehr? Was habt Ihr gegen mich?«

»Ich liebe dich!« schrie der Priester.

Ihre Tränen hörten plötzlich auf zu fließen. Sie sah ihn mit blödem Ausdruck an. Er war auf die Knie niedergesunken und verschlang sie mit seinen glühenden Blicken.

»Hörst du? Ich liebe dich!« rief er noch einmal.

»Was für eine Liebe!« sagte die Unglückliche schaudernd.

»Die Liebe eines Verdammten«, entgegnete er.

Dann schwiegen beide eine Weile. Die Erregung lastete schwer auf ihnen; er war wie von Sinnen, sie war wie betäubt.

»Höre mich an!« sagte der Priester endlich, der sich zu seltsamer Ruhe gezwungen hatte. »Du sollst alles wissen. Ich werde dir sagen, was ich bis zur Stunde kaum gewagt habe, mir selber einzugestehen, wenn ich in tiefer Nacht, wo die Dunkelheit so groß ist, daß wir uns vor Gottes Auge sicher glauben, mein Gewissen verstohlen fragte. Höre mich an! Ehe ich dich gesehen hatte, Mädchen, war ich glücklich ...«

»Und ich«, seufzte sie leise.

»Unterbrich mich nicht! – Ja, ich war glücklich; ich glaubte wenigstens, glücklich zu sein. Ich war rein; in meiner Seele war Licht und Klarheit. Kein Mann trug den Kopf stolzer und siegesbewußter erhoben als ich. Die Priester unterrichteten sich bei mir über die Keuschheit, die Gelehrten über das Dogma. Ja, die Wissenschaft war mir alles. Sie war mir eine Schwester, und ich brauchte nur eine Schwester. Die anderen Gedanken sind mir nicht erst mit dem Alter gekommen. Mehr als einmal geriet mein Blut in Wallung, wenn eine Frauengestalt an mir vorüberglitt. Das begehrliche Verlangen, das ich als törichter Jüngling fürs Leben unterdrückt zu haben glaubte, hat mehr als einmal krampfhaft an der ehernen Kette gerüttelt, mit der die Gelübde mich Elenden an die kalten Steine des Altars fesseln. Aber durch Fasten, Beten, Studieren und durch Kasteiungen des Klosters ist mein Geist des Fleisches Herr geworden. Dann habe ich auch die Frauen gemieden. Früher brauchte ich nur ein Buch zu öffnen, und vor dem Glanz der Wissenschaft verflog der Rausch, mit dem die unreinen Sinne meinen Geist umfangen hielten. In wenigen Minuten fühlte ich mich frei von Erdenschwere und sah still, heiter und geblendet der ewigen Wahrheit ins ruhige, strahlende Antlitz. Solange der Teufel mir nur unbestimmte weibliche Schatten zum Angriff entgegenschickte, die in der Kirche, in den Straßen, in den Wiesen rasch an mir vorüberzogen und mir kaum in meinen Träumen wieder erschienen, solange war es leicht für mich, ihn zu besiegen. Wehe, wenn der Sieg mir nicht geblieben ist, so war es Gottes Schuld, der dem Teufel größere Kräfte verlieh als dem Menschen. – Höre mich an! Eines Tages ...«

Der Priester verstummte, und die Gefangene hörte, wie herzzerreißende Seufzer röchelnd aus seiner Brust aufstiegen.

Dann fuhr er fort: »Eines Tages stand ich am Fenster meiner Klosterzelle ... Was war es noch für ein Buch, das ich las? Ach, alles das ist ein Wirrwarr in meiner Erinnerung. – Ich las. Das Fenster geht nach dem Platz hinaus. Ich höre Musik und den Lärm eines Tamburins. Ich sehe ärgerlich über die Störung auf den Platz hinunter. Was ich sah, das sahen andere auch, und es war doch ein Schauspiel, das nicht für menschliche Augen gemacht war. Mitten auf dem Platz tanzte im Glanz der Mittagssonne eine schöne Jungfrau, so schön, daß sie von Gott der Jungfrau Maria vorgezogen und zu seiner Mutter erkoren worden wäre, wenn sie zur Zeit seiner Menschwerdung gelebt hätte. Ihre Augen waren schwarz und strahlend, und in ihr schwarzes Haar wob die Sonne goldene Fäden. Ihre Füße verschwanden im Wirbel des Tanzes wie die Speichen eines Rades, das sich mit Windeseile dreht. In ihren schwarzen Flechten funkelten im Sonnenschein metallene Plättchen und formten eine Sternenkrone um ihr Haupt. Ihr flitterbesätes Gewand schillerte wie eine blaue Sommernacht mit tausend schwirrenden Funken. Ihre geschmeidigen braunen Arme glichen zwei Schärpen, die sich um ihren Leib schlangen und sich wieder lösten. Ihre Gestalt war von erstaunlicher Schönheit. Ach, das strahlende Geschöpf, das sich selbst vom glänzenden Grund des Sonnenlichts abhob! – Ach, Mädchen, das warst du! – Ich versank überrascht, entzückt, berauscht in deinen Anblick. Ich sah dich so inbrünstig an, daß mich plötzlich ein Schauder packte. Ich fühlte die Hand meines Schicksals.«

Der Priester schwieg beklommen. Nach einer Weile fuhr er fort: »Ich war schon halb bezaubert; aber ich versuchte mich an irgend etwas festzuklammern, um nicht tiefer zu stürzen. Ich dachte an frühere Fallen, die der Teufel mir gelegt hatte. Das Geschöpf, das ich vor Augen hatte, war so überirdisch schön, daß es nur aus dem Himmel oder aus der Hölle stammen konnte. Das war kein Mädchen wie andere, die aus einem Klumpen Erde geschaffen sind und innerlich von dem flackernden Licht einer Weiberseele erleuchtet werden. Das war ein Engel, aber ein Engel der Finsternis und nicht des Lichts! Als ich diesem Gedanken nachhing, sah ich neben dir eine Ziege, ein Hexensabbattier. Sie sah mich grinsend an. Ihre Hörner leuchteten feurig in der Mittagssonne. Da sah ich den Fallstrick des Teufels und zweifelte nicht mehr an deiner höllischen Herkunft. Ich war überzeugt, daß du gekommen warst, mich zu verderben.«

Der Priester sah der Gefangenen fest ins Gesicht und sagte kalt: »Ich bin noch immer davon überzeugt. – Deine höllische Schönheit aber fuhr fort zu wirken. Dein Tanz spukte mir im Kopf, und ich fühlte, wie die geheimnisvolle Verzauberung sich in mir vollendete. Die wachsamen Kräfte meiner Seele sanken in Schlummer, und wie ein Mensch, der im Schnee stirbt, sah ich diesen Schlummer als Wohltäter nahen. Plötzlich fingst du an zu singen. Da war ich verloren, ich Elender! Dein Gesang war noch reizender als dein Tanz. Ich wollte fliehen. Unmöglich. Ich war wie festgenagelt, wie mit dem Boden verwachsen. Es schien mir, als sei ich bis zu den Knien zu Marmor geworden wie der Estrich, auf dem ich stand. Ich mußte bis zum Ende aushalten. Meine Füße waren kalt wie Eis; mein Kopf glühte. Vielleicht hattest du Mitleid mit mir, denn endlich hörtest du auf zu singen und verschwandest. Der Widerschein der blendenden Erscheinung verblaßte allmählich in meinen Augen; der Widerhall der zauberhaften Musik verklang in meinen Ohren. Da sank ich starrer und kraftloser als eine gestürzte Bildsäule in der Fensternische nieder. Die Vesperglocke weckte mich. Ich raffte mich auf und entfloh, aber wehe, in mir war etwas gestürzt, was sich nicht wieder aufrichten konnte; es war etwas in mich eingedrungen, dem ich nicht zu entfliehen vermochte.«

Er schwieg und fuhr nach einer Pause fort: »Ja, von diesem Tag an war ich ein Mensch, den ich bis dahin nicht gekannt habe. Ich versuchte alle meine Heilmittel, das Kloster, den Altar, die Arbeit, die Bücher. Narrheit! Ach, wie hohl klingt die Wissenschaft, wenn man verzweifelt mit einer Stirn gegen sie schlägt, hinter der die Leidenschaft tobt! Weißt du, Mädchen, was sich zwischen mich und meine Bücher schob? Du, dein Schatten, das Bild deiner leuchtenden Erscheinung, das sich eines Tages in meinen Gesichtskreis gedrängt hatte. Aber es hatte nicht mehr seine hellen Farben; es war düster und lichtlos wie die schwarzen Ringe, die dem Menschen noch lange vor den Augen tanzen, wenn er fürwitzig der Sonne ins Angesicht geschaut hat.

Da ich mich von dem Bild nicht befreien konnte, da dein Gesang mir unaufhörlich in den Ohren klang, da ich deine Füße immer auf meinem Brevier tanzen sah, da ich nachts im Traum deinen Körper auf meinen Leib gleiten spürte, so wollte ich dich wiedersehen, dich berühren, wollte wissen, wer du warst und ob du dem idealen Bild glichst, das mir von deiner Erscheinung zurückgeblieben war. Vielleicht zerbrach der Traum an der Wirklichkeit. Auf jeden Fall hoffte ich, ein neuer Eindruck werde den alten auslöschen; denn der war mir unerträglich geworden. Ich suchte dich. Ich sah dich wieder. Wehe! Als ich dich zweimal gesehen hatte, wollte ich dich tausendmal sehen, wollte ich dich immer sehen. Da verlor ich mich – wie soll man auf dieser schrägen Bahn zur Hölle anhalten? Der Teufel hatte mir die Flügel gebunden und das andre Ende des Fadens um deinen Fuß geknüpft. Ich wurde unstet wie du. Ich wartete unter den Torwegen auf dich; ich lauerte dir an den Straßenecken auf; ich erspähte dich von der Höhe meines Turmes aus. Jeden Abend kehrte ich bezauberter, verzweifelter, behexter, verlorener zu mir selbst zurück.

Ich hatte erfahren, daß du eine Zigeunerin seist; wie sollte ich noch an deinen Hexenkünsten zweifeln? Höre mich an! Ich hoffte, ein Gerichtsverfahren gegen dich werde mich vom Zauber lösen. Bruno d'Ast wurde von einer Hexe verzaubert; er ließ sie verbrennen und genas. Das wußte ich. Ich wollte das Heilmittel erproben. Zuerst versuchte ich, dich durch ein Verbot vom Domhof zu vertreiben und dich dadurch zu vergessen. Du hast des Gebotes nicht geachtet. Du bist wiedergekommen. Dann kam mir der Gedanke, dich zu entführen. Eines Nachts habe ich es versucht. Wir waren zwei. Wir hatten dich schon gepackt, da kam der elende Offizier dazwischen. Er befreite dich, mir und sich selbst zum Unheil. Endlich, als ich nicht mehr ein und aus wußte, habe ich dich beim Offizial verklagt. Ich hoffte zu genesen wie Bruno d'Ast. Ich hatte auch das unbestimmte Gefühl, ein Hexenprozeß werde dich mir in die Arme treiben, im Gefängnis werdest du mir unentrinnbar verfallen, dort werdest du mir angehören, wie ich dir schon lange angehöre. Wenn man Böses tut, so soll man es ganz tun. Mitten im Ungeheuerlichen innehalten ist Wahnsinn! Das höchste Maß des Verbrechens hat seine Freudentaumel. Ein Priester und eine Hexe können auf dem Strohlager eines Kerkers der höchsten Wonne genießen!

Ich denunzierte dich also. Da fing es an, daß ich dich durch mein Erscheinen in Schrecken versetzte. Ich verriet das Komplott, das ich gegen dich schmiedete, das Gewitter, das ich über deinem Kopf zusammenbraute, durch Drohungen und

Blitze; aber mit der Ausführung zögerte ich noch. Mein Plan konnte Furchtbares zeitigen, und davor schrak ich zurück.

Vielleicht hätte ich ihn ganz fallengelassen; vielleicht wäre der abscheuliche Gedanke in meinem Hirn vertrocknet, ohne Früchte zu tragen. Ich vermeinte, es läge in meiner Hand, den Prozeß weiterzutreiben oder abzubrechen. Aber böse Gedanken sind unerbittlich und wollen zur Tat werden. Ich glaubte mich allmächtig; doch das Schicksal war mächtiger als ich. Wehe, wehe! Das Schicksal hat dich gepackt und dich dem schrecklichen Räderwerk ausgeliefert, das ich zusammengefügt habe! Höre mich an! Ich bin bald am Ende.

Eines Tages, wieder bei hellem Sonnenschein, stoße ich auf einen Mann, der lachend und mit lüsternen Augen deinen Namen nennt! Verflucht! Ich folge ihm. Das übrige weißt du.«

Er schwieg. Das junge Mädchen sagte nur: »O mein Phœbus!«

»Nenne diesen Namen nicht!« rief der Priester und faßte sie heftig am Arm. »Nenne ihn nicht! Wir Unglückseligen! Dieser Name ist uns zum Verderben geworden, oder vielmehr, das Verhängnis mit seinem unerforschlichen Spiel hat uns alle zugrunde gerichtet! – Du leidest, nicht wahr? Du frierst, die Finsternis macht dich blind, der Kerker bedrückt dich; aber vielleicht hast du noch einen Lichtschein in deiner Seele, und sei es auch nur deine Kinderliebe zu dem hohlen Gesellen, der mit deinem Herzen gespielt hat! Ich aber trage den Kerker in mir; in meiner Seele ist eisiger Winter, Nacht und Verzweiflung. Weißt du, was ich gelitten habe? Ich habe unter den geistlichen Richtern gesessen, als man das Urteil über dich fällte. Ja, eine dieser priesterlichen Kapuzen beschattete das verzerrte Antlitz eines Verdammten. Ich war da, als man dich in den Gerichtssaal führte; ich war da, als man dich verhörte. – Welche Wolfshöhle! – Mein Verbrechen war es, mit dem du gezeichnet wurdest; mein Galgen war es, den ich langsam für dich sich aufrichten sah. Jeden Zeugen, jeden Beweis, jede Anklage habe ich gehört. Ich habe jeden deiner Schritte gezählt, als du den schmerzlichen Weg gingst; ich war da, als das wilde Tier … Ach, die Folter hatte ich nicht vorausgesehen! – Höre mich an! Ich bin dir in die Schmerzenskammer gefolgt. Ich habe gesehen, wie die ehrlosen Hände des Folterknechts dich packten und entkleideten. Ich habe deinen Fuß gesehen; eine Kaiserkrone hätte ich darum gegeben, ihn küssen und dann sterben zu können; und hätte er meinen Kopf zertreten, so wäre es Wonne für mich gewesen. Ich sah den geliebten Fuß in dem entsetzlichen spanischen Stiefel verschwinden, der aus den Gliedern lebender Geschöpfe einen blutigen Brei macht. Ach, ich Elender! Während ich das alles geschehen sah, habe ich meine Brust unter der Kutte mit einem Dolch zerrissen. Bei deinem Schrei drang er tief ins Fleisch; bei einem zweiten Schrei hätte ich ihn mir ins Herz gestoßen; siehe, ich glaube, die Wunden bluten noch.«

Er öffnete sein Priestergewand. Seine Brust sah aus, als habe die Tatze eines Tigers sie zerfleischt; eine tiefere Wunde an der Seite war nur halb geschlossen.

Die Gefangene fuhr entsetzt zurück.

»Ach, Mädchen«, rief der Priester, »habe Erbarmen mit mir! Du glaubst unglücklich zu sein; aber wehe, wehe, du weißt nicht, was Unglück ist. Ach, eine Frau lieben! Priester sein, gehaßt werden, sie mit der ganzen Glut seiner Seele lieben! Fühlen, daß man für den kleinsten Schimmer eines Lächelns sein Blut, seine Eingeweide, seinen Ruf, sein Seelenheil, seine Unsterblichkeit, sein Leben im Diesseits und im Jenseits hingeben würde! Bedauern, daß man nicht König, nicht Kaiser, nicht Genius, nicht Erzengel, nicht Gott ist, weil man der Geliebten als würdiger Sklave zu Füßen sinken möchte! Sie Tag und Nacht mit seinen Gedanken und seinen Träumen umstricken, und sie in einen bunten Soldatenrock verliebt sehen! Ihr nichts als eine schmutzige Priesterkutte bieten können, die ihre Angst und Abscheu erregt! In Eifersucht und Wut sehen und hören, wie sie Schätze der Liebe und der Schönheit an einen elenden dummen Laffen verschwendet! Ihren heiß ersehnten Leib, ihren zarten Busen, ihre feinen Glieder unter den Küssen eines anderen beben und erröten sehen! O Himmel! Ihren Fuß, ihren Arm, ihre Schulter lieben, von ihren blauen Adern, ihrer braunen Haut träumen, sich ganze Nächte in Sehnsucht auf dem Estrich seiner Zelle wälzen und sehen, wie alle Zärtlichkeiten, die man für sie erträumt hat, in Qual und Marter enden, nichts erreichen, als sie auf eine Folterbank zu betten! Ach, das sind in Wahrheit die glühenden Zangen der Hölle! Ach, glücklich der, der zwischen zwei Brettern zersägt oder von Pferden gevierteilt wird! – Weißt du, was es heißt, lange Nächte mit kochendem Blut, rasendem Herzen und wild pochenden Schläfen zu liegen? Die Zähne graben sich dir ins Fleisch der Hände; wütende Folterknechte drehen und wenden dich unermüdlich auf dem glühenden Rost der Liebe, der Eifersucht und der Verzweiflung! Erbarmen, Mädchen, gönne mir einen Augenblick der Ruhe! Streue ein wenig Asche auf diese Glut! Ich beschwöre dich, trockne den Schweiß, der mir in großen Tropfen von der Stirn rinnt! Kind, quäle mich mit der einen Hand, aber liebkose mich mit der anderen! Hab Erbarmen, Mädchen, hab Erbarmen mit mir!«

Der Priester wälzte sich auf dem nassen Boden und schlug mit dem Kopf gegen die Kanten der steinernen Stufen. Das junge Mädchen sah und hörte alles. Als er erschöpft und atemlos schwieg, murmelte sie halblaut: »Ach, mein Phœbus!«

Der Priester schleppte sich auf den Knien zu ihr hin.

»Ich flehe dich an«, schrie er, »wenn du Eingeweide im Leibe hast, so stoße mich nicht zurück! Ach, ich liebe dich, ich bin ein unglückseliger Mensch! Wenn du diesen Namen aussprichst, Mädchen, so zerreibst du alle Fibern meines Herzens zwischen deinen Zähnen! Gnade! Bist du eine Höllengeburt, so laß mich mit dir zur Hölle fahren! Ich habe alles dazu getan. Eine Hölle, wo du bist, ist für mich ein Paradies; dein Anblick ist lieblicher für mich als der Anblick Gottes! Sprich, ach sprich, willst du denn wirklich nichts von mir wissen? Mir scheint, an dem Tag, da eine Frau eine solche Liebe zurückstößt, müßten Berge in ihren Grundfesten wanken. Ach, wenn du nur wolltest! ... Ach, wie glücklich könnten wir sein! Wir würden fliehen – ich würde dir zur Flucht helfen –, wir würden irgendwohin gehen; wir würden uns das Fleckchen Erde suchen, wo die Sonne am heitersten scheint, wo der Himmel am blausten ist, wo grüne Bäume Schatten spenden. Wir würden uns lieben, unsere Seelen würden in eins verschmelzen, wir würden ohne Unterlaß nach einander dürsten und unseren Durst gemeinsam an dem Quell unversiegbarer Liebe löschen!«

Sie unterbrach ihn mit schrecklichem, schallendem Gelächter.

»Seht, Pater! Ihr habt Blut an den Nägeln!«

Der Priester starrte wie versteinert auf seine Hand.

»Nun ja«, sagte er nach einer Weile mit seltsamer Sanftmut, »schmähe mich, spotte über mich, mache mir Vorwürfe, aber komm, komm! Wir müssen eilen. Morgen hat deine Stunde geschlagen, sage ich dir. Der Galgen auf der Place de Grève, weißt du? Er steht immer bereit. Es ist fürchterlich, dich im Armesünderkarren sitzen zu sehen! Ach, Gnade! – Ich habe noch nie so stark gefühlt, wie unsagbar ich dich liebe. – Ach, folge mir! Du wirst mich später liebenlernen; wenn ich dich nur retten darf! Hasse mich, solang du magst; aber komm! Morgen, morgen! Der Galgen, deine Pein! O rette dich, schone mich!«

Er faßte ihren Arm; er war verstört, er wollte sie mit sich ziehen.

Sie sah ihm fest ins Gesicht.

»Was ist aus meinem Phœbus geworden?«

»Ach«, sagte der Priester und ließ ihren Arm los, »Ihr seid erbarmungslos!«

»Was ist aus Phœbus geworden?« wiederholte sie kalt.

»Er ist tot!« schrie der Priester.

»Tot!« sagte sie eisig und ohne sich zu rühren. »Was sprecht Ihr mir dann vom Leben?«

Er hörte nicht auf ihre Worte. »Ach ja«, sagte er wie zu sich selber, »er muß wohl tot sein. Die Klinge ist tief gedrungen. Ich glaube, ich habe mit der Spitze das Herz getroffen. Ich fühlte bis in die Spitze des Dolches hinein!«

Das junge Mädchen stürzte wie eine wütende Tigerin auf ihn zu und stieß ihn mit übernatürlicher Kraft gegen die Treppenstufen. »Fort mit dir, Ungeheuer! Fort mit dir, Mörder! Laß mich sterben! Möge mein und sein Blut deine Stirn ewig mit einem roten Mal zeichnen! Dir gehören, Priester – niemals, niemals! Nichts kann uns zusammenführen, selbst die Hölle nicht! Fort mit dir, Verfluchter! Niemals!«

Der Priester war auf den Stufen ausgeglitten. Er befreite schweigend seine Füße aus den Falten seiner Soutane, nahm die Laterne auf, stieg langsam die Treppe in die Höhe, öffnete die Tür und trat hinaus.

Plötzlich sah die Gefangene seinen Kopf noch einmal erscheinen. Seine Züge waren verzerrt. Röchelnd vor Wut und Verzweiflung, schrie er ihr zu: »Ich sage dir, er ist tot!«

Sie fiel aufs Angesicht nieder. Im Kerker herrschte wieder Totenstille. Nur der Tropfen löste sich im Finstern, fiel dumpf in die Lache und zog Kreise im sumpfigen Wasser.

V
Die Mutter

Gibt es größere Heiterkeit auf Erden als die Heiterkeit im Herzen einer Mutter, wenn sie den kleinen Schuh ihres Kindes betrachtet? Ist es nun gar ein festlicher Schuh, ein Sonntagsschuh, ein Taufschuh, der bis unter die Sohle gestickt ist, ein Schuh, mit dem das Kind noch nicht einen Schritt gegangen ist. Er ist so zierlich und so klein, es ist so unmöglich, einen Schritt darin zu tun, daß sie vermeint, ihr Kind in den

Armen zu halten; sie lächelt den kleinen Schuh an, sie küßt ihn, sie spricht mit ihm. Sie fragt sich, ob es denn wirklich so kleine Füße gibt; und ist das Kind gerade nicht zur Stelle, so genügt der niedliche kleine Schuh, um ihr das ganze zarte, feine Geschöpfchen vor Augen zu zaubern. Sie glaubt es zu sehen, sie sieht es lebendig, fröhlich, mit seinen weichen Händchen, seinem runden Kopf, seinen reinen Lippen, seinen klaren Augen, in denen das Weiße bläulich schimmert. Ist es Winter, so kriecht es auf dem Teppich umher, erklettert eifrig einen Sessel, und die Mutter zittert, es möge dem Feuer zu nahe kommen. Ist es Sommer, so krabbelt es im Hof und im Garten umher, reißt das Gras zwischen den Pflastersteinen aus, betrachtet furchtlos die großen Hunde und die großen Pferde und spielt mit Schneckenhäusern und Blumen. Der Gärtner schilt, denn er sieht den Sand auf den Blumenbeeten und die gute Erde auf den Wegen liegen. Wo das Kind ist, da lacht, strahlt und spielt alles; der Wind und die Sonnenstrahlen tummeln sich um die Wette in seinen seidenen Locken. Das alles sieht die Mutter, wenn sie den kleinen Schuh betrachtet, und ihr Herz schmilzt wie Wachs in der Flamme.

Ist aber das Kind verloren, so werden die reizenden Bilder der Freude, Anmut und Zärtlichkeit, die an dem kleinen Schuh haften, zur furchtbaren Qual. Der niedliche gestickte Schuh wird zum Folterwerkzeug und zerreißt das Herz der Mutter unaufhörlich. Derselbe Nerv erbebt, der tiefste und empfindlichste Nerv, aber nicht unter der liebkosenden Hand eines Engels, sondern unter der Kralle eines Teufels.

Eines Morgens, als die Maisonne am dunkelblauen Himmel emporstieg – ein Himmel, wie man ihn so oft bei den Kreuzabnahmen von Benvenuto Tisi sieht –, hörte die Einsiedlerin im Rolandsturm auf der Place de Grève Räderrollen, Pferdegetrappel und Waffengeklirr. Sie wurde nur halb davon aufgerüttelt, zog sich die Haare über die Ohren, um nichts zu hören, und versank, auf den Knien liegend, wieder in die Betrachtung des leblosen Gegenstandes, den sie seit fünfzehn

Jahren anbetete. Wir erzählten schon, daß der kleine Schuh für sie die Welt war. Ihr ganzes Denken war in ihm eingeschlossen, und nur der Tod konnte sie von ihm trennen. Wie viele bittere Verwünschungen, rührende Klagen, Gebete und Seufzer sie um dieses reizenden rosaseidenen Spielzeugs halber zum Himmel geschleudert hatte, das weiß allein der dunkle Keller im Rolandsturm. Es ist wohl niemals so viel Verzweiflung an einen so zierlichen Gegenstand verschwendet worden.

An jenem Morgen schien ihr Schmerz sich noch heftiger zu äußern als sonst, und man hörte draußen, wie sie mit lauter, einförmiger Stimme herzzerreißend klagte.

»Ach, meine Tochter!« sagte sie. »Meine Tochter, mein armes, liebes, kleines Kind! Werde ich dich niemals wiedersehen? Ist alles zu Ende? Es scheint mir immer, als sei es gestern gewesen! Mein Gott, mein Gott, da du sie mir so schnell wieder nehmen wolltest, hättest du sie mir lieber gar nicht geben sollen. Weißt du denn nicht, daß die Kinder den Müttern ans Herz gewachsen sind und daß eine Mutter, die ihr Kind verloren hat, nicht mehr an Gott glaubt? Ach, ich Unglückselige, warum mußte ich an jenem Tag mein Haus verlassen! Herr, Herr! Hast du mich denn niemals angesehen, wenn ich sie fröhlich an meinem Feuer wärmte? Wenn ich ihr die Brust gab und sie mich anlachte, wenn sie mit ihren kleinen Füßchen an mir in die Höhe klomm, bis sie meine Lippen mit ihnen berührte? Ach, hättest du mich angesehen, du hättest sie mir nicht genommen, du hättest Erbarmen mit meiner Freude gehabt, du hättest mir nicht das einzige entrissen, was ich noch lieben konnte! War ich denn ein so verworfenes Geschöpf, daß du mich verdammen mußtest, ohne mich anzusehen? Wehe, wehe! Da ist der Schuh, wo aber ist der Fuß? Wo ist der Rest? Wo ist das Kind? Meine Tochter, meine Tochter, was ist aus ihr geworden? Herr, gib sie mir zurück! Mein Gott, ich habe fünfzehn Jahre lang auf den Knien vor dir gelegen; meine Knie sind wund, ist dir das nicht genug? Gib sie mir zurück, für einen Tag nur, für eine Stunde, für eine Minute, eine Minute, Herr! Dann laß mich für ewig dem Teufel verfallen sein! Ach, könnte ich einen Zipfel deines Gewandes erhaschen, ich würde mich mit beiden Händen daran klammern, und du müßtest mir mein Kind zurückgeben! Rührt dich nicht der hübsche kleine Schuh? Wie kannst du eine Mutter zu fünfzehnjähriger Marter verurteilen? Jungfrau Maria, gebenedeite Jungfrau Maria, man hat mir mein Jesuskind genommen, man hat es mir gestohlen, man hat es in der Heide gefressen, man hat sein Blut getrunken, man hat seine Knochen zerbissen! Jungfrau Maria, habe Erbarmen mit mir! Meine Tochter, ich will meine Tochter haben! Was kümmert es mich, wenn sie im Paradies wandelt? Eure Engel will ich nicht, ich will mein Kind! Ich bin eine Löwin, ich will mein Junges! Auf der Erde werde ich mich winden; die Steine werde ich mit meiner Stirn in Stücke schlagen, mich werde ich verfluchen, dich werde ich verfluchen, Herr, wenn du mir mein Kind nicht zurückgibst! Siehst du nicht meine zerbissenen Arme, Herr? Hast du kein Mitleid mit mir, gütiger Gott? Ach, laß mich ohne Brot und Salz, aber gib mir meine Tochter zurück; sie wird mich wie die liebe Sonne wärmen! Ach, Gottvater, ich bin eine elende Sünderin; aber meine Tochter machte mich fromm, aus Liebe zu ihr wurde ich gläubig, und wenn sie lächelte, dann sah ich dein Angesicht wie durch eine Himmelspforte! – Ach, könnte ich nur einmal, einmal noch, ein einziges Mal den kleinen Schuh über ihren niedlichen kleinen rosigen Fuß ziehen, dann will ich dich sterbend segnen, Jungfrau Maria! – Ach, fünfzehn Jahre! Sie wäre jetzt ein großes Mädchen! – Unglückseliges Kind! Wie, ist es denn möglich, daß ich dich niemals wiedersehen werde, selbst im Himmel nicht? Denn ich komme ja nicht in den Himmel. Was für ein Elend! Dort steht ihr kleiner Schuh, und das ist alles!«

Die Unglückliche hatte sich über den Schuh geworfen, der seit so langen Jahren ihr Trost und ihre Verzweiflung war. Sie schluchzte und weinte wie am ersten Tag. Denn für eine Mutter, die ihr Kind verloren hat, bleibt es immer der erste Tag. Dieser Schmerz altert nicht. Die Trauergewänder mögen zerfallen und bleichen, im Herzen aber bleibt es Nacht.

Plötzlich ertönten frische, fröhliche Kinderstimmen draußen auf dem Platz. Wenn Kinder vorübergingen, pflegte die arme Mutter immer in den dunkelsten Winkel ihrer Grabkammer zu stürzen, und es war dann, als wolle sie den Kopf in den Steinen vergraben, um sie nicht zu hören. Dieses Mal aber sprang sie auf und horchte gespannt. Ein kleiner Junge hatte soeben gesagt: »Heute wird eine Zigeunerin gehenkt.«

Der Spinne gleich, die wir beobachteten, wie sie sich beim Erbeben ihres Netzes mit plötzlichem Sprung auf die Fliege stürzte, war sie mit einem Satz an ihrer Luke, die, wie wir wissen, auf die Place de Grève hinaussah. Am Galgen lehnte wirklich eine Leiter, und der Henkersknecht war damit beschäftigt, die vom Regen verrosteten Ketten in Ordnung zu bringen. Allerlei Volk stand um den Galgen herum.

Die lachende Kinderschar war schon außer Hörweite. Die Sachette spähte nach einem Vorübergehenden, den sie fragen konnte. Sie entdeckte dicht bei ihrer Zelle einen Priester, der tat, als läse er in dem öffentlichen Brevier, den aber der Galgen viel lebhafter zu beschäftigen schien als das fromme Buch hinter den Gitterstäben. Er warf von Zeit zu Zeit einen düsteren, wilden Blick nach der Richtstatt hin. Sie erkannte den Erzdechanten de Josas; der war ein frommer Mann.

»Pater, wer wird heute gehenkt?« fragte sie.

Der Priester sah sie an, aber antwortete nicht; sie wiederholte ihre Frage. Da sagte er: »Ich weiß es nicht.«

»Es sind ein paar Kinder vorübergelaufen, die sagten, es sei eine Zigeunerin«, erklärte die Einsiedlerin.

»Ich glaube, sie haben recht«, entgegnete der Priester.

Da brach Paquette la Chantefleurie in ein höllisches Gelächter aus.

»Haßt Ihr die Zigeunerinnen so sehr, meine Schwester?« fragte der Erzdechant.

»Ob ich sie hasse!« schrie die Einsiedlerin. »Sie sind Hexen, sie stehlen die Kinder! Sie haben meine kleine Tochter gefressen, mein Kind, mein einziges Kind! Ich habe kein Herz mehr! Sie haben es gegessen!«

Sie war furchtbar in ihrer Wut. Der Priester sah sie mit kaltem Blick an.

»Eine besonders hasse und verwünsche ich«, fuhr sie fort; »sie ist jung; meine Tochter wäre jetzt so alt wie sie, wenn ihre Mutter mein Kind nicht gefressen hätte. Jedesmal, wenn diese junge Natter an meiner Zelle vorübergeht, dreht sich mir das Herz um!«

»So freut Euch, Schwester«, sagte der Priester eisig wie eine Grabesstatue, »die werdet Ihr heute sterben sehen.«

Sein Kopf sank auf die Brust, und er ging langsam von dannen.

Die Einsiedlerin rang die Hände vor Freude. »Ich habe es ihr vorhergesagt, daß sie dort hinaufsteigen würde! Ich danke Euch, Priester!«

Mit großen Schritten ging sie hinter den Gitterstäben ihrer Zelle auf und nieder. Ihre Haare waren zerzaust, ihre Augen flammten, sie stieß mit der Schulter gegen die Mauer und glich einer Wölfin im Käfig, die schon lange hungert und die Stunde der Fütterung nahen fühlt.

VI
Drei Männerherzen verschiedenen Schlags

Phoœus war jedoch nicht gestorben. Männer seiner Art haben ein zähes Leben. Als Meister Philippe Lheulier, der außerordentliche königliche Anwalt, zu der armen Esmeralda sagte: »Er liegt im Sterben«, da irrte er sich oder erlaubte sich einen Scherz. Als der Erzdechant der Verurteilten zurief: »Er ist tot!«, da wußte er nichts von ihm. Er glaubte ihn nur tot; er rechnete damit; er zweifelte nicht daran; er hoffte es von Herzen. Es wäre ihm zu hart gewesen, der Frau, die er liebte, Gutes über seinen Nebenbuhler zu berichten. Jeder andere Mann hätte an seiner Stelle ebenso gehandelt.

Die Wunde des Phœbus war gefährlich gewesen, aber nicht so gefährlich, wie es dem Erzdechanten zu glauben gefiel. Der Wundarzt, zu dem die Nachtwache ihn sogleich getragen hatte, war acht Tage lang um sein Leben besorgt gewesen und hatte es ihm sogar auf lateinisch gesagt. Die Jugend aber war Sieger geblieben, und wie so oft hatte sich die Natur trotz aller Prognosen und Diagnosen den Spaß gemacht, den Kranken dem Arzt unter der Nase genesen zu lassen. Er lag beim Wundarzt auf dem Krankenbett, als Philippe Lheulier und die geistlichen Untersuchungsrichter kamen, um ihn zu verhören. Das Verhör war ihm sehr lästig gewesen; darum suchte er eines schönen Tages, als er sich besser fühlte, das Weite und ließ dem Heilkünstler seine goldenen Sporen als Bezahlung zurück. Den Gang des Prozesses hatte das in keiner Weise gestört. Die Rechtspflege der damaligen Zeit war sehr sorglos bei der Aufnahme des Tatbestandes und machte sich über ihre Genauigkeit und moralische Wahrheit wenig Gedanken. Wenn der Angeklagte an den Galgen kam, so war sie zufriedengestellt. Die Richter hatten der Beweise genug, die gegen die Esmeralda sprachen. Sie glaubten, Phœbus sei tot, und das genügte ihnen.

Phœbus aber war nicht weit geflohen. Er hatte ganz einfach sein Regiment wieder aufgesucht, das gerade in Queue-en-Brie, Île-de-France, ein paar Poststationen von Paris, einquartiert lag.

Er war durchaus nicht gesonnen, persönlich als Zeuge vor Gericht zu erscheinen. Er fühlte unbestimmt, daß er eine lächerliche Figur abgeben würde. Im Grunde wußte er auch nicht recht, was er von der ganzen Sache denken sollte. Wie jeder, der mit Leib und Seele nur Soldat ist, war er gottlos und abergläubisch. Wenn er über sein Abenteuer nachdachte, so schien ihm die Ziege, die seltsame Art seiner ersten Begegnung mit der Esmeralda, die ebenso seltsame Art, wie sie ihn ihre Liebe hatte erraten lassen, ihre Zigeunerherkunft und endlich auch der spukende Mönch höchst verdächtig. Er witterte in der Begebenheit mehr Zauberei als Liebe und hielt es für möglich, daß eine Hexe und der Teufel dahintersteckten. Jedenfalls war es eine Komödie, oder um in der damaligen Sprache zu sprechen, eine sehr unangenehme Posse, in der er die recht linkische Rolle des Verprügelten und Verspotteten spielte. Der Hauptmann war ganz niedergeschlagen. Er fühlte sich ›beschämt wie ein vom Huhn mit List gefangener Fuchs‹, wie Lafontaine es so bewundernswert ausdrückte.

Er hoffte, wenn er sich fernhielt, werde sein Name bei der Gerichtsverhandlung kaum genannt werden, die Sache werde unbekannt bleiben und über die Mauern der Tournelles nicht hinausdringen. Seine Hoffnung war begründet, denn damals berichteten noch keine Zeitungen ›Neuestes aus den Gerichtssälen‹. Da kaum eine Woche verging, ohne daß auf einer oder der anderen Gerechtigkeit von Paris ein Falschmünzer gekocht, eine Hexe gehenkt oder ein Ketzer verbrannt wurde, so war man daran gewöhnt, die alte feudale Justitia mit nackten Armen und hochgestreiften Ärmeln an allen Straßenkreuzungen ihre Arbeit verrichten und an Galgen, Galgenleitern und Prangern hantieren zu sehen. Darum wurden solche Begebenheiten wenig beachtet. Die vornehme Welt jener Zeit wußte kaum den Namen des armen Sünders, der im Karren die Straße hinunterfuhr; das Volk höchstens labte sich an der groben Kost solcher Schauspiele. Eine Hinrichtung war in den Straßen eine ebenso alltägliche Erscheinung wie die Glutpfanne des Sudkoches oder die Schlächterei. Der Henker war eine Art Schlächter, nur um ein weniges düsterer.

So schlug sich Phœbus die Gedanken an die Zauberin Esmeralda oder Similar, wie er sie nannte, an den Dolchstoß der Zigeunerin oder auch des spukenden Mönchs – was kümmerte ihn das! – und den etwaigen Ausgang des Prozesses rasch aus dem Sinn. Sein also frei gewordenes Herz wandte sich wieder Fleur-de-Lys zu. Das Herz des Hauptmanns ertrug, wie die damalige Physiklehre, kein Vakuum.

Queue-en-Brie war auch ein recht stumpfsinniger Aufenthalt. Es war ein Dorf, wo nur Hufschmiede und Kuhhirten mit harten, schwieligen Händen lebten, und es bestand aus zwei Reihen elender Hütten und Katen, die eine halbe Meile lang die große Landstraße einsäumten, eben eine Queue.[1]

Fleur-de-Lys war seine vorletzte Leidenschaft, war ein hübsches Mädchen und hatte eine reizende Mitgift. Nach etwa zwei Monaten, als er ganz genesen war und annehmen konnte, daß die Angelegenheit der Zigeunerin erledigt und vergessen war, sprengte der verliebte Ritter eines schönen Morgens auf die Tür des Hauses Gondelaurier zu.

Einer zahlreichen Volksmenge, die sich auf dem Domhofplatz vor dem Portal von Notre-Dame sammelte, schenkte er keine Beachtung. Es war im Mai, und er nahm an, daß irgendeine Prozession, etwa zur Feier des Pfingstfestes, bevorstand. Er band sein Pferd am Torring fest und stieg fröhlich zu seiner schönen Braut hinauf.

Sie war mit ihrer Mutter allein. Die Begebenheit mit der Hexe, ihrer Ziege und ihrem verfluchten Alphabet lastete noch immer auf ihrem Herzen; dazu kam das lange Fernbleiben ihres Verlobten. Als sie aber ihren Hauptmann ins Zimmer treten sah, fand sie ihn so schön, seinen Rock so neu, sein Wehrgehänge so strahlend, seinen Ausdruck so verliebt, daß sie vor Freude errötete. Die hochgeborene Demoiselle war selbst reizender denn je. Ihre prachtvollen blonden Haare waren zum Entzücken schön geflochten; sie war ganz in jenes Himmelblau gekleidet, das, wie sie von Colombe gelernt hatte, Blondinen so gut steht, und ihre Augen waren in jenes Liebesschmachten getaucht, das ihnen noch besser steht.

Phœbus, der in letzter Zeit nur die liederlichen Dirnen von Queue-en-Brie vor Augen gehabt hatte, war berauscht von Fleur-de-Lys und infolgedessen so eifrig und ritterlich, daß

[1] frz., Schwanz.

das gute Einvernehmen sofort wiederhergestellt war. Selbst Madame de Gondelaurier, die wie immer mütterlich in ihrem großen Lehnstuhl saß, hatte nicht die Kraft, ihn zu tadeln. Die Vorwürfe von Fleur-de-Lys aber verloren sich in zärtlichem Girren.

Sie saß am Fenster und stickte noch immer an ihrer Neptungrotte. Der Hauptmann stand über ihre Stuhllehne gebeugt, und sie flüsterte ihm ihre zärtlichen Vorwürfe zu.

»Wo habt Ihr denn die zwei Monate lang gesteckt, böser Mann?«

»Ich schwöre Euch«, antwortete Phœbus, den die Frage etwas verlegen machte, »daß ein Erzbischof von Eurer Schönheit träumen könnte.«

Sie konnte ein Lächeln nicht unterdrücken.

»Gut, gut, Monsieur; aber laßt meine Schönheit in Frieden und antwortet mir. – Hübsche Schönheit, wahrhaftig!«

»Mein Regiment hat in Quartier gelegen, teure Cousine.«

»Wo, wenn ich fragen darf, und warum seid Ihr nicht gekommen, mir Lebewohl zu sagen?«

»In Queue-en-Brie.«

Phœbus war glücklich, daß die erste Frage ihm half, die zweite zu umgehen.

»Das ist ja ganz in der Nähe; warum habt Ihr mich denn da nicht ein einziges Mal besucht?«

Jetzt wurde Phœbus ernstlich verlegen.

»Ich … der Dienst … und dann war ich krank, reizende Cousine.«

»Krank!« entgegnete sie erschrocken.

»Ja … verwundet.«

»Verwundet!«

Das arme Kind war ganz erschüttert.

»Ach, regt Euch darüber nicht auf«, sagte Phœbus nachlässig, »es hat nichts weiter auf sich. Ein Zank, ein Degenstoß; was kümmert das Euch?«

»Was mich das kümmert?« rief Fleur-de-Lys und schlug

ihre schönen tränenfeuchten Augen zu ihm auf. »Ach, das sagt Ihr nicht im Ernst! Was war das für ein Degenstoß? Ich will alles wissen.«

»Na ja, meine teure Schöne, ich habe eben eine Fehde gehabt mit Mahé Fédy, dem Leutnant von Saint-Germain en Laye, wißt Ihr. Wir haben uns gegenseitig einige Zoll breit Haut abgetrennt. Das ist die ganze Geschichte.«

Der Hauptmann wußte bei seinen Lügen ganz gut, daß ein Mann durch einen Ehrenhandel in den Augen einer Frau gewinnt. Fleur-de-Lys sah ihm auch wirklich ganz bewegt von Angst, Freude und Bewunderung ins Gesicht; aber sie war doch noch nicht völlig beruhigt.

»Wenn Ihr ganz wiederhergestellt seid, lieber Phœbus, dann ist ja alles gut«, sagte sie. »Ich kenne Euren Mahé Fédy nicht, aber es muß ein abscheulicher Mensch sein. Worüber habt Ihr Euch denn mit ihm gezankt?«

Die schöpferische Einbildungskraft des Hauptmanns hatte ihre Grenzen. Er fühlte sich mit seiner Heldentat recht in die Enge getrieben.

»Ach, eine Lumperei ... eine Pferdegeschichte, ein Wortwechsel! – Schöne Cousine«, rief er, um der Unterhaltung eine andere Richtung zu geben, »was hat denn der Lärm auf dem Domhof zu bedeuten?«

Er näherte sich dem Fenster. »Ach, mein Gott, schöne Cousine, was für Menschen auf dem Platz!«

»Ich weiß nicht recht, aber ich glaube, eine Hexe, die heute gehenkt wird, soll vor der Kirche Buße tun«, sagte Fleur-de-Lys.

Der Hauptmann war fest davon überzeugt, daß die Angelegenheit der Esmeralda längst erledigt sei, und die Worte von Fleur-de-Lys machten darum wenig Eindruck auf ihn. Er richtete aber doch ein paar Fragen an sie.

»Wie heißt die Hexe?«

»Ich weiß nicht«, antwortete sie.

»Was hat sie getan?«

Sie zuckte noch einmal mit den weißen Schultern und sagte: »Ich weiß nicht.«

»Ach, Herr Jesus«, erklärte die Mutter, »es gibt so viele Hexen, daß man sie wohl verbrennen wird, ohne ihren Namen zu kennen. Man könnte ebensogut bei jeder Wolke am Himmel fragen, wie sie heißt. Wir wollen aber ganz ruhig sein. Der liebe Gott führt sein Register.« Bei diesen Worten erhob sich die würdige Dame und kam ans Fenster. »Mein Gott, Ihr habt recht, Phœbus«, sagte sie. »Das ist eine große Volksmenge. Sogar auf den Dächern stehen die Leute. Wißt Ihr, Phœbus, da muß ich an meine guten Zeiten denken. Beim Einzug König Karls des Siebenten lief das Volk auch so zu Haufen. – In welchem Jahr war es doch? – Wenn ich Euch von solchen Zeiten erzähle, dann meint Ihr, ich spreche von etwas Altem, nicht wahr? Mir aber erscheint es als etwas Neues. – Ach, das Volk damals, das war doch viel schöner als heute! Die Leute saßen bis oben auf den Pechnasen der Porte Saint-Antoine. Der König hatte die Königin im Sattel, und hinter den Hoheiten ritten alle adligen Herren, jeder mit seiner Dame im Sattel. Ich erinnere mich, daß man viel lachte, denn neben Amanyon de Garlande, einem äußerst schmächtigen Herrn, ritt der Edelmann Matefelon, ein Ritter von riesiger Gestalt, der haufenweise Engländer getötet hatte. Es war sehr schön; alle Edelleute Frankreichs in langem Zug; die einen hatten Fahnen, die anderen hatten Banner; ihre Oriflammen leuchteten rot in der Luft. Da war der Herr von Calan mit einem Banner, Jean de Chautemorant mit einer Fahne. Das Banner des Herrn von Coucy aber war prächtiger als alle anderen, ausgenommen das des Herzogs von Bourbon … Ach, wie traurig, das alles ist einmal gewesen, und jetzt ist nichts mehr davon übrig!«

Die Worte der ehrwürdigen Witwe rauschten ungehört an dem jungen Paar vorüber. Phœbus stand wieder hinter seiner Braut und beugte sich über ihre Stuhllehne. Es war ein reizender Posten, denn sein lüsterner Blick konnte überall eindringen, wo das Busentuch von Fleur-de-Lys nicht fest anschloß.

Dieses Busentuch bauschte sich so verlockend, ließ ihn so auserlesene Dinge sehen und so Köstliches ahnen, daß Phœbus vom Seidenglanz der Haut ganz geblendet war. ›Ist es möglich, etwas anderes als eine Blondine zu lieben?‹ fragte er sich selbst. Sie schwiegen beide; das junge Mädchen sah ihn von Zeit zu Zeit mit sanftem, glückstrahlendem Blick an. Ihre Haare mischten sich im Strahl der Frühlingssonne mit den seinen.

»Phœbus«, sagte Fleur-de-Lys plötzlich mit leiser Stimme, »in drei Monaten sollen wir uns heiraten. Schwört mir, daß Ihr nie eine andere Frau geliebt habt als mich!«

»Das schwöre ich Euch, schöner Engel!« antwortete Phœbus, und sein leidenschaftlicher Blick machte es Fleur-de-Lys leicht, dem aufrichtigen Ausdruck seiner Worte zu glauben. Vielleicht glaubte er in diesem Augenblick selbst daran.

Die gute Mutter war entzückt, die Brautleute so einig zu sehen, und verließ das Zimmer, um ein paar häusliche Geschäfte zu erledigen. Phoebus bemerkte es, und das Alleinsein machte den unternehmenden Hauptmann so kühn, daß ihm absonderliche Gedanken aufstiegen. Fleur-de-Lys liebte ihn; er war ihr Verlobter. Sie war allein mit ihm, seine alte Neigung zu ihr war wieder erwacht, nicht in ihrer ganzen Frische, aber in ihrer ganzen Glut. Schließlich ist es ja auch kein großes Verbrechen, wenn man von seinem Korn nascht, solange es noch im Halme steht. Ich weiß nicht, ob diese Gedanken ihm bewußt durch den Kopf gingen; jedenfalls erschrak Fleur-de-Lys plötzlich vor dem Ausdruck seiner Augen. Sie sah sich um und wurde gewahr, daß ihre Mutter das Zimmer verlassen hatte.

»Mein Gott«, sagte sie rot und ängstlich, »mir ist so heiß!«

»Ich glaube, es ist bald Mittag«, entgegnete Phœbus; »die Sonne ist wirklich recht lästig; wir wollen die Vorhänge schließen.«

»Nein, nein«, rief die arme Kleine, »ganz im Gegenteil, ich will Luft haben.«

Sie erhob sich und lief wie eine Hirschkuh, die die Meute wittert, auf die Balkontür zu, öffnete sie und stürzte hinaus. Phœbus folgte ihr recht widerwillig.

Der Domhofplatz, auf den, wie wir wissen, der Balkon hinausging, bot in diesem Augenblick ein so seltsames düsteres Bild, daß sich der Schrecken der eingeschüchterten Fleur-de-Lys plötzlich veränderte.

Eine ungeheure Volksmenge, die alle benachbarten Straßen überflutete, bedeckte den Platz. Die kleine Mauer, die in Armeshöhe den eigentlichen Vorhof umgab, hätte nicht genügt, ihn frei zu halten, wenn nicht eine dichte Reihe von Wachleuten mit Hellebarden und Feuerwaffen sie gedeckt hätte. Dank dieser waffenstarrenden Umzäunung blieb der Vorhof leer. Sein Eingang wurde von einer Schar Lanzenknechte bewacht, die das Wappen des Bischofs trugen. Die großen Türen der Kirche waren geschlossen und bildeten das Gegenstück zu den unzähligen Fenstern der benachbarten Häuser, die bis unter die Giebel hinauf weit geöffnet waren. Tausende von Menschenköpfen schauten heraus und türmten sich in den Fensteröffnungen wie Kugelpyramiden in einem Geschützpark.

Die Oberfläche des Menschenmeeres war grau und schmutzig. Das bevorstehende Schauspiel war offenbar von einer Art, wie sie den untersten Schlamm des Volkes zusammenlockt. Ein scheußlicher dumpfer Lärm löste sich aus dem Gewimmel gelber Kopfhauben und dreckiger Haare. Es waren mehr Frauen als Männer in der Menge, und man hörte mehr Gelächter als Geschrei.

Von Zeit zu Zeit übertönte die eine oder die andere scharfe, schrille Stimme den allgemeinen Lärm: »He, Mahiet Baliffre! Wird sie hier gehenkt?«

»Dummkopf! Hier muß sie im Hemd Buße tun! Der liebe Gott spuckt ihr ein bißchen Latein ins Gesicht! Das wird hier immer so gemacht, immer um die Mittagsstunde. Wenn du sie baumeln sehen willst, dann mußt du zur Place de Grève gehen.«

»Da gehe ich nachher hin.« – –

»Sagt mal, lieber Boucanbry, ist es denn wirklich wahr, daß sie den Beichtiger zurückgewiesen hat?«

»Es scheint so, liebe Bechaigne.«

»Na, da hört doch alles auf, so eine Heidin!« – –

»Monsieur, so will es der Brauch. Der Palastvogt hat den gerichteten Verbrecher zur Hinrichtung zu führen; ein Nichtgläubiger wird dem Vogt von Paris übergeben, ein Gläubiger dagegen dem Offizial des Bischofs.«

»Ich bedanke mich, Monsieur.«

»Ach, mein Gott«, sagte Fleur-de-Lys, »das arme Geschöpf!«

Sie ließ in diesem Gedanken einen schmerzlichen Blick über das Volk hinstreifen. Dem Hauptmann aber war der Pöbel da unten ganz gleichgültig; er war nur mit Fleur-de-Lys beschäftigt und zupfte verliebt hinten an ihrem Gürtel. Sie wandte sich lächelnd und mit flehendem Blick nach ihm um.

»Bitte, laßt mich, Phœbus! Meine Mutter könnte wieder hereinkommen und Eure Hand sehen!«

Da tönten von der großen Uhr des Domes her langsam die zwölf Schläge der Mittagsstunde. Die Menge brach in ein beifälliges Gemurmel aus. Der letzte Schlag war kaum verhallt, als die Menschenflut plötzlich wie unter einem Windstoß zu wogen anfing. Auf dem Platz, aus den Fenstern, von den Dächern schrie es: »Da ist sie!«

Fleur-de-Lys drückte die Hände vor die Augen, um nichts zu sehen.

»Schönes Liebchen«, sagte Phœbus, »wollen wir nicht wieder hineingehen?«

»Nein«, antwortete sie und öffnete aus Neugierde ihre Augen wieder, die sie aus Angst geschlossen hatte.

Ein Karren, den ein starker normannischer Gaul zog, war aus der Rue Saint-Pierre aux Bœufs auf den Platz gebogen. Berittene in veilchenfarbenen Röcken mit weißen Kreuzen umgaben ihn; Wachleute bahnten ihm mit Stockschlägen einen Weg durch die Menge. Neben dem Karren ritten ein paar Justiz- und Polizeibeamte, kenntlich an ihren schwarzen Röcken und an ihrer ungeschickten Art, im Sattel zu sitzen. Meister Jacques Charmolue prangte an ihrer Spitze.

In dem armseligen Gefährt saß ein junges Mädchen; ihre Arme waren auf dem Rücken gebunden; kein Priester war ihr zur Seite. Sie war nur mit einem Hemd bekleidet; ihre langen schwarzen Haare fielen lose über ihren Hals und ihre halbnackten Schultern; denn es war damals Sitte, die Haare erst am Fuß des Galgens abzuschneiden.

Zwischen den schwarzen Haarwellen hindurch, die glänzender waren als Rabengefieder, sah man einen dicken, großen, grauen Strick, der sich um den reizenden Hals des armen Mädchens wie ein Wurm um eine Blume wand und ihre zarte Haut wund rieb. Unter dem Strick hervor leuchtete ein kleines Amulett, das mit grünen Steinen verziert war. Man hatte es ihr wohl gelassen, weil man denen, die sterben sollen, keine Bitte mehr abschlägt. Die Zuschauer in den Fenstern sahen im Karren ihre nackten Beine, die sie an sich zog, um sie, getrieben durch ein letztes weibliches Schamgefühl, zu verbergen. An ihre Füße drückte sich eine kleine gefesselte Ziege. Die Verurteilte hielt mit den Zähnen das Hemd fest, das ihr von den Schultern gleiten wollte. Sie schien in ihrem Elend doch noch darunter zu leiden, daß sie halb nackt den Blicken der Menge preisgegeben war. Wehe! Nicht für ein solches Zittern ist die Schamhaftigkeit geschaffen.

»Jesus«, sagte Fleur-de-Lys erregt zu dem Hauptmann, »seht doch, schöner Cousin, es ist die garstige Zigeunerin mit der Ziege!«

Dabei wandte sie sich nach ihm um. Er starrte auf den Karren und war sehr bleich.

»Was für eine Zigeunerin? Was für eine Ziege?« stammelte er.

»Wie«, entgegnete Fleur-de-Lys, »erinnert Ihr Euch nicht ...?«

Phœbus unterbrach sie. »Ich weiß nicht, was Ihr meint.«

Er machte einen Schritt auf die Tür zu. Aber die Eifersucht, die Fleur-de-Lys einst gegen die Zigeunerin so stark empfunden hatte, war wieder erwacht, und sie warf ihm einen durchdringenden, mißtrauischen Blick zu. Sie erinnerte sich düster, daß in Verbindung mit dem Hexenprozeß von einem Hauptmann die Rede gewesen war.

»Was habt Ihr?« fragte sie. »Die Frau da unten scheint Euch aus der Fassung zu bringen.«

Phœbus zwang sich zu einem höhnischen Lachen.

»Mich? Gott bewahre! Nicht im mindesten!«

»So bleibt«, entgegnete sie gebieterisch, »und laßt uns alles bis zu Ende sehen!«

Dem unglücklichen Hauptmann blieb nichts anderes übrig, als sich dem Wunsch seiner Braut zu fügen. Es beruhigte ihn ein wenig, daß die Verurteilte ihren Blick unentwegt auf den Boden ihres Karrens heftete. Kein Zweifel war möglich – es war die Esmeralda. Auch auf dieser letzten Stufe der Schande und des Unglücks war sie noch schön. Ihre großen schwarzen Augen schienen in dem abgemagerten Gesicht noch größer, und ihr bleiches Profil war rein und erhaben. Sie glich ihrem früheren Selbst, wie eine Madonna des Masaccio einer Madonna des Raffael gleicht; sie war zarter, schmaler und magerer geworden.

Verzweiflung und Betäubung hatten sie so vollständig gebrochen, daß sie sich willenlos schaukeln und stoßen ließ. Sie hielt nur noch an einem, an ihrer Schamhaftigkeit, fest. Ihr Körper flog bei den Stößen des Karrens wie ein lebloses, zerbrochenes Ding hin und her. Ihr Blick war irr und düster. Eine Träne hing unbeweglich und wie zu Eis erstarrt an ihren Wangen.

Die Menge machte dem schauerlichen Zug unter Freudengeschrei und Hälserecken Platz. Als treuer Chronist aber dürfen wir nicht verschweigen, daß viele, selbst unter den Härtesten, von Mitleid ergriffen wurden, da sie sahen, wie schön und wie unglücklich das Mädchen war. Der Karren fuhr in den Domhof ein.

Vor dem großen Hauptportal hielt er an. Das Geleite stellte sich zu beiden Seiten in Schlachtordnung auf. In der Menge wurde es still, und inmitten des feierlichen, ängstlichen Schweigens drehten sich die beiden großen Flügel des Portals wie aus eigener Kraft in ihren Angeln; sie gaben einen ächzenden, pfeifenden Ton von sich. Das lange, dunkle Schiff der Kirche lag nun vor aller Augen; es war schwarz verhangen; in seiner Tiefe flimmerten auf dem Hochaltar ein paar einsame Kerzen. Ein dunkler Rachen hatte sich inmitten des blendenden, sonnigen Platzes aufgetan. Ganz im Hintergrund, im Schatten der Apsis, konnte man ein mächtiges silbernes Kruzifix erkennen: Es stand vor einem schwarzen Vorhang, der von der Wölbung bis auf den Estrich niederfiel. Das ganze Schiff war menschenleer; nur in den fernen Stühlen des Chors bewegten sich undeutlich ein paar Priestergestalten, und in dem Augenblick, da das große Tor sich öffnete, erscholl aus der Kirche ein lauter, ernster, eintöniger Gesang; Bruchstücke von Trauerpsalmen ergossen sich wellengleich über das Haupt der Verurteilten.

»... Non timebo milia populi circumdantis me: exsurge, Domine; salvum me fac, Deus!«

»... Salvum me fac, Deus, quoniam intraverunt aquae usque ad animam meam.«

»... Infixus sum in limo profundi; et non est substantia.«[1]

Von den Stufen des Hochaltars herab erklang zu gleicher Zeit, von einer Einzelstimme gesungen, das melancholische Opfergebet: »Qui verbum meum audit et credit ei, qui misit me, habet vitam aeternam et in judicium non venit, sed transit a morte in vitam.«[2]

[1] lat., ... Nicht will ich fürchten die Tausende des mich umringenden Volkes; erhebe mich, Herr, errette mich, Gott! ... Errette mich, Gott, da schon die Wogen bis an meine Seele dringen. ... Gebannt bin ich in den tiefsten Schlamm, wo kein Wesen mehr existieret.

[2] lat., Wer meine Stimme hört und glaubt dem, der mich gesandt hat, der hat das ewige Leben und kommt nicht ins Gericht, sondern er geht aus dem Tod ins Leben über.

Es war die Totenmesse, die fern im Dunkel von greisen Stimmen gesungen wurde, und sie galt dem schönen, jungen, lebensvollen Geschöpf, das laue Frühlingslüfte umspielten und Sonnenstrahlen umschmeichelten.

Das Volk hörte andächtig zu.

Gedanken und Blicke des unglücklichen, verstörten Mädchens schienen sich im Dunkel der Kirche zu verlieren. Ihre weißen Lippen bewegten sich, als ob sie betete; und als der Henkersknecht an sie herantrat, um ihr von dem Karren herunter zu helfen, da hörte er, wie sie leise immer wieder das Wort »Phœbus« murmelte.

Man löste die Fesseln von ihren Händen; man band die Ziege los, die vor Freude meckerte, als sie sich frei fühlte; man hieß das Mädchen mit ihren nackten Füßen über das harte Pflaster bis an die Treppenstufen des Portals gehen. Der Strick, den sie um den Hals trug, schleifte hinter ihr her. Es war, als kröche ihr eine Schlange nach.

Der Gesang in der Kirche verstummte. Ein großes goldenes Kreuz und eine lange Reihe brennender Kerzen tauchten aus der Dunkelheit auf. Man hörte die Hellebarden der buntschekkigen Schweizer klirren, und ein langer Zug von Priestern im Meßgewand und von Diakonen in Dalmatika kam feierlich psalmodierend auf die Verurteilte zugeschritten. Ihr Blick aber blieb an der ersten Gestalt hängen, die gleich hinter dem Kreuzträger ging.

»Ach«, murmelte sie schaudernd, »da ist er wieder, der Priester!«

Es war wirklich der Erzdechant. Zu seiner Linken ging der zweite Kantor, zu seiner Rechten der Kantor mit seinem Stab. Er trug den Kopf zurückgeworfen; seine Augen waren starr und weit aufgerissen, und er sang mit starker Stimme: »De ventre inferni clamavi, et exaudisti vocem meam, et proiecisti me in profundum in corde maris, et flumen circumdedit me.«[1]

[1] lat., Aus dem Abgrund der Hölle rief ich, und du hörtest meine Stimme, und du warfst mich in die Tiefe des Meeres, und seine Flut umgab mich.

Als er unter das hohe Spitzbogenportal trat und das helle Tageslicht auf ihn fiel, da sah man, daß er leichenblaß war. Mehr als einer im Volk hielt die Gestalt im weiten silbernen Chorrock mit dem schwarzen Kreuz für einen der marmornen Bischöfe, die im Dom auf den Grabsteinen knieten; für eine wandelnde Steinfigur, die die zum Tode Schreitende an der Schwelle des Grabes empfing.

Sie war ebenso starr und bleich wie er. Sie hatte es kaum bemerkt, daß man ihr eine schwere brennende Kerze aus gelbem Wachs in die Hand gab; sie hatte die kreischende Stimme des Schreibers nicht gehört, der die verhängnisvollen Formeln des Bußganges verlas. Man hatte sie geheißen, amen zu sagen, und sie hatte amen gesagt. Erst als sie sah, daß der Priester, der seinen Begleitern bedeutet hatte, zurückzutreten, allein auf sie zuschritt, da belebte sich ihre Gestalt ein wenig.

Das Blut stieg ihr zu Kopfe. Eine letzte Regung des Unwillens rührte sich in ihrer halberstarrten, abgestumpften Seele.

Der Erzdechant kam langsam auf sie zu. Sie fühlte, daß sein Blick selbst in dieser ihrer äußersten Not nicht lassen konnte, voll Wollust, Eifersucht und Verlangen auf ihrer Blöße zu ruhen. »Mädchen«, sagte er mit lauter Stimme, »habt Ihr Gott für Eure Sünden um Vergebung angefleht?« Dann neigte er sich zu ihr nieder, so daß die Zuschauer meinten, er nähme ihre letzte Beichte entgegen. Er aber flüsterte ihr ins Ohr: »Willst du mich jetzt? Noch kann ich dich retten!«

Sie sah ihm fest ins Gesicht und antwortete: »Fort von mir, Teufel, oder ich zeige dich an!«

Ein entsetzliches Lächeln zuckte über sein Gesicht. »Man wird dir nicht glauben. – Du wirst nur ein öffentliches Ärgernis auf dein Verbrechen häufen. Antworte schnell! Willst du mich?«

»Was ist aus Phœbus geworden?«

»Er ist tot«, sagte der Priester.

Bei diesen Worten hob der Unglückselige zufällig den Kopf, und sein Blick fiel auf die gegenüberliegenden Häuser. Da sah er auf dem Balkon des Hauses Gondelaurier den Hauptmann neben Fleur-de-Lys stehen. Er wankte, strich sich mit der Hand über die Augen und blickte noch einmal hinüber; seine Züge verzerrten sich, und er murmelte einen Fluch.

»So stirb!« knirschte er zwischen den Zähnen. »Niemand soll dich besitzen!«

Er streckte die Hand über die Zigeunerin aus und rief mit dumpfer Stimme: »I nunc, anima anceps, et sit tibi Deus misericors!«[1]

Es war die unheilvolle Formel, die solche Feierlichkeiten zu beschließen pflegte. Es war das verabredete Zeichen, das der Priester dem Henker gab.

Das Volk fiel auf die Knie nieder.

»Kyrie eleison!«[2] sagten die Priester, die unter dem Portal zurückgeblieben waren.

»Kyrie eleison!« tönte es aus dem Volk zurück. Wie das Geplätscher der Wogen über die Meeresfläche, so lief das Gemurmel über die Köpfe der Menge weg.

»Amen«, sagte der Erzdechant.

Er wandte der Verurteilten den Rücken; sein Kopf sank ihm auf die Brust; er faltete die Hände und schritt zu seinem priesterlichen Gefolge zurück. Dann sah man ihn im Dunkel der Arkaden des Domes verschwinden, und mit ihm das Kruzifix, die Kerzen und den Priesterzug. Bei den verzweifelten Worten: »Omnes gurgites tui et fluctus tui super me transierunt!«[3] verklang seine schallende Stimme allmählich im Chorgesang.

Auch das regelmäßige Aufschlagen der Hellebarden, mit denen die Schweizer bewaffnet waren, verhallte nach und nach unter den Gewölben des Kirchenschiffes und wirkte wie

[1] lat., Geh jetzt, du verlorene Seele, und Gott sei dir gnädig!

[2] griech., Herr, erbarme dich!

[3] lat., Alle deine Strudel und Fluten sind über mich zusammengeschlagen.

das Schlagen einer Uhr, die der Verurteilten die letzte Stunde kündete.

Die Türen von Notre-Dame aber blieben weit geöffnet, und man sah die Kirche leer, verlassen und düster. Die Kerzen waren erloschen; die Stimmen waren verklungen.

Die Verurteilte blieb regungslos stehen und harrte dessen, was man über sie verhängen werde. Ein Wachmann mußte Meister Charmolue darauf aufmerksam machen; er hatte während des ganzen Vorgangs das Relief am großen Portal studiert, das die einen als Abrahams Opfer, die anderen als die Bereitung des Steines der Weisen deuteten. Der Engel, sagte man, sei die Sonne, das Reisigbündel das Feuer und Abraham der Schwarzkünstler.

Es kostete einige Mühe, den in Betrachtung Versunkenen in die Wirklichkeit zurückzurufen; aber endlich wandte er sich um und gab zwei gelbgekleideten Männern, den Henkersknechten, ein Zeichen. Sie näherten sich der Zigeunerin, um ihre Hände von neuem zu fesseln.

In dem Augenblick, da sie den schrecklichen Karren wieder besteigen sollte, um ihre letzte Fahrt zu machen, wurde die Unglückliche, wie es schien, von einem herzzerreißenden Verlangen nach dem Leben ergriffen. Sie hob ihre trockenen, geröteten Augen zum Himmel und zur Sonne auf, sah in die silbergrauen Wolken, zwischen denen sich hier und dort das Blau in Dreiecken und Trapezen zeigte, senkte die Augen wieder und ließ den Blick im Kreise schweifen, über Erde, Menschen und Häuser hin. Plötzlich, als der gelbe Mann ihr gerade die Ellbogen zusammenschnürte, stieß sie einen furchtbaren Schrei aus, einen Freudenschrei. Dort drüben auf dem Balkon an der Ecke des Platzes erblickte sie ihn, ihren Freund, ihren Herrn, Phœbus, ihres Lebens Seligkeit! Der Richter hatte gelogen! Der Priester hatte gelogen! Er war es, kein Zweifel, er war es, voller Leben und Schönheit, in seiner strahlenden Uniform, die Feder am Hut, den Degen an der Seite!

»Phœbus«, schrie sie, »mein Phœbus!«

Sie wollte ihm ihre Arme zitternd vor Liebe und Wonne entgegenstrecken, aber sie waren gefesselt.

Da sah sie, wie der Hauptmann die Stirn runzelte, wie ein schönes, junges Mädchen, das an seinen Arm gelehnt stand, ihn mit verächtlichem Zucken der Mundwinkel und zürnenden Augen anblickte, wie Phoebus ein paar Worte sprach, die nicht bis zu ihr herüberdrangen, und wie die beiden plötzlich durch die Glastür des Balkons, die sich hinter ihnen schloß, verschwanden.

»Phoebus!« rief sie außer sich. »Wäre es möglich, daß du mich schuldig glaubst?«

Ein ungeheuerlicher Gedanke war in ihr aufgestiegen. Sie erinnerte sich, daß sie wegen Mordes an der Person des Phoebus de Châteaupers verurteilt war.

Sie hatte alles geduldig ertragen. Aber dieser letzte Schlag war zu hart. Sie fiel bewußtlos aufs Pflaster nieder.

»Vorwärts«, sagte Charmolue, »trag sie in den Karren und macht ein Ende!«

Niemand hatte bemerkt, daß in dem Säulengang mit den Königsstatuen, gerade über dem Spitzbogenportal, ein seltsamer Zuschauer stand, der bis zu diesem Augenblick alle Vorgänge mit solcher Unbeweglichkeit, so gerecktem Hals und so mißförmigem Gesicht beobachtet hatte, daß man ihn, wäre nicht sein halb roter, halb veilchenblauer Anzug gewesen, für eines der steinernen Ungeheuer hätte halten können, die seit sechshundert Jahren aus ihren scheußlichen Mäulern das in den langen Dachtraufen des Doms niederrinnende Regenwasser ausspeien. Diesem Zuschauer war nichts von dem entgangen, was sich seit der Mittagsstunde vor dem Portal von Notre-Dame ereignet hatte. Schon ganz am Anfang hatte er unbemerkt ein starkes Seil an einer der zierlichen Säulen befestigt und sorgsam verknotet. Das Ende des Seils schleppte unten auf den Steinplatten. Dann hatte er ruhig den Vorgängen zugeschaut, und von Zeit zu Zeit, wenn eine Amsel an ihm vorüberflog, einen Pfiff ausgestoßen. Als aber die Henkersknechte Anstalt machten, dem gelassenen Befehl des Charmolue nachzukommen, da schwang er sich plötzlich über die Balustrade des Säulengangs, packte das Seil mit Füßen, Knien und Händen und glitt an der Domwand hinunter wie ein Regentropfen an einer Fensterscheibe. Dann sah man ihn mit der Geschwindigkeit einer Katze, die vom Dach herunterspringt, auf die beiden Henkersknechte zustürzen, sie mit gewaltigen Fäusten zu Boden schlagen und die Zigeunerin mit einer Hand ergreifen, wie ein Kind seine Puppe packt. Mit einem Satz war er auf der Schwelle der Kirche, hob das junge Mädchen hoch über seinen Kopf und schrie mit furchtbarer Stimme: »Freistatt!«

Das alles ging mit solcher Geschwindigkeit vor sich, daß man es bei Nacht beim Schein eines einzigen Blitzes hätte sehen können.

»Freistatt! Freistatt!« wiederholte die Menge, und Quasimodos Auge funkelte vor Stolz und Freude, als er sah, wie sich tausend Hände zum Beifallsklatschen rührten.

Diese Erschütterung weckte die Verurteilte aus ihrer Betäubung. Sie öffnete die Augen, sah Quasimodo an und ließ die Lider rasch wieder sinken, als habe sie der Anblick ihres Retters erschreckt.

Charmolue, die Henkersknechte und das Geleite standen ratlos, denn Quasimodo hatte recht; im Bereich von Notre-Dame war die Verurteilte unantastbar. Der Dom war eine Freistatt, und vor seiner Schwelle mußte alle irdische Gerechtigkeit haltmachen.

Quasimodo war unter dem großen Portal stehengeblieben. Seine plumpe Gestalt hatte festen Fuß auf dem Boden der Kirche gefaßt, als sei sie einer der schweren romanischen Pfeiler. Sein dicker, haariger Kopf saß gleich einem mähnenumstarrten Löwenhaupt zwischen den hohen Schultern. Er hielt das zitternde junge Mädchen wie ein weißes Gewand in den schwieligen Händen; aber er hielt es vorsichtig, als fürchte er es zu zerdrücken oder zu zerbrechen. Er mochte wohl fühlen, daß er etwas Zartes, Erlesenes und Kostbares trug, etwas, was für seine Hände nicht geschaffen war. Manchmal schien es, als wage er die feine Gestalt kaum mit seinem Hauch zu berühren; plötzlich aber drückte er sie mit mütterlicher Zärtlichkeit wie sein höchstes Gut, seinen teuersten Schatz an die mißgestaltete Brust. Mitleidig, schmerzlich und zärtlich ruhte sein Gnomenauge auf ihr; als er es wieder aufschlug, leuchtete es. Da lachten und weinten die Frauen. Das Volk trampelte vor wilder Begeisterung; denn in diesem Augenblick hatte Quasimodo, der Findling, der Verwaiste, der Ausgestoßene, seine eigene Schönheit. Er fühlte sich stark und überlegen; er sah der menschlichen Gesellschaft, die ihn verworfen hatte, stolz ins Auge; er griff machtvoll in ihre Rechte ein und entriß der irdischen Gerechtigkeit, den Häschern, Richtern und Henkern, diesen zähnefletschenden Tigern, ihre Beute; er, der Niedrigsten einer, hatte kraft göttlichen Rechts das Recht des Königs gebrochen.

Es hatte auch die Herzen gerührt, daß ein so mißförmiges Geschöpf ein so unglückliches Geschöpf beschützte, daß eine zum Tode Verdammte von Quasimodo gerettet wurde. Zwei Elende, deren eines von der Gesellschaft, deren anderes von der Natur gezeichnet war, berührten sich und halfen sich.

Quasimodo aber weidete sich nur kurz an seinem Triumph; plötzlich wandte er sich und verschwand mit seiner Bürde im Innern der Kirche. Die Augen der Menge suchten ihn in dem düsteren Kirchenschiff; denn das Volk liebt die Heldentaten und war betrübt, daß der Gefeierte sich so schnell seinem Beifallsjubel entzogen hatte. Da sah man ihn oben am einen Ende des Säulenganges wieder auftauchen. Er rannte wie ein Besessener an den Königsstatuen entlang, hielt seine Beute hoch und schrie: »Freistatt!« Das Volk klatschte ihm von neuem laut zu. Am anderen Ende des Ganges verschwand er wieder. Einen Augenblick später erschien er auf der oberen Plattform, hielt noch immer die Zigeunerin im Arm und schrie in tollem

Lauf: »Freistatt!« Wieder klatschte und jubelte das Volk. Da erschien er zum drittenmal auf dem Gipfel des Turmes, in dem die große Sturmglocke hängt. Stolz hob er die Gerettete in die Höhe und schien sie der ganzen Stadt zu zeigen. Er rief mit der donnernden Stimme, die er so selten hören ließ und die er selbst niemals hörte, dreimal wie rasend in die Wolken hinauf: »Freistatt! Freistatt! Freistatt!«

»Heil! Heil!« schrie das Volk zurück, und der tosende Lärm drang über den Fluß bis zur Place de Grève und versetzte die dort wartende Menge und die Einsiedlerin, die noch immer nach dem Galgen starrte, in dumpfes Staunen.

Neuntes Buch

I
Fieber

Claude Frollo war nicht mehr im Dom, als sein Adoptivsohn so jäh den verhängnisvollen Knoten durchschnitt, in dem der unglückliche Erzdechant die Zigeunerin, aber auch sich selbst gefangen hatte. Er war in die Sakristei geeilt, hatte sich Chormantel, Stola und Chorhemd vom Leibe gerissen, hatte sie dem verdutzten Kirchendiener hingeworfen, war durch die versteckte Klosterpforte ins Freie geeilt, hatte einem Bootsmann des Klosters befohlen, ihn nach dem linken Ufer der Seine zu rudern, und hatte sich in die steilen Straßen der Universitätsstadt gestürzt. Dort irrte er ziellos umher, stieß alle paar Schritte auf kleine Volkshaufen, die fröhlich zum Pont Saint-Michel eilten und sich mit der Hoffnung trugen, noch rechtzeitig zur Hinrichtung der Hexe auf die Place de Grève zu kommen. Er war bleich und verstört, angstvoller, blinder und scheuer als ein Nachtvogel, der bei hellem Tageslicht von einer Kinderschar verfolgt wird. Er wußte nicht mehr, wo er war, was er dachte, was er träumte. Er ging, lief, er bog wahllos um die Straßenecken, ständig weitergetrieben von der Grève, der fürchterlichen Place de Grève, die er dumpf hinter sich verspürte.

So lief er am Hügel Sainte-Geneviève entlang und verließ schließlich durch die Porte Saint-Victor die Stadt. Er lief und lief, bis ein Hügel die Mauern und Türme der Universitätsstadt, die verstreuten Vorstadthäuser, das ganze verhaßte Paris seinen sich rückwärts wendenden Blicken entzog. Als er sich hundert Meilen weit davon entfernt glauben konnte, als er sich in einsamen Feldern und Wiesen fühlte, da hielt er im Laufen inne, und es schien, als könne er freier atmen.

Da stürzten sich fürchterliche Gedanken über ihn her. Alles stand klar vor seiner Seele, und er schauderte. Er dachte an das unglückliche Mädchen, das er zugrunde gerichtet hatte und das ihm zum Verderben geworden war. Verstört durchmaß er im Geiste die verschlungenen Wege, die das Verhängnis sie beide geführt hatte. Er verfolgte sie bis zu dem Punkt, wo sie sich kreuzten und wo er und sie unerbittlich aneinander zerbrachen. Er bedachte die Narrheit der ewigen Gelübde; er bedachte, daß alles eitel sei, Keuschheit, Wissenschaft, Religion und Tugend, und er fragte sich, wozu es einen Gott gebe. Er stürzte sich mit Herzenslust in diese bösen, lästerlichen Gedanken, und je tiefer er sich hinein vergrub, um so deutlicher hörte er das Lachen des Satans in seiner Seele.

Wie er so mit sich selbst abrechnete, wurde es ihm offenbar, wie leidenschaftlich die Natur ihn geschaffen hatte. Da wurde sein Hohnlachen noch bitterer. Er grübelte über seinen Haß und seine Schlechtigkeit nach und erkannte mit dem kühlen Blick des Arztes, der einen Kranken untersucht, daß all dieser Haß und all diese Schlechtigkeit nichts als sündige Liebe waren. Die Liebe, die im Mann eine Quelle des Guten ist, mußte im Herzen eines Priesters zu Gift werden; ein Mann, der geschaffen war wie er, wurde zum Dämon, indem er sich zum Priester machte. Als ihm diese Erkenntnis kam, brach er in ein fürchterliches Gelächter aus. Dann wurde er plötzlich wieder bleich und still und dachte an die schrecklichste Seite seiner verhängnisvollen Leidenschaft, seiner fressenden, giftigen, gehässigen, unversöhnlichen Liebe; sie führte die eine an den Galgen, den anderen in die Hölle, sie zum Tode und ihn zur Verdammnis.

Dann dachte er daran, daß Phœbus lebte, und brach von

neuem in Gelächter aus. Er sah den Hauptmann gesund, heiter und zufrieden vor sich, sah ihn in neuem Waffenrock schöner denn je, wie er mit seinem neuen Liebchen ging, um die alte Liebe am Galgen baumeln zu sehen. Sein Hohngelächter wurde immer wilder, als er sich klarmachte, daß unter allen Wesen, denen er je den Tod gewünscht hatte, die Zigeunerin das einzige war, das er nicht haßte; und ihr allein hatte sein Wunsch den Tod gebracht.

Von dem Hauptmann wanderten seine Gedanken zu der Volksmenge, und eine unerhörte Eifersucht stieg in ihm auf. Das Volk, das ganze Volk hatte die Frau, die er liebte, im Hemd, beinahe nackt gesehen. Es wäre höchste Seligkeit für ihn gewesen, allein, im Halbdunkel die Reize dieser Frau zu schauen; aber im vollen Tageslicht, am hellen Mittag war sie, gekleidet wie für eine Nacht der Liebe, einem ganzen Volk ausgeliefert worden. Er rang die Hände bei diesem Gedanken; er weinte Tränen der Wut über die entweihten, beschmutzten, entblößten, für immer geschändeten Geheimnisse der Liebe, über die ekelhafte Menge, die sich an ihrem verrutschten Hemd geweidet hatte. Seine Lippen würden sich dem schönen Mädchen, der jungfräulichen Lilie, dem Bilde der Keuschheit und der Wonne nur zitternd genähert haben; sie aber war zu einer Art öffentlichem Eßnapf gemacht worden, aus dem sich der Abschaum von Paris, die Diebe, die Bettler, die Dienstleute, mit unverschämter, schmutziger, geiler Lust gelabt hatten.

Er stellte sich vor, welches Glück er auf Erden hätte genießen können, wenn sie nicht Zigeunerin und er nicht Priester gewesen wäre, wenn es keinen Phœbus gegeben und wenn sie ihn geliebt hätte; er stellte sich ein Leben der Heiterkeit und Liebe vor, das auch ihm hätte blühen können; er sah die glückseligen Paare vor sich, die auch zu dieser Stunde, in süßes Geplauder verloren, hier und dort auf der Erde wandelten, in Orangenhainen, an plätschernden Bächen, beim Sonnenuntergang, unterm Sternenhimmel. Hätte Gott es gewollt, so hätten auch er und sie ein so gesegnetes Paar werden können. Bei diesem Gedanken schmolz sein Herz in Zärtlichkeit und Verzweiflung.

›Ach sie! Nur sie!‹ Dieser Zwangsgedanke kam immer wieder zu ihm zurück, quälte ihn, marterte sein Gehirn und krampfte ihm die Eingeweide zusammen. Er bedauerte nichts; er bereute nichts. Alles, was er getan hatte, hätte er noch einmal getan. Es war ihm lieber, sie in den Händen des Henkers als in den Armen des Hauptmanns zu wissen; aber er litt, er litt so, daß er sich Bündel von Haaren ausriß, um zu sehen, ob sie nicht weiß geworden seien.

Einmal kam es ihm in den Sinn, jetzt möge der Augenblick gekommen sein, wo die abscheuliche Kette, die er am Morgen gesehen hatte, sich um den zarten, lieblichen Hals zusammenzog. Diese Vorstellung trieb ihm den Schweiß aus allen Poren.

Dann dachte er, dabei teuflisch über sich selbst lachend, an die Esmeralda, wie er sie zuerst gesehen hatte, lebhaft, sorglos, fröhlich, geputzt, im Wirbel des beflügelten, anmutigen Tanzes, und an die Esmeralda, wie er sie zuletzt gesehen hatte, im Hemd, den Strick um den Hals. Er sah sie langsam, mit nackten Füßen, die winklige Leiter des Galgens emporklimmen. Beide Bilder wurden so lebendig in seinem Geist, daß er einen fürchterlichen Schrei ausstieß.

Während dieser Sturm der Verzweiflung alles in seiner Seele niederwarf, zerbrach, zerriß, niederwälzte und entwurzelte, sah er um sich die Natur. Ein paar Hühner stöberten pickend im Gestrüpp, leuchtende Käfer liefen übers sonnige Gras, über seinem Haupt schwebten Lämmerwölkchen am blauen Himmel. Am Horizont überragte die Spitze der Abtei Saint-Victor wie ein Schieferobelisk die Wölbung der Anhöhe. Eine Windmühle drehte fleißig ihre Flügel, und der Müller schaute pfeifend ihrer Arbeit zu. All dieses ruhige, geordnete, tätige Leben, das sich in tausend Formen um ihn herum regte, tat ihm weh. Er wandte sich von neuem zur Flucht.

So raste er durch die Felder, bis der Abend graute. Den

ganzen Tag lang floh er vor sich selbst, vor der Natur, vor dem Leben, vor den Menschen, vor Gott, vor allem. Manchmal warf er sich mit dem Gesicht auf die Erde und riß mit den Fingernägeln die jungen Halme aus. Manchmal hielt er in einer einsamen Dorfstraße den Schritt an, nahm den Kopf zwischen beide Hände und versuchte, ihn vom Hals zu reißen, um ihn auf dem Pflaster zu zerschmettern, denn seine Gedanken waren unerträglich.

Gegen Sonnenuntergang prüfte er sich von neuem und fühlte, daß er dem Wahnsinn nahe war. Seit jenem schrecklichen Augenblick, wo ihm Hoffnung und Wille verging, die Zigeunerin zu retten, wütete in seiner Seele ein Sturm, der jeden gesunden Einfall, jeden aufrechten Gedanken hinwegfegte. Seine Vernunft war zu Boden geworfen, fast völlig zerstört. Er hatte nur noch zwei deutliche Vorstellungen in seinem Geist: die Esmeralda und den Galgen. Alles andere war Nacht. Die beiden Bilder nebeneinander waren ein furchtbares Ganzes, und je fester er den Überrest seiner Gedanken und seiner Aufmerksamkeit auf sie richtete, um so lieblicher, anmutiger, schöner und leuchtender wurde das eine, um so abschreckender das andere Bild; zuletzt schien ihm die Esmeralda ein Stern und der Galgen ein gewaltiger knöcherner Arm.

Bemerkenswert ist, daß all diese Qualen nicht vermocht hatten, ernstliche Todesgedanken in ihm zu wecken. Der Unglückselige war nun einmal so geschaffen. Er hing am Leben; vielleicht sah er wirklich im Jenseits die Hölle.

Der Tag ging immer mehr zur Neige. Da regte sich in ihm ein unbestimmtes Verlangen, heimzukehren. Er glaubte sich weit von Paris entfernt, bemerkte aber bald, daß er nur in der Richtung der Mauer an der Universitätsstadt entlanggegangen war. Zu seiner Rechten entdeckte er die Spitze von Saint-Sulpice und die drei hohen Türme von Saint-Germain-des-Prés. Er ging darauf zu, und als er hinter den zinnengekrönten Mauern von Saint-Germain das ›Wer da?‹ der Waffenknechte des Abtes hörte, schlug er einen Fußweg ein, der zwischen der

Mühle der Abtei und dem Leprakrankenhaus des Ortes verlief und ihn in wenigen Augenblicken zum Pré-aux-Clercs führte. Diese Wiese war berühmt wegen des Unfugs, der dort Tag und Nacht im Gange war; sie war die Hydra der armen Mönche von Saint-Germain: quod monachis Sancti-Germani pratensis hydra fuit, clericis nova semper dissidiorum capita susciantibus![1] Der Erzdechant fürchtete, daß er dort jemand begegnen könnte; er hatte Angst vor den Menschen; die Universitätsstadt und den Flecken Saint-Germain hatte er umgangen und wollte die Straßen auch weiter solange wie möglich vermeiden. So ging er am Rande des Pré-aux-Clercs entlang und kam auf einem einsamen Fußweg endlich ans Ufer des Flusses. Dort fand Dom Claude einen Fährmann, der ihn für ein paar Pariser Heller flußaufwärts bis an die Spitze der Cité ruderte und ihn an der öden Landzunge an Land setzte, an der Gringoire träumte und die königlichen Gärten verlängerte und die parallel zur Île du Passeur-aux-Vaches verlief.

Das einförmige Schaukeln des Bootes und das Rauschen des Wassers hatten den unglückseligen Claude etwas betäubt. Als der Fährmann wieder abgestoßen hatte, stand er verwirrt auf dem Ufersand. Alle Gegenstände schwankten vor seinen Augen, wuchsen und machten ihm den Eindruck eines wüsten Traumgebildes. Die Erschöpfung, die großen Schmerzen folgt, pflegt nicht selten eine solche Wirkung auszuüben.

Die Sonne war hinter der hohen Tour de Nesle untergegangen; es war die Stunde der Dämmerung. Der Himmel war weiß; das Wasser des Flusses war weiß. Er heftete seine Augen auf das linke Ufer der Seine, das sich als dunkle Masse zwischen die beiden hellen Flächen des Himmels und des Wassers schob. Durch die Verkürzung wurde es gegen den Horizont zu immer spitzer und verlor sich wie ein schwarzer Pfeil im Dunst der Ferne. Es war mit Häusern bestanden, von denen man durch den lebhaften Kontrast zum hellen Hinter-

[1] lat., Was für die Mönche von Saint-Germain-des-Prés eine Hydra war, da sich gegen sie immer neue Häupter des Gezänks erhoben.

grund des Himmels und des Wassers nur die finsteren Silhouetten sehen konnte. Hier und dort flammten Lichter in der Häusermasse auf, und die Fenster erglühten wie Funken in einem Kohlenhaufen. Der ungeheure schwarze Obelisk zwischen dem Weiß des Himmels und dem Weiß der dort sehr breiten Wasserfläche wirkte höchst seltsam auf Dom Claude: etwa wie der Turm des Straßburger Münsters auf einen Menschen wirken würde, der, auf dem Rücken liegend, die ungeheure Turmspitze über seinen Kopfe in die Dämmerung hinaufragen sähe. Der Unterschied bestand hier nur darin, daß Claude stand und der Obelisk lag. Da aber der Fluß als Spiegelbild des Himmels unter ihm den Abgrund fortsetzte, so schien sich die riesige Masse kühn wie ein Münsterturm ins Leere zu strecken. Der Eindruck war derselbe, hatte sogar etwas Befremdendes und Tieferes, denn es war wirklich der Glockenturm von Strasbourg, nur war der Turm zwei Meilen hoch, ein unerhörtes, gigantisches, unermeßliches Bauwerk, ein Bauwerk, wie es noch keines Menschen Auge geschaut hatte, ein Turm zu Babel. Die Schornsteine der Häuser, die Mauerzinnen, die stufenförmigen Giebel, die Spitze des Augustinerklosters, die Tour de Nesle, das ganze Relief, das das Profil des gewaltigen Obelisken schartig erscheinen ließ, erhöhten noch die Illusion und gaukelten dem Auge auf bizarre Weise die Zacken einer phantastischen buschigen Skulptur vor. Claude in seinem Fieberzustand glaubte allen Ernstes, den Höllenturm vor Augen zu haben. Die vielen Lichter, die an dem fürchterlichen Bauwerk glühten, schienen ihm Türen, aus denen die höllische Glut, die im Innern flammte, herausschlug; die Stimmen und Geräusche, die sich aus ihm lösten, schienen ihm Geschrei und Röcheln der Verdammten. Er wurde plötzlich von Angst gepackt, hielt sich die Ohren mit den Händen zu, um nichts mehr zu hören, wandte den Rükken, um nichts mehr zu sehen, und floh mit großen Schritten vor der entsetzlichen Vision.

Aber er trug die Vision im eigenen Innern.

Als er die Straßen durcheilte, schienen ihm die Vorübergehenden, die sich im Lichtschein der Kaufläden drängten, ein Gewühl kommender und gehender Gespenster. Es dröhnte ihm seltsam in den Ohren. Wahngebilde verwirrten ihm den Geist. Er sah weder Häuser noch Pflaster, noch Wagen, noch Männer, noch Frauen, sondern ein wüstes Chaos von Dingen, die eins ins andere verschmolzen. An der Ecke zur Rue de la Barillerie hingen am Schutzdach einer Spezerei die altüberlieferten Blechreifen mit einem Kranz von hölzernen Kerzen, die im Wind aneinanderstießen. Da meinte er, die Gebeine an dem Galgen des Montfaucon im Dunkeln klappern zu hören.

»Ach«, murmelte er, »sie schlagen im Nachtwind aneinander, und das Geklirr ihrer Ketten mischt sich mit dem Geklapper ihrer Knochen. Vielleicht ist sie auch dort oben unter den Gerippen.«

Er war so verstört, daß er nicht wußte, wohin er ging. Plötzlich sah er sich auf dem Pont Saint-Michel. Im Fenster eines Erdgeschosses brannte Licht. Er trat an das Fenster heran. Durch eine zersprungene Scheibe sah er in einen schmutzigen Raum, der eine unbestimmte Erinnerung in ihm weckte. Im Schein einer trüben Lampe sah er einen frischen, blonden, jungen Mann mit fröhlichem Gesicht, der unter lautem Gelächter ein frech herausgeputztes junges Mädchen küßte. Neben der Lampe saß eine alte Frau; sie spann und sang mit meckernder Stimme ein Lied. Da das Gelächter des jungen Mannes manchmal verstummte, konnte der Priester ein paar Brocken des Liedes auffangen. Es war ein unverständlicher, grausiger Singsang.

Johle, Grève, koche, Grève!
Spinne, Fädchen, spinne, Fädchen,
einen Strick dem Henker spinn,
der im Schuppen pfeift.
Johle, Grève, koche, Grève!

Ei, aus Hanf der schöne Strick!
Von Issy bis Vauvre
säet Hanf und sät kein Korn.
Der Dieb hat nicht gestohlen
den schönen Strick aus Hanf.

Grève, koche, Grève, johle!
Das Freudenmädchen hängen zu sehn
am triefenden Galgen,
werden die Fenster zu Augen.
Grève, koche, Grève, johle!

Der junge Mann lachte und koste das Mädchen. Die Alte war die Falourdel, das Mädchen war eine Dirne, und der Jüngling war Claudes Bruder Jehan.

Der Priester blieb vor dem Fenster stehen. Dieses Schauspiel war so gut wie irgendein anderes.

Er sah Jehan in den Hintergrund des Zimmers gehen, dort ein Fenster öffnen und einen Blick auf den Uferkai werfen, wo Hunderte von erleuchteten Fenstern strahlten. Dann sah er ihn das Fenster wieder schließen und hörte ihn sagen: »Bei meiner Seele! Jetzt ist es Nacht. Die Bürger stecken ihre Kerzen an und der liebe Gott seine Sterne.«

Jehan kam zu der Dirne zurück, nahm eine Flasche vom Tisch, zerbrach sie und rief: »Donnerwetter, schon leer! Und ich habe kein Geld mehr. Isabeau, mein Liebchen, ich sage dir, ich werde mit Jupiter nur zufrieden sein, wenn er deine beiden weißen Brüste in zwei dunkelrote Weinflaschen verwandelt, an denen ich Tag und Nacht Burgunder saugen kann.«

Das Freudenmädchen lachte laut über den köstlichen Scherz, und Jehan verließ das Zimmer.

Dom Claude hatte kaum Zeit, sich auf die Erde zu werfen; er wollte von seinem Bruder nicht getroffen, angesehen und erkannt werden. Glücklicherweise war die Straße dunkel und der Scholar betrunken. Er bemerkte aber den im Schmutz ausgestreckten Erzdechanten doch.

»Ha«, rief er, »da haben wir einen, der heute tüchtig gezecht hat!«

Dom Claude hielt den Atem an; der Scholar gab ihm einen Stoß mit dem Fuß.

»Sinnlos betrunken«, sagte Jehan, »er ist voll. Der reine Blutegel! Aber an einer Tonne hat er gesogen. Er ist kahlköpfig«, fügte er hinzu und bückte sich, »ein Greis! Fortunate senex!«[1]

Dann entfernte er sich, und Dom Claude hörte ihn sagen: »Wahrhaftig, die Vernunft ist eine schöne Sache, und mein Bruder, der Erzdechant, kann lachen. Er ist weise und hat Geld.«

Da stand der Erzdechant auf und rannte geradewegs auf Notre-Dame zu, dessen ungeheure Türme er über den Häusern in den dunklen Himmel ragen sah.

Als er atemlos auf dem Domhof ankam, schrak er zurück und wagte die Augen nicht zu dem unheilvollen Gebäude aufzuschlagen. »Ach«, murmelte er, »ist's möglich, daß heute morgen so Schreckliches an dieser Stätte geschah?«

Endlich kam ihm der Mut, zu der Kirche aufzuschauen. Die Fassade war dunkel; hinter ihr funkelte der bestirnte Himmel. Die Mondsichel, die sich soeben vom Horizont abgehoben hatte, stand jetzt über dem rechten Turm und schien wie ein leuchtender Vogel auf dem Rand der durchbrochenen Steinbrüstung zu hocken.

Die Klosterpforte war verschlossen. Aber der Erzdechant trug immer den Schlüssel zu dem Turm bei sich, in dem sich sein Laboratorium befand. Er bediente sich dieses Schlüssels und drang in die Kirche ein.

Drinnen war es dunkel und still wie in einer Höhle. Er sah an den großen Schattenflächen, daß die schwarzen Behänge vom Vormittag noch nicht entfernt waren. Das mächtige sil-

[1] lat., O glückseliger Greis! (Vergil, 1. Ekloge)

berne Kruzifix schimmerte und glitzerte durch die Finsternis wie eine Milchstraße in dieser Grabesnacht. Die langen Fenster des Chores ragten mit ihren Spitzbögen über die dunklen Behänge hinweg, und ihre monddurchleuchteten Scheiben hatten die unbestimmten Farben der Nacht angenommen. Eine Tönung von Violett, Weiß und ein Blau, wie man es sonst nur auf dem Antlitz der Toten sieht. Dem Erzdechanten erschienen die fahlen Spitzbögen um den Chor herum wie Bischofsmützen verdammter Kirchenfürsten. Er schloß die Augen, und als er sie wieder öffnete, hatten sich die Bischofsmützen in bleiche Gesichter verwandelt, die ihn anstarrten.

Er floh durch die Kirche. Da schien es ihm, als ob das ganze Gebäude schwankte, lebe, sich bewege; als ob die dikken Säulen Beine seien, die mit plumpen steinernen Pfoten den Boden stampften; als ob der mächtige Dom sich in einen ungeheuerlichen Elefanten verwandelt habe, der sich schnaubend auf seinen Pfeilern vorwärts bewegte, der zwei Türme als Rüssel in die Lüfte streckte und den riesigen schwarzen Trauerbehang als Schabracke trug.

Das Fieber oder der Wahnsinn hatte einen solchen Grad erreicht, daß sich die ganze äußere Welt für den Unglücklichen in eine verkörperte, sichtbare, schreckenerregende Apokalypse wandelte.

Er hatte einen Augenblick der Erleichterung; im Seitenschiff bemerkte er hinter einem Pfeiler einen rötlichen Lichtschein und lief wie auf einen rettenden Stern darauf zu. Es war das armselige Lämpchen, das Tag und Nacht das unter eisernem Gitter liegende öffentliche Brevier von Notre-Dame beleuchtete. Er stürzte sich gierig auf das heilige Buch und hoffte einen Trost oder eine Ermutigung darin zu finden. Auf der aufgeschlagenen Seite des Buches standen die Worte Hiobs: ›Und da der Geist an mir vorüberging, standen mir die Haare zu Berge an meinem Leib.‹

Da wurde ihm zumute wie einem Blinden, der sich mit dem Stab verletzt, den er als Stütze ergriffen hat. Seine Knie versagten ihm den Dienst; er sank auf die Steine nieder und dachte an die, die heute gestorben war. In seinem Hirn kochte und siedete es so gewaltig, daß er meinte, sein Kopf wäre zu einem der höllischen Schornsteine geworden.

Die Hand der bösen Mächte lastete schwer auf ihm, und gedankenlos, widerstandslos lag er da. Er muß wohl lange so gelegen haben. Endlich fühlte er seine Kräfte zurückkehren und beschloß, sich in den Turm zu seinem treuen Quasimodo zu flüchten. Er raffte sich auf und nahm in seiner Angst die Lampe vom Brevier in die Hand, denn er fürchtete sich, im Dunkeln zu gehen. Das war Gotteslästerung; aber er vermochte nicht mehr, so Geringfügiges zu bedenken.

Langsam stieg er die Turmtreppe hinauf. Ein geheimes Entsetzen erfüllte ihn so ganz und gar, daß beim Anblick seines unheimlichen Lichtes, das im dunklen Turm von Schießscharte zu Schießscharte stieg, wohl sogar die einsam über den nächtlichen Domhofplatz Wandernden ein Grausen gepackt haben mag.

Plötzlich fühlte er einen frischen Luftzug im Gesicht; er hatte die Tür des obersten Säulenganges erreicht. Die Nacht war kalt; am Himmel jagten sich die Wolken und schoben sich übereinander wie Eisschollen auf winterlichem Flusse. Die Mondsichel hing wie ein gescheitertes Himmelsschiff in den luftigen Schollen.

Er blickte durch das Säulengitter zwischen den beiden Türmen in die Tiefe hinunter und sah fern unter einem Schleier von Rauch und Nebel die unzähligen, dichtgedrängten, kleinen, spitzen Dächer von Paris liegen, still und leicht gekräuselt wie das Meer in einer Sommernacht.

Der schwache Mondschein hüllte Himmel und Erde in bleiches Licht.

Da verkündete die Turmuhr mit heiserem gesprungenem Ton die Mitternachtsstunde. Der Priester dachte an die Mittagsstunde zurück. Zwölfmal hatte der Zeiger seine Reise gemacht. »Ach«, murmelte er, »jetzt ist sie schon kalt!«

Plötzlich löschte der Wind ihm die Lampe aus, und im selben Augenblick erschien an der gegenüberliegenden Ecke des Turms ein weißer Schatten, eine Gestalt, eine Frau. Er zitterte. Neben der Frau ging eine kleine Ziege, deren Gemecker sich mit den letzten Schlägen der Uhr vermischte.

Er hatte den Mut, die Gestalt fest ins Auge zu fassen. Sie war es.

Sie war bleich und düster, ihr Haar fiel ihr wie am Morgen über die Schulter herab; aber der Strick war vom Hals verschwunden, und ihre Hände waren ungefesselt. Sie war frei; sie war tot.

Sie war weiß gekleidet, und über ihr Haupt fiel ein weißer Schleier nieder.

Sie kam langsam auf ihn zu und blickte himmelwärts. Die geisterhafte Ziege folgte ihr. Seine Glieder waren wie Blei; er konnte nicht fliehen. Bei jedem Schritt, den sie vorwärts tat, tat er einen Schritt rückwärts; mehr vermochte er nicht. So trat er unter die dunkle Wölbung der Treppe zurück. Bei dem Gedanken, sie könne ihm dorthin folgen, erstarrte er zu Eis; hätte sie es getan, so hätte ihn der Schrecken getötet.

Vor der Tür der Treppe blieb sie einen Augenblick stehen und sah fest in die Dunkelheit, aber anscheinend ohne des Priesters gewahr zu werden; dann ging sie weiter. Sie schien ihm größer, als da sie lebte; er sah den Mondschein durch ihr weißes Gewand schimmern; er hörte ihren Atem.

Als sie vorübergegangen war, stieg er die Treppe wieder hinunter, so langsam wie das Gespenst, das er eben gesehen, scheu und mit gesträubten Haaren, sich selbst wie ein Gespenst fühlend. Er trug die erloschene Lampe in der Hand, und während er die gewundenen Stufen hinabstieg, hörte er, wie eine höhnende Stimme ihm deutlich ins Ohr rief: »Und da der Geist an mir vorüberging, spürte ich einen leichten Hauch, und die Haare standen mir zu Berge an meinem Leibe.«

II
Einäugig, bucklig und hinkend

Jede mittelalterliche Stadt, und bis zur Zeit Ludwigs des Zwölften auch jede französische Stadt, hatte ihre Freistätten. Diese Zufluchtsorte waren Inseln, die aus der Sintflut der Strafgesetze und der barbarischen Gerichtsbarkeit der Städte hervorragten. Jeder Verurteilte, der ihr Ufer erreichte, war gerettet. Es gab im Weichbild einer Stadt beinahe ebenso viele Freistätten wie Richtstätten. Der Mißbrauch der Straflosigkeit blühte neben dem Mißbrauch der Strafen; das eine Übel versuchte das andere Übel aufzuheben. Der Palast des Königs, die Schlösser der Prinzen, vor allem aber die Kirchen waren solche Zufluchtsorte. Manchmal wurde eine ganze entvölkerte Stadt vorübergehend zur Freistätte gestempelt, weil man sie dergestalt wieder bevölkern wollte. Ludwig der Elfte machte Paris im Jahre 1467 zur Freistatt.

Hatte der Verbrecher den Boden der Zuflucht betreten, so war er unantastbar; aber er mußte sich hüten, sie zu verlassen. Ein Schritt aus dem Heiligtum hinaus, und er versank wieder in den Fluten. Rad und Galgen hielten gute Wacht um die Freistatt herum und lauerten auf ihre Beute wie Haifische, die ein Schiff belagern. Es kam vor, daß ein Verurteilter in einem Kloster, auf einer Schloßtreppe, in den Feldern einer Abtei, unter einem Kirchenportal alt und grau wurde. So konnte der Zufluchtsort zum Gefängnis werden. Manchmal durchbrach ein feierlicher Beschluß des Parlaments die Schranken der Freistatt und gab den Verurteilten dem Henker zurück. Aber das war selten. Wenn Parlament und Bischof sich aneinander rieben, so hatten die Richtertalare kein leichtes Spiel mit den Priestertalaren. Es hat aber Fälle gegeben, wie der des Mörders von Petit-Jean, Henker von Paris, und der des Émery Rousseau, Mörder von Jean Valleret, wo die Justiz der Kirche ein Schnippchen schlug und den Priestern zum Trotz ihre Urteile vollzog. Doch wehe jedem, der ohne Parlamentsbeschluß mit bewaffneter Hand die Heiligkeit einer Freistatt verletzte! Man weiß, welchen Tod Robert de Clermont, Marschall von Frankreich, und Jean de Châlons, Marschall der Champagne, erlitten, und dabei ging es nur um einen gewissen Perrin Marc, Sohn eines Wechslers, ein elender Mörder; aber beide Marschälle hatten die Tore von Saint-Méry zerschlagen. Und das war die Ungeheuerlichkeit.

Die Freistätten flößten so fromme Scheu ein, daß, wie die Überlieferung erzählt, sogar Tiere davon ergriffen wurden. Aymoin berichtet, daß, als ein Hirsch, von Dagobert gejagt, sich an das Grabmal des heiligen Denys flüchtete, die Meute winselnd von der Verfolgung abließ.

Die Kirchen pflegten für die Hilfeflehenden eine kleine Zelle bereit zu haben. Nicolas Flamel ließ 1407 für sie über den Gewölben von Saint-Jacques de la Boucherie ein Zimmer bauen, das ihn vier Pfund, sechs Solidi und sechzehn Pariser Heller kostete. In Notre-Dame lag es auf dem Dach des Seitenschiffs unter den Strebepfeilern, dem Kloster gegenüber, genau an der Stelle, wo die Frau des heutigen Türmers sich einen Garten angelegt hat, der den ›hängenden Gärten von Babylon‹ so ähnelt wie ein Salatkopf einer Palme und wie die Türmerin selbst der Semiramis.

Dort hatte Quasimodo nach seinem wilden Siegeslauf durch die Türme und Säulengänge die Esmeralda niedergelegt. Das junge Mädchen war während dieses Laufes ihrer Sinne nicht wieder mächtig geworden. Sie hatte wie im Halbschlaf gefühlt, daß sie in die Luft stieg, daß sie in der Luft schwebte, in der Luft flog, daß sie hoch über die Erde hinaufgetragen wurde. Von Zeit zu Zeit hatte sie dicht an ihrem Ohr das schallende Lachen und die donnernde Stimme des Quasimodo gehört. Dann hatte sie die Augen halb aufgeschlagen, hatte unter sich die unzähligen Ziegel- und Schieferdächer von Paris wie ein rotes und blaues Mosaik liegen sehen und über sich das scheußliche, freudestrahlende Angesicht des Quasimodo erblickt. Da hatte sie die Augen wieder geschlossen; denn sie glaubte, sie sei während ihrer Ohnmacht hingerichtet und werde nun von einem mißgestalteten Dämon fortgeschleppt. Sie hatte nicht gewagt, ihn anzuschauen, und hatte alles mit sich geschehen lassen.

Als aber der Glöckner sie keuchend in der Zelle der Freistatt niederlegte und mit seinen plumpen Händen sanft den Strick löste, der ihr in die Arme schnitt, da fühlte sie einen Stoß, wie ihn die Passagiere eines Schiffs fühlen, das in finsterer Nacht mit einem anderen Schiff zusammenprallt. Ihre Gedanken wurden allmählich wieder klar. Sie erkannte, daß sie in Notre-Dame war; sie erinnerte sich, daß man sie den Händen des Henkers entrissen hatte, daß Phœbus lebte, daß Phœbus sie nicht mehr liebte. Die beiden letzten Tatsachen tauchten zugleich in ihrer Erinnerung auf, und die eine goß so viel Bitternis über die andere aus, daß die arme Verurteilte sich dem vor ihr stehenden Quasimodo zuwandte, der ihr Angst einflößte. »Warum habt Ihr mich gerettet?« sagte sie zu ihm.

Er sah sie angstvoll an, als wollte er ihre Worte erraten. Sie wiederholte ihre Frage. Da warf er ihr einen tieftraurigen Blick zu und entfloh.

Sie blieb erstaunt zurück.

Nach wenigen Minuten kam er wieder. Er trug ein Bündel im Arm und warf es vor sie hin. Es waren Kleider darin, die barmherzige Frauen für sie auf die Kirchenschwelle gelegt hatten. Sie sah an sich nieder; es wurde ihr klar, daß sie beinahe nackt war, und sie errötete. Sie war dem Leben wiedergegeben.

Quasimodo schien ihr Schamgefühl zu ahnen. Er bedeckte sein Auge mit der plumpen Hand und entfernte sich zum zweiten Mal, diesmal aber langsamen Schrittes.

Sie kleidete sich eilig an. Es waren die Gewänder einer Klosternovize des Hôtel-Dieu, ein weißes Kleid und ein weißer Schleier.

Kaum war sie fertig, da sah sie Quasimodo zurückkommen. An einem Arm trug er einen Korb, im anderen eine Matratze.

In dem Korb waren eine Flasche, ein Brot und allerlei Eßvorräte. Er stellte ihn auf die Erde und sagte: »Eßt.« Er legte die Matratze auf die Fliesen und sagte: »Schlaft.« Der Glöckner brachte ihr seine eigene Mahlzeit und sein eigenes Bett.

Die Zigeunerin sah dankbar zu ihm auf; aber sie konnte kein Wort über die Lippen bringen. Der arme Teufel war zu scheußlich. Sie senkte den Kopf und zitterte vor Entsetzen.

Da sagte er: »Ihr habt Angst vor mir. Ich bin sehr häßlich, nicht wahr? Seht mich nicht an. Hört nur auf das, was ich Euch sage. Den Tag über müßt Ihr hier bleiben. Nachts könnt Ihr in der ganzen Kirche herumwandern. Aber weder am Tag noch in der Nacht dürft Ihr die Kirche verlassen; denn dann seid Ihr verloren. Man würde Euch töten, und ich würde sterben.«

Sie blickte erschüttert auf und wollte ihm antworten. Da sah sie, daß er verschwunden war. Sie war allein und sann den seltsamen Worten dieses Monstrums nach; der Ton seiner rauhen und doch so sanften Stimme hatte sie tief getroffen.

Dann fing sie an, in ihrem Gemach Umschau zu halten. Es war etwa sechs Fuß im Quadrat, hatte ein kleines Fenster und eine Tür, die auf die sanft geneigte, mit Steinplatten belegte Dachfläche hinausführte. Ein paar Wasserspeier mit Tierköpfen schienen die Hälse zu recken, um ihr ins Fenster zu schauen. Unter sich sah sie Hunderte von Schornsteinen, aus denen der Rauch aller Herdfeuer von Paris zu ihr aufstieg, ein trauriger Anblick für die arme Zigeunerin, für das Findelkind, für die zum Tode Verurteilte, für das unglückliche Geschöpf, das weder Haus noch Herd, noch Familie hatte.

In dem Augenblick, da der Gedanke an ihre Einsamkeit sie am heftigsten plagte, fühlte sie, wie sich ein haariger, bärtiger Kopf zwischen ihre Hände drängte und an ihre Knie schmiegte. Sie erbebte, denn sie war schreckhaft geworden. Als sie aber niedersah, erblickte sie die arme Ziege, die behende Djali, der es gelungen war, zu entweichen und ihrer Herrin zu folgen, als Quasimodo die bewaffnete Macht des

Charmolue sprengte. Seit beinahe einer Stunde schon hatte sie die Füße der Zigeunerin geliebkost, ohne einen Blick von ihr erhaschen zu können. Ihre Herrin neigte sich zu ihr und bedeckte sie mit Küssen. »Ach, Djali«, sagte sie, »wie konnte ich dich vergessen! Du denkst immer an mich, nicht wahr? Ach, du bist nicht undankbar, du!« Bei diesen Worten brach sie in Weinen aus. Es war, als ob eine unsichtbare Hand die Last von ihrem Herzen nähme, die die Tränen so lange zurückgepreßt hatte; sie fühlte, wie das Weinen die Bitterkeit ihres Schmerzes linderte.

Als es dunkel wurde, schien ihr die Nacht so schön und der Mondschein so sanft, daß sie auf der hohen Galerie, die die Kirche umgibt, einen Rundgang machte. Sie fühlte sich etwas erleichtert; denn die Erde lag tief unter ihr, fern und friedvoll.

III
Taub

Am nächsten Morgen wachte sie auf und machte sich klar, daß sie geschlafen hatte. Sie war erstaunt darüber, denn der Schlaf hatte sie lange geflohen. Ein heiterer Strahl der aufgehenden Sonne fiel durch ihr Fensterchen herein und traf ihr Gesicht. Zugleich aber sah sie hinter dem Fenster etwas Schreckliches: das unglückselige Antlitz des Quasimodo. Unwillkürlich schloß sie die Augen, aber es war vergebens; denn durch ihre rosigen Augenlider hindurch meinte sie, die einäugige Fratze mit den klaffenden Zähnen zu sehen. Da hörte sie eine rauhe Stimme sanfte Worte sprechen. »Habt keine Angst! Ich bin Euer Freund. Ich wollte Euch schlafen sehen. Ich tue Euch nicht weh, wenn ich komme, Euch schlafen zu sehen, nicht wahr? Wenn Ihr die Augen zu habt, kann es Euch ja gleichgültig sein, ob ich hier stehe. Jetzt werde ich weggehen. So, ich habe mich hinter die Mauer gestellt; jetzt könnt Ihr die Augen wieder öffnen.«

Noch kläglicher als der Sinn seiner Worte war der Ton, in dem er sie sprach. Die Zigeunerin war gerührt und öffnete die Augen. Er war wirklich aus dem Fensterchen verschwunden. Sie sah hinaus und entdeckte den armen Buckligen in einer Mauerecke. Dort hockte er kummervoll und ergeben. Sie versuchte, den Widerwillen, den er ihr einflößte, zu überwinden. »Kommt«, sagte sie freundlich. Quasimodo glaubte, sie wolle ihn fortschicken. Er stand auf, humpelte langsam mit gesenktem Kopf von dannen und wagte nicht einmal, dem jungen Mädchen einen verzweifelten Blick zuzuwerfen. »So kommt doch!« rief sie. Er aber wandte sich nicht um. Da rannte sie aus ihrer Zelle hinaus, lief ihm nach und faßte seinen Arm. Als er ihre Berührung fühlte, bebte er am ganzen Leibe. Er schaute flehend auf und sah, daß sie ihn zurückrufen wollte; da strahlte sein Gesicht vor Freude und Zärtlichkeit. Sie versuchte, ihn in ihre Kammer zu nötigen, aber er blieb hartnäkkig auf der Schwelle stehen. »Nein, nein«, sagte er, »die Eule geht nicht zur Lerche ins Nest.«

Sie kauerte anmutig auf ihrem Lager nieder, die Ziege schlief ihr zu Füßen. Beide schwiegen eine Weile unbeweglich. Er war in den Anblick ihrer Schönheit, sie in den Anblick seiner Häßlichkeit versunken. Sie entdeckte immer neue Unförmigkeiten an ihm. Von den krummen Beinen wanderte ihr Blick zu dem buckligen Rücken, von dem buckligen Rükken zu dem einen Auge. Es war ihr unbegreiflich, wie die Erde ein so häßliches Wesen tragen konnte. Die Traurigkeit und Sanftmut aber, die über dieses Wesen ausgegossen waren, fingen an, sie mit seiner Häßlichkeit zu versöhnen.

Er brach das Schweigen. »Wollt Ihr mich zurückrufen?«

Sie sagte ja und nickte mit dem Kopf.

Er verstand das Zeichen. »Ach, ich bin ... taub«, sagte er stockend.

»Armer Mensch!« rief die Zigeunerin, und herzliches Mitgefühl malte sich in ihren Zügen.

Er lächelte schmerzlich. »Ihr findet, daß mir das gerade

noch fehlte, nicht wahr? Ja, ich bin taub. So bin ich nun. Das ist schrecklich, nicht wahr? Ihr seid so schön, so schön!«

In den Worten des Unglücklichen lag eine solche Erkenntnis seines Elends, daß sie nicht die Kraft fand, ihm etwas zu erwidern. Er würde es auch nicht gehört haben.

»Niemals«, fuhr er fort, »bin ich mir meiner Häßlichkeit so bewußt geworden wie jetzt. Wenn ich mich mit Euch vergleiche, so habe ich armes Ungeheuer rechtes Mitleid mit mir! Ihr haltet mich wohl beinahe für ein Tier? Ihr seid ein Sonnenstrahl, ein Tautropfen, ein Vogelgezwitscher! Ich bin etwas Scheußliches, weder Mensch noch Tier, härter, unförmiger als ein Kieselstein, den jedermann mit Füßen tritt.«

Er begann zu lachen, und dieses Lachen war herzzerreißender als alles auf der Welt; dann sprach er weiter: »Ja, ich bin taub. Aber Ihr könnt durch Zeichen und Bewegungen zu mir sprechen. Mein Herr spricht so zu mir. Ich werde auch rasch lernen, Euch Eure Wünsche von den Augen und von den Lippen abzulesen.«

»So sagt mir, warum Ihr mich gerettet habt«, entgegnete sie lächelnd.

Er sah sie aufmerksam an, während sie sprach.

»Ich habe Euch verstanden«, antwortete er. »Ihr möchtet wissen, warum ich Euch gerettet habe. Ihr habt vergessen, daß ein Elender Euch eines Nachts entführen wollte und daß Ihr am nächsten Tag zu ihm auf den Pranger stiegt und ihm Hilfe brachtet. Ein Tropfen Wasser und ein wenig Mitleid! Mein Leben wird nicht ausreichen, Euch das zu vergelten. Ihr habt den Elenden vergessen, er aber hat Euch nicht vergessen.«

Sie hörte ihm mit tiefer Rührung zu. In seinem Auge stand eine Träne, aber sie löste sich nicht. Es schien ihm eine Ehrensache, sie hinunterzuschlucken.

»Hört mich an!« sagte er, als er die Träne nicht mehr zu fürchten brauchte. »Die Türme sind sehr hoch; wenn ein Mensch sich von ihnen herunterstürzt, so ist er tot, ehe er unten aufs Pflaster fällt. Wenn Ihr möchtet, daß ich mich hinunterstürze, so braucht Ihr nicht einmal ein Wort zu sagen: Ihr braucht mir nur mit den Augen zu winken.«

Dann stand er auf. So unglücklich die Zigeunerin auch war, dieser seltsame Mensch erweckte Mitleid in ihr. Sie hielt ihn mit einem Zeichen zurück.

»Nein, nein«, sagte er, »zu lange darf ich nicht bleiben. Ich fühle mich nicht wohl unter Euren Blicken. Es ist Mitleid von Euch, daß Ihr die Augen nicht abwendet. Ich werde an einen Fleck gehen, wo ich Euch sehen kann, aber wo Ihr mich nicht sehen könnt. Das ist besser.«

Er zog eine kleine Metallpfeife aus der Tasche. »Wenn Ihr mich braucht«, sagte er, »wenn Ihr wollt, daß ich zu Euch komme, wenn es Euch einmal nicht davor schaudert, mich zu sehen, so ruft mich mit einem Pfiff; das höre ich.«

Er legte das Pfeifchen auf die Erde und verschwand.

IV
Ton und Kristall

Die Tage rollten dahin.

In das Gemüt des armen Mädchens zog allmählich wieder Ruhe ein. Ein Übermaß des Schmerzes ist etwas ebenso Gewaltsames wie ein Übermaß der Freude; es dauert nicht lange. Das menschliche Herz kann nur kurz in einem Zustand höchster Erregung verharren. Die Zigeunerin hatte so furchtbar gelitten, daß ihr von allen ihren Leiden nur Verwunderung zurückgeblieben war.

Die Sicherheit machte sie wieder hoffnungsfreudig. Sie war von der menschlichen Gesellschaft, vom Leben ausgeschlossen; aber sie hatte das unbestimmte Gefühl, daß sie vielleicht einen Weg ins Leben zurückfinden werde. Sie war wie eine Tote, die einen Schlüssel zur Tür ihrer Grabkammer in der Hand hält.

Sie fühlte, daß die schrecklichen Bilder, die sie so lange verfolgt hatten, allmählich verblaßten. Die gräßlichen Gespenster, Pierrat Torterue, Jacques Charmolue, ja selbst der Priester, wurden undeutlich in ihrer Erinnerung.

Dazu kam, daß Phœbus lebte; sie war dessen gewiß, denn sie hatte ihn gesehen. Phœbus und sein Wohlergehen aber waren alles für sie. Aus den furchtbaren Erregungen, die alles in ihr zerbrochen hatten, war nur eins ungebrochen hervorgegangen: ihre Liebe zu dem jungen Offizier. Die Liebe ist ein Baum, der von allein wächst, der tief in unserem Wesen Wurzel faßt und auch auf einem zertrümmerten Herzen weiter grünt.

Unerklärlicherweise aber ist die Liebesleidenschaft am zähesten, wenn sie blind ist. Je unvernünftiger eine Liebe ist, je fester wurzelt sie im Herzen.

Die Esmeralda dachte des Hauptmanns gewiß nicht ohne Bitterkeit. Es war schrecklich, daß er sich hatte täuschen lassen, daß er etwas so Unmögliches geglaubt hatte, daß er sie, die ihr Leben tausendmal für ihn gelassen hätte, fähig hielt, einen Dolch gegen ihn zu zücken. Aber schließlich mußte man es ihm nicht allzusehr verdenken. Hatte sie das Verbrechen nicht zugegeben? War sie, die schwache Frau, nicht der Folter erlegen? Sie allein war an allem schuld. Besser, sie hätte sich die Nägel herausreißen lassen, aber niemals hätte sie sich ein Zugeständnis entreißen lassen dürfen. Sie war überzeugt, daß ein kurzes Wiedersehen, ein einziges Wort, ein Blick genügen würde, ihn aufzuklären und zu ihr zurückzuführen. Sie versuchte auch, sich allerlei merkwürdige Tatsachen zurechtzulegen. Das junge Mädchen neben ihm, am Tage der öffentlichen Abbitte, war gewiß seine Schwester gewesen; eine unvernünftige Erklärung, aber sie gab sich damit zufrieden. Denn sie bedurfte der Gewißheit, daß Phoebus sie noch liebe und sie allein liebe. Hatte er es ihr nicht geschworen? Genügte das nicht, ihr Gewißheit zu geben, ihr, der kindlich Leichtgläubigen? Und war nicht in der ganzen Angelegenheit der Schein eher gegen sie als gegen ihn? So wartete und hoffte sie.

Die mächtige Kirche, die sie ganz umgab, die ihr Retterin und Beschützerin war, trug auch dazu bei, ihr Ruhe einzuflößen. Die feierlichen Linien dieser Architektur, die heilige Natur aller Dinge, die sie umgaben, die frommen, erhabenen Gedanken, die allen Steinen zu entsteigen schienen, wirkten unmerklich auf sie. Die Geräusche im Dom waren so majestätisch und weihevoll, daß sie Frieden über ihre kranke Seele ausgossen. Der einförmige Gesang der Ministranten, der Wechselgesang der Gemeinde und des Priesters, die manchmal gedämpft erklangen, manchmal mächtig anschwollen, das leise Klirren der mitschwingenden Fenster, die Orgel, die wie hundert Posaunen erdröhnte, die drei Glockentürme, in denen es surrte wie in riesigen Bienenstöcken, das ganze gewaltige Orchester, dessen gigantische Tonleiter sich unaufhörlich von der Menge zum Glockenturm hinauf- und wieder hinunterschwang, betäubte ihre Erinnerung, ihre Einbildungskraft und ihren Schmerz. Die Glocken besonders wiegten sie zur Ruhe. Diese riesigen Körper gossen in großen Wogen heilende Kraft über sie aus.

So kam es, daß jeder neue Morgen sie friedvoller, kräftiger und rosiger fand. Als die Wunden ihres Herzens sich schlossen, erblühten Anmut und Schönheit wieder neu auf ihrem Antlitz, strenger nun und ruhiger. Ihr altes Wesen wachte wieder auf; sogar ihre frühere Heiterkeit regte sich. Sie zog wie einst ihr niedliches Schmollmäulchen; sie liebkoste ihre Ziege; sie hatte wieder Freude am Singen; sie hatte ihre mädchenhafte Scheu zurückgefunden. Morgens kleidete sie sich in einer Ecke ihrer Kammer an, aus Angst, von den Bewohnern der umliegenden Dachgeschosse gesehen zu werden.

Wenn die Gedanken an Phœbus sie einmal losließen, so dachte sie wohl auch vorübergehend an Quasimodo. Er war das einzige Band, die einzige Beziehung, die einzige Verbindung zwischen ihr und den lebenden Menschen. Die Unglückselige! Sie war aus der Welt ausgestoßen, mehr noch als Quasimodo. Der seltsame Freund, den ein Zufall ihr geschenkt hatte, war ihr unverständlich. Oft machte sie sich Vorwürfe, daß ihre Dankbarkeit nicht stark genug war, ihre Abscheu zu überwinden. Aber sie konnte sich nicht an den armen Glöckner gewöhnen. Er war allzu häßlich.

Das Pfeifchen, das er ihr gegeben hatte, ließ sie auf der Erde liegen. Aber Quasimodo ließ es sich doch in den ersten Tagen nicht nehmen, von Zeit zu Zeit vor ihr zu erscheinen. Sie gab sich große Mühe, keinen Widerwillen zu zeigen, wenn er ihr den Korb mit Essen brachte oder ihren Krug mit Wasser füllte; er aber bemerkte die kleinste Regung des Abscheus und schlich traurig wieder von dannen.

Einmal kam er dazu, als sie Djali liebkoste. Er blieb ein Weilchen nachdenklich vor der anmutigen Gruppe stehen. Schließlich schüttelte er seinen plumpen, mißförmigen Kopf und sagte: »Mein Unglück ist, daß ich den Menschen noch zu ähnlich bin. Ich wünschte, ich wäre ein wirkliches Tier wie diese Ziege.«

Sie sah ihn erstaunt an.

Er erwiderte ihren Blick. »Ach, ich weiß wohl, warum!« und entfernte sich.

Ein andermal erschien er auf der Schwelle ihrer Kammer – weiter wagte er sich niemals vor –, als sie gerade eine alte spanische Ballade sang, deren Worte sie nicht verstand. Die Zigeunerinnen hatten sie damit in Schlaf gesungen, als sie ein kleines Kind war, und das Lied hatte sich ihrem Ohr eingeprägt. Als plötzlich mitten in ihrem Gesang die scheußliche Fratze vor ihr auftauchte, da fuhr sie unwillkürlich zusammen. Der arme Glöckner sank auf der Schwelle in die Knie und faltete flehend seine unförmigen Hände. »Ach«, sagte er traurig, »ich beschwöre Euch, singt weiter und jagt mich nicht fort.« Sie wollte ihm nicht wehe tun und hub zitternd wieder zu singen an. Allmählich legte sich ihr Schrecken, und sie gab sich ganz der schwermütigen, schleppenden Melodie des Liedes hin. Er blieb ganz versunken auf den Knien liegen, hielt die Hände wie zum Gebet gefaltet, atmete kaum und blickte der Zigeunerin in die strahlenden Pupillen. Er schien ihr die Töne von den Augen abzulesen.

Wieder ein andermal kam er linkisch und schüchtern auf sie zu. »Hört mich an«, stieß er mühsam hervor, »ich habe Euch etwas zu sagen!« Sie gab ihm durch ein Zeichen zu verstehen, daß sie ihn anhöre. Da hub er an zu seufzen, öffnete die Lippen, es schien, als wolle er sprechen, sah sie an, schüttelte den Kopf, drückte die Hand gegen die Stirn und entfernte sich langsam. Die Zigeunerin blieb erstaunt zurück.

Unter den fabelhaften Steingestalten des Domes war eine, die er vor allen anderen liebte. Oft war es, als tausche er brüderliche Blicke mit ihr. Einmal hörte die Zigeunerin ihn sagen: »Ach, wäre ich aus Stein wie du!«

Eines Morgens endlich war die Esmeralda an den Rand des Daches getreten und sah über das spitze Dach von Saint-Jean-le-Rond hinweg auf den Domhofplatz hinunter. Quasimodo stand hinter ihr. Das pflegte sein freiwilliger Standort zu sein, denn er wollte ihr soviel wie möglich seinen Anblick ersparen. Plötzlich erbebte die Zigeunerin; ihre Augen strahlten vor Freude, aber es blinkten auch Tränen darin. Sie kniete am Rande des Daches nieder, streckte die Arme angstvoll nach dem Platz hinunter und rief: »Phœbus! Komm, komm! Ein Wort! Um Gottes willen, ein einziges Wort! Phœbus, Phœbus!« Ihre Stimme, ihr Gesicht, ihre Gebärde, ihr ganzer Körper hatten den herzzerreißenden Ausdruck eines Schiffbrüchigen, der am fernen, sonnigen Horizont ein heiter dahingleitendes Schiff erblickt und ihm einen verzweifelten Hilferuf zuwirft.

Quasimodo sah hinunter und bemerkte, daß der Gegenstand dieses tollen, zärtlichen Flehens ein junger Mann, ein Hauptmann, ein schöner Reiter war, der strahlend im Waffenschmuck über den Platz sprengte und zu einer schönen Dame mit dem Federhut hinaufgrüßte, die lächelnd auf ihrem Balkon stand. Der Offizier hörte den Ruf des armen Mädchens nicht. Sie war zu weit von ihm entfernt.

Der arme Taube aber hatte ihn gehört. Ein tiefer Seufzer hob seine Brust. Er wandte sich ab. Sein Herz schwoll an von all den Tränen, die er hinunterschluckte. Er schlug mit seinen geballten Fäusten gegen seinen Kopf, und als er sie wieder sinken ließ, hatte er in jeder Hand einen Büschel roter Haare.

Die Zigeunerin beachtete ihn nicht. Er knirschte mit den Zähnen und murmelte: »Verflucht! So muß man also aussehen! Nur von außen braucht man schön zu sein!«

Sie war auf den Knien liegengeblieben und rief in heftiger Erregung: »Ach, er steigt vom Pferd! Er wird in das Haus dort gehen! – Phœbus! – Er hört mich nicht! – Phœbus! – Warum muß die Frau dort mit ihm sprechen, wo ich mit ihm sprechen will! Das ist schlecht von ihr! – Phœbus, Phœbus!«

Der Taube blickte sie an. Er verstand ihre Gebärden. Sein Auge füllte sich mit Tränen, aber er duldete nicht, daß ihm eine entfiel. Plötzlich zupfte er sie sanft am Ärmel. Sie wandte sich um. Er hatte sich zur Ruhe gezwungen und sagte: »Wollt Ihr, daß ich gehe und ihn hole?«

Sie stieß einen Freudenschrei aus. »Ach ja, geht! Lauf schnell! Den Hauptmann dort, den Hauptmann! Bringt ihn mir her! Dann werde ich dich lieben!« Sie umfaßte seine Knie. Er konnte es nicht lassen, traurig mit dem Kopf zu schütteln. »Ich werde ihn holen«, sagte er mit schwacher Stimme. Er drehte den Kopf und stürzte schluchzend auf die Treppe zu.

Als er unten ankam, sah er nur noch das schöne Pferd, das an der Tür des Hauses Gondelaurier angebunden stand. Der Hauptmann war eben hineingegangen.

Quasimodo schaute zum Kirchendach hinauf. Da sah er die Esmeralda noch an demselben Platz und in derselben Stellung. Er machte ihr ein trauriges Zeichen mit dem Kopf. Dann lehnte er sich entschlossen an einen Prellstein des Gondelauriertores, um die Rückkehr des Hauptmanns abzuwarten.

Im Hause Gondelaurier feierte man eines jener Feste, die einer Hochzeit vorauszugehen pflegen. Quasimodo sah viele Leute hineingehen, aber niemanden wieder herauskommen. Von Zeit zu Zeit blickte er nach dem Kirchendach empor. Die Zigeunerin harrte ebenso regungslos wie er. Ein Reitknecht kam, band das Pferd ab und brachte es in den Stall.

So verging der ganze Tag. Quasimodo lehnte am Prellstein, die Esmeralda kniete auf dem Dach des Domes, und Phœbus mochte wohl Fleur-de-Lys zu Füßen sitzen.

Endlich kam die Nacht, eine dunkle, mondlose Nacht. Quasimodo starrte auf die Esmeralda, die bald nur noch ein weißer Schein in der Dämmerung war, dann verschwand sie ganz. Alles verwischte sich, alles wurde schwarz.

Quasimodo sah, wie das ganze Haus Gondelaurier von oben bis unten erleuchtet wurde. Er sah die Fenster um den Platz herum eins nach dem andern hell werden. Dann sah er, wie ein Licht nach dem anderen wieder erlosch; denn er blieb den ganzen Abend auf seinem Posten. Der Hauptmann kam nicht zurück. Als die letzten Menschen in ihren Behausungen verschwunden und die Fenster aller anderen Häuser dunkel geworden waren, blieb Quasimodo einsam in der Finsternis zurück; denn Laternen gab es damals auf dem Domhofplatz noch nicht. Nur das Haus Gondelaurier strahlte im Lichterglanz. Mitternacht ging vorüber, und noch immer sah der wachsame, unbewegliche Quasimodo an den bunten, leuchtenden Fensterscheiben eine Menge tanzender Schatten vorüberschweben. Wäre er nicht taub gewesen, so hätte er den Festtrubel im Haus, das Lachen und die Musik immer deutlicher hören müssen; denn der Lärm der großen Stadt schlummerte allmählich ein.

Gegen ein Uhr fingen die Gäste an, sich zu entfernen. Quasimodo, den die Dunkelheit verhüllte, sah sie einen nach dem andern durch das fackelerleuchtete Tor von dannen gehen. Der Hauptmann war nicht unter ihnen.

Den Buckligen quälten traurige Gedanken. Manchmal sah

er in die Luft wie ein Mensch, der sich langweilt. Große, schwere, schwarze Wolken hingen zerfetzt und zerzaust wie riesige Spinngewebe am bestirnten Himmelsgewölbe.

Einmal, als er so in die Höhe blickte, sah er, daß sich die Glastür des Balkons, dessen Steingeländer sich über seinem Kopf befand, heimlich öffnete. Zwei Gestalten traten heraus, hinter denen sich die leichte Tür lautlos wieder schloß. Es waren ein Mann und eine Frau. Quasimodo hatte einige Mühe, in dem Mann den schönen Hauptmann und in der Frau die junge Dame zu erkennen, die er am Vormittag von demselben Balkon aus den Offizier hatte begrüßen sehen. Der Platz war vollkommen finster, und ein roter Doppelvorhang, der im Augenblick, da die Tür sich schloß, wieder zusammenfiel, ließ keinen Lichtstrahl aus dem Zimmer auf den Balkon hinausdringen.

Unserem Tauben, der nichts von dem Gespräch hörte, schien es, als ob der junge Mann und das junge Mädchen ein sehr zärtliches Zwiegespräch miteinander führten. Von ihren Worten hörte er nichts, aber das Mädchen schien dem Offizier zu erlauben, den Arm um sie zu schlingen, und erwehrte sich nur sanft eines Kusses.

Quasimodo beobachtete von unten den Vorgang, der in seiner Anmut nicht für Zeugen gedacht war. Der Anblick von so viel Glück und Schönheit erfüllte ihn mit Bitterkeit. Auch in diesem armen Teufel regte sich die Natur, und war sein Rückgrat auch scheußlich verkrümmt, so konnte es doch ebensogut erschauern wie irgendein anderes. Er dachte an das jammervolle Schicksal, das die Vorsehung über ihn verhängt hatte; er dachte daran, daß die Frau, die Liebe, die Wollust ihm ewig an den Augen vorüberziehen würden und daß er immer nur Zeuge der Wonne der anderen sein würde. Am furchtbarsten aber quälte ihn bei diesem Schauspiel der Gedanke, die Zigeunerin könne es sehen. Die Angst vor dieser Möglichkeit mischte Entrüstung in seinen Kummer. Die Nacht war freilich sehr dunkel, und die Esmeralda, wenn sie noch auf ihrem Posten verharrte – und daran zweifelte er nicht –, war weit entfernt. Konnte er selbst doch nur mit Anstrengung das Liebespaar auf dem Balkon erkennen. Das war ihm ein tröstlicher Gedanke.

Die Unterhaltung der beiden Verliebten wurde indessen immer erregter. Die junge Dame schien den Hauptmann anzuflehen, er möge nicht noch mehr von ihr verlangen. Quasimodo unterschied nur die schönen, flehend gefalteten Hände, das von Tränen getrübte Lächeln, die zu den Sternen erhobenen Augen des Mädchens und die Augen des Hauptmanns, die glühend auf ihr ruhten.

Die Widerstandskraft des Mädchens fing an zu erlahmen; da öffnete sich zum Glück die Tür des Balkons; eine alte Dame trat heraus; die junge Schöne schien verwirrt; der Offizier zog ein verdrießliches Gesicht, und alle drei verschwanden im Haus.

Einen Augenblick später stampfte ein Pferd in der Toreinfahrt, und der glänzende Reiter sprengte, in seinen Nachtmantel gehüllt, an Quasimodo vorüber.

Der Glöckner ließ ihn die Straßenecke erreichen, dann rannte er mit seiner affenartigen Geschwindigkeit hinter ihm her und schrie: »Heda! Herr Hauptmann!«

Der Hauptmann hielt sein Pferd an.

›Was will der Schurke von mir?‹ fragte er sich, als er die lahme Gestalt, die auf ihn zuwackelte, im Dunkeln erkennen konnte.

Unterdessen hatte ihn Quasimodo erreicht und ergriff kühn den Zügel des Pferdes. »Folgt mir, Hauptmann; da ist jemand, der Euch sprechen will!« sagte er.

»Zum Donnerwetter«, brummte Phœbus, »den garstigen, zerzausten Vogel muß ich doch schon irgendwo gesehen haben. Holla! Geselle, willst du wohl die Zügel meines Pferdes loslassen?«

»Hauptmann«, entgegnete der taube Quasimodo, »wollt Ihr nicht wissen, wer Euch sprechen will?«

»Laß meinen Zügel los!« wiederholte Phœbus ungeduldig. ›Was will der Kerl von mir? Warum hängt er sich meinem Pferd ans Maul?‹ – »Hältst du etwa mein Pferd für einen Galgen?«

Quasimodo dachte nicht im entferntesten daran, den Zügel loszulassen, sondern schickte sich an, das Pferd zu wenden. Er konnte sich den Widerstand des Hauptmanns nicht erklären und sagte darum: »Kommt! Es ist eine Frau, die Euch sprechen will.« Mühsam fügte er hinzu: »Eine Frau, die Euch liebt.«

»Seltsamer Lump«, sagte der Hauptmann, »als wenn ich verpflichtet wäre, zu jeder Frau zu gehen, die mich liebt oder die behauptet, mich zu lieben! Wenn sie dir nun ähnlich sieht, du Nachteule, du? Sage ihr, ich sei dabei, mich zu verheiraten, und sie solle sich zum Teufel scheren!«

»Hört mich an!« rief Quasimodo. »Kommt! Die Zigeunerin ist es, die Ihr kennt!« Er traute diesem einen Wort die Kraft zu, den Widerstand des Hauptmanns zu besiegen.

Es machte auch wirklich großen Eindruck auf Phœbus, aber der Eindruck war anderer Art, als Quasimodo erwartet hatte. Der Leser wird sich erinnern, daß unser galanter Offizier sich schon mit Fleur-de-Lys vom Balkon zurückgezogen hatte, einige Augenblicke, bevor Quasimodo die Verurteilte aus der Gewalt des Charmolue befreite. Seitdem hatte er sich wohl gehütet, im Hause Gondelaurier von der Frau zu sprechen, deren Name auch in ihm höchst peinliche Erinnerungen hervorrief. Fleur-de-Lys aber hatte es ihrerseits ratsam gefunden, ihm die Rettung der Zigeunerin zu verschweigen. Phœbus war also des Glaubens, die arme Similar sei seit ein oder zwei Monaten tot. Dazu kam noch, daß er sich plötzlich der mitternächtlichen Stunde, der Finsternis, der übernatürlichen Häßlichkeit und dumpfen Grabesstimme des seltsamen Boten recht lebhaft bewußt wurde. Sein Pferd schnaubte beim Anblick Quasimodos, und die Straße war so einsam wie an jenem Abend, da ihn der spukende Mönch angeredet hatte.

»Die Zigeunerin?« rief er fast entsetzt. »Bist du denn nicht von dieser Welt?«

Er faßte nach dem Griff seines Dolches.

»Kommt, kommt!« sagte Quasimodo und versuchte das Pferd mit sich zu ziehen. »Hierher!«

Phœbus versetzte ihm einen kräftigen Fußtritt gegen die Brust. Quasimodos Auge funkelte. Er machte eine Bewegung auf den Hauptmann zu. Dann richtete er sich steif auf und sagte: »Ach, wie glücklich seid Ihr! Euch liebt jemand!«

Er betonte das Wort ›jemand‹, und den Zügel des Pferdes loslassend, rief er: »Packt Euch!«

Phœbus fluchte und gab seinem Pferd die Sporen. Quasimodo sah ihn im Nebel der Straßen verschwinden. »Ach«, murmelte der arme Taube, »wie kann man so etwas ausschlagen!«

Er ging in den Dom zurück, zündete seine Lampe an und stieg die Turmtreppe hinauf. Er hatte sich nicht geirrt. Die Zigeunerin war wirklich noch auf ihrem Posten.

Als sie ihn von weitem bemerkte, lief sie auf ihn zu.

»Allein!« rief sie und schlug traurig ihre schönen Hände zusammen.

»Ich habe ihn nicht wiederfinden können«, sagte Quasimodo kalt.

»Ihr hättet die ganze Nacht warten sollen!« entgegnete sie aufbrausend.

Er sah ihre zornige Handbewegung und verstand den Vorwurf.

»Ein andermal passe ich besser auf«, sagte er und ließ den Kopf sinken.

»Geh!« sagte sie.

Er ließ sie allein. Sie war unzufrieden mit ihm. Er hatte sie nicht betrüben wollen und hatte darum lieber ihren Zorn über sich ergehen lassen. Das Schmerzliche hatte er alles für sich behalten.

Von diesem Tage an zeigte er sich der Zigeunerin nicht

mehr und kam nicht wieder an ihre Kammertür. Manchmal nur sah sie, wie er traurig von einem der Türme auf sie niederschaute. Sobald er sich aber ertappt sah, verschwand er.

Wir können nicht verschweigen, daß ihr diese freiwillige Zurückhaltung des armen Buckligen recht willkommen war. Im Grunde ihres Herzens war sie ihm dankbar dafür. Quasimodo aber machte sich keine Illusionen über ihre Empfindungen.

Sie sah ihn nicht mehr und fühlte doch die Gegenwart eines guten Geistes. Eine unsichtbare Hand trug ihr Lebensmittel zu, während sie im Schlafe lag. Eines Morgens fand sie auf ihrem Fensterbrett einen Käfig mit Vögeln. Oberhalb ihrer Kammer war eine Steinfigur, die ihr Schrecken einjagte. Quasimodo war mehr als einmal Zeuge ihrer Angst gewesen. Eines Morgens – denn so etwas geschah immer des Nachts – war die Figur verschwunden. Sie war zerschlagen, und ihr Zerstörer mußte sein Leben aufs Spiel gesetzt haben, um zu ihr emporzuklimmen.

Abends hörte sie manchmal eine unter dem Windschutz des Glockenturms verborgene Stimme singen; es war, als wollte das traurige seltsame Lied sie einschläfern. Es waren reimlose Verse, wie sie ein tauber Mensch erdenken mochte.

Siehe nicht das Antlitz an,
Mädchen, sieh das Herz!

Eines schönen Jünglings Herz ist oft arg verkrüppelt.
Und in vielen Herzen, ach, dauert keine Liebe.

Mädchen, häßlich ist die Kiefer,
ist nicht schön wie schlanke Pappeln,
doch sie grünet auch im Winter.

Ach, was helfen alle Worte?
Schönheit nur hat Recht zu leben;

Schönes kann nur Schönheit lieben.
April kehrt Januar den Rücken.

Schönheit ist vollkommen,
Schönheit ist allmächtig,

Schönheit die einzige Schöpfung, die kein halbes Leben führet.

Tags nur fliegt der Rabe;
nachts nur fliegt die Eule;
Tag und Nacht fliegt der Schwan.

Als sie eines Morgens erwachte, sah sie in ihrem Fenster zwei Vasen mit Blumen stehen. Die eine war aus schönem, strahlendem Kristall, doch sie war zersprungen, das Wasser sickerte heraus, und ihre Blumen waren verwelkt. Die andere war aus grobem, gewöhnlichem Ton, doch das Wasser hatte sich in ihr gehalten, und ihre Blumen waren frisch und farbig.

Ich weiß nicht, ob es Absicht war, aber die Esmeralda nahm den verwelkten Strauß und trug ihn den ganzen Tag an der Brust.

An jenem Tage hörte sie kein Lied vom Turm herunterklingen.

Das kümmerte sie wenig. Sie liebkoste Djali, hatte ein wachsames Auge auf die Tür des Hauses Gondelaurier, sprach leise von Phœbus und verfütterte ihr Brot an die Schwalben. So gingen ihre Tage dahin.

Sie sah und hörte nichts mehr von Quasimodo. Der arme Glöckner schien aus der Kirche verschwunden zu sein. Eines Nachts aber, als sie nicht schlafen konnte und an ihren schönen Hauptmann dachte, hörte sie in der Nähe ihrer Zelle ein Seufzen. Sie erschrak, stand auf und sah im Mondlicht eine unförmige Masse quer vor ihrer Tür liegen. Es war Quasimodo, der sich auf dem blanken Stein zum Schlafen ausgestreckt hatte.

V

Der Schlüssel zur Roten Pforte

Das Gerücht von der wunderbaren Rettung der Zigeunerin war unterdessen auch zu den Ohren des Erzdechanten gedrungen. Als er den Vorfall erfuhr, war er sich über seine Empfindungen nicht klar. Er hatte sich mit dem Tod der Esmeralda abgefunden; auf diese Weise war er ruhig, denn er hatte den höchsten Grad des Schmerzes erlitten. Das menschliche Herz kann nur ein gewisses Maß der Verzweiflung fassen. Dom Claude hatte über diese Dinge lange nachgedacht. Wenn der Schwamm sich vollgesogen hat, so kann das Meer seine Fluten über ihn ergießen, ohne ihn um eine einzige Träne schwerer zu machen.

Die Esmeralda war tot; der Schwamm war vollgesogen; für Dom Claude war das letzte Wort auf Erden gesprochen. Nun sie aber lebte und Phoebus auch, da wachte alles wieder auf, alle Qualen, Aufregungen und Möglichkeiten, das Leben; all dessen war Dom Claude herzlich müde.

Er schloß sich, als er diese Nachricht erhielt, in seine Klosterzelle ein und erschien weder beim Kapitel noch beim Gottesdienst. Seine Tür öffnete sich niemandem, selbst dem Bischof nicht, und wochenlang blieb er wie eingemauert. Man glaubte, er sei krank, und das war er auch.

Was trieb er in seinem freiwilligen Gefängnis? Mit was für Gedanken schlug er sich herum? Kämpfte der Unglückliche einen letzten Kampf mit seiner verhängnisvollen Leidenschaft? Schmiedete er einen letzten Plan, um das Mädchen dem Tode und sich selbst der Verdammnis zu überliefern?

Jehan, sein geliebter Bruder, sein verzogenes Kind, kam eines Tages an seine Tür, klopfte, fluchte, bat und flehte und nannte sich wohl zehnmal mit Namen. Claude öffnete nicht.

Ganze Tage lang drückte er sein Gesicht gegen die Scheiben seines einen Fensters, aus dem er die Kammer der Esmeralda sehen konnte; oft sah er sie auch selbst mit ihrer Ziege; manchmal war auch Quasimodo dabei. Er beobachtete, wie der garstige Taube sie mit zarter Sorgfalt umgab, wie er ihr gehorchte und sich ihr liebevoll unterwarf. Sein Gedächtnis war gut, und das Gedächtnis ist der Quälgeist der Eifersüchtigen. Nur allzu lebhaft erinnerte er sich des seltsamen Blickes, mit dem der Glöckner an einem gewissen Abend die Tänzerin betrachtet hatte. Er fragte sich, was Quasimodo bewogen haben mochte, sie zu retten. Er war Zeuge vieler kleiner Auftritte zwischen ihm und der Zigeunerin, und seine Leidenschaft deutete das durch die Entfernung entstellte Gebärdenspiel in zärtlichem Sinn. Er traute einer launenhaften Frau alles zu. Da fühlte er unbestimmt, daß eine Eifersucht in ihm erwachte, an deren Möglichkeit er nie im entferntesten gedacht hatte, eine Eifersucht, die ihn mit Scham und Entrüstung erfüllte und ihm das Blut in die Wangen trieb. ›Der Hauptmann, das möge noch hingehen, aber dieser da!‹ Das war ein Gedanke, der ihn vollends niederwarf.

Seine Nächte waren entsetzlich. Seit er wußte, daß die Zigeunerin lebte, waren die eisigen Grabesgedanken und die Gespenster von ihm gewichen, die ihn einen ganzen Tag lang verfolgt hatten. Jetzt aber fingen die irdischen Gelüste wieder an, ihn zu stacheln. Er wälzte sich auf seinem Lager und fühlte die Nähe des jungen, braunen Geschöpfes.

Seine rasende Einbildungskraft zauberte ihm jede Nacht die Esmeralda in allen Stellungen vor, die sein Blut einst in Wallung gebracht hatten. Er sah sie, wie sie mit geschlossenen Augen über dem erstochenen Hauptmann lag; ihre schöne nackte Brust war mit dem Blut Phœbus' befleckt. Es war der wonnetrunkene Augenblick gewesen, wo der Erzdechant einen Kuß auf ihre bleichen Lippen drückte, dessen brennende Glut die Unglückliche trotz ihrer Ohnmacht gefühlt hatte. Er sah sie wieder, entkleidet unter den rohen Händen der Folterknechte, sah ihren zierlichen Fuß, ihr schlankes, rundes Bein im spanischen Stiefel verschwinden, sah das geschmeidige, weiße Knie aus dem schrecklichen Foltergerät hervorragen. Endlich sah er sie im Hemd mit nackten Schultern und Füßen, den Strick um den Hals, fast nackt, wie er sie am letzten Tag gesehen hatte. Wenn diese wollüstigen Bilder ihn heimsuchten, ballten sich seine Fäuste, und ein Schauer lief ihm den Rücken hinunter.

Eines Nachts ließen diese Gedanken sein jungfräuliches, priesterliches Blut so grausam in seinen Adern sieden, daß er in sein Kopfkissen biß, aus dem Bett sprang, sich einen Rock überwarf, die Lampe in die Hand nahm und halb bekleidet, verstört und mit brennenden Augen seine Zelle verließ. Er wußte, wo der Schlüssel zur Roten Pforte zu finden war, die aus dem Kloster in den Dom führte. Den Schlüssel zur Turmtreppe aber hatte er, wie wir wissen, immer bei sich.

VI

Der Schlüssel zur Roten Pforte – Fortsetzung

Die Esmeralda war in jener Nacht voll Hoffnung und süßer Gedanken eingeschlafen. Sie schlummerte schon ein Weilchen und träumte wie immer von Phœbus. Da hörte sie Geräusche um sich her. Sie hatte einen leichten, unruhigen Schlaf, einen Vogelschlaf. Ein Nichts konnte sie wecken. Sie schlug die Augen auf. Die Nacht war dunkel, aber trotzdem konnte sie an ihrem Fensterchen ein Gesicht erkennen, das sie anstarrte. Das Licht einer Lampe fiel auf die Erscheinung. Der Draußenstehende hatte kaum bemerkt, daß er gesehen wurde, als er die Lampe ausblies.

Das junge Mädchen aber hatte Zeit gehabt, ihn zu erkennen. Sie schloß entsetzt die Augen. »Ach«, sagte sie mit erloschener Stimme, »der Priester!«

Alles vergangene Leid durchzuckte sie wie ein Blitz, und gelähmt sank sie auf ihr Lager zurück.

Einen Augenblick später fühlte sie an ihrem Körper entlang

eine Berührung, bei der sie erschauerte. Wut und Zorn machten sie vollends wach, und sie setzte sich auf.

Der Priester hatte sich neben sie gelegt und umschlang sie mit seinen Armen.

Sie wollte schreien, aber sie konnte nicht.

»Fort, Ungeheuer! Fort, Mörder!« sagte sie mit bebender Stimme, die vor Schrecken und Zorn halb erstickt wurde.

»Gnade! Gnade!« murmelte der Priester und drückte seine Lippen auf ihre Schultern.

Sie packte seinen kahlen Kopf mit beiden Händen an dem spärlichen Überrest von Haaren und versuchte ihn von sich zu drängen, als fürchte sie nicht Küsse, sondern Bisse von ihm.

»Gnade!« wiederholte der Unglückliche. »Wenn du wüßtest, wie ich dich liebe! Meine Liebe ist Feuer, geschmolzenes Blei; sie wühlt mit tausend Messern in meinem Herzen!«

Er packte ihre Arme mit übermenschlicher Kraft. »Laß mich los«, schrie sie wie rasend, »oder ich spucke dir ins Gesicht.«

Er ließ sie los. »Erniedrige mich, schlage mich, quäle mich! Mach, was du willst; aber habe Erbarmen mit mir! Liebe mich!«

Da hieb sie mit der Wut eines Kindes auf ihn ein. Sie ballte ihre schönen Hände und schlug ihm ins Gesicht. »Fort mit dir, du Teufel!«

»Liebe mich, liebe mich, habe Erbarmen!« schrie der arme Priester, indem er sich auf sie wälzte und ihre Schläge mit Liebkosungen erwiderte.

Plötzlich fühlte sie, daß er ihrer Herr wurde. »Ich muß ein Ende machen!« sagte er zähneknirschend.

Sie zitterte bezwungen, zerbrochen, wehrlos in seinen Armen. Sie spürte eine lüsterne Hand über ihren Körper gleiten, raffte ihre letzte Kraft zusammen und schrie: »Zu Hilfe! Zu Hilfe! Ein Vampir! Ein Vampir!«

Es kam niemand. Nur Djali war aufgewacht und meckerte angstvoll.

»Schweig!« sagte der Priester keuchend.

Plötzlich, als sie noch einmal versuchte, sich frei zu machen, und auf den Boden rutschte, stieß sie mit der Hand gegen etwas Kaltes, Metallenes, das neben ihrem Lager auf der Erde lag. Es war das Pfeifchen von Quasimodo. Sie griff mit neuer Hoffnung krampfhaft danach, führte es an die Lippen und blies mit allem, was ihr an Kraft blieb, hinein. Ein lauter, greller Pfiff durchschnitt die Luft.

»Was ist das?« fragte der Priester.

Kaum hatte er die Worte ausgesprochen, da fühlte er sich von einem starken Arm in die Höhe gerissen. Es war dunkel in der Kammer, und er konnte nicht recht sehen, wer ihn gepackt hielt; aber er hörte wütendes Zähneknirschen, und es war gerade genug Licht in der Finsternis, daß er eine große Messerklinge über seinem Kopf funkeln sah.

Der Priester glaubte Quasimodo zu erkennen; wer sollte es auch anderes sein. Er dachte daran, daß er beim Eintreten über ein Bündel gestolpert war, das draußen quer vor der Tür lag. Sein Angreifer aber gab kein Wort von sich, und er wußte nicht, was er von der Sache denken sollte. Er packte den Arm, der das Messer hielt, und schrie: »Quasimodo!« Er vergaß in der Aufregung, daß Quasimodo taub war.

Im Handumdrehen lag der Priester auf dem Boden und fühlte ein Knie bleiern auf seiner Brust lasten. An der eckigen Form des Knies erkannte er Quasimodo. Aber was tun? Wie sollte er sich ihm zu erkennen geben? Die Nacht machte den Tauben blind.

Er war verloren. Das Mädchen war erbarmungslos wie eine gereizte Tigerin. Sie rührte keinen Finger, um ihn zu retten. Das Messer näherte sich seinem Kopf. Der Augenblick war kritisch. Plötzlich schien sein Gegner zu zögern. »Kein Blut soll über sie kommen!« sagte er dumpf.

Es war wirklich Quasimodos Stimme.

Da fühlte er, wie die plumpe Hand ihn am Fuß ergriff und aus der Kammer hinauszog. Dort draußen sollte er sterben. Sein Glück wollte es, daß gerade der Mond aufging.

Als sie ins Freie kamen, fiel der bleiche Mondschein auf das Gesicht des Priesters. Quasimodo sah ihn an, erbebte, ließ ihn los und wich zurück.

Die Zigeunerin, die auf die Schwelle ihrer Kammer getreten war, sah mit Erstaunen, daß die beiden die Rollen getauscht hatten. Jetzt drohte der Priester, und Quasimodo flehte. Der Priester bedrängte ihn mit zornigen, vorwurfsvollen Gebärden und bedeutete ihm heftig, er solle sich entfernen.

Der Taube ließ den Kopf hängen; dann kniete er vor der Tür der Zigeunerin nieder. »Monseigneur«, sagte er mit ernster, gefaßter Stimme, »tut später, was Euch gut dünkt, aber zuerst tötet mich.«

Mit diesen Worten reichte er dem Priester sein Messer hin. Der aber war wie von Sinnen und griff danach; doch das junge Mädchen war schneller als er. Sie entriß Quasimodo das Messer und brach in wütendes Lachen aus. »Nun komm!« sagte sie zu dem Priester.

Sie hielt die Klinge hoch. Der Priester stand unentschlossen. Hätte er sich genähert, so würde sie ihn erstochen haben. »Du wagst es nicht, Feigling!« schrie sie. »Ach, ich weiß, daß Phœbus lebt!« fügte sie unerbittlich hinzu. Sie wußte, daß sie ihm mit diesen Worten wie mit glühendem Eisen ins Herz stieß.

Der Priester warf Quasimodo mit einem Fußtritt zu Boden und stürzte bebend vor Wut auf die Turmtreppe zu.

Als er unter der Wölbung verschwunden war, hob Quasimodo das Pfeifchen auf, das die Zigeunerin gerettet hatte. »Es fing an zu rosten«, sagte er und gab es ihr zurück. Dann ließ er sie allein.

Das junge Mädchen warf sich schluchzend auf ihr Lager. Die Aufregung hatte sie erschüttert und erschöpft. Ihr Horizont fing an, sich wieder zu umdüstern.

Der Priester aber hatte tappend in seine Zelle zurückgefunden.

Das Unglück war geschehen. Dom Claude war eifersüchtig auf Quasimodo.

Nachdenklich murmelte er seine verhängnisvollen Worte: »Niemand soll sie besitzen!«

Zehntes Buch

I

Gringoire hat in der Rue des Bernardins nacheinander mehrere gute Gedanken

Als Pierre Gringoire sich klargeworden war, daß die Sache der Esmeralda eine böse Wendung nahm und daß auf die Hauptdarsteller in der Komödie offenbar Strick, Galgen und andere Unannehmlichkeiten warteten, da hatte er keinen Drang mehr verspürt, sich in die Angelegenheit zu mischen. Die Gauner aber, bei denen er geblieben war, weil sie ihm im Grunde als die beste Gesellschaft von Paris erschienen, hatten nicht abgelassen, nach der Zigeunerin zu forschen. Er hatte das ganz selbstverständlich gefunden; denn die Gauner waren ja Leute, die wie sie sowieso nichts anderes als Charmolue und Torterue zu erwarten hatten und nicht wie er zwischen den Flügeln des Pegasus in den Gefilden der Phantasie umherritten. Durch ihre Gespräche hatte er erfahren, daß die ihm kraft des zerbrochenen Kruges angetraute Gattin sich in den Dom von Notre-Dame geflüchtet hatte, und darüber war er sehr froh. Aber es wandelte ihn nicht die leiseste Versuchung an, sie dort aufzusuchen. Er dachte nur manchmal an die kleine Ziege. Das war alles. Zudem war er tagsüber beschäftigt, sich durch seine Kunststücke seinen Unterhalt zu verdienen, und nachts brütete er über einer Denkschrift gegen den Bischof von Paris, dem er es nicht vergeben konnte, daß seine Mühlräder ihn naß gespritzt hatten. Er beschäftigte sich auch damit, einen Kommentar zu dem schönen Werk von Baudry le Rouge, Bischof von Noyon und Tournay ›De Cupa Petrorum‹[1] zu schreiben. Dieses Werk hatte eine heftige Begeisterung für die Baukunst in ihm geweckt und hatte die Leidenschaft für die Alchimie aus seinem Herzen verdrängt, was nur eine logische Schlußfolgerung war, da es eine tiefe Verbindung zwischen Baukunst und Alchimie gibt. Die Liebe zur Idee hatte sich bei Gringoire in die Liebe zu ihrer Form verwandelt.

Eines Tages stand er nicht weit von Saint-Germain l'Auxerrois, an der Ecke eines Hauses namens For-l'Évêque, gegenüber dem For-le Roi, vor einer reizenden Kapelle aus dem vierzehnten Jahrhundert, deren Chorhaube zur Straße schaute. Er war andächtig in den Anblick ihrer Skulpturen versunken und durchlebte einen jener Augenblicke höchsten Genusses, wo der Künstler in egoistischer Abgeschlossenheit in der ganzen Welt nur die Kunst und in der Kunst die ganze Welt sieht. Plötzlich fühlte er, wie sich eine Hand schwer auf seine Schulter legte. Er wandte sich um: Es war sein ehemaliger Freund, sein einstiger Lehrer, der Erzdechant.

Gringoire war aufs höchste bestürzt. Es war lange her, seit er den Erzdechanten zum letztenmal gesehen, und Dom Claude war einer jener feierlichen, leidenschaftlichen Menschen, deren Erscheinen das Gleichgewicht eines skeptischen Philosophen unfehlbar erschüttern muß.

Der Erzdechant schwieg eine Weile, und Gringoire hatte Muße, ihn zu betrachten. Er fand Dom Claude sehr verändert; er war bleich wie ein Wintermorgen, seine Augen lagen tief in ihren Höhlen, sein Haar war beinahe weiß. Der Priester brach endlich das Schweigen und sagte in ruhigem, aber eisigem Ton: »Wie geht es Euch, Meister Pierre?«

»Meint Ihr meine Gesundheit?« entgegnete Gringoire. »Ja, ja! Darüber ließe sich manches sagen; im ganzen genommen aber ist sie gut. Ich lebe mäßig. Ihr wißt, Meister, was Hippokrates über das Geheimnis sagt, ein gesunder Mensch

[1] lat., Über die Steinmetzkunst.

zu sein: id est cibi, potus, somni, venus, omnia moderata sint.«[1]

»Ihr habt also keinerlei Sorgen, Meister Pierre?« fragte der Erzdechant und sah ihm fest ins Gesicht.

»Bei meiner Seele, nein!«

»Und was treibt Ihr jetzt?«

»Ich betrachte die Form dieser Steine, wie Ihr seht, und untersuche, wie dieses Flachrelief gearbeitet ist.«

Der Priester lächelte; es war ein sehr bitteres Lächeln, das nur den einen Mundwinkel hob. »Und das macht Euch Freude?«

»Es ist ein paradiesisches Vergnügen!« rief Gringoire. Er neigte sich zu den Skulpturen nieder und sagte mit dem verklärten Ausdruck eines Menschen, der ein lebendes Wesen vorführt: »Findet Ihr nicht, daß diese Reliefumwandlung mit sehr viel Geschick, sehr viel Geduld, sehr viel Zartgefühl ausgeführt wurde? Seht diese kleine Säule hier. Habt Ihr je ein Kapitell von zarteren Blättern umrankt gesehen? Hat je ein Meißel den Stein zärtlicher umschmeichelt? Hier sind drei Figuren von Jean Maillevin. Sie gehören nicht zum Schönsten, was dieses große Genie geschaffen hat. Aber die Natürlichkeit und Sanftmut der Gesichter, die Heiterkeit in Gebärden und Gewändern, das unerklärlich Gefällige, das sich allen ihren Schwächen beimischt, macht sie zu einem erfreulichen, anmutigen, vielleicht sogar allzu anmutigen Anblick. – Findet Ihr das nicht unterhaltend?«

»Allerdings«, sagte der Priester.

»Und wenn Ihr erst die Kapelle von innen sähet!« fuhr der Dichter in geschwätziger Begeisterung fort. »Alles voll Skulpturen, so kraus wie das Herz eines Kohlkopfs! Die Stimmung der Apsis ist so eigenartig fromm, wie ich es noch nie anderswo gesehen habe!«

Dom Claude unterbrach ihn: »Ihr seid also glücklich?«

[1] lat., Speise, Trank, Schlaf und Liebe, alles sei mit Maß und Ziel.

Gringoire antwortete feurig: »Bei meiner Ehre, ja! Erst habe ich Frauen geliebt, dann Tiere; jetzt liebe ich Steine. Die sind ebenso unterhaltend wie die Tiere und die Frauen und sind nicht so boshaft wie sie.«

Der Priester legte die Hand auf die Stirn; das war eine Angewohnheit von ihm. »Wirklich!«

»Seht, man hat so seine Freuden.« Er nahm den Arm des Priesters, der ihn gewähren ließ, und führte ihn unter das Türmchen der Treppe des bischöflichen Gerichtshofes. »Hier diese Treppe! Jedesmal, wenn ich sie sehe, bin ich glücklich. Sie ist die einfachste und seltsamste ihrer Art in Paris. Alle Stufen sind von unten mit dem Spitzhammer behauen. Ihre Schönheit und ihre Einfachheit liegen in der Art, wie sie miteinander verflochten sind, eingebunden, eingepaßt, angeknüpft, eingefaßt, ineinander eingelassen; sie verzahnen sich also auf eine wirklich sichere und schöne Art.«

»Und es bleibt Euch nichts zu wünschen übrig?«

»Nein.«

»Ihr habt nichts zu bereuen?«

»Ich bin klaglos und wunschlos; ich habe mir mein Leben eingerichtet.«

»Was sich die Menschen einrichten«, sagte Claude, »das verwirren die Dinge.«

»Ich bin ein skeptischer Philosoph«, antwortete Gringoire, »ich halte alles im Gleichgewicht.«

»Und wie verdient Ihr Euren Unterhalt?«

»Ich schreibe noch ab und zu Tragödien oder Epen; am meisten aber bringt mir das Gewerbe ein, das Ihr mich habt ausüben sehen, Meister. Ich trage Stuhlpyramiden mit den Zähnen.«

»Ein grobes Gewerbe für einen Philosophen.«

»Auch eine Sache des Gleichgewichts«, sagte Gringoire. »Ist man einmal von einem Gedanken beseelt, so lebt er in allem, was man tut.«

»Das weiß ich«, entgegnete der Erzdechant. Nach einer

Pause fuhr er fort: »Trotzdem aber geht es Euch herzlich schlecht?«

»Schlecht geht es mir, ja; aber unglücklich bin ich nicht.«

In diesem Augenblick ertönte Pferdegetrappel, und die beiden sahen am Ende der Straße eine Kompanie königlicher Leibschützen vorüberreiten. Sie trugen die Lanzen hoch, und an ihrer Spitze ritt der Offizier. Es war eine glänzende Kavalkade, das Pflaster hallte von ihren Hufen wider.

»Ihr verschlingt diesen Offizier ja mit den Augen«, sagte Gringoire zu dem Erzdechanten.

»Er kommt mir bekannt vor.«

»Wie heißt er?«

»Ich glaube«, sagte Claude, »er heißt Phœbus de Châteaupers.«

»Phœbus! Ein seltsamer Name! Es gibt auch einen Grafen Phœbus de Foix. Ich habe einmal eine Dirne gekannt, die nur auf den Namen Phœbus schwor.«

»Kommt«, sagte der Erzdechant, »ich habe Euch etwas zu sagen.«

Seit die Leibschützen vorübergeritten waren, hatte sich des Priesters eine Erregung bemächtigt, über die seine eisige Ruhe nicht mehr ganz hinwegtäuschen konnte. Er setzte sich in Bewegung, und Gringoire folgte ihm; denn wie alle Menschen, die einmal mit diesem gebieterischen Mann in Berührung gekommen waren, war auch er gewohnt, ihm zu gehorchen. Sie gingen schweigend bis zur Rue des Bernardins, einer ziemlich verlassenen Straße. Dort blieb Dom Claude stehen.

»Was habt Ihr mir zu sagen, Meister?« fragte Gringoire.

»Findet Ihr nicht, daß der Anzug jener Reiter, die wir eben sahen, viel schöner ist als Eurer und meiner?« entgegnete der Erzdechant mit grüblerischem Ausdruck.

Gringoire zuckte die Achseln. »Meiner Treu! Ich habe meinen rotgelben Rock lieber als das Schuppenzeug aus Eisen und Stahl. Ein schönes Vergnügen, beim Gehen zu klirren wie ein Haufen altes Eisen bei einem Erdbeben!«

»So habt Ihr die schönen Jungen im Waffenrock niemals beneidet?«

»Beneidet? Warum, Herr Erzdechant? Um ihre Kraft, um ihre Rüstung, um ihre Zucht? Besser, als unabhängiger Philosoph in Lumpen einherzugehen! Ich will doch lieber der Kopf einer Fliege als der Schwanz eines Löwen sein.«

»Wie merkwürdig«, sagte der Priester träumerisch. »Eine schöne Uniform ist doch nicht zu verachten!«

Als Gringoire ihn so nachdenklich sah, entfernte er sich von ihm, um eine nahe Haustür zu bewundern. Als er zurückkam, klatschte er vor Entzücken in die Hände. »Wenn Euch nicht der Sinn nach den schönen Waffenröcken der Krieger stünde, Herr Erzdechant, so würde ich Euch bitten, jene Tür anzusehen. Ich habe es ja immer gesagt, das Haus des Herrn Aubry hat eine der schönsten Türen auf Erden.«

»Pierre Gringoire«, sagte der Erzdechant, »was habt Ihr mit der kleinen tanzenden Zigeunerin gemacht?«

»Der Esmeralda? Ihr ändert recht plötzlich das Thema.«

»Ist sie nicht Eure Frau?«

»Ja, kraft eines zerbrochenen Kruges. Man hat uns auf vier Jahre verheiratet. Übrigens«, fügte Gringoire, dem Erzdechanten ins Gesicht schauend, halb spöttisch hinzu, »Ihr denkt also immer noch daran?«

»Und Ihr, denkt Ihr denn nicht mehr daran?«

»Wenig – ich habe so viel im Kopf! ... Mein Gott, wie niedlich war die kleine Ziege!«

»Hatte Euch die Zigeunerin nicht das Leben gerettet?«

»Wahrhaftig, da habt Ihr recht.«

»Nun, und was ist aus ihr geworden? Was habt Ihr mit dem Mädchen getan?«

»Das kann ich Euch nicht sagen! Ich glaube, die haben sie gehenkt.«

»Das glaubt Ihr?«

»Ich weiß es nicht sicher. Als ich merkte, daß die Leute gehenkt werden sollten, da habe ich mich verdrückt.«

»Das ist alles, was Ihr über die Sache wißt?«

»Ach, wartet doch! Es ist mir erzählt worden, sie sei in den Dom von Notre-Dame geflüchtet und dort sei sie in Sicherheit. Darüber habe ich mich sehr gefreut; ich habe aber nicht erfahren können, ob die Ziege sich auch gerettet hat, und das ist alles, was ich über die Sache weiß.«

»Ich werde Euch mehr davon erzählen«, schrie Dom Claude. Er hatte bisher langsam und leise, beinahe tonlos gesprochen; jetzt donnerte seine Stimme. »Es ist wahr, sie hat sich in den Dom geflüchtet. Aber in drei Tagen wird sie der Gerechtigkeit ausgeliefert und auf der Place de Grève gehenkt. Das Gericht hat den Befehl erlassen.«

»Das ist ärgerlich«, sagte Gringoire.

Der Priester war im Handumdrehen wieder kalt und ruhig geworden.

»Und wer, zum Teufel auch, hat sich den Spaß gemacht, um einen neuen Haftbefehl einzukommen?« rief der Dichter. »Konnte man nicht das Gericht in Frieden lassen? Konnte man nicht einem armen Mädchen die Zuflucht bei den Schwalbennestern unter den Bögen von Notre-Dame gönnen?«

»Es gibt Teufel auf Erden«, antwortete der Erzdechant.

»Das ist eine Teufelseinrichtung«, entgegnete Gringoire.

Nach kurzem Schweigen fuhr der Erzdechant fort: »Sie hat Euch also das Leben gerettet?«

»Bei meinen guten Freunden, den Gaunern. Um ein Haar hätten sie mich gehenkt. Heute würde es ihnen leid sein.«

»Wollt Ihr nichts für sie tun?«

»Und ob ich will, Dom Claude! Aber ich werde mich dadurch in eine sehr böse Geschichte verwickeln!«

»Tut nichts!«

»Oho, tut nichts! Ihr habt gut reden, Meister! Ich habe zwei große Werke in Arbeit.«

Der Priester schlug sich an die Stirn. Obwohl er sich zur Ruhe zwang, machte sich seine innere Erregung ab und zu durch eine heftige Gebärde Luft. »Wie könnte man sie retten?«

»Darauf möchte ich Euch antworten ›Il padelt‹, das heißt auf türkisch: Gott ist unsere Hoffnung«, sagte Gringoire.

»Wie könnte man sie retten?« wiederholte Claude nachdenklich. Jetzt schlug sich Gringoire an die Stirn:

»Hört, Meister. Ich habe Phantasie. Ich werde einen Ausweg finden. – Wie wäre es, wenn man den König um Gnade bäte?«

»Ludwig den Elften? Um Gnade?«

»Warum nicht?«

»Nimm lieber dem Tiger seinen Knochen weg.«

Gringoire suchte nach einer anderen Lösung.

»Wartet! Wie wäre es, wenn ich an die Matronen eine Bittschrift richtete und darin erklärte, das Mädchen sei schwanger?«

Bei diesem Vorschlag funkelten die tiefliegenden Augen des Priesters.

»Schwanger! Du Lümmel! Weißt du etwas davon?«

Gringoire erschrak über seinen Ausdruck. Er beeilte sich zu sagen: »Ich? Gar nichts! Unsere Heirat war ein wahres Foris maritagium.[1] Ich bin ganz aus dem Spiel geblieben. Aber man würde doch wenigstens einen Aufschub damit erreichen.«

»Narrheit! Gemeinheit! Schweig!«

»Ihr solltet nicht böse werden«, brummte Gringoire. »Man erreicht, daß die Sache aufgeschoben wird, und damit ist doch niemandem ein Schaden getan. Im Gegenteil, die Matronen bekommen vierzig Heller; das Geld können die armen Weiber gebrauchen.«

Der Priester hörte nicht auf seine Worte. – »Sie muß fort aus dem Dom!« murmelte er. »Der Haftbefehl ist in drei Tagen fällig! Und wäre auch der Haftbefehl nicht, so wäre doch Quasimodo! Weiblicher Geschmack kann seltsam in die Irre

[1] lat., Heirat eines Leibeigenen mit einer Freien.

gehen! – Ich habe alles wohl bedacht, Meister Pierre«, sagte er laut, »es gibt nur ein Mittel, sie zu retten.«

»Was ist das für ein Mittel? Ich bin mit meiner Weisheit zu Ende.«

»Hört mich an, Meister Pierre, und denkt daran, daß sie Euch das Leben gerettet hat. Ich will Euch meinen Plan frei heraus sagen. Die Kirche wird Tag und Nacht bewacht. Man läßt nur heraus, wen man eintreten sah. Ihr könnt also hineingehen. Ihr kommt, und ich führe Euch bei ihr ein. Ihr tauscht die Kleider mit ihr. Sie nimmt Euer Wams. Ihr nehmt ihren Frauenrock.«

»Bis dahin mag die Sache gehen«, bemerkte der Philosoph, »aber wie weiter?«

»Wie weiter? Sie geht in Euren Kleidern von dannen, Ihr bleibt in ihren Kleidern zurück. Vielleicht wird man Euch henken; sie aber ist gerettet.«

Gringoire kratzte sich mit ernster Miene hinter dem Ohr.

»Das ist freilich ein Gedanke, auf den ich selbst niemals verfallen wäre«, sagte er.

Bei dem unerwarteten Vorschlag Dom Claudes hatte sich das offene, menschenfreundliche Antlitz des Dichters plötzlich umdüstert wie eine lachende italienische Landschaft, wenn ein widriger Wind eine Wolke über die Sonne treibt.

»Nun, Gringoire, was sagt Ihr zu meinem Einfall?«

»Ich sage, daß man mich nicht nur vielleicht, sondern ganz gewiß henken wird.«

»Das kann uns einerlei sein.«

»Ei verflucht!« sagte Gringoire.

»Sie hat Euch das Leben gerettet; Ihr bezahlt nur eine Schuld damit.«

»Ich habe viele Schulden, die ich nicht bezahle!«

»Meister Pierre, Ihr müßt es tun!« Der Erzdechant sprach in gebietendem Ton.

»Hört, Dom Claude«, antwortete der Dichter ganz bestürzt, »es ist nicht recht von Euch, auf diesem Plan zu bestehen. Ich sehe nicht ein, warum ich mich an Stelle eines andern henken lassen soll.«

»Was fesselt Euch denn so an das Leben?«

»Ach, tausenderlei!«

»Tausenderlei? Wollt Ihr mir nicht, bitte schön, sagen, was?«

»Die Luft, der Himmel, der Morgen, der Abend, der Mondschein, meine guten Freunde, die Gauner, unsere fröhlichen Unterhaltungen mit den Dirnen, das Studium der schönen Bauwerke von Paris, drei große Bücher, an denen ich schreibe, eins davon gegen den Bischof und seine Mühlen, und was nicht alles sonst noch. Anaxagoras hat gesagt, er sei auf der Welt, um die Sonne zu bewundern. Dann habe ich auch das Glück, vom Morgen bis zum Abend die Gesellschaft eines genialen Mannes zu genießen, nämlich meine eigene Gesellschaft, und das ist eine große Annehmlichkeit.«

»Narr!« brummte der Erzdechant. »Sage mir, guter Freund, wem verdankst du denn dieses Leben, das du dir so genußreich gestaltest? Wem verdankst du es, daß du die Luft atmest, daß du den Himmel siehst, daß du dein Spatzengehirn mit Torheiten und eitlen Träumereien ergötzen kannst? Wo wärest du ohne sie? Willst du, daß sie stirbt, sie, die dir das Leben gerettet hat? Daß sie stirbt, sie, das schöne, sanfte, anbetungswürdige Geschöpf, das ein Stern auf Erden ist und göttlicher als Gott selbst? Und du willst weiterleben, du, halb Weiser und halb Narr, du unvollkommenes Etwas, du Gewächs, das sich einbildet, zu gehen und zu denken, du willst das Leben weiterführen, das du ihr gestohlen hast, ein Leben, so unnütz wie eine Kerze, die am hellen Mittag brennt? Leiste dir ein wenig Mitleid, Gringoire! Sei auch einmal großmütig! Sie hat dir das Beispiel gegeben.«

Der Priester sprach heftig erregt. Gringoire hörte ihm erst unentschlossen zu, dann wurde er gerührt, und schließlich zog er eine tragische Fratze, die sein Gesicht dem eines Neugeborenen ähnlich machte, das Bauchweh hat.

»Ihr rührt mir ans Herz«, sagte er und wischte sich eine Träne ab. »Sei es! Ich werde es mir überlegen. Ein sonderbarer Gedanke, auf den Ihr da verfallen seid.« Nach einer Pause fuhr er fort: »Schließlich, wer weiß? Vielleicht henken sie mich doch nicht! Es wird nicht alles so heiß gegessen, wie es gekocht wird. Wenn sie mich so wunderlich angetan, in Weiberrock und Haube, da oben auf dem Dach finden, dann kommt ihnen vielleicht allen das Lachen. Und henken sie mich doch, na ja, der Strick ist eine Todesart wie jede andere auch, oder besser, er ist nicht wie jede andere. Er ist eine Todesart, die eines Weisen würdig ist, der sein Leben lang hin und her geschwankt ist, eine Todesart, die weder Fisch noch Fleisch ist und darum dem Geist des echten Skeptikers gleicht; er ist eine skeptische, unschlüssige Todesart, die die Mitte zwischen Himmel und Erde hält und den Menschen in der Schwebe läßt, die Todesart eines Philosophen; vielleicht war sie mir vorherbestimmt. Nichts ist herrlicher, als zu sterben, wie man gelebt hat.«

Der Priester unterbrach ihn: »Also ist die Sache abgemacht?«

»Was ist denn überhaupt der Tod?« fuhr Gringoire überschwenglich fort. »Ein peinlicher Augenblick, ein Brückenzoll, der Übergang von wenig zu nichts. Als Cercidas aus Megalopolis gefragt wurde, ob er willig sterbe, antwortete er: ›Warum nicht? Nach meinem Tode werde ich die großen Männer sehen, unter den Philosophen Pythagoras, unter den Historikern Hekatäus, unter den Dichtern Homer, unter den Musikern Olympius.‹ «

Der Erzdechant hielt ihm die Hand hin: »Wir sind einig, nicht wahr? Morgen kommt Ihr!«

Die Handbewegung des Priesters lenkte Gringoire in die Wirklichkeit zurück.

»Ach nein, nein!« sagte er, als führe er aus dem Schlaf auf. »Gehenkt werden, das ist doch zu absurd; das will ich nicht!«

»So leb wohl!« sagte der Erzdechant. »Ich werde dich zu finden wissen«, setzte er murmelnd hinzu.

›Mich zu finden wissen? Ein solcher Teufel von einem Menschen! Das behagt mir nicht‹, dachte Gringoire und lief hinter Dom Claude her. »Herr Erzdechant, wartet, laßt keinen Groll zwischen alten Freunden sein! Ihr sorgt Euch um dieses Mädchen, um meine Frau, wollte ich sagen, und Ihr tut gut daran. Ihr habt Euch einen Plan ausgedacht, um sie sicher aus dem Dom herauszubringen; aber Euer Plan ist sehr peinlich für mich. – Wie wäre es nun, wenn ich einen anderen wüßte? – Ich kann Euch sagen, daß mir in diesem Augenblick ein ganz glänzender Gedanke gekommen ist. – Wenn ich nun ein Mittel wüßte, sie zu befreien, ohne meinen Hals aufs Spiel zu setzen? Was würdet Ihr dazu sagen? Würdet Ihr Euch zufriedengeben? Seid Ihr denn unbedingt darauf versessen, daß ich gehenkt werde?«

Der Priester riß sich vor Ungeduld die Knöpfe seiner Soutane ab. »Wortschwall! Sag mir deinen Plan!«

»Ja«, sagte Gringoire wie zu sich selber und hielt als Zeichen tiefen Nachdenkens den Zeigefinger an die Nase, »das ließe sich machen! Die Gauner sind wackre Leute. – Die Zigeuner lieben sie. – Ein Wort genügt, und sie stehen auf. – Nichts ist leichter als das. – Ein Handstreich. – In der Verwirrung kann man sie leicht entführen. – Morgen abend … Sie werden mit Freuden dabeisein.«

»Sag mir deinen Plan, sprich!« sagte der Priester und schüttelte ihn.

Gringoire wandte sich ihm würdevoll zu: »Laßt mich in Frieden! Seht Ihr nicht, daß ich nachdenke?« Er grübelte noch ein Weilchen; dann klatschte er vor Freude über seinen Gedanken in die Hände und rief: »Wundervoll! Der Erfolg ist sicher!«

»Sag mir deinen Plan!« wiederholte Claude wütend.

Gringoire strahlte.

»Kommt, ich muß es Euch ganz leise sagen. Es ist ein großartiger Gegenschlag, mit dem uns allen geholfen ist. Weiß Gott, ein Dummkopf bin ich nicht, das muß man mir lassen.«

Er unterbrach sich: »Übrigens, ist die kleine Ziege bei dem Mädchen?«

»Ja. Hol dich der Teufel!«

»Die würde auch mit gehenkt werden, nicht wahr?«

»Was geht mich das an!«

»Ja, sie würde auch mit gehenkt werden. Sie haben ja letzten Monat eine Sau gehenkt. Der Henker tut es gern; er macht sich hinterher einen Braten aus dem Tier. Meine hübsche Djali am Galgen! Armes kleines Lamm!«

»Verflucht!« schrie Dom Claude. »Du selbst bist der Henker. Was für ein Hilfsmittel hast du denn gefunden, du Flegel? Muß man dir deine Geburt mit der Zange herausholen?«

»Da ist sie schon, in ihrer ganzen Schönheit, Meister. Hört mich an!«

Gringoire neigte sich zum Ohr des Erzdechanten und sprach leise auf ihn ein; dabei schweiften seine Blicke unruhig von einem Ende der Straße zum anderen; die Straße aber war menschenleer. Als er ausgesprochen hatte, nahm Dom Claude seine Hand und sagte kalt: »Gut, also bis morgen.«

»Bis morgen«, wiederholte Gringoire; während sich der Erzdechant nach der einen Seite entfernte, ging er nach der anderen von dannen und murmelte halblaut: »Das ist eine kühne Sache, Monsieur Pierre Gringoire. Aber was tut's? Man kann klein sein und braucht sich deshalb noch lange nicht vor einer großen Unternehmung zu scheuen. Biton hat einen gewaltigen Stier auf den Schultern getragen; die Bachstelzen, die Stare und die Grasmücken überfliegen das weite Meer.«

II

Geh zu den Gaunern!

Als der Erzdechant ins Kloster zurückkam, fand er an der Tür seiner Zelle seinen Bruder Jehan du Moulin, der schon auf ihn wartete und sich die Langeweile damit vertrieben hatte, das Profil seines älteren Bruders, bereichert durch eine übermäßig große Nase, mit Kohle an die Wand zu zeichnen.

Dom Claude würdigte seinen Bruder kaum eines Blickes. Er war in Träumen befangen, die nichts mit ihm zu schaffen hatten. Das fröhliche Gesicht des jungen Taugenichts, bei dessen Anblick sich die finsteren Züge des Priesters so oft erheitert hatten, übte jetzt keine Wirkung mehr auf ihn aus und konnte die Wolken, die sich von Tag zu Tag tiefer auf seine verderbte, verstockte, faulende Seele senkten, nicht mehr zerstreuen.

»Lieber Bruder«, sagte Jehan schüchtern, »ich wollte Euch besuchen.«

Der Erzdechant schlug nicht einmal die Augen zu ihm auf, als er ihn kurz und mit schneidender Stimme fragte: »Was willst du?«

»Lieber Bruder«, sagte der Heuchler, »Ihr seid so gütig zu mir und Ihr beratet mich so gut, daß es mich immer wieder zu Euch treibt.«

»Nun, und?«

»Ach, lieber Bruder, Ihr habt so recht gehabt, wenn Ihr mir sagtet: ›Jehan, Jehan! Cessat doctorum doctrina, discipulorum disciplina.[1] Jehan, seid vernünftig, Jehan seid fleißig, schwärmt nicht ohne Grund nachts umher, wenn Ihr keine Erlaubnis vom Lehrer habt! Prügelt Euch nicht mit den Pikarden: noli, Joannes, verberare picardos! Verfault nicht wie ein eingebildeter Esel, quasi asinus illitteratus, auf dem Strohbett der Schule! Jehan, nehmt die Strafen auf Euch, die der Lehrer über Euch verhängt! Jehan, geht jeden Abend zur Kapelle

[1] lat., Mit dem Unterricht hört auch die Disziplin auf.

und singt ein Responsorium zur Ehre der heiligen Jungfrau Maria!‹ Ach, das waren gute Ratschläge!«

»Und weiter?«

»Lieber Bruder, ein Schuldiger steht vor Euch, ein Verbrecher, ein Unwürdiger, ein Wüstling, ein entsetzlicher Mensch! Mein lieber Bruder, Jehan hat Eure gütigen Ratschläge mit Füßen getreten wie Stroh und Mist. Jetzt hat mich die Strafe ereilt; denn Gott ist überaus gerecht. Solange ich Geld hatte, habe ich gelumpt und geschmaust. Ach, wie schön ist die Ausschweifung von Angesicht, wie häßlich und mürrisch ist sie von hinten! Jetzt habe ich keinen Heller mehr; ich habe mein Tischtuch, mein Hemd und mein Handtuch verkauft; mit dem lustigen Leben ist es vorbei! Die schöne Kerze ist ausgebrannt; ich habe nur noch ein elendes Talglicht, das mir in der Nase schwelt. Die Dirnen machen sich über mich lustig. Ich trinke Wasser. Gewissensbisse und Gläubiger peinigen mich.«

»Was noch?« fragte der Erzdechant.

»Ach, mein geliebter Bruder, ich möchte gern ein besseres Leben anfangen. Ich bin zerknirscht und bußfertig. Ich bekenne mich schuldig. Ich schlage mir mit den Fäusten an die Brust. Ihr wünscht, daß ich eines Tages Lehrer an meinem Kolleg werde, und Ihr habt recht damit. Ich fühle jetzt ein ausgesprochenes Verlangen nach diesem Amt. Aber ich habe keine Tinte mehr, ich muß mir welche kaufen; ich habe keine Federn mehr, ich muß mir welche kaufen; ich habe kein Papier, keine Bücher mehr, alles, alles muß ich mir kaufen. Dazu brauche ich dringend etwas Geld, und darum komme ich zerknirscht und reuig zu Euch, lieber Bruder.«

»Ist das alles?«

»Ja«, sagte der Scholar, »nur ein bißchen Geld.«

»Ich habe keins.«

Da sagte der Scholar ernst und entschlossen: »Dann muß ich Euch, lieber Bruder, zu meinem Bedauern darauf hinweisen, daß man mir von anderer Seite sehr lockende Anerbietungen und Vorschläge macht. Ihr wollt mir kein Geld geben? – Nein? – Dann werde ich Gauner.«

Er sprach das furchtbare Wort mit der Miene eines Ajax aus, der gewärtig ist, vom Blitzschlag getroffen zu werden.

Der Erzdechant sagte kalt: »So geh zu den Gaunern!«

Jehan verneigte sich tief vor ihm und stieg pfeifend die Klostertreppe hinunter.

Als er im Hof unter dem Fenster seines Bruders vorüberging, hörte er, wie dieses Fenster sich öffnete, er hob den Kopf und sah in das strenge Gesicht des Erzdechanten.

»Scher dich zum Teufel!« sagte Dom Claude. »Das ist das letzte Geld, das du von mir bekommst.«

Dabei warf er eine Börse hinunter, die dem Scholar eine Beule an die Stirn schlug. Jehan nahm sie auf und machte sich von dannen, unwillig und zufrieden zugleich, wie ein Hund, dem man einen Markknochen an den Kopf wirft.

III
Es lebe die Freude

Der Leser wird sich vielleicht erinnern, daß ein Teil des Mirakelhofs von der alten Stadtmauer begrenzt war, deren Türme damals zum großen Teil in Trümmer zu zerfallen begannen. Einen dieser Türme hatten sich die Gauner als Vergnügungslokal eingerichtet. Im Keller war die Schenke, und in den oberen Stockwerken lagen die anderen Festräume. Dieser Turm war der lebendigste Punkt im ganzen Mirakelhof, infolgedessen aber auch der widerwärtigste. Er war wie ein ungeheurer Bienenstock, in dem es Tag und Nacht surrt. Nachts, wenn die große Masse des Lumpengesindels schlief, wenn in keinem Fenster der schmutzigen Fassaden mehr Licht brannte, wenn sich kein Schrei mehr aus den unzähligen Rotten, den Ameisenhaufen der Diebe, Dirnen, gestohlenen Kinder und Bastarde, löste, dann machte sich der fröhliche Turm noch immer bemerkbar, lärmte und leuchtete rot durch Kellerlöcher, Fenster und Mauerrisse, sozusagen aus allen Poren auf den Platz hinaus.

Der Keller also war die Schenke. Man betrat ihn durch eine niedrige Tür, von der eine Treppe, steil und steif wie ein Alexandriner, hinunterführte. An der Tür war statt eines Schildes ein herrliches Geschmiere, das neues Geld und geschlachtete Hühner zeigte; und darunter ein Kalauer: *Aux sonneurs pour les trépassés.*[1] Eines Abends, als gerade die Feierabendglocken von allen Pariser Türmen schallten, hätte die Nachtwache, wenn sie in der Lage gewesen wäre, den gefürchteten Mirakelhof zu betreten, in der Gaunerschenke noch wüsteren Lärm bemerkt als sonst. Es wurde noch mehr getrunken und noch wilder geflucht als gewöhnlich. Draußen auf dem Platz standen Gruppen, die sich leise unterhielten, als werde ein großer Plan ausgeheckt. Einzelne Kerle kauerten auf der Erde und waren beschäftigt, scheußliche eiserne Klingen auf dem Pflaster zu schleifen.

In der Schenke selbst aber waren Wein und Spiel eine so mächtige Ablenkung von den Gedanken, die an diesem Abend das ganze Gaunervolk beschäftigten, daß es nicht leicht gewesen wäre, aus den Gesprächen der Zecher zu erraten, worum es sich handelte. Sie trugen nur fröhlichere Mienen zur Schau als sonst und hielten jeder eine Waffe zwischen den Beinen, eine Sense, ein Beil, ein großes Messer oder den Haken einer alten Hakenbüchse.

Das runde Kellergelaß war sehr geräumig, aber die Tische standen so dicht, und es waren der Gäste so viele, daß alles, was sich in der Schenke befand, Männer, Frauen, Kinder, Bänke, Bierkrüge, Zecher, Schläfer, Spieler, Gesunde und Krüppel, so ordentlich und harmonisch wie ein Haufen Austernschalen durcheinandergeworfen und übereinandergehäuft schienen. Auf den Tischen brannten ein paar Talgkerzen; aber die wirkliche Lichtquelle der Schenke, die den Kron-

[1] frz., Dem Glöckner für die Heimgegangenen.

leuchter eines Opernsaales ersetzte, war das Kaminfeuer. Der Keller war so feucht, daß man es selbst im Sommer nicht ausgehen ließ. Der riesige Kamin mit der aus Stein gemeißelten Verkleidung starrte von schweren eisernen Feuerböcken und allerlei Küchengerät; das große Feuer wurde mit Holz und Torf gespeist und warf denselben glühendroten Schein, der in nächtlichen Dorfstraßen aus den Fenstern der Dorfschmiede auf die gegenüberliegende Hauswand fällt. Ein großer Hund, der mit ernster Miene in der Asche saß, drehte vor der Glut einen mit Fleisch beladenen Bratspieß.

Trotz des allgemeinen Durcheinanders, das sich dem Blick des Eintretenden darbot, konnte man drei Hauptgruppen unterscheiden, die sich um drei dem Leser schon bekannte Männer scharten. Der erste war in allerlei orientalischen Flitterstaat gekleidet: Es war der Zigeunerherzog Mathias Hungadi Spicali. Der Schurke saß mit gekreuzten Beinen auf dem Tisch, hielt den Finger in die Höhe und gab den mit offenem Mund lauschenden Hörern seine Weisheit in der schwarzen und weißen Magie zum besten. Eine andere Schar stand dicht gedrängt um unseren alten Freund, den wackeren Gaunerkönig, Clopin Trouillefou, herum. Er war bis an die Zähne bewaffnet und verteilte mit ernster Miene und leisen Worten den Inhalt eines riesigen, mit Waffen gefüllten Fasses, aus dessen Schlund sich Äxte, Schwerter, Sturmhauben, Panzerhemden, Lanzenspitzen, kleine Wurfspieße und Pfeile in Menge ergossen wie Äpfel und Weintrauben aus einem Füllhorn. Jeder griff nach einer Waffe, die einen nach einer Sturmhaube, die anderen nach einem Stoßdegen, die dritten nach einem Daggert mit Kreuzknauf; selbst die Kinder bewaffneten sich, und geharnischte und gepanzerte beinlose Krüppel krochen wie große Käfer den Zechern zwischen den Beinen durch.

Die dritte Gruppe war die größte und lärmte am wildesten und am fröhlichsten. In ihrer Mitte redete und fluchte eine Flötenstimme, die aus einer schweren Rüstung hervordrang. Die Person war vom Kopf bis zu den Füßen in Eisen gekleidet und verschwand so gänzlich in der kriegerischen Hülle, daß nur eine freche, rote, aufgestülpte Nase, ein rosiger Mund, eine blonde Haarlocke und kühne Augen zu sehen waren. In ihrem Gürtel steckte ein Dolch neben dem andern, an ihrer Rechten hing ein Schwert, an ihrer Linken eine verrostete Armbrust. Vor ihr stand ein ungeheurer Humpen Wein, und neben ihr saß eine fette, schlampige Dirne. Alles um sie herum lachte, fluchte und trank.

Dazu kamen noch zwanzig nebensächliche Gruppen, diensthabende Kellner und Kellnerinnen, die mit Kannen auf dem Kopf umherliefen, Spieler, die über Mühlesteinen, Würfeln, Kugeln oder Geldspielen hockten, in einer Ecke ein paar, die sich zankten, in einer anderen Ecke Verliebte, die sich küßten. Über dem Ganzen aber tanzte der helle Schein des großen flackernden Feuers und malte in verzerrten, riesengroßen Formen Hunderte von beweglichen Schatten auf die Wände der Schenke.

Der Lärm aber brauste derart, daß man hätte meinen können, im Innern einer schwingenden Glocke zu sitzen.

Eine Pfanne mit kochendem Fett füllte jede Pause in den quer durch den Saal schwirrenden Gesprächen mit ihrem unaufhörlichen Prasseln und Spritzen aus.

Auf der Bank in der Wölbung des Kamins aber saß ein Philosoph, der trotz des furchtbaren Lärms in tiefes Nachdenken versunken war. Er hatte die Füße in der Asche und starrte auf die glühenden Holzscheite. Es war Pierre Gringoire.

»Vorwärts, marsch! Haltet euch dazu, bewaffnet euch! In einer Stunde geht's los!« rief Clopin Trouillefou seinen Leuten zu.

Eine Dirne trällerte:

Guten Abend, Vater und Mutter!
Die Letzten löschen das Feuer.

Zwei Kartenspieler zankten sich. »Bube«, sagte der am stärksten rotangelaufene der beiden, indem er dem anderen die Faust zeigte. »Ich werde dich mit Treff ausstechen. Du wirst den Treffbuben im Kartenspiel vom Herrn, dem König, ersetzen!«

»Uff«, brüllte ein Normanne, den man an seinem Näseln erkennen konnte. »Man ist hier zusammengepfercht wie die Heiligen von Caillouville!«

»Kinder«, sagte der Zigeunerherzog zu seinen Hörern, »die französischen Hexen gehen ohne Besen, Hexensalben und Reittier zum Sabbat; sie brauchen nur ein paar Zauberworte. Die italienischen Hexen haben immer ihren Bock, der vor der Tür auf sie wartet. Alle aber müssen sie zum Schornstein hinaus.« Er brachte seine Weisheit mit Fistelstimme zu Gehör.

Die Stimme des jungen Burschen, der von Kopf bis Fuß gewappnet war, beherrschte den Lärm. »Hurra! Hurra!« schrie er. »Ich trage heute meine ersten Waffen! Gauner! Gauner bin ich! Verflucht noch mal! Wein her! – Freunde, ich heiße Jehan Frollo du Moulin und bin ein Edelmann. Ich wette, wenn Gott Soldat wäre, dann plünderte er auch. Brüder, wir haben eine große Unternehmung vor. Wir sind wackre Gesellen. Wir belagern die Kirche, sprengen die Türen, befreien das schöne Mädchen, retten sie vor den Richtern und Priestern, schleifen das Kloster, stecken dem Bischof seinen Palast über dem Kopf an, und das alles in kürzerer Zeit, als ein Bürgermeister braucht, um einen Löffel Suppe zu essen. Unsere Sache ist gerecht. Notre-Dame wird geplündert und damit basta. Quasimodo wird gehenkt. Kennt ihr Quasimodo, schöne Damen? Habt ihr ihn einmal zu Pfingsten auf der großen Glocke sitzen sehen? Donnerwetter! Das ist großartig! Ein Teufel, der auf einem offenen Rachen reitet! – Freunde, glaubt mir, ich bin von ganzem Herzen Gauner, ich bin mit Leib und Seele der Eure, ich bin zum Lumpen geboren. Ich bin sehr reich gewesen, und ich habe alles zum Fenster rausgeschmissen. Meine Mutter wollte mich zum Offizier machen, mein Vater zum Unterdechanten, meine Tante zum Untersuchungsrichter, meine Großmutter zum Obergeheimschreiber des Königs, meine Großtante zum

Oberschatzmeister. Ich aber bin Gauner geworden. Ich habe es meinem Vater gesagt, der hat mir seinen Fluch ins Gesicht gespuckt; meiner Mutter habe ich es gesagt, und die alte Dame hat geflennt und gegeifert wie der Scheit auf dem Feuerbock dort. Es lebe die Freude! Ich bin aus einem wahren Irrenhaus! Geliebte Wirtin, mehr Wein her! Ich habe noch Geld. Nicht mehr den aus Suresnes; der kratzt! Donnerwetter! Ein Korb zum Gurgeln wäre noch besser!«

Die Menge klatschte unter brüllendem Gelächter, und als der Scholar sah, daß der Lärm um ihn herum immer toller wurde, da schrie er: »Ei, der schöne Spektakel! Populi debacchantis populosa debacchiato!«[1] Dann fing er, die Augen ekstatisch verdreht, zu singen an und näselte wie ein Priester, der das Vesper intoniert: »Quae cantica, quae organa, quae cantilenae, quae melodiae hic sine fine decantantur! Sonant melliflua hymnorum organa, suavissima angelorum melodia, cantica canticorum mira! ...«[2] Er unterbrach sich: »Schankwirtin des Teufels, bring mir Abendbrot!«

Es trat ein Augenblick leidlicher Stille ein, und die mit kreischender Stimme vorgetragene Belehrung des Zigeunerherzogs wurde deutlicher hörbar. »Das Wiesel heißt Aduine, der Fuchs Blaufuß oder Waldläufer, der Wolf Graubart oder Goldfuß, der Bär der Alte oder der Großvater. – Eine Gnomenkappe macht den Träger unsichtbar und macht ihm die unsichtbaren Dinge sichtbar. – Jede Unke, die getauft wird, muß mit rotem oder schwarzem Samt bekleidet sein, ein Glöckchen am Hals und ein Glöckchen am Fuß tragen. Der Pate hält den Kopf, die Patin das Hinterteil. – Der Dämon Sidragasum kann die Mädchen zwingen, nackend zu tanzen.«

»Donnerwetter!« unterbrach ihn Jehan. »Der Dämon Sidragasum möchte ich wohl sein.«

[1] lat., Wenn rohes Volk ausgelassen ist, geht es roh zu.
[2] lat., Welche Gesänge, welche Instrumente, welche Weisen, welche Melodien werden hier ohne Ende gesungen! Wie Honig fließen die Hymnentöne der Instrumente, süßeste Engelsmelodie, wunderbarster aller Gesänge!

Die Gauner auf der anderen Seite der Schenke fuhren indessen fort, sich unter Flüstern zu bewaffnen.

»Die arme Esmeralda«, sagte ein Zigeuner, »sie ist unsere Schwester. Wir müssen ihr aus der Klemme helfen.«

»Ist sie denn immer noch in Notre-Dame?« fragte ein jüdisch aussehender Vazenheuer.

»Na und ob!«

»Dann auf nach Notre-Dame, Kameraden! Ein Schade ist es nicht, daß in der Kapelle der Heiligen Féréol und Ferrution zwei goldene Statuen stehen, die eine von Sankt Johannes dem Täufer, die andere von Sankt Antonius. Sie wiegen zusammen hundertvierzig Unzen Goldes, und die Füße von vergoldetem Silber wiegen hundertsiebenunddreißig Unzen. Ich weiß es. Ich bin Goldschmied.«

Jetzt wurde Jehan sein Abendbrot serviert. Er lehnte sich an die Brust der Dirne, die neben ihm saß, und rief: »Bei allen Heiligen der Toskana, ich bin restlos glücklich! Mir gegenüber sitzt ein Esel, der mich so nichtssagend anstarrt wie ein Erzherzog. Mir zur Linken sitzt einer, dem die Zähne so lang aus dem Munde stehen, daß man sein Kinn nicht sieht, und meine Rechte lehnt sich an welliges Terrain, wie der rechte Flügel des Marschalls Gié bei der Belagerung von Pontoise. – Verflucht, Kamerad! Du siehst aus wie ein Trödler und erlaubst dir, dich neben mich zu setzen? Ich bin von Adel, Freundchen! Handel verträgt sich nicht mit Adel; pack dich! – Hallo, ihr da! Prügelt euch nicht! Was, Baptiste Croque-Oison setzt seine schöne Nase aufs Spiel? Der Tölpel soll sie dir wohl mit seinen plumpen Fäusten kurz und klein schlagen? Dummkopf! Non cuiquam datum est habere nasum![1] – Du bist wirklich göttlich, Jacqueline Ronge-Oreille! Schade, daß du keine Haare mehr hast. Hallo! Ich heiße Jehan Frollo, und mein Bruder ist Erzdechant. Hol ihn der Teufel! Alles, was ich euch sage, ist die reine Wahrheit. Als ich Gauner wurde, habe ich leichten Herzens auf die Hälfte eines Hauses im Paradies ver-

[1] lat., Nicht jeder hat eine anständige Nase im Gesicht.

zichtet, das mir mein Bruder versprochen hatte: dimidiam domum in paradiso. Ich zitiere wörtlich. Ich habe ein Lehen in der Rue Tirechappe. Alle Frauenzimmer sind in mich verliebt, so wahr der heilige Eloy ein ausgezeichneter Goldschmied gewesen ist, die fünf Hauptberufe der guten Stadt Paris die Lohgerber, die Weißgerber, die Lederzurichter, die Börsenleute und die Näher sind und der heilige Laurentius mit Eierschalen verbrannt wurde! Ich schwöre euch, Kameraden; wenn ich lüge, dann soll mir ein Jahr lang kein Tropfen gebranntes Wasser durch die Gurgel laufen. – Herzliebchen, der Mond scheint. Sieh dort durchs Kellerloch, wie der Wind die Wolken zaust. Ich will es mit deinem Brusttuch auch so machen. – Putzt den Kerzen den Docht und den Kindern die Nase, ihr Weiber! – Potztausend, was habe ich da im Mund? Höre, alte Hexe, die Haare, die deine Dirnen nicht auf dem Kopf haben, die wachsen auf deinen Eierkuchen. Ich liebe die Eierkuchen kahlköpfig, verstanden? Soll dich doch der Teufel plattdrücken! – Eine schöne Sauwirtschaft, wo sich die Gaunerinnen die Haare mit den Gabeln kämmen!«

Damit warf er seinen Teller auf die Erde und fing an, aus vollem Halse zu singen:

Und ich, ich habe,
bei Gott,
weder Glaube noch Gesetz,
weder Herd noch Heim,
weder König noch Gott!

Clopin Trouillefou hatte mittlerweile seine Waffen verteilt. Er näherte sich Gringoire, der die Füße auf einen Feuerbock gesetzt hatte und in tiefe Träumerei versunken schien. »Nun, Freund Pierre«, sagte der Gaunerkönig, »was, zum Teufel, brütest du aus?«

Gringoire wandte sich ihm mit schwermütigem Lächeln zu: »Ich liebe das Feuer, mein teurer Herr; nicht aus dem platten Grund, weil es uns die Füße wärmt oder die Suppe kocht, sondern weil es Funken sprüht. Ich kann stundenlang den

Funkensternen zusehen, wie sie auf dem dunklen Grund des Kamins tanzen. Diese Sterne sind auch Welten, und es ist viel auf ihnen zu sehen.«

»Hol mich der Teufel, wenn ich dich verstehe!« sagte der Gauner. »Weißt du, wie spät es ist?«

»Ich weiß es nicht«, antwortete Gringoire.

Clopin ging zu dem Zigeunerherzog.

»Kamerad Mathias, wir haben unsere Stunde nicht gut gewählt. Man sagt, Ludwig der Elfte sei in Paris.«

»Also noch ein Grund mehr, ihm unsere Schwester aus den Klauen zu reißen«, entgegnete der alte Zigeuner.

»Du sprichst wie ein Mann, Mathias«, sagte der Gaunerkönig. »Wir werden schnell handeln; in der Kirche ist kein Widerstand zu fürchten. Die Domherren sind Hasen, und wir sind in der Übermacht. Die Häscher des Parlaments wollen wir morgen schon abfangen, wenn sie kommen, das Mädchen zu holen. Bei den Eingeweiden des Papstes! Ich will nicht, daß sie die hübsche Kleine henken!«

Clopin verließ die Schenke.

Unterdessen schrie Jehan mit heiserer Stimme: »Ich trinke, ich esse, ich bin betrunken, ich bin Jupiter! – Höre, Pierre l'Assommeur, wenn du mich weiter so angaffst, dann werde ich dir die Nase polieren.«

Gringoire aber war aus seinen Träumereien aufgerüttelt und wurde sich des wüsten, lärmenden Treibens um ihn herum bewußt. »Luxuriosa res vinum et tumultuosa ebrietas«, murmelte er zwischen den Zähnen. »Ach, wie richtig ist es, daß ich nicht trinke; wie gut sagt Sankt Benedikt: Vinum apostatare facit etiam sapientes.«[1]

Da trat Clopin wieder herein und schrie mit Donnerstimme: »Mitternacht!«

Das Wort wirkte wie das Kommando ›Aufsitzen‹ auf ein rastendes Reiterregiment; alle Gauner, Männer, Frauen und

[1] lat., Wein und Besoffenheit sind Luxus … Schon das Abschwören des Weines macht weise.

Kinder stürzten in hellen Haufen aus der Schenke. Ihre Waffen und Rüstungen klirrten laut wie ein Schrotthaufen.

Der Mond war hinter Wolken getreten.

Es war stockfinster auf dem Mirakelhof. Nicht ein einziges Licht brannte. Aber der Platz war nicht menschenleer. Man konnte große Haufen von Männern und Frauen unterscheiden, die miteinander flüsterten. Ihr Gemurmel erfüllte die Luft, und ihre mannigfaltigen Waffen leuchteten aus der Dunkelheit. Clopin stieg auf einen großen Stein. »An eure Plätze, Gauner!« schrie er. »An eure Plätze, Zigeuner! An eure Plätze, Galiläer!« Die Massen rührten sich in der Finsternis. Die ungeheure Menge schien sich zum Zuge zu ordnen. Nach kurzer Pause erhob der Gaunerkönig noch einmal die Stimme: »Jetzt Ruhe! Paris wird schweigend durchzogen; das Paßwort ist: Kleine Flamme beim Spazierengehen! Die Fakkeln werden erst vor Notre-Dame angezündet. Vorwärts marsch!«

Zehn Minuten später flohen die Reiter der Nachtwache entsetzt vor einem langen Zug schwarzer stiller Menschen, der sich durch die winkligen Straßen des Markthallenviertels zum Pont au Change hinunterschlängelte.

IV
Ein ungeschickter Freund

Quasimodo schlief in dieser Nacht nicht. Er hatte seine letzte Runde durch die Kirche gemacht und hatte nicht bemerkt, daß der Erzdechant im Augenblick, als er die Türen schloß, an ihm vorübergegangen war; dem Priester war der Ärger aufgestiegen, als er sah, wie sorgfältig der Glöckner das gewaltige Eisenwerk verriegelte und verschloß, das den Torflügeln die Festigkeit einer Mauer verlieh. Dom Claude sah noch nachdenklicher aus als sonst. Seit dem nächtlichen Abenteuer in der Kammer der Zigeunerin mißhandelte er

Quasimodo beständig; aber er konnte ihn anfahren, soviel er wollte, konnte ihn sogar manchmal schlagen, die Unterwürfigkeit, Geduld und stille Ergebung des treuen Glöckners waren unerschütterlich. Von dem Erzdechanten ließ er sich alles gefallen; ohne einen Vorwurf, ohne Murren und Klagen ertrug er Schelte, Drohungen und Schläge; höchstens, daß er Dom Claude unruhig mit den Augen folgte, wenn er die Turmtreppe hinaufstieg; aber der Erzdechant hatte es sich aus eigenem Antrieb versagt, der Zigeunerin wieder vor die Augen zu treten.

In dieser Nacht also war Quasimodo, nachdem er einen Blick auf seine armen, vernachlässigten Glocken, Jacqueline, Marie und Thibauld, geworfen hatte, auf die Höhe des nördlichen Turmes gestiegen, hatte seine Blendlaterne auf das Bleidach gestellt und hatte sich in den Anblick von Paris vertieft. Die Nacht war, wie wir schon sagten, sehr dunkel. Paris hatte damals so gut wie gar keine Straßenbeleuchtung und bot dem Auge nur wirre, dunkle Massen, die hier und dort von den weißlichen Windungen der Seine durchschnitten wurden. Quasimodo sah nur ein einziges Fenster erleuchtet in einem entfernten Gebäude, dessen unbestimmtes düsteres Profil sich hoch über die Dächer in der Gegend der Porte Saint-Antoine erhob. Auch dort wachte jemand.

Der Glöckner ließ den Blick über die nächtlichen Weiten schweifen, und eine unaussprechliche Angst stieg in ihm auf. Seit mehreren Tagen schon war er auf der Hut. Er hatte Männer mit finsteren Gesichtern unaufhörlich um die Kirche schweifen sehen; er hatte bemerkt, daß sie den Zufluchtsort der Zigeunerin nicht aus den Augen ließen. Es schien ihm nicht unmöglich, daß ein Anschlag gegen die Unglückselige in Vorbereitung war. Er glaubte, sie sei gleich ihm der Gegenstand allgemeinen Hasses, und es werde wahrscheinlich bald etwas gegen sie geschehen. Darum hielt er Umschau von seinem Turm, ›träumend in seiner Traumecke‹, wie Rabelais sagt, und sah abwechselnd nach der Kammer der Zigeunerin und auf die Stadt hinunter; seine Seele war voll Bangigkeit, und er wachte treu wie ein guter Hund.

Plötzlich schien es seinem wachsamen Auge, das die Natur zum Ausgleich so scharf geschaffen hatte, daß es beinahe seine anderen fehlenden Organe ersetzte, als ob sich die Silhouette des Quai de la Vieille-Pelleterie etwas veränderte. Er meinte, dort eine Bewegung zu sehen; die Kaimauer, die sich schwarz gegen die weißliche Wasserfläche abzeichnete, war dort nicht so gerade und ruhig wie anderwärts. Sie bewegte sich in Wellenlinien wie die Wogen eines Flusses oder wie die Köpfe einer sich vorwärts schiebenden Menschenmenge.

Das schien ihm seltsam. Seine Wachsamkeit verdoppelte sich. Die Bewegung schien sich nach der Cité fortzupflanzen. Lichter waren nicht zu sehen. Die Wellenlinie näherte sich nach und nach der Cité, und es war, als werde sie allmählich von ihr verschlungen, bis sie endlich ganz verschwunden war. Da wurde die Kaimauer wieder gerade und unbeweglich.

Als sich Quasimodo noch in Vermutungen erging, dünkte es ihn plötzlich, als ob dieselbe Bewegung in der Rue du Parvis, die rechtwinklig zur Fassade von Notre-Dame läuft, wieder auftauche. Schließlich sah er trotz der tiefen Finsternis, wie ein Zug aus der Straße herausbog und sich über den Domhofplatz ergoß, der bald von einer Menge überflutet war, deren Art man in der Dunkelheit nicht erkennen konnte.

Das Schauspiel hatte etwas Unheimliches. Die seltsame Prozession, die so beflissen schien, in der tiefen Finsternis verborgen zu bleiben, wollte ein ebenso tiefes Stillschweigen wahren. Irgendein Geräusch aber mußte sie wohl erzeugen, und sei es auch nur das Fußgetrappel. Quasimodo jedoch hörte nichts davon; wäre er auch nicht taub gewesen, das Geräusch hätte nicht bis in seine Höhe dringen können. Die große Menschenmenge, die er kaum sah und nicht hörte und die sich doch so nahe bei ihm drängte und schob, machte ihm den Eindruck einer stummen, gespensterhaften, in Dunst gehüllten Totenschar. Er meinte, einen Nebel voller Gestalten auf sich zukommen zu sehen; es schien ihm, als regten sich Schatten in der Dunkelheit.

Da packte ihn wieder seine Angst, und der Gedanke, man könne etwas gegen die Zigeunerin im Schilde führen, stieg wieder in ihm auf. Er fühlte undeutlich, daß etwas Schreckliches im Anzuge war. Da ratschlagte er mit sich selbst, und der Drang des Augenblicks gab ihm bessere und raschere Gedanken ein, als man in einem so mißglückten Gehirn gesucht hätte. Sollte er die Zigeunerin wecken? Sollte er ihr zur Flucht verhelfen? Und wie? Die Straßen wurden bewacht, die Kirche lag hart am Fluß. Kein Boot, kein Ausgang! – Es gab nur eine Möglichkeit: Er mußte die Schwelle der Kirche bis zum letzten Atemzug verteidigen, mußte versuchen, wenigstens so lange Widerstand zu leisten, bis irgendeine Hilfe kam, wenn eine solche überhaupt kommen konnte. Den Schlaf der Esmeralda aber wollte er nicht stören; mußte sie sterben, so wurde sie immer noch früh genug geweckt. Als sein Entschluß feststand, fing er an, den Feind mit größerer Ruhe zu beobachten.

Die Menge auf dem Domhof schien immer größer zu werden. Die Fenster in den Straßen und auf dem Platz aber öffneten sich nicht, und daraus schloß er, daß es sehr leise zugehen müsse. Plötzlich flammte ein Licht auf, dann schwankten auf einmal sechs oder sieben sprühende Fackeln über den Köpfen der Menge. Da sah Quasimodo deutlich ein scheußliches Gewühl zerlumpter Männer und Weiber unter sich wogen, die mit funkelnden Sensen, Piken, Hippen und Hellebarden bewaffnet waren. Hier und dort ragten die schwarzen Zinken einer Mistgabel wie Hörner über einem widerlichen Gesicht auf. Eine undeutliche Erinnerung an eine ähnliche Volksmenge dämmerte in ihm, und er glaubte alle Gesichter wiederzuerkennen, die ihn vor wenigen Wochen als Narrenpapst gegrüßt hatten. Ein Mann mit einer Fackel in der Hand stieg auf einen Prellstein und schien eine Ansprache zu halten. Das seltsame Heer machte unterdes allerlei Schwankungen, als wollte es die Kirche umzingeln. Quasimodo nahm seine Laterne auf und stieg auf die Plattform zwischen den beiden Türmen hinunter, um den Domhofplatz aus größerer Nähe zu sehen und an die Mittel zur Verteidigung zu denken.

Clopin Trouillefou hatte, als er das große Portal von Notre-Dame erreichte, seine Truppe wirklich in Schlachtordnung aufgestellt. Obwohl er keinerlei Widerstand erwartete, wollte er doch als vorsichtiger General so viel Ordnung einhalten, daß er im Notfall einem plötzlichen Angriff der Nachtwache Trotz bieten konnte. So hatte er eine Aufstellung genommen, die, aus der Höhe oder von weitem gesehen, etwa den Eindruck des römischen Dreiecks aus der Schlacht von Ecnomä, des Schweinekopfs Alexanders oder des berühmten Keils Gustav Adolfs gemacht hätte. Die Basis des Dreiecks stützte sich gegen den Hintergrund des Platzes und versperrte somit die Rue du Parvis; eine Seite schaute auf das Hôtel-Dieu, die andere auf die Rue Saint-Pierre aux Boeufs. Clopin Trouillefou, der Zigeunerherzog, unser Freund Jehan und die kühnsten Achproschen bildeten seine Spitze.

Eine Unternehmung wie die der Gauner gegen Notre-Dame war in den mittelalterlichen Städten nichts Seltenes. Das, was wir heutzutage Polizei nennen, kannte man damals noch nicht. In den volkreichen Städten, zumal in den Hauptstädten, gab es keine Zentralgewalt, keine einheitliche Leitung. Der Feudalismus hatte diese großen Gemeinden auf seltsame Weise gebildet. Eine Stadt war eine Gesamtheit vieler hundert Herrschaften, die sie in Teile aller Arten und aller Größen zertrennten. Daher gab es viele sich widersprechende Polizeien, das heißt: gar keine Polizei. Paris hatte zum Beispiel, abgesehen von den einhunderteinundvierzig Zinsherren, fünfundzwanzig Herrschaften, die Zinsherren mit eigener Gerichtsbarkeit waren, angefangen vom Bischof von Paris, der über einhundertundfünf Straßen herrschte, bis zum Prior von Notre-Dame des Champs, der Herrscher über vier Straßen war. Alle diese feudalen Herren erkannten die Oberhoheit des Königs nur dem Namen nach an. Jeder hatte das Recht auf eine Wegebauverwaltung. Jeder herrschte bei sich zu Hause unumschränkt. Ludwig der Elfte, der, wie später Richelieu und Ludwig der Vierzehnte zugunsten der Königsherrschaft und schließlich Mirabeau zugunsten des Volkes, unermüdlich an der Zerstörung des Feudalismus arbeitete, hatte nachdrücklich versucht, das Netzwerk von Feudalherrschaften, das Paris überzog, durch zwei oder drei allgemeine Polizeivorschriften zu zerreißen. 1465 wurde die Vorschrift erlassen, daß die Einwohner bei einbrechender Nacht ihre Fenster mit Kerzen erleuchten und ihre Hunde an die Kette legen sollten; auf Übertretung stand der Strick. Im selben Jahr wurde angeordnet, daß die Straßen abends mit eisernen Ketten zu versperren seien. Das Tragen von Dolchen oder anderen Angriffswaffen in den nächtlichen Straßen wurde verboten. Aber nach kurzer Zeit schon gerieten diese Versuche kommunaler Gesetzgebung in Vergessenheit. Die Bürger ließen ihre Kerzen in den Fenstern vom Wind auslöschen und ließen ihre Hunde frei umherlaufen. Die eisernen Ketten spannten sie nur in Belagerungszeiten über die Straßen. Das Verbot, Dolche zu tragen, brachte keine andere Veränderung als die Umbenennung der Rue Coupe-Gueule in Rue Coupe-Gorge, was ein bezeichnender Fortschritt ist. Das alte Gerüst der feudalen Gerichtsbarkeit blieb stehen. Gewaltige Anhäufungen von sich gegenseitig behindernden, sich ineinander verwickelnden, sich verstrikkenden und sich bogenförmig schneidenden Vogteien und Lehnsherrschaften durchkreuzten die Stadt; im unnützen Gestrüpp aus Wachen, Unterwachen und Kontrollwachen blühten bewaffneter Straßenraub, Plünderungen und Aufstände. So war es in dieser allgemeinen Unordnung kein unerhörtes Ereignis, wenn ein Teil der Bevölkerung in einem der belebtesten Stadtteile einen Handstreich auf einen Palast, ein Schloß oder ein Haus verübte. Die Nachbarn mischten sich meist nur dann in die Angelegenheit, wenn die Plünderung in ihre Häuser übergriff. Sie verstopften sich die Ohren gegen das Büchsengeknall, schlossen ihre Fensterläden, verrammelten ihre

Türen und ließen den Kampf mit oder ohne Wache austoben. Am nächsten Morgen sagte man in Paris: »Heute nacht haben sie Étienne Barbette gerupft.« – »Diesmal hat der Marschall Clermont dran glauben müssen.« Darum hatten nicht nur die königlichen Schlösser, der Louvre, das Palais, die Bastille, die Tournelles, sondern auch die herrschaftlichen Paläste, das Hôtel du Petit-Bourbon, das Hôtel de Sens, das Hôtel d'Angoulême und so weiter Zinnen an den Mauern und Schießscharten über den Türen. Die Kirchen waren geweihter Boden, und das war ihr Schutz. Einige, zu denen aber Notre-Dame nicht gehörte, waren trotzdem befestigt. Die Abtei von Saint-Germain des Prés hatte Zinnen wie der Palast eines Barons und verbrauchte mehr Kupfer für Geschütze als für Kirchenglokken. 1610 sah man noch ihre Festung, heute steht gerade noch ihre Kirche.

Jetzt wollen wir aber zu Notre-Dame zurückkehren.

Als Clopin Trouillefou seine ersten Anordnungen getroffen hatte, die, das müssen wir der Gaunerzucht zu Ehre sagen, stillschweigend und mit bewundernswerter Genauigkeit vollzogen wurden, stieg der würdige Bandenführer auf die Rampe des Domhofs, erhob seine rauhe, grobe Stimme, wandte das Gesicht der Kirche zu und schwang seine Fackel; ihre Flamme wurde vom Wind hin und her getrieben und immer wieder von ihrem eigenen Rauch verdüstert, so daß die Fassade des Doms einmal darin verschwand und dann wieder in rötlichem Licht auftauchte.

»Dir, Louis de Beaumont, Bischof von Paris, Ratgeber am Gerichtshof, erkläre ich, Clopin Trouillefou, rotwelscher König, Beherrscher aller Gauner, Bischof aller Narren: Unsere Schwester, die fälschlich wegen Zauberei verurteilt wurde, hat sich in deine Kirche geflüchtet; du schuldest ihr Obdach und Schutz. Das Parlament aber hat beschlossen, sie unter deinem Dach zu greifen, und du gibst deine Einwilligung. Wären Gott und die Gauner nicht, so würde sie morgen auf der Place de Grève gehenkt. Darum kommen wir zu dir, Bischof. Wenn deine Kirche heilig ist, so ist es unsere Schwester auch; ist unsere Schwester nicht mehr heilig, so ist es deine Kirche auch nicht mehr. Entweder du gibst uns das Mädchen heraus und rettest deine Kirche, oder wir nehmen das Mädchen und plündern die Kirche. Das wäre das Schlechteste nicht. Zur Bekräftigung meiner Worte pflanze ich hier mein Banner auf, und Gott möge dich schützen, Bischof von Paris!«

Leider konnte Quasimodo die Worte nicht hören, die mit wilder, düsterer Erhabenheit gesprochen wurden. Ein Gauner reichte Clopin sein Banner, und der stieß es feierlich zwischen zwei Pflastersteine. Es war eine Mistgabel, von deren Zinken ein blutiges Stück Aas herunterhing.

Dann wandte sich der König der Gauner wieder seinem Heer zu und ließ den Blick über die wilden Haufen schweifen; die Augen der Leute funkelten beinahe ebenso wie ihre Waffen. Nach kurzem Schweigen schrie er: »Vorwärts, Kinder! An die Arbeit, Knacker!«

Dreißig stämmige Männer mit breiten Gliedern und Schlossergesichtern, mit Hämmern, Brechstangen und Stemmeisen über den Schultern traten aus den Reihen, gingen auf das große Kirchenportal zu und stiegen die Stufen hinauf; bald sah man sie im Schatten der Spitzbogenwölbung kauern und die Tür mit Brechstangen und Hebeeisen bearbeiten. Haufen von Gaunern folgten ihnen, um zu helfen und der Arbeit zuzusehen. Sie standen dicht gedrängt auf den elf Stufen des Portals.

Die Tür aber hielt stand. »Verflucht! Die ist hart und starrköpfig!« sagte einer. »Sie ist alt, und ihr Holz ist hart wie Stein«, meinte ein anderer. »Mut, Kameraden!« rief Clopin. »Ich wette meinen Kopf gegen einen Pantoffel: Ehe ein Küster sich regt, habt ihr die Tür aufgebrochen, das Mädchen ergriffen und den großen Altar geplündert. Paßt auf! Ich glaube, das Schloß gibt nach.«

Ein furchtbares Getöse hinter seinem Rücken schnitt dem Gaunerkönig das Wort ab. Er drehte sich um und sah, daß ein gewaltiger Balken vom Himmel heruntergestürzt war und etwa ein Dutzend Gauner auf den Kirchenstufen zermalmt hatte. Mit einem Geräusch, das dem Donner einer Kanone ähnlich war, prallte er vom Pflaster ab und zerschmetterte noch hier und dort ein Bein unter dem Lumpengesindel, das mit Schrekkensgeheul auseinanderstob. Im Handumdrehen war der umfriedete Vorhof menschenleer. Die Knacker waren durch die tiefe Wölbung des Portals geschützt; aber trotzdem ließen sie ihre Arbeit im Stich, und selbst Clopin zog sich in respektvolle Entfernung von der Kirche zurück.

»Ich bin ihm knapp entwischt!« schrie Jehan. »Ich habe den Luftzug gespürt. Aber Pierre l'Assommeur ist erschlagen!«

Es ist unmöglich, das schreckensvolle Staunen zu beschreiben, das sich der Gauner beim Sturz dieses Balkens bemächtigt hatte. Sie starrten ein paar Minuten lang bestürzt in die Luft; denn das Stück Holz hatte sie mehr erschreckt als zwanzigtausend königliche Schützen. »Zum Teufel«, brummte der Zigeunerherzog, »das riecht nach Zauberkunst.« – »Der Balken ist vom Mond heruntergefallen«, sagte Andry le Rouge. »Na ja«, meinte François Chante-Prune, »man sagt ja, der Mond sei mit der Jungfrau Maria gut Freund.« – »Donnerwetter«, schrie Clopin, »Dummköpfe seid ihr allesamt!« Aber er konnte den Sturz des Balkens nicht erklären.

An der Fassade des Doms war nichts Verdächtiges zu entdecken; das Licht der Fackeln konnte sie nicht bis zur Höhe hinauf erleuchten. Der schwere Balken lag mitten im Domhof, und die Luft war erfüllt vom Stöhnen und Jammern der Unglückselig, die sein erster Stoß niedergeworfen hatte. Die Kante der steinernen Treppenstufen hatte ihnen den Leib zerschlitzt.

Als das erste Staunen sich gelegt hatte, fand der Gaunerkönig eine Erklärung, die seinen Kumpanen einleuchtend schien. »Donnerwetter! Sollten die Domherren sich verteidigen? Nun aber drauflos!«

»Drauflos!« wiederholte die Menge mit wütendem Geschrei, und ein Hagel von Geschossen aus Armbrusten und Hakenbüchsen entlud sich gegen die Kirche.

Der Lärm weckte die friedlichen Bewohner der benachbarten Häuser, mehrere Fenster öffneten sich, Nachtmützen und Hände, die Kerzen hielten, erschienen in den Fensterrahmen. »Zielt gegen die Fenster!« schrie Clopin. Da schlossen sie sich sofort, und die armen Bürger, die kaum Zeit gehabt hatten, einen entsetzten Blick auf das von Fackeln erleuchtete Gewühl zu werfen, kamen angstschwitzend zu ihren Frauen zurück und fragten sich, ob der Hexensabbat jetzt auf dem Domhof von Notre-Dame abgehalten werde oder ob die Burgunder eingebrochen seien wie im Jahr 64. Da dachten die Ehemänner an Hab und Gut und die Ehefrauen an ihre Weiberehre, und allen lief es kalt den Rücken hinunter.

»Drauflos!« schrien die Gauner. Aber sie wagten sich nicht vorwärts. Sie sahen die Kirche an, sie sahen den Balken an. Der Balken rührte sich nicht; das Gebäude blieb still und öde; aber es lag etwas in der Luft, das die Gauner lähmte.

»Vorwärts, Knacker, an die Arbeit!« rief Trouillefou. »Sprengt die Tür!«

Keiner rührte sich.

»Verflucht!« sagte Trouillefou. »Fürchten sich die Kerle vor einem Balken?«

Ein alter Knacker redete ihn an: »Hauptmann, der Balken macht uns keine Sorge; aber die Tür hat eiserne Riegel, da nützen unsere Brechstangen nichts.«

»Gibt es nichts anderes, womit man sie sprengen könnte?« fragte Clopin.

»Ja, da müßten wir schon einen Sturmbock haben.«

Der Gaunerkönig lief mutig zu dem fürchterlichen Balken und setzte den Fuß darauf. »Da habt ihr einen«, schrie er, »die Domherren haben ihn euch heruntergeworfen«; und mit einem spöttischen Gruß zur Kirche fuhr er fort: »Schönen Dank, ihr Domherren!«

Diese Prahlerei hatte gute Wirkung, der Zauber des Balkens war gebrochen, die Gauner hatten ihren Mut wiedergefunden. Zweihundert kräftige Arme hoben den schweren Balken wie eine Feder auf, und alsbald schlug er wütend gegen das große Portal, das man schon zu sprengen versucht hatte. Wie der lange Balken so im Halblicht der wenigen Fackeln, von den vielen Männern getragen, auf die Kirche zustürzte, sah er einem ungeheuerlichen Drachen mit vielen hundert Füßen ähnlich, der gesenkten Hauptes die steinerne Riesin berannte.

Beim Stoß des Balkens dröhnte die halbeiserne Tür wie eine mächtige Trommel. Sie gab nicht nach; aber der ganze Dom erzitterte, und aus seinen Wölbungen hallte es dumpf. Im selben Augenblick fing ein Hagel schwerer Steine an, von der Höhe auf die Angreifer niederzusausen. »Teufel!« schrie Jehan. »Schütteln uns die Türme ihre Rampen auf die Köpfe?« Aber man war im Zuge, der Gaunerkönig gab ein Beispiel. Jetzt war es klar, daß der Bischof sich verteidigte. Die Tür wurde nur um so wütender berannt, obwohl rechts und links die Schädel unter den fallenden Steinen platzten.

Es war merkwürdig, daß die Steine einzeln fielen, aber in rascher Folge. Die Gauner fühlten immer zwei gleichzeitig, einen an den Beinen und einen am Kopf. Nur wenige trafen nicht, und schon blutete und zuckte eine ganze Schicht von Toten und Verwundeten unter den Füßen der jetzt wutentbrannten Angreifer, deren Reihen sich immer wieder erneuerten. Der lange Balken schlug in regelmäßigen Pausen, wie der Klöppel einer Glocke, gegen die Tür; die Steine regneten, die Tür erdröhnte.

Der Leser wird wohl schon erraten haben, daß der unerwartete Widerstand, der die Gauner in Wut versetzte, von Quasimodo ausging.

Der Zufall war dem tapferen Glöckner unglücklicherweise zu Hilfe gekommen.

Als er auf die Plattform zwischen den beiden Türmen niederstieg, tanzten ihm die Gedanken wirr im Kopf herum. Er war ein paar Minuten lang wie rasend die Galerie auf und nieder gerannt, hatte gesehen, wie die Masse der Gauner sich in der Tiefe zum Angriff ballte, und hatte Gott und Teufel um Hilfe für die Zigeunerin angerufen. Es war ihm der Gedanke gekommen, auf den südlichen Glockenstuhl zu steigen und Sturm zu läuten; aber ehe er die Glocke in Bewegung setzen, ehe Marie einen einzigen Schrei ausstoßen konnte, war die Tür des Domes vielleicht längst gesprengt. Das sagte er sich in dem Augenblick, als die Knacker sich mit ihrem eisernen Werkzeug der Tür näherten. Was tun?

Plötzlich fiel ihm ein, daß die Maurer den ganzen Tag beschäftigt gewesen waren, das Gebälk, die Bedachung und die Mauern des südlichen Turmes auszubessern. Das war eine Erleuchtung. Die Mauern waren aus Stein, die Bedachung aus Blei und das Gebälk aus Holz. Dieses gewaltige Gebälk war so dicht, daß man es ›den Wald‹ nannte.

Quasimodo lief zum südlichen Turm. Die unteren Räume waren wirklich voll von Baumaterial. Dort lagen Berge von Bruchsteinen, gerollte Bleitafeln, Bretterbündel, starke angesägte Balken und Haufen von Schutt. Kurz, er fand ein ganzes Arsenal.

Die Zeit drängte. Unten arbeiteten die Hämmer und Brechstangen. Die Gefahr verzehnfachte seine Kräfte; er hob den längsten und schwersten Balken auf, schob ihn durch eine Luke, lief hinaus, packte ihn von draußen, ließ ihn auf die Rampe gleiten, die die Plattform einfaßt, und von dort in die Tiefe schießen. Der ungeheure Balken schabte bei seinem Sturz von hundertsechzig Fuß die Mauer, zertrümmerte die gemeißelten Zieraten und drehte sich dann mehrmals um sich selbst wie ein Windmühlenflügel, der losgelöst im Luftraum wirbelt. Endlich berührte er den Boden, das furchtbare Geschrei erhob sich, und wie der schwarze Balken vom Pflaster zurückprallte, glich er einer aufspringenden Schlange.

Quasimodo sah, daß die Gauner sich beim Sturz des Balkens zerstreuten wie Asche vorm Atem eines Kindes. Er machte sich ihren Schrecken zunutze, und während sie die vom Himmel gefallene Keule mit scheuen, abergläubischen Blicken maßen und den steinernen Heiligen am Portal mit einer Salve von Pfeilen und Schrot die Augen ausstachen, trug er still Bruchsteine, Schutt und sogar das Handwerkszeug der Maurer auf die Rampe, von der der Balken niedergeglitten war.

So fing der Steinregen zu fallen an, als die Gauner sich kaum daran gemacht hatten, die große Tür zu berennen, und es schien ihnen, als zerstöre die Kirche sich über ihren Köpfen selbst.

Jeder, der Quasimodo in diesem Augenblick gesehen hätte, würde sich entsetzt haben. Außer den auf der Rampe bereitliegenden Geschossen war ihm noch ein Haufen Steine zur Hand, die er auf der Plattform selbst aufgehäuft hatte. Sobald die Steinblöcke von der Vorderkante verbraucht waren, faßte er in den hinter ihm liegenden Haufen. Mit unglaublicher Geschwindigkeit bückte er sich, richtete sich wieder auf, streckte seinen plumpen Gnomenkopf über die Rampe, ließ einen riesigen Stein fallen, bückte sich wieder, und so unaufhörlich weiter. Ab und zu folgte er einem schönen Stein mit den Blikken, und hatte er gut getroffen, so sagte er: »Hm!«

Das Gesindel unten aber ließ sich nicht entmutigen. Die schwere Tür, die sie zu sprengen versuchten, hatte schon mehr als zwanzigmal unter dem Stoß des eichenen Sturmbocks gezittert, dessen Gewalt durch die Kraft von hundert Männern verstärkt wurde. Die Türfelder krachten, die Schnitzereien splitterten, die Angeln sprangen bei jedem Stoß in ihren Ringnägeln hoch; die Bretter verschoben sich, das Holz löste sich, fast zu Staub zerrieben, aus den eisernen Rippen. Quasimodo konnte von Glück sagen, daß die Tür mehr aus Eisen als aus Holz bestand.

Aber er fühlte doch, daß sie anfing nachzugeben. Trotz seiner Taubheit empfand er die Erschütterung, die sich bei jedem Stoß des Sturmbocks durch Mauern und Gewölbe der Kirche bis in seine Eingeweide fortpflanzte. Er sah von oben, wie die Gauner dem finsteren Gebäude in Wut und Triumph mit den Fäusten drohten, und neidete den Eulen, die aufgescheucht über ihm davonflatterten, ihre Flügel; er hätte sie sich und der Zigeunerin gewünscht.

Sein Steinregen vermochte nicht, die Angreifer zurückzutreiben.

In diesem Augenblick höchster Angst bemerkte er gerade unter der Rampe, über die er seine Geschosse auf die Gauner schleuderte, zwei lange, steinerne Wasserspeier, die genau über dem großen Portal mündeten; ihre obere Öffnung war im Pflaster der Plattform. Da kam ihm ein Gedanke. Er rannte in sein Kämmerchen und holte ein Reisigbündel; auf das Reisigbündel häufte er Bretter und Bleirollen, die er bisher noch nicht verschossen hatte; diesen Scheiterhaufen richtete er gerade vor der Öffnung der beiden Wasserspeier auf und steckte ihn mit seiner Laterne in Brand.

Da der Steinregen unterdessen aufgehört hatte, ließen die Gauner nach, in die Höhe zu blicken. Sie drängten sich schnaubend, wie die Meute um den Schlupfwinkel des Ebers, um die große Tür, die vom Sturmbock schon ganz entstellt war, sich aber noch in den Angeln hielt. Schaudernd erwarteten sie den großen Schlag, den Schlag, der die Tür sprengen würde. Jeder wollte ihr am nächsten sein, um zuerst durch die Öffnung in den üppigen Dom einzudringen, in dessen weiten Hallen sich die Schätze dreier Jahrhunderte gesammelt hatten. Brüllend vor Freude und Gier erinnerten sie sich gegenseitig an die schönen silbernen Kreuze, die schönen brokatnen Meßgewänder, die schönen Grabplatten aus vergoldetem Silber, die Pracht des Chors, die blendenden Feste, die kerzenstrahlenden Weihnachtsmessen, die sonnenbeleuchteten Osterfeste, alle die prächtigen Feierlichkeiten, wo Reliquienschreine, Leuchter, Hostiengefäße, Tabernakel und Heiligenbilder die Altäre wie eine Kruste von Gold und Edelgestein bedeckten. Die Sündveger, Weißkäuffer, Tiffelschrenker und Achproschen dachten in diesem herrlichen Augenblick wohl weniger an die Befreiung der Zigeunerin als an die Plünderung von Notre-Dame. Wir können sogar annehmen, daß für viele unter ihnen die Esmeralda nur ein Vorwand war, soweit Diebe überhaupt einen Vorwand brauchen.

Aber als sie sich gerade mit verhaltenem Atem und gespannten Muskeln an den Sturmbock reihten, um mit Aufwand aller Kräfte den entscheidenden Stoß zu tun, erhob sich plötzlich in ihrer Mitte ein Jammergeheul, das noch viel entsetzlicher war als das unter dem fallenden Balken losbrechende und ersterbende Geschrei. Die, welche noch lebten und nicht schrien, blickten auf. Zwei Strahlen von geschmolzenem Blei schossen aus der Höhe in die dickste Masse der Angreifer hinein. Das kochende Metall hatte an den beiden Punkten, wo es niederfiel, schwarze, rauchende Löcher in die wogende Menge gegraben, wie heißes Wasser, das auf Schnee fällt. Darin wälzten sich halbverbrannte Sterbende, die vor Schmerzen brüllten. Um die beiden Hauptstrahlen herum sprühten siedende Tropfen, fielen als ein fürchterlicher Regen auf die Angreifer und fuhren ihnen wie Flammenbohrer in die Schädel. Es war ein glühender Hagelschauer, der sich über die Unglücklichen ergoß.

Das Geheul war herzzerreißend. Alles stürzte in wilder Flucht von dannen, die Kühnsten wie die Feigsten. Der Balken wurde auf die Leichname geworfen, und der Vorhof leerte sich zum zweiten Mal.

Aller Augen richteten sich auf das Kirchendach, und dort bot sich ihnen ein seltsames Schauspiel. Oben auf der höchsten Galerie, noch über der großen Rosette, stieg zwischen den beiden Türmen eine wild flackernde, funkensprühende Flamme auf, von der der Wind glühende Fetzen losriß und mit dem Rauch emportrug. Unter dieser Flamme, unter der dunklen Steinrampe mit den glühenden Dreipässen, spien zwei steinerne Tierrachen unermüdlich die siedenden Bäche aus, deren silbernes Geriesel vor der dunklen Fassade niederglitt. Im Fallen löste sich das flüssige Blei in Tropfen auf und fiel als breiter Sprühregen nieder, wie Wasser aus den feinen Löchern einer Gießkanne. Über der Flamme stiegen die beiden gewaltigen Türme in die Höhe, die durch die unendlichen Schatten, die sie gen Himmel warfen, noch gewaltiger erschienen. Jeder von ihnen hatte zwei Angesichter, ein schwarzes und ein leuchtend rotes, und ihre ungezählten, in Stein gehauenen Teufel und Drachen sahen finster und drohend aus. Das unruhige Licht der Flamme schien ihnen Leben zu verleihen. Da waren Mäuler, die zu grinsen, Schnauzen, die zu kläffen schienen, Salamander, die ins Feuer bliesen und zwischen diesen Ungeheuern, die die Flamme und der Lärm aus ihrem steinernen Schlaf geweckt hatten, wandelte ein anderes Ungeheuer frei umher und tauchte von Zeit zu Zeit vor dem glühenden Scheiterhaufen auf wie eine Fledermaus vor einer Kerze.

Dieser seltsame Leuchtturm wird wohl dem Holzhacker auf den fernen Hügeln von Bicêtre den nächtlichen Schlummer gestört und ihm Entsetzen eingejagt haben; denn über seiner Heide hat er die riesenhaften Schatten der Türme von Notre-Dame schwanken sehen.

Die Gauner waren vor Schrecken verstummt, und in der plötzlichen Stille hörte man die Alarmrufe der in ihrem Kloster eingeschlossenen Domherren, die sich unruhiger gebärdeten als Pferde in einem brennenden Stall, den Lärm rasch sich öffnender und noch schneller sich schließender Fenster, das ängstliche Getriebe im Innern der Häuser und des Hospitals, das Fauchen des Windes in der Flamme, das Röcheln der Sterbenden und das unaufhörliche Prasseln des Bleiregens auf dem Pflaster.

Die Anführer der Gauner hatten sich indessen unter die Torfahrt des Hauses Gondelaurier zurückgezogen und berieten sich miteinander. Der Zigeunerherzog saß auf einem Prellstein und betrachtete mit frommer Scheu den fabelhaften

Scheiterhaufen, der zweihundert Fuß vom Erdboden entfernt in die Lüfte flammte. Clopin Trouillefou biß sich wütend in seine großen Fäuste und murmelte zwischen den Zähnen: »Unmöglich, hineinzukommen!«

»Eine alte verhexte Kirche!« brummte der greise Zigeuner Mathias Hungadi Spicali.

»Beim Schnurrbart des Papstes!« rief ein alter grauer Stabuler, der einmal bei den Soldaten gewesen war. »Die Kirche speit euch das geschmolzene Blei besser auf die Schädel als die Schießscharten von Lectoure.«

»Seht ihr den Dämon, der vor dem Feuer auf und nieder rennt?« schrie der Zigeunerherzog.

»Ach geht«, sagte Clopin, »das ist ja der verfluchte Glöckner Quasimodo!«

Der Zigeuner schüttelte den Kopf. »Ich aber sage euch, es ist der böse Geist Sabnac, der große Marquis, der Dämon der Festungsmauern. Er hat die Gestalt eines bewaffneten Soldaten und den Kopf eines Löwen. Manchmal reitet er auf einem scheußlichen Pferd. Er verwandelt die Menschen in Steine und baut Türme daraus. Er gebietet über fünfzig Legionen. Ihr könnt mir glauben, er ist es; ich kenne ihn. Manchmal trägt er ein schönes goldenes Kleid nach der Art der Türken.«

»Wo ist Bellevigne de l'Étoile?« fragte Clopin.

»Er ist tot«, antwortete eine Gaunerin.

Andry le Rouge lachte blöde: »Notre-Dame schafft Arbeit für das Hôtel-Dieu«, sagte er.

»Gibt es denn kein Mittel, die verfluchte Tür zu sprengen?« schrie der Gaunerkönig und stampfte mit dem Fuß.

Der Zigeunerherzog zeigte traurig auf die beiden Bäche flüssigen Bleis, die wie zwei lange Phosphorfäden unaufhörlich vor der schwarzen Fassade niederglitten. »Es gibt Kirchen, die sich selbst verteidigen«, bemerkte er seufzend. »Die Hagia Sophia in Konstantinopel hat vor vierzig Jahren dreimal hintereinander den Halbmond des Mohammed von ihren Kuppeln geschüttelt. Die Kuppeln sind ihre Köpfe, müßt ihr wissen. Die Kirche hier hat Guillaume de Paris gebaut, und der war ein Zauberer.«

»Müssen wir denn wie die Hasen das Weite suchen?« sagte Clopin. »Müssen wir unsere Schwester diesen Wölfen im Priestergewand lassen, damit sie sie morgen henken können?«

»Und die Sakristei, wo das Gold in Haufen liegt?« fügte ein Gauner hinzu, dessen Name uns leider nicht überliefert ist.

»Beim Bart des Propheten!« schrie Trouillefou.

»Versuchen wir es noch einmal«, schlug der Gauner vor.

Mathias Hungadi schüttelte den Kopf. »Zur Tür kommen wir nicht hinein. Wir müssen ausfindig machen, wo die alte Hexe ihren schwachen Punkt hat. Vielleicht finden wir ein Loch, eine verborgene Ausfalltür oder irgendeine Fuge.«

»Wer macht mit?« sagte Clopin. »Ich gehe wieder hin. – Wo ist übrigens der kleine Scholar Jehan geblieben, der von Kopf bis zu den Füßen gepanzert war?«

»Er wird wohl tot sein«, antwortete irgend jemand, »man hört ihn nicht mehr lachen.«

Der Gaunerkönig runzelte die Stirn.

»Schlimm genug. In dem Panzer steckte ein tapferes Herz. – Und Meister Pierre Gringoire?«

»Hauptmann Clopin«, sagte Andry le Rouge, »der hat sich schon vor dem Pont aux Changeurs verdrückt.«

Clopin stampfte mit dem Fuße auf. »Hol ihn der Teufel! Erst treibt er uns ins Feuer, und dann läßt er uns mitten bei der Arbeit im Stich! Der feige Schwätzer! Der Pantoffelheld!«

»Hauptmann Clopin«, schrie Andry le Rouge, der die Domhofstraße hinunterspähte, »da kommt der kleine Scholar!«

»Gelobt sei Pluto! Das ist er«, sagte Clopin, »aber was, zum Teufel, schleppt er hinter sich drein?«

Es war wirklich Jehan; er lief so schnell, wie sein schweres Heldengewand und eine lange Leiter, die er tapfer hinter sich herzog, erlaubten, und war atemloser als eine Ameise, die einen Grashalm befördert, der zwanzigmal so lang ist wie sie selbst.

»Sieg! Te Deum!« schrie der Scholar. »Da haben wir eine Leiter. Sie gehört den Schauerleuten vom Hafen Saint-Landry.«

Clopin ging auf ihn zu.

»Kind, was willst du mit der Leiter machen?«

»Ich habe sie«, antwortete Jehan keuchend, »ich wußte, wo sie stand. – Im Schuppen des Wachtmeisters. – Es wohnt ein Mädchen dort, das ich kenne. Sie findet mich schön wie einen Gott. – Das habe ich mir zunutze gemacht, um die Leiter zu erwischen, und ich habe sie. – Donnerwetter! Das arme Mädchen ist im bloßen Hemd gekommen und hat mir aufgemacht.«

»Sehr schön!« sagte Clopin. »Aber was willst du mit der Leiter machen?«

Jehan sah ihn schlau und durchtrieben an und schnipste mit den Fingern wie mit Kastagnetten. Er war in diesem Augenblick erhaben. Auf dem Kopf trug er einen jener überladenen Helme des fünfzehnten Jahrhunderts, die den Feind mit ihrer fabelhaften Helmzier in Schrecken jagten. Zehn eiserne Schädel umstarrten sein Haupt, und er hätte dem homerischen Schiff des Nestor das furchtbare Beiwort *δεκέμβολος*[1] streitig machen können.

»Was ich damit machen will, erhabener König? Seht Ihr die Reihe Standbilder dort oben über den drei Portalen? Sie sehen wie Dummköpfe aus.«

»Ja, und was weiter?«

»Das ist die Galerie der Könige von Frankreich.«

»Was geht mich das an?« sagte Clopin.

»So wartet doch ab! Am Ende dieser Galerie weiß ich eine Tür, die immer nur zugeklinkt ist; ich steige mit der Leiter hinauf und bin in der Kirche.«

»Kind, laß mich zuerst hinaufsteigen.«

»Nicht doch, Kamerad, mir gehört die Leiter. Ihr könnt der zweite sein.«

[1] griech., mit zehn Rammsporen versehen.

»Daß dich der Teufel hole!« sagte Clopin mürrisch. »Ich will keinem nachstehen.«

»Dann suche dir eine Leiter, Clopin!«

Jehan lief über den Platz, zog seine Leiter hinter sich her und schrie: »Mir nach, Kameraden!«

Im Handumdrehen war die Leiter aufgerichtet und über einer der seitlichen Türen an die Rampe der unteren Galerie gelehnt. Unter lautem Beifallsgeschrei drängten die Gauner sich um den Fuß der Leiter, um hinaufzusteigen. Aber Jehan bestand auf seinem Recht und setzte als erster den Fuß auf die Sprossen. Der Aufstieg war lang. Die Galerie der Könige von Frankreich ist heute etwa sechzig Fuß hoch über dem Pflaster. Die elf Stufen der Terrasse machten die Entfernung damals noch größer. Jehan stieg langsam aufwärts, seine schwere Rüstung behinderte ihn; mit einer Hand hielt er sich an der Leiter, in der anderen trug er seine Armbrust. Aus halber Höhe warf er einen traurigen Blick auf die toten Gauner, die unten auf den Stufen lagen. »Wehe«, sagte er, »das ist ein Leichenhaufen, der des fünften Gesangs der Ilias würdig wäre!« Dann stieg er weiter hinauf; die Gauner folgten ihm; jede Sprosse trug einen Spitzbuben. Wie sich in der Dunkelheit die lange Reihe gepanzerter Rücken in Wellenlinien aufwärts schob, da war es, als ob eine Schlange mit stählernen Schuppen sich gegen die Kirche aufrichtete. Jehan, der pfeifend die Spitze bildete, machte die Täuschung vollkommen.

Der Scholar erreichte endlich den Rand der Galerie und schwang sich behende unter dem Beifallsjubel des ganzen Lumpengesindels über die Rampe. Er fühlte sich als Herr der Festung und stieß einen Freudenschrei aus. Plötzlich blieb er wie versteinert stehen. Er sah hinter einer Königsstatue, im Dunkel verborgen, Quasimodo mit funkelndem Auge kauern.

Ehe ein zweiter Feind den Fuß auf die Galerie setzen konnte, sprang der furchtbare Bucklige auf die Leiter zu, packte schweigend ihre beiden Pfosten mit seinen gewaltigen

Händen, hob sie, entfernte sie von der Mauer, wiegte die lange, biegsame Leiter, die von oben bis unten mit angstvoll schreienden Gaunern besetzt war, ein paarmal hin und her und stieß dann plötzlich mit übermenschlicher Kraft die ganze Menschenkette gegen den Domhof zurück. Es folgte ein Augenblick, wo auch die Beherzten zitterten. Die zurückgestoßene Leiter blieb einen Atemzug lang aufrecht und wie unentschlossen stehen, dann schwankte sie plötzlich, beschrieb einen schrecklichen Bogen von achtzig Fuß Durchmesser und sauste mit ihrer ganzen Ladung Spitzbuben schneller aufs Pflaster nieder als eine Zugbrücke, deren Ketten reißen. Ein gewaltiger Fluch ertönte; dann wurde es still, und ein paar unglückliche Verstümmelte krochen unter dem Leichenhaufen hervor.

Ein Gemurmel des Schmerzes und des Zorns folgte unter den Belagerern auf das anfängliche Triumphgeschrei. Quasimodo stand unbewegt, die Ellenbogen auf die Rampe gelegt, und blickte in die Tiefe hinunter. Er sah aus wie ein alter, langhaariger König, der zum Fenster hinausschaut.

Jehan Frollo war in einer bösen Lage. Er war allein mit dem fürchterlichen Glöckner in der Galerie und war durch eine achtzig Fuß hohe, senkrechte Mauer von seinen Kameraden getrennt. Während Quasimodo mit der Leiter spielte, war er zu der Tür gerannt, die er unverschlossen glaubte. Vergeblich! Der Bucklige hatte sie beim Betreten der Galerie hinter sich abgeschlossen. Da hatte sich Jehan hinter einem steinernen König versteckt, wagte nun kaum zu atmen und sah den scheußlichen Buckligen mit ebenso entsetzlichen Blicken an wie der in die Frau eines Raubtierwärters verliebte Mann den weißen Bären, mit dem er sich eines Abends, als er sich auf dem Weg zum Stelldichein in der zu überspringenden Mauer geirrt hatte, plötzlich allein sah. Anfänglich bemerkte der Taube ihn nicht; doch dann drehte er den Kopf, und plötzlich erhob er sich. Er hatte den Scholaren erblickt.

Jehan war auf einen harten Zusammenstoß gefaßt, doch der

Taube blieb unbeweglich dem Scholaren zugekehrt stehen und betrachtete ihn.

»Hallo«, sagte Jehan, »was hast du mich so schwermütig anzugaffen, Einäugiger?«

Dabei spannte der junge Halunke heimlich seine Armbrust.

»Quasimodo!« schrie er. »Ich will dir einen neuen Spitznamen schaffen. Du sollst fortan der Blinde heißen.«

Er schoß; der gefiederte Pfeil fuhr pfeifend dem Buckligen in den linken Arm. Das ließ Quasimodo so kalt, als habe der König Faramund die Schramme bekommen. Er zog den Pfeil heraus und zerbrach ihn gelassen auf seinem breiten Knie. Dann ließ er die beiden Stücke gleichgültig zur Erde fallen. Aber Jehan fand nicht die Zeit, zum zweitenmal zu schießen. Quasimodo hatte kaum den Pfeil zerbrochen, als er laut schnaufte, einen Satz machte wie eine Heuschrecke und auf den Scholaren niedersauste, dessen Rüstung sich gegen die Mauer plattdrückte.

Dann sah man im schwankenden Halblicht der Fackeln etwas Entsetzliches geschehen.

Quasimodo hatte mit der Linken die beiden Arme des Scholaren ergriffen, der sich so gänzlich verloren fühlte, daß er sich nicht einmal wehrte. Mit der Rechten zog ihm der Bucklige langsam in finstrem Schweigen ein Stück seiner Rüstung nach dem anderen vom Leibe, das Schwert, die Dolche, den Helm, den Panzer, die Armschienen. Es war, als wenn ein Affe eine Nuß schälte. Quasimodo warf die eiserne Schale des Scholaren Stück für Stück auf die Erde.

Als Jehan sich entwaffnet und entkleidet, schwach und nackt in den fürchterlichen Händen sah, da versuchte er nicht, den Tauben mit Worten zu erweichen, sondern lachte ihm frech ins Gesicht und sang mit der unerschrockenen Sorglosigkeit seiner sechzehn Jahre den damals volkstümlichen Reim:

»Cambrai, die gute Stadt,
schön sich gerüstet hat,
Marafin sie plündern tat ...«

Er kam nicht zum Schluß. Quasimodo hatte mit einer Hand seine beiden Füße gepackt, war auf die Rampe gesprungen und schwang ihn wie eine Schleuder über dem Abgrund. Dann hörte man ein Geräusch, als wenn eine beinerne Dose an einer Mauer zerschellt, und sah etwas fallen, das auf halber Höhe an einem Vorsprung hängenblieb: Es war ein toter, zerbrochener Körper, mit zerschmetterten Gliedern und leerem Schädel.

Die Gauner brachen in einen Schrei des Entsetzens aus. »Rache!« brüllte Clopin. »Zum Angriff!« antwortete die Menge. »Sturm! Sturm!« Dann erhob sich ein erstaunliches Geheul, in dem sich alle Sprachen, alle Mundarten, alle Akzente mischten. Der Tod des armen Scholaren hatte eine flammende Wut in der Masse entzündet; Scham und Zorn packte sie bei der Erkenntnis, daß ein Buckliger sie so lange vor einer Kirche in Schach gehalten hatte. Die Wut ließ sie Leitern und neue Fackeln finden, und wenige Minuten später sah der bestürzte Quasimodo den fürchterlichen Ameisenhaufen an allen Ecken und Enden an der Kirche hochklimmen. Wer keine Leiter hatte, hatte einen geknoteten Strick, wer keinen Strick hatte, kletterte an den Vorsprüngen und Skulpturen in die Höhe. Einer klammerte sich an die Lumpen des anderen. Es war unmöglich, dieser Flut aufsteigender scheußlicher Gestalten Widerstand zu leisten. Die Wut rötete ihre wilden Gesichter, der Schweiß rann ihnen von den geschwärzten Stirnen, ihre Augen funkelten. Quasimodo war von Fratzen und Häßlichkeit umzingelt. Es war, als hätte irgendeine andere Kirche ihre Gorgonen, ihre Teufel, ihre Drachen, ihre phantastischsten Skulpturen und Bullenbeißer zum Angriff gegen Notre-Dame ausgeschickt. Eine Schicht lebender Ungeheuer deckte die steinernen Ungeheuer der Fassade.

Viele hundert Fackeln waren unterdessen im Domhof aufgeflammt. Der wilde Tumult, den die Dunkelheit bisher verhüllt hatte, war plötzlich in helle Glut getaucht. Der Platz strahlte und warf einen Lichtschein gegen den Himmel. Der

Holzstoß auf der Plattform brannte immer noch und erleuchtete die Stadt bis in weite Ferne. Die beiden ungeheuren Türme bildeten über den Dächern einen riesigen schwarzen Ausschnitt in der allgemeinen Helligkeit. Die Stadt schien aufzuwachen. Ferne Sturmglocken klagten. Die Gauner heulten, schnaubten, fluchten und kletterten. Quasimodo sah die wütenden Gesichter seiner Galerie näher und näher kommen; er war ohnmächtig gegen so viele Feinde, zitterte für die Zigeunerin, rang die Hände in Verzweiflung und flehte den Himmel um ein Wunder an.

V

Die Klause, in der Herr Ludwig von Frankreich seine Horen betet

Der Leser wird sich vielleicht noch erinnern, daß Quasimodo, als er vor dem ersten Auftauchen der riesigen Menge von Gaunern den Blick über Paris schweifen ließ, in dem ganzen Häusermeer nur ein einziges Licht schimmern sah; es leuchtete aus einem Fenster im obersten Stockwerk eines hohen, düsteren Gebäudes dicht an der Porte Saint-Antoine. Dieses Gebäude war die Bastille. Das Licht aber strahlte von der Kerze Ludwigs des Elften aus.

König Ludwig der Elfte war tatsächlich seit zwei Tagen in Paris. Seine Abreise nach der Zitadelle von Montilz-lès-Tours war auf den übernächsten Tag festgesetzt. Er zeigte sich nur selten und immer nur vorübergehend in seiner guten Stadt Paris. Er hatte dort nicht genug Falltüren, Galgen und schottische Bogenschützen um sich.

An jenem Tag war er zur Nacht in der Bastille eingekehrt. Sein großes Zimmer im Louvre, das fünf Klafter im Quadrat maß, behagte ihm wenig. Er fühlte sich verloren zwischen dem mächtigen Kamin mit den zwölf großen Tieren und den dreizehn großen Propheten und seinem gewaltigen Bett, das elf Fuß breit und zwölf Fuß lang war. Der gute, bürgerliche

König zog ein Zimmerchen in der Bastille mit einer kleinen Bettstelle vor. Auch war die Bastille stärker befestigt als der Louvre.

Das ›Zimmerchen‹, das sich der König in dem berühmten Staatsgefängnis vorbehalten hatte, war noch groß genug und bildete das oberste Stockwerk eines kleinen Turmes, der zum Burgfried gehörte. Es war ein rundes Gemach; die Wände waren mit glänzenden Strohmatten behängt, die vorspringenden Deckenbalken mit königlichen Lilien aus vergoldetem Zinn geschmückt, die Deckenfelder reich getäfelt, mit Rosetten aus weißem Zinn besät und in leuchtendem Grün aus Mauerpfeffer und Indigo gestrichen.

Der Raum hatte nur ein einziges langes Spitzbogenfenster, das mit Messingdraht und Eisenstäben vergittert war und durch seine schönen bunten Scheiben mit den Wappen des Königs und der Königin zu je zweiundzwanzig Solidi pro Feld noch verdunkelt wurde.

Die einzige Tür war nach neuer Art gebogen, innen mit einem Teppich verhängt und außen mit einem gebrechlichen, seltsam geschnitzten Türbogen aus irischem Holz geschmückt, wie man sie derart noch vor hundertfünfzig Jahren in vielen alten Häusern sehen konnte. ›Obwohl sie die Örtlichkeit verunstalten und stören‹, sagte Sauval verzweifelt, ›wollen unsere alten Leute sie nicht vermissen und behalten sie gegen jegliche Vernunft.‹

In dem Zimmer war nichts von gebräuchlichem Hausrat, weder Bänke noch Schemel, noch gewöhnliche Sitze in Kastenform, noch schöne Sitze auf Füßen zu vier Solidi das Stück. Ein einziger prächtiger Klappstuhl mit Armlehnen stand da; sein Holzwerk war mit Rosen auf rotem Grund bemalt, der Sitz aus rotem Korduanleder war mit langen seidenen Fransen und unzähligen goldenen Stiftchen geschmückt. Der einsame Stuhl zeigte, daß in diesem Raum nur ein Mensch das Recht zu sitzen hatte. Neben dem Stuhl, ganz nahe dem Fenster, befand sich ein Tisch mit einer Decke, in die ein Vogelmuster gewebt war; ein bekleckstes Tintenfaß, ein paar Pergamente, ein paar Gänsefedern und ein Trinkbecher aus feiner Silberarbeit standen und lagen darauf. Ein Stückchen weiter stand ein Kohlebecken und ein rotsamtener Betstuhl mit goldenen Knöpfen in der Polsterung, im Hintergrund ein einfaches Bett aus gelbem und hochrotem Damast ohne Borten und Tressen, nur mit schlichten Fransen besetzt. Dieses Bett, in dem Ludwig der Elfte schlafend oder schlaflos gelegen hat, konnte man noch vor zweihundert Jahren bei einem Staatsrat bewundern, wo es von der alten Madame Pilou gesehen worden ist; sie selbst wurde im ›Cyrus‹ unter dem Namen *Aricidie* und *Die lebende Moral* berühmt.

So war das Zimmer beschaffen, von dem man sprach als von der ›Klause, in der Herr Ludwig von Frankreich seine Horen betet‹.

Zu der Stunde, von der wir sprechen, war es in dieser Klause sehr dunkel. Die Feierabendglocke hatte eine Stunde vorher geläutet, es war Nacht, und eine einzige flatternde Wachskerze, die auf dem Tisch stand, beleuchtete fünf in dem Zimmer verstreute Gestalten.

Dem Licht am nächsten stand ein prächtig gekleideter Herr in Kniehosen, scharlachnem Wams mit silbernen Streifen und einem Mantel aus schwarzgemustertem Goldstoff. Das Licht der Flamme spielte auf den schimmernden Falten der köstlichen Gewandung. Der Mann, der sie trug, hatte auf der Brust seine Wappen in leuchtenden Farben gestickt, ein Wappenschild mit einem schreitenden Damhirsch, rechts von dem Schild einen Olivenzweig, links ein Hirschgeweih. Im Gürtel stak ihm ein kostbarer Dolch, dessen Griff aus vergoldetem Silber in Form einer Helmzier mit einer Grafenkrone gebildet war. Er sah böse und stolz aus und trug den Kopf hoch. Sein Hochmut zeigte sich auf den ersten Blick, aber auch seine Verschlagenheit war nicht schwer zu erraten.

Er hielt ein langes Schriftstück in der Hand und stand mit entblößtem Haupt hinter dem Armsessel, auf dem ein sehr schlecht angezogener, in sich zusammengesunkener Mann mit übereinandergeschlagenen Knien saß, der den Ellenbogen auf den Tisch stützte. Man stelle sich auf dem üppigen Sitz von Korduanleder zwei krumme Beine und zwei magere Schenkel vor, die kümmerlich mit schwarzem, wollenem Trikot überzogen waren, darüber den Rumpf, den ein Barchentrock mit Pelzbesatz, mehr Leder als Fell, bedeckte, als Krönung einen alten, fettigen Hut aus dem häßlichsten, schwarzen Filz und mit einer Kette kleiner Bleifiguren geschmückt; dazu kam noch ein schmutziges Käppchen, unter dem sich kaum ein einziges Haar hervordrängte. Das war alles, was man von dem Sitzenden sehen konnte; er hielt den Kopf so tief auf die Brust gesenkt, daß nur die von einem Lichtstrahl getroffene Nasenspitze sichtbar war. Die Nase mußte wohl sehr lang sein. An der mageren, gefurchten Hand konnte man den Greis erkennen. Es war Ludwig der Elfte.

In einiger Entfernung hinter den beiden unterhielten sich zwei Männer leise miteinander. Der Schnitt ihrer Gewänder kennzeichnete sie als Flamen. Sie standen noch halb im Licht, und wer Gringoires Mysterium beigewohnt hätte, der würde leicht zwei der hervorragendsten flämischen Gesandten in ihnen wiedererkannt haben: den scharfsinnigen Pensionär aus Gent, Willem Rym, und den volkstümlichen Strumpfwirker Jakob Coppenole. Der Leser wird sich erinnern, daß diese beiden Männer in die geheime Politik Ludwigs des Elften verwikkelt waren.

Im dunklen Hintergrund nahe der Tür endlich stand unbeweglich wie eine Statue ein kräftiger Mann mit massigen Gliedern, mit eckigem Gesicht, in dem die Augen flach und ohne Höhlen lagen und der Mund wie eine riesige Spalte wirkte, und mit straffen Haaren, die die Ohren bedeckten. Er war angetan mit militärischer Rüstung und wappengeschmücktem Mantel und wirkte mit seinem stirnlosen Kopf halb wie ein Hund, halb wie ein Tiger.

Der König allein war bedeckten Hauptes.

Der Herr, der an seinem Sessel stand, las ihm einen langen Bericht vor, den Seine Majestät aufmerksam anzuhören schien. Die beiden Flamen flüsterten miteinander.

»Donnerwetter«, brummte Coppenole, »ich habe das Stehen satt! Gibt es denn keine Stühle hier?«

Rym machte eine verneinende Handbewegung und lächelte unruhig.

»Donnerwetter!« fing Coppenole wieder an, der unglücklich war, daß er seiner Stimme Zwang antun mußte. »Ich habe Lust, mich wie ein Strumpfwirker mit gekreuzten Beinen auf die Erde zu setzen, wie ich das so in meinem Laden mache.«

»Das laßt lieber bleiben, Meister Jakob!«

»Ja doch, Meister Willem! Also nur stehen darf man hier?«

»Oder knien«, sagte Rym.

Da fing der König an zu sprechen, und die beiden verstummten.

»Fünfzig Solidi für die Röcke unserer Diener und zwölf Pfund für die Mäntel unserer Kronschreiber! Da haben wir's! Das heißt ja, das Gold scheffelweise verschütten! Seid Ihr von Sinnen, Olivier?«

Bei diesen Worten hatte der Greis den Kopf gehoben; an seinem Hals funkelte golden die Muschel der Sankt-Michaels-Kette. Die Kerze beleuchtete scharf sein mageres, mürrisches Profil. Er riß dem andern die Papiere aus der Hand.

»Ihr richtet uns zugrunde!« rief er und ließ seine eingesunkenen Augen über den Bericht gleiten. »Was soll das alles? Wozu brauchen wir einen so erstaunlichen Haushalt? Zwei Kapläne, jeder mit zehn Pfund Gehalt monatlich, und ein Küster mit hundert Solidi! Ein Kammerdiener mit neunzig Pfund jährlich! Vier Truchsesse, jeder mit hundertzwanzig Pfund jährlich! Ein Suppenkoch, ein Soßenmacher, ein Koch; ein Rüstungsverwalter, zwei Buchführergehilfen, jeder mit zehn Pfund monatlich! Zwei Küchenjungen mit acht Pfund! Ein Stallmeister und zwei Knechte mit vierundzwanzig Pfund monatlich! Ein Läufer, ein Bäcker, zwei Kärrner, jeder mit sechzig Pfund jährlich! Und der Hufschmiedemeister mit hundertzwanzig Pfund! Und der königliche Schatzmeister mit zwölfhundert Pfund, und der Prüfer mit fünfhundert! Was weiß ich, das ist ja ein Wahnsinn! Die Gehälter unserer Dienerschaft saugen ganz Frankreich aus! Vor einem solchen Feuer der Verschwendung müssen ja alle Schätze in den Schatzkammern des Louvre dahinschmelzen. Wir werden unser Tafelgeschirr verkaufen müssen! Wenn uns Gott und die Jungfrau Maria« (bei diesen Worten lüftete er seinen Hut) »das Leben schenken, so werden wir unseren Kräutertee nächstes Jahr aus einem zinnernen Becher trinken!«

Dabei warf er einen Blick auf den silbernen Becher, der auf dem Tisch funkelte, räusperte sich und fuhr fort: »Meister Olivier, Fürsten, die über große Reiche herrschen, wie Könige und Kaiser, dürfen den Prunk in ihren Hofhaltungen nicht groß werden lassen; denn das Laster der Verschwendung verbreitet sich von dort in die Provinzen. Laß dir das gesagt sein, Meister Olivier! Unsere Ausgaben wachsen von Jahr zu Jahr; das mißfällt uns. Ei verflucht, bis 79 haben sie sechsunddreißigtausend Pfund nicht überschritten. Im Jahre 80 aber waren sie schon auf dreiundvierzigtausendsechshundertneunzehn Pfund gestiegen – ich habe die Summen im Kopf –, 81 betrugen sie sechsundsechzigtausendsechshundertachtzig Pfund, und in diesem Jahr, Gott sei's geklagt, werden sie gar auf achtzigtausend Pfund steigen! In vier Jahren verdoppelt! Es ist haarsträubend!«

Er hielt atemlos inne; dann fuhr er heftig fort: »Ich sehe mich von lauter Menschen umgeben, die sich an meiner Magerkeit mästen! Ihr saugt mir die Goldgulden aus allen Poren!«

Alle schwiegen; es war einer von den Zornausbrüchen, denen man ihren Lauf läßt.

»Da hat die Lehnsherrlichkeit von Frankreich«, fuhr er fort, »ein lateinisches Gesuch aufgesetzt, wir möchten das, was sie die großen Kronämter nennen, wieder einrichten. Ämter, jawohl! Drückende Ämter! Ach, meine Herren, da meint ihr, wir seien kein König, weil wir dapifero nullo, buticulario nullo[1] regieren! Verflucht! Wir werden beweisen, daß wir ein König sind!«

Bei diesen Worten lächelte er im Gefühl seiner Macht, seine schlechte Laune legte sich, und er wandte sich den Flamen zu.

»Sehr Ihr, Gevatter Willem, der Obertruchseß, der Hausmarschall, der Oberkammerherr, der Seneschall sind nicht soviel wert wie der geringste Kammerdiener. Merkt Euch das, Gevatter Coppenole, sie sind zu nichts nütze! Wenn sie in ihrer Überflüssigkeit um den König herumstehen, so kommen sie mir vor wie die vier Evangelisten am Zifferblatt der großen Schloßuhr, die von Philippe Brille neu aufgestutzt wurden. Sie sind zwar vergoldet, aber die Zeit zeigen sie nicht an; der Zeiger kann die Sache auch ohne sie machen.«

Er versank in kurzes Nachdenken und fügte dann kopfschüttelnd hinzu: »Ja, ja, bei unserer Jungfrau, ich bin nicht Philippe Brille, und ich werde die großen Vasallen nicht neu vergolden. Ich bin der Ansicht des Königs Eduard: Rettet das Volk und tötet die Herren! – Fahre fort, Olivier!«

Der so Angeredete nahm das Heft aus des Königs Hand zurück und fing wieder an, mit lauter Stimme zu lesen:

»Zwölf Pfund an Adam Tenon, bedienstet am Siegelamt der Pariser Stadtvogtei, für Silber, Form und Schnitt neuer Siegel, dieweilen die alten Siegel wegen Alters und großer Gebrechlichkeit füglich nicht mehr genutzet werden konnten.

Vier Pfund, vier Solidi an Guillaume Frère für Kost und Pflege der Tauben in den beiden Taubenschlägen des Hôtel des Tournelles während der Monate Januar, Februar und März laufenden Jahres, an welche Vögel Besagter sieben Scheffel Gerste verwendete.

Vier Pariser Solidi für einen Franziskaner, der einem Verbrecher die Beichte abnahm.«

[1] lat., ohne Schaffner und Mundschenk.

Der König hörte schweigend zu. Ab und zu hustete er; dann führte er den Becher an die Lippen, trank und verzog das Gesicht dabei.

»Sechsundfünfzigmal wurden im laufenden Jahr auf Befehl des Gerichts an den Straßenecken von Paris Urteile mit Trompetenstoß verkündet, davon die Rechnung zu begleichen ist.

Fünfundvierzig Pfund für Graben und Suchen an gewissen Orten, sowohl in Paris wie anderwärts, allwo das Gerücht besagte, es seien Gelder vergraben, welches Suchen aber sich keines Erfolgs erfreuete.«

»Da vergräbt man einen Taler, um einen Solidi auszugraben!« sagte der König.

»Dreizehn Solidi zur Anbringung von sechs Platten aus durchsichtigem Glas, dort, wo sich im Hôtel des Tournelles der eiserne Käfig befindet. – Sechs Pfund für Herstellung und Lieferung von vier Wappenschildern mit dem Wappen des Königs, geschmückt mit Rosen; bestellt auf Befehl des Königs zum Tag der Monster.

Zwanzig Solidi für ein paar neue Ärmel an den alten Rock des Königs. Fünfzehn Heller für eine Schachtel Fett, damit man die Stiefel des Königs einreibet.

Dreißig Pariser Pfund für einen neuen Stall, darinnen die schwarzen Schweine des Königs hausen sollen. Zweiundzwanzig Pfund für unterschiedliche Verschläge, Bretter und Falltüren an den Löwenzwingern in der Nähe von Saint-Paul.«

»Teure Tiere«, sagte Ludwig der Elfte, »aber das schadet nichts! Das ist ein königlicher Zeitvertreib. Es ist ein großer rotgelber Löwe darunter, den ich um seiner Artigkeit willen ganz besonders liebe. – Habt Ihr ihn gesehen, Meister Willem? – Fürsten müssen sich solche prächtigen Tiere halten. Bei uns Königen müssen die Hunde Löwen und die Katzen Tiger sein. Der Krone ziemt das Große. Zur Zeit des heidnischen Jupiter, als das Volk dem Gott in seinen Kirchen hundert Rinder und hundert Schafe darbrachte, opferten die Könige hundert Löwen und hundert Adler. Das war grausig und schön. Die Könige von Frankreich haben ihren Thron immer mit solchem Gebrüll umgeben. Aber man wird mir die Gerechtigkeit widerfahren lassen, daß ich weniger dafür ausgebe als meine Vorgänger. Ich habe eine sehr viel bescheidenere Auswahl von Löwen, Bären, Elefanten und Leoparden. – Weiter, Meister Olivier! Wir haben das unseren flämischen Freunden erklären wollen.«

Willem Rym verbeugte sich tief; Coppenole aber mit seiner grimmigen Miene sah aus wie einer der Bären, deren Seine Majestät Erwähnung tat. Der König achtete nicht darauf. Er hatte an dem Becher genippt, spuckte die Arznei wieder aus und sagte: »Pfui, das scheußliche Gebräu!«

Der Vorlesende aber fuhr fort:

»Sechs Pfund, vier Solidi für Kost, einem Landstreicher verabreicht, welcher seit sechs Monaten im Loch auf dem Schindanger eingesperrt sitzt, dieweil man nicht weiß, was man mit ihm anfangen soll.«

»Was soll das heißen?« unterbrach der König. »Was an den Galgen gehört, wird nicht gefüttert; zum Donnerwetter! Ich gebe keinen Heller mehr für den Kerl aus. – Verständigt Euch mit Monsieur d'Estouteville über die Sache, Olivier. Daß mir der Wackre bald in einer Schlinge tanzt! Heute abend noch trefft Ihr die Vorbereitungen! – Weiter!«

Olivier machte bei dem Posten für den Landstreicher ein Zeichen mit dem Daumen und las weiter:

»Sechzig Pariser Solidi an Henriet Cousin, obersten Scharfrichter der Pariser Gerichte, ihm zugesprochen vom Herrn Stadtvogt von Paris, dieweil er auf Befehl des besagten Herrn ein großes Schwert erhandelt hat, das dazu dienet, die um ihrer Missetaten willen von den Gerichten verurteilten Personen zu enthaupten, ein Futteral mit allem Dazugehörenden; des weiteren das alte Schwert ausgebessert und gerichtet, dieweil es bei der Hinrichtung von Louis de Luxembourg zerbrochen und schartig geworden; wie es obendrein scheint ...«

Der König unterbrach ihn: »Das genügt. Ich bewillige das

Geld mit frohem Herzen. Das sind Ausgaben, bei denen ich nicht knausere. Um also angewandtes Geld ist es mir niemals leid gewesen. – Fahrt fort!«

»Für einen großen Käfig, neu hergerichtet …«

»Aha«, sagte der König und packte die Lehnen seines Stuhles mit beiden Händen, »ich wußte doch, daß ich einen Grund hatte, in die Bastille zu kommen. – Wartet, Meister Olivier! Ich will den Käfig selbst besichtigen. Ihr könnt mir die Rechnung an Ort und Stelle vorlesen. – Kommt, meine Herren Flamen, seht euch die Sache an! Sie ist sehr merkwürdig.«

Dann stand er auf, stützte sich auf den Arm des Vorlesers, machte dem stumm an der Tür Stehenden ein Zeichen voranzugehen und den beiden Flamen ein Zeichen zu folgen und verließ das Zimmer.

Vor der Tür der Klause gesellten sich zum königlichen Gefolge schwerbewaffnete, eisenstrotzende Soldaten und schlanke Pagen, die Fackeln trugen. Der Zug bewegte sich die Gänge entlang und die Treppen hinunter, die den düsteren Burgfried bis in die dicken Mauern hinein durchzogen. Der Kommandant der Bastille schritt an der Spitze und ließ die verriegelten Türen vor dem alten, kranken, gebückten König öffnen, der im Gehen hustete.

Die Türen waren so niedrig, daß alle die Köpfe neigen mußten, wenn der Zug hindurchschritt, nur der vom Alter gebeugte Greis nicht. »Hm«, brummte er zwischen den Kiefern, denn Zähne hatte er nicht mehr, »wir sind reif für die Pforte des Grabgewölbes. – Eine niedrige Tür passiert man gekrümmt.«

Endlich kam man durch eine letzte Tür, die mit so vielen Schlössern gesichert war, daß das Öffnen eine Viertelstunde dauerte. Sie führte in ein hohes, weites Spitzbogengewölbe, in dessen Mitte man beim Licht der Fackeln einen großen, festen Würfel aus Mauerwerk, Eisen und Holz unterscheiden konnte. Sein Inneres war hohl. Es war einer jener berühmten Käfige für Staatsgefangene; man nannte sie die Töchterchen des Königs. Der Käfig hatte zwei oder drei kleine Fenster, die so dicht mit dicken Eisenstäben vergittert waren, daß man die Fensterscheiben nicht sehen konnte. Ein großer, flacher Stein bildete wie bei einem Grab die Tür, eine von jenen Türen, durch die man hineingeht, aber niemals wieder herauskommt. Nur war der Tote dieses Grabes ein Lebendiger.

Der König ging langsam um das kleine Gebäude herum und prüfte es sorgfältig, während Meister Olivier hinter ihm laut seinen Bericht weiterlas:

»Für einen großen Holzkäfig neu herzurichten, aus starken Deckbalken, Rahmenstücken und Bohlen, der neun Fuß in der Länge, acht Fuß in der Breite, sieben Fuß in der Höhe mißt, geglättet und fest gefügt mit großen Zeugstempeln ist und in einem Gelaß eines der Türme des Landhauses Saint-Antoine aufgestellet wurde, in welchem Käfig auf Befehl unseres Herrn Königs ein Gefangener sitzet, der zuvor einen alten, baufälligen Käfig innehatte, sind verwendet worden: sechsundneunzig Unterbalken, zweiundfünfzig Balken, zehn Bohlen von drei Klaftern Länge. Neunzehn Zimmerleute sind während zwanzig Tagen im Hof der Bastille beschäftigt gewesen, um besagtes Holz abzuvieren, zu behauen und herzurichten ...«

»Ganz schönes Eichenholz«, sagte der König und klopfte mit der Faust an die Balken.

»... zudem sind für diesen Käfig verwendet worden zweihundertzwanzig Eisenstreben von neun und acht Fuß Länge – der Rest ist mittlerer Länge – dazu Gebund, Türbänder und Gegenleisten für besagte Zeugstempel. Das Gewicht dieser Eisenteile betrug insgesamt dreitausendsiebenhundertfünfunddreißig Pfund; dazu kamen, mit einem Gewicht von zweihundertachtzehn Pfund, noch acht dicke Eisenringe mit Krampen und Nägeln, um den Käfig festzuhalten. Schließlich noch die Eisenstäbe an den Fenstern des Gelasses, allwo der Käfig aufgestellet ist, die eisernen Riegel an der Tür des Gelasses und andere ...«

»Das ist viel Eisen, um den Leichtsinn eines Geistes zu bändigen«, sagte der König.

» ...die Kosten des Ganzen belaufen sich auf dreihundertsiebzehn Pfund, fünf Solidi, sieben Heller.«

»Donnerwetter!« rief der König.

Dieser Fluch, der Lieblingsfluch Ludwigs des Elften, schien ein menschliches Wesen im Innern des Käfigs geweckt zu haben, denn man hörte Ketten auf dem Fußboden klirren, und eine schwache Stimme tönte wie aus dem Grab heraus: »Sire, Sire, Gnade!« Man konnte den also Flehenden nicht sehen.

»Dreihundertsiebzehn Pfund, fünf Solidi, sieben Heller!« wiederholte Ludwig der Elfte.

Die klägliche Stimme, die aus dem Käfig herausklang, hatte alle Anwesenden, selbst Meister Olivier, vor Entsetzen erstarren lassen. Nur der König schien sie nicht gehört zu haben. Auf seinen Befehl las Meister Olivier weiter, und Seine Majestät fuhr kaltblütig fort, den Käfig zu prüfen.

»Zudem sind bezahlt worden an einen Maurer, der die Löcher gemacht hat, darin die Fenstergitter befestigt sind, dazu den Fußboden des Gelasses, dieweil der alte Fußboden den Käfig von wegen seiner Schwere nicht tragen konnte, siebenundzwanzig Pfund, vierzehn Solidi ...«

Da fing die Stimme wieder an zu jammern.

»Gnade, Sire! Ich schwöre Euch, der Kardinal d'Angers hat den Verrat begangen, nicht ich.«

»Das ist ein happiger Maurer!« sagte der König. »Weiter, Olivier!«

Olivier fuhr fort:

» ...an einen Tischler für Fensterrahmen, Liege, Klobrett und andres, zwanzig Pfund, zwei Solidi ...«

Wieder klagte die Stimme: »Wehe, Sire! Wollt Ihr mich nicht anhören? Ich versichere Euch, nicht ich habe es dem Herrn von Guyenne geschrieben, sondern der Herr Kardinal Balue!«

»Ein teurer Tischler!« bemerkte der König. »Ist das alles?«

»Nein, Sire … an einen Glaser für die Fensterscheiben in besagtem Gelaß sechsundvierzig Solidi, acht Heller.«

»Gnade, Sire! Ist es nicht genug, daß man all mein Hab und Gut meinen Richtern gegeben hat, mein Tafelgeschirr Monsieur de Torcy, meine Bibliothek Meister Pierre Doriolle, meine Teppiche dem Gouverneur des Roussillon? Ich bin unschuldig. Seit vierzehn Jahren friere ich in einem eisernen Käfig. Gnade, Sire! Der Himmel wird es Euch vergelten.«

»In summa, Meister Olivier?« fragte der König.

»Dreihundertsiebenundsechzig Pfund, acht Solidi, drei Heller.«

»Heilige Jungfrau«, rief der König. »Das ist ein schändlich teurer Käfig!«

Er riß Meister Olivier den Bericht aus den Händen und zählte selbst mit den Fingern nach, indem er abwechselnd das Papier und den Käfig prüfte. Indessen hörte man den Gefangenen schluchzen; das tönte schauerlich aus dem Dunkel, und die Umstehenden sahen sich erbleichend an.

»Vierzehn Jahre, Sire! Vierzehn Jahre, seit dem April vierzehnhundertneunundsechzig! Im Namen der Heiligen Mutter Gottes! Sire, hört mich an, ich beschwöre Euch! Ihr habt diese ganze lange Zeit die warmen Sonnenstrahlen genossen. Soll ich Elender niemals das Licht des Tages wiedersehen? Gnade, Sire! Habt Erbarmen! Die Gnade ist eine königliche Tugend; sie hemmt den Lauf des Zornes. Glaubt denn Euer Majestät, daß es einem König in der Todesstunde Trost gewährt, wenn er sich sagen kann, daß er niemals ein Vergehen ungestraft ließ? Zudem habe ich ja Euer Majestät gar nicht verraten; es war Monsieur d'Angers, Sire. Ich habe am Fuß eine so schwere Kette und eine eiserne Kugel daran; sie ist viel schwerer, als nötig ist. Ach, Sire, habt Mitleid mit mir!«

»Olivier«, sagte der König kopfschüttelnd, »ich sehe, daß man mir den Scheffel Gips zu zwanzig Solidi berechnet. Er kostet nur zwölf. Ihr werdet mir den Bericht noch einmal aufsetzen.«

Er wandte dem Käfig den Rücken zu und schritt zum Ausgang des Gewölbes. Der unglückselige Gefangene merkte, wie die Fackeln und der Lärm sich entfernten, und schloß daraus, daß der König im Fortgehen begriffen sei. »Sire, Sire!« schrie er verzweifelt. Die Tür fiel zu, er sah nichts mehr und hörte nur noch die rauhe Stimme des Kerkermeisters, die ihm in die Ohren sang:

»Der Meister Jean Balue
hat jetzt keine Not und Müh,
seine Pfründen einzutreiben.
Monsieur de Verdun hat große Nöten,
dem ging sein Bistum gänzlich flöten,
muß allezeit im Kittchen bleiben.«

Der König stieg schweigend zu seiner Klause hinauf, und seine Begleiter folgten ihm entsetzt. Die letzten Jammerrufe des Verurteilten klangen ihnen noch in den Ohren. Plötzlich wandte sich Seine Majestät dem Kommandanten der Bastille zu. »Übrigens«, sagte er, »saß da nicht jemand in dem Käfig?«

»Allerdings, Sire!« antwortete der Kommandant, ganz bestürzt über die Frage.

»Wer denn?«

»Der Bischof von Verdun.«

Der König wußte das besser als irgendein anderer, aber es war eine Liebhaberei von ihm.

»Aha«, sagte er mit so unbefangener Miene, als denke er zum erstenmal daran, »Guillaume de Harancourt, der Freund des Kardinals Balue. Ein ganz anständiger Bischof!«

Wenige Augenblicke später öffnete sich die Tür der Klause und schloß sich hinter den fünf Personen, denen der Leser dort schon am Anfang des Kapitels begegnet ist. Sie nahmen wieder ihre alten Plätze und Stellungen ein und setzten ihre halblauten Unterhaltungen fort.

Während der Abwesenheit des Königs waren auf seinen Tisch ein paar Depeschen gelegt worden; er erbrach sie selbst. Dann las er rasch eine nach der anderen, bedeutete Meister

Olivier, der das Amt eines Ministers zu versehen schien, er möge eine Feder nehmen, und hub an, ihm mit leiser Stimme die Antworten zu diktieren, ohne ihm den Inhalt der Depesche mitzuteilen. Meister Olivier kniete am Tisch nieder und schrieb in dieser äußerst unbequemen Stellung.

Willem Rym verfolgte aufmerksam alles, was vorging.

Der König sprach so leise, daß die Flamen sein Diktat nicht verstehen konnten; nur ab und zu fingen sie einen unverständlichen Brocken auf, wie: »... die fruchtbaren Gegenden durch den Handel, die unfruchtbaren durch die Manufakturen ... den englischen Herren unsere vier großen Geschütze zeigen, die London, die Brabant, die Bourg-en-Bresse, die Saint-Omer ... die Artillerie ist die Ursache, daß die Kriege jetzt vernünftiger geführt ... An Monsieur de Bressuire, unseren Freund ... Ohne Steuern keine Armeen ...«, und so weiter.

Einmal hob er die Stimme: »Verflucht! Der König von Sizilien siegelt seine Briefe mit gelbem Wachs, als wäre er der König von Frankreich. Vielleicht ist es nicht richtig, ihm das durchgehen zu lassen. Mein schöner Vetter von Burgund verlieh keine Wappen mit rotem Feld. Die Größe eines Hauses findet in der Achtung Ausdruck, die man seinen Vorrechten zollt. Notiere das, Gevatter Olivier!«

Ein andermal sagte er: »Oho, die dicke Botschaft! Was will unser Bruder, der Kaiser, von uns?« Er überflog das Schreiben und unterbrach seine Lektüre durch Ausrufe: »Ja, ja, die deutschen Staaten sind über alle Begriffe groß und mächtig. – Aber vergessen wir nicht das alte Sprichwort: Flandern ist die schönste Grafschaft, Mailand ist das schönste Herzogtum, Frankreich ist das schönste Königreich. – Ist es nicht so, meine Herren Flamen?«

Dieses Mal verneigte sich Coppenole auch; die Worte des Königs hatten seiner Vaterlandsliebe geschmeichelt.

Über einer letzten Depesche runzelte Ludwig der Elfte die Stirn. »Was soll das heißen?« rief er. »Klagen und Beschwerden über unsere Garnison in der Pikardie? Olivier, schickt einen Eilboten an den Marschall de Rouault. Schreibt ihm, daß die Manneszucht nachlasse; daß die Gendarmen der Ordonnanzen, der aufgebotene Adel, die Freischützen, die Schweizer den Bauern alle nur erdenkliche Unbill zufügen; daß der Kriegsmann nicht mit dem fürliebnimmt, was er in den Häusern der Leute findet, sondern sie mit starken Stockschlägen zwingt, aus der Stadt Wein, Fisch, Spezereien und andere übertriebene Dinge für ihn zu holen; daß der König von alledem unterrichtet sei; daß er willens sei, sein Volk vor Quälereien, Diebstahl und Plünderungen zu schützen; daß solches, so wahr Gott lebe, sein unwiderruflicher Wille sei; daß zudem, da es Uns mißfalle, keinem Fiedler, Barbier oder Offiziersburschen erlaubt werden solle, sich wie ein Prinz in Samt und Seide zu kleiden und goldne Ringe zu tragen; daß Gott solche Eitelkeiten verhaßt seien; daß wir, ein Edelmann, uns mit einem Rock aus Tuch begnügen, davon die Elle sechzehn Solidi kostet; daß die Herren Troßbuben sich wohl auch damit begnügen könnten; setzt das auf und schickt es ab! An Monsieur de Rouault, unsern Freund. – Gut.«

Er diktierte mit lauter Stimme, in festem, abgerissenem Ton. Als er zu Ende war, öffnete sich die Tür, und ein Mann stürzte ganz verstört ins Zimmer. »Sire! Sire!« schrie er. »Ein Volksaufstand in Paris!«

Das ernste Antlitz Ludwigs des Elften zog sich zusammen, aber die Erregung zuckte nur wie ein Blitz auf und verschwand wieder. Er beherrschte sich und sagte mit ruhiger Strenge: »Ihr brecht mir recht unversehens hier herein, Gevatter Jacques.«

»Sire! Sire! Ein Volksaufstand!« wiederholte atemlos Gevatter Jacques.

Der König hatte sich erhoben, faßte ihn rauh am Arm und flüsterte ihm zornentbrannt und mit einem Seitenblick auf die Flamen ins Ohr: »Schweig oder sprich leise!«

Der andere verstand ihn und gab leise einen schreckensvollen Bericht, den der König ruhig anhörte. Willem Rym machte indessen den Strumpfwirker auf Gesicht und Anzug des Ankömmlings aufmerksam. Seine pelzgefütterte Kapuze, Caputia fourrata, sein kurzer Schulterstreifen, Epitogia curta, und sein schwarzes Samtgewand ließen einen Präsidenten der Rechnungskammer in ihm vermuten.

Er hatte dem König kaum ein paar Erläuterungen gegeben, als Ludwig der Elfte in Lachen ausbrach und rief: »Wahrhaftig! Sprecht nur laut, Gevatter Coictier! Warum sprecht Ihr so leise? Die Mutter Gottes weiß, daß wir vor unseren guten flämischen Freunden keine Geheimnisse haben.«

»Aber, Sire ...«

»Sprecht laut!«

Gevatter Coictier verstummte vor Überraschung.

»Also«, sagte der König, » — sprecht nur, sprecht — da haben wir einen Pöbelaufstand in unserer guten Stadt Paris?«

»Ja, Sire.«

»Und er richtet sich, wie Ihr sagt, gegen den Hauptmann des Justizpalastes?«

»So scheint es«, antwortete Coictier, der über den plötzlichen, unerklärlichen Wandel in des Königs Gedanken so bestürzt war, daß er stotterte.

Ludwig der Elfte fragte weiter: »Wo ist die Nachtwache auf den Zug gestoßen?«

»Er bewegte sich vom Gaunerviertel zum Pont aux Changeurs. Ich bin ihm selber begegnet, als ich auf dem Weg hierher war, um Euer Majestät Befehlen nachzukommen. Ich habe ein paar Kerle schreien hören: ›Nieder mit dem Palasthauptmann!‹ «

»Und was haben sie gegen den Palasthauptmann?«

»Ach«, sagte Gevatter Jacques, »er ist eben ihr Herr.«

»So, so!«

»Ja, Sire. Es sind Gauner aus dem Mirakelhof. Sie beklagen sich schon lange über den Hauptmann; denn sie sind seine

Vasallen. Sie wollen ihn weder als Richter noch als Lehnsherrn anerkennen.«

»Sieh mal einer an!« entgegnete der König und bemühte sich vergeblich, ein Lächeln der Befriedigung zu unterdrükken.

»In allen ihren Gesuchen an das Parlament«, fuhr Gevatter Jacques fort, »behaupten sie, nur zwei Herren zu haben, Eure Majestät und ihren Gott; ihr Gott aber ist, glaube ich, der Teufel!«

»Ei, ei!« sagte der König.

Er rieb sich die Hände und lachte innerlich; sein Gesicht strahlte; er konnte seine Freude nicht unterdrücken, obwohl er Versuche machte, sich zu beherrschen. Niemand begriff sein Benehmen, selbst Meister Olivier nicht.

Nach einem Augenblick schweigender Überlegung, der er sich mit zufriedener Miene hingegeben hatte, fragte der König plötzlich: »Sind sie stark?«

»Ja, gewiß, Sire«, antwortete Gevatter Jacques.

»Wieviel Mann?«

»Wenigstens sechstausend.«

Dem König entschlüpfte ein »Gut!«, dann fragte er weiter: »Sind sie bewaffnet?«

»Mit Sensen, Hacken und Piken. Sie haben alle Arten schrecklicher Waffen.«

Den König schien diese Ausrüstung keineswegs zu beunruhigen. Gevatter Jacques fand es gut hinzuzufügen: »Wenn Euer Majestät dem Palasthauptmann nicht rasch Hilfe schikken, so ist er verloren.«

»Wir werden Hilfe schicken«, sagte der König und machte künstlich ein ernstes Gesicht. »Es ist gut; wir werden natürlich Hilfe schicken. Der Palasthauptmann ist unser Freund. Sechstausend! Das sind beherzte Kerle. Ihre Kühnheit ist erstaunlich, und wir sind heftig darüber erzürnt. Aber wir haben heute nacht nicht viele Leute zur Verfügung. — Es wird morgen früh noch Zeit sein.«

Gevatter Jacques widersprach: »Gleich, Sire! Bis morgen früh kann der ganze Bezirk zwanzigmal zertrümmert, der Palasthauptmann gehenkt und die Einrichtung geplündert sein. Um Gottes willen, Sire, schickt vor morgen früh Hilfe!«

Der König sah ihm ins Gesicht. »Ich habe Euch gesagt, morgen früh!« Es war einer jener Blicke, auf die es keine Erwiderung gibt.

Nach kurzem Stillschweigen nahm Ludwig der Elfte wieder das Wort. »Lieber Gevatter Jacques, Ihr müßt das doch wissen: was gehörte ...« Er verbesserte sich: »... was gehört alles zum Lehnsbezirk des Palasthauptmanns?«

»Sire, alles von der Rue de la Calandre bis zur Rue de l'Herberie, die Place Saint-Michel und die Orte in der Nähe der Kirche Notre-Dame des Champs (hier hob Ludwig der Elfte die Krempe seines Hutes), die man gewöhnlich die Mureaux nennt. Es sind dreizehn Paläste, dazu noch der Mirakelhof, das Krankenhaus, Banlieue genannt, und die gesamte Straße, die an diesem Krankenhaus beginnt und an der Porte Saint-Jacques endet. Über alles das ist der Palasthauptmann Wegemeister und unumschränkter Richter und Lehnsherr.«

»Soso«, sagte der König und kratzte sich mit der rechten Hand hinter dem linken Ohr, »das ist ein guter Brocken von meiner Stadt. Ha, also, über das alles *war* der Palasthauptmann König!«

Dieses Mal verbesserte er sich nicht. Er fuhr sinnend fort, als spräche er zu sich selbst: »Sehr schön, Herr Palasthauptmann! Da habt Ihr einen kräftigen Bissen von unserer Stadt Paris zwischen den Zähnen gehabt!«

Plötzlich fuhr er los: »Verflucht! Wie kommen diese Leute dazu, sich in unserem Reich als Richter und Herren aufzuführen? Unser Volk ist es, und an allen Straßen haben sie ihre Zollämter und in allen Ecken und Enden ihre Gerechtigkeiten und ihre Henker. Die Griechen hatten so viele Götter wie Quellen, die Perser so viele Götter wie Sterne, die Franzosen aber haben so viele Könige wie Galgen! Verflucht! Das sind keine schönen Sachen; dieses Durcheinander behagt mir nicht. Ich möchte wohl wissen, ob es Gottes Wille ist, daß es in Paris einen anderen Wegeherrn gibt als den König, eine andere Gerichtsbarkeit als unser Parlament und in diesem Reich einen anderen Herrscher als uns! Bei meiner Seele, der Tag muß kommen, wo Frankreich nur noch einen König, einen Lehnsherrn, einen Richter, einen Kopfabschneider hat. Im Paradies gibt es auch nur einen Gott!«

Bei dem letzten Wort lüftete er seinen Hut; dann sprach er weiter, immer noch sinnend und mit dem Ausdruck und der Betonung eines Jägers, der seine Meute anfeuert: »Brav, mein Volk, brav! Schüttle die falschen Herren ab! Tue deine Arbeit! Frisch drauflos! Plündre sie! Henke sie! Vernichte sie! ... Ha, ihr Herren! Ihr wollt Könige sein? Vorwärts, mein Volk, vorwärts!«

Da hielt er plötzlich inne, biß sich auf die Lippe, als wollte er seinen halb entschlüpften Gedanken wieder einfangen, sah die fünf Männer, die ihn umgaben, einen nach dem anderen mit seinen durchdringenden Blicken an, packte dann seinen Hut mit beiden Händen, hielt ihn vor sich und sagte zu ihm: »Verbrennen würde ich dich, wenn du wüßtest, was in meinem Kopf vorgeht!«

Dann ließ er seine Blicke wieder aufmerksam und unruhig in der Runde schweifen, wie ein Fuchs, der sich heimlich wieder in seinen Bau zurückzieht. »Einerlei! Wir werden dem Palasthauptmann helfen. Unglücklicherweise haben wir gerade recht wenig Truppen gegen so viel Volk zur Hand. Wir müssen bis morgen warten. Dann stellt man die Ordnung in der Stadt wieder her und nimmt herzhaft zurück, was genommen wurde.«

»Übrigens, Sire«, sagte der Gevatter Coictier, »ich habe in der ersten Aufregung gar nicht erwähnt, daß die Nachtwache zwei Nachzügler der Bande gegriffen hat. Wenn Euer Majestät sie sehen möchte? Sie sind zur Stelle.«

»Und ob ich sie sehen möchte!« rief der König. »Zum

Donnerwetter, so etwas vergißt du?– Olivier, lauf schnell, hole sie!«

Meister Olivier ging und kam alsbald mit den beiden Gefangenen zurück, die von Schützen umgeben waren. Der erste hatte ein dickes, blödes, betrunkenes Gesicht und sah erstaunt drein. Er war in Lumpen gekleidet und zog ein Bein nach. Der zweite war blaß und lächelte; der Leser kennt ihn schon.

Der König musterte sie einen Augenblick schweigend, dann fuhr er plötzlich den ersten an: »Wie heißt du?«

»Gieffroy Pincebourde.«

»Was bist du?«

»Gauner.«

»Was hattest du bei dem verfluchten Aufruhr zu schaffen?«

Der Gauner sah den König stumpfsinnig an und baumelte mit den Armen; sein Kopf war so gestaltet, daß es dem Verstand ähnlich in ihm erging wie einer Kerze unter dem Löschhütchen.

»Ich weiß es nicht«, antwortete er; »sie gingen alle, da bin ich auch gegangen.«

»Gingt ihr nicht, um euren Lehnsherrn, den Palasthauptmann, frevelhaft auszuplündern?«

»Ja, irgend etwas wollten sie einsacken, irgendwo. Das war's.«

Ein Soldat zeigte dem König eine Hippe, die man dem Gauner abgenommen hatte.

»Kennst du diese Waffe?« fragte der König.

»Ja, das ist meine Hippe. Ich bin Winzer.«

»Und kennst du den Mann da, ist er dein Spießgeselle?« sagte Ludwig der Elfte und zeigte auf den anderen Gefangenen.

»Nein, ich kenne ihn nicht.«

»Genug«, schloß der König; er machte dem schweigenden Mann an der Tür, von dem wir dem Leser schon gesprochen haben, ein Zeichen mit dem Finger. »Gevatter Tristan, das ist ein Kerl für Euch.«

Tristan l'Hermite verneigte sich. Er gab zwei Schützen einen leisen Befehl, und die beiden führten den armen Gauner von dannen.

Indessen hatte sich der König dem zweiten Gefangenen genähert, dem der Schweiß in großen Tropfen von der Stirn rann.

»Dein Name?«

»Sire, ich heiße Pierre Gringoire.«

»Was bist du?«

»Philosoph, Sire.«

»Wie kannst du dich unterstehen, Bursche, unseren Freund, den Palasthauptmann, anzugreifen? Und was hast du über diesen Aufruhr zu sagen?«

»Sire, ich habe gar nichts damit zu schaffen.«

»Was, du Schurke? Hat dich die Nachtwache nicht in der üblen Gesellschaft ertappt?«

»Nein, Sire, es liegt ein Versehen vor, ein Verhängnis. Ich schreibe Tragödien. Sire, ich beschwöre Euer Majestät, mich anzuhören. Ich bin Dichter. Die Schwermut treibt Leute meines Berufs nachts in den Straßen umher. Ich kam heute abend dort vorüber, aus reinem Zufall; man hat mich zu Unrecht festgenommen. Ich bin unschuldig an diesem bürgerlichen Unwetter. Euer Majestät haben gesehen, daß der Gauner mich nicht kannte. Ich beschwöre Euer Majestät ...«

»Schweig!« rief der König zwischen zwei Zügen seiner Arznei. »Du machst uns ja ganz verrückt!«

Tristan l'Hermite trat vor, zeigte mit dem Finger auf Gringoire und fragte: »Sire, kann ich den auch henken?« Es war das erste Wort, das er laut werden ließ.

»Meinetwegen«, entgegnete der König nachlässig, »ich habe nichts dagegen.«

»Aber ich!« sagte Gringoire.

Unser Philosoph war in diesem Augenblick grüner als eine Olive. Er sah der kalten, gleichgültigen Miene des Königs an, daß nur etwas sehr Pathetisches ihn retten konnte; so warf er sich Ludwig dem Elften zu Füßen und rief mit verzweifelten Gebärden: »Sire, Euer Majestät werden geruhen, mich anzuhören! Sire, gießt die Schale Eures Zornes nicht über einen so Geringen aus. Gott wird seine Blitze nicht auf einen Lattich schleudern. Sire, Ihr seid ein erhabener, mächtiger Herrscher, habt Erbarmen mit einem armen, ehrlichen Mann, der ebenso unfähig wäre, einen Aufruhr anzustiften, wie eine Eisscholle unfähig ist, einen Funken zu sprühen! Gnadenreicher Fürst, Milde ist die Tugend des Löwen und des Königs. Ach, was kann Strenge erreichen? Sie schreckt die Herzen ab. Der eisige Hauch des Nordwinds wird keinen Wanderer bewegen, seinen Mantel zu verschenken; die Strahlen der Sonne aber werden ihn nach und nach so durchwärmen, daß er sich bis aufs Hemd entkleidet. Sire, Ihr seid die Sonne. Glaubt mir, mein höchster Herr und Herrscher, ich bin kein Gaunergenosse, Dieb und Lump. Aufruhr und Räubereien gehören nicht zur Ausstattung Apolls. Ferne liegt es mir, mich in Wolken zu stürzen, die sich in Empörungen entladen. Ich bin ein treuer Vasall Eurer Majestät. Mit demselben Eifer, mit dem ein Gatte über die Ehre seiner Frau wacht und ein Sohn um die Liebe seines Vaters wirbt, muß ein guter Vasall über den Ruhm seines Königs wachen und sich in Diensten für sein Haus verzehren. Jede andere Leidenschaft, die ihn hinreißt, ist nichts als Tollheit. Das sind meine politischen Grundsätze, Sire. Haltet mich nicht für einen Aufrührer und Plünderer, weil meine Ärmel an den Ellenbogen durchgestoßen sind. Wenn Ihr mir Gnade schenkt, Sire, so soll es meinen Hosen an den Knien ebenso ergehen; denn dann werde ich morgens und abends zu Gott für Euch beten! Ach, ich bin nicht mit großen Glücksgütern gesegnet, das ist wahr! Ich bin sogar etwas arm; aber darum bin ich doch nicht lasterhaft. Es ist auch nicht meine Schuld. Jedermann weiß, daß die Dichtkunst keinen goldenen Boden hat und daß die, die am meisten über den Büchern schwitzen, im Winter oft am kalten Ofen hocken. Die Advokaten heimsen alles Korn ein und lassen den anderen gelehrten Berufen nichts als das Stroh übrig. Es gibt vierzig ganz ausgezeichnete Sprichwörter über den zerrissenen Mantel der Philosophen. Ach, Sire, die Gnade ist das einzige Licht, das das Innere einer großen Seele erleuchten kann. Die Fackel der Gnade leuchtet allen anderen Tugenden voran. Ohne die Gnade sind sie blind und suchen tastend nach Gott. Barmherzigkeit und Gnade sind Schwestern, die die Liebe der Untertanen erwecken, und die Liebe der Untertanen ist die wirksamste Leibwache für die Person des Fürsten. Was macht es Euch, Euch, dessen Majestät die Augen blendet, ob ein armer Mensch mehr auf Erden wandelt? Ein armer unschuldiger Philosoph, der in der Finsternis des Elends watet, dem der leere Geldbeutel auf hohlem Magen baumelt? Dazu bin ich ein Gelehrter, Sire. Die großen Könige haben die Pflege der Wissenschaft ihrer Krone als Perle eingesetzt. Herkules verschmähte nicht den Titel eines Musageten. Mathias Corvinus begünstigte Jean de Monroyal, den Stern unter den Mathematikern. Wenn man aber die Gelehrten henkt, so pflegt man die Wissenschaften schlecht. Welcher Flecken wäre es auf Alexanders Ehre, wenn er Aristoteles hätte henken lassen! Das wäre nicht nur ein kleines Leberfleckchen auf dem Antlitz seiner Ehre, sondern ein bösartiges, entstellendes Geschwür. Sire! Ich habe ein höchst vortreffliches Epithalamium auf die Prinzessin von Flandern und den sehr erhabenen Herrn Dauphin gemacht. Das ist nicht die Tat eines Aufrührers. Euer Majestät sehen, daß ich kein elender Zeilenschinder bin; ich habe vortrefflich studiert und sehr viel natürliche Beredsamkeit. Begnadigt mich, Sire! Ihr erweist damit der Mutter Gottes eine Liebenswürdigkeit, und, ich schwöre Euch, die Vorstellung, erhenkt zu werden, schreckt mich sehr!«

Bei diesen Worten küßte der verzweifelte Gringoire dem König die Pantoffeln, und Willem Rym sagte leise zu Coppenole: »Die Kriecherei ist sehr geschickt von ihm. Die Könige sind wie der kretische Jupiter, die Ohren sitzen ihnen an den Füßen.« Dem Strumpfwirker war der kretische Jupiter sehr gleichgültig; er sah Gringoire an und sagte mit breitem Lächeln: »Ach, das ist ausgezeichnet! Mir ist, als hörte ich den Kanzler Hugonet, wie er mich um Gnade bittet.«

Gringoire schwieg endlich ganz außer Atem und hob zitternd den Kopf zum König auf, der mit dem Fingernagel einen Fleck von seinen Hosen kratzte. Dann nahm Seine Majestät den Becher, trank Arznei und ließ sich in keiner Weise vernehmen. Sein Schweigen war sehr qualvoll für Gringoire. Schließlich sah ihn der König an. »Ein schrecklicher Schwätzer!« sagte er. Dann wandte er sich zu Tristan l'Hermite: »Ach was, laßt ihn laufen!«

Gringoire setzte sich vor Schreck und Freude auf das Hinterteil.

»Frei laufen!« murrte Tristan. »Möchten Euer Majestät nicht, daß man ihn ein bißchen in den Käfig setzt?«

»Gevatter«, entgegnete Ludwig der Elfte, »glaubst du, daß wir Käfige für dreihundertsiebenundsechzig Pfund, acht Solidi, drei Heller bauen lassen, um solche Vögel hineinzusetzen? Gebt dem Flegel einen Stoß, daß er zur Tür hinausfliegt, und laßt ihn laufen!«

»Alle Wetter«, schrie Gringoire, »das ist ein großer König!«

Aus Angst vor einem Gegenbefehl stürzte er spornstreichs auf die Tür zu, die ihm Tristan höchst verstimmt öffnete. Die Soldaten gingen mit ihm hinaus und stießen ihn mit kräftigen Püffen vor sich her, was Gringoire als echter stoischer Philosoph gleichmütig ertrug.

Seit man ihm von dem Aufstand gegen den Palasthauptmann berichtet hatte, war der König in bester Laune; das ging aus allem hervor, und seine ungewöhnliche Milde war ein erstaunliches Anzeichen dafür. Tristan l'Hermite stand verbissen in seinem Winkel wie ein Bullenbeißer, der einen Knochen gesehen und ihn nicht bekommen hat.

Der König aber trommelte vergnügt mit den Fingern den Marsch von Pont-Audemer auf seiner Stuhllehne. Er konnte sich gut verstellen; aber er wußte sich in Sorge und Kummer besser zu beherrschen als in der Freude. Bei guten Nachrichten vergaß er sich manchmal völlig. Als ihm der Tod Karls des Kühnen gemeldet wurde, gelobte er der Kirche von Saint-Martin de Tours silberne Altarschranken; als er König wurde, vergaß er, die Anordnungen für das Leichenbegängnis seines Vaters zu geben.

»Aber Sire«, rief plötzlich Jacques Coictier, »was ist denn aus dem Krankheitsfall geworden, um dessentwillen mich Euer Majestät rufen ließen?«

»Ach«, sagte der König, »ich leide schwer, Gevatter. Ich habe Ohrensausen, und in der Brust sitzt mir ein glühendes Reibeisen.«

Coictier nahm die Hand des Königs und fühlte ihm mit allwissendem Ausdruck den Puls.

»Seht nur, Coppenole«, sagte Rym leise, »Coictier und Tristan, das ist sein ganzer Hof. Einen Arzt für sich selbst und einen Henker für die anderen.«

Coictiers Miene wurde, während er dem König den Puls fühlte, immer besorgter. Ludwig der Elfte sah etwas ängstlich zu ihm auf. Coictier verfinsterte sich zusehends. Der wackere Mann hatte nur eine zu melkende Kuh, und das war die schlechte Gesundheit des Königs. Er melkte sie nach Kräften.

»Oh, oh«, murmelte er endlich, »das ist böse, sehr böse.«

»Nicht wahr?« sagte der König beunruhigt.

»Pulsus creber, anhelans, crepitans, irregularis«,[1] fuhr der Arzt fort.

»Donnerwetter!«

»So eine Sache kann einen Mann in drei Tagen unter die Erde bringen.«

»Heilige Mutter Gottes!« rief der König. »Und das Mittel dagegen, Gevatter?«

»Ich denke darüber nach, Sire.«

Ludwig der Elfte mußte ihm die Zunge zeigen; da schüttelte er den Kopf, verzog das Gesicht und sagte plötzlich mit-

[1] lat., Ein beschleunigter Puls, mit Stockungen und Geräuschen, unnormal.

ten in seine Mätzchen hinein: »Mein Gott, Sire, ich muß Euch doch erzählen, daß eine Stelle beim Königlichen Schatzamt frei geworden ist und daß ich einen Neffen habe.«

»Dein Neffe soll die Stelle haben, Gevatter; aber schaff mir das Feuer aus der Brust heraus!« entgegnete der König.

»Da Euer Majestät so großmütig sind«, fuhr der Arzt fort, »so bitte ich wohl nicht vergeblich um einen kleinen Beitrag zu meinem Hausbau in der Rue Saint-André des Arcs.«

»Oh, oh!« sagte der König.

»Ich bin am Ende meiner Mittel«, klagte der Arzt, »und es wäre wirklich ein Jammer, wenn das Haus ohne Dach bleiben müßte. Es ist nicht um des Hauses willen, denn das ist ganz einfach und bürgerlich, aber um der Malereien des Jean Fourbault willen, der die Wände mit seinem Pinsel geschmückt hat. Eine schwebende Diana ist da, von einer so ausgezeichneten Zartheit, einer so natürlichen Bewegung, mit einer so reizenden, vom Halbmond gekrönten Frisur, so weißem Fleisch, daß sie alle lüstern macht, die sich zu tief in ihren Anblick versenken. Dann ist da eine Ceres, auch eine sehr schöne Gottheit. Sie sitzt auf Korngarben und hat einen sehr geschmackvollen Kranz von Ähren und Feldblumen im Haar. Man kann sich nichts Verliebteres als ihre Augen, nichts Runderes als ihre Beine, nichts Adligeres als ihre Haltung, nichts Artigeres als den Faltenwurf ihres Gewandes vorstellen. Das Gemälde gehört zum Schönsten, Unschuldigsten und Vollkommensten, was der Pinsel je hervorgebracht hat.«

»Henker!« brummte Ludwig der Elfte. »Worauf willst du hinaus?«

»Ich muß ein Dach über diese Gemälde haben, Sire, und wenn das auch wenig ist: mein Geld ist alle.«

»Wieviel kostet es, dein Dach?«

»Nun ... ein verziertes, vergoldetes Kupferdach, höchstens zweitausend Pfund.«

»Halsabschneider!« schrie der König. »Jeder Zahn, der mir gezogen wird, kostet mich einen Diamanten.«

»Bekomme ich mein Dach?« fragte Coictier.

»Ja! Hol dich der Teufel; aber mache mich gesund!«

Jacques Coictier verbeugte sich tief und sagte: »Sire, ein niederschlagendes Mittel wird Euch retten. Wir werden Euch einen großen Umschlag um die Lenden machen, Wachssalbe, Fetton, Eiweiß, Öl und Essig. Wenn Ihr dazu die Arznei weiternehmt, so stehen wir für Eurer Majestät Leben ein.«

Eine brennende Kerze zieht mehr als eine Mücke an. Als Meister Olivier die freigebige Stimmung des Königs sah, hielt er den Augenblick für günstig, näherte sich und sagte: »Sire ...«

»Noch was?« fragte Ludwig der Elfte.

»Sire, Euer Majestät wissen, daß Meister Simon Radin gestorben ist?«

»Nun, und?«

»Er war Königlicher Rat am Schatzamt.«

»Nun, und?«

»Sire, seine Stelle ist frei.«

Bei diesen Worten verschwand der hochmütige Ausdruck aus Meister Oliviers Zügen und machte einem unterwürfigen Ausdruck Platz. Das ist der einzige Wandel auf dem Gesicht eines Höflings. Der König sah ihn fest an und sagte trocken: »Ich verstehe.«

Dann fuhr er fort: »Meister Olivier, der Marschall de Boucicault pflegte zu sagen: ›Alle Gaben kommen vom König; alle Fische kommen aus dem Meer.‹ Ich sehe, daß Ihr gleicher Ansicht seid wie Monsieur de Boucicault. Nun hört! Wir haben ein gutes Gedächtnis. Im Jahre 68 haben wir Euch zum Kammerherrn gemacht, im Jahre 69 zum Vogt des Schlößchens vom Pont de Saint-Cloud mit hundert turischen Pfund Gehalt (Ihr aber wolltet Pariser Pfunde), im November 73, durch Briefe, in Gergeole übergeben, zum Verwalter des Bois de Vincennes an Stelle des Junkers Gilbert Acle; im Jahre 75 zum Forstmeister mit Richterbefugnissen für den Forst von Rouvray-lez-Saint-Cloud an Stelle von Jacques Le Maire, im

Jahre 78 haben wir Euch und Eurer Frau durch königliches Patent mit doppeltem grünem Siegel gnädigst eine Rente von zehn Pariser Pfund verliehen, auf dem Handelsplatz, der sich in der Schule von Saint-Germain befindet; im Jahre 79 zum Forstmeister mit Richterbefugnissen über den Wald von Senart, an Stelle dieses armen Jean Daiz; dann haben wir Euch zum Schloßhauptmann von Loches gemacht, dann zum Gouverneur von Saint-Quentin, dann zum Brückenhauptmann von Meulan, wovon Ihr Euch den Grafentitel zugelegt habt. Von den fünf Solidi Buße, die jeder Barbier bezahlen muß, der an einem Festtag rasiert, fallen nur drei auf Euch, und das übrige bezahlen wir. Wir haben geruht, Euren Namen *Le Mauvais,*[1] der Eurem Gesicht zu sehr ähnelt, zu verändern. Im Jahre 74 haben wir Euch zum großen Ärger unseres Adels tausendfarbige Wappen verliehen, die Eure Brust in einen schillernden Pfauenbusen verwandelt haben. Zum Donnerwetter! Seid Ihr immer noch nicht voll? Ist der Fischzug nicht reich und wunderbar genug gewesen? Und habt Ihr gar keine Angst, daß ein Lachs mehr Euer Schiff zum Kentern bringe? Der Hochmut wird Euch zum Verderben werden, Gevatter. Hochmut kommt vor dem Fall. Bedenkt das und schweigt!«

Bei diesen Worten, die in strengem Ton gesprochen wurden, nahm das verärgerte Gesicht des Meisters Olivier wieder seinen unverschämten Ausdruck an. »Na ja«, murmelte er ziemlich hörbar, »man sieht, daß der König heute krank ist. Der Doktor kriegt alles.«

Ludwig der Elfte war weit davon entfernt, über diese Ungezogenheit in Zorn zu geraten; er fuhr ganz sanftmütig fort: »Halt, da habe ich ja ganz vergessen, daß ich Euch auch zu meinem Gesandten bei der Prinzessin Marie in Gent gemacht habe. – Ja, meine Herren«, fügte der König, zu den Flamen gewandt, hinzu, »der da ist Gesandter. – Nun Gevatter«, wandte er sich wieder an Meister Olivier, »wir wollen uns

[1] frz., Der Böse.

nicht böse sein, wir sind alte Freunde. Es ist schon recht spät. Unsere Arbeit ist getan. Rasiert mich!«

Unsere Leser haben sicherlich in diesem Meister Olivier schon den schrecklichen Figaro erkannt, der durch die Vorsehung, diese große Dramenmacherin, so kunstvoll mit der langen und blutigen Komödie Ludwigs des Elften verstrickt ist. Dieser königliche Barbier hatte drei Namen; am Hof wurde er höflich Olivier le Daim genannt, für das Volk war er Olivier der Teufel, sein wirklicher Name war Olivier le Mauvais.

Olivier rührte sich nicht, schmollte mit dem König und sah Jacques Coictier schief an. »Jaja, der Doktor!« brummte er zwischen den Zähnen.

»Na ja, der Doktor«, sagte Ludwig der Elfte mit ungewöhnlicher Gutmütigkeit, »der Doktor hat eben noch mehr Kredit als du. Das ist sehr einfach. Er hat meinen ganzen Körper in seiner Macht und du nur das Kinn. Vorwärts, mein armer Bartkratzer, es wird sich alles finden! Was würdest du dazu sagen und was würde aus deinem Amt werden, wenn ich wie König Chilperich die Gewohnheit hätte, mit der einen Hand den Bart zu streichen? – Mach zu, Gevatter; tu, was deines Amtes ist, rasiere mich! Geh und hole dein Handwerkszeug!«

Als Olivier sah, daß der König zum Lachen aufgelegt war und sich nicht einmal zum Zorn reizen ließ, ging er brummend aus dem Zimmer, um seine Befehle auszuführen.

Der König stand auf, näherte sich dem Fenster, öffnete es plötzlich in ungewöhnlicher Erregung, klatschte in die Hände und rief: »Wahrhaftig, ein Feuerschein am Himmel, über der Cité; da brennt der Palasthauptmann. Kein Zweifel! Ach, mein gutes Volk! Endlich hilfst du mir die Lehnsherren ausrotten!«

Dann drehte er sich zu den Flamen um: »Meine Herren, kommt und seht. Ist das nicht ein Feuer, was sich da rötet?«

Die beiden Genter traten näher.

»Ein großes Feuer«, sagte Willem Rym.

»Ha«, rief Coppenole, dessen Augen plötzlich funkelten,

»das erinnert mich daran, wie das Haus des Herrn d'Hymbercourt abbrannte. Dort unten muß ein toller Aufstand sein.«

»Glaubt Ihr, Meister Coppenole?« Die Augen des Königs funkelten beinahe ebenso freudig wie die des Strumpfwirkers. »Es wird schwer sein, ihn niederzuschlagen, nicht wahr?«

»Und ob, Sire! Da kann sich manches Regiment Soldaten die Zähne dran ausbeißen!«

»Das käme darauf an«, entgegnete der König; »wenn ich wollte ...«

»Wenn der Aufstand so beschaffen ist, wie es mir scheint, so würde Euch das Wollen nicht viel helfen, Sire!« rief der Strumpfwirker verwegen.

»Gevatter«, sagte Ludwig der Elfte, »mit zwei Kompanien von meiner Leibgarde und einer Salve von Feldschlangen würde ich leichtes Spiel gegen eine Volkszusammenrottung haben.«

Der Strumpfwirker schien trotz der Zeichen, die ihm Willem Rym machte, entschlossen, dem König gegenüber auf seiner Meinung zu bestehen.

»Sire, die Schweizer waren auch Bauernpack. Der Herzog von Burgund war ein großer Herr und spuckte auf das Pack. In der Schlacht von Granson schrie er: ›Ihr Kerls bei den Kanonen, schießt auf das Gesindel!‹, und dann fluchte er beim heiligen Georg. Der Führer Scharnachthal aber stürzte sich mit seiner Keule und seinem Volkshaufen auf den schönen Herzog, und das glänzend gewappnete Burgunderheer zersplitterte beim Ansturm der Bauern in rindsledernen Röcken wie eine Glasscheibe, in die ein Kieselstein fliegt. Da ist mancher Ritter von einem Bauernlümmel getötet worden; und man fand Monsieur de Château-Guyon, den größten Herrn von Burgund, mit seinem Grauschimmel tot auf einer kleinen sumpfigen Wiese.«

»Ihr sprecht von einer Schlacht, guter Freund«, entgegnete der König, »hier handelt es sich um einen Aufstand. Ich werde schon damit fertig werden, wenn mir der Sinn danach steht, die Brauen zusammenzuziehen.«

Der andere sagte gleichgültig: »Möglich, Sire. Dann ist eben die Stunde des Volkes noch nicht gekommen.«

Willem Rym fand es nötig, einzuschreiten. »Meister Coppenole, Ihr sprecht mit einem mächtigen König.«

»Das weiß ich«, erwiderte der Strumpfwirker ernst.

»Laßt ihn reden, Freund Rym«, sagte der König. »Ich liebe solchen Freimut. Mein Vater Karl der Siebente pflegte zu sagen, die Wahrheit sei krank. Ich aber glaubte, sie sei tot, und habe keinen Bekenner gefunden. Meister Coppenole belehrt mich eines anderen.«

Er legte vertraulich die Hand auf Coppenoles Schulter und fragte: »Was also wolltet Ihr sagen, Meister Jakob?«

»Ich sage, Sire, daß Ihr vielleicht recht habt und daß die Stunde des Volkes bei Euch noch nicht gekommen ist.«

Ludwig der Elfte sah ihn mit seinen durchdringenden Augen an. »Wann wird diese Stunde kommen, Meister?«

»Ihr werdet sie schlagen hören.«

»Und an welcher Uhr, bitte?«

Mit seinem ruhigen, derben Anstand nötigte Coppenole den König ans Fenster. »Merkt auf, Sire! Hier ist ein Burgfried, eine Sturmglocke, Kanonen, Bürger und Soldaten. Wenn die Sturmglocke läutet, wenn die Kanonen donnern, wenn der Burgfried krachend zerbirst, wenn Bürger und Soldaten heulen und sich gegenseitig den Garaus machen, dann wird die Stunde schlagen.«

Das Gesicht des Königs wurde düster und nachdenklich. Er schwieg einen Augenblick; dann tätschelte er die dicke Mauer des Burgfrieds sanft mit der Hand, als liebkose er die Kruppe eines Schlachtrosses, und sagte: »Nein, ach nein! So leicht wirst du nicht zerbersten, meine gute Bastille, nicht wahr?« Plötzlich wandte er sich dem kühnen Flamen zu. »Habt Ihr je einen Volksaufstand gesehen, Meister Jakob?«

»Ich habe welche gemacht«, antwortete der Strumpfwirker.

»Wie fangt Ihr eine Revolte an?« fragte der König.

»Ach, das ist nicht sehr schwierig«, erwiderte Coppenole. »Da gibt es hundert Wege. Es muß irgendeine Unzufriedenheit in der Stadt herrschen; das ereignet sich oft genug. Dann kommt es natürlich auf die Gemütsart der Einwohner an; die Genter sind sehr geneigt zu Aufständen. Sie lieben immer den Sohn des Fürsten, niemals den Fürsten selbst. Also nehmen wir an, daß eines schönen Morgens allerlei Leute in meinen Laden kommen und sagen: ›Vater Coppenole, wir haben über dieses und jenes zu klagen.‹ Die Demoiselle von Flandern will ihre Minister retten. Der große Landvogt verdoppelt die Warenwegegelder oder etwas anderes. Was man will. Ich lasse meine Arbeit liegen, gehe aus meinem Laden auf die Straße und schreie: ›Vorwärts!‹ Irgendwo liegt immer irgendein altes Faß. Ich steige hinauf und rede laut von der Leber weg, was ich gerade so auf dem Herzen habe; wenn man zum Volk gehört, Sire, dann hat man immer etwas auf dem Herzen. Die Leute strömen zusammen, man schreit, man läutet die Sturmglocke, man nimmt den Soldaten die Waffen und bewaffnet damit das Volk, die Marktleute gesellen sich dazu, und los geht's!« Und so wird es immer sein, solange es Herren in den Herrenhäusern, Bürger in den Städten und Bauern auf dem Lande gibt.

»Und gegen wen?« fragte der König. »Gegen eure Amtleute? Gegen eure Lehnsherren?«

»Je nachdem. Manchmal auch gegen den Herzog.«

Ludwig der Elfte hatte sich wieder gesetzt und sagte lächelnd: »Nun, hier sind sie noch bei den Amtleuten!«

In diesem Augenblick kam Olivier le Daim zurück, mit ihm zwei Pagen, die die Sachen des Königs trugen. Der König war betroffen, als er mit ihnen den Stadtvogt von Paris und den Obersten der Nachtwache eintreten sah, die beide bestürzte Mienen zur Schau trugen. Der grollende Barbier war offenbar auch bestürzt; aber durch seine Bestürzung hindurch leuchtete Genugtuung. Er ergriff das Wort: »Sire, ich bitte Euer

Majestät um Verzeihung; denn ich bin der Überbringer einer unheilvollen Botschaft.«

Der König drehte sich so heftig um, daß er mit den Beinen seines Stuhles die Matte auf dem Fußboden zerriß: »Was heißt das?«

»Sire«, fuhr Olivier le Daim mit dem boshaften Ausdruck eines Mannes fort, der sich freut, eine Wunde schlagen zu können, »der Volksaufstand ist nicht gegen den Palasthauptmann gerichtet.«

»Gegen wen denn?«

»Gegen Euch selbst, Sire.«

Der alte König erhob sich und richtete sich stramm auf wie ein junger Mann: »Erkläre mir das, Olivier, erkläre mir das! Und hüte deinen Kopf, Gevatter; denn ich schwöre dir beim Kreuz von Saint-Lô, wenn du uns in dieser Stunde anlügst, dann macht dein Hals mit dem Schwert Bekanntschaft, das den Hals von Monsieur de Luxembourg traf; es ist nicht so schartig geworden, daß es nicht auch deinen Kopf abtrennen könnte.«

Der Schwur war fürchterlich. Ludwig der Elfte hatte in seinem Leben erst zweimal beim Kreuze von Saint-Lô geschworen.

Olivier öffnete den Mund zur Antwort: »Sire ...«

»Knie nieder!« unterbrach ihn der König heftig. »Tristan, habe ein Auge auf den Mann!«

Olivier kniete nieder und sagte kaltblütig: »Sire, Euer Parlament hat eine Hexe zum Tode verurteilt. Sie hat sich in den Dom von Notre-Dame geflüchtet. Das Volk will sie mit Gewalt herausholen. Der Herr Stadtvogt und der Herr Oberst von der Nachtwache mögen mich Lügen strafen, wenn ich nicht die Wahrheit sage. Sie kommen vom Schauplatz des Aufstandes; das Volk belagert Notre-Dame.«

»Ja, so!« sagte der König leise; er war bleich und zitterte vor Zorn. »Notre-Dame! Sie belagern meine gütige Schutzherrin in ihrem Dom! – Steh auf, Olivier! Du hast recht. Du sollst die Stelle von Meister Simon Radin haben. Du hast recht. – Ich bin es, den man angreift. Die Hexe steht im Schutz der Kirche, die Kirche steht in meinem Schutz. Und ich glaubte, es gelte dem Palasthauptmann! Und es geht gegen mich selbst!«

Die Wut verjüngte ihn; mit großen Schritten ging er auf und nieder. Er lachte nicht mehr, er war schrecklich in seinem Zorn; der Fuchs hatte sich in eine Hyäne verwandelt. Die Stimme schien ihm zu versagen; seine Lippen bewegten sich, und seine mageren Hände ballten sich. Plötzlich hob er den Kopf, in seinen eingefallenen Augen leuchtete es auf, und seine Stimme schmetterte wie eine Trompete: »Nieder mit den Schurken, Tristan! Nieder mit ihnen! Geh, Freund Tristan, schlachte, schlachte!«

Als der Zornesausbruch vorüber war, setzte er sich wieder und sagte mit kalter, gesammelter Wut: »Also Tristan! – In der Bastille liegen die fünfzig Lanzen des Vicomte de Gif, das sind dreihundert Pferde, die nehmt Ihr; dann die Kompanie königlicher Leibschützen unter dem Befehl von Monsieur de Châteaupers, die nehmt Ihr. Ihr seid Vogt des Marstalles. Ihr habt die Leute Eurer Vogtei; die nehmt Ihr! Im Hôtel de Saint-Pol findet Ihr vierzig Schützen von der neuen Garde des Dauphin, die nehmt Ihr, und mit allen diesen Leuten eilt Ihr nach Notre-Dame! – Ha, ihr Herren, Pack von Paris, ihr bindet mit der Krone von Frankreich an und wagt euch an die Heiligkeit von Notre-Dame und den Frieden dieses Landes! – Vernichte sie, Tristan, vernichte sie! Nicht einer soll dem Tod entgehen; es sei denn, daß man diesen oder jenen für den Montfaucon aufspart.«

Tristan verneigte sich: »Gut, Sire.« Nach kurzem Schweigen fügte er hinzu: »Und was soll ich mit der Hexe machen?«

Diese Frage weckte beim König Bedenken.

»Ach so«, sagte er, »die Hexe. Monsieur d'Estouteville, was wollte das Volk eigentlich mit ihr?«

»Sire«, antwortete der Vogt von Paris, »ich denke mir, daß es das Volk kränkte, eine Hexe ihrer Strafe entwischen zu sehen. Die Leute wollen sie wohl aus der Kirche herausholen, um sie zu henken.«

Der König versank in tiefes Nachdenken; dann sagte er zu Tristan: »Nun gut, Gevatter, schlachte das Volk und henke die Hexe!«

»So wird's gemacht«, sagte Rym leise zu Coppenole. »Der König bestraft das Volk dafür, daß es einen eigenen Willen hat, und richtet sich doch danach.«

»Ich weiß Bescheid, Sire«, antwortete Tristan. »Und wenn die Hexe noch im Dom ist? Soll ich sie trotz der Freistatt greifen?«

»Donnerwetter, die Freistatt!« sagte der König und kratzte sich hinterm Ohr. »Aber gehenkt muß sie doch werden, diese Person.«

Da schien ihm plötzlich ein Gedanke zu kommen. Er warf sich vor seinem Stuhl auf die Knie, zog den Hut ab, legte ihn auf den Sitz, sah eines der bleiernen Amulette, die ihn schmückten, andächtig an und rief mit gefalteten Händen: »Heilige Mutter Gottes von Paris, gütige Schutzherrin, verzeiht mir! Ich tue es nur dieses eine Mal. Die Verbrecherin muß bestraft werden. Ihr könnt mir glauben, Heilige Jungfrau, gütige Schutzherrin, die Hexe ist Eures erhabnen Schutzes nicht wert. Ihr wißt, Madame, daß gar fromme Fürsten oftmals das Vorrecht der Kirchen zum Ruhme Gottes und zum Besten des Staates verletzten. Saint-Hugues, Bischof von England, hat König Eduard erlaubt, einen Zauberer aus seiner Kirche zu holen. Ludwig der Heilige von Frankreich, mein hohes Vorbild, hat in der Kirche Saint-Paul aus dem gleichen Grund das Gesetz übertreten, und Monsieur Alfons, der Sohn des Königs von Jerusalem, ließ dasselbe sogar in der heiligen Grabeskirche tun. Verzeiht mir darum dieses eine Mal, Heilige Mutter Gottes von Paris! Ich werde es niemals wieder tun; ich werde Euch eine schöne silberne Statue schenken, ebenso schön wie die, die ich voriges Jahr der Mutter Gottes von Ecouys schenkte. Amen!«

Er schlug das Kreuz, erhob sich, setzte den Hut wieder auf und sagte zu Tristan: »Beeilt Euch, Gevatter! Nehmt Monsieur de Châteaupers mit. Laßt Sturm läuten! Metzelt das Volk nieder und greift die Hexe! Die Sache ist abgemacht. Für die Hinrichtung sorgt Ihr selbst, verstanden? Ihr werdet mir Bericht darüber erstatten! – Vorwärts, Olivier, rasiere mich! Ich gehe diese Nacht nicht zu Bett.«

Tristan l'Hermite verneigte sich und ging. Der König entließ Rym und Coppenole mit einer Handbewegung und sagte zum Abschied: »Gott behüte euch, meine lieben flämischen Freunde. Legt euch zur Ruhe! Es ist schon spät in der Nacht, und wir sind dem Morgen näher als dem Abend.«

Die beiden zogen sich zurück, und als sie in Begleitung des Kommandanten der Bastille ihren Gemächern zuschritten, sagte Coppenole zu Willem Rym: »Hm, ich habe genug von dem hustenden König! Ich habe Karl von Burgund betrunken gesehen, aber der trunkene Herzog war nicht so bösartig wie der kranke Ludwig der Elfte.«

»Nach Wein sind Könige weniger grausam als nach Kräutertee, Meister Jakob«, antwortete Rym.

VI
Kleine Flamme beim Spazierengehen

Als Gringoire glücklich aus der Bastille heraus war, raste er wie ein durchgebranntes Pferd die Rue Saint-Antoine hinunter. An der Porte Baudoyer ging er schnurstracks auf das steinerne Kreuz zu, das dort in der Mitte eines Platzes stand.

Es war, als habe er trotz der Dunkelheit den Mann im schwarzen Gewand und schwarzer Kapuze gesehen, der auf den Stufen des Kreuzes saß.

»Seid Ihr es, Meister?« fragte Gringoire.

Der Schwarzgekleidete erhob sich. »Verflucht! Ihr spannt mich auf die Folter, Gringoire. Der Mann auf dem Turm von Saint-Gervais hat schon halb zwei Uhr morgens ausgerufen.«

»Ja, da kann ich nichts dafür«, entgegnete Gringoire, »daran sind der König und die Nachtwache schuld. Ich bin mit knapper Not entwischt. Beinahe bin ich schon wieder gehenkt worden; das ist mein Schicksal.«

»Du verscherzest alles«, sagte der andere. »Aber nun vorwärts! Hast du die Parole?«

»Denkt Euch nur, Meister, ich habe den König gesehen. Ich komme geradewegs von ihm. Er trägt Barchenthosen. Das war ein Erlebnis!«

»Du altes Waschweib! Was kümmert mich dein Erlebnis! Hast du die Parole der Gauner?«

»Beruhigt Euch nur! Ich habe sie: Kleine Flamme beim Spazierengehen.«

»Gut. Wir könnten ja sonst nicht bis zur Kirche vordringen. Die Gauner versperren alle Straßen. Glücklicherweise scheinen sie auf Widerstand gestoßen zu sein. Vielleicht kommen wir noch nicht zu spät.«

»Ja, Meister. Aber wie kommen wir in die Kirche hinein?«

»Ich habe den Schlüssel zu den Türmen.«

»Und wie kommen wir wieder heraus?«

»Durch eine kleine Tür hinter dem Kloster, nach dem Wasser zu. Ich habe den Schlüssel mitgenommen und heute früh ein Boot dort angebunden.«

»Wahrhaftig, ich war hart am Galgen«, fing Gringoire wieder an.

»Vorwärts, vorwärts!« sagte der andere.

Die beiden gingen mit langen Schritten in die Cité hinunter.

VII
Hurra Châteaupers!

Der Leser wird sich der bedenklichen Lage erinnern, in der wir Quasimodo zurückließen. Als sich der tapfere taube Mann von allen Seiten angegriffen sah, entschwand ihm zwar nicht aller Mut, aber doch alle Hoffnung, die Zigeunerin zu retten; denn an sich selbst dachte er nicht. Er lief verzweifelt die Galerie auf und nieder. Die Gauner waren nahe daran, Notre-Dame zu erstürmen. Plötzlich tönte aus den benachbarten Straßen donnerndes Pferdegetrappel, und lange, dichte Reiterzüge brachen mit Fackeln, gesenkten Lanzen und verhängten Zügeln wie ein Orkan über den Platz herein. »Frankreich! Frankreich! Nieder mit dem Pack! Hurra Châteaupers!«

Die entsetzten Gauner machten eine Schwenkung.

Quasimodo hörte nichts; aber er sah die nackten Schwerter, die stählernen Lanzenspitzen, die Fackeln, die Reiter, in deren Anführer er den Hauptmann Phœbus erkannte; er sah die Verwirrung der Gauner, die Angst der Feigen, die Aufregung der Mutigen. Die unerwartete Hilfe gab ihm seine Kräfte wieder, und er schleuderte die vordersten Angreifer, die die Galerie schon erreicht hatten, in die Tiefe zurück.

Es waren wirklich die Truppen des Königs, die eingriffen.

Die Rotwelschen hielten tapfer stand und wehrten sich mit dem Mut der Verzweiflung. Sie waren in der gleichen sonderbaren Situation wie 1640 der Comte Henri d'Harcourt bei der berühmten Belagerung von Turin, als er sich zwischen dem Prinzen Thomas von Savoyen, den er belagerte, und dem Marquis de Leganez, der ihm den Rückweg versperrte, befand. Taurinum obsessor idem et obsessus,[1] wie seine Grabinschrift besagt. Sie wurden von der Seite durch die Rue Saint-Pierre aux Bœufs her angegriffen und von hinten durch die Rue de Parvis bis zu den Mauern von Notre-Dame zurückgedrängt, die sie noch immer zu stürmen versuchten und die

[1] lat., Zugleich Belagerer und Belagerter von Turin.

Quasimodo verteidigte; sie waren Belagerer und Belagerte zugleich.

Das Gemetzel war fürchterlich. ›Ein Kampf zwischen abgerichteten Hunden und Wölfen‹, wie P. Mathieu sagt. Die Reiter des Königs, in deren Mitte sich Phœbus de Châteaupers tapfer schlug, machten keine Gefangene, und die Lanzen durchbohrten, was dem Schwert entging. Die schlechtbewaffneten Gauner schäumten und bissen, Männer, Frauen und Kinder warfen sich den Pferden aufs Kreuz oder an die Brust und klammerten sich wie Katzen mit den Zähnen und den Nägeln der Füße und Hände an ihnen fest. Andere schlugen den Schützen mit brennenden Fackeln ins Gesicht oder schlugen ihnen ihre Haken um den Hals und zogen sie vom Pferd; die Gestürzten wurden zerrissen.

Ein Gauner war da, der eine große blitzende Sense schwang und unentwegt die Beine der Pferde mähte. Er war schreckenerregend; er sang näselnd ein Lied und schwang unermüdlich seine Sense. Bei jedem Schwung hinterließ er mit der fürchterlichen Waffe einen weiten Kreis zerschnittener Glieder um sich. Mit der gelassenen Ruhe, dem gleichmäßigen Kopfwiegen und Atemholen eines Schnitters, der ein Kornfeld mäht, drang er langsam in das dichteste Gewühl der Reiter vor. Es war Clopin Trouillefou. Ein Büchsenschuß streckte ihn nieder.

Die Fenster hatten sich indessen wieder geöffnet. Die Nachbarn hatten den Kriegsruf der königlichen Reiter gehört und fingen an, sich in die Angelegenheit zu mischen. Aus allen Stockwerken regnete es Flintenkugeln auf die Gauner nieder. Der ganze Domhofplatz war von dichtem Rauch erfüllt, den das Blitzen der Schüsse durchschnitt. Undeutlich nur konnte man die Fassade von Notre-Dame erkennen, und verschwommen hob sich aus dem Rauch das verwitterte Dach des Hôtel-Dieu mit seinen vielen Dachfenstern, aus denen hier und da ein abgezehrter Kranker niederschaute.

Endlich fingen die Gauner an zu ermatten. Sie waren erschöpft; der Schrecken über den unerwarteten Angriff, der Mangel an guten Waffen, die Tapferkeit der königlichen Reiter und der Kugelregen aus den Fenstern lähmte sie. Sie sprengten die Linie der Angreifer, ergriffen nach allen Seiten die Flucht und ließen Berge von Leichen auf dem Domhofplatz zurück.

Als Quasimodo, der ununterbrochen weitergekämpft hatte, diese Auflösung sah, sank er auf die Knie nieder und hob die Hände gen Himmel. Dann stieg er trunken vor Freude und so schnell, als sei er beflügelt, zu der Kammer hinauf, deren Zugänge er so unerschrocken verteidigt hatte. Er war nur noch von einem Gedanken erfüllt, niederzuknien vor der, die er zum zweiten Male gerettet hatte.

Als er die Kammer betrat, fand er sie leer.

Elftes Buch

I

Der kleine Schuh

Als die Gauner anfingen, den Dom anzugreifen, lag die Esmeralda in tiefem Schlummer.

Das immer wachsende Getöse um das Bauwerk aber und das ängstliche Gemecker ihrer Ziege hatten sie bald aus dem Schlaf geweckt. Sie hatte sich aufgesetzt, hatte gehorcht und Umschau gehalten und war schließlich, vom Lärm und Feuerschein erschreckt, ins Freie gestürzt. Der Anblick des Platzes mit seinem wüsten, gespensterhaften Treiben, mit dem scheußlichen Gewühl, das im nächtlichen Dunkel einem Schwarm hüpfender, heiser quakender Frösche glich, mit den wenigen rotglühenden Fackeln, die wie Irrlichter über einem Sumpf hin und her huschten und sich kreuzten, weckte in ihr den Eindruck, als kämpften die Gespenster des Hexensabbats und die steinernen Ungeheuer des Domes einen geheimnisvollen Kampf miteinander. Sie war seit ihrer Kindheit von den Zigeunern mit Aberglauben gefüttert worden, und ihr erster Gedanke war, sie habe nächtliche Gespenster bei ihrem teuflischen Treiben überrascht. Da lief sie entsetzt in ihre Kammer zurück, in der Hoffnung, auf ihrem Lager weniger schreckliche Träume zu finden.

Ihre erste Angst indessen legte sich nach und nach; der Lärm wurde immer betäubender, die Anzeichen wurden immer wirklicher, und sie wurde sich klar, daß nicht Gespenster, sondern menschliche Wesen ihre Zufluchtsstätte umtobten. Da wandelte sich ihr Schrecken. Sie dachte an die Möglichkeit eines Volksaufstandes, der den Zweck hatte, sie ihrer Freistatt zu entreißen. Der Gedanke, nun doch noch alles zu verlieren, Leben, Hoffnung und den geliebten Phoebus, der ihr in Zukunftsträumen immer vorschwebte, das Gefühl ihrer machtlosen Schwäche, ihrer Schutzlosigkeit und Verlassenheit, das Bewußtsein, von jeder Fluchtmöglichkeit abgeschlossen zu sein, und dazu noch viele andere trübe Gedanken drückten sie nieder. Sie sank in die Knie, legte den Kopf auf ihr Bett und verschränkte die Arme darüber. Zitternd, mit angstvollem Schluchzen, flehte die Götzenanbeterin, die heidnische Zigeunerin, den gütigen christlichen Gott und ihre Beschützerin, die Mutter Gottes, um Hilfe an. Denn auch der Ungläubigste hat Augenblicke in seinem Leben, wo er sich an die Religion des Tempels klammert, dessen Pforten ihm gerade offenstehen.

Sie blieb lange auf den Knien liegen; die Angst störte ihr Gebet; sie fühlte das Fauchen der wütenden Menge näher und näher kommen, wußte nicht, was es bedeutete, begriff nicht, was vorging, ahnte aber einen schrecklichen Ausgang.

Da hörte sie in ihrer Angst plötzlich Schritte hinter sich. Sie wandte sich um. Zwei Männer waren in ihre Kammer getreten; der eine trug eine Laterne. Sie schrie leise auf.

»Fürchtet Euch nicht!« sagte eine Stimme, die ihr bekannt war. »Ich bin es.«

»Wer? Ihr!« fragte sie.

»Pierre Gringoire.«

Dieser Name beruhigte sie. Sie blickte auf und erkannte den Dichter. Neben ihm aber stand eine schwarze, vom Kopf bis zu den Füßen verhüllte Gestalt, deren Anblick ihr den Mund schloß.

»Ach«, sagte Gringoire vorwurfsvoll, »Djali hatte mich schon eher erkannt.«

Die kleine Ziege hatte tatsächlich nicht gewartet, bis Gringoire sich nannte. Sie war ihm entgegengelaufen, als er eintrat, und hatte sich zärtlich an seinen Knien gerieben. Sie bedeckte den Dichter mit Liebkosungen und weißen Härchen; denn sie haarte sich gerade. Gringoire streichelte sie.

»Wer ist der andere?« fragte die Zigeunerin leise.

»Sei ohne Furcht!« antwortete Gringoire. »Es ist ein Freund von mir.«

Der Philosoph setzte seine Laterne auf die Erde, kauerte nieder, drückte Djali zärtlich in die Arme und rief begeistert: »Ach, ein reizendes Tier! Klein, aber blitzsauber, gescheit, schlau und gelehrt wie ein Magister! Komm, Djali, hast du auch deine hübschen Kunststücke nicht vergessen? Wie macht es Meister Jacques Charmolue? ...«

Der schwarze Mann ließ ihn nicht zu Ende sprechen. Er näherte sich ihm und stieß ihn hart gegen die Schulter. Gringoire stand auf. »Ach ja«, sagte er, »ich habe ganz vergessen, daß wir uns beeilen müssen. Darum braucht Ihr mich aber noch lange nicht so zu puffen, Meister. – Mein liebes, schönes Kind, Ihr seid in Lebensgefahr und Djali auch. Ihr sollt wieder verhaftet werden. Wir sind Eure Freunde und wollen Euch retten; folgt uns!«

»Ist es wahr?« schrie sie entsetzt.

»Ja, nur zu wahr. Kommt schnell!«

»Ja, ja, ich möchte schon«, stotterte sie, »aber warum spricht Euer Freund nicht?«

»Ach was«, sagte Gringoire, »seine Eltern waren verschrobene Leute, und da ist er schweigsam geraten.«

Sie mußte sich wohl oder übel mit dieser Erklärung zufriedengeben. Gringoire nahm sie bei der Hand; sein Begleiter ergriff die Laterne und ging voran. Die Angst betäubte das junge Mädchen; sie ließ sich wegführen. Die Ziege sprang ihnen nach und fuhr Gringoire aus Freude über das Wiedersehen immer wieder mit den Hörnern zwischen die Beine, so daß er beständig stolperte. »So ist das Leben«, sagte der Philosoph jedesmal, wenn er hart am Fallen gewesen war, »oft bringen uns unsere besten Freunde zu Fall!«

Sie stiegen rasch die Turmtreppe hinunter und durchquerten den Dom. Der wüste Lärm, der von draußen in seine Stille drang, hallte grausig in seinen dunklen, einsamen Wölbungen wider. Durch die Rote Pforte gelangten sie in den Klosterhof. Das Kloster lag verlassen; die Domherren waren in den Bischofspalast geflohen, um gemeinsam zu beten; im Hof drückten sich nur ein paar verängstigte Diener in dunklen Winkeln herum. Sie gingen zur Pforte, die vom Hof auf das Gelände führte. Der schwarze Mann öffnete mit einem Schlüssel, den er bei sich trug, die Tür. Der Leser wird sich erinnern, daß das Gelände eine Landzunge bildete, die zur Cité hin von Mauern begrenzt wurde; sie gehörte dem Domkapitel von Notre-Dame und bildete im Osten die Spitze der Insel hinter der Kirche. Die Umfriedung lag gänzlich verlassen, und der Lärm des Angriffs der Gauner drang verschwommen und weniger grell an ihre Ohren. Man konnte schon hören, wie der frische Windzug, der dem Lauf des Wassers nachgeht, die Zweige des einzigen Baumes bewegte, der auf der äußersten Spitze des Domlandes stand. Aber dennoch waren sie der Gefahr noch sehr nahe. Ihnen zunächst lagen der Bischofspalast und die Kirche. Im Palast herrschte sichtlich große Unruhe. In seiner dunklen Masse blitzten überall Lichter auf, die von Fenster zu Fenster liefen wie lebendige Funken im dunklen Aschenhaufen von verbranntem Papier. Daneben wirkten die ungeheuren Türme von Notre-Dame, die über dem langen Schiff aufstiegen und schwarz gegen den vom Domhof ausstrahlenden roten Schein standen wie zwei riesenhafte Feuerböcke vor einem Zyklopenfeuer.

Paris erschien von allen Seiten wie in einem Flimmer von Licht und Schatten. Bei Rembrandt findet man so etwas.

Der Mann mit der Laterne ging geradewegs auf die Spitze des Domlandes zu. Hart am Wasser standen dort die wurmstichigen Überreste eines Lattenzaunes, an den sich ein niedriger Weinstock mit seinen mageren Zweigen klammerte; sie waren ausgespannt wie die fünf Finger einer offenen Hand. Im Schatten dieses Zaunes lag auf dem Wasser ein kleines Boot versteckt. Der Mann bedeutete Gringoire, er möge mit seiner Gefährtin einsteigen. Die Ziege folgte ihnen; der schwarze Mann stieg zuletzt ein. Er zerschnitt das Tau, stieß mit einem langen Haken vom Lande ab, ergriff die Ruder, setzte sich vorn ins Boot und ruderte mit aller Kraft der Mitte des Stromes zu. Die Strömung war an dieser Stelle sehr stark, und er mußte sich mühen, von der Spitze der Insel abzukommen.

Nachdem Gringoire das Fahrzeug betreten hatte, war seine erste Sorge, die Ziege auf den Schoß zu nehmen; er saß hinten im Boot, und das junge Mädchen, das ein unerklärliches Unbehagen vor dem Unbekannten hatte, saß eng an den Dichter geschmiegt.

Als unser Philosoph fühlte, daß das Boot sich vorwärts bewegte, klatschte er in die Hände und küßte Djali auf die Stirn. »Hurra!« sagte er. »Nun sind wir alle vier gerettet.« Mit einem tiefen Denkerblick fügte er hinzu: »Manchmal verdanken wir den guten Ausgang großer Unternehmungen dem Glück, manchmal aber auch der List.«

Das Boot schwankte langsam dem rechten Ufer zu. Das junge Mädchen beobachtete den Unbekannten mit geheimem Grausen. Er hatte seine Blendlaterne wieder geschlossen und sah im unbestimmten Dunkel wie ein Gespenst aus. Seine tief herabgezogene Kapuze verhüllte sein Gesicht wie eine Maske, und wenn er beim Rudern die Arme mit den weiten schwarzen Ärmeln auseinanderbreitete, so war es, als spanne eine Fledermaus ihre großen Flügel. Er hatte noch kein Wort, keinen Laut von sich gegeben. Es war still im Boot, nur die Ruder klatschten, und man hörte das tausendfache Anschlagen der Wellen am Boot entlang.

»Bei meiner Seele, wir sind so fröhlich und ausgelassen wie Insekten!« rief Gringoire plötzlich. »Wir sind ja stumm wie Pythagoreer oder wie Fische! Donnerwetter, liebe Freunde, kann nicht einer von euch den Mund auftun? Die menschliche Stimme ist Musik fürs menschliche Ohr. Das sind berühmte Worte; sie stammen nicht von mir, sondern von Didymos von Alexandria, und das ist wahrhaftig kein mittelmäßiger Philosoph. Ein Wort, schönes Kind! Ich bitte Euch, gönnt mir ein Wort. – Da fällt mir ein, Ihr machtet immer so ein niedliches Schmollmäulchen; habt Ihr Euch das abgewöhnt? Wißt Ihr auch, mein Liebchen, daß das Parlament ein Recht über alle Freistätten hat und daß Ihr in Eurer Kammer in Notre-Dame in großer Gefahr schwebtet? Wehe, der kleine Kolibri baut sich ein Nest im Rachen des Krokodils! – Meister, da kommt der Mond wieder heraus. – Man wird uns doch nicht sehen? – Es ist sehr löblich von uns, Mademoiselle zu retten; aber der König würde uns doch henken lassen, wenn man uns erwischte. Ach, man kann alles von zwei Seiten ansehen. Was man auch beim einen verdammt, das preist man beim anderen. Man bewundert Cäsar und tadelt Catilina. Nicht wahr, Meister? Was sagt Ihr zu solcher Philosophie? Mir ist die Philosophie von Natur gegeben, ut apes geometriam.[1] – Nun, niemand antwortet mir. Ihr seid ja beide in schöner Laune. Ich muß die Unkosten der Unterhaltung allein tragen; das nennt man in der Tragödie einen Monolog. – Donnerwetter! – Ich mache euch darauf aufmerksam, daß ich eben den König Ludwig den Elften gesehen habe; dem habe ich den schönen Fluch abgelauscht. – Also Donnerwetter, sie machen immer noch ein schönes Spektakel in der Cité. – Der König ist ein garstiger, böser, alter Kerl, immer in Fell gepackt. Er ist mir noch das Geld für mein Hochzeitsgedicht schuldig; und da hätte er mich beinahe henken lassen, heute abend noch dazu, wo es mir so schlecht gepaßt hätte. – Er ist knauserig gegen verdienstvolle Männer. Er sollte die vier Bücher des Salvianus von Köln ›Adversus avaritiam‹[2] lesen. Wahrhaftig, er ist ein filziger König und hat keine Art, mit

[1] lat., wie die Biene die Geometrie.

[2] lat., Gegen den Geiz.

Schriftstellern umzugehen; er begeht auch ganz barbarische Grausamkeiten. Er saugt das Volk aus wie ein Schwamm. Sein Geiz ist die Harke, die alle anderen Glieder zusammenschrumpfen läßt. Die Klagen über die Härte der Zeit wandeln sich auch allmählich in Klagen über den Fürsten. Unter diesem sanften, frommen Herren krachen die Galgen, faulen die Hackklötze vom Blute, platzen die Gefängnisse wie überfüllte Bäuche. Mit einer Hand schröpft er, mit der anderen köpft er. Er ist der Einkläger der Salzsteuer und der Anklagevertreter für den Galgen. Den Großen nimmt er ihre Würden ab, den kleinen Leuten packt er immer neue Lasten auf. Es ist ein maßloser Fürst; diesen Monarchen liebe ich nicht! Und wie denkt Ihr über ihn, mein Meister?«

Der schwarze Mann ließ den geschwätzigen Dichter plappern. Er kämpfte gegen die heftige Strömung des Flusses, der sich zwischen dem Bug der Cité und dem Heck der Île Notre-Dame, die heute Île Saint-Louis genannt wird, durch ein zu enges Bett drängt.

»Übrigens, Meister«, fing Gringoire plötzlich wieder an, »als wir durch die wütenden Gauner über den Domhofplatz gingen, da war Euer Buckliger gerade dabei, einem armen kleinen Teufel auf der Rampe der Königsgalerie den Schädel einzuschlagen; habt Ihr es gesehen? Ich bin kurzsichtig; ich konnte ihn nicht erkennen. Wißt Ihr, Ehrwürden, wer es gewesen sein kann?«

Der Unbekannte antwortete nicht; aber er hörte plötzlich auf zu rudern, seine Arme fielen wie zerbrochen nieder, der Kopf sank ihm auf die Brust, und die Esmeralda hörte ihn krampfhaft seufzen. Sie erbebte; denn solche Seufzer hatte sie schon einmal gehört.

Das sich selbst überlassene Boot gab der Strömung nach. Aber der schwarze Mann richtete sich endlich wieder auf, packte die Ruder und kämpfte von neuem gegen den Strom. Er fuhr an der Spitze von Notre-Dame vorbei und lenkte zur Landungsstelle des Heuhafens.

»Ach«, sagte Gringoire, »dort unten ist das Haus Barbeau. – Seht, Meister, seht die Gruppe schwarzer Giebel dort mit den sonderbaren Winkeln, gerade unter den zerzausten, verschmierten, schmutzigen Wolken, in denen der Mond ganz zerflossen herumschwimmt wie ein ausgelaufner Eidotter. Ein schöner Herrensitz! Eine Kapelle ist auch dabei; sie hat eine kleine Kuppel mit gutgearbeitetem Zierat; den fein durchbrochenen Glockenturm darüber könnt Ihr sehen. Der Garten ist allerliebst; es ist ein Teich darin, eine Fasanerie, ein Echo, ein Spielplatz, ein Irrgarten, ein Zwinger mit wilden Tieren und viele verschwiegene Laubengänge, die der Liebe sehr förderlich sind. Da ist ein Schelm von Baum, den nennen sie den Wollüstigen, weil er die Liebesfreuden einer Prinzessin und eines galanten und geistreichen Oberstallmeisters von Frankreich beschattet hat. Ach, wir armen Philosophen sind im Vergleich zu einem Oberstallmeister wie ein Kohl- oder Radieschenbeet zum Garten des Louvre. Aber das ist ja im Grunde ganz gleichgültig. Das menschliche Leben ist für große und kleine Leute eine Mischung von Glück und Mißgeschick; neben der Freude steht immer der Schmerz, neben dem Daktylus der Spondäus. – Meister, ich muß Euch die Geschichte des Hauses Barbeau erzählen. Sie endet sehr tragisch. Das Unglück geschah dreizehnhundertneunzehn unter der Regierung Philipps des Fünften, dem an Körperlänge größten König von Frankreich. Die Moral von der Geschichte ist, daß die Versuchungen des Fleisches höchst gefährlich und bösartig sind. Schiele nicht zuviel nach deines Nachbars Ehefrau, wenn ihre Schönheit deine Sinne auch noch so sehr kitzelt. Hurerei ist eine sehr freisinnige Haltung. Ehebruch ist Neugier auf die Wollust eines andern … Herrje, der Lärm dort hinten wird immer toller!«

Er hatte recht; das Getöse um Notre-Dame wuchs. Sie horchten. Man konnte deutlich Siegesrufe hören. Plötzlich tauchten an hundert Fackeln auf den Türmen, in den Galerien und unter den Strebepfeilern in allen Höhen der Kirche auf, und in ihrem Schein funkelten Helme von Bewaffneten. Die Fackeln schienen etwas zu suchen. »Die Zigeunerin! Die Hexe! Tod der Zigeunerin!« tönte es deutlich aus der Ferne an das Ohr der Flüchtlinge.

Das unglückliche Mädchen ließ den Kopf in die Hände sinken, und der Unbekannte ruderte mit verdoppelter Wut dem Ufer zu. Unser Philosoph aber wurde nachdenklich. Er drückte die Ziege an sich und rückte unmerklich von der Zigeunerin weg, die sich immer fester an ihn schmiegte, denn er war ihre letzte Zuflucht.

Gringoire war freilich in einer grausamen Verlegenheit. Er dachte daran, daß nach bestehendem Recht auch der Ziege der Galgen drohte, wenn man sie wieder ergreifen sollte, und es wäre doch jammerschade um die arme Djali gewesen! Daß sich gleich zwei Verurteilte an ihn klammerten, war etwas viel auf einmal, und schließlich wünschte sein Kompagnon ja nichts Besseres, als für die Zigeunerin Sorge zu tragen. Er kämpfte einen heißen Kampf und wog, wie der Jupiter in der Ilias, die Lose der Zigeunerin und der Ziege. Er sah das Mädchen und das Tier abwechselnd mit tränenfeuchten Augen an und murmelte zwischen den Zähnen: »Ich kann euch doch nicht alle beide retten.«

Ein Stoß zeigte ihnen an, daß das Boot landete. In der Cité tönte noch immer das düstere Geschrei. Der Unbekannte erhob sich, näherte sich der Zigeunerin und wollte sie am Arm fassen, um ihr beim Aussteigen zu helfen. Sie stieß ihn zurück und hängte sich an Gringoires Ärmel. Der wiederum war mit der Ziege beschäftigt und stieß fast das Mädchen zurück. Da sprang sie allein aus dem Boot. Sie war so verstört, daß sie nicht wußte, was sie tat, noch, wohin sie wollte. Sie starrte einen Augenblick betäubt ins fließende Wasser, und als sie anfing, ihre Gedanken zu sammeln, sah sie sich mit dem Unbekannten allein am Landungsplatz. Gringoire hatte, wie es schien, den Augenblick der Landung benutzt, um mit der

Ziege in den Häusern der Rue Grenier-sur-l'eau zu verschwinden.

Die arme Zigeunerin schauderte, als sie sich mit dem Mann allein sah. Sie wollte sprechen, schreien, nach Gringoire rufen, aber ihre Zunge war wie gelähmt, und kein Ton kam über ihre Lippen. Plötzlich fühlte sie, wie der Unbekannte seine Hand auf die ihre legte. Es war eine kalte, starke Hand. Ihre Zähne schlugen aufeinander, sie wurde bleicher als der Mondenstrahl, der sie beschien. Der Mann sprach kein Wort. Er ging mit großen Schritten auf die Place de Grève zu und führte sie an der Hand. Sie fühlte unbestimmt die Übermacht des Schicksals; sie hatte keine Widerstandskraft mehr, ließ sich fortziehen und mußte laufen, um mit ihm Schritt zu halten. Der Kai stieg an dieser Stelle an, aber ihr schien es, als gehe sie einen Abhang hinunter.

Sie schaute nach allen Seiten aus: Kein Mensch ließ sich sehen, der Kai war gänzlich verlassen, alles war still; nur aus der lärmenden, rot erleuchteten Cité, von der sie nur ein Arm des Flusses trennte, hörte sie menschliche Laute und ihren Namen zusammen mit Todesdrohungen herüberdringen. Das ganze übrige Paris lag in schwarzen Massen um sie herum.

Indessen zog sie der Unbekannte immer schweigend und immer mit denselben raschen Schritten vorwärts. Die ganze Gegend schien ihr fremd. Als sie an einem erleuchteten Fenster vorüberkamen, machte sie eine Anstrengung, sperrte sich plötzlich und schrie: »Zu Hilfe!«

Der Bürger, dem das Fenster gehörte, öffnete es, erschien im Hemd, mit der Lampe in der Hand, sah verdutzt auf den Kai hinunter, sagte ein paar Worte, die sie nicht hörte, und schloß das Fenster wieder. Damit erlosch der letzte Hoffnungsfunken.

Der schwarze Mann ließ keine Silbe verlauten; er hielt sie fest und beschleunigte den Schritt. Sie wehrte sich nicht mehr und folgte ihm gebrochen.

Von Zeit zu Zeit raffte sie ein wenig Kraft zusammen und

sagte mit einer Stimme, die durch das Stolpern auf dem unebenen Pflaster und die Atemlosigkeit des Laufes stoßweise erklang: »Wer seid Ihr? Wer seid Ihr?« Er antwortete nicht.

Sie gingen immer den Kai entlang und kamen endlich auf einen ziemlich großen Platz. Der Mond schien ein wenig. Es war die Place de Grève. In der Mitte konnte man etwas wie ein aufrechtes schwarzes Kreuz unterscheiden. Es war der Galgen. Sie erkannte alles wieder und sah, wo sie war.

Der Mann stand still, wandte sich ihr zu und hob die Kapuze. »Ach«, stotterte sie versteinert, »ich wußte ja, daß er es wieder war!«

Es war der Priester. Er sah aus wie sein eigenes Gespenst. Das machte das Mondlicht; wenn der Mond scheint, sieht alles gespensterhaft aus.

»Höre mich an!« sagte er. Beim Ton der unheilvollen Stimme, die sie so lange nicht gehört hatte, schauderte sie. Er fuhr fort zu sprechen; er stieß seine Sätze in der ruckweisen, keuchenden Art hervor, die furchtbare innere Erregung verrät. »Höre mich an! Wir sind an Ort und Stelle. Ich will mit dir sprechen. Hier ist die Place de Grève. Wir stehen an einem Wendepunkt. Das Schicksal liefert uns beide aneinander aus. Ich werde über dein Leben entscheiden und du über meine Seele. Dieses ist ein Platz und eine Nacht, über die man nicht hinaussehen kann. Also höre mich an! Ich sage dir ... zuerst, sprich mir nicht von deinem Phœbus.« Bei diesen Worten ging er auf und nieder, wie ein Mensch, der keine Ruhe finden kann, und zog das Mädchen immer hinter sich her. »Sprich mir nicht von ihm! Siehst du, wenn du seinen Namen aussprichst, so weiß ich nicht, was ich tun werde, aber etwas Schreckliches ganz gewiß.«

Als er das gesagt hatte, blieb er unbeweglich stehen, wie ein Körper, der seinen Schwerpunkt wiedergefunden hat. Aber aus seinen Worten sprach darum nicht weniger Erregung. Seine Stimme wurde immer leiser.

»Wende dich nicht ab! Höre mich an! Es handelt sich um ernste Dinge. Vorerst höre, was sich zugetragen hat. – Zum Lachen ist es nicht, das schwöre ich dir. – Was wollte ich doch sagen? Hilf mir auf die Spur! Ach so. – Das Parlament hat einen neuen Haftbefehl erlassen, der dich wieder dem Galgen ausliefert. Ich habe dich aus ihren Klauen gerettet. Aber sie sind dir auf den Fersen. Sieh dort hinüber!«

Er streckte den Arm zur Cité aus. Dort schien wirklich noch immer gesucht zu werden. Die Laute kamen näher. Der Turm vom Hause des Leutnants an der Place de Grève war voller Lärm und Lichter.

Am Kai gegenüber liefen Soldaten mit Fackeln und schrien: »Die Zigeunerin! Wo ist die Zigeunerin? Tod der Zigeunerin! Tod!«

»Du siehst, sie verfolgen dich; ich habe dich nicht belogen. Ich liebe dich. – Mach nicht den Mund auf; wenn du mir sagen willst, daß du mich haßt, so sage mir lieber nichts. Ich will das unter keinen Umständen mehr hören. – Ich habe dich gerettet. – Laß mich aussprechen! – Ich kann dich vollends retten. Ich habe alles vorbereitet. Du brauchst nur zu wollen. Wenn du willst, so kann ich.«

Er unterbrach sich heftig. »Nein, ich muß anders sprechen.« Er zog sie rennend hinter sich her, gerade auf den Galgen zu, zeigte mit dem Finger darauf und sagte kalt: »Wähle zwischen uns beiden!«

Sie riß sich von ihm los, fiel am Fuß des Galgens nieder und klammerte sich an diese grauenhafte Stütze. Dann wandte sie halb den schönen Kopf und blickte den Priester über die Schulter weg an. Sie sah aus wie eine heilige Jungfrau am Fuß des Kreuzes. Der Priester stand regungslos wie eine Statue und hielt noch immer den Finger auf den Galgen gerichtet.

Endlich sagte die Zigeunerin: »Er jagt mir weniger Schrekken ein als Ihr.«

Da ließ er langsam den Arm sinken und starrte in tiefer Niedergeschlagenheit das Pflaster an. »Wenn diese Steine sprechen könnten«, murmelte er, »so würden sie sagen: ein unglückseliger Mensch.«

Er fing wieder an, zu dem jungen Mädchen zu sprechen. Sie kniete, umhüllt von ihren langen Haaren, vor dem Galgen und unterbrach ihn nicht. Er sprach jetzt sanft und klagend, und der Ausdruck seiner Worte stand in schmerzlichem Widerspruch zu der hochmütigen Härte seiner Züge.

»Ich liebe Euch. Ach, das ist nur zu wahr! Schlägt denn keine von den Flammen nach außen, die mir das Herz verbrennen? Ach, Mädchen, Tag und Nacht, Tag und Nacht! Ist das keines Mitleids wert? Ich sage Euch, Tag und Nacht! Es sind Folterqualen. – Ach, mein armes Kind, ich leide furchtbar! – Meine Leiden sind des Mitleids wert, glaubt mir. Ihr seht, ich spreche sanft zu Euch. Ich möchte, Ihr fühltet kein Entsetzen mehr vor mir. – Wenn ein Mann eine Frau liebt, so ist es doch nicht seine Schuld! – Ach, mein Gott! – Könnt Ihr mir denn wirklich niemals verzeihen? Ihr werdet mich ewig hassen? Ist alles aus? Seht, das macht mich schlecht und mir selbst zum Greuel! – Ihr wollt mich nicht einmal ansehen! Vielleicht denkt Ihr an etwas anderes, während ich hier stehe und auf der Schwelle meiner und Eurer Ewigkeit bebend zu Euch spreche! – Redet mir nur nicht von dem Offizier! – Ach, wenn ich mich Euch zu Füßen würfe; wenn ich nicht Eure Füße, denn das würdet Ihr nicht wollen, sondern den Erdboden unter Euren Füßen küßte; wenn ich schluchzte wie ein Kind; wenn ich mir aus der Brust nicht Worte, sondern Herz und Eingeweide risse, um Euch zu zeigen, wie ich Euch liebe, es wäre alles umsonst, alles! – Und doch wohnt nur Zärtlichkeit und Milde in Eurem Herzen; die schönste Sanftmut strahlt von Euch aus; Ihr seid ganz und gar lieblich, gut, barmherzig und liebenswürdig. Ach, nur gegen mich seid Ihr hart und böse! Wehe, welches Verhängnis!«

Er verbarg das Gesicht in den Händen. Das Mädchen hörte ihn weinen; er weinte zum erstenmal. Wie er so, vom Schluchzen geschüttelt, aufrecht dastand, war er beklagenswerter und demütiger, als wenn er flehend auf den Knien gelegen hätte. So weinte er eine Zeitlang.

»Was hilft's! Ich finde nicht die rechten Worte«, sagte er, als seine ersten Tränen versiegten. »Ich habe so viel darüber nachgedacht, was ich Euch sagen wollte. Jetzt aber zittre und bebe ich; im entscheidenden Augenblick versagt mir die Kraft; ich fühle ein Letztes, Endgültiges über uns, und ich stammle. Ach, ich werde aufs Pflaster niedersinken, wenn Ihr nicht Erbarmen habt mit mir, Erbarmen mit Euch selbst. Verurteilt nicht uns beide! Wenn Ihr wüßtet, wie ich Euch liebe, wozu mein Herz fähig ist! Ach, welche Abkehr von aller Tugend! Welch verzweifeltes Aufgeben meiner selbst! Doktor, ich spotte der Wissenschaft; Edelmann, ich schmähe meinen Namen; Priester, ich mache aus dem Meßbuch ein Kopfkissen der Wollust, ich spucke meinem Gott ins Angesicht! Das alles um deinetwillen, Zauberin! Um deiner Hölle würdiger zu sein! Und du willst nichts von dem Verdammten wissen! Oh, alles will ich dir sagen! Schrecklicheres noch, viel Schrecklicheres ...!«

Bei den letzten Worten wurde seine Miene ganz verstört. Er schwieg einen Augenblick und sagte dann mit starker Stimme wie zu sich selber: »Kain, was hast du mit deinem Bruder getan?«

Wieder schwieg er; dann fuhr er fort: »Was ich mit meinem Bruder getan habe, Gottvater? Ich habe ihn zu mir genommen, ich habe ihn erzogen, ich habe ihn ernährt, ich habe ihn geliebt, ich habe ihn vergöttert, und ich habe ihn getötet! Ja, Gottvater, eben hat man ihm vor meinen Augen an den Steinen deines Tempels den Schädel eingeschlagen, und das geschah um meinetwillen, um dieser Frau willen, um ihretwillen ...«

Seine Augen blickten wild; seine Stimme erlosch mehr und mehr; mechanisch wiederholte er mit langen Pausen, wie eine Glocke, die langsam ausklingt, noch mehrere Male: »Um ihretwillen ... um ihretwillen ...« Dann gab seine Zunge keinen hörbaren Laut mehr von sich, obwohl seine Lippen sich noch weiter bewegten. Plötzlich sank er in sich zusammen und hockte, mit dem Kopf zwischen den Knien, unbeweglich auf der Erde.

Eine Bewegung des jungen Mädchens, die ihren Fuß unter ihm vorzog, rief ihn zur Besinnung zurück. Er strich langsam mit der Hand über seine eingefallenen Wangen und starrte ein paar Augenblicke lang bestürzt auf seine Finger, die feucht waren. »Was«, murmelte er, »ich habe geweint?«

Dann wandte er sich plötzlich mit unaussprechlicher Herzensangst der Zigeunerin zu: »Ach, Ihr habt mich kalten Herzens weinen sehen! Kind, weißt du nicht, daß diese Tränen Lavaströme sind? Ist es denn wirklich wahr? Wenn ein Mann von einer Frau gehaßt wird, so kann er sie nicht rühren? Du würdest lachen, wenn du mich sterben sähest. Ach, aber ich will dich nicht sterben sehen! Ein Wort, ein einziges Wort der Verzeihung! Sage mir nicht, daß du mich liebst, sage mir nur, daß du mich lieben möchtest; das genügt; dann werde ich dich retten. Sonst ... Ach, die Zeit verrinnt; bei allem, was heilig ist, beschwöre ich dich, warte nicht, bis ich wieder zu Stein geworden bin wie dieser Galgen, der auch nach dir verlangt! Bedenke, daß ich unser beider Schicksal in der Hand halte, daß ich von Sinnen bin, es ist schrecklich; daß ich alles fallenlassen kann und daß unter uns, Unglückselige, ein unendlicher Abgrund gähnt, in den ich dir nachstürzen werde durch alle Ewigkeit! Ein gütiges Wort! Sprich ein Wort! Nur ein einziges Wort!«

Sie öffnete den Mund zur Antwort. Er stürzte vor ihr auf die Knie nieder, um anbetend das Wort – vielleicht ein weiches Wort – aufzufangen, das sich von ihren Lippen lösen wollte. Sie sagte: »Ihr seid ein Mörder!«

Der Priester nahm sie wutentbrannt in seine Arme und brach in fürchterliches Gelächter aus. »Nun wohl, ja! Mörder!« sagte er. »Du sollst mein sein! Du willst mich nicht zum Sklaven, so sollst du mich zum Herrn haben; du sollst mein sein! Ich habe einen Schlupfwinkel, wo ich dich hinschleppen werde. Du wirst mir folgen, du mußt mir folgen, denn sonst liefere ich dich aus! Sterben oder mein sein, Feinsliebchen! Dem Priester wirst du gehören, dem Abtrünnigen, dem Mörder, noch heute nacht, hörst du? Vorwärts! Auf zum Genuß! Vorwärts! Küsse mich, Törin! Das Grab oder mein Bett!«

Seine Augen funkelten vor Wut und Begierde. Sein lüsterner Mund heftete sich an den Hals des Mädchens. Sie sträubte sich in seinen Armen. Er bedeckte sie mit schäumenden Küssen.

»Beiß mich nicht, Ungeheuer!« schrie sie. »Ach, der scheußliche widerliche Mönch! Laß mich! Sonst reiße ich dir deine garstigen grauen Haare aus und werfe sie dir ins Gesicht!«

Er wurde rot, er wurde bleich; dann ließ er sie los und sah sie finster an. Sie glaubte sich siegreich und fuhr fort: »Ich sage dir, daß ich meinem Phœbus gehöre, daß ich Phœbus liebe, daß Phœbus schön ist! Du, Priester, bist alt! Du bist häßlich! Geh!«

Er stieß einen furchtbaren Schrei aus, wie der Elende, den man mit glühendem Eisen zeichnet. »So stirb!« knirschte er. Sie sah seinen fürchterlichen Blick und wollte fliehen. Er griff sie, schüttelte sie, warf sie zur Erde nieder, ging mit raschen Schritten auf die Ecke des Rolandsturmes zu und zog sie an ihren schönen Händen auf dem Pflaster hinter sich her.

An der Ecke wandte er sich ihr zu: »Zum letztenmal, willst du mein sein?«

Sie antwortete mit Nachdruck: »Nein.«

Da rief er mit lauter Stimme: »Gudule! Gudule! Hier ist die Zigeunerin, räche dich!«

Das junge Mädchen fühlte sich heftig am Ellenbogen gepackt. Sie sah auf. Ein knochiger Arm, der aus einer Luke in der Wand herausragte, hielt sie mit eisernem Griff.

»Halte fest!« sagte der Priester. »Es ist die entwischte Zigeunerin. Laß sie nicht los! Ich gehe und hole die Wache. Du wirst sie hängen sehen.«

Ein heiseres Lachen hinter der Mauer antwortete auf die blutigen Worte. »Hahaha!« Die Zigeunerin sah den Priester in Richtung des Pont Notre-Dame davoneilen. Man hörte von dort das Geräusch einer nahenden Reiterschar.

Das junge Mädchen erkannte die böse Einsiedlerin. Keuchend vor Entsetzen versuchte sie sich loszureißen. Sie wand sich, sie machte ein paar verzweifelte Sprünge, aber die andere hielt sie mit unerhörter Kraft. Ihre knochigen, mageren Finger krampften sich um den Arm der Zigeunerin und schnürten ihr das Fleisch zusammen. Es war, als sei die Hand an ihren Arm gelötet; es war mehr als eine Kette, mehr als ein Eisenring, es war eine lebendige, denkende Zange, die aus einer Wand hervorragte.

Das Mädchen sank erschöpft gegen die Mauer, und Todesangst befiel sie. Sie dachte an das schöne Leben, an die Jugend, an den blauen Himmel, an die Natur, an die Liebe, an Phœbus, an alles, was ihr entglitt, und an alles, was ihr nahte; an den Priester, der sie verriet, an den drohenden Henker und an den Galgen, der schon zur Stelle war. Da fühlte sie, wie das Entsetzen ihr bis an die Haarwurzeln stieg; sie hörte das düstere Lachen der Einsiedlerin und ihre geflüsterten Worte: »Hahaha, du wirst gehenkt!«

Sie wandte sich halb entseelt der Luke zu und sah durch die Gitterstäbe das fahle Gesicht der Sachette. »Was habe ich Euch getan?« fragte sie beinahe erloschen.

Die Einsiedlerin antwortete nicht; sie fing an, in singendem, gereiztem, spöttischen Tonfall zu brummen: »Zigeunerin! Zigeunerin! Zigeunerin!«

Die unglückselige Esmeralda ließ den Kopf sinken und die Haare übers Gesicht fallen. Sie begriff, daß sie es nicht mit einem menschlichen Wesen zu tun hatte.

Plötzlich rief die Einsiedlerin: »Du fragst, was du mir getan hast?« Es war, als sei die Frage des Mädchens erst jetzt bis in ihre Gedanken gedrungen. »Ha, was du mir getan hast, Zigeunerin? Nun wohl, so höre! Ich hatte ein Kind, ich, verstehst du? Ich hatte ein Kind, ein Kind, sage ich dir! – Ein hübsches, kleines Mädchen! – Meine Agnès«, fuhr sie verstört fort und küßte irgend etwas im Dunkeln. »Man hat mir mein Kind genommen, hörst du wohl, Zigeunerin? Man hat mir mein Kind gestohlen, man hat mir mein Kind gefressen! Da siehst du, was du mir getan hast.«

Das junge Mädchen antwortete wie das Lamm: »Ach, damals war ich vielleicht noch gar nicht geboren.«

»Oh, doch«, entgegnete die Einsiedlerin, »du warst damals schon geboren. Du warst dabei. Sie würde jetzt so alt sein wie du! – Fünfzehn Jahre bin ich hier, seit fünfzehn Jahren leide ich, seit fünfzehn Jahren bete ich, seit fünfzehn Jahren renne ich mir den Kopf an den vier Mauern wund. – Ich sage dir, Zigeunerinnen haben sie mir gestohlen, hörst du? Zigeunerinnen haben sie gefressen. – Hast du ein Herz im Leibe? Stelle dir ein Kind vor, das spielt, das an der Brust trinkt, das schläft; alles in Unschuld! – Siehst du, das haben sie mir genommen, das haben sie mir getötet! Der liebe Gott weiß es! – Heute bin ich an der Reihe; heute esse ich Zigeunerfleisch! – Ach, wie wollte ich dich beißen, wenn nicht die Eisenstäbe wären. Mein Kopf ist zu groß. – Das arme Kind! Es schlief, und wenn sie es geweckt haben, so hat es vergeblich geschrien, ich war nicht da! – Ha, Zigeunermutter, ihr habt mir mein Kind gefressen! Kommt und seht euch Eures an!«

Sie brach in Lachen aus und knirschte mit den Zähnen; Wut und Gelächter glichen sich auf ihrem grimmigen Antlitz. Es fing an, Tag zu werden. Ein bleicher Widerschein erhellte unbestimmt den Vorgang, und der Galgen in der Mitte des Platzes wurde immer deutlicher. Auf der anderen Seite, vom Pont Notre-Dame her, meinte die arme Verurteilte das Pferdegetrappel immer näher kommen zu hören.

Sie sank zerzaust, verzweifelt, toll vor Angst in die Knie, faltete die Hände und schrie: »Madame, habt Erbarmen! Sie kommen. Ich habe Euch nichts getan. Wollt Ihr mich unter Euren Augen so schrecklich sterben sehen? Ich bin sicher, Ihr habt Mitleid, nicht wahr? Es ist zu furchtbar. Laßt mich fliehen! Laßt mich los! Gnade! Ich will nicht so schrecklich sterben!«

»Gib mir mein Kind wieder!« sagte die Einsiedlerin.

»Gnade! Gnade!«

»Gib mir mein Kind wieder!«

»Um Himmels willen, laßt mich los!«

»Gib mir mein Kind wieder!«

Wieder sank das Mädchen erschöpft und zerbrochen zusammen. Ihr Blick war verglast wie der eines Toten. »Wehe«, stammelte sie, »Ihr sucht Euer Kind, ich suche meine Eltern!«

»Gib mir meine kleine Agnès wieder«, fuhr Gudule fort. »Du weißt nicht, wo sie ist? So stirb! – Höre, ich war ein Freudenmädchen, ich hatte ein Kind, man hat mir mein Kind genommen. – Die Zigeunerinnen haben es getan. Siehst du wohl, daß du sterben mußt? Wenn deine Mutter dich suchen kommt, so sage ich zu ihr: Dort, Mutter, sieh den Galgen an! – Oder gib mir mein Kind wieder! – Weißt du, wo sie ist, meine kleine Tochter? Warte, ich will dir etwas zeigen. Das ist ihr Schuh, alles, was mir von ihr geblieben ist. Weißt du, wo der andere ist? Wenn du es weißt, so sage es mir, und wäre es am anderen Ende der Erde, ich würde auf den Knien hinrutschen.«

Bei diesen Worten streckte sie den anderen Arm aus der Luke und zeigte der Zigeunerin den kleinen gestickten Schuh. Es war schon hell genug, um seine Form und seine Farben zu erkennen.

»Zeigt mir den Schuh!« sagte die Zigeunerin bebend. »Gott! Mein Gott!« Und mit ihrer freien Hand öffnete sie hastig das kleine, mit grünen Glassteinen verzierte Säckchen, das sie am Hals trug.

»Geh mir! Geh«, brummte Gudule, »wühle nur in deinem Teufelsamulett herum!« Plötzlich unterbrach sie sich, ein Zittern lief durch ihren ganzen Körper, und sie schrie mit einer Stimme, die aus dem tiefsten Innern kam: »Meine Tochter!«

Die Zigeunerin hatte aus dem Säckchen einen kleinen Schuh gezogen, der genau dem anderen glich. An dem Schuh aber war ein Pergamentstreifen befestigt, auf dem geschrieben stand:

›Findest du des Paares zweiten,
werden sich Mutterarme dir breiten.‹

Mit Blitzesschnelle hatte die Einsiedlerin die beiden Schuhe verglichen, die Inschrift gelesen und drückte nun ihr Gesicht, das von himmlischer Freude strahlte, an die Gitterstäbe.

»Meine Tochter! Meine Tochter!« schrie sie.

»Meine Mutter!« antwortete die Zigeunerin.

Hier muß der Erzähler verstummen.

Mauer und Eisenstäbe trennten die beiden. – »Ach, die Mauer!« rief die Einsiedlerin. »Ach, sie sehen und sie nicht umarmen können! Deine Hand, deine Hand!«

Das junge Mädchen streckte ihr die Hand durch die Luke zu, die Einsiedlerin stürzte sich darauf, sog sich mit den Lippen daran fest und verharrte in diesem Kuß, ohne ein anderes Lebenszeichen von sich zu geben als das Schluchzen, das von Zeit zu Zeit ihre Hüften hob. Ihre Tränen flossen in Strömen, lautlos wie ein Regen bei Nacht. Die arme Mutter goß über die heißgeliebte Hand den ganzen schwarzen, tiefen Tränenbrunnen aus, in den ihr Schmerz fünfzehn Jahre lang Tropfen für Tropfen gesickert war.

Plötzlich sprang sie auf und strich ihre langen, grauen Haare von der Stirn zurück; ohne ein Wort zu verlieren, fing sie an, mit den Händen wie eine wütende Löwin an den Gitterstäben ihrer Zelle zu rütteln. Die Stäbe rührten sich nicht. Da holte sie aus einem Winkel ihrer Zelle einen großen Pflasterstein, der ihr als Kopfkissen diente, und warf ihn mit solcher Heftigkeit gegen das Gitter, daß einer der Stäbe funkensprühend zerbrach. Ein zweiter Schlag zertrümmerte vollends das alte Eisenkreuz, das die Luke versperrte. Mit den Händen brach sie die verrosteten Stümpfe aus. Es gibt Augenblicke, wo die Hände einer Frau übermenschliche Kraft haben.

Als der Weg frei war – und dazu hatte es kaum einer Minute bedurft –, packte sie ihre Tochter um die Hüften und zog sie in ihre Zelle hinein. »Komm, ich muß dich aus dem Abgrund wieder auffischen!« murmelte sie.

Als sie das Mädchen in der Zelle hatte, setzte sie es sanft auf die Erde nieder, nahm es dann wieder auf und trug es, trunken und rasend vor Freude, auf den Armen in der engen Zelle auf und nieder, als sei es noch ihre kleine Agnès. Sie schrie und sang, küßte ihre Tochter, sprach zu ihr, brach in Lachen aus, zerschmolz in Tränen, alles auf einmal und mit Leidenschaft.

»Meine Tocher, meine Tochter!« sagte sie. »Ich habe meine Tochter wieder. Da ist sie. Der liebe Gott hat sie mir wiedergegeben. Kommt, kommt alle! Ist da nicht jemand, der mich mit meiner Tochter sehen möchte? Herr Jesus, wie schön sie ist! Du hast mich fünfzehn Jahre warten lassen, lieber Gott, aber nur, um sie mir recht schön wiederzugeben. – Also haben die Zigeunerinnen sie nicht gefressen? Wer hat das eigentlich gesagt? Meine kleine Tochter! Meine kleine Tochter, küsse mich! Die guten Zigeunerinnen! Ich liebe die Zigeunerinnen. – Du bist es wirklich. Darum hat mir auch jedesmal, wenn du vorübergingst, das Herz geklopft, und ich glaubte, das sei Haß! Verzeih mir, meine Agnès, verzeih mir! Du hast mich für sehr böse gehalten, nicht wahr? Ich liebe dich. – Dein kleines Mal am Hals, hast du es noch? Laß sehen! Ja, sie hat es noch. Ach, wie schön du bist! Die großen Augen hast du von mir, mein Fräulein. Küsse mich! Ich liebe dich. Mögen die anderen Mütter Kinder haben, jetzt lache ich sie aus. Sie sollen nur kommen. Hier ist mein Kind. Da ist sein Hals, da sind seine Augen, seine Haare, seine Hände. Zeigt mir etwas Schöneres! Oh, ich stehe euch dafür, in die werden sie sich verlieben! Ich habe fünfzehn Jahre geweint. Meine ganze Schönheit ist dahingegangen, aber sie hat sie bekommen. Küsse mich!«

So redete sie noch viel wunderliches Zeug: der Ausdruck aber machte es schön. Sie brachte das Gewand ihrer Tochter so in Unordnung, daß das arme Mädchen errötete; sie glättete ihr mit der Hand das seidene Haar, sie küßte ihr den Fuß, das Knie, die Stirn, die Augen und geriet über alles in Entzücken.

Das junge Mädchen wehrte sich nicht und wiederholte von Zeit zu Zeit ganz leise und mit unendlicher Zärtlichkeit: »Meine Mutter!«

»Siehst du, mein kleines Mädchen«, fuhr die Einsiedlerin fort und unterbrach ihre Worte immer von neuem mit Küssen, »siehst du, ich werde dich sehr liebhaben. Wir werden von hier fortgehen. Wir werden sehr glücklich sein. Ich habe etwas geerbt in Reims, unserer Heimat. Weißt du, Reims? Ach nein! Davon weißt du nichts, du warst noch zu klein. Wenn du wüßtest, wie niedlich du warst, mit vier Monaten! Sie kamen von Épernay, um deine kleinen Füße zu sehen, und das ist sieben Meilen weit von Reims! Wir werden ein Feld und ein Haus haben. Du wirst bei mir im Bett schlafen. Mein Gott, mein Gott! Wer wird es glauben? Ich habe meine Tochter wieder!«

»Ach, liebe Mutter«, sagte das junge Mädchen, die in ihrer Erregung erst jetzt die Kraft zum Sprechen fand, »die Zigeunerin hat es mir immer gesagt. Es war eine gute Zigeunerin unter den Unsern, die mich wie eine Amme gehütet hat. Sie ist voriges Jahr gestorben. Sie hat mir auch das Säckchen um den Hals gehängt. Sie sagte immer zu mir: ›Kind, hüte das Kleinod gut! Es ist ein Schatz. Es wird dir helfen, deine Mutter wiederzufinden. Du trägst deine Mutter um den Hals!‹ Sie hat es mir vorhergesagt, die Zigeunerin!«

Die Sachette schloß ihre Tochter von neuem in die Arme. »Komm, laß dich küssen! Du sagst das so hübsch. Wenn wir daheim sind, dann ziehen wir die kleinen Schuhe einem Jesuskindlein in der Kirche an. Das sind wir der guten Mutter Gottes schuldig. Mein Gott, was hast du für eine hübsche Stimme! Als du eben sprachst, da war es wie Musik. Ach, du lieber Herrgott! Ich habe mein Kind wiedergefunden. Die Geschichte ist kaum zu glauben. Man stirbt an nichts, denn ich bin nicht vor Freude gestorben.«

Dann fing sie wieder an, in die Hände zu schlagen, zu lachen und zu rufen: »Wie glücklich werden wir sein!«

Da hallte ihre Zelle von Waffengeklirr und Pferdegetrappel wider, das vom Pont Notre-Dame her den Kai entlangzukommen schien. Die Zigeunerin warf sich der Sachette verzweifelt in die Arme.

»Rette mich! Rette mich, Mutter! Sie kommen.«

Die Einsiedlerin wurde bleich.

»Gott im Himmel! Was sagst du da? Ich hatte es ganz vergessen! Du wirst verfolgt! Was hast du denn getan?«

»Ich weiß es nicht«, antwortete das unglückliche Kind, »aber ich bin zum Tode verurteilt.«

»Zum Tode!« rief Gudule und taumelte wie vom Blitz getroffen. »Zum Tode!« wiederholte sie langsam und sah ihre Tochter mit starren Augen an.

»Ja, Mutter«, sagte das Mädchen verzweifelt, »sie wollen mich töten. Sie kommen, mich zu ergreifen. Der Galgen dort ist für mich. Rette mich! Sie kommen! Rette mich!«

Die Einsiedlerin stand ein paar Augenblicke wie versteinert da; dann bewegte sie zweifelnd den Kopf und brach plötzlich in Lachen aus, aber in ihr früheres, fürchterliches Lachen. »Haha, nein! Das ist ein Traum, was du da sagst. Ach ja! Ich habe sie verloren, und das hat fünfzehn Jahre gedauert; nun finde ich sie wieder, und es dauert nur eine Minute! Und jetzt soll sie mir wieder genommen werden, jetzt, wo sie schön ist, wo sie groß ist, wo sie zu mir spricht, wo sie mich liebt! Jetzt kommen sie und wollen sie fressen, hier unter meinen Augen, unter den Augen der Mutter. Ach nein! So etwas ist ja nicht möglich. So etwas kann ja der liebe Gott nicht geschehen lassen.«

Die Reiterschar schien zu halten, und eine ferne Stimme sagte: »Hierher, Herr Tristan! Der Priester meint, wir werden sie am Rattenloch finden.« Dann tönte wieder das Pferdegetrappel.

Die Einsiedlerin richtete sich mit einem verzweifelten Schrei auf. »Rette dich! Rette dich, Kind! Jetzt fällt mir alles wieder ein. Du hast recht. Es ist dein Tod! Entsetzen! Verhängnis! Rette dich!«

Sie steckte den Kopf durch die Luke und zog ihn rasch wieder zurück.

»Bleib!« sagte sie leise, kurz und traurig, und drückte krampfhaft die Hand der zu Tode gehetzten Zigeunerin. »Bleib! Rühre dich nicht! Es sind überall Soldaten. Du kannst nicht fort. Es ist schon zu hell.«

Ihre Augen waren heiß und trocken. Sie schwieg einen Augenblick, ging mit großen Schritten in ihrer Zelle auf und nieder, blieb ab und zu stehen und raufte sich Büschel von Haaren aus, die sie dann mit den Zähnen zerriß.

Plötzlich sagte sie: »Sie kommen. Ich werde mit ihnen sprechen. Versteck dich in diesem Winkel; dort können sie dich nicht sehen. Ich werde ihnen sagen, daß du mir entkommen bist, daß ich dich losgelassen habe!«

Sie ließ ihre Tochter, die sie immer noch in den Armen trug, in einer Ecke der Zelle niedergleiten, die man von außen nicht sehen konnte. Sie drückte sie zusammen und setzte sie sorgfältig so, daß weder ein Fuß noch eine Hand über die Dunkelheit des Winkels hinausragte; sie knüpfte ihr die schwarzen Haare auf und breitete sie über ihr weißes Gewand, um es zu verhüllen; sie setzte ihren Krug und ihren Pflasterstein, ihre einzigen Gerätschaften, vor sie hin und bildete sich ein, Krug und Stein würden sie verdecken. Als sie das alles getan hatte, kniete sie etwas ruhiger nieder und betete. Der Tag dämmerte erst, und es war noch sehr dunkel im Rattenloch.

Da ertönte nahe bei der Zelle die Stimme des Priesters, die höllische Stimme: »Hierher, Hauptmann Phœbus de Châteaupers!«

Beim Ton dieser Stimme, beim Fallen dieses Namens machte die kauernde Esmeralda in der Ecke eine Bewegung. »Rühre dich nicht!« sagte Gudule.

Sie hatte die Worte kaum ausgesprochen, als Waffengeklirr und Pferdegetrappel gerade vor der Zelle verstummten. Die Mutter erhob sich rasch und stellte sich vor ihre Luke, um sie zu versperren. Sie sah eine große Schar Bewaffneter auf der Place de Grève; sie waren teils zu Fuß, teils zu Pferde. Ihr Anführer sprang ab und kam auf sie zu. »Wir suchen eine Hexe, die gehenkt werden soll, Alte«, sagte der Mann, der ein gräßliches Gesicht hatte; »man sagt uns, sie sei bei dir.«

Die arme Mutter machte ein möglichst gleichgültiges Gesicht und antwortete: »Ich weiß nicht recht, was Ihr meint.«

Der Mann rief: »Zum Donnerwetter, was hat uns denn da der verstörte Erzdechant vorgekrächzt! Wo ist er?«

»Er ist verschwunden, Monseigneur«, sagte ein Soldat.

»Heda, alte Närrin, lüge mir nichts vor«, fuhr der Anführer fort. »Man hat dir eine Hexe zu bewachen gegeben. Was hast du mit ihr gemacht?«

Die Einsiedlerin wollte nicht alles leugnen; sie hatte Angst, Verdacht zu erregen. Darum antwortete sie in unbefangenem, mürrischem Ton: »Wenn Ihr ein großes, junges Mädchen meint, das man mir vorhin in die Hände gab, so kann ich Euch sagen, daß es mich gebissen hat und daß ich es losgelassen habe. Da habt Ihr's. Laßt mich in Frieden!«

Der Anführer machte ein enttäuschtes Gesicht.

»Binde mir nichts auf, altes Gespenst«, sagte er. »Ich heiße Tristan l'Hermite und bin der Gevatter des Königs. Tristan l'Hermite, hörst du?« Er ließ den Blick über die Place de Grève schweifen und fügte hinzu: »Das ist ein Name, der Klang hat auf diesem Platz.«

»Wenn Ihr auch Satan l'Hermite hießet«, entgegnete Gudule, die wieder Hoffnung schöpfte, »ich hätte Euch nichts weiter zu sagen und hätte keine Angst vor Euch.«

»Donnerwetter«, sagte Tristan, »ist das eine Gevatterin! Also, das Hexenmädel ist entkommen? Wo ist es denn hingelaufen?«

Gudule antwortete unbekümmert: »Ich glaube, die Rue du Mouton hinunter.«

Tristan wandte den Kopf und machte seinen Leuten ein Zeichen, daß sie sich wieder in Bewegung setzen sollten. Die Einsiedlerin atmete auf.

»Monseigneur«, sagte plötzlich ein Schütze, »fragt doch das alte Weibsbild, warum die Gitterstäbe in ihrer Luke so zerbrochen sind.«

Diese Frage füllte das Herz der unglückseligen Mutter mit neuer Angst. Sie verlor aber nicht alle Geistesgegenwart. »Die waren immer so«, stammelte sie.

»Unsinn!« entgegnete der Schütze. »Gestern war da noch ein schönes schwarzes Kreuz, das einem Andacht in den Leib jagen konnte.«

Tristan warf der Einsiedlerin einen schrägen Blick zu.

»Ich glaube, die Gevatterin wird verlegen!«

Die Unglückliche fühlte, daß alles von ihrer Haltung abhing, und den Tod im Herzen, fing sie an zu kichern. So können sich Mütter bezwingen.

»Ha«, sagte sie, »der Mann ist betrunken! Es ist mehr als ein Jahr her, seit ein Steinkarren mit seiner Hinterachse in meine Luke gerannt ist und das Gitter zerstört hat. Ich habe den Fuhrmann schön beschimpft!«

»Das ist wahr«, sagte ein anderer Schütze, »ich war dabei.«

Es finden sich immer überall Menschen, die alles gesehen haben. Das unverhoffte Zeugnis des Schützen gab der Einsiedlerin neuen Mut; das Verhör war für sie ein Abgrund, den sie auf einer Messerschneide überschreiten mußte.

Aber sie war dazu verdammt, immer wieder aus der Hoffnung in die Angst zu fallen.

»Wenn es wirklich ein Steinkarren war«, warf der erste Soldat ein, »so müßten die Eisenstümpfe nach innen gebogen sein und nicht nach außen.«

»Ei, ei«, sagte Tristan zu dem Soldaten, »du hast ja eine Spürnase wie ein Untersuchungsrichter im Châtelet. Was habt Ihr darauf zu sagen, Alte?«

»Mein Gott!« rief sie in äußerster Verzweiflung und mit einer Stimme, die trotz aller Beherrschung nach aufsteigenden Tränen klang. »Ich schwöre Euch, hoher Herr, es war ein Steinkarren, der die Stäbe zerbrach. Ihr hört ja, der Mann dort hat es gesehen. Und was hat das denn mit Eurer Zigeunerin zu tun?«

»Hm!« brummte Tristan.

»Verflucht«, fing der Soldat wieder an, dem das Lob des Vogtes geschmeichelt hatte; »die Brüche sind ganz frisch!«

Tristan schüttelte den Kopf. Die Einsiedlerin verfärbte sich. »Wie lange soll das her sein mit dem Steinkarren?«

»Einen Monat, vielleicht erst vierzehn Tage, Monseigneur. Ich weiß es wirklich nicht mehr.«

»Sie hat zuerst gesagt, es sei mehr als ein Jahr her«, bemerkte der Soldat.

»Da ist was faul«, sagte der Vogt.

»Monseigneur, ich schwöre Euch, daß es ein Steinkarren war, der das Gitter zerbrach«, rief sie und drückte sich noch immer an die Luke, denn sie zitterte davor, daß der Verdacht die Männer treiben würde, in ihre Zelle zu sehen. »Ich schwöre es Euch bei den Engeln des Paradieses. Ich will ewig verdammt sein, ich will Gott abschwören, wenn es kein Steinkarren war!«

»Du schwörst ja recht hitzig!« sagte Tristan mit seinem forschenden Blick.

Die arme Frau fühlte ihre Sicherheit mehr und mehr schwinden. Sie war nahe daran, Ungeschicklichkeiten zu begehen, und machte sich mit Entsetzen klar, daß sie ihre Worte nicht glücklich gewählt hatte.

Da kam ein anderer Soldat gelaufen und schrie: »Monseigneur, das alte Weibsbild lügt. Die Hexe ist nicht die Rue du Mouton hinuntergeflohen. Die Kette ist die ganze Nacht gespannt gewesen, und der Kettenwächter hat niemand vorüberkommen sehen.«

Tristan, dessen Ausdruck von Augenblick zu Augenblick bedrohlicher wurde, fragte die Einsiedlerin: »Was hast du darauf zu sagen?«

Sie versuchte, auch diesem neuen Zwischenfall Trotz zu bieten. »Da muß ich mich wohl getäuscht haben, Monseigneur; ich glaubte wahrhaftig, sie ist aufs andere Ufer hinüber.«

»Das ist die entgegengesetzte Richtung«, sagte der Vogt. »Es ist recht unwahrscheinlich, daß sie in die Cité geflohen ist, dort hat man sie ja gerade verfolgt. Du lügst, Alte!«

»Und außerdem«, sagte der erste Soldat, »ist da kein Boot, weder auf dieser noch auf der anderen Seite des Wassers.«

»Vielleicht ist sie hinübergeschwommen«, entgegnete die Einsiedlerin, um jeden Fußbreit Landes zu verteidigen.

»Seit wann können Frauen schwimmen?« fragte der Soldat.

»Verflucht, Alte, du lügst! Du lügst!« rief Tristan zornig. »Ich habe nicht übel Lust, die Hexe laufenzulassen und dich statt dessen vorzunehmen. Eine Viertelstunde Folter wird dir vielleicht die Wahrheit aus der Kehle ziehen. Vorwärts! Wir nehmen dich mit.«

Sie nahm diese Worte gierig auf. »Wie Ihr wünscht, hoher Herr. Tut es nur! Tut es nur! Die Folter, mir soll es recht sein. Führt mich fort. Schnell! Schnell! Laßt uns nur gleich gehen!« — ›Unterdessen kann meine Tochter sich retten‹, dachte sie.

»Donnerwetter«, sagte der Vogt, »die ist auf die Folterbank versessen! Ich werde nicht klug aus der Närrin.«

Ein alter, grauhaariger Wachtmeister von der Nachtwache trat aus den Reihen und sagte zu dem Vogt: »Sie ist wirklich eine Närrin, Monseigneur. Wenn sie die Zigeunerin hat laufenlassen, so ist es nicht ihre Schuld, denn sie liebt die Zigeunerinnen nicht. Seit ich bei der Wache bin, und das sind jetzt fünfzehn Jahre, höre ich sie jeden Abend mit fürchterlichen Flüchen auf die Zigeunerfrauen schimpfen. Wenn die, die wir suchen, die kleine Tänzerin mit der Ziege ist – und ich glaube, das ist sie –, so kann ich nur sagen, daß sie die ganz besonders haßt.«

Gudule gab sich einen Stoß und sagte: »Die ganz besonders.«

Das einstimmige Zeugnis aller Wachleute bestätigte dem Vogt die Worte des alten Wachtmeisters. Tristan l'Hermite, der daran verzweifelte, aus der Einsiedlerin etwas herauszubringen, kehrte ihr den Rücken; sie sah ihn mit unaussprechlicher Angst seinem Pferd zuschreiten. »Vorwärts«, knirschte er, »wir wollen weitersuchen! Ich ruhe nicht, bis die Zigeunerin gehenkt ist.«

Indessen zögerte er noch etwas, ehe er sein Pferd bestieg. Gudule schwebte zwischen Leben und Tod, als sie seine unruhigen Augen über den Platz schweifen sah wie die Augen eines Jagdhundes, der das Versteck des Wildes wittert und nicht von der Stelle will. Endlich schüttelte er den Kopf und sprang in den Sattel. Gudule fiel eine furchtbare Last vom Herzen; sie warf einen Blick auf ihre Tochter, die sie noch nicht wieder anzusehen gewagt hatte, und sagte leise: »Gerettet!«

Das arme Kind hatte die ganze Zeit regungslos und atemlos mit dem Tod vor Augen im Winkel gekauert. Es war ihr nichts von den Vorgängen zwischen Gudule und Tristan entgangen, und sie hatte die Qualen ihrer Mutter mit durchlebt. Sie hatte einmal nach dem anderen das Seil krachen hören, an dem sie über dem Abgrund schwebte; sie hatte zwanzigmal geglaubt, nun reiße es entzwei, und fing jetzt endlich an, aufzuatmen und feste Erde unter den Füßen zu fühlen. Da hörte sie eine Stimme zu dem Vogt sagen: »Beim Nabel des Papstes! Herr Vogt, meine Sache ist es nicht, Hexen aufzuhängen. Ich bin Soldat. Das Pack ist besiegt, das übrige überlasse ich Euch.

Gestattet, daß ich meiner Kompanie nachreite; sie kann nicht ohne Hauptmann bleiben.« Es war die Stimme von Phœbus de Châteaupers. Unaussprechliches ging in dem Mädchen vor. Da war er, ihr Freund, ihr Beschützer, ihr Halt, ihre Zuflucht, ihr Phœbus! Sie sprang auf, und ehe die Mutter sie daran hindern konnte, hatte sie sich an die Luke gestürzt und geschrien: »Phœbus! Zu Hilfe, mein Phœbus!«

Phœbus war fort. Er war im Galopp um die Ecke der Rue de la Coutellerie verschwunden. Aber Tristan war noch da.

Die Einsiedlerin stürzte sich brüllend über ihre Tochter, riß sie heftig zurück und preßte ihr den Hals zusammen, daß ihr die Fingernägel ins Fleisch drangen. Eine Tigermutter nimmt es damit nicht genau. Aber es war zu spät. Tristan hatte alles gesehen.

»Haha«, lachte er und zeigte dabei die Zähne, so daß sein Gesicht einem Wolfsrachen glich, »zwei Mäuse in der Falle!«

»Habe ich es mir doch gedacht«, rief der Soldat.

Tristan schlug ihm auf die Schulter: »Du bist ein braver Kater! Vorwärts!« fügte er hinzu. »Wo ist Henriet Cousin?«

Aus den Reihen der Soldaten trat ein Mann, der ihnen weder im Anzug noch in der Haltung glich. Er war halb grau, halb braun gekleidet, hatte glatte Haare, lederne Ärmel und ein Bündel Stricke in der groben Hand. Tristan pflegte immer von diesem Mann begleitet zu sein, wie Ludwig der Elfte immer von ihm begleitet war.

»Freundchen«, sagte Tristan l'Hermite, »ich glaube, wir haben die Hexe, die wir suchten. Du wirst sie mir henken. Hast du deine Leiter da?«

»Dort unter dem Schuppen am Pfeilerhaus steht eine«, antwortete der Mann; »soll die Sache hier auf diesem Richtplatz abgemacht werden?« fuhr er fort und zeigte auf den steinernen Galgen.

»Ja.«

»Hallo«, rief der Mann mit lautem Lachen, das noch bestialischer klang als das Gelächter des Vogtes, »da haben wir ja nicht weit zu laufen!«

»Mach zu!« sagte Tristan. »Lachen kannst du hinterher.«

Seit Tristan ihre Tochter gesehen hatte und alle Hoffnung zerstört war, hatte die Einsiedlerin kein Wort gesprochen. Sie hatte die arme halbentseelte Zigeunerin in die Ecke ihrer Höhle geworfen und hatte sich wieder vor die Luke gestellt; mit den Händen hielt sie sich wie mit Klauen am Sims fest. In dieser Stellung ließ sie unerschrocken ihren Blick über die Soldaten gleiten, einen Blick, der wieder wild und irr geworden war. Als Henriet Cousin sich der Zelle näherte, sah sie ihn so grimmig an, daß er zurückschrak.

»Monseigneur«, sagte er und kam zu dem Vogt zurück, »welche soll ich holen?«

»Die Junge.«

»Um so besser. Die Alte ist recht ungemütlich.«

»Arme kleine Tänzerin mit der Ziege«, sagte der alte Wachtmeister.

Henriet Cousin näherte sich wieder der Luke. Vor dem Blick der Mutter senkte er die Augen. Er sagte ziemlich schüchtern: »Madame ...«

Sie unterbrach ihn mit leiser, wütender Stimme: »Was willst du?«

»Euch nicht«, antwortete er, »die andere.«

»Welche andere?«

»Die Junge.«

Sie schüttelte den Kopf und schrie: »Da ist niemand! Da ist niemand! Da ist niemand!«

»Doch«, sagte der Henker, »Ihr wißt es ganz gut! Gebt mir die Junge heraus. Euch will ich ja nichts zuleide tun.«

Sie entgegnete mit sonderbarem Gekicher: »So, mir willst du nichts zuleide tun!«

»Gebt mir die andere heraus; der Vogt will es!«

Sie wiederholte mit dem Ausdruck einer Wahnsinnigen: »Da ist niemand!«

»Da ist doch jemand, sage ich Euch«, erwiderte der Henker; »wir haben alle gesehen, daß ihr zwei waret!«

»Dann sieh doch nach«, sagte die Einsiedlerin kichernd, »steck deinen Kopf durch die Luke!«

Der Henker sah prüfend die Nägel der Mutter an und getraute sich nicht.

»Mach zu!« schrie Tristan, der seine Truppe im Halbkreis um das Rattenloch aufgestellt hatte und zu Pferd neben dem Galgen stand.

Henriet kam noch einmal zu dem Vogt zurück; er war in großer Verlegenheit. Er hatte seinen Strick auf die Erde gelegt und drehte ratlos seinen Hut in den Händen.

»Monseigneur«, fragte er, »wie soll ich hineinkommen?«

»Durch die Tür.«

»Da ist keine Tür.«

»Durch das Fenster.«

»Es ist zu eng.«

»Dann mach es weiter«, rief Tristan zornig; »hast du keine Hacke?«

Die Mutter stand noch immer in ihrer Höhle auf der Wacht. Sie hoffte nicht mehr, sie wußte nicht mehr, was sie wollte, aber sie wollte nicht, daß man ihr die Tochter nahm.

Henriet Cousin holte den Werkzeugkasten der Straßenfeger aus dem Schuppen am Pfeilerhaus. Er zog auch die Treppenleiter heraus und stellte sie am Galgen auf. Fünf oder sechs Leute der Vogtei bewaffneten sich mit Hebeln und Spitzhakken, und Tristan näherte sich mit ihnen der Luke.

»Alte«, sagte der Vogt in strengem Ton, »gib uns das Mädchen gutwillig heraus!«

Sie sah ihn verständnislos an.

»Verflucht!« rief Tristan. »Warum willst du denn durchaus verhindern, daß die Hexe gehenkt wird? Der König hat es befohlen!«

Die Unglückselige brach in ihr wildes Gelächter aus. »Warum? Weil sie meine Tochter ist!«

Der Ausdruck, mit dem sie diese Worte sprach, jagte allen, sogar Henriet Cousin, kalten Schauder über den Rücken.

»Das tut mir leid«, entgegnete der Vogt, »aber der König wünscht es!«

Da wurde ihr schreckliches Lachen noch lauter, und sie schrie: »Was schert mich dein König! Sie ist meine Tochter, sage ich dir!«

»Schlagt die Mauer ein!« befahl Tristan.

Um eine große Öffnung zu schaffen, genügte es, eine Lage Steine unter der Luke herauszubrechen. Als die Mutter hörte, wie die Hacken in die Mauer ihrer Festung drangen, stieß sie einen fürchterlichen Schrei aus; dann fing sie an, mit entsetzenerregender Geschwindigkeit in ihrer Zelle im Kreis zu rennen; es war die Gewohnheit eines wilden Tieres, die sie in ihrem Käfig angenommen hatte. Sie sagte nichts mehr, aber ihre Augen flammten. Den Soldaten lief es kalt den Rücken hinunter.

Plötzlich nahm sie ihren Pflasterstein auf, lachte und warf ihn mit beiden Händen auf die Arbeiter. Sie hatte schlecht gezielt, denn ihre Hände zitterten. Der Stein berührte niemand und fiel dem Pferd des Tristan zwischen die Beine. Sie knirschte mit den Zähnen.

Die Sonne war noch nicht aufgegangen, aber es war schon hell, und ein schönes, rosiges Licht färbte die alten, verwitterten Schornsteine des Pfeilerhauses. Es war die Stunde, wo die frühesten Fenster der großen Stadt, die Dachfenster, sich fröhlich öffneten. Ein paar Bauern, ein paar Obsthändler, die auf ihren Eseln zu den Markthallen zogen, fingen an, die Place de Grève zu überqueren; sie hielten einen Augenblick vor den Soldaten, die in Reihen um das Rattenloch herumstanden, sahen sie erstaunt an und zogen weiter.

Die Einsiedlerin hatte sich neben ihre Tochter gesetzt, deckte sie mit ihrem Körper, sah sie starr an und hörte, wie das arme Kind, das sich nicht rührte, leise »Phœbus! Phœbus!« murmelte. Wie die Leute mit ihrer Arbeit weiterkamen, zog sich die Mutter mechanisch immer weiter zurück und drückte ihre Tochter immer fester gegen die Mauer. Sie ließ die Steine nicht aus den Augen und sah plötzlich, wie sie wankten; sie hörte die Stimme Tristans, der die Arbeiter anfeuerte. Da raffte sie sich aus der Betäubung auf, die sie vor ein paar Augenblicken befallen hatte. Sie erhob ihre Stimme, und ihre Worte zerrissen bald wie eine Säge das Ohr, bald stolperten sie über ihre Lippen, als drängten sich dort die Verwünschungen, um alle auf einmal loszubrechen. »Hahaha«, schrie sie, »das ist ja schrecklich! Ihr seid Räuber! Wollt ihr mir wirklich meine Tochter nehmen? Es ist meine Tochter, sage ich euch! Ach, ihr Feiglinge! Ihr elenden Henkersknechte! Ihr ekelhaften, dreckigen Mörder! Zu Hilfe, zu Hilfe! Feuer! Wollen sie mir denn wirklich mein Kind nehmen? Gibt es denn keinen Gott im Himmel?«

Sie wandte sich mit schäumendem Munde und wilden Augen zu Tristan, gesträubt und auf allen vieren wie eine Pantherin. »Komm du nur und nimm mir meine Tochter! Verstehst du denn nicht, daß diese Frau dir sagt, es sei ihre Tochter? Weißt du nicht, was es heißt, ein Kind zu haben? Ha, du Wolf, hast du nie bei deiner Wölfin gelegen? Hast du denn nie ein Junges gehabt? Und wenn du Kleine hast und sie heulen hörst, regt sich dir da nichts im Leibe?«

»Heraus mit dem Stein!« sagte Tristan. »Er ist ganz lokker.«

Die schwere Steinlage hob sich. Es war der letzte Wall der armen Mutter. Sie warf sich darüber, sie wollte sie festhalten, sie krallte sich mit den Fingernägeln an den Stein, aber der feste Block, den sechs Männer in Bewegung setzten, entglitt ihr und rutschte sanft auf den eisernen Hebeln zur Erde nieder.

Als die Mutter die Öffnung gebrochen sah, warf sie sich quer davor, deckte die Bresche mit ihrem Leib, rang die Hände, schlug mit dem Kopf auf den Steinboden und schrie mit einer vor Erschöpfung heiseren und kaum hörbaren Stimme: »Zu Hilfe! Feuer! Feuer!«

»Jetzt greift die Tochter!« befahl Tristan gelassen.

Die Mutter sah die Soldaten mit so furchtbaren Blicken an, daß ihnen mehr nach Zurückschrecken als nach Vordringen zumute war.

»Vorwärts!« sagte der Vogt. »Henriet Cousin, du!«

Niemand rührte sich.

Der Vogt fluchte. »Hölle und Teufel! Meine Soldaten fürchten sich vor einer Frau?«

»Monseigneur nennen das eine Frau?« fragte Henriet.

»Sie hat eine Löwenmähne«, sagte ein anderer.

»Vorwärts!« wiederholte der Vogt. »Das Loch ist breit genug. Geht zu dritt vor wie an der Bresche von Pontoise. Macht ein Ende, zum Donnerwetter! Den ersten, der zurückzuckt, haue ich in der Mitte durch!«

Die Soldaten standen zwischen zwei Schrecknissen, dem Vogt und der Mutter; sie zögerten einen Augenblick, faßten dann einen Entschluß und gingen gegen das Rattenloch vor.

Als das die Einsiedlerin sah, richtete sie sich jäh auf den Knien auf, strich die Haare aus dem Gesicht und ließ die mageren zerschundenen Hände wieder sinken. Da fingen große Tränen an, eine nach der anderen, aus ihren Augen zu fließen; sie liefen in einer Furche ihre Wangen hinunter wie ein Sturzbach im selbstgegrabenen Bett. Sie fing zu sprechen an, aber mit einer so flehenden, sanften, unterwürfigen und pakkenden Stimme, daß um Tristan herum mehr als ein alter Krieger, der jeder Greueltat fähig gewesen wäre, sich die Augen wischte.

»Messeigneurs! Ihr Herren Wachtmeister, gönnt mir ein Wort! Ich muß euch etwas sagen. Seht, das ist meine Tochter, meine liebe, kleine Tochter, die ich verloren hatte! Hört mich an! Es ist eine wunderbare Geschichte. Denkt euch, ich kenne die Herren Wachtmeister sehr gut. Sie haben mir immer geholfen, damals, als die Straßenjungen mit Steinen nach mir warfen, weil ich eine Dirne war. Seht, wenn ihr erst alles wißt, dann werdet ihr mir mein Kind lassen. Ich bin ein armes Freudenmädchen. Die Zigeunerinnen haben mir mein Kind gestohlen. Ihren Schuh habe ich sogar fünfzehn Jahre gehütet. Seht, das ist er! So kleine Füße hat sie gehabt! In Reims! Die Chantefleurie in der Rue de Folle-Peine! Vielleicht habt ihr sie gekannt. Das war ich. Das war eine schöne Zeit, damals, als ihr jung wart; das waren lustige Stunden. Ihr werdet Erbarmen mit mir haben, ihr Herren, nicht wahr? Die Zigeunerinnen haben mir das Kind gestohlen; sie haben es fünfzehn Jahre lang vor mir versteckt. Ich glaubte, es sei tot. Denkt euch, meine guten Freunde, ich glaubte, es sei tot. Fünfzehn Jahre habe ich in dieser Höhle gesessen, im Winter ohne Feuer. Das war hart. Der arme, liebe, kleine Schuh! Ich habe so viel geweint, daß der liebe Gott mich erhört hat. Heute nacht hat er mir meine Tochter wiedergegeben. Der liebe Gott hat ein Wunder getan. Sie war nicht tot. Ihr werdet sie mir doch nicht nehmen, nicht wahr? Wenn ich selbst es wäre, dann wollte ich ja nichts sagen; aber sie, ein Kind von sechzehn Jahren! Gönnt ihr Zeit, die Sonne zu sehen! — Was hat sie euch getan? Nichts. Ich habe euch auch nichts getan. Seht, sie ist ja alles, was ich habe; ich bin alt, sie ist ein Geschenk, das die Jungfrau Maria mir schickt. Und ihr seid doch alle so gut! Ihr wußtet nicht, daß sie meine Tochter ist, jetzt wißt ihr es. Ach, ich liebe sie. Großmächtiger Herr Vogt, lieber hätte ich ein Loch im Leib, als daß ich eine Schramme an ihrem Finger sähe! Ihr seid gewiß ein so guter Herr! Was ich Euch da sage, das erklärt alles, nicht wahr? Ach, ihr habt doch auch eine Mutter gehabt, Monseigneur! Ihr habt zu befehlen, laßt mir mein Kind! Seht, ich flehe auf den Knien zu Euch, wie man zu Jesus Christus betet. Ich will ja nichts erbetteln, ich bin aus Reims, ihr Herren; ich habe von meinem Onkel Mahiet Pradon ein kleines Feld geerbt. Ich bin keine Bettlerin. Ich will nichts, aber ich will mein Kind! Ach, ich will mein Kind behalten! Der liebe Gott ist unser Herr; er hat sie mir nicht umsonst wiedergegeben! Der König! Ihr spracht vom König! Was hat er davon, daß man meine kleine Tochter tötet!

Er ist ja auch gut, der König! Sie ist meine Tochter, sie gehört mir, sie gehört nicht dem König! Euch gehört sie auch nicht! Ich will fortgehen von hier, wir wollen fortgehen! Zwei Frauen, die fortziehen, Mutter und Tochter, die läßt man doch ziehen! Laßt uns ziehen! Wir sind aus Reims. Ach, ihr seid so gut, ihr Herren Wachtmeister, ich habe euch alle lieb. Ihr nehmt mir nicht meine liebe Kleine, das ist ja gar nicht möglich! Nicht wahr, das ist nicht möglich? Mein Kind, mein Kind!«

Wir wollen nicht versuchen, ihre Gebärden zu schildern, ihren Ausdruck, die Tränen, die sie im Sprechen trank, die Hände, die sie faltete und rang, ihr herzzerreißendes Lächeln, ihre tränenvollen Blicke, ihr Stöhnen, ihre Seufzer, die jammervollen, ergreifenden Ausrufe, die sie zwischen ihre wirren, tollen, unzusammenhängenden Worte mischte. Als sie schwieg, runzelte Tristan l'Hermite die Stirn, aber nur, um eine Träne zurückzuhalten, die in seinem Tigerauge rollte. Er überwand jedoch diese Schwäche und sagte fest: »Der König will es.«

Dann neigte er sich zum Ohr des Henriet Cousin und sagte leise: »Mach rasch ein Ende!« Dem schrecklichen Vogt mochte wohl auch das Herz weich geworden sein.

Der Henker und die Soldaten drangen in die Zelle. Die Mutter verwehrte es ihnen nicht; sie schleppte sich nur bis zu ihrer Tochter und warf sich über sie. Die Zigeunerin sah die Soldaten nahen; die Todesangst belebte sie wieder. »Mutter!« schrie sie mit einem unaussprechlichen Ausdruck der Angst. »Mutter, sie kommen, schütze mich!«

»Ja, mein Liebling, ich schütze dich!« antwortete die Mutter mit erloschener Stimme, schlang ihre Arme um sie und bedeckte sie mit Küssen. Die beiden an der Erde, die Mutter über der Tochter, boten einen erbarmungswürdigen Anblick.

Henriet Cousin packte das junge Mädchen unter ihren schönen Schultern. Als sie seine Hand fühlte, schrie sie auf und sank in Ohnmacht. Der Henker, der Tropfen für Tropfen große Tränen auf sie niederfallen ließ, wollte sie in seine Arme heben. Er versuchte, die Mutter loszulösen, die sich mit den Händen um die Hüften der Tochter geklammert hatte; sie hielt sie aber so fest umschlungen, daß es unmöglich war, die beiden zu trennen. So zog Henriet Cousin das junge Mädchen samt der Mutter zur Zelle hinaus. Auch die Mutter hatte die Augen geschlossen.

In diesem Augenblick ging die Sonne auf; es waren schon viele Leute auf dem Platz zusammengeströmt; sie standen in einiger Entfernung und starrten auf das, was man über das Pflaster zum Galgen schleppte. Der Vogt hatte die Eigenheit, bei Hinrichtungen Neugierige fernzuhalten.

An den Fenstern zeigte sich niemand. Nur oben auf dem einen Turm von Notre-Dame, auf dem, der die Place de Grève überragt, konnte man von weitem zwei Männer sehen, die schwarz gegen den klaren Morgenhimmel standen und nach dem Platz zu blicken schienen.

Henriet Cousin blieb mit seiner Last am Fuß der verhängnisvollen Leiter stehen. Die Sache ging ihm so nahe, daß er mühsam atmete, als er den Strick um den reizenden Hals des jungen Mädchens schlang. Das unglückliche Kind fühlte die schreckliche Berührung der hanfenen Schlinge; sie schlug die Augen auf und sah über sich den fleischlosen Arm des Galgens. Da schüttelte sie sich und schrie mit hoher, herzzerreißender Stimme: »Nein, nein, ich will nicht!« Die Mutter, die ihren Kopf im Gewand der Tochter vergraben hatte, sagte kein Wort; man sah nur ihren ganzen Körper zittern und hörte, wie sie ihr Kind mit verdoppelter Wut küßte. Der Henker nahm diesen Augenblick wahr und löste rasch die Arme, mit denen sie die Verurteilte umklammert hielt. War es Erschöpfung oder Verzweiflung, sie ließ es geschehen. Da nahm er das junge Mädchen auf seine Schulter; das reizende Geschöpf knickte anmutig über seinem plumpen Kopf zusammen; er setzte den Fuß auf die Leiter.

In diesem Augenblick sah die an der Erde hockende Mutter auf. Sie schrie nicht, sie richtete sich mit furchtbarem Ausdruck in die Höhe, stürzte sich auf die Hand des Henkers wie ein Tier auf seine Beute und biß ihn. Das geschah mit Blitzesschnelle. Der Henker brüllte vor Schmerz. Man lief herbei. Mit Mühe löste man seine blutende Hand aus den Zähnen der Mutter. Sie blieb stumm; man stieß sie rauh zurück und sah, daß ihr Kopf schwer aufs Pflaster schlug. Man hob sie wieder auf. Da ließ sie sich von neuem fallen. Sie war tot.

Der Henker, der das junge Mädchen nicht losgelassen hatte, stieg die Leiter hinauf.

II

La creatura bella bianco vestita[1]

Als Quasimodo sah, daß die Zelle leer war und daß man die Zigeunerin entführt hatte, während er sie verteidigte, da griff er sich mit beiden Händen in die Haare und stampfte vor Überraschung und Schmerz. Dann lief er durch die ganze Kirche, suchte seine Zigeunerin, brüllte mit seltsamem Geschrei in alle Winkel hinein und besäte den Estrich mit seinen roten Haaren. Es war gerade in dem Augenblick, wo die königlichen Schützen siegreich in den Dom eindrangen und auch sie die Zigeunerin suchten. Quasimodo, der arme Taube, half ihnen, ohne etwas von ihren verhängnisvollen Absichten zu ahnen; er hielt ja die Gauner für die Feinde der Zigeunerin. Er führte Tristan l'Hermite selbst in alle möglichen Verstecke und öffnete ihm alle geheimen Türen, den doppelten Boden der Altäre, die hinteren Räume der Sakristei. Wäre die Unglückliche noch dagewesen, so wäre er ihr zum Verderber geworden. Als der Verdruß über das erfolglose Suchen Tristan entmutigt hatte, der sich nicht leicht entmutigen ließ, da suchte Quasimodo allein weiter. Immer wieder durchmaß er die Kirche, der Länge, der Breite, der Höhe nach; er stieg hinauf und hin-

[1] ital., Das schöne weißgekleidete Geschöpf. (Dante)

unter, rannte, rief, schrie, schnüffelte, stöberte, spürte, steckte seinen Kopf in alle Löcher, leuchtete mit der Fackel unter allen Wölbungen und gebärdete sich wie ein Verzweifelter, wie ein Wahnsinniger. Ein Männchen, das sein Weibchen verloren hat, kann nicht jammervoller brüllen, nicht wilder umherrennen. Als er sich endgültig überzeugt hatte, daß sie nicht mehr da war, daß alles vorbei war, daß man sie ihm geraubt hatte, da stieg er langsam die Turmtreppe in die Höhe, die er an dem Tag, als er sie rettete, so stürmisch, so triumphierend hinaufgeeilt war. Er ging jetzt denselben Weg mit gesenktem Kopf, stumm, tränenlos, fast ohne zu atmen. Die Kirche lag wieder verlassen und war in ihre Stille zurückgesunken. Die Schützen waren weitergezogen, um die Hexe in der Cité zu jagen. Quasimodo war allein in dem ungeheuren Dom, den noch kurz vorher wilder Tumult erfüllt hatte. Er ging zu der Zelle zurück, wo die Zigeunerin so viele Wochen unter seiner Obhut geschlafen hatte. Als er nahe herankam, stellte er sich vor, daß er sie dort vielleicht wiederfinden werde. Er bog um die Ecke der Galerie, die auf das Dach des Seitenschiffes mündet, und sah die kleine Kammer mit dem Fensterchen und der niedrigen Tür unter einem großen Strebepfeiler hokken wie ein Vogelnest unter einem Ast. Da versagte dem armen Mann das Herz, und er stützte sich an einen Pfeiler, um nicht zu fallen. Er bildete sich ein, daß sie vielleicht dorthin zurückgekehrt sei, daß ein guter Geist sie wieder hineingeführt habe, daß die Kammer zu still, zu sicher, zu reizend sei, als daß sie nicht mehr darin sein könne, und er wagte sich keinen Schritt weiter, aus Angst, diese Vorstellung zunichte zu machen. ›Ja‹, sagte er zu sich selbst, ›sie schläft vielleicht oder sie betet. Ich will sie nicht stören.‹

Endlich raffte er seinen Mut zusammen, näherte sich auf Zehenspitzen, sah hinein und trat über die Schwelle. Leer! Die Zelle war immer noch leer. Der Unglückliche durchmaß sie langsamen Schrittes, hob das Lager auf und sah darunter, als könne sie sich zwischen Matratze und Estrich versteckt haben; dann schüttelte er den Kopf und blieb stumpfsinnig stehen. Plötzlich trat er wütend seine Fackel aus, und ohne ein Wort, ohne einen Seufzer rannte er in vollem Lauf mit dem Kopf gegen die Wand und fiel ohnmächtig nieder.

Als er wieder zur Besinnung kam, warf er sich auf das Lager, wälzte sich darauf herum, küßte wie rasend den noch warmen Fleck, wo das junge Mädchen geschlafen hatte, blieb ein paar Minuten lang regungslos liegen, als wollte er dort sterben, richtete sich dann schweißtriefend, keuchend, wie von Sinnen auf und begann mit der fürchterlichen Regelmäßigkeit von Glockenklöppeln und der Entschlossenheit eines Mannes, der sich um jeden Preis den Schädel einrennen will, mit dem Kopf gegen die Wände zu schlagen. Schließlich fiel er zum zweitenmal erschöpft zu Boden; er schleppte sich auf den Knien aus der Zelle hinaus und kauerte gegenüber der Tür in dumpfem Staunen nieder. So blieb er mehr als eine Stunde, ohne sich zu rühren; das Auge hielt er starr auf die verlassene Zelle gerichtet, und sein Blick war finsterer und grübelnder als der einer Mutter, die zwischen einer leeren Wiege und einem gefüllten Sarge sitzt. Er sprach kein Wort, nur ein heftiges Schluchzen erschütterte in langen Pausen seinen ganzen Körper; aber es war ein Schluchzen ohne Tränen, wie das lautlose Wetterleuchten im Sommer.

Wie er so, in seine trostlose Träumerei vertieft, darüber nachsann, wo er wohl den unerwarteten Räuber der Zigeunerin zu suchen habe, da kam ihm der Gedanke an den Erzdechanten. Es fiel ihm ein, daß nur Dom Claude einen Schlüssel zu der Treppe hatte, die zur Zelle führte; er dachte an die nächtlichen Überfälle auf das junge Mädchen, an den ersten, bei dem er, Quasimodo, mitgeholfen hatte, an den zweiten, den er vereitelt hatte. Er rief sich unzählige Kleinigkeiten ins Gedächtnis zurück und zweifelte bald nicht mehr daran, daß der Erzdechant es sei, der ihm die Zigeunerin geraubt hatte. Aber seine Ehrfurcht vor dem Priester war so groß, seine Dankbarkeit, seine Anhänglichkeit, seine Liebe zu diesem

Mann wurzelten so tief in seinem Herzen, daß sie selbst in diesem Augenblick den Krallen der Eifersucht und der Verzweiflung standhielten.

Der blutige, tödliche Zorn, den er gegen jeden anderen empfunden hätte, wandelte sich bei dem armen Buckligen in gesteigerten Schmerz, sobald er sich klarmachte, daß es sich um Claude Frollo handelte.

In dem Augenblick, da seine Gedanken sich ganz auf den Priester gerichtet hatten, sah er im bleichen Licht der Morgendämmerung, wie auf dem oberen Stockwerk von Notre-Dame, die Rampe entlang, die um die Apsis herumläuft, eine Gestalt schritt. Sie kam auf ihn zu, er erkannte sie; es war der Erzdechant.

Claude ging langsam und feierlich zum nördlichen Turm, aber er hatte den Blick nicht vorwärts gerichtet, sondern sah zum rechten Ufer der Seine hinüber. Er hielt den Kopf hoch, als versuche er, über die Dächer wegzusehen. Solche schiefen Blicke hat die Eule an sich; sie fliegt nach einem Punkt und schaut nach einem anderen. Der Priester ging oberhalb von Quasimodo vorüber, ohne ihn zu bemerken.

Der Bucklige, den diese plötzliche Erscheinung versteinert hatte, sah ihn unter der Tür der Treppe des nördlichen Turmes verschwinden. Der Leser weiß, daß man von diesem Turm das Rathaus sehen kann. Quasimodo stand auf und folgte dem Erzdechanten.

Quasimodo stieg die Turmtreppe hinauf, um zu erfahren, warum der Erzdechant sie hinaufstieg. Sonst wußte der arme Glöckner weder, was er tun und sagen würde, noch, was er wollte. Er war voll Wut und Angst. Der Erzdechant und die Zigeunerin kämpften in seinem Herzen.

Als er die Höhe des Turmes erreicht hatte, spähte er vorsichtig nach dem Priester, ehe er aus dem Dunkel der Treppe auf die Plattform hinaustrat. Der Priester wandte ihm den Rükken. Eine durchbrochene Rampe läuft um die Plattform des Turmes herum. Der Priester, dessen Blicke sich auf die Stadt richteten, lehnte sich gegen die Seite der Rampe, die auf den Pont Notre-Dame sieht.

Quasimodo schlich mit Katzenschritten an ihn heran, um zu sehen, was seine Blicke fesselte. Die Aufmerksamkeit des Priesters war so völlig gefangengenommen, daß er den Buckligen nicht hörte.

Paris bietet einen herrlichen und prächtigen Anblick, wenn man beim kühlen Schein einer sommerlichen Morgendämmerung von der Höhe der Domtürme darauf niederschaut. Welchen Anblick mag erst das damalige Paris geboten haben! Es wird wohl im Monat Juli gewesen sein. Der Himmel war ganz klar. Ein paar verspätete Sterne erloschen hier und dort; an der hellsten Stelle, im Osten, stand noch ein besonders strahlender Stern. Die Sonne wollte gerade aufgehen; Paris fing an, sich zu rühren. Ein reines, weißes Licht zeigte deutlich die tausendfältigen Formen, die die Häuser der aufgehenden Sonne entgegenstreckten. Die Riesenschatten der Kirchtürme gingen von Dach zu Dach vom einen Ende der großen Stadt bis zum anderen. In manchen Stadtteilen erwachte schon der Lärm des Tages, hier ein Glockenschlag, dort ein Hammerschlag, weiterhin das Gerassel eines fahrenden Karrens. Rauchsäulen fingen an, aus den Dächern aufzusteigen wie aus den Ritzen eines ungeheuren schwelenden Kraters. Der Fluß, dessen Wasser sich an so vielen Brücken, an so vielen Inselspitzen bricht, schimmerte von silbernem Gekräusel. Jenseits der Mauern und Wälle verlor sich der Blick in einem weiten Kreis flockiger Dünste, durch die unbestimmt die unendliche Linie der Ebenen und die anmutigen Formen der Hügel hindurchschimmerten. Vielfältige schwirrende Geräusche verbreiteten sich über die halberwachte Stadt. Gegen Osten trieb der Morgenwind ein paar weiße Flocken über den Himmel, die er von den Nebeln über den Hügeln abgerissen hatte.

Ein paar gute Frauen, die mit ihren Milchtöpfen in der Hand über den Domhof gingen, betrachteten erstaunt die seltsamen Schäden an der großen Tür von Notre-Dame und zwei

Bäche von erstarrtem Blei in den Spalten des Gesteins. Das war alles, was von dem Aufruhr der Nacht übriggeblieben war. Der Holzstoß, den Quasimodo zwischen den Türmen angezündet hatte, war erloschen. Tristan hatte den Platz schon aufräumen und die Toten in die Seine werfen lassen. Könige von der Art Ludwigs des Elften tragen Sorge, daß das Pflaster nach einem Blutbad rasch gereinigt wird.

Außen am Turm, gerade unterhalb des Punktes, wo der Priester stand, ragte einer jener seltsam gebildeten Wasserspeier vor, von denen die gotischen Bauten strotzten. In einem Riß dieses Wasserspeiers blühten zwei hübsche Nelken, die sich im Windhauch wie lebendige Wesen regten und mutwillige Verbeugungen voreinander machten. Hoch oben im Himmel über den Türmen tönte fernes Vogelgeschrei.

Aber der Priester sah und hörte nichts von alledem. Er war einer von den Menschen, für die es weder Morgenlicht noch Vögel, noch Blumen gibt. In all der unendlichen Mannigfaltigkeit, die um ihn herum ausgebreitet lag, sah er nur einen Punkt.

Quasimodo brannte darauf, ihn zu fragen, was er mit der Zigeunerin gemacht habe. Aber der Erzdechant schien von der Erde entrückt zu sein. Er durchlebte offenbar einen jener gewaltsamen Augenblicke, wo man es nicht merken würde, wenn der Boden unter einem zusammenbräche. Er hielt die Augen unentwegt auf einen Punkt gerichtet und verharrte in regungslosem Stillschweigen; und dieses Stillschweigen und diese Regungslosigkeit hatten etwas so Schreckenerregendes, daß der wilde Glöckner bebte und nicht wagte, sich zu rühren. Darum folgte er nur mit den Blicken der Richtung, in der die Augen des Erzdechanten schauten, denn das war auch ein Weg, ihn zu befragen. Die Blicke des unglücklichen Buckligen aber fielen so auf die Place de Grève.

Da sah er, was den Priester fesselte. Die Leiter stand am Galgen. Es waren allerlei Leute und viele Soldaten auf dem Platz. Ein Mann schleppte über das Pflaster etwas Weißes, an dem etwas Schwarzes hing. Der Mann blieb am Fuß des Galgens stehen.

Dann geschah etwas, was Quasimodo nicht gut sehen konnte. Nicht, daß sein Auge an Sehkraft verloren hätte, aber es war eine große Schar Soldaten da, die ihn hinderte, alles zu sehen. Im übrigen ging gerade die Sonne auf, und über den Horizont quoll eine solche Flut von Licht, daß alle Höhepunkte von Paris, Türme, Schornsteine und Giebel, auf einmal Feuer fingen.

Der Mann stieg indessen die Leiter hinauf. Da konnte ihn Quasimodo wieder deutlich sehen. Er trug eine Frau auf der Schulter, ein weißgekleidetes junges Mädchen; es hatte einen Strick um den Hals. Quasimodo erkannte es. Sie war es!

Der Mann kam oben auf der Leiter an. Er knüpfte den Strick an den Galgen. Da stieg der Priester, um besser zu sehen, auf die Rampe und kniete darauf nieder.

Plötzlich stieß der Mann die Leiter heftig mit der Ferse zurück, und Quasimodo, der schon seit ein paar Augenblicken nicht mehr atmete, sah zwei Klafter über dem Pflaster das unglückliche Kind am Strick baumeln und den Mann auf ihren Schultern hocken. Der Strick drehte sich mehrmals um sich selbst, und Quasimodo konnte die furchtbaren Zuckungen sehen, die den Leib der Zigeunerin durchliefen. Der Priester aber kniete mit gestrecktem Hals, die Augen quollen ihm aus dem Kopf, und so betrachtete er die fürchterliche Gruppe des Mannes und des jungen Mädchens, der Spinne und der Fliege.

Im schrecklichsten Augenblick brach der Priester in ein höllisches Gelächter aus, das nicht mehr menschlich war und sein bleifarbenes Antlitz verzerrte. Quasimodo hörte es nicht, aber er sah es. Er wich ein paar Schritte zurück; dann stürzte er sich plötzlich wütend auf den Erzdechanten, stieß ihn mit seinen beiden großen Händen in den Rücken und in den Abgrund hinunter, über den Dom Claude sich beugte.

Der Priester schrie: »Verflucht!« und fiel.

Der Wasserspeier unter ihm hielt ihn im Fallen auf. Er klammerte sich mit verzweifeltem Griff daran fest, und im Augenblick, als er den Mund zu einem zweiten Schrei öffnete, sah er über dem Rand der Rampe, gerade über seinem Kopf, das furchtbare Rächerantlitz des Quasimodo erscheinen. Da schwieg er.

Ihm zu Füßen gähnte der Abgrund, eine Tiefe von mehr als zweihundert Fuß, und unten das Pflaster. Kein Wort, keine Klage kam über die Lippen des Mannes, der in dieser fürchterlichen Lage schwebte. Er wand sich nur mit unerhörter Anstrengung an dem Wasserspeier und versuchte sich daran hochzuziehen. Aber seine Hände fanden keinen Halt am Granit, seine Füße streiften die geschwärzte Mauer, fanden aber keine Stütze daran. Wer einmal oben auf den Türmen von Notre-Dame gewesen ist, der weiß, daß sich gerade unter der Rampe ein Mauervorsprung befindet. An dem zurücktretenden Winkel dieses Vorsprungs erschöpfte sich der unglückselige Erzdechant. Er hatte es nicht mit einer senkrecht aufsteigenden Mauer zu tun, sondern mit einer Mauer, die unter ihm floh.

Quasimodo hätte ihm nur die Hand zu reichen brauchen, um ihn aus dem Abgrund zu ziehen, aber er sah ihn nicht einmal an. Er sah zur Place de Grève hinüber. Er sah den Galgen an. Er sah die Zigeunerin an. An der Stelle, wo noch einen Augenblick zuvor der Erzdechant kniete, stützte sich jetzt der taube Glöckner auf die Rampe, ließ den Blick nicht ab von dem einzigen Ding, das es zur Stunde für ihn auf Erden gab, lehnte stumm und unbeweglich wie ein vom Blitz Getroffener, und ein langer Tränenbach floß still aus dem Auge, das nur einmal eine einzige Träne vergossen hatte.

Der Erzdechant aber keuchte. Seine kahle Stirn rieselte von Schweiß, seine Nägel bluteten am Stein, seine Knie rieben sich an der Mauer wund. Er hörte, wie seine Soutane, die sich am Wasserspeier gefangen hatte, bei jeder Bewegung krachte und schlitzte. Um das Unglück voll zu machen, lief der Wasserspeier in ein bleiernes Rohr aus, das sich unter der Last seines Körpers bog. Der Erzdechant fühlte, wie es langsam nachgab. Der Unglückselige sagte sich, daß der Sturz in die Tiefe ihm gewiß sei, sobald seine Hände erlahmten, seine Soutane zerriß und das bleierne Rohr sich vollends nach unten böge. Da packte ihn das Entsetzen bis in die Eingeweide. Manchmal sah er verstört auf den schmalen Vorsprung nieder, der etwa zehn Fuß tiefer, durch Zufälligkeiten beim Bauen entstanden, aus der Mauer vorragte. Er flehte in der Tiefe seiner verzweifelten Seele den Himmel an, er möge ihn sein Leben auf diesem Raum von zwei Quadratfuß beschließen lassen, und sollte es noch hundert Jahre währen. Einmal sah er auch auf den Platz, in den Abgrund hinunter; als er den Kopf wieder hob, waren seine Augen geschlossen, und seine Haare standen zu Berge.

Das Schweigen der beiden Männer hatte etwas Entsetzliches. Während der Erzdechant wenige Fuß von ihm entfernt einen so furchtbaren Todeskampf kämpfte, sah Quasimodo weinend zur Place de Grève hinüber.

Als der Erzdechant sah, daß seine heftigen Bewegungen nur dazu dienten, den schwachen Halt, der ihm noch blieb, zu erschüttern, da versank er in Regungslosigkeit. Er klammerte sich an den Wasserspeier, er atmete kaum, er rührte sich nicht; er hielt nur den Leib krampfhaft zusammengezogen, wie man es im Traum tut, wenn man zu fallen glaubt. Seine starren Augen waren krankhaft aufgerissen und hatten einen Blick des Staunens. Nach und nach verlor er den Halt; seine Finger fingen an, von dem Wasserspeier abzugleiten; er fühlte seine Arme schwächer und seinen Körper schwerer werden; das bleierne Rohr, das ihn hielt, bog sich mehr und mehr dem Abgrund zu. Unter sich sah er mit Entsetzen das Dach von Saint-Jean-le-Rond, klein wie eine in zwei Hälften gefaltete Karte. Er sah die gefühllosen Steinfiguren des Turmes eine nach der anderen an; sie hingen wie er über dem Abgrund; aber sie fühlten keine Angst für sich und kein Mitleid für ihn.

Alles um ihn herum war Stein; die gähnenden Ungeheuer vor seinen Augen, der Platz, das Pflaster tief unter ihm, der weinende Quasimodo über ihm.

Auf dem Domplatz standen ein paar Gruppen braver neugieriger Leute und zerbrachen sich gelassen den Kopf, wer wohl der Narr sein könnte, der sich auf so seltsame Art belustigte. Der Priester hörte sie sagen – denn klar und dünn schlugen ihre Stimmen an sein Ohr: »Der wird sich noch den Hals brechen!«

Quasimodo weinte.

Endlich begriff der Erzdechant, der vor Wut und Entsetzen schäumte, daß alles vergeblich sei. Er raffte aber noch einmal zusammen, was ihm an Kräften blieb, um eine letzte Anstrengung zu machen. Er straffte sich an dem Wasserspeier, stieß sich mit den Knien von der Wand ab, krallte sich mit den Händen in einer Steinritze fest, und so gelang es ihm, etwa einen Fuß in die Höhe zu klettern. Aber die Erschütterung bog jäh das bleierne Rohr ab, auf das er sich stützte. Seine Soutane zerriß. Als er jeden Halt weichen fühlte und sich nur noch mit den steifen, versagenden Händen an irgend etwas festklammerte, da schloß der Unglückselige die Augen und ließ den Wasserspeier los. Er fiel.

Quasimodo sah zu, wie er fiel.

Ein Fall aus solcher Höhe pflegt selten senkrecht vor sich zu gehen. Der in den Abgrund stürzende Priester hatte zuerst den Kopf nach unten und die Arme ausgebreitet. Dann überschlug er sich mehrmals. Der Wind stieß ihn auf das Dach eines Hauses. Er war halb zerschmettert, aber er lebte noch. Quasimodo sah, wie er noch versuchte, sich an den Giebel festzukrallen. Aber die Fläche war zu abschüssig, und er hatte keine Kraft mehr. Er glitt rasch das Dach hinunter, wie ein Ziegel, der sich loslöst, und schlug auf das Pflaster. Da rührte er sich nicht mehr.

Quasimodo sah wieder auf und zu der fernen Zigeunerin hinüber; er sah, wie ihr am Galgen hängender Körper unter dem weißen Gewand sich in seinen letzten Zuckungen wand. Da blickte er wieder auf den Erzdechanten hinunter, der als formlose Masse am Fuß des Turmes lag, schluchzte tief auf und sagte: »Ach, das ist alles, was ich geliebt habe!«

III
Die Hochzeit des Phœbus

Gegen Abend dieses Tages, als die Gerichtsdiener des Bischofs kamen, um den zerschmetterten Körper des Erzdechanten vom Pflaster aufzuheben, da war Quasimodo aus Notre-Dame verschwunden.

Es liefen viele Gerüchte über die Begebenheit um. Man zweifelte nicht daran, daß der Tag gekommen sei, wo ihrem Vertrag gemäß Quasimodo, das heißt der Teufel, Claude Frollo, das heißt den Hexenmeister, geholt habe. Man meinte, er habe den Körper zerbrochen, um die Seele herauszunehmen, wie der Affe die Schale zerknackt, um die Nuß zu essen.

Darum wurde der Erzdechant nicht in geweihter Erde begraben.

Ludwig der Elfte starb ein Jahr später, im August 1483.

Was Gringoire anbetrifft, so gelang es ihm, die Ziege zu retten; er hatte auch Erfolge mit seinen Tragödien. Nachdem er alle Torheiten ausgekostet hatte, Astrologie, Philosophie, Architektur und Alchimie, scheint er sich wieder der Tragödie gewidmet zu haben, dieser größten von allen Torheiten. Er nannte das: ein tragisches Ende nehmen. In den Rechnungsbüchern des Hofes vom Jahre 1483 kann man, seine dramatischen Triumphe betreffend, lesen: ›An Jehan Marchand und Pierre Gringoire, Zimmermann und Dichter, so das Mysterium verfertiget und abgefasset haben, welches beim Einzug des Herrn Legaten im Châtelet zu Paris dargestellet wurde, zudem die spielenden Personen beschafft haben, allwelche verkleidet und angetan waren, wie besagtes Mysterium solches erforderte, desgleichen die Gerüste aufgerichtet haben, so für solches benötigt wurden: für alles dieses hundert Pfund.‹

Phœbus de Châteaupers nahm auch ein tragisches Ende: Er heiratete.

IV
Die Hochzeit des Quasimodo

Wir haben schon erzählt, daß Quasimodo am Todestag der Zigeunerin und des Erzdechanten aus Notre-Dame verschwand. Er wurde nicht wieder gesehen; man wußte nicht, was aus ihm geworden war.

In der Nacht nach der Hinrichtung der Esmeralda hatten die Straßenfeger ihren Leichnam vom Galgen genommen und, wie es Brauch war, in den Keller des Montfaucon gebracht.

Der Montfaucon war, wie Sauval sagt, ›der älteste und prächtigste Galgen im Königreich‹. Etwa hundertsechzig Klafter von den Stadtmauern von Paris, einige Pfeilwürfe von Courtille entfernt, zwischen der Vorstadt des Temple und der Vorstadt Saint-Martin, stand auf dem Gipfel eines sanften, fast unmerklich ansteigenden Hügels, der aber hoch genug war, um auf einige Meilen in der Runde gesehen zu werden, ein Bauwerk von seltsamer Form, das einem keltischen Kromlech nicht unähnlich war, auch insofern nicht, als dort ebenfalls Menschenopfer gebracht wurden.

Stellt euch als Krönung eines Kalkhügels ein großes, gemauertes Rechteck vor, das fünfzehn Fuß hoch, dreißig Fuß breit und vierzig Fuß lang war. Es hatte eine Tür und oben eine Plattform, um die herum eine Rampe lief. Auf der Plattform standen sechzehn ungeheure, dreißig Fuß hohe Pfeiler aus rohem Stein, die kolonnadenartig drei Seiten des Gebäudes, das ihnen als Unterbau diente, umsäumten. Starke Balken verbanden sie oben, an den Balken hingen in Abständen Ketten und an jeder Kette ein Skelett. Nicht weit davon in der Ebene stand ein steinernes Kreuz und zwei Galgen geringerer

Ordnung, die wie Wurzelreiser des Hauptstammes wirkten. In den Lüften über dem Hügel flatterte es beständig von Raben. Das war der Montfaucon.

Am Ende des fünfzehnten Jahrhunderts war der furchtbare Galgen, der aus dem Jahre 1328 stammte, schon stark verfallen. Die Balken waren wurmstichig, die Ketten verrostet, die Pfeiler grün beschlagen. Die Steinlagen klafften, und auf der Plattform, die kein Fuß betrat, wucherte das Gras. Das Bauwerk bildete eine schauerliche Silhouette gegen den Himmel, besonders nachts, wenn ein wenig Mondschein auf die weißen Schädel fiel oder wenn der Abendwind an Ketten und Skeletten rüttelte und sich alles im Düstern bewegte. Die Gegenwart dieses Galgens gab der ganzen Umgebung ein unheilvolles Gepräge.

Der Unterbau, der die scheußlichen Pfeiler trug, war hohl; es war ein großer Keller, den eine alte, schadhafte, eiserne Gittertür verschloß. In diesen Keller wurden nicht nur die menschlichen Überreste geworfen, die sich von den Ketten des Montfaucon lösten, sondern auch die Leichen aller Unglücklichen, die an irgendeinem anderen ständigen Galgen von Paris gehenkt waren. In dieses geräumige Beinhaus, darin so viel menschlicher Staub und so viele Missetaten moderten, sind die irdischen Überreste von vielen Unschuldigen und vielen Großen dieser Welt eingezogen, von Enguerrand de Marigny an, der den Montfaucon einweihte und der ein Gerechter war, bis zum Admiral Coligny, der den Schluß bildete und der auch ein Gerechter war.

Über das geheimnisvolle Verschwinden des Quasimodo aber haben wir nicht mehr ausfindig machen können, als im folgenden erzählt wird.

Etwa zwei Jahre oder achtzehn Monate nach den letzten Ereignissen dieser Geschichte wurde der Leichnam des zwei Tage zuvor gehenkten Olivier le Daim wieder aus dem Keller des Montfaucon herausgesucht, weil Karl der Achte ihm gnädig ein Grab in besserer Gesellschaft zugebilligt hatte. Bei dieser Gelegenheit fand man unter all den scheußlichen Gerippen zwei, deren eins das andere seltsam umschlungen hielt. Das eine Gerippe, ein weibliches, hatte noch Fetzen eines Kleides an sich, das einmal weiß gewesen sein mußte; um den Hals hatte es eine Kette von Adrézarachkörnern, an der ein kleines, seidenes, mit grünen Glassteinen verziertes Säckchen hing; es war geöffnet und leer. Die Sachen waren so wertlos, daß der Henker sie wohl verschmäht haben mochte. Das andere Gerippe, das das erste fest umschlungen hielt, war das eines Mannes. Man konnte sehen, daß sein Rückgrat gekrümmt war, sein Kopf in den Schultern steckte und sein eines Bein kürzer war als das andere. Er hatte keinerlei Wirbelbruch im Nacken und war augenscheinlich nicht am Galgen umgekommen. Es mußte das Gerippe eines Mannes sein, der den Keller lebend betreten hatte und dort gestorben war. Als man versuchte, ihn von dem Gerippe loszulösen, das er umarmt hielt, da zerfiel er in Staub.

Nachwort

Nicht allein die Tatsache, daß Victor Hugo zu den imposantesten Erscheinungen der Weltliteratur gehört, die sich gleichermaßen wirkungsvoll und nachhaltig auf allen Gebieten des literarischen Schaffens, der Lyrik wie der Versepik, des Romans wie des Dramas, betätigt haben, macht seine Größe aus. Wir vermerken darüber hinaus, daß Hugo, der bereits mit fünfundzwanzig Jahren von Goethe als ›frisches Talent‹ mit ›viel Objektivem‹ gerühmt wurde, zu den Franzosen rechnet, ›deren Poesie nie den festen Boden der Realität verläßt‹, und daß er als Dichter zugleich ein Mann der streitbaren Feder gewesen ist. Victor Hugo ist mit allem, was er in seiner Zeit als Mensch wirkte und was er als Dichter mit seinem Werk für alle Zeiten stiftete, Sinnbild des Dichters schlechthin – und eines echt volkstümlichen obendrein. Denn im Hinblick auf die Verehrung, die er bis zu seinem Tode und bei diesem ganz besonders genossen hat, kann man fragen, wann je sonst ein Dichter in seinem Sinne als Menschheitsapostel gewirkt hat. Man weiß, welchen unvergleichlichen Triumph noch der tote Hugo vor einem unübersehbaren Trauergeleit in Paris auf dem Weg zum Panthéon gefeiert hat. Und noch in der Gegenwart hat sein Name überall dort Klang, wo die Menschheit seinen zukunftsfreudigen Leitbildern folgt und seiner optimistisch gerichteten ›Legende vom Gang der Jahrhunderte‹ neue, wirkliche Kapitel hinzufügt.

Victor Hugo, 1802 in Besançon geboren und 1885 in Paris gestorben, füllt mit seinem an Goethes langes Leben erinnernden erlebnisreichen und fruchtbaren Lebenslauf ein ganzes Jahrhundert aus. Es gibt kaum ein Ereignis der Geschichte, kaum eine Stufe der wirtschaftlichen und sozialen Entwicklung des französischen Volkes in dieser Zeitspanne, die nicht in irgendeiner Form in Victor Hugos Schaffen eingeflossen wären. Man denke an den Gang der politischen Geschichte von der Kaiserzeit her über die Restauration und die sich 1830 und 1848 daraus ergebenden Revolutionen bis hin zum Staatsstreich Napoleons III., der in Hugos Leben einen wichtigen Einschnitt ausmacht. Victor Hugo, dessen Vater zuletzt General unter Napoleon I. gewesen war, der aber von seiner aus bürgerlichem Hause stammenden Mutter her voltairianisch denken gelernt hatte, hat sich – und das ist die große Linie seiner Lebensgeschichte – allmählich aus der frühen Bindung an klerikale und royalistische Denkweisen gelöst und ist mit der Revolution von 1848 endgültig zu bürgerlich-republikanischen Anschauungen gelangt. Er hat sie seitdem in zahlreichen öffentlichen Ämtern vertreten. Der Prinz-Präsident Louis Bonaparte hatte ihn nach seinem Staatsstreich am 2. Dezember 1851 als einen seiner ersten Gegner des Landes verwiesen. Für den Dichter begann damit ein fast zwanzig Jahre währendes Exil, das für ihn aber eine neue, wesentlich vom Politischen her getragene dichterische Produktion einleitete. Die Auseinandersetzung mit der von Napoleon III. heraufgeführten Reaktion, die die Hoffnung der Republikaner enttäuschte, wird in satirisch-polemischen Schriften wie ›Napoleon der Kleine‹ und der großen dichterischen Abrechnung mit dem Napoleoniden, den ›Züchtigungen‹ (beide 1852), zum Hauptgegenstand seines Schaffens bis zu seiner Rückkehr nach Paris im Augenblick der Gefangennahme des Kaisers. Wie am Zustandekommen der zweiten Republik ist

Hugo nun auch an der Errichtung der dritten beteiligt, und er bleibt bis zu seinem Tode als Deputierter und Senator am politischen Leben Frankreichs interessiert. Wenn man hinzunimmt, was sich in dem langen Zeitraum seines Lebens auch an materiellen Veränderungen im Leben der Menschen zwischen der Einführung der Dampfkraft in den zwanziger Jahren, von der sein Roman ›Die Arbeiter des Meeres‹ erzählt, und dem Siegeslauf der Elektrizität in der zweiten Hälfte seines Lebens alles ergeben hat, so hat man die Fülle der Thematik, die sich zusammen mit den persönlichen Erlebnissen des Lyrikers in Natur und Menschenwelt Hugo zu dichterischer Gestaltung anbot.

Zeitverbunden war Victor Hugo mit jeder Zeile, die er schrieb, mochte er sich in der Jugend auch dem Anschein nach in ferne Zeiten und Räume verlieren und im hohen Alter in den intimen Bereich großväterlichen Behagens zurückziehen. Was Hugo mit steigender Kraft und Unabhängigkeit als ›Romantiker‹ gestaltet hat, war eine ins Visionäre gesteigerte Wirklichkeit. In fortschreitendem Maße wurde seine dichterische Aussage Gestaltung einer Wirklichkeit, die schließlich mehr im Zukünftigen als im Vergangenen liegt. Einer der älteren Deuter des Dichters, der Franzose Mabilleau, hat deshalb schon sehr richtig das Streben Victor Hugos zum Wirklichen hin bei aller Romantik als den geheimen Instinkt seines Wesens bezeichnet und sein Hauptanliegen in der ›beständigen Suche nach der Realität in der Komplexität der Elemente des Lebens‹ gesehen, die es einschließt.

Es war derselbe Kritiker, der aus solcher Sicht auf Hugos Dichtertum auch in dessen äußerster romantischer Anwandlung, der Hinwendung zur Gotik mit ihrer grotesken Gestaltenwelt in seinem Roman ›Notre-Dame von Paris‹, des Dichters Wirklichkeitssinn erkannt hat. Schon für ihn galt es als Fortschritt, daß Hugo mit der Klassik und dem Akademismus des achtzehnten Jahrhunderts endgültig brach und Schönheit auch außerhalb der von ihnen aufgestellten Ordnungen entdeckte. Hugo allein war es, der dieser neuen Kunstauffassung den ganz großen dichterischen Akzent verleihen konnte. In wildem und farbenprächtigem Rhythmus schwingend, wirkte sie sich zwischen den Polen einer visionär erhöhten Welt des Vergangenen und Zukünftigen aus. Dabei bezog Hugo die Mittel seiner Darstellung — Farben und Klänge von rauschhafter Intensität und Größe — aus dem frühen Erlebnis eines fast orientalischen Spaniens, das ihn die turbulente Welt eines Goya hatte schauen lassen (1811/12). Von dieser unnachahmlichen Kunst des Schauens und Verdichtens, die sich der grellen Schwarz-Weiß-Technik und der Antithese bedient und hell leuchtend und voll herrlichster Sprachmelodik ist, lebt Victor Hugos ganzes dichterisches Werk, lebt sein Roman von der Notre-Dame-Kathedrale ebenso wie die stattliche Reihe seiner Gedichtbände. Man findet diese Kunst ebenso im dramatischen Werk Hugos, außer im ›Cromwell‹ auch in ›Hernani‹ von 1830, an dem sich in Frankreich ein neuer, epochaler ›Streit der Alten und Modernen‹ in Form einer wahren Schlacht im Zuschauerraum des Theaters entzündete, ferner in Bühnenwerken wie ›Der König amüsiert sich‹, das, zuerst als scharfe Zeitkritik erkannt und verboten, dann in der Verdischen Ausgestaltung als ›Rigoletto‹ ewiges Leben erwarb.

Am deutlichsten ist Victor Hugos dichterischer Weg in seinem Romanschaffen zu verfolgen. Hier schließt sich an die frühe Schöpfung von ›Notre-Dame‹ (erstmalig 1831 erschienen) nach über dreißig Jahren — im Exil — 1862 die große Anklage der ›Elenden‹ an, die aus echtem Mitleid mit den Ärmsten der Armen geboren und in Wahrheit an die Adresse einer verderbten Gesellschaft gerichtet ist. 1866 folgte dann das hohe Lied der menschlichen Kraft in den ›Arbeitern des Meeres‹ und nach dem schwächeren ›Lachenden Mann‹ von 1869 der Roman ›Dreiundneunzig‹, der mit seinem Titel auf das bedeutendste Jahr der Großen Revolution verweist und vor dem Auge des Lesers die damals erwachten Sehnsüchte der Menschheit mit den seither betrogenen Hoffnungen konfrontiert. Der Weg zum rechten Verständnis des Prosaepikers Hugo führt aber über den Versepiker Hugo, der in der ›Legende der Jahrhunderte‹ (1859ff.) sein Bild vom Sinn und Ziel des Menschheitsweges in ebenso grellen wie hoffnungsfrohen Farben gemalt hat. In der Folge der Visionen, die der Dichter hier vermittelt, spiegelt sich etwas von dem Weg, den er selbst aus früherer geistiger Enge über das Verständnis der Revolution zur Idee eines freien Menschentums hin gegangen ist. Hugo zeichnet den Weg längs einer Mauer aus Menschenleibern, die er am Anfang seiner Legende erträumt und die, aus verkommen-leidenden Geschlechtern getürmt, sich der Finsternis entringt und in eine lichtvolle Zukunft strebt. Ins Künstlerische gewendet, ist dies Victor Hugos eigener Weg aus der Gefahr des Ästhetisierens und Deutelns zur tiefen Anteilnahme am leidenden Menschen, dem er sich in steigendem Maße als Dichter und Publizist verschrieb.

Schon in seiner romantischen Versenkung ins Reich der Gotik liegt der Anfang zu diesem Weg. Der Leser des Romans ›Notre-Dame‹ wird erkannt haben, wie sehr Hugo bereits inmitten der absonderlichen Welt mittelalterlicher Katholizität und ihrer Kunst, die zu nationaler Größe emporwuchs, bei aller Versenkung in Gaukelwesen und Hexenwahn ein fühlendes Herz hat und Worte für jene, deren Stimme er später überhaupt werden sollte: für die Ärmsten im Volk, die er im Roman unter dem Sammelnamen der ›Truands‹ als Bettler, Krüppel und armselige Spielleute sich zu einem Befreiungswerk zusammenscharen läßt. Der Roman fußt – und die Echtheit seiner Lokalfarbe zog in hohem Maße Nutzen daraus – nicht allein auf dichterischer Eingebung; Victor Hugo hat seine großartigsten Bilder der Stadt Paris unter dem elften Ludwig auf durchaus exakte Studien zu gründen versucht. Dabei ist literaturgeschichtlich die Abhängigkeit von dem Engländer Scott, der den Sieg des romantischen historischen Romans begründet hatte, und die Nähe zu der etwa gleichzeitigen ›Chronik der Regierung Karls IX.‹ (1829) von Prosper

Mérimée offensichtlich. Stärker als diese beiden Romanciers aber hat Hugo in seinem Werk – bei allem Zauber, den das bunte Marionettenspiel seiner in eine simple Liebesgeschichte verwickelten Figuren, der mignonhaften Esmeralda und ihrer vier wunderlichen Liebhaber, auf seinen Erfinder ausübte – das soziale Problem nicht übersehen, das in den dunklen Schatten der Riesenkathedrale heranreift. Der Wunderbau der Kirche hat den Dichter zu jener Zeit jedoch am stärksten gefesselt. Er versteht es meisterhaft, ihn dem Leser auf die einprägsamste Weise als die Hauptfigur in seinem Roman nahezubringen. Die Hugo-Kritik hat mit Recht darin bis heute eine besondere Leistung des Dichters gesehen. Ein Vergleich der verschiedenen Ausgaben, die Victor Hugo von seinem Roman ›Notre-Dame‹ veranstaltet hat, läßt erkennen, wie mächtig sich hier neben den romantischen Fabulisten und Bildgestalter und den frühen Anwalt der Armen im alten Paris anläßlich ihrer Empörung gegen den Klerus und die königlichen Gerichte Hugo als der Verherrlicher der künstlerischen Tradition besonders auf dem Gebiet der Architektur stellt. Neben die einleitenden Sätze über seine Entdeckung der bedeutungsvollen Inschrift in einem verlorenen Winkel der Kathedrale, an die Hugo den das Romanwerk durchwaltenden Begriff der Ananke, des Verhängnisses, anknüpft, stellt sich (in einer angeblichen achten Auflage) eine zweite, längere Einleitung. Darin verficht der Dichter Gedanken, die ihm nicht weniger als die sozialen in seiner Heimat zur Ehre gereichten. Sie enthalten die Forderung an die maßgebenden Regierungsstellen, endlich an die Erhaltung der alten Baudenkmäler des Landes heranzugehen und ihrem drohenden Verfall Einhalt zu gebieten. Nach langen vergleichenden Studien hat Hugo den besonderen Wert der architektonischen Tradition der Gotik und Renaissance erkannt, in einer umfassenden Theorie hat er sie zum ›großen Buch der Menschheitsgeschichte‹ schlechthin erhoben. Einzelne Kapitel seines Romans, wie das zweite im fünften Buch (›Dieses wird jenes töten‹), bringen System in diese kunsttheoretischen Erwägungen und machen den Roman geradezu zu einem Hymnus auf das Kunstschaffen der französischen Nation. Wenn in Frankreich seit dem Erscheinen der ›Notre-Dame‹ eine ›Staatliche Inspektion der historischen Denkmäler‹ mit besonderem Eifer an die Pflege der bislang unerkannten Schätze heranging und wenn in diesem Rahmen kein geringerer als der darin beamtete Mérimée unter anderem die Kathedrale von Laon und die antiken Theater von Arles und Orange vor dem Untergang rettete, so ist das zugleich ein Erfolg von Hugos großangelegter Mission.

Als sechzigjähriger hat Victor Hugo beim Diktat seiner Selbstbiographie manche Widersprüche in seiner eigenen Entwicklung aufzuheben versucht, damit er am Ende mit aller Selbstverständlichkeit als der ›Vater‹, der Seher seines Volkes, erscheine. Einen ähnlichen Versuch der Vereinheitlichung seines Romanschaffens hat er bei der Publikation seines dritten Romans, ›Die Arbeiter des Meeres‹, unternommen. Dort spannt er nämlich in der Einleitung, von ›Notre-Dame‹ her über ›Die Elenden‹ hinweg bis zu ebendiesem Werk, einen großen Bogen, der die drei Romane zu einer Art von Triptychon vereint, dessen einheitliche Thematik die erfolgreiche Auseinandersetzung des Menschen mit seiner Umwelt sein soll. In der betreffenden Einleitung sagt Hugo: ›Die Religion, die Gesellschaft, die Natur, das sind die drei Kampfpartner des Menschen. Die Kämpfe mit den dreien sind ihm zugleich Bedürfnis: weil er glaubt, erwächst ihm die Kirche; weil er schaffen will, kommt es zum Gemeinwesen; damit er leben kann, baut er den Pflug und das Schiff. Aber die drei Lösungen, zu denen er so kommt, bergen für ihn den Kampf. Aus allen dreien kommt ihm die geheimnisvolle Vertracktheit des Lebens. Der Mensch hat zu ringen mit der widerspenstigen Macht des Aberglaubens, des Vorurteils und der Elemente … In ‚Notre-Dame von Paris' habe ich die erstere gezeigt; in ‚Die Elenden' die zweite; in ‚Die Arbeiter des Meeres' die dritte.‹

Victor Hugos Selbstbiographie ist wie jedes Unternehmen dieser Art Dichtung und Wahrheit. Dichtung und Wahrheit ist aber auch dieser Versuch einer nachträglichen Sinngebung seines Romanschaffens. Aus dem Bann der in ›Notre-Dame von Paris‹ entfalteten Zauberkraft entlassen, wird der Leser jedoch den Grad von Wahrheit in Victor Hugos Auslegung ermessen können.

Herbert Kühn

Als die Vendée brannte ...

Fast 80 Jahre nach den Ereignissen griff Victor Hugo in seinem letzten großen Prosawerk auf jene Zeit zurück, in der sich seine Eltern kennenlernten. Was um so merkwürdiger ist, da sie auf entgegengesetzten Seiten standen: die Mutter – eine überzeugte Royalistin, der Vater – ein republikanischer Soldat. Das Jahr 1793 brachte sie zusammen, jenes Jahr, in dem sich die Bauern der Vendée gegen Paris erhoben und die Revolutionsarmee erneut gegen die Konterrevolution zu Felde ziehen mußte. ›Das Jahr 1793‹ nennt Hugo auch seinen historischen Roman, in dessen Mittelpunkt der Konflikt zwischen dem königstreuen Marquis de Lantenac und seinem Neffen, Gauvain, der das republikanische Heer befehligt, steht. In kraftvollen, farbigen Szenen läßt Hugo das Geschehen ablaufen, hinter den menschlichen Schicksalen bleibt stets das ungeklärte Schicksal der Revolution sichtbar, der einzelne wird zum kollektiven Akteur in einem historischen Augenblick. Die Spanne des Wegs, die die Revolution schon hinter sich hat, personifizieren Gauvain und der alte Comourdain. Dieses Werk Victor Hugos ist ein Plädoyer für Menschlichkeit, Charakterlauterkeit und moralische Fairness in einem rauhen politischen Kampf.

Victor Hugo

Das Jahr 1793

Aus dem Französischen übertragen von Alfred Wolfenstein. Überarbeitet und ergänzt von Alberte Schöne und Mireille Vildebrand. Mit einem Nachwort von Eberhard Wesemann

1. Auflage. 412 Seiten. Leinen 15,70 DM
ISBN 3-378-00295-6
Bestellangaben: 812 272 8 / Hugo, Das Jahr 1793

Gustav Kiepenheuer Verlag Leipzig und Weimar

Wirkung und Gegenwirkung

Nur öffentliche Regierungen haben nichts von heimlichen Widersachern zu besorgen. Jede Wirkung hat ihre Gegenwirkung, und geheime Gesellschaften sind unausbleibliche Folgen und Gegensätze einer geheimen Polizei, die insofern allerdings die Mutter auch der *Verschwörung ist – die sie nicht anstiftete.*

Aphorismen aus den ›Erfahrungsfrüchten‹ von Carl Gustav Jochmann, geschrieben von einem Mann, dessen Lebensdaten in die Zeit zwischen Französischer Revolution (geb. 1789) und zweiter Revolution in Paris (gestorben 1830) fielen. Die Hauptschaffensperiode dieses Mannes, der in der ›Grundspannung ... zwischen Verborgenheit und Öffentlichkeit‹ schrieb, fiel in ›dieses Jahrzehnt der größten Stummheit des deutschen Bürgertums‹ (nach der Restauration von 1819). Die brillant in der Sprache, scharf in der Aussage formulierten, fast immer politischen Texte zeugen von der kritisch-demokratischen Gesinnung des weithin unbekannt gebliebenen Jochmann.

Gustav Kiepenheuer Bücherei

Band 15

Carl Gustav Jochmann

Die unzeitige Wahrheit

Aphorismen, Glossen und der Essay ›Über die Öffentlichkeit‹

Herausgegeben von Eberhard Haufe

3. Auflage. 348 Seiten. Leinen 12,40 DM
ISBN 3-378-00398-7
Bestellangaben: 788 089 3 / Jochmann, Wahrheit GKB 15

Die sanfte Revolution

Die sanfte Revolution des Herbstes 1989 brachte die Möglichkeit, langgehegte Hoffnungen auf eine ›andere Republik‹ zu artikulieren. Stefan Heym und Werner Heiduczek haben erzählende und essayistische Texte, Gedichte, Tagebuchaufzeichnungen, Aufrufe, Szenen, Briefe, Gedächtnisprotokolle und Reden von über 60 Persönlichkeiten des kulturellen Lebens in der DDR zusammengetragen:

Uwe Kolbe	Rolf Schneider
Christoph Hein	Volker Braun
Wolfgang Mattheuer	Lutz Rathenow
Elke Erb	Friedrich Schorlemmer
Günter Kunert	Thomas Rosenlöcher
Konrad Weiss	Heinz Czechowski
Adolf Endler	Rainer Schedlinski u. v. a.

Die Sammlung von Texten, die im Zeitraum vom Anfang der 80er Jahre bis wenige Monate nach der Wende entstanden sind, gibt im Zusammenspiel von kritischer Beobachtung und empfindsamer Reflexion ein deutliches Bild vom Zusammenbruch eines morbiden, auf Verlogenheit und Gewalt gegründeten Systems. Sie ist der einzigartige Spiegel einer vielgestaltigen inneren Auseinandersetzung und Reifung.

Die sanfte Revolution

Prosa · Lyrik · Protokolle · Erlebnisberichte · Reden

Herausgegeben von Stefan Heym und Werner Heiduczek
(Unter Mitarbeit von Ingrid Czechowski)

1. Auflage. Etwa 608 Seiten. Leinen etwa 19,80 DM
ISBN 3-378-00421-5
Bestellangaben: 812 392 3 / Revolutions-Anthologie

Gustav Kiepenheuer Verlag Leipzig und Weimar

Leipziger Herbst 1989

Herbst 1989. Ab Oktober sind die Straßen der Leipziger Innenstadt jeden Montag voller Menschen. Friedlich-machtvolle Demonstrationen nach Feierabend zwingen die mächtigsten Männer der DDR zum Rücktritt – die Demontage eines überlebten, erstarrten Systems beginnt. Wie kam es dazu, wie hat es angefangen? Welche Erwartungen hatten die Menschen?

Die verwirrende Vielgestaltigkeit des Leipziger Herbstes 1989 einzufangen und in eine erste geschichtliche Wertung zu fassen ist das Anliegen des Herausgebers, das durch einen Beitrag von Superintendent Friedrich Magirius (Gustav-Heinemann-Bürgerpreisträger 1990) ergänzt wird. Zwei soziologische Aufsätze ›Leipziger DEMOskopie‹ und ›Wir sind das Volk – Eine Soziologie der Losungen‹ vervollständigen den Textteil. Das Bildmaterial bietet eine unter mehreren tausend eingesandten Fotografien getroffene Auswahl, die fast ausschließlich Erstveröffentlichungen präsentiert.

Leipziger Demontagebuch

Demo · Montage · Tagebuch · Demontage

Herausgegeben von Wolfgang Schneider. Mit Textbeiträgen von Friedrich Magirius, Bernd Lindner und Günter Roski
Mit 176 Fotos

1. Auflage. 184 Seiten. Pappband 29,80 DM
ISBN 3-378-00420-7
Bestellangaben: 812 391 5 / Leipziger Demontagebuch

Gustav Kiepenheuer Verlag Leipzig und Weimar

ISBN 3-378-00363-4

Gustav Kiepenheuer Verlag Leipzig und Weimar
Erste Auflage
Lizenz Nr. 396/265 LSV 7351
Gesamtherstellung: Graphischer Großbetrieb Pößneck GmbH
Schrift: Bodoni
Printed in the German Democratic Republic
Bestell-Nr. 812 342 1